애프터 유

AFTER YOU

Copyright © 2015 by Jojo's Mojo Ltd
All rights reserved.

Korean translation copyright © 2025 by Dasan Books
Korean translation rights arranged with Curtis Brown Group Limited
through EYA Co., Ltd

이 책의 한국어판 저작권은 EYA Co., Ltd를 통해
Curtis Brown Group Limited와 독점 계약한 (주)다산북스가 소유합니다.
저작권법에 의해 한국 내에서 보호받는 저작물이므로 무단 전재와 복제를 금합니다.

애프터 유

조조 모예스 장편소설
이나경 옮김

다산책방

차례

1.

바 끝에 앉은 남자는 땀을 흘리고 있었다. 그는 더블 스카치 잔 위로 머리를 푹 숙이고 있다가 몇 분에 한 번씩 고개를 들어 뒤쪽 문을 확인했다. 기다란 형광등 불빛에 얼굴의 땀이 번들거렸다. 그는 한숨을 쉬는 척, 떨리는 숨을 길게 내뱉고 다시 술잔을 봤다.

"저기요. 실례합니다."

나는 잔을 닦다가 고개를 들었다.

"한 잔 더 주겠어요?"

썩 좋은 생각이 아니라고, 그래 봐야 도움은 안 될 거라고, 한 잔 더 마시면 한계치를 넘을지도 모른다고 말해주고 싶었다. 하지만 그는 다 큰 어른이고, 지금은 문 닫기 15분 전이며, 매장 지침상 안 된다고 할 이유가 없었다. 나는 그에게 다가가 잔을 받아 위스키 디스펜서◇ 밑에 댔다. 그는 병 쪽으로 고갯짓을 하며 말했다.

"더블로요." 그리고 두툼한 손을 들어 땀범벅이 된 얼굴을 쓱 닦

◇ 단추나 손잡이 등을 누르면 용기 안에 든 내용물이 나오는 기계.

았다.

“7파운드 20펜스입니다.”

화요일 밤 10시 45분. 이스트 시티 공항. 아일랜드와는 전혀 관계없는 아일랜드 테마 펍 섐록 앤 클로버는 문을 닫을 준비를 하고 있었다. 마지막 비행기가 이륙하면 10분 후에 바를 마감한다. 지금 바에는 나와 노트북을 열심히 들여다보는 청년 한 명, 2번 테이블에서 담소를 나누고 있는 여자 손님들 그리고 스톡홀름행 SC107편이나 뮌헨행 DB224편을 기다리면서 위스키 더블을 마시고 있는 남자 손님뿐이었다. 뮌헨행 비행기는 40분 연기됐다.

칼리가 복통을 일으켜 퇴근하는 바람에 낮부터 일을 했지만 상관없었다. 야근을 싫어한 적은 없으니까. 〈아일랜드 백파이프 곡 3집〉의 노래를 조용히 흥얼거리며, 나는 휴대폰으로 동영상을 보는 여자 손님들의 잔을 치우러 다가갔다. 행복해 보이는 그들이 기분 좋게 웃었다.

“손녀랍니다. 태어난 지 닷새 됐어요.” 잔을 치우러 테이블로 다가가자 금발 여자가 말했다.

“귀엽네요.” 나는 미소를 지었다. 아기들은 모두 건포도 빵처럼 귀여웠다.

“스웨덴에 살아요. 한 번도 못 가본 곳이죠. 그래도 가서 첫 손녀를 봐야 되겠죠?”

“아기가 태어난 걸 축하하고 있어요.” 여자들은 또 웃음을 터뜨렸다.

“건배할래요? 자, 5분만 쉬어요. 어차피 이 술은 시간 안에 다 못

마시니까."

"어머! 가야 되겠네. 갑시다, 돌."

그들은 탑승 안내 화면을 보고 놀라 소지품을 챙겼다. 그들이 보안 검색대로 향할 때 살짝 비틀거리는 걸 알아챈 사람은 나뿐이었을 것이다. 잔을 바에 올려놓고 또 설거지할 것이 없는지 살폈다.

"그런 거 느껴본 적 없었어요?" 체격이 작은 쪽 여자 손님이 스카프를 가지러 돌아왔다.

"네?"

"일 끝나면 저기로 떠나고 싶은 유혹이요. 비행기를 타고. 나 같으면 그럴 것 같아." 손님은 다시 웃었다.

"하루도 빠짐없이."

프로답게 나는 어떻게 해석해도 좋을 미소를 지어 보이고는 바로 돌아갔다.

주위 면세점들이 문을 닫기 시작하니 고급 핸드백과 여행 선물로 팔리는 초콜릿 위로 셔터가 내려왔다. 3번, 5번, 11번 게이트에서 불이 반짝이고 그날의 마지막 승객들이 밤하늘로 향하고 있었다. 콩고인 청소부 바이얼릿이 작업용 카트를 밀고 천천히 몸을 흔들며, 반짝이는 마모륨 바닥을 고무창 구두로 삑삑 밟으면서 다가왔다.

"잘 가요."

"잘 가요, 바이얼릿."

"이렇게 늦게까지 여기 있으면 못써요. 집에서 가족이랑 있어야지."

바이얼릿은 매일 밤 똑같은 말을 했다.

"이제 금방 가요." 나도 매일 밤 똑같이 대답했다. 바이얼릿은 만족한 표정으로 고개를 끄덕이며 가던 길을 계속 갔다.

열심히 노트북을 들여다보던 청년과 땀 흘리며 스카치를 마시던 아저씨는 가고 없었다. 나는 잔을 모아두고 현금을 정리해 계산서와 일치하는지 두 번 확인했다. 장부에 모든 내용을 기록하고, 펌프를 확인한 뒤, 다시 주문해야 할 물건을 적어뒀다. 그때 바 의자에 덩치 큰 남자의 코트가 걸려 있는 것이 보였다. 그쪽으로 가서 모니터를 올려다봤다. 뮌헨행 비행기가 방금 탑승을 시작했으니 달려가면 코트를 전해줄 수도 있었다. 다시 한번 모니터를 확인한 뒤 천천히 남자 화장실로 걸어갔다.

"저기요? 계세요?"

안에서 살짝 짜증이 섞인 쥐어짜는 목소리가 들렸다. 문을 밀었다. 스카치를 마시던 남자가 세면대에 허리를 숙인 채 얼굴에 물을 뿌리고 있었다. 얼굴이 분필처럼 하얬다.

"탑승 시작했습니까?"

"방금 시작했어요. 몇 분 정도 여유가 있을 거예요." 나는 돌아가려다 뭔가 마음에 걸려 발걸음을 멈췄다. 남자가 불안이 가득한 눈을 동그랗게 뜨고 나를 봤다.

"못 하겠어요." 그는 종이 타월로 얼굴을 닦았다. "비행기에 못 탑니다."

나는 기다렸다.

"새로 온 사장을 만나러 가야 하는데, 그럴 수가 없습니다. 비행기 타는 걸 무서워한다고 말할 수가 없었습니다." 남자는 고개를 저었다. "무서워하는 정도가 아닙니다. 공포증 수준이거든요."

나는 안으로 들어가 문을 닫고 물었다.

"무슨 일을 하세요?"

남자는 눈을 껌뻑거렸다.

"어……, 자동차 부품. 헌트 모터스의 지사장입니다. 괄호 안에 스페어 담당이라고 넣지만."

"중요한 일 같네요." 내가 말했다. "괄호도 붙어 있고."

"아주 오랫동안 고생한 끝에 이룬 겁니다." 남자는 침을 꿀꺽 삼켰다.

"그래서 불덩이에 휩싸여 죽고 싶지 않아요. 하늘 위에서 불에 타 죽고 싶지 않습니다."

정확히는 하늘 위가 아니라 빠르게 강하하는 불덩이 속에서 죽는 거라고 지적하고 싶었지만, 도움이 안 될 것 같았다. 남자는 다시 얼굴에 물을 적시고, 나는 종이 타월을 한 장 더 건넸다.

"고마워요." 남자는 떨며 한숨을 내쉬고 마음을 다잡아보려고 몸을 세웠다.

"다 큰 남자가 이렇게 멍청이처럼 구는 건 한 번도 못 보셨죠?"

"하루에 네 번쯤은 봐요."

남자의 조그만 눈이 동그래졌다.

"하루에 네 번 정도는 남자 화장실에서 사람을 꺼내야 하죠. 주로 비행공포증 때문에요."

남자가 눈을 껌뻑였다.

"다른 사람들에게도 똑같이 말했지만, 이 공항에서 이륙한 비행기 중에 추락한 건 단 한 대도 없어요."

남자가 목을 다시 움츠렸다. "정말인가요?"

"한 대도요."

"활주로에서……, 살짝 부딪힌 것도 없어요?"

나는 어깨를 으쓱였다.

"사실 여긴 좀 지루한 공항이에요. 이륙해서 목적지에 갔다가 며칠 후에 돌아오는 일밖에 없어요." 나는 문을 몸으로 눌러서 열고 있었다. 저녁때가 되면 화장실 냄새가 더 지독하니까.

"제 개인적인 생각이긴 하지만, 비행기를 안 타도 더 나쁜 일은 얼마든지 일어날 수 있거든요."

"흠. 그건 그렇죠." 남자는 나를 슬쩍 보며 생각하는 눈치였다.

"하루에 네 명이라고요?"

"더 많을 때도 있어요. 저기, 이제 전 가봐야 해요. 남자 화장실에서 나오는 모습을 너무 자주 보이고 싶진 않거든요."

씩 웃어 보이는 얼굴을 보니, 남자가 평소 어떤 사람인지 알 수 있었다. 낙천적이고 명랑한 사람이었다. 그리고 유럽 대륙에서 제조하는 자동차 부품에 관해서는 일가를 이룬 사람.

"저, 탑승객을 부르는 것 같아요."

"무사할까요?"

"별일 없을 거예요. 항공사도 아주 안전한 회사예요. 그리고 겨우 두 시간 남짓인걸요. 보세요. SK491편이 5분 전에 착륙했어요. 탑승 게이트로 가시면 승무원들이 귀가하면서 수다를 떨고 웃는 모습이 보일 거예요. 그 사람들한테는 비행기 타는 거나 버스 타는 거나 다를 게 없어요. 하루에 두세 번, 아니 네 번씩 비행기를 타는 사람도 있어요. 멍청해서 그러는 게 아니거든요. 그게 안전하지 않다면, 그런 일을 할 리 없잖아요?"

"버스 타는 거랑 같다." 남자가 되풀이해 말했다.

"아마 그보다 훨씬 더 안전할걸요."

"흠, 그렇긴 합니다. 길에는 얼간이들이 하도 많으니." 남자가 눈썹을 치켜떴고, 나는 고개를 끄덕였다. 그는 타이를 고쳐 맸다.

"그리고 중요한 일이고."

"별것도 아닌 일로 놓치긴 아깝죠. 일단 이륙하면 적응될 거예요."

"아마 그럴 겁니다. 고맙습니다……."

"루이자라고 해요." 내가 말했다.

"고맙습니다, 루이자. 참 친절한 분이군요." 남자는 나를 가만히 살폈다.

"혹시…… 술이라도 한 잔……."

"탑승객 호출 소리가 들리네요, 손님." 나는 이렇게 말하고 그가 지나가도록 문을 열어주었다.

그는 어색함을 감추기 위해 고개를 끄덕이더니 괜히 주머니를 뒤적거렸다.

"그렇군요. 네. 음……, 그럼 가보죠."

"괄호 잘 챙기세요."

그가 나가고 2분 뒤, 3번 화장실에 잔뜩 토해놓은 것이 보였다.

1시 15분에 조용한 아파트로 들어갔다. 잠옷 바지와 후드티셔츠로 갈아입고 냉장고를 열어 화이트와인 한 병을 꺼낸 뒤 한 잔을 따랐다. 굉장히 시큼했다. 라벨을 보니 전날 밤에 땄다가 뚜껑을 닫는 걸 잊은 것이 생각났다. 하지만 이런 실수를 너무 깊이 따지지 말자고 생각했다. 잔을 들고 의자에 털썩 앉았다.

벽난로 위에는 카드가 두 장 있었다. 하나는 부모님의 생일 축하카드였다. 엄마가 쓴 '행운을 빈다'는 글귀는 마치 단도로 찌르는 것 같았다. 동생이 보낸 카드는 주말에 톰과 놀러오겠다는 내용이었다. 6개월 전에 받은 것이었다. 전화에 녹음된 음성 메시지 중 하나는 치과였다. 나머지 하나는 다른 종류였다.

"안녕, 루이자. 나 재러드. 더티 덕에서 만났지. 우리 잘 맞는 것 같아서. (어색한 웃음) 그냥…… 혹시…… 저…… 즐거웠어. 다시 만날래? 내 번호 알지……."

와인을 다 마시자 한 병 더 사오고 싶었지만, 밖에 나가고 싶지는 않았다. 24시간 편의점에서 사미르에게 피노 그리지오 와인을 언제까지 사 갈 거냐는 소리를 듣고 싶지도 않았다. 아무와도 말하고 싶지 않았다. 뼛속까지 노곤했지만, 머릿속은 윙윙거려서 침대에 누워도 잠들 수 없을 것 같았다. 재러드와 그의 이상하게 생긴 손톱이 잠시 떠올랐다. 이상하게 생긴 손톱이 싫은 걸까? 거실의 삭막한 벽을 바라보다가 문득 내게 필요한 것은 신선한 공기라는 생각이 들었다. 바람을 쐬어야만 했다. 복도 창문을 열고 휘청거리며 화재대피용 계단을 올라가 옥상에 섰다.

9개월 전, 그곳에 처음 왔을 때 부동산 중개인은 이전 세입자들이 옥상에 작은 테라스 정원을 만들어 화분과 작은 벤치를 놓아둔 것을 보여주었다.

"물론 공식적으로 고객님 소유는 아니지만, 옥상에 올라올 수 있는 집은 여기뿐이에요. 꽤 큰 장점이죠. 여기서 파티도 할 수 있으니까요!"

내가 파티 같은 것을 할 사람으로 보이는가 싶어, 그를 멀뚱히 쳐다보았다.

화분들은 오래전에 시들어 죽었다. 나는 뭐든지 돌보는 데 재주가 없는 모양이다. 옥상에 서서 저 아래 펼쳐진 런던의 야경을 바라봤다. 수없이 많은 사람이 살아가고, 숨을 쉬고, 식사를 하고, 싸우고 있다. 나와 전혀 무관한 수많은 사람들. 그렇게 생각하니 마음이 묘하게 평화로웠다.

자동차 엔진 소리, 문 여닫는 소리 등 도시 소음이 하늘로 올라가는 가운데 불빛이 반짝였다. 남쪽으로 몇 킬로 떨어진 곳, 경찰 헬기가 멀리서 소리를 내면서 공원에 숨어든 범법자를 찾아 불빛을 쏘고 있다. 어딘가 멀리서 사이렌도 들린다. 사이렌은 늘 들린다.

"곧 여기가 고향 같을 겁니다."

부동산 중개인이 그렇게 말했다. 나는 웃음을 터뜨릴 뻔했다. 이 도시는 언제나 그랬듯이 낯설게 느껴진다. 하지만 사실, 어딜 가나 마찬가지였다.

나는 망설이다가 난간 위로 한 걸음 올라섰다. 살짝 취해 밧줄 위를 걷는 사람처럼 두 팔을 벌리고서. 한 발자국씩 옮길 때마다 바람이 불어와 뻗은 팔에 소름이 돋았다. 이곳에 처음 와서 가장 힘든 시기를 보내던 때에는 가끔 난간 끝까지 걸어가 보기도 했다. 반대편에 다다르면 밤하늘을 향해 웃었다. '보여요? 나 여기 이 끄트머리에 서서도 살아 있어요. 당신이 말한 대로 살고 있어요!'

남모르는 습관이 됐다. 나, 도시의 스카이라인, 어둠이 주는 위로, 익명성 그리고 여기 올라오면 아무도 나를 모른다는 사실이 좋았다. 나는 고개를 들고 밤바람을 느끼며 저 아래에서 들려오는 웃음소리, 병 깨지는 소리, 도시로 들어가는 자동차 소리를 듣고, 마치 혈액처럼 끊임없이 도시로 흘러들어 가는 자동차들의 붉은 미등을 바라봤다. 술꾼들이 침대에 쓰러지고 레스토랑 셰프들은 작업복을 벗고 펍은 문을 닫는 새벽 3시에서 5시 사이가 되어야 겨우 조금 고요해졌다. 그 시간의 적막도 야간에 돌아다니는 대형 트럭이나 거리에 있는 유태인 빵집이 문 여는 소리, 신문을 툭툭 던지는 신문 배달차 소리에 간간이 방해를 받았다. 깊이 잠들지 못하는 나는 도시의 아주 작은 움직임도 알고 있었다.

저 아래 어딘가 젊은이들과 이스트 엔드◇ 사람들이 가득 모인 화이트 호스 펍은 폐점 시간이 지났는데도 영업을 계속하고 있고 밖에서는 커플이 말다툼을 하고 있었다. 도시 건너편 종합병원은 환자와 부상자들, 겨우 하루를 더 살아낸 사람들을 받아주고 있었다. 이곳에는 어둠과 바람뿐이었다. 하늘 어딘가에서는 런던 히스로 공

◇ 전통적으로 노동자 계층이 사는 런던의 동부 지역.

항에서 베이징으로 가는 페덱스 화물기와 여행자들이 스카치를 마시던 그 남자처럼 새로운 곳으로 향하고 있었다.

"18개월. 이제 18개월이 지났어요. 그런데 언제쯤 되면 괜찮아질까요?" 어둠을 향해 말했다. 느닷없이 분노가 치미는 것이 또 느껴졌다. 두 발자국을 더 걸어간 뒤, 아래를 내려다봤다. "이건 사는 것도 아니야. 어떤 느낌도 안 들어요."

두 발자국. 두 번만 더. 그러면 끄트머리에 닿을 것 같았다.

"당신이 나한테 인생을 준 건 아니잖아요? 그렇잖아요. 예전의 인생을 망가뜨린 것뿐이지. 산산조각을 내놓았지. 이제 남은 인생은 어떻게 해야 하나요? 어차피 느껴지는 것은……." 팔을 뻗고 살갗에 닿는 차가운 밤공기를 느끼다가 또 울고 있다는 사실을 깨달았다. "윌. 나쁜 사람." 조그맣게 속삭였다. "날 두고 가다니, 나쁜 자식."

갑자기 차오르는 밀물처럼, 강렬하고 압도적인 슬픔이 밀려들었다. 그리고 거기 빠져드는 나 자신을 느끼는 순간 어둠 속에서 누군가의 목소리가 들려왔다.

"거기 서 있으면 안 될 것 같아요."

반쯤 몸을 돌리니 화재 비상구 쪽에서 두 눈을 휘둥그레 뜨고 있는 창백한 얼굴이 보였다. 나는 깜짝 놀라 발을 헛디뎠고 그 바람에 체중이 갑자기 엉뚱한 방향으로 쏠렸다. 가슴이 철렁하며 순식간에 넘어졌다. 그리고 마치 악몽을 꾸는 것처럼, 한밤의 심연 속에서 머리 위로 다리를 버둥거렸다. 아마도 내가 지르는 것 같은 비명이 들렸고…….

쿵.

사방이 새카매졌다.

2.

"선생님, 이름이 뭐죠?"

목에는 보조기를 하고 있다. 머리 주위를 부드럽고 빠르게 만지는 손길이 느껴졌다.

나는 살아 있었다. 사실 굉장히 놀라운 일이었다.

"됐어요. 눈을 떠보세요. 자, 날 보세요. 날 봐요. 이름을 말해줄 수 있어요?"

입을 벌리고 말을 하고 싶었지만 목소리가 제대로 나오지 않았고, 알아들을 수 없는 소리만 흘러나왔다. 혀를 깨문 모양이었다. 입에 뜨끈하고 시큼한 맛이 나는 것을 보니 피가 나고 있었다. 움직일 수 없었다.

"척추 고정판에 올려드릴 거예요. 알겠죠? 잠시 불편할 수 있지만, 통증을 덜도록 모르핀을 투여할 거예요."

콘크리트에 뼈가 부러진 채 누워서 어두운 하늘을 올려다보는 것이 너무나 정상적인 일이라는 양, 남자 목소리는 침착하고 높낮이의 변화가 없었다. 웃고 싶었다. 이 상황이 얼마나 우스꽝스러운

지 그 남자에게 말하고 싶었다. 하지만 온몸이 제대로 움직이지 않았다.

남자의 얼굴이 시야에서 사라지고, 형광 재킷을 입고 검은 머리를 하나로 묶은 여자가 내 위로 나타났다. 갑자기 가느다란 플래시를 내 눈에 비추고는 마치 사람이 아닌 표본을 보는 것처럼 무표정하게 쳐다봤다.

"환자를 운반용 백에 넣어야 할까?"

말을 하고 싶었지만 다리 통증 때문에 집중할 수 없었다. 세상에. 이렇게 말하려고 했지만, 소리가 났는지는 알 수 없었다.

"복합골절. 동공은 정상 반응. 혈압 90에서 60. 저 차양에 떨어져서 운이 좋았어. 소파에 떨어질 확률이 얼마나 되겠어, 응? 하지만 울혈은 걱정되는데."

몸통에 찬 공기가 스쳤고, 따뜻한 손가락이 살짝 닿았다.

"내출혈이 있나?"

"한 팀 더 필요할까?"

"뒤로 물러나 주시겠어요? 뒤로?"

또 다른 남자의 목소리가 들렸다.

"담배를 피우러 나왔는데, 이 사람이 우리 집 발코니로 떨어졌어요. 나한테로 떨어질 뻔했다니까요."

"음, 그렇다면 운이 좋은 날이네요. 그런 일이 일어나지 않았으니까요."

"평생 이렇게 놀라기는 처음이에요. 갑자기 하늘에서 사람이 떨어질 줄 누가 알았겠어요. 내 의자 좀 봐요. 콘란 숍[◇]에서 800파운드나 주고 산 건데. 이거 보상받을 수 있어요?"

잠시 침묵이 흐른다.

"원하시는 건 다 하실 수 있죠. 있잖아요, 발코니에서 피 닦는 데 든 비용도 청구하실 수 있어요. 어때요?"

처음 본 남자의 눈길이 동료에게로 옮겨갔다. 시간이 흐르면서 어지러워졌다. 내가 옥상에서 떨어진 건가? 얼굴이 싸늘해지고 온몸이 떨리기 시작하는 것을 어렴풋이 깨달았다.

"쇼크 상태가 시작되고 있어, 샘."

어딘가 아래쪽에서 차 문이 열렸다. 그리고 나를 받친 고정판이 움직이고 잠시 통증 통증 통증이……. 모든 것이 새카맣게 변했다.

사이렌과 파란 불빛. 런던에서는 항상 사이렌이 들렸다. 우리는 움직이고 있었다. 구급차 내부에 네온 불빛이 스치고 지나가기를 반복하며 의외로 복잡한 실내와 초록색 유니폼을 입은 남자를 비췄다. 그는 휴대폰에 뭔가 입력하더니 내 머리 위에 있는 주사약을 조절했다. 통증은 가라앉았다. 모르핀 때문인가? 하지만 의식이 또렷해지니 두려움이 차올랐다. 내 속에서 거대한 에어백이 점점 부풀어 올라 다른 모든 것을 서서히 가렸다. 오, 안 돼. 오, 안 돼.

"더그여?"

두 차례 반복하고서야 팔을 운전석 뒤에 대고 있던 남자가 내 목소리를 들었다. 그는 돌아서더니 내 얼굴을 내려다봤다. 레몬향을

◇ 런던의 고급 인테리어 소품 숍.

풍기는, 면도를 대충 한 남자였다.

"괜찮아요?"

"엉 더……."

남자가 몸을 아래로 숙였다.

"미안해요. 사이렌 때문에 잘 안 들려요. 곧 병원에 도착해요."

남자는 내 손을 잡았다. 건조하고 따스하고 위로가 되는 손길이었다. 그 남자가 손을 놓을까 봐 두려워졌다.

"잠깐만 참고 있어요. 예상 도착시간이 어떻게 되죠, 선생님?"

말을 할 수가 없었다. 입안에 혀가 가득 차 있는 느낌이었다. 생각도 서로 엉켜 엉망이었다. 사람들이 나를 들어 올릴 때 팔을 움직였던가? 오른손을 들지 않았나?

"저 가비대나요?" 속삭임 같은 소리밖에 나오지 않았다.

"네?" 그가 내 입가에 귀를 댔다.

"가비대나요? 저 가비대요?"

"마비요?" 남자는 머뭇거리며 내 눈을 바라보더니 돌아서서 다리를 확인했다.

"발가락 움직일 수 있어요?"

발을 어떻게 움직이는지 기억을 더듬었다. 예전보다 집중력이 더 필요한 것 같았다. 남자는 손을 뻗더니 발가락이 어디 있는지 알려주려는 듯 가볍게 건드렸다.

"다시 해봐요. 자아."

양쪽 다리에 통증이 심하게 느껴졌다. 흡 하고 숨을 들이쉬며 흐느끼는 소리가 났다. 내가 낸 것이었다.

"괜찮아요. 통증은 좋은 거예요. 확실하지는 않지만 척추를 다친 것 같지는 않아요. 골반이랑 다른 데를 다쳤어요."

남자가 상냥한 눈으로 내 눈을 바라보았다. 내가 얼마나 혼란스러워하는지 아는 것 같았다. 남자가 내 손을 꼭 쥐는 것이 느껴졌다. 사람의 손길이 그 어느 때보다 절실했다.

"정말이에요. 마비된 건 아닐 거예요."

"아, 거마아요."

내 목소리가 아주 먼 데서 들리는 것 같았다. 눈물이 차올랐다.

"내 던 너치마여." 내가 속삭였다.

"놓지 않을게요." 남자가 얼굴을 더 가까이 댔다.

말을 하고 싶었지만, 남자의 얼굴이 흐릿해지면서 다시 정신을 잃었다.

나중에 알고 보니 나는 5층에서 두 층 아래 3층의 차양을 뚫고 떨어져 저작권 담당 변호사이자 한 번도 만나보지 못한 이웃, 앤터니 가디너 씨의 발코니에 놓인 최고급 캔버스 방수 쿠션을 댄 일광욕 의자를 망가뜨렸다. 골반은 두 동강이 나고 갈비뼈 두 개와 쇄골이 똑 부러졌다. 왼손의 손가락이 두 개 부러지고 발등뼈도 골절되었는데, 이 뼈는 살갗을 뚫고 나왔다. 의대 학생 한 명이 그꼴을 보고 기절했다. 내 엑스레이 사진은 모두에게서 감탄을 자아냈다.

나를 치료하는 긴급 구조원들의 목소리가 계속 들렸다.

"높은 데서 떨어지면 어떻게 될지 아무도 모르지."

아마 나는 굉장히 운이 좋은 케이스였나 보다. 기다리던 그들은 이렇게 말하고는 웃었다. 나는 깔깔 웃거나 탭댄스라도 춰야 할 것 같은 기분이 들었다. 운이 좋다는 느낌은 없었다. 아무것도 느껴지지 않았다. 졸다가 깨면 가끔 수술실의 밝은 전등이 보였다. 조용하고 차분한 방이었다. 간호사의 얼굴이 보였고, 간간이 대화가 들렸다.

"D4호실의 할머니가 해놓은 거 봤어? 당번 끝에 그런 일이라니, 너무하지?"

"프린세스 엘리자베스 병원에서 일하는 것 맞지? 우리도 응급실 운영할 줄 안다고 전해줘. 하하하하."

"이제 쉬어요, 루이자. 우리가 다 알아서 할게요. 이제 쉬기만 해요."

모르핀 때문에 졸렸다. 주사약 용량이 높아지자, 그로 인한 망각이 반가웠다.

눈을 뜨니 침대 끝에 서 있는 엄마가 보였다.

"깨어났네, 버나드. 깨어났어. 간호사를 부를까?"

엄마 머리색이 바뀌었다는 생각이 어렴풋이 들었다. 그리고 드는 생각. 아. 엄마다. 엄마는 이제 나와 말을 하지 않는다.

"오, 세상에. 세상에." 엄마가 손을 뻗어 자기 목에 건 십자가를 만졌다. 그 행동에 누군가가 떠올랐지만, 누군지는 알 수 없었다. 엄마가 몸을 숙이더니 내 뺨을 살짝 쓰다듬었다. 무슨 영문인지 곧바로 눈물이 났다.

"오, 우리 딸."

내가 더 이상 다치지 못하게 막으려는 듯 엄마는 몸을 숙였다. 익숙한 엄마 향수 냄새가 났다.

"오, 루." 엄마는 티슈로 내 눈물을 닦았다.

"전화를 받고 놀라서 죽는 줄 알았어. 아프니? 뭐 필요한 거 있어? 불편하진 않아? 뭘 좀 갖다줄까?"

엄마가 너무 빠르게 말을 해서 대답할 수가 없었다.

"연락받자마자 왔어. 카트리나가 할아버지를 보고 있고. 할아버지가 사랑한다고 전해달란다. 뭐, 그런 비슷한 말이었는데 어차피 우리가 다 알아듣잖니. 참, 얘, 어쩌다 이렇게 된 거니? 대체 무슨 생각을 한 거야?"

대답이 필요한 것 같지는 않았다. 나는 가만히 누워 있기만 하면 됐다. 엄마는 티슈로 자기 눈가를 닦더니 다시 내 눈가도 닦았다.

"넌 아직도 내 딸이야. 그리고……, 너한테 무슨 일이 있었는지 우리가……, 알잖니."

"엉……." 나는 그 말을 삼켰다. 혀가 제대로 돌아가지 않았다. 술에 취한 사람처럼 말이 나왔다.

"우디가 하해……."

"그래. 하지만 너 때문에 참 힘들었단다, 루. 도저히……."

"그 얘기는 나중에 해, 여보." 아빠가 엄마의 어깨를 잡았다. 엄마는 저쪽으로 시선을 돌리고 내 손을 잡았다.

"전화를 받았을 때. 아. 나는…… 그때는 몰랐어……." 엄마는 다시 훌쩍이며 손수건으로 입을 가렸다. "무사해서 정말 다행이야, 버나드."

"물론이지. 애가 원래 고무공처럼 끄떡없잖아. 응?"

아빠가 나를 내려다봤다. 두 달 전에 아빠와 통화를 했지만, 18개월 전에 고향을 떠난 이후로 한 번도 만나지는 못했다. 아빠는 낯익은 모습 그대로 거대했다. 그러나 너무나도 지친 얼굴이었다.

"미안." 나는 속삭였다. 달리 뭐라고 말할 수 있을지 알 수 없었다.

"바보 같은 소리. 네가 무사해서 그저 다행이란다. 네 꼴이 마이크 타이슨이랑 6회전쯤 한 것처럼 보이기는 하지만 말이다. 여기 온 후로 거울은 봤니?"

나는 고개를 저었다.

"글쎄……. 나라면 좀 더 나중에 보겠다. 미니 마트 옆에서 자전거 핸들 위로 넘어간 테리 니콜스 알지? 그 친구한테서 콧수염만 떼어놓으면 딱 지금 네 모습이겠다."

아빠는 내 얼굴을 더 자세히 들여다본다.

"사실, 말이 나왔으니 말인데……."

"버나드."

"내일 핀셋을 가져오마. 어쨌든 다음에는 나는 연습을 하려면 비행장에 내려라, 응? 뛰어서 팔만 파닥거린다고 안 되는 모양이니까."

나는 웃어 보이려고 애썼다. 엄마와 아빠가 내게 다가왔다. 긴장하고 불안한 얼굴이었다. 우리 부모님.

"애 말랐어, 버나드. 마른 것 같지 않아?"

아빠가 더 가까이 다가오자 눈가가 살짝 젖어 있고 평소보다 어색하게 웃고 있는 것이 느껴졌다.

"아……, 애는 예쁘기만 한걸, 여보. 내 말 믿어. 아주 예쁘다고."

아빠는 내 손을 꼭 쥐더니 입으로 가져가 키스했다. 내 평생 아빠가 처음 하는 행동이었다.

그때 나는 엄마 아빠가 내가 죽으려고 했다고 생각한다는 것을 깨달았다. 가슴에서 흐느낌이 치밀어 올랐다. 뜨거운 눈물이 흐르는 눈을 꼭 감고서, 아빠의 커다랗고 딱딱한 손의 감촉을 느꼈다.

"우리가 왔다, 얘야. 이제 괜찮아. 이제 아무렇지도 않을 거야."

두 분은 2주 동안 날마다 아침 일찍 기차를 타고 80킬로미터나 되는 거리를 오갔고, 그 후에는 며칠마다 한 번씩 병원으로 찾아왔다. 엄마가 혼자서 다니지 않겠다고 하는 바람에 아빠는 특별 휴가를 얻었다. 런던에는 온갖 이상한 사람이 다 있다고 했다. 엄마는 마치 후드를 꾹 눌러쓰고 나이프를 휘두르는 괴한이 병실로 들어오고 있다는 듯 뒤를 흘끔거리며 이 말을 여러 차례 반복했다. 카트리나는 할아버지를 지키러 엄마 집에 와 있었다. 엄마가 이 말을 할 때는 뭔가 날이 서 있어서 카트리나가 자청한 일은 아니라는 것을 알 수 있었다.

병원에서 점심 식사가 나왔을 때, 5분 동안 열심히 살펴봐도 음식의 정체를 알아내지 못했던 엄마는 그다음부터 집에서 음식을 싸 왔다.

"게다가 플라스틱 식판이라니, 버나드. 여기가 무슨 교도소도 아니고."

엄마는 울적한 표정으로 음식을 포크로 찔러본 뒤 냄새를 맡았다. 그 뒤로 엄마는 두툼한 햄이나 치즈를 흰 빵에 끼운 엄청난 양의 샌드위치와 집에서 끓인 수프를 보온병에 넣어 가져왔다.

"이런 것이 보기만 해도 무엇인지 알 수 있는 음식이지."

엄마는 아기에게 하듯이 음식을 내게 떠먹였다. 혀는 서서히 정상 크기로 돌아왔다. 아마 떨어지며 혀를 깨문 모양이었다. 드문 일이 아니라고 했다.

골반을 접합하는 수술을 두 차례 받았고, 왼쪽 발과 왼쪽 팔은 관절까지 깁스를 했다. 병원 직원인 키스는 내 깁스에 사인을 해도 되냐고 물었다. 새하얀 깁스를 하고 있으면 재수가 없는 모양이었다. 된다고 하자마자 키스가 어찌나 외설스러운 말을 써놓았는지, 필리핀인 간호사 이블린이 상담사가 오기 전에 그 위에 다시 석고를 발라줬다. 키스는 내 휠체어를 밀고 방사선과나 약국으로 가는 동안 병원에서 오가는 이야기를 들려줬다. 수없이 많은 환자가 서서히 끔찍하게 죽어가는 이야기는 듣지 않아도 상관없건만, 그는 그런 이야기를 하는 것이 좋은 모양이었다. 가끔 그가 사람들에게 내 이야기도 하는지 궁금했다. 나는 5층에서 떨어지고도 죽지 않은 여자였다. 병원의 기준에서 이 정도면 C병동의 최고 수준으로, '전지가위로 자기 엄지손가락을 자른 얼간이'보다 한 수 위인 듯했다.

인간이 시설에 적응하는 속도는 놀랍다. 아침에 눈을 뜨면 이제 알게 된 몇 사람들의 돌봄을 받고, 상담사에게는 적절한 말을 한 뒤 부모님이 도착할 때까지 기다렸다. 부모님은 내 병실에서 자잘한 일을 하느라 바쁘다가도 의사들 앞에서는 부모님답지 않게 정중해졌다. 아빠는 엄마가 발목을 걷어찰 때까지 내게 회복력이 부족한 것을 거듭 사과했다.

회진이 끝나면 엄마는 보통 아래층의 가게를 돌아보고 패스트푸드 가게가 많다면서 소리 죽여 감탄했다.

"심장병동의 다리가 한쪽만 있는 사람 말이야, 버나드. 그 사람이 거기 앉아서 치즈버거랑 감자칩에 얼굴을 파묻고 있더라니까. 도대체 믿을 수가 없어."

아빠는 내 침대 아래의 의자에 앉아서 지역신문을 읽었다. 첫 주에 아빠는 내 사고에 관한 기사가 있는지 계속 확인했다. 런던의 이쪽 지역에서는 사람 둘을 죽여도 오늘의 사건란에 실릴까 말까 하다고 말하고 싶었지만, 스토트폴드의 지난주 지역신문 1면에는 "슈퍼마켓 카트를 주차장 엉뚱한 곳에 방치하다"라는 기사가 실렸다. 그전 주에는 "오리 연못의 상태에 학생들이 슬퍼하다"가 실렸으니 아빠를 설득하기는 쉽지 않았다.

금요일, 마지막으로 골반 수술을 마친 뒤 엄마는 내게 한 사이즈 큰 가운과 달걀샌드위치가 든 커다란 갈색 봉투를 가져왔다. 안에 뭐가 들었는지 물어볼 필요는 없었다. 봉투를 열자마자 달걀 냄새가 병실을 가득 채웠으니까. 아빠가 손을 내저었다.

"간호사들이 내 탓이라고 할 거야, 조시." 아빠는 문을 닫으면서 말했다.

"달걀을 먹어야 건강해져. 재 너무 말랐잖아. 게다가 당신은 그런 말 못해. 개가 죽은 지 2년이나 지났는데도 당신한테서 나는 냄새가 개 탓이라고 했잖아."

"우리 사이에도 낭만은 있어야지, 여보."

"카트리나가 지난번에 사귄 작자는 방귀를 뀌면서 그 애 머리 위로 담요를 덮었단다, 글쎄!" 엄마는 목소리를 낮췄다.

"내가 그런 짓을 하면 네 엄마는 다른 지역으로 도망가 버릴걸." 아빠가 내게 말했다.

두 분의 웃음에서 긴장감이 느껴졌다. 느낄 수 있었다. 온 세상이 네 개의 칸막이 안으로 줄어들면 분위기가 살짝 변하는 것도 감지됐다. 엑스레이를 볼 때 상담사가 슬며시 돌아서거나 간호사들이 얼마 전 죽은 사람 이야기를 하면서 입을 가리는 것만 봐도 알 수 있었다.

"왜요?" 내가 물었다. "왜 그래요?"

두 분은 어색한 표정으로 서로 보기만 했다.

"그게……." 엄마가 내 침대 끝에 앉았다. "의사가……, 상담사가 말이다. 네가 어떻게 떨어졌는지 확실하지 않다고."

나는 달걀샌드위치를 한 입 베어 물었다. 왼손으로 물건을 쥘 수 있게 됐다.

"아, 그거. 잠깐 한눈을 팔았어요."

"옥상에서 걷다가 말이지."

샌드위치를 묵묵히 씹었다.

"혹시라도 몽유병에 걸린 건 아니었을까?"

"아빠……, 나 평생 몽유병 같은 것 없었어요."

"아냐, 있었어. 네가 열세 살 때 자다가 아래층에 내려와서 카트리나의 생일 케이크 절반을 먹었잖니."

"음. 사실 그때 잠들었던 게 아닐 수도 있어요."

"그리고 혈중 알코올 농도도. 네가 술을…… 엄청 많이 먹었다던데."

"그날 저녁에 좀 힘들었어요. 한두 잔 마시고 바람 좀 쐬려고 옥상에 올라갔던 거예요. 그러다 누구 목소리가 들려서 정신이 팔렸어요."

"사람 목소리가 들렸다고."

"꼭대기에 서서 바깥을 내다보고 있었어요. 가끔 그래요. 그런데 등 뒤에서 여자애 목소리가 들려서 깜짝 놀라서 발을 헛디딘 거예요."

"여자애?"

"사실은 목소리만 들렸어요."

"정말로 여자애가 확실하니? 상상 속의……." 아빠가 다가왔다.

"아빠, 골반은 망가졌지만 머리는 멀쩡하거든요."

"구급차를 부른 게 여자애라고 했어." 엄마가 아빠 팔을 잡았다.

"그럼 정말로 사고였다는 거구나." 아빠가 말했다.

나는 먹는 걸 멈췄다. 엄마와 아빠는 켕기는 구석이 있는 듯 서로 외면했다.

"네? 내…… 내가 뛰어내렸다고요?"

"그런 건 아니야." 아빠는 머리를 긁적였다. "그냥, 음, 한동안…… 상황이 안 좋았고…… 널 만난 지도 오래되었고…… 그 시간에 건물 옥상에 올라갔다니 놀라서. 전엔 높은 곳을 무서워했잖아."

"전엔 자면서 태우는 칼로리가 얼마인지 계산하는 게 정상이라고 생각하는 남자랑 약혼한 적도 있었거든요. 세상에. 그래서 나한테 이렇게 잘해주는 거예요? 자살하려고 그런 줄 알고?"

"그냥 그 사람이 별의별 걸 다 묻기에……."

"누가 뭘 물어요?"

"정신과의사 말이야. 네가 정상인지 확인하고 싶단다, 얘야. 그동안…… 뭐, 상황이 그랬던 걸 아니까……."

"정신과요?"

"대기 리스트에 널 올려놨대. 상담 말이야. 우리가 의사랑 의논을 했는데, 우리가 너랑 같이 지내기로 했다. 회복할 때까지만. 어차피 네 아파트에서 혼자 지낼 수는 없잖니, 거긴……."

"내 아파트에 가봤어요?"

"음, 물건 가지러."

긴 침묵이 이어졌다. 엄마 아빠가 내 문 앞에 서 있는 모습, 빨지 않은 침대 시트와 벽난로 위에 줄지어 늘어선 빈 와인병과 냉장고에 달랑 들어 있는 시리얼 바 반쪽을 보고 엄마가 핸드백을 움켜쥐는 모습이 떠올랐다. 고개를 절레절레 젓고는 서로 바라보는 광경이 눈에 선했다. '집을 제대로 찾아온 게 맞아, 버나드?'

"당장은 가족이랑 지내야 해. 설 수 있을 때까지라도."

두 분이 어떻게 생각하든 내 아파트에서 잘 지낼 수 있을 거라고 말하고 싶었다. 일을 하고, 집으로 가서 다음 출근 때까지 아무 생각도 안 하고 싶었다. 스토트폴드로 돌아가서 또 '그 여자'가 될 수는 없었다. '그때 그 여자'라고 손가락질받을 수는 없었다. 엄마가 조심스럽게 감춘 불만, 그리고 말만 여러 번 하면 정말로 괜찮아진다는 듯 아빠가 '다 괜찮아. 아무 문제도 없어'라고 외치며 주는 부담을 느끼고 싶지 않았다. 날마다 윌의 집을 지나치며 내가 함께 겪은 일, 그 안에 언제까지나 남아 있을 것들을 떠올릴 수는 없었다.

하지만 그런 말은 하지 않았다. 갑자기 피곤해졌고, 온몸이 아팠고 더 이상 싸울 기력이 없었기 때문이다.

아빠는 2주 뒤 회사 밴으로 나를 태워 집으로 갔다. 두 사람이 탈 자리밖에 없어서 엄마는 집에서 나를 맞을 준비를 했다. 고속도로를 빠르게 달리는 동안 긴장감에 배 속이 죄어오는 느낌이 들었다.

고향의 활기찬 거리가 낯설게 느껴졌다. 모든 것이 얼마나 작고 낡고 사소해 보이는지, 나는 멀찍이서 분석하는 시선으로 고향을 바라봤다. 윌이 사고를 당한 후에 처음 고향에 돌아왔을 때 이렇게 느꼈을 것이라는 생각이 들자 서둘러 그런 생각을 밀어냈다. 우리 집이 있는 거리로 접어들자 몸이 살짝 움츠러들었다. 이웃들과 예의를 차리는 대화를 하는 것도, 내 상황을 설명하는 것도 싫었다. 내가 한 일에 대해 비판받고 싶지 않았다.

"괜찮아?" 내 머릿속을 짐작하는 것처럼 아빠가 물었다.

"네."

"다행이구나." 아빠가 내 어깨를 잠시 잡아줬다.

집 앞에 차를 세우기도 전에 엄마가 벌써 나와 있었다. 아빠는 가방 하나를 계단에 올려놓고 다른 가방을 어깨에 멘 채 내가 차에서 내리는 것을 도와주었다.

보도블록 위로 지팡이를 조심스레 짚고 천천히 걸어가며 등 뒤의 커튼들이 움직이는 것을 느꼈다. 속삭이는 소리가 들렸다. '누가 왔

는지 봐. 이번엔 또 무슨 짓을 한 거야?'

아빠는 내 발이 갑자기 튀어 나가 어디론가 가버릴까 걱정스러운 듯 조심스레 살피면서 나를 부축했다.

"괜찮아? 자, 서두르지 말고." 아빠는 계속 물었다.

할아버지가 체크 셔츠와 파란 스웨터를 입고 복도에 서 있었다. 아무것도 변하지 않았다. 벽지도 똑같았다. 복도의 카펫도 변함없었고, 엄마가 아침에 청소기를 돌린 자국도 여전했다. 옷걸이에 내 낡은 스웨터가 걸려 있었다. 18개월 만이었지만, 10년 만에 돌아온 기분이었다.

"서두르지 마. 당신이 너무 빨리 걷잖아." 엄마가 손을 꼭 잡고 말했다.

"뛰는 것도 아닌데. 이보다 더 늦게 걷다가는 뒤로 가고 있을걸."

"계단 조심해. 계단을 올라올 때는 애 뒤에 서야지, 버나드. 뒤로 넘어질 수도 있잖아?"

"계단은 나도 알아요. 여기 26년 살았거든요." 이를 악물고 말했다.

"거기 발 부딪히지 않게 조심해, 버나드. 애가 반대쪽 골반도 부수면 어떡해."

'아, 제발. 윌, 당신도 이랬어요? 하루도 빠짐없이?' 이런 생각이 들었다.

그때 동생이 엄마를 밀치고 나왔다.

"아, 제발 좀, 엄마. 자, 깡충 뛰어봐. 언니 때문에 서커스 꼴이 되고 있잖아."

카트리나는 내 팔을 자기 어깨에 두르더니 잠시 이웃들을 내다보며 '이러기예요?'라고 묻는 듯 눈썹을 치켜떴다. 커튼이 재빨리 닫히는 소리가 들리는 것 같았다.

"쓸모없는 인간들. 자, 어서 가자. 토머스한테 청소년 클럽 데려가기 전에 언니 상처 보여준다고 약속했어. 세상에, 살이 얼마나 빠진 거야? 가슴이 양말에 넣어놓은 귤 꼴이 되었겠네."

웃으면서 걷기가 힘들었다. 토머스가 달려와 끌어안으려고 해서 나는 걸음을 멈췄다. 그리고 아이랑 부딪칠 때 중심을 잡기 위해 한 손으로 벽을 짚었다.

"이모를 정말로 칼로 갈랐다가 다시 붙였어요?" 토머스가 물었다. 아이의 머리가 내 가슴에 닿았다. 앞니가 네 개 빠져 있었다.

"할아버지가 이모를 잘못 붙여놓았을지도 모른대요. 그래도 뭐가 달라졌는지는 알 수 없을 거래요."

"버나드!"

"농담이었어."

"루이자." 할아버지가 굵은 음성으로 머뭇머뭇 불렀다. 할아버지는 불안하게 손을 뻗어 나를 안았다. 나도 할아버지를 안았다. 할아버지는 몸을 빼면서 늙은 손으로 나를 놀라울 정도로 꼭 잡더니 인상을 썼다. 화난 척하시는 것이었다.

"알아요, 아빠. 알아. 하지만 이제 집에 왔잖아요." 엄마가 말했다.

"전에 쓰던 방을 써라. 톰을 위해서 트랜스포머 벽지를 바르긴 했지만. 괴상한 오토봇이니 프레데콘◇ 같은 게 있어도 상관없지?" 아

◇ <트랜스포머> 시리즈에 등장하는 집단으로 오토봇과 대립하는 세력.

빠가 말했다.

"나 엉덩이에 벌레가 있어요." 토머스가 말했다. "엄마가 집 밖에 나가서는 그 얘기 하면 안 된대요. 손가락을 거기……."

"아이고, 세상에." 엄마가 말했다.

"집에 돌아온 걸 환영한다, 루." 아빠가 이렇게 말하더니 가방을 내 발 위에 떨어뜨렸다.

3.

돌이켜 보면 윌이 죽은 후 9개월 동안은 마치 안개 속을 헤맨 것 같았다. 나는 곧바로 파리로 갔다. 자유로움에 들뜨고 윌이 내게 일깨워 준 욕구에 사로잡혀 집으로 돌아가고 싶지 않았다. 내 프랑스어 실력이 엉망이어도 상관없는, 외국인들이 모이는 바에서 일자리를 구했다. 그 일을 점점 더 잘하게 되었다. 16구역의 중동 식당이 있는 건물 옥탑방을 하나 빌려 밤늦게 술을 마시는 사람들, 아침 일찍 배달 다니는 사람들 소리를 들으며 날마다 남의 인생을 사는 것 같은 기분으로 지냈다.

그 시절, 마치 나는 피부를 한 겹 잃어버린 것 같았다. 모든 것을 평소보다 강렬하게 느꼈다. 아침에 일어나면 웃거나 울었고, 눈을 가리던 막이 사라진 것처럼 모든 것을 보았다. 새로운 음식을 먹었고, 낯선 거리를 걸었으며, 내 언어가 아닌 언어로 사람들과 이야기했다. 가끔은 마치 그 모든 것을 그의 눈으로 보듯이, 내 귀에 그의 목소리가 들리듯이, 그에게서 벗어날 수 없을 것만 같았다.

'그럼 저건 어떻게 생각해요, 클라크?'

'당신이 이걸 좋아할 거라고 했잖아요.'

'먹어요! 시도해 봐요! 어서!'

우리가 날마다 따르던 일과가 사라지니 갈피를 잡을 수 없었다. 몇 주가 지나서야 그의 몸을 날마다 만질 수 없어도 손이 쓸모없이 느껴지지 않게 되었다. 내가 단추를 채워준 윌의 부드러운 셔츠, 가만히 씻어주곤 했던 그의 따뜻한 손, 아직도 손끝에 감촉이 느껴질 것 같은 매끄러운 머리카락, 그의 목소리, 그가 드물게 터뜨리곤 하던 웃음, 내 손가락에 닿는 그의 입술, 잠들기 직전 그의 눈꺼풀이 내려앉던 모습이 그리웠다. 내가 한 일에 여전히 경악 상태였던 엄마는 나를 사랑하기는 하지만, 루이자를 자기가 키운 딸이라고 여길 수는 없다고 했다. 나는 사랑하던 남자와 가족을 동시에 잃어버리고 내 존재와 결부된 모든 것을 상실했다. 연결된 것 하나 없이 미지의 우주 속에서 부유하는 기분이었다.

그래서 나는 새로운 삶을 시작했다. 다른 여행자들과 가벼운, 적당히 거리를 두는 친구가 되었다. 대학 입학을 앞두고 여행하는 영국 학생들, 위대한 작가들의 발자취를 찾아왔다가 미드웨스트로 돌아갈 생각이 없어진 미국인들, 돈 많은 젊은 은행가들, 일일 여행객들, 끊임없이 흘러들어 왔다가 떠나는 사람들. 다른 삶에서 탈출한 사람들. 미소를 지으며 그 사람들과 이야기를 나누고 일했다. 나는 그가 바라는 대로 산다고 생각했다. 그렇게 하면 최소한 위로를 받을 수 있을 거라고.

겨울이 지나고 찾아온 봄은 아름다웠다. 그리고 거의 하룻밤 사이에, 어느 날 아침 깨어나 보니 그 도시와의 사랑이 끝난 것을 깨달았다. 아니, 적어도 계속 파리에 살 만큼 정든 것 같지는 않았다. 외국인들의 이야기가 지겨울 정도로 비슷하게 들리기 시작했고 파리 사람들은 불친절하게 느껴졌다. 적어도 하루에 서너 번은 내가 절대 어울릴 수 없다는 느낌을 받았다. 파리가 흥미로웠지만 급하게 사고 보니 결국 내게 맞지 않는 화려한 드레스처럼 느껴졌다. 나는 사표를 내고 유럽을 돌아다니며 여행을 하기로 했다.

그 후 2개월은 나 자신이 그 어느 때보다도 무능하게 느껴졌다. 거의 내내 외로웠다. 매일 밤 어디서 자야 할지 알 수 없는 것이 싫었고, 기차 시간표와 환율에 대해 끊임없이 불안했으며, 아무도 믿을 수 없으니 친구를 사귀기가 어려웠다. 게다가 나 자신에 대해 뭐라고 말할 수 있단 말인가? 사람들이 물어보면 가장 피상적인 내용만 알려줄 수 있었다. 내게서 중요하거나 흥미로운 것들은 이야기할 수 없는 것뿐이었다. 이야기할 상대가 없으니 트레비 분수든 암스테르담의 운하든 보는 풍경마다 그저 체크할 리스트에 불과했다. 마지막 한 주는 그리스의 해변에서 보냈는데, 얼마 전 윌과 함께 갔던 해변이 자꾸만 기억나는 곳이었다. 결국 일주일 동안 모래에 앉아 전부 드미트리라고 자신을 소개하는 구릿빛 피부의 남자들을 밀어내며 정말 즐거운 시간을 보내고 있다고 되뇌다, 두 손 들고 파리로 돌아갔다. 달리 갈 곳이 없다는 생각이 처음으로 들었기 때문이다.

2주 동안 바에서 같이 일했던 여자의 집 소파에서 자면서 다음에 무엇을 할지 고민했다. 윌과 커리어에 대해 나눈 대화를 기억한 나는 대학교 서너 곳에 패션 과정을 문의했다. 하지만 보여줄 작품이 없었기에 정중히 거절을 당했다. 원래 합격했던 대학은 윌이 죽은 후 입학 연기 신청을 하지 않아 들어갈 수 없었다. 다음 해에 다시 지원할 수 있다고 담당자가 말했지만, 내가 그러지 않으리라는 것을 그 사람도 아는 것 같았다.

구인 웹사이트를 찾아보았지만, 그동안 그렇게 많은 일을 겪었음에도 원하는 일자리에 지원할 자격은 안 되었다. 다음에 무엇을 할까 궁리하고 있을 때 윌의 변호사 마이클 롤러가 전화를 하더니 윌이 남긴 돈으로 뭔가 해야 할 때가 되었다고 말했다. 그것이 내게 필요한 구실이 되어주었다. 마이클은 스퀘어 마일◊ 가장자리에 위치한, 무시무시하게 비싼 방 두 개짜리 아파트 가격을 협상할 수 있도록 도와주었다. 윌이 그 모퉁이의 와인 바 이야기를 했던 것이 기억나, 윌과 조금이라도 가까워지는 느낌이 들어 그곳을 샀다. 가구를 살 돈이 조금 남았다. 6주 뒤 나는 영국으로 돌아와 샘록 앤드 클로버에 일자리를 얻고 다시는 만나지 않을 필이라는 남자와 잤으며, 정말로 새로운 삶을 시작한다는 느낌이 오기를 기다리고 있었다.

그리고 9개월째가 되어도 여전히 기다리는 중이다.

고향으로 돌아와 첫 주에는 밖에 별로 나가지 않았다. 온몸이 아팠고 쉽게 피곤해져서 강한 진통제를 먹고 침대에 누워 졸았다. 그러면서 회복이 중요하다고 스스로에게 말했다. 이상하게도 작은 집으로 돌아와 있으니 편했다. 떠난 후로 네 시간 이상 연달아 잔 곳은 이곳이 처음이었다. 방이 작아서 손만 뻗으면 벽을 짚을 수 있었

◊ 런던의 금융 중심지인 시티 오브 런던의 별칭.

다. 엄마는 끼니를 챙겨주었고 할아버지는 친구가 되어주었다. (카트리나는 톰을 데리고 학교로 돌아갔다.) 나는 낮에 텔레비전을 보면서 대출 회사 광고와 승강기 광고가 끊임없이 흘러나오는 것과 1년 만에 돌아와 보니 알아볼 수 없는 유명인들이 계속 출연하는 것에 놀랐다. 작은 고치 안에 들어앉은 느낌이었다. 그 한구석에는 코를 흔들어대는 거대한 코끼리가 한 마리 쪼그리고 앉아 있었지만.

이 미묘한 평형상태를 흔들어놓을 만한 이야기는 아무도 하지 않았다. 나는 텔레비전에 나오는 셀럽 뉴스를 무엇이든 보았고, 저녁을 먹을 때 "그러니까 셰이나 웨스트가 어떻다는 거야?"라고 묻곤 했다. 엄마와 아빠는 그 이야기에 반가워하며 그 여자 과거가 지저분하다거나, 머리가 예쁘다거나, 재능이 없다고 이야기했다. 우리는 〈다락방 바겐세일〉("어머니가 남긴 빅토리아시대 화분의 값어치가 얼마나 될지 늘 궁금해.")과 〈이상적인 시골 가정〉("나라면 욕실에서 개를 씻기지 않겠어.")을 보았다. 식사하고, 옷을 입고, 이를 닦고, 엄마가 시키는 사소한 일("얘야, 있잖아. 내가 나갔을 때 빨래를 내놓을 수 있으면, 색깔 빨래랑 같이 하마.")을 마치는 것 이외에는 아무 생각도 하지 않았다.

하지만 살금살금 밀려오는 밀물처럼, 바깥세상은 꾸준히 밀고 들어왔다. 엄마가 빨래를 널 때 이웃들이 묻는 소리가 들렸다.

"그럼 루가 돌아온 거군요?"

"그래요." 그러면 엄마는 엄마답지 않게 무뚝뚝한 목소리로 대답했다.

성이 보이는 방은 피하게 되었다. 물론 성은 거기 있었다. 그 안에 사람들, 윌과 끊을 수 없는 관계의 사람들이 살고 있다는 사실을 잊을 수 없었다. 그들이 어떻게 지내는지 궁금하기도 했다. 트레이너 부인이 아들에게 해준 모든 봉사에 감사하다고 정중히 적어 보낸 편지를 파리에서 전달 받았다.

"할 수 있는 모든 일을 해준 것을 알고 있어요."

하지만 그게 전부였다. 그 가족은 나의 전부였다가 내가 기억도 할 수 없는 시절의 희미한 잔재가 되었다. 매일 저녁 몇 시간씩 우리 집 쪽으로 그 성의 그늘이 드리우는 것을 보면 트레이너 집안의 존재가 나를 향해 비난하는 것처럼 느껴졌다.

그곳에서 지낸 지 2주가 지나고서야 엄마와 아빠가 사교 클럽에 가지 않는다는 사실을 깨달았다.

"오늘 화요일 아닌가?" 세 번째 주, 저녁 식탁에 모여 있을 때 내가 말했다.

"아까 출발했어야 하는 거 아니에요?"

두 분은 서로 흘끔 쳐다보았다.

"어, 아니. 됐다." 아빠가 돼지고기를 우물거리면서 말했다.

"나 혼자서도 괜찮아요. 정말. 이제 훨씬 나아졌어요. 그리고 텔레비전 보는 것도 좋아요." 내가 말했다. 내심 아무도 없이 혼자 앉아 있는 것이 그리웠다. 집에 온 이후로 30분 이상 혼자 있어본 적이 거의 없었다.

"정말이에요. 나가서 재미있게 놀다 와요. 나 신경 쓰지 말고."

"이……, 이제는 클럽에 안 가." 엄마가 감자를 자르며 말했다.

"사람들이……, 말이 많아서. 그 일에 대해. 결국, 안 보는 게 상책이지." 아빠가 어깨를 으쓱였다. 그 후로 침묵은 6분이나 이어졌다.

예전 생활을 떠오르게 하는 좀 더 구체적인 것들도 있었다. 몸에 딱 붙는 조깅 바지를 입는, 특별히 짜증 나는 것들.

패트릭이 조깅하며 우리 집 앞을 네 번째 지나가던 날이었다. 그것이 우연이 아닐 수 있다는 생각이 들었다. 첫날 그의 목소리를 듣고 다리를 절뚝이며 창가로 다가가 블라인드 사이로 살짝 밖을 내다보았다. 그가 서서 다리를 쭉쭉 뻗으며 머리를 하나로 묶은 금발 여자와 이야기를 하고 있었다. 그녀가 입은 파란 라이크라 운동복은 어찌나 꽉 죄는지 아침으로 무엇을 먹었는지 알 수 있을 것만 같았다. 둘은 봅슬레이를 두고 나온 올림픽 출전 선수 같았다.

패트릭이 고개를 들고 나를 볼까 봐 창가에서 뒤로 물러났다. 1분쯤 지나자 두 사람은 다시, 조랑말처럼 등을 꼿꼿이 세우고 달려갔다.

이틀 뒤 옷을 입고 있는데 두 사람 소리가 또 들렸다. 패트릭은 탄수화물 섭취에 대해서 뭐라고 크게 말했고, 여자는 우리 집 쪽으로 석연치 않은 눈길을 한 번 주었다. 어째서 똑같은 자리에서 다시 달리기를 멈췄는지 의아해하는 눈치였다.

셋째 날, 그들이 도착했을 때 나는 할아버지와 거실에 있었다.

"전력 질주 연습을 해야지. 자, 세 번째 가로등까지 갔다가 돌아오면 내가 시간을 잴게. 2분 간격으로. 출발!" 패트릭이 큰 소리로 말하고 있었다.

할아버지는 어이가 없다는 표정을 지었다.

"내가 돌아온 다음부터 매일 저러는 거예요?"

할아버지는 더욱 어이없다는 표정을 지었다.

패트릭이 스톱워치를 보면서 가장 멋지게 보이는 자세로 서 있었다. 나는 망사 커튼 사이로 패트릭을 지켜봤다. 검정 플리스 점퍼와 색깔을 맞춘 라이크라 반바지를 입고 건너편에 서 있었다. 내가 그렇게 오랫동안 사랑한다고 믿었던 사람이 그라는 사실이 내심 놀라웠다.

"계속해!" 그는 스톱워치에서 시선을 들며 외쳤다. 그러자 여자는 말 잘 듣는 강아지처럼 그 옆의 가로등을 손으로 치고 다시 달려갔다.

"42.3초. 0.5초는 줄일 수 있을 거야." 여자가 헉헉거리며 돌아오자 그는 잘했다는 듯이 말했다.

"너 때문에 저러는 거야." 머그잔 두 개를 들고 지나가던 엄마가 말했다.

"그러게요."

"패트릭 엄마가 슈퍼에서 네가 돌아왔는지 묻기에 그렇다고 했어. 그런 표정으로 보지 마라. 그 여자한테 거짓말을 할 수는 없어."

엄마가 턱으로 창문 쪽을 가리켰다.

"저 여자는 가슴 수술을 했어. 스토트폴드의 화젯거리다. 그 위에다 찻잔 두 개는 올려놔도 되겠더라." 엄마는 잠시 내 옆에 섰다.

"약혼한 거 아니?"

나는 속이 쓰릴 줄 알았는데, 그 느낌이 너무 미미해서 그런지 배에 가스가 찬 것처럼 느껴졌다.

"둘이…… 잘 어울리네."

"나쁜 녀석은 아니야, 루. 네가…… 변한 거지." 엄마는 잠시 그를 보며 서 있다가 내게 머그잔을 하나 건네고 돌아섰다.

마지막으로 그가 우리 집 앞에서 팔굽혀펴기를 할 때 나는 현관문을 열고 밖으로 나갔다. 팔짱을 끼고 기대서서 패트릭이 고개를 들 때까지 지켜봤다.

"나라면 그렇게 오래 안 있겠어. 옆집 개가 그 자리를 좋아하거든."

"루!" 우리가 사귀던 7년 동안 일주일에 서너 번씩 드나들던 내 집 앞에 내가 서 있는 것이 뜻밖이라는 듯, 패트릭이 외쳤다.

"어……, 돌아온 걸 보니 놀라운걸. 넓은 세상을 정복하고 있을 줄 알았는데!"

옆에서 팔굽혀펴기를 하던 패트릭의 약혼녀도 고개를 들더니 다시 숙였다. 상상일 수도 있지만, 그 여자가 엉덩이를 더 꽉 조이는 것 같았다. 위, 아래, 미친 듯이 팔굽혀펴기를 했다. 위, 아래. 그녀의 새로 만든 가슴이 무사할지 살짝 걱정이 되었다.

패트릭이 벌떡 일어났다.

"이 사람은 캐롤라인. 약혼녀야." 그는 무슨 반응을 기다리는지 내게서 눈을 떼지 않았다.

"다음번 철인경기에 나가려고 훈련 중이야. 벌써 두 번 출전했지."

"참…… 로맨틱하네." 내가 말했다.

"음, 캐롤라인이랑 나는 뭔가 함께하는 게 좋다고 생각해서."

"그런가 보네." 내가 대답했다. "터키석 색으로 운동복도 맞춰서 입고!"

"아. 그래. 팀 컬러야."

잠시 침묵이 흘렀다.

"파이팅, 팀!" 나는 허공을 향해 주먹을 뻗었다.

캐롤라인이 일어나더니 학처럼 다리를 뒤로 접으면서 허벅지 근육을 풀었다. 그녀는 최소한의 예의를 갖추느라 내 쪽으로 목례를 했다.

"살이 빠졌네." 패트릭이 말했다.

"응. 링거 다이어트를 했더니."

"사…… 사고가 났었다면서." 패트릭은 안됐다는 듯 고개를 옆으로 까닥였다.

"소식 빠르네."

"그래도. 무사해서 다행이다. 지난 한 해 동안 힘들었을 거야. 알잖아. 그 일을 치르고." 그는 코를 훌쩍이며 눈을 내리깔았다.

거기까지였다. 호흡을 조절하려고 노력했다. 캐롤라인은 다리를 뻗어대며 결연히 나를 쳐다보지 않았다.

"어쨌든……, 결혼 축하해."

패트릭은 장래 아내의 늘씬한 다리를 자랑스레 감탄하며 쳐다봤다.

"음, 사람들 말이 맞아. 첫눈에 반하더라고." 패트릭은 내게 짐짓 미안하다는 미소를 지었다. 그 순간 내 자제심이 사라졌다.

"그랬을 거야. 결혼식 비용으로 돈 좀 넉넉히 모아놨겠지. 돈이 많이 들잖아?"

둘 다 나를 쳐다봤다.

"내 이야기를 신문사에 팔아서 말이야. 얼마나 받았어, 팻? 몇 천? 카트리나가 정확한 액수는 알아내지 못했거든. 그래도, 라이크라 운동복 몇 벌 값은 나왔겠지?"

캐롤라인이 패트릭 쪽으로 고개를 돌리는 걸 보니, 모르는 이야기였던 모양이다.

패트릭은 붉으락푸르락하는 얼굴로 나를 노려봤다.

"나랑은 상관없는 일이었어."

"물론 그랬겠지. 어쨌든 반가웠어, 팻. 결혼식 잘해요, 캐롤라인! 당신은…… 이 동네에서 제일 탱탱한 신부가 될 거라고 믿어요."

나는 돌아서서 안으로 천천히 걸어 들어갔다. 문을 닫고, 두근거리는 가슴으로 기대서서 그들이 다시 달리기 시작할 때까지 기다렸다.

"그럼 못써."

절뚝이며 거실로 들어가니 할아버지가 말했다. 할아버지는 경멸하는 눈초리로 창문 쪽을 바라보더니 한 번 더 말했다.

"못써." 그리고 웃어댔다.

나는 할아버지를 쳐다봤다. 그리고 뜻밖에도 나 역시 웃기 시작했다. 얼마 만에 웃는지 알 수 없었다.

"그래서 뭘 할지 정했어? 다 나으면?"

나는 침대에 누워 있었다. 토머스가 축구 교실에 간 사이 카트리나가 학교에서 잠시 들렀다. 천장을 올려다보니 토머스가 형광 스티커로 은하계 하나를 만들어놓았는데, 떼려면 천장 벽지 절반은 뜯겨 나오게 생겼다.

"아니, 별로."

"뭔가 해야지. 영영 여기 퍼져 앉아 있을 순 없잖아."

"퍼져 앉아 있진 않을 거야. 게다가 엉덩이도 아직 아파. 치료사가 누워 있는 게 낫댔어."

"엄마 아빠는 언니가 어떻게 할지 궁금하대. 스토트폴드에는 일자리도 없는데."

"나도 알아."

"하지만 언니는 늘 둥둥 떠다니잖아. 아무 데도 관심 없고."

"카트리나. 나 옥상에서 떨어진 지 얼마 안 됐거든. 지금 회복 중이야."

"그전에는 여행을 다닌다고 떠돌았지. 그러고는 무슨 일을 하고 싶은지 알 때까지 바에서 일했고. 언젠가는 생각을 정리해야 해. 학교로 돌아가지 않을 거면 뭘 하며 살 건지 생각해야지. 그냥 잔소리하려는 거 아니야. 어쨌든, 스토트폴드에 계속 살 거면 그 아파트도 세를 줘야 하고. 엄마 아빠가 언니를 계속 먹여 살릴 순 없어."

"8년 동안 엄마 아빠 저축으로 먹고산 여자가 할 소린 아니지."

"난 학생이잖아. 그건 달라. 어쨌든, 언니가 입원해 있을 때 은행계좌를 정리했는데 내야 할 돈을 내고 나니까 법정 병가 급여를 포함해서 1500파운드쯤 남더라. 참, 미국에 전화는 왜 하는 거야? 돈이 엄청 나왔던데."

"상관하지 마."

"그래서, 거기서 세입자를 구해주는 부동산 중개인들을 뽑아왔어. 그리고 대학 지원 상황도 한 번 더 살펴봐도 좋을 것 같아. 언니가 원하는 과에서 누가 자퇴를 했을지도 모르니까."

"카트리나. 피곤하다."

"놀아봐야 소용없어. 목표가 생기면 기분도 나아질 거야."

동생이 성가시게 굴면 짜증이 났지만 마음이 편해지기도 했다. 다른 누구도 내게 그러지 못했으니까. 부모님은 여전히 내게 큰 문제가 있으니 조심해서 대해야 한다고 믿는 것 같았다. 엄마는 내 빨래를 깔끔하게 개어 침대에 놓아두었고, 하루 세 끼를 준비해 줬으며, 나와 눈이 마주치면 어색한 미소로 서로 말하고 싶지 않은 모든 것을 감추었다. 아빠는 물리치료사에게 데려다주었고, 소파 옆에 앉아 텔레비전을 함께 볼 때 내 손에서 리모컨을 빼앗아 가지도 않았다. 예전같이 대해주는 사람은 카트리나뿐이었다.

"내가 뭐라고 하려는지 알지?"

나는 찡그리며 모로 누웠다.

"알아. 그러니까 하지 마."

"음, 윌이 있었으면 뭐라고 했을까. 약속했잖아. 약속 어기기야?"

"알았어. 그만해, 카트리나. 이 이야기는 이제 끝이야."

"좋아. 톰이 탈의실에서 나오네. 금요일에 봐!" 우리가 방금 음악이나 휴가 계획, 비누 따위에 대해서 이야기한 것처럼 카트리나는 이렇게 말했다. 나는 천장을 바라보며 누워 있었다.

'약속했잖아.'

그렇다. 그런데 이 꼴이라니.

카트리나는 나를 보고 혀를 찼지만, 집으로 돌아온 몇 주 동안 발전이 있기는 했다. 여든아홉 살쯤 된 기분으로 들고 다니다가 매번 밖에 두고 왔던 지팡이가 필요 없어졌다. 아침이면 주로 엄마의 요청에 따라 할아버지를 모시고 공원을 산책했다. 의사는 할아버지에게 날마다 운동을 하라고 했다. 그런데 어느 날 엄마가 뒤를 따라가 보니, 할아버지는 곧장 가게로 가서 돼지고기 육포를 산 후, 집으로 천천히 걸어오면서 드셨다고 했다.

할아버지와 나는 다리를 절었고 갈 곳이 없어 천천히 걸었다.

엄마는 자꾸 "기분 전환도 할 겸" 성에 가보라고 했지만, 나는 그 말을 무시했다. 아침마다 대문이 닫히면 할아버지는 꿋꿋이 공원 쪽을 가리켰다. 그 거리가 더 짧거나 복권 가게에 더 가까워서가 아니었다. 할아버지도 내가 성에 돌아가고 싶어 하지 않는 것을 아셨다. 마음의 준비가 되지 않았다. 그런 날이 올지는 알 수 없었다.

우리는 오리 연못을 천천히 두 번 돌고 햇볕을 쬐며 벤치에 앉아 아기들과 그 부모들이 뚱뚱한 오리에게 먹이를 주는 광경, 청소년들이 담배를 피우며 서로 소리를 지르고 때리면서 유치하게 구애하는 것을 구경했다. 우리는 복권 가게로 걸어갔고, 할아버지는 '왝 더 독'이라는 말에게 매번 3파운드를 잃었다. 할아버지가 마권을 구겨서 쓰레기통에 버리면 나는 슈퍼에서 잼 도넛을 사온다고 했다.

"조 지방." 우리가 빵 코너에 서 있을 때 할아버지가 말했다.

무슨 말인가 싶어서 눈살을 찌푸렸다.

"조 지방." 할아버지는 우리 도넛을 가리키며 웃었다.

"아. 맞아요. 엄마한테는 그렇게 말할 거예요. 저지방 도넛이라고."

엄마는 새 약 때문에 할아버지가 잘 웃는다고 했다. 그보다 더 나쁜 부작용도 있으니 상관없다고 생각했다.

계산대에 줄을 서 있는데도 할아버지는 자기 농담을 생각하며 계속 웃었다. 나는 고개를 푹 숙이고 잔돈을 찾아 주머니에 손을 넣었다. 주말에 아빠를 도와서 정원 정리를 도울지 생각하는 중이었다. 그래서 뒤에서 속삭이는 소리를 알아듣는 데 시간이 좀 걸렸다.

"죄책감 때문이야. 그래서 아파트 건물에서 뛰어내렸대."

"그래, 그럴 만도 하지 않아? 나라면 그러고는 못 살 거야."

"이 동네 얼굴을 내밀다니 놀랍지."

나는 꼼짝할 수 없었다.

"있잖아, 불쌍한 조시 클라크는 아직도 부끄러워해. 매주 고해성사를 가잖아. 그 여자가 무슨 죄가 있다고."

"조 지방." 할아버지는 도넛을 가리키며 계산대 직원에게 말했다.

"86펜스입니다." 점원은 예의 바르게 웃었다.

"트레이너 집안 사람들은 예전 같지 않아."

"그래, 다 망가졌지, 뭐."

"86펜스입니다."

몇 초 후에야 점원이 나를 기다리고 있는 사실을 알아차렸다. 나는 주머니에서 동전을 한 줌 꺼냈다. 동전을 고르려는데 손가락이 떨렸다.

"조시가 그 애한테 할아버지를 혼자 맡겨두는 건 아니겠지, 그렇지?"

"설마 그 애가……."

"뭐, 알 수 없는 일이지. 따지고 보면 한 번 한 일인데 두 번은 못

하겠…….”

빰이 달아올랐다. 돈을 카운터에 내려놓았다. 할아버지는 아직도 직원에게 “조 지방, 조 지방”이라고 되풀이해 말하면서 직원이 농담을 알아듣기를 기다리고 있었다. 나는 할아버지 소매를 잡아당겼다.

“가요, 할아버지. 그만 가요.”

“조 지방.” 할아버지는 다시 한번 말했다.

“네.” 직원은 상냥하게 웃었다.

“할아버지, 제발요.” 온몸이 뜨겁고 어지러워 쓰러질 것 같았다. 그들은 아직도 이야기하고 있었을지 모르지만, 귀에서 너무 큰 소리가 나서 잘 알 수 없었다.

“안녕.” 할아버지가 말했다.

“안녕히 가세요.” 점원이 말했다.

“착하네.” 바깥으로 나오면서 할아버지가 말했다. 그리고 날 보더니 물었다.

“왜 우는 거냐?”

인생을 송두리째 바꿔놓는 엄청난 사건을 겪는다는 건 이런 것이다. 사람들은 보통 그 사건 자체만 감당하면 된다고 생각한다. 하지만 그 사건을 자꾸 생생히 회상하게 되고, 불면의 밤을 보내며, 머릿속으로 되풀이하면서, 올바른 선택이었는지, 필요한 말을 한 것인지, 상황을 바꿀 수 있었는지, 조금이라도 다른 대처를 할 수 있었는지 묻게 된다.

엄마는 마지막 순간 윌과 함께한 것이 내 남은 평생에 영향을 줄 것이라고 했다. 나는 그 일이 내 심리에 영향을 줄 거라는 뜻으로 받아들였다. 즉 내가 극복해야 할 죄책감, 슬픔, 불면증, 이상하고 부적절하게 터져 나오는 분노, 있지도 않은 상대와 끊임없이 마음속으로 대화를 나누는 버릇 말이다. 하지만 이제 보니 나만 겪는 문제가 아니었다. 디지털 시대에 나는 영원히 '그때 그 사람'이 될 것이다. 내가 그 일을 기억에서 다 지운다 해도 나 자신과 윌의 죽음을 분리시킬 수 없을 것이다. 컴퓨터가 존재하는 한 내 이름은 그의 이름과 떨어질 수 없었다. 사람들은 대략적인 지식만 가지고, 또는 전혀 아는 것도 없으면서 나를 판단할 것이다. 나는 속수무책일 테고.

머리를 짧게 잘랐다. 옷 입는 스타일도 바꾸었고, 눈에 띄는 옷가지는 전부 모아 옷장 구석에 처박았다. 카트리나처럼 청바지와 티셔츠를 입었다. 큰돈을 훔친 은행 직원이나 자기 아이를 죽인 여자, 사라진 형제에 대한 신문 기사를 읽고 있으면 예전처럼 공포에 떨지 않았다. 이 기사에 실리지 못한 뒷이야기가 궁금해졌다. 그들에게 기묘한 동질감을 느꼈다. 나는 오점을 지닌 존재였다. 주변 사람들은 그것을 알았다. 더군다나 나도 그것을 깨닫기 시작했다.

남아 있는 갈색 머리를 비니 안으로 쑤셔 넣고 선글라스를 썼다. 그리고 턱이 얼얼할 정도로 이를 악물고 다리를 저는 것처럼 보이지 않도록 애쓰면서 도서관으로 걸어갔다. 아동 서적 서가에서 노래를 부르고 있는 아이들과 자신들이 리처드 3세의 먼 친척임을 확인하려는 조용한 족보 연구자들을 지나 지역신문을 볼 수 있는 곳에 앉았다. 2009년 8월 신문을 찾기는 어렵지 않았다. 나는 심호흡을 한 뒤 중간쯤을 열어 넘기며 헤드라인을 살폈다.

지역 주민 스위스 클리닉에서 목숨을 끊다

트레이너 가족 '힘든 시기'라 사생활 존중 요청

스토트폴드 성의 관리인 스티븐 트레이너의 35세 아들이 논란이 되고 있는 안락사 클리닉 디그니타스에서 생을 마감했다. 트레이너 씨는 2007년 교통사고를 당한 뒤 사지마비 상태였다. 그는 가족과 간병인 루이자 클라크(27세, 스토트폴드 출신)와 함께 클리닉으로 간 것으로 추정된다.

경찰은 죽음과 관련한 정황을 조사 중이며 기소 가능성을 배제하지 않았다고 한다.

루이자 클라크의 부모, 렌프루 로드에 사는 버나드 클라크와 조세핀 클라크는 인터뷰를 거절했다.

치안판사 카멜리아 트레이너는 아들의 자살 이후 사임한 것으로 알려졌다. 가족의 행동으로 인해 직위를 '유지할 수 없게' 되었다고 한다.

해상도 낮은 윌의 사진이 신문에 실려 있었다. 살짝 냉소하는 입가와 앞을 향하는 시선. 잠시 숨이 멎을 것 같았다.

트레이너 씨는 런던에서 기업 매매에 뛰어난 감식안을 가진 자산 매각자로서 커리어를 마감했다. 그의 동료들은 어제 장례식에 참석해……

나는 신문을 덮었다. 그리고 표정을 관리할 수 있다는 생각이 들었을 때 고개를 들었다. 도서관 안은 조용히 돌아가고 있었다. 아이들은 가느다란 목소리를 높여 노래를 불렀고, 그 애들의 엄마들은 사랑스럽다는 표정으로 박수를 쳤다. 내 뒤에 있는 사서는 동료와 작은 소리로 타이 커리 만드는 법을 이야기했다. 옆에 있는 남자는 오래된 선거인 명부를 손가락으로 더듬으면서 중얼거리고 있었다.

"피셔, 피츠기번, 피츠윌리엄……."

나는 아무것도 하지 않았다. 18개월이 지났는데 아무것도 하지 않고 두 나라의 바에서 술을 팔면서 자기 연민에 빠져 있었다. 그런데 고향 집으로 돌아온 지 4주째, 스토트폴드가 나를 끌어들이며 여기서 잘 지낼 수 있다고 다독이는 것 같았다. 괜찮을 것이다. 큰 모험도 없고, 사람들이 내 존재에 적응하는 동안 조금 불편하긴 하겠지만, 사랑하고 보살펴 주고 지켜주는 가족과 함께 지내는 것이 그렇게 어려울까?

내 앞에 쌓여 있는 신문을 내려다보았다. 가장 최근 신문 1면 헤드라인이었다.

우체국 앞 장애인 주차장에서 분쟁 발생

내 병실에서 특별한 사건 보도를 찾아 신문을 뒤지던 아빠가 떠올랐다.

'약속을 어겼어요, 윌. 나한테 결국 실망했겠죠.'

한참 뒤 집에 도착했는데 거리 끝에서부터 고함이 들렸다. 문을 여니 토머스의 울음이 요란했다. 동생은 손가락질을 하면서 거실 구석에서 토머스를 야단치고 있었다. 엄마는 설거지통과 수세미를 든 채 할아버지에게 몸을 숙이고 서 있었고, 할아버지는 예의 바르게 그런 엄마를 밀어내고 있었다.

"왜 그래?"

엄마가 옆으로 비켜서자 할아버지 얼굴이 제대로 보였다. 새카만 눈썹과 까맣고 약간 삐죽삐죽한 수염이 그려져 있었다.

"안 지워지는 펜이야. 이제부터 할아버지 혼자 주무실 때 토머스를 들여보내지 마라." 엄마가 말했다.

"아무 데나 낙서하면 안 돼. 종이에만 그리는 거야, 알겠니? 벽에도 안 되고, 얼굴에도 안 돼. 레이놀즈 씨 강아지한테도 안 되고. 내 바지에도 안 돼!" 카트리나가 소리를 지르고 있었다.

"요일을 쓴 거야!"

"요일 쓴 바지 필요 없어! 게다가 쓸 거면 수요일 철자를 제대로 쓰라고!" 카트리나가 계속 소리쳤다.

"애 혼내지 마라, 카트리나. 이 정도면 다행이지." 엄마가 지운 효과가 있는지 물러나서 할아버지 얼굴을 보며 말했다.

우리 작은 집에서 계단을 내려오는 아빠 발자국 소리가 꼭 천둥소리 같았다. 아빠는 불만스러운 듯 어깨를 웅크리고, 머리가 한쪽으로 뻗친 모습으로 거실로 들어왔다.

"이 집에서는 쉬는 날 잠도 못 자나? 집구석이 무슨 정신병원도 아니고."

우리 모두 말을 멈추고 아빠를 노려보았다.

"뭐? 내가 뭐랬다고?"

"버나드."

"아, 뭐가. 우리 루는 자기 이야기라고 생각하지 않아."

"아, 세상에." 엄마가 손으로 얼굴을 가렸다.

동생이 토머스를 밖으로 내몰았다.

"어휴 정말. 토머스, 너 좀 나가 있어. 할아버지가 널 잡는 날에는……." 카트리나가 말했다.

"뭐? 왜 그래?" 아빠가 인상을 썼다.

놀라운 일이었다. 토머스가 아빠 얼굴에 온통 파란 마커 펜으로 칠을 해놓았다. 아빠의 두 눈은 코발트블루 바다에 동동 뜬 구스베리 두 알 같았다.

"뭐가?"

토머스가 울부짖으며 복도로 사라졌다.

"〈아바타〉를 봤다구요! 할아버지가 아바타 되고 싶댔는데!"

아빠 눈이 커졌다. 그리고 벽난로 위에 걸린 거울로 다가갔다. 잠시 침묵이 흘렀다.

"아이고 주여."

"버나드. 주님을 아무렇게나 부르지 마."

"저 녀석이 날 파란색으로 칠해놨어, 조시. 주님 이름을 좀 불러도 될 자격이 있다고. 이거 안 지워지는 펜인가? 톰? 이거 안 지워지는 펜이냐?"

"지워줄게요, 아빠." 동생이 안으로 들어오더니 뒷문을 닫았다. 문밖에서 토머스가 우는 소리가 들렸다.

"내일 성에서 새로 울타리 치는 작업을 감독해야 해. 계약자들이 온다고. 얼굴을 파랗게 칠하고 어떻게 계약자들을 만나라는 거야?"

아빠는 손에 침을 뱉더니 얼굴에 문질렀다. 살짝 번지기는 했으나, 손바닥에만 묻을 뿐이었다.

"안 지워져. 조시. 안 지워진다고!"

엄마는 할아버지에게서 관심을 돌려 수세미를 들고 아빠에게 다가갔다.

"가만있어, 버나드. 내가 해볼 테니."

카트리나가 노트북 가방을 가지러 갔다.

"인터넷에 검색해 볼게요. 뭔가 방법이 있을 거예요. 치약이나 매니큐어 제거제나 표백제나……."

"얼굴에 표백제를 바를 수는 없어!" 아빠가 고함쳤다. 해적 수염을 그린 할아버지는 방 한쪽에서 키득거리며 앉아 있었다.

나는 그 사이를 지나 안으로 들어가려고 했다. 엄마가 왼손으로 아빠 얼굴을 잡고 문지르고 있었다. 그러더니 나를 방금 본 사람처럼 돌아섰다.

"루! 괜찮니, 얘야? 산책은 좋았어?"

모두 하던 일을 멈추고 내게 미소를 지었다. '여긴 아무 일도 없단다. 넌 걱정할 것 없어'라는 미소. 그 미소가 싫었다.

"좋아요."

모두가 원하는 대답을 했다. 엄마는 아빠에게 말했다.

"다행이네. 그렇지, 버나드?"

"그럼. 다행이군."

"하얀 빨래 있으면 내놓으렴. 아빠 빨래랑 함께 해줄 테니까."

"아뇨, 괜찮아요. 생각해 봤는데, 집에 가야 되겠어요." 내가 말했다.

아무도 입을 열지 않았다. 엄마는 아빠를 쳐다보았다. 할아버지는 또 웃다가 손으로 입을 막았다.

"그러려무나. 하지만 그 아파트로 돌아가려면 한 가지 조건이 있어……."

아빠가 블루베리색 중년 남자치고는 최선을 다해 위엄을 차리며 말했다.

4.

"너태샤라고 해요. 3년 전에 남편이 암으로 죽었어요."

어느 습한 월요일 밤, '새출발 모임' 회원들은 오순절 교회 건물에서 노란 사무실 의자를 동그랗게 놓고서 모여 앉아 있었다. 키가 크고 수염이 난 리더 마크는 온몸에서 피로하고 우울한 분위기를 뿜어냈다. 의자가 하나 비어 있었다.

"전 프레드예요. 아내 질리는 9월에 죽었어요. 일흔네 살이었죠."

"서닐이에요. 쌍둥이 형이 2년 전에 백혈병으로 죽었어요."

"윌리엄이에요. 아버지가 6개월 전에 돌아가셨어요. 솔직히 좀 우습기도 해요. 살아계실 때는 사이가 안 좋았으니까요. 왜 여기 왔는지, 저도 이상해요."

슬픔에는 독특한 냄새가 있었다. 거기서는 축축하고 환기가 잘 안 되는 예배당과 싸구려 티백 냄새가 났다. 1인분 식사와 추위에 떨며 피우는 담배 냄새가 났다. 뻗친 머리와 겨드랑이, 끈적끈적한 절망과 싸워 얻어낸 초라한 승리의 냄새가 났다. 아빠에게 약속을 했음에도 불구하고, 그 냄새만으로도 나는 이곳에 어울리지 않는다는 느낌이 들었다.

사기를 치는 느낌이었다. 그들은 모두 너무나…… 슬퍼 보였으니까.

나는 어색하게 자세를 고쳐 앉았다. 마크가 나를 쳐다보더니 내게 괜찮다는 듯 미소를 지어 보였다. '우리도 알아요. 여기 처음 온 날이 있었으니까.' 그 미소는 그렇게 말했다.

'아닐걸요.' 나는 소리 없이 대답했다.

"죄송, 늦어서 죄송해요." 문이 열리고 따뜻한 바람이 들어오더니 더부룩한 머리의 십 대 아이가 빈 의자를 차지했다. 그 아이는 팔다리를 주체할 수 없는 것처럼 자리에 구겨 넣었다.

"제이크. 지난주에 빠졌죠. 별일 없었어요?"

"죄송해요. 아빠가 일이 있어서 데려다주지 못했어요."

"괜찮아요. 이번에 와서 다행이에요. 음료는 어디 있는지 알죠."

소년은 긴 앞머리 밑으로 실내를 훑어보더니 내 반짝거리는 녹색 스커트에 시선이 닿자 슬쩍 머뭇거렸다. 내가 스커트를 가리려고 가방을 무릎 위로 당기자, 그 애는 시선을 돌렸다.

"안녕하세요. 전 대프니예요. 남편이 자살했어요. 내가 잔소리를 해서 그런 건 아니라고 생각해요! 우리는 행복했거든요. 정말로." 그 여자 웃음에서는 아픔이 새어 나왔다. 열심히 세팅한 머리를 매만지더니 어색하게 자기 무릎을 내려다보았다.

"제이크예요. 엄마가…… 2년 전이었어요. 아빠가 힘들어해서 지난 1년 동안 여기 왔어요. 이야기할 사람이 필요해서요." 아이는 손을 허벅지 밑에 넣었다.

“이번 주에 아빠는 어땠어요, 제이크?” 마크가 말했다.

“그럭저럭. 음, 지난 금요일 밤에 여자를 데려왔는데, 나중에 소파에서 울진 않았어요. 그러니까 발전한 거죠.”

“제이크의 아버지는 나름대로 슬픔을 다스리는 거예요.” 마크가 내 쪽을 향해 말했다.

“섹스로. 주로 섹스를 해요.” 제이크가 말했다.

“나도 젊었으면 좋겠소. 그러면 질리의 죽음을 멋지게 극복할 수 있을 텐데.” 프레드가 부러운 표정으로 말했다. 프레드는 넥타이를 하고 있었다. 넥타이를 하지 않으면 벌거벗은 것처럼 느끼는 사람이었다.

“내 사촌은 숙모 장례식에서 남자를 만났어요.” 이름이 린이라고 했던가, 구석에 앉아 있던 여자가 말했다. 작고 동그랗게 생긴 여자였고 초콜릿색 머리숱이 많았다.

“정말 장례식 중에요?”

“샌드위치를 먹고 바로 호텔로 갔대요. 감정이 격해져서 그랬나 보죠.” 그 여자는 어깨를 으쓱였다.

이건 아니라는 확신이 들었다. 나는 살그머니 소지품을 챙기면서 그만 가보겠다고 말해야 할지, 그냥 달아나는 것이 나을지 생각하고 있었다.

그때 마크가 기대하는 표정으로 나를 봤다.

나는 멍하니 마주 봤다.

그가 눈썹을 치켜떴다.

“아, 저요? 사실, 지금 나가려던 중이에요. 전……, 그러니까 아무래도……."

"아, 첫날에는 모두 나가고 싶어져요."

"둘째, 셋째 날에도 나가고 싶었어."

"비스킷 때문이지. 마크한테 좀 더 고급으로 사놓으라고 계속 말했는데."

"짧게 말해도 괜찮아요. 염려 말아요. 우린 다 친구니까."

사람들이 모두 기다리고 있었다. 달아날 수 없었다. 나는 다시 의자에 기댔다.

"음, 알겠어요. 저, 제 이름은 루이자예요. 제가…… 사랑한 남자는…… 서른다섯에 죽었어요."

동정한다는 듯 고개를 끄덕이는 사람들도 있었다.

"너무 젊네. 그게 언제였어요, 루이자?"

"20개월 전이요. 그리고 1주일. 그리고 2일."

"3년, 2주, 2일요." 너태샤가 반대편에서 나를 보고 말하면서 웃었다.

동정하며 웅성거리는 소리가 들려왔다. 내 옆에 있던 대프니는 반지를 낀 통통한 손으로 내 다리를 토닥였다.

"젊은 나이에 죽은 사람이 있으면 특히 힘들다는 이야기는 여러 차례 했지요. 사귄 건 얼마나 되셨어요?" 마크가 말했다.

"아. 음……, 6개월 조금 안 되었어요."

몇 명은 놀란 표정을 감추지 못했다.

"그것참 꽤 짧은 기간이네요." 누군가 말했다.

"그래도 루이자의 아픔은 마찬가지일 거예요. 그런데 그는 어떻게 떠났죠, 루이자?" 마크가 부드럽게 말했다.

"어디로 떠나요?"

"죽었냐는 말이오." 프레드가 알려주었다.

"아. 그 사람은, 음, 자살했어요."

"큰 충격이었겠네요."

"그렇지는 않았어요. 그럴 계획인 것을 알고 있었어요."

사랑하는 사람의 죽음에 대해서 다 안다고 생각하는 사람들에게 사실은 그렇지 않다는 것을 말해주면 특유의 침묵이 흐른다.

나는 숨을 크게 들이쉬었다.

"그 사람은 저를 만나기 전부터 자살하고 싶어 했어요. 그 사람 마음을 바꾸려고 했지만 그러지 못했죠. 그래서 도와줬어요. 그 사람을 사랑했으니까요. 그때는 그 사람의 결정을 이해했어요. 그런데 지금은 이해할 수 없어요. 여기에 온 이유죠."

"죽음은 결코 이해할 수 있는 일이 아니에요." 대프니가 말했다.

"불교신자가 아니고서야." 너태샤가 말했다. "불교사상을 생각해 보려고 노력하지만, 올라프가 쥐 같은 걸로 환생했는데 내가 죽이게 될까 봐 걱정이 돼요." 그녀는 한숨을 쉬었다. "쥐약을 놓아야 하거든요. 우리 동네에 쥐가 너무 많아서."

"쥐는 절대 못 없애요. 벼룩이랑 똑같거든. 눈에 보이는 게 한 마리면, 사실은 백 마리가 더 있는 거예요." 서닐이 말했다.

"조심해야 될 거예요, 너태샤. 쬐그만 올라프가 수백 마리 돌아다니고 있을지도 모르잖아요. 우리 앨런도 그중 하나일 수 있어요. 둘 다 죽일 수도 있다구요." 대프니가 말했다.

"음. 불교에서 그렇게 말하면, 다른 걸로 환생할 수도 있잖아요. 그렇죠?" 프레드가 말했다.

"하지만 그것도 파리같이 너태샤가 죽이는 거면 어떡해요?"

"나는 파리로 환생하기 싫어. 까맣고 털이 나서 무섭잖아요." 윌리엄이 치를 떨며 말했다.

"내가 무슨 연쇄살인범인가요. 내가 모든 사람의 환생한 남편을 죽이는 것 같잖아요." 너태샤가 말했다.

"음, 그 쥐는 누군가의 남편일 수도 있어요. 올라프가 아니라고 해도."

"다시 하던 이야기로 돌아가는 게 좋겠어요." 마크가 관자놀이를 문지르며 말했다. "루이자. 와서 이야기를 들려준 건 참 용감한 행동이에요. 그분과 어떻게 만났는지 좀 더 들려주겠어요? 이곳에는 믿을 만한 친구들이 있어요. 우리 모두 밖에 나가서는 여기서 나눈 이야기를 안 하기로 선서했어요."

그 순간 우연히 제이크와 눈이 마주쳤다. 그는 대프니를 쳐다본 뒤 나를 보고는 살짝 고개를 저었다.

"일하다가 만났어요. 그 사람 이름은 빌이었죠." 내가 말했다.

아빠와 약속은 했지만, 새출발 모임에 계속 나갈 생각은 없었다. 하지만 다시 일을 시작하니 너무 힘이 들어서 퇴근 후에 빈 아파트로 돌아갈 용기가 나지 않았다.

"돌아왔군요!" 칼리가 바에 커피 한 잔을 올려놓고 손님에게 돈을 받은 뒤, 나를 껴안는 동시에 동전을 계산대의 제 위치에 각각 넣었다.

"대체 무슨 일이 있었던 거예요? 틸은 사고가 났다고만 하던데. 그러더니 그 사람도 떠나서 루이자가 돌아오긴 하는 건지도 모르고 있었어요."

"이야기가 길어요. 저, 뭘 입고 있는 거예요?" 나는 칼리를 빤히 쳐다보았다.

월요일 아침 9시. 공항에는 노트북을 충전하고, 휴대폰을 들여다보고, 신문을 읽거나 시장 점유율에 대해 낮은 목소리로 통화하는 사람들이 청색과 회색의 물결을 이루고 있었다. 칼리는 계산대 반대편에 있는 사람과 눈이 마주쳤다.

"아. 음, 루이자가 없는 사이에 좀 바뀌었어요."

돌아서니 바의 안쪽에 서 있는 비즈니스맨이 보였다. 그를 한 번 다시 보고 가방을 내려놓았다.

"음, 여기서 기다리시고 싶으면 제가……."

"당신이 루이즈군요. 전 새로 온 바 매니저입니다. 리처드 퍼시벌이에요." 리처드의 악수는 강하고 냉랭했다. 가지런히 빗은 머리카락, 정장, 하늘색 셔츠를 보고 무슨 바를 경영하는 사람인지 궁금했다.

"반가워요."

"두 달 동안 휴가를 쓴 분이군요."

"아. 네. 전……."

그는 정리된 옵틱들◊ 앞을 걸어가며 술병을 하나하나 훑어보았다.

◊ 정확한 양의 술을 따를 수 있도록 설계된 계량 도구.

"병가를 계속 내는 사람들을 별로 좋아하지 않는다는 것만 기억해 주면 좋겠어요."

나도 모르게 목이 움츠러들었다.

"기준을 세우는 겁니다, 루이즈. 나는 느슨한 매니저가 아니에요. 휴가를 직원 보너스라고 생각하는 회사들이 많은 걸로 압니다. 내가 다니는 회사에서는 그렇지 않습니다."

"글쎄요, 지난 9주를 보너스라고 생각하진 않았는데요."

그는 맥주 탭◇을 살피더니 엄지손가락으로 쓱 문질렀다. 나는 숨을 한 번 들이쉬고는 말했다.

"전 옥상에서 떨어졌어요. 수술 상처를 보여드릴게요. 이런 일이 또 일어나기를 원하지는 않는다는 증거로."

"빈정거릴 필요 없어요. 당신이 또 사고를 낼 거란 말이 아니라, 이 회사를 비교적 짧게 다닌 사람들이 상당히 높은 비율로 병가를 쓴다는 점을 지적하고 싶었을 뿐이에요. 그리고 그 점이 이미 기록되었다는 것도요." 그가 나를 노려봤다.

그는 경주용 자동차가 그려진 커프스링크를 하고 있었다.

"메시지 접수했습니다, 퍼시벌 씨. 죽기 일보 직전의 사고를 또 겪지 않도록 최선을 다하죠." 내가 말했다.

"유니폼이 필요할 겁니다. 5분만 기다려주면 창고에서 한 벌 가져오죠. 사이즈가 어떻게 되죠? 12? 14?"

나는 그를 노려보며 대답했다.

◇ 맥주를 통에서 직접 따라내는 수도꼭지 역할의 장치.

"10이요."

그는 한쪽 눈썹을 치켜떴다. 나도 한쪽 눈썹을 치켜떴다. 그가 사무실로 걸어가는 사이 칼리는 커피머신에서 몸을 떼더니 상냥하게 웃었다.

"완전, 완전 재수 없는 인간." 입을 꾹 다문 칼리는 이렇게 중얼거렸다.

칼리 말이 틀리지 않았다. 내가 돌아간 순간부터 리처드 퍼시벌은 아빠 말을 빌리자면 '안 맞는 정장처럼' 나를 옥죄었다. 그는 내가 따르는 음료의 양을 다시 확인했고, 티끌만 한 땅콩 부스러기를 찾아 바의 구석구석을 뒤졌으며, 위생 상태를 확인하려 화장실을 드나들고, 금전출납기에 있는 돈과 장부에 적힌 금액이 1페니까지 일치하는지를 확인하고 나서야 퇴근하게 했다.

손님들과 수다를 떨거나 비행기 출발 시간을 보거나 잃어버리고 간 여권을 건네주거나 커다란 유리창 너머 날아오르는 비행기를 바라볼 시간이 없었다. 〈아일랜드 백파이프 곡 3집〉에 짜증을 느낄 시간조차 없었다. 손님이 10초 이상 기다리는 경우 리처드는 마술처럼 사무실에서 나와 보란 듯이 한숨을 쉬면서 '이렇게 오래 기다리게 해서' 죄송하다고 큰 소리로 사과해 댔다. 다른 손님을 응대하느라 바삐 움직이던 칼리와 나는 포기한 심정으로 경멸하는 눈짓을 몰래 교환하곤 했다.

그는 하루의 반은 세일즈 담당들을 만나고 나머지 반은 본부에 전화를 걸어 풋폴◊이니 객단가 따위를 외치면서 보냈다. 우리는 모든 거래에서 더 비싼 음료를 팔라는 지시를 받았으며, 그것을 잊는 경우에는 구석으로 끌려가 주의를 받았다. 그것만 해도 충분히 괴로웠다.

하지만 거기에 유니폼까지 있었다.

옷을 갈아입고 거울 앞에 서 있는데 칼리가 화장실로 들어와 내 옆에 섰다.

"한 쌍의 멍청이 꼴이네." 칼리가 말했다.

회사의 홍보 천재는 검은 스커트와 하얀 셔츠 차림에 만족하지 못했고, 진짜 아일랜드 복장을 하면 섐록 앤드 클로버 체인의 분위기가 좋아질 거라고 판단했다. 이 진짜 아일랜드 복장은, 더블린에서는 모든 여성 근로자가 자수를 놓은 외투에 무릎까지 오는 양말, 끈을 매는 무용 슈즈를 전부 번쩍이는 초록색으로 맞춰 입을 것이라고 생각하는 사람이 고른 것이다. 그걸로도 모자라서 곱슬머리 가발까지 있었다.

"세상에. 남자친구가 이 꼴을 본다면 나랑 헤어질 거야." 칼리는 담배에 불을 붙이더니 장애인용 화장실 세면대에 올라가 천장에 붙은 화재경보기를 껐다.

"참, 먼저 섹스부터 할지도 모르겠네. 변태처럼."

"남자들은 뭘 입어요?" 나는 짧은 스커트를 아래쪽으로 당기고 칼리의 라이터를 초조한 마음으로 쳐다봤다. 몸에 걸친 것이 전부 인화성 물질이니까.

◇ 특정 장소를 방문하는 고객 수.

"밖을 봐요. 리처드뿐이잖아요. 그런데 리처드는 초록색 로고가 붙은 흰 셔츠를 입어요. 불쌍한 친구."

"그것뿐이에요? 뾰족한 구두는요? 요정 모자는?"

"놀랍죠! 포르노에 출연하는 꼴을 하는 건 여직원뿐이라니까요."

"이 가발을 쓰면 돌리 파튼◊ 같아요."

"빨간 걸로 써요. 세 가지 색깔 중에 고를 수 있으니 얼마나 좋아."

바깥에서 리처드가 부르는 소리가 들렸다. 그의 목소리만 들으면 반사적으로 배가 아팠다.

"어쨌든, 난 그만둘 거예요. 여기를 그만두고 리버댄스로 가서 다른 일자리를 구할 거예요. 리처드 저 인간은 맛 좀 봐야 해."

칼리가 빈정대고는 여자 화장실에서 나갔다. 나는 하루 종일 옷에서 정전기가 일어 깜짝깜짝 놀랐다.

새출발 모임은 9시 30분에 끝났다. 직장 일과 모임으로 녹초가 되어 축축한 여름 밤공기 속으로 나왔다. 너무 더워서 재킷을 벗으며 문득, 모르는 사람들이 가득한 방에서 내 자신을 다 드러내도, 약간 작은 가짜 아일랜드 댄서 유니폼을 입은 꼴까지 보인다 해도, 내 상태는 전혀 변하지 않았다는 느낌이 들었다.

나는 그 사람들처럼, 사랑하던 사람들이 아직도 삶의 일부이며 마치 옆방에서 지내고 있는 것처럼, 윌에 대해서 말할 수 없었다.

"아, 맞아요. 우리 질리도 늘 그랬지."

◊ 컨트리음악의 아이콘으로 화려한 스타일과 풍성한 가발이 트레이드 마크다.

"형의 음성 메시지를 지울 수가 없어요. 형 목소리가 어떤지 잊어버릴 것 같으면 한 번씩 들어야 하거든요."

"가끔은 옆방에서 그 사람 목소리가 들려요."

나는 윌의 이름도 제대로 말할 수 없었다. 그 사람들의 가족 관계 이야기, 30년간의 결혼생활과 함께 살며 아이들을 키운 이야기를 듣고 있으면 나는 사기꾼이 된 것 같았다. 나는 6개월 동안 간병인 노릇을 한 것이 전부였다. 윌을 사랑했고, 윌이 생을 마감하는 것을 보았다. 그사이 윌과 내가 서로에게 어떤 존재였는지, 다른 사람들이 어떻게 이해할 수 있을까? 우리가 얼마나 빠르게 서로를, 짧은 농담과 있는 그대로의 진실과 쓰라린 비밀을 이해했는지 어떻게 설명할 수 있을까? 6개월이라는 짧은 기간 동안 내가 얼마나 변했는지 어떻게 전달할 수 있을까? 그가 나의 세상을 완전히 바꾸어 놓아서 그 없이는 아무것도 이해할 수 없다는 것을.

그런 생각이 드는데 슬픔을 복기하는 것이 무슨 의미가 있을까? 상처를 자꾸 뜯어서 낫지 못하게 하는 짓이나 마찬가지였다. 나는 내가 어떤 일에 가담했는지 알고 있었다. 내가 맡은 역할도 알고 있었다. 그런데 그것을 자꾸자꾸 곱씹는 것이 무슨 의미가 있을까?

다음 주에는 오지 않기로 했다. 아빠에게 댈 핑계를 찾을 생각이었다. 천천히 주차장을 걸어가면서 가방에서 열쇠를 찾는 동안, 적어도 출근까지 열두 시간은 혼자 티브이나 보며 두려워하지 않아도 된다는 데서 의미를 찾자고 생각했다.

"그 사람 이름이 진짜 빌은 아니었죠?"

제이크가 내 옆으로 다가왔다.

"응."

"대프니는 일인 방송국 같아요. 좋은 뜻으로 그러는 거지만, 당신 사생활이 대프니 사교 클럽에 눈 깜빡할 새 다 퍼질 거예요."

"알려줘서 고마워."

제이크는 씩 웃더니 내 반짝이 스커트를 향해 고갯짓했다.

"참, 옷 좋았어요. 상담 시간에 구경하기 딱 좋아."

제이크는 신발 끈을 다시 묶느라 잠시 걸음을 멈췄다. 함께 걸음을 멈춘 나는 조금 망설이다 말했다.

"어머니 일은 유감이야."

제이크는 엄숙한 표정을 지었다.

"그렇게 말하면 반칙이에요. 여긴 교도소랑 같거든요. 어떻게 왔는지 묻는 건 금지예요."

"정말? 어머, 미안. 난……."

"농담이에요. 다음 주에 봐요."

오토바이에 기대서 있던 남자가 손을 들어 인사했다. 제이크가 주차장을 가로질러 다가가자 그는 앞으로 걸어 나오더니 덥석 끌어안고 뺨에 키스했다. 나는 걸음을 멈추고 쳐다봤다. 가방을 혼자 들고 다닐 만큼 큰 아들을 사람들 앞에서 포옹하는 남자는 드물기 때문이었다.

"어땠냐?"

"괜찮았어요. 이번에도. 참……, 루이자예요. 새로 왔어요." 제이크가 나를 가리켰다.

남자는 나를 봤다. 키가 크고 어깨가 넓은 사람이었다. 콧대가 한

번 부러진 적 있는 것 같은, 전직 권투 선수 같은 느낌이 드는 사람이었다.

나는 고개를 끄덕이며 예의 바르게 인사했다.

"만나서 반가웠어, 제이크. 그럼 잘 가."

손을 들어 보인 뒤 내 차로 걸어갔다. 하지만 앞을 지나가는 동안 그 남자가 나를 쳐다봤다. 강렬한 시선에 얼굴이 붉어지는 것 같았다.

"당신이 그 사람이군요." 그가 말했다.

'오, 이런. 여기서도 이럴 순 없다고.' 걸음을 늦추며 생각했다.

나는 잠시 바닥을 내려다보다가 숨을 한 번 크게 쉬었다. 그리고 다시 돌아서 그들을 마주 봤다.

"그래요. 모임에서도 확실히 말했지만, 제 친구는 스스로 결정을 내렸어요. 내가 한 일은 그걸 지지한 것뿐이에요. 아니, 솔직히 말하면 여기서 생판 남한테 이런 말을 하고 싶진 않아요."

제이크의 아버지는 계속해서 나를 노려봤다. 그가 머리에 손을 올렸다.

"모두 다 이해할 거라고는 생각하지 않아요. 하지만 원래 그런 거예요. 내 선택에 대해서 토론할 필요는 없을 것 같네요. 정말 피곤하기도 하고, 힘든 하루였으니 이제 집에 가겠어요."

그는 고개를 한쪽으로 갸우뚱하더니 이렇게 말했다.

"무슨 말인지 하나도 모르겠군요."

나는 인상을 썼다.

"다리 저는 거 말이에요. 다리를 저는 걸 보니 생각났어. 저기 개발 지역 근처에 살죠? 옥상에서 떨어진 사람. 3월인가, 4월에."

순간 나도 그를 알아보았다.

"아, 당신이 그……."

"응급 구조대원이요. 아가씨를 구조한 팀이었어요. 어떻게 됐는지 궁금했는데."

안도감에 휘청거릴 뻔했다. 그 얼굴, 머리카락, 팔을 훑어보고 위로하는 목소리와 사이렌, 희미한 레몬 향이 파블로프의 조건반사처럼 떠올랐다. 그래서 한숨을 내쉬었다.

"좋아요. 아, 좋은 건 아니지만. 골반이 나갔고, 새로 온 매니저는 완전 멍청이고, 축축한 교회 예배당에 나와서 모임을 하는데, 여기 사람들은 정말이지, 정말이지……."

"애잔하죠." 제이크가 도와주듯 말했다.

"골반은 나아질 거예요. 춤추는 데 지장은 분명히 없는 모양이고."

코웃음이 나왔다.

"아, 아니에요. 이건……, 이 옷은 그 멍청한 매니저 때문에 입은 거예요. 평소에 입는 옷은 아니라고요. 어쨌든, 고마워요. 와아……." 손으로 머리를 짚었다. "참 이상하네요. 날 구해주신 분을 만나다니."

"반갑네요. 나중에 어떻게 되었는지 알게 되는 경우는 드문데."

"잘해주신 덕분이에요. 정말 친절하게 대해주셨어요. 그건 잘 기억해요."

"데 나다."

나는 그를 빤히 쳐다보았다.

"데 나다. 스페인어예요. 별거 아니라는 뜻이죠."

"아, 그래요. 그럼 다 취소할게요. 별거 아닌 것에 감사해요."

그는 미소를 짓고 돌아서더니 큼지막한 손을 들었다.

"저기요." 돌이켜 생각해 보면, 왜 이런 말을 했는지 알 수 없었다.

"아, 샘이라고 해요." 그가 나를 돌아보았다.

"샘. 저, 뛰어내린 거 아니에요."

"그래요."

"아뇨. 정말이에요. 방금 제가 이 모임에 나온 것도 보셨으니까. 음, 전, 뛰어내리지 않았어요."

"얘기해 줘서 고맙네요."

우리는 잠시 서로를 쳐다봤다. 그가 다시 손을 들었다.

"만나서 반가웠어요, 루이자."

그는 헬멧을 썼고 제이크는 오토바이 뒤에 올라탔다. 그들이 주차장에서 나가는 모습을 지켜보았다. 내가 계속 보고 있었더니 제이크가 헬멧을 쓰면서 과장되게 눈알을 굴렸다. 문득 제이크가 모임에서 한 말이 떠올랐다.

'충동적인 섹스.'

"바보야." 나 자신에게 이렇게 말하고는 저녁 햇살에 조용히 데워지는 내 차로 절뚝이며 걸어갔다.

5.

나는 런던 외곽에 살았다. 혹시 여기가 런던이 맞는지 의심할까 봐, 길 건너편에는 거대한 사무실 건물 크기의 구멍이 있는데 그 주위를 둘러싼 개발사 광고판에는 이렇게 적혀 있었다. "파딩게이트, 런던이 시작되는 곳." 우리는 반짝이는 유리 고층빌딩들이, 지저분하고 낡은 벽돌과 새시 창문으로 이뤄진 카레 가게, 24시간 편의점, 그리고 사라지지 않기 위해 굳건히 버티고 있는 스트리퍼가 나오는 펍과 사설 택시 회사와 맞닿아 있는 바로 그 지점에 존재했다. 내가 사는 곳은 건축업계의 대세를 거부하는 창고식 건물로, 유리와 강철로 지어진 건물들을 바라보며 얼마나 오랫동안 버틸 수 있을지, 유행하는 주스 바나 팝업 매장으로 구조될 수 있을지 궁리하고 있는 듯했다. 편의점을 하는 사미르와 들어가면 웃어주지만 영어는 못 하는 것 같은 베이글 가게 여자 이외에는 아는 사람도 없었다.

그렇게 이름 없이 지내는 편이 내게 맞았다. 따지고 보면 모두가 내 모든 것을 아는 곳에서 탈출하려고 왔으니까. 런던은 나를 변화시키기 시작했다. 나도 내가 사는 런던 한구석의 리듬과 위험을 알게 되었다. 버스 정류장의 술주정뱅이에게 돈을 한 번 주면 그가 이후 8주 동안 집 앞에 와서 앉게 된다는 것을 배웠다. 밤에 그곳을 지나간다면 손가락 사이에 열쇠를 끼운 채로 지나가는 것이 현명하다는 것, 밤늦게 와인을 사러 나가면 케밥 코너 앞에 모여 있는 청년들을 흘끔거리지 않는 편이 낫다는 것도 알게 되었다. 하늘에서 끊임없이 들려오는 경찰 헬기가 윙윙윙거리는 소리에도 적응했다.

잘 지낼 수 있었다. 게다가 이보다 더 나쁜 일도 생길 수 있다는 건 다른 누구보다도 내가 더 잘 알았다.

"안녕하세요."

"안녕하세요, 루. 또 잠이 안 와요?"

"여긴 방금 10시가 지났어요."

"그렇군요. 왜요?"

윌의 물리치료사였던 네이선은 월스트리트에서 유명한 중년 CEO를 치료하기 위해 9개월째 뉴욕의 4층짜리 타운하우스에서 지내고 있었다. 잠이 안 오는 밤에 그에게 전화를 거는 것이 일종의 습관이 됐다. 저 캄캄한 밖에 내 마음을 알아주는 사람이 있다고 생각하면 안심할 수 있었다. 비록 가끔 그가 전하는 소식은 모두가 그 일을 잊고 새로운 삶을 시작했다는 충격적인 소식이기는 했지만. 다른 사람들은 뭔가 성취하며 사는 것 같았다.

"뉴욕은 어때요?"

"글쎄요?" 말을 길게 끄는 네이선의 대답은 전부 질문 같았다. 나는 소파에 누워서 두 발을 팔걸이에 올렸다.

"자세한 대답은 아니네요."

"네. 음, 급료가 올라서 좋았고. 2주 후에 부모님 뵈러 돌아갈 비행기 표도 예약했어요. 그러니 그것도 좋고. 동생이 아이를 가져서 부모님이 좋아해요. 참, 식스 애비뉴의 바에서 날씬한 여자를 만났어요. 잘 맞는 것 같아서 만나자고 했는데, 내 직업이 뭔지 이야기했더니 자긴 정장 입고 출근하는 남자하고만 만난대요." 네이선이 웃었다. 나도 웃고 있었다.

"그래서 작업복은 안 된대요?"

"그런가 봐요. 내가 진짜 의사라면 마음을 바꿨을 거래요. 괜찮아요. 그런 여자들은 고급 레스토랑 같은 곳에 안 가면 짜증을 내니까. 미리 아는 편이 낫잖아요? 루이자는 어때요?" 네이선은 다시 웃었다. 평정심의 화신이었다.

"나아지고 있어요. 좀." 나는 어깨를 으쓱였다.

"아직도 그 사람 티셔츠를 입고 자요?"

"아뇨. 그 사람 냄새가 안 나요. 그리고 솔직히 살짝 안 좋은 냄새가 나기 시작했어요. 빨아서 종이로 싼 다음 넣어놨어요. 하지만 많이 우울한 날에는 그 사람 스웨터를 입어요."

"대체품이 있어서 다행이네요."

"아, 그리고 집단 상담 모임에 나갔어요."

"어땠어요?"

"그냥 그랬어요. 사기꾼이 된 것 같은 느낌이었어요."

네이선은 잠자코 기다렸다.

나는 베고 있던 베개 위치를 바꿨다.

"내가 전부 상상한 걸까요, 네이선? 윌과 있었던 일이 머릿속에서 훨씬 더 부풀어오른 것 같기도 해요. 그렇게 짧은 시간에 사람을 어떻게 그렇게 사랑하게 될 수 있나요? 그리고 우리 사이에 대해서 생각하는 것들도 그렇고. 정말로 내가 기억하는 대로 느꼈던 게 맞을까요? 시간이 흐를수록, 그 6개월이 괴상한…… 꿈 같아요."

잠시 침묵이 흐르더니 네이선이 대답했다.

"상상한 거 아니에요."

나는 눈을 문질렀다.

"나 혼자만 이런 걸까요? 아직도 윌을 그리워하는 게?"

또 짧은 침묵.

"아뇨. 좋은 사람이었어요. 최고였죠."

네이선을 좋아하는 이유 중 하나다. 그는 통화 중에 길게 침묵이 이어져도 개의치 않았다. 나는 결국 일어나 앉아서 코를 풀었다.

"어쨌든. 또 참석할 것 같지는 않아요. 나한테 맞는 건지 잘 모르겠어요."

"한 번 더 가봐요, 루. 뭐든 한 번에 판단할 수는 없으니까."

"우리 아빠처럼 이야기하네요."

"음, 그분은 항상 합리적인 분이셨죠."

갑자기 초인종이 울려 깜짝 놀랐다. 12호에 사는 넬리 씨가 집배원이 우편물을 잘못 배달해 찾으러 왔을 때 이외에는 우리 집 초인종을 누르는 사람은 없었다. 넬리 씨가 이런 시각에 깨어 있을 것 같지 않았다. 그리고 그 집으로 가야 하는 《엘리자베스 시대 인형들》 잡지가 우리 집으로 배송된 것도 아니었다.

초인종이 다시 울렸다. 세 번째, 요란하고 끈질기게 울려댔다.

"가봐야겠어요. 누가 왔어요."

"기운 내요. 좋아질 거예요."

나는 전화기를 내려놓고 살그머니 일어났다. 근처에 아는 사람은 없었다. 새로운 곳으로 이사 와서 서 있는 시간 내내 일만 했고, 친구 사귀는 법도 알지 못했다. 게다가 갑자기 부모님이 나타나 나를 스토트폴드로 데려가기로 했다면, 두 분 모두 어두울 때 운전하는 것을 싫어하니 러시아워를 피해서 도착했을 것이다.

누군지 몰라도 집을 잘못 찾았다는 사실을 깨닫고 돌아가겠지 싶어 가만히 기다렸다. 하지만 누가 벨에 기대어 있는 것처럼 초인종이 계속 울려댔다.

일어나서 현관 쪽으로 갔다.

"누구세요?"

"할 이야기가 있어요."

여자 목소리였다. 구멍으로 내다봤지만, 그 사람이 고개를 숙이고 있어서 갈색 머리카락과 커다란 점퍼밖에 보이지 않았다. 여자는 살짝 몸을 흔들며 콧등을 문질렀다. 취했나?

"집을 잘못 찾아온 것 같아요."

"루이자 클라크 맞죠?"

나는 잠시 말을 멈췄다.

"내 이름을 어떻게 알아요?"

"할 이야기가 있어요. 문 좀 열어줄래요?"

"지금 10시 반이 다 되어가거든요."

"네. 그래서 여기 서 있고 싶지 않은 거예요."

나도 낯선 사람에게 문을 덜컥 열어주지 않을 만큼 이 동네 사정을 알고 있었다. 돈을 구걸하려고 초인종을 일부러 눌러대는 늙은 마약중독자도 드물지 않았다. 하지만 이 사람은 말을 잘하는 여자였다. 그리고 젊었다. 잘나가다가 자살을 하기로 결심한 미남의 기사를 쓰려는 기자처럼 보일 만큼. 이렇게 늦은 시간에 돌아다니기에는 너무 어리지 않나? 나는 고개를 돌려 복도에 또 누가 있는지 확인해 보려고 했다. 아무도 없는 것 같았다.

"무슨 일인지 말해줄 수 있어요?"

"여기선 안 돼요."

안전 체인 길이만큼만 문을 열어서 눈을 마주 봤다.

"그 정도는 알려줘야죠."

뺨이 반질반질하고 앳된 것을 보니 열여섯 살도 안 되는 아이였다. 머리카락은 길고 탐스러웠다. 꼭 맞는 블랙진에 길고 가느다란 다리. 예쁘장한 얼굴에 아이라이너.

"그래서…… 누구라고?" 내가 물었다.

"릴리요. 릴리 호턴밀러예요. 저기요. 저희 아빠 때문에 찾아왔어요." 그 애는 턱을 조금 치켜들며 말했다.

"사람을 잘못 찾아온 것 같아. 호턴밀러라는 사람은 모르는데. 내 이름은 루이자 클라크고. 난 아니야."

문을 닫으려고 했지만, 그 애가 신발 끝으로 문을 막았다. 나는 그 발을 내려다봤다가 천천히 얼굴을 쳐다봤다.

"그 이름이 아니에요." 별 멍청한 소리를 다 듣는다는 듯, 그 애가 말했다. 그리고 열심히 탐색하는 눈빛으로 이렇게 말했다.

"윌 트레이너예요."

릴리 호턴밀러는 내 집 거실 가운데 서서, 거름에 사는 신종 무척추동물을 바라보는 과학자 같은 표정으로 나를 살펴봤다.

"와. 그 옷은 뭐예요?"

"그게, 아이리시 펍에서 일해."

"봉춤이라도 춰요? 정말로 여기서 살아요? 가구는 어디 있어요?" 릴리는 내게 흥미를 잃은 듯 방 안을 서서히 둘러봤다.

"이사 온 지 얼마 안 됐어."

"소파 하나, 텔레비전 한 대, 책 두 상자?" 릴리는 내가 방금 들은 이야기를 납득해 보려고 노력하며 앉아 있는 의자 쪽으로 고갯짓했다.

"마실 것 좀 가져올게. 뭐 줄까?"나는 일어났다.

"콜라요. 와인 없으면."

"몇 살이지?"

"알아서 뭐 하게요?"

"이해가 안 돼서……. 윌한테는 아이가 없었어. 있었으면 알았을 텐데." 나는 주방 조리대 뒤로 갔다. 문득 수상한 마음에 눈살을 찌푸리며 릴리를 쳐다보았다.

"혹시 장난치는 건가?"

"장난이요?"

"윌이랑 이야기를…… 많이 했는데. 나한테 말했을 텐데."

"네. 뭐, 결국 안 했나 보네요. 나도 아빠 이름을 입에 올리면 놀라 기절하려 들지 않는 사람과 이야기 좀 하고 싶어서요. 우리 가족은 다 그러거든요."

릴리는 엄마가 보낸 카드를 들어 보더니 다시 내려놓았다.

"장난 아니에요. 그렇잖아요. 진짜 아빠가 휠체어를 탄 불쌍한 작자라니. 그게 뭐가 웃겨요."

나는 물 한 잔을 건넸다.

"그럼 가족은……, 가족은 누구지? 아니, 어머니는 누구시지?"

"담배 있어요?" 릴리는 방 안을 어슬렁거리며 몇 안 되는 내 소지품을 들어 보고 다시 내려놓았다. 내가 고개를 젓자 릴리가 말했다.

"엄마 이름은 타니아예요. 타니아 밀러. 내 양아버지 프랜시스 똥멍청이 호턴과 결혼했죠."

"좋은 이름이네."

릴리는 컵을 내려놓고 점퍼에서 담배 한 갑을 꺼내더니 불을 붙였다. 실내에서 담배를 피우면 안 된다고 말하려고 했지만, 너무 놀라서 창문을 열기만 했다.

그 애한테서 눈을 뗄 수가 없었다. 윌과 닮은 구석이 조금이라도 있을지 모르니까. 희미한 캐러멜색이 섞인 파란 눈이 그랬다. 말하기 전에 턱을 살짝 치켜드는 것, 눈을 깜빡이지도 않고 말하는 투가 그랬다. 아니, 내가 원해서 그렇게 보이는 걸까? 릴리는 창문 너머 거리를 내다봤다.

"릴리, 우선 할 이야기가……."

"돌아가신 거 알아요." 릴리가 말했다. 릴리는 연기를 세게 들이

쉬더니 방 한가운데로 뿜었다. "그래서 알게 됐어요. 텔레비전에서 안락사 다큐가 나왔는데 그 이름이 나오니까 엄마가 난데없이 어쩔 줄 몰라하면서 욕실로 달려갔어요. 똥멍청이가 따라 들어가는 걸 보고 밖에서 몰래 들어봤죠. 엄마는 아빠가 휠체어를 타게 된 줄도 몰랐으니까 완전히 충격을 받았어요. 엉뚱한 걸 알게 됐어요. 아니, 똥멍청이가 내 아빠가 아닌 걸 몰랐던 건 아닌데, 엄마가 친아빠는 나를 알고 싶어 하지도 않는 놈이라고 했거든요."

"윌은 그런 놈이 아니었어."

릴리는 어깨를 으쓱였다.

"말하는 걸 들어보니 별로던데. 어쨌든, 엄마한테 좀 물어보려고 하면 막 난리를 치면서 알아야 할 건 내가 이미 다 알고 있고, 똥멍청이 프랜시스가 윌 트레이너보다 훨씬 더 좋은 아빠라고 하면서 그냥 모르고 사는 게 낫다고 해서요."

나는 물을 한 모금 마셨다. 와인 한 잔이 이렇게 간절한 때가 또 있었을까.

"그래서 어떻게 했어?"

릴리는 담배를 한 모금 더 피웠다.

"당연히 구글 검색을 했죠. 그랬더니 당신이 나왔어요."

릴리가 한 말을 찬찬히 생각하려면 혼자만의 시간이 필요했다. 감당하기 힘든 이야기였다. 내 거실을 돌아다니면서 주위를 긴장시키는 이 선인장 같은 아이를 어떻게 받아들여야 할지 알 수 없었다.

"그럼 내 이야기는 하나도 못 들었어요?"

그 애 신발을 보고 있었다. 런던 거리를 어찌나 돌아다녔는지, 몹시 닳은 발레리나 슈즈였다. 어지러웠다.

"릴리, 몇 살이니?"

"열여섯 살이요. 나랑 닮긴 했어요? 구글 이미지에서 사진은 봤는데, 여기 사진이 있을지도 몰라서요. 사진은 상자에 넣어놨어요?"

거실을 둘러보던 릴리는 구석에 놓인 종이 상자에 시선을 던졌다. 정말로 상자를 열고 뒤질 것 같았다. 릴리가 연 상자에 윌의 스웨터가 들어 있을 것이다. 갑자기 당황스러웠다.

"음, 릴리. 이건 좀……, 갑작스러워서. 네가 정말로 윌의 딸이라면 우린, 우린 할 이야기가 많아. 하지만 11시가 다 됐으니 지금 이야기를 시작하긴 좀 그래. 어디 사니?"

"세인트존스 우드요."

"아. 음, 부모님이 릴리가 어디 있는지 걱정하실 거야. 내 번호를 줄 테니……."

"집에는 못 가요." 릴리는 창문을 한 번 보더니 능숙하게 재를 털었다.

"사실 여기 있으면 안 되거든요. 학교에 있어야 해요. 주중에는 기숙사에서 지내요. 학교를 나왔으니까 지금쯤 난리가 났을 거예요." 릴리는 그제야 생각났다는 듯 휴대폰을 꺼내더니, 화면을 보고 얼굴을 찡그리고는 다시 주머니에 쑤셔 넣었다.

"음, 그럼 어떻게 해야 할지……."

"여기서 자면 안 될까요? 오늘 밤만? 그러면 윌 이야기도 해줄 수 있잖아요?"

"여기서? 아니. 안 돼. 미안하지만 안 돼. 누군지도 모르는데."

"하지만 아빠랑은 아는 사이였잖아요. 아빠가 나에 대해서 정말로 모르는 것 같았어요?"

"집에 가야지. 자, 부모님께 전화해. 데리러 오시라고. 그러면 내가……."

"도와줄 줄 알았는데." 릴리가 나를 노려봤다.

"도와줄게, 릴리. 하지만 이런 식으로는……."

"내 말을 안 믿는 거죠?"

"어, 어떻게 해야 할지……."

"도와주기 싫은 거예요. 아무것도 해주기 싫은 거야. 아빠에 대해서 한마디라도 해줬어요? 안 해줬잖아요. 어떻게 도와줬어요? 안 도와줬지. 됐어요."

"잠깐! 너무하네. 만난 지 얼마나 됐다고……."

하지만 그 애는 창문으로 담배꽁초를 날리더니 나를 지나쳐 걸어갔다.

"뭐야? 어디로 가는 거야?"

"무슨 상관이죠?"

릴리는 내가 미처 대답도 하기 전에 현관문을 쾅 닫고 가버렸다.

한 시간 동안 일어난 일을 납득해 보려고 애쓰면서, 릴리의 목소리가 귓가에 울리는 채로 소파에 앉아 있었다. 제대로 들은 것이 맞나? 귓속이 윙윙거리는 가운데 그 애가 한 말을 자꾸 곱씹으면서 기억해 보려고 애썼다.

'제 아빠가 윌 트레이너예요.'

릴리의 엄마는 윌이 그 아이와 관계를 맺고 싶어 하지 않는다고 말한 모양이다. 하지만 윌이 알았다면 내게 무슨 이야기든 했을 것이다. 우린 서로 비밀이 없었다. 모든 것을 이야기하는 사이가 아니었나? 잠시 혼란스러웠다. 윌이 내 생각만큼 솔직하지 않았던 것일까? 아니면 딸의 존재를 의식에서 삭제할 수 있는 사람이었을까?

생각이 꼬리에 꼬리를 물었다. 노트북을 들고 소파에 앉아서 검색엔진에 '릴리 호턴밀러'를 입력했다. 아무 결과가 나오지 않자 철자를 바꿔보았더니 슈롭셔에 있는 업튼 틸튼이라는 학교의 하키 경기 결과가 여러 개 나왔다. 이미지 몇 개를 골라서 확대하니 웃고 있는 하키 선수들 가운데 무표정한 그 애가 나왔다. "릴리 호턴밀러는 실패하기는 했으나 용감하게 수비했다." 2년 전 기사였다. 기숙학교. 기숙학교라고 했다. 하지만 그렇다고 그 애가 윌과 무슨 관계가 있다거나, 그 애 엄마가 친아버지에 대해서 사실대로 알려줬다는 뜻은 아니다.

'호턴밀러'만 검색해 보니 사보이 호텔의 은행가 만찬에 참석한 프랜시스와 타니아 호턴밀러 부부의 짤막한 기사가 나왔다. 그전 해, 세인트존스 우드의 어느 집 지하에 있을 와인 셀러 제작 계획서도 나왔다.

나는 등을 기대고 앉아 생각하다가 '타니아 밀러'와 '윌리엄 트레이너'를 검색했다. 아무것도 나오지 않았다. '윌 트레이너'로 다시 검색하자 갑자기 더럼대학교의 동창생을 위한 페이스북 계정이 나왔다. 이름이 전부 '엘라'로 끝나는 여자들, 에스텔라, 페넬라, 애러벨라가 윌의 죽음에 대해 이야기하고 있었다.

- 뉴스에서 들었을 때 믿을 수가 없었어. 하필 그라니! RIP 윌.
- 아무도 상처 없이 살 수는 없구나. 로리 애플턴이 스피드 보트 사고로 죽은 것 아니?
- 지리학 들은 친구 아니야? 붉은 머리?
- 아니, PPE.◇
- 신입생 파티에서 로리랑 키스했었어. 혀가 엄청 컸는데.
- 페넬라, 농담이 아니라 취향 정말 나쁘다. 불쌍한 친구가 죽었잖아.
- 윌 트레이너는 3학년 때 타니아 밀러랑 사귀지 않았어?
- 죽었다는 이유로 키스했다는 말을 하는 게 왜 취향이 나쁜 건지 모르겠네.
- 역사를 다시 쓰라는 건 아니야. 그 친구 부인이 이 글을 읽을지도 모른다는 거지. 자기가 사랑한 남편이 페이스북의 어떤 여자 얼굴에 혀를 대고 있었다는 건 알고 싶지 않을 수도 있잖아.
- 그 여자도 로리 혀가 큰 건 알 텐데. 결혼한 사이잖아.
- 로리 애플턴이 결혼했어?
- 타니아는 무슨 은행가랑 결혼했어. 여기 링크 봐. 대학 다닐 때 걔랑윌이 결혼할 줄 알았는데. 멋진 커플이었어.

링크를 클릭하자 갈대처럼 깡마른 금발 여자가 나이 많은 검은

◇ 철학과 정치학, 그리고 경제학을 융합한 전공.

머리 남자와 등기소 계단 앞에 서 있는 사진이 나왔다. 사진 가장자리에 하얀 드레스를 입은 어린아이가 찡그리고 있었다. 그 애는 내가 만난 릴리 호턴밀러와 확실히 닮았다. 하지만 7년 전 사진이었고, 사실 긴 갈색 머리를 가진 부루퉁한 어린 틀러리라면 누구든지 그런 모습일 수 있을 것 같았다.

그 게시물을 다시 읽고 노트북을 닫았다. 어떻게 해야 할까? 그 애가 정말 윌의 딸이라면 학교에 전화를 해야 할까? 십 대 소녀에게 낯선 사람이 연락을 하려고 하면 지켜야 하는 규칙이 있을 것이다.

게다가 만약 이것이 정교한 사기라면? 윌은 부자였다. 누군가 그의 가족에게서 돈을 뜯어낼 사기를 계획할 가능성이 없는 것은 아니다. 아빠 친구 초키 아저씨가 심장마비로 죽었을 때, 아저씨의 도박 빚을 갚아달라고 부인에게 말한 사람이 열일곱 명이나 됐다.

정신을 똑바로 차려야 했다. 자칫 잘못하면 마음만 상하고 혼란을 일으킬 가능성이 너무 컸다.

하지만 잠자리에 눕자 조용한 집에 릴리의 목소리가 쟁쟁 울렸다.

'제 아빠가 윌 트레이너예요.'

6.

"미안해요. 알람이 안 울렸어요."

나는 빠른 걸음으로 리처드를 지나쳐 들어가 옷걸이에 코트를 걸고 합성섬유 스커트를 허벅지 위로 끌어내렸다.

"45분 지각이군요. 용납할 수 없는 일입니다."

8시 30분이었다. 바에는 우리 둘뿐이었고.

칼리는 그만두었다. 리처드를 만나서 그만둔다고 말하지도 않았다. 문자메시지로 망할 유니폼은 주말에 반납할 것이고, 퇴직 전까지 2주 동안은 휴가를 쓸 테니 휴가 급여를 내놓으라고 통지했다. 리처드는 노발대발했다.

"칼리가 고용계약서를 읽었다면 퇴직 전 2주 동안은 휴가를 낼 수 없다는 걸 알 겁니다. 제3항에 확실히 적혀 있어요. 그리고 욕설은 불필요해요."

리처드는 칼리를 대신할 직원을 찾는 절차를 밟는 중이었다. 즉, 그 절차가 끝나기 전까지 직원은 나와 리처드뿐이었다.

"미안해요. 집에…… 일이 좀 있었어요."

7시 30분에 화들짝 놀라 깬 직후, 잠시 내가 어느 나라에 있는지, 이름은 무엇인지 기억할 수 없었다. 침대에 누운 채 전날 저녁에 있었던 일을 생각했다.

"훌륭한 직원은 직장에 가정생활을 가져오지 않습니다." 리처드는 클립보드를 들고 내 앞을 지나가며 말했다. 나는 그에게 가정생활이 있기나 한지 궁금했다. 집에서 시간을 보내는 것 같지 않았다.

"네. 음. 훌륭한 상사는 직원에게 스트링펠로◇에서도 저급하다고 거절할 유니폼을 입히지 않죠." 나는 루렉스 스커트를 잡아당기면서 금전출납기에 내 번호를 입력했다. 그는 재빨리 돌아서더니 걸어왔다.

"뭐라고 했죠?"

"아무것도 아니에요."

"아뇨, 했잖아요."

"다음부터 명심하겠다고 했어요. 알려줘서 고마워요."

나는 상냥하게 웃어 보였다.

그는 살짝 어색할 정도로 오래 나를 쳐다봤다. 그러더니 이렇게 말했다.

"청소 직원이 또 병가를 냈어요. 우선 남자 화장실을 청소한 뒤에 일을 시작해야 할 겁니다."

그가 빤히 봐서 나는 무슨 말이라도 해야 했다. 이 일자리를 잃을 수는 없다는 사실을 기억했다. 침을 꿀꺽 삼켰다.

◇ 심야 쇼를 공연하는 런던의 고급 클럽.

"네."

"아, 그런데 3번 화장실이 좀 엉망이에요."

"좋아요." 내가 말했다.

그는 반짝거리는 구두를 신은 발을 홱 돌려 사무실로 걸어 들어갔다. 나는 그의 뒤통수에 대고 머릿속으로 저주의 화살을 마구 쐈다.

"이번 주 새출발 모임 주제는 죄책감입니다. 나만 살았다는 죄책감, 잘해주지 못했다는 죄책감……. 이런 것에 얽매이는 경우가 많습니다."

마크는 우리가 비스킷 깡통을 돌리는 동안 기다린 뒤 손을 앞으로 모으고 자기 자리에서 몸을 숙였다. 버번 크림 비스킷이 없다고 불평하는 소리를 마크는 무시했다.

"질리한테 항상 짜증을 부렸지. 치매가 왔을 때. 질리는 더러운 접시를 찬장에 넣곤 했는데, 그러면 며칠 뒤에 그걸 발견하고는……, 부끄럽지만 두어 번은 소리도 질렀군요."

그는 눈가를 훔쳤다.

"전에는 참 야무진 주부였는데. 그게 가장 힘들었어요."

"질리가 치매를 앓는 동안 오래 함께 사셨잖아요, 프레드. 그런데도 스트레스를 받지 않으면 인간이 아니죠."

"더러운 접시를 보면 나도 화가 났을 거예요. 나라도 못된 소리를 했을 거예요." 대프니가 말했다.

"하지만 그 사람 잘못이 아니지 않아요?" 프레드는 앉은자리에서 허리를 폈다. "그 접시들이 많이 생각나요. 그때로 돌아가면 좋겠어요. 그러면 아무 말 않고 설거지해 넣을 텐데. 소리를 지르는 대신에 질리를 꼭 안아줄 텐데."

"나는 가끔 지하철에서 남자들을 보며 상상해요. 가끔 에스컬레이터를 타고 올라갈 때면 내려가는 사람과 눈이 마주쳐요. 그러면 거기서 내리기도 전에 그 사람이랑 머릿속에서 사귀는 거예요. 그 사람이 에스컬레이터를 거꾸로 뛰어올라 오는 거죠. 우리 사이에 뭔가 마법 같은 일이 벌어졌다는 걸 깨닫고. 우리는 피카딜리선에 가득 탄 사람들 가운데 서로 마주 보고 서 있다가, 술을 마시러 가는 거예요. 그리고 모르는 사이에……." 너태샤가 말했다.

"리처드 커티스 영화 같네." 윌리엄이 말했다.

"나는 리처드 커티스 영화 좋아해요. 특히 여배우랑 바지 입은 남자 나오는 거요." 서닐이 말했다.

"〈셰퍼즈 부시〉 말이죠." 대프니가 말했다.

잠시 침묵이 흘렀다.

"대프니, 그거 〈노팅 힐〉이에요." 마크가 말했다.

"난 대프니가 말한 게 더 좋아요. 왜요?" 윌리엄이 코웃음을 쳤다. "이제 웃으면 안 되는 거예요?"

"그래서 상상 속에서 우린 결혼을 해요." 너태샤가 말했다. "교회에 서 있는데, '이게 무슨 짓이지?'라는 생각이 들어요. 올라프가 죽은 지 3년밖에 안 되었는데, 다른 남자를 만나는 상상을 하다니."

마크는 의자에 기대앉았다. "혼자 3년이나 살았는데, 당연한 거 아닌가요? 다른 사람과 사귀는 상상을 하는 게."

"하지만 올라프를 정말 사랑했다면 다른 사람은 생각도 말아야죠."

"지금이 무슨 빅토리아시대도 아니고." 윌리엄이 말했다. "나이 들 때까지 상복만 입고 지낼 필요는 없어요."

"내가 먼저 죽었는데, 올라프가 다른 사람이랑 사랑에 빠진다면 싫을 거예요."

"알지도 못할걸요. 죽었으니까." 윌리엄이 말했다.

"루이자는 어때요?" 내가 입을 다물고 있는 것을 마크가 알아차렸다. "죄책감이 드나요?"

"누구…… 다른 사람이 말하면 안 될까요?"

"전 가톨릭이에요. 모든 것에 죄책감을 느끼죠. 수녀님들이 그렇게 가르쳤거든요." 대프니가 말했다.

"이 주제가 왜 어려운가요, 루이자?"

나는 커피를 한 모금 마셨다. 모두 나를 보고 있었다. '자, 어서.' 내 자신을 다그쳤다. 그리고 침을 삼켰다. "그 사람을 막지 못한 거요. 내가 좀 더 똑똑했거나, 다르게 대처했다면……, 아니면 좀 더…… 모르겠어요. 뭐든 좀 더 했다면."

"빌의 죽음을 막지 못해서 죄책감이 들어요?"

나는 실밥을 하나 당겼다. 그것이 풀려나오자 뇌에서 뭔가가 빠져나온 것 같았다. "그에게 약속한 것보다 훨씬 못한 삶을 살고 있는 것도요. 그리고 동생은 자기 아파트 하나 구할 돈이 없는데, 나는 그 사람이 준 돈으로 아파트에 살고 있는 것도 죄책감이 들어요. 내 집 같지가 않아서 거기 사는 걸 좋아하지도 않고, 그곳을 보면 뭐…… 빌이 죽었다는 생각이 드니까 꾸미는 것도 안 될 것 같은

데, 그런데도 득을 보고 있다는 죄책감이요."

잠시 침묵이 흘렀다.

"재산에 관해서 죄책감을 느끼면 안 돼요." 대프니가 말했다.

"나도 누가 아파트 한 채 남겨주지." 서닐이 말했다.

"하지만 그건 그냥 동화의 결말이잖아요? 사람이 죽고, 모두가 뭔가 배우고, 새출발을 해서 그의 죽음을 통해 멋진 결실을 내는 거요. 그런 일은 하지 못했어요. 다 망쳐버렸죠." 나는 아무 생각 없이 말하고 있었다.

"아빠는 엄마 아닌 사람이랑 잘 때마다 울어요." 제이크가 손을 만지작거리면서 불쑥 말했다. 그 애는 앞머리가 가린 눈을 통해 밖을 내다보고 있었다. "아빠는 여자들을 꾀어서 자자고 한 다음에 그때 느끼는 슬픔에 흥분해요. 나중에 죄책감만 느끼면 다 괜찮은 거예요."

"아버지가 죄책감에 의존한다고 생각하는군요."

"그냥 섹스를 하면 섹스했다고 기뻐하면 되지……."

"나라면 섹스한 것에 죄책감 안 느낄 거요." 프레드가 말했다.

"아니면 여자들을 존중해서 죄책감 느낄 짓을 하지 말아야죠. 아니, 아무와도 자지 말고 새출발을 할 준비가 될 때까지 엄마 기억을 간직하든가."

제이크의 목소리는 '간직'에서 갈라졌다. 우리는 모두 감정이 불쑥 격해지는 데 익숙했고, 그럴 때면 눈물이 마를 때까지 눈길을 돌려주는 것이 모임의 불문율이었다.

마크가 부드럽게 말했다. "그 기분을 아버지한테도 말했어요, 제이크?"

"엄마 이야기는 안 해요. 엄마 이야기만 안 꺼내면, 아빠는 괜찮거든요."

"혼자서 감당하기는 힘든 일이겠어요."

"네. 음……, 그래서 여기 온 거 아니겠어요?"

잠시 침묵이 흘렀다.

"비스킷 하나 먹어." 대프니가 말했다. 우리는 다시 깡통을 돌리기 시작했고, 제이크가 비스킷을 하나 들자 이상하게 마음이 놓였다.

계속 릴리 생각이 났다. 슈퍼마켓 빵 코너에서 울었다는 서닐의 이야기는 거의 알아듣지 못했고, 프레드가 질리의 생일에 혼자서 풍선을 사다 놓고 기념했다는 이야기에는 그저 동정하는 표정을 지어 보였다. 벌써 며칠째, 릴리와의 일이 꿈처럼 생생하면서 동시에 비현실적으로 느껴졌다.

어떻게 윌에게 딸이 있단 말인가?

"좋아 보이네요."

교회 주차장을 걸어 나가는데 제이크의 아버지가 오토바이에 기대서 있었다.

나는 그 앞에서 걸음을 멈췄다. "슬픔을 극복하기 위한 모임이에요. 탭댄스를 추면서 나올 수는 없잖아요."

"맞는 말이에요."

"그런 게 아니라, 사실 나 때문이 아니에요. 이건……, 십 대 아이 때문이에요." 내가 말했다.

그는 고개를 뒤로 살짝 젖히며 내 뒤에 있는 제이크를 살폈다. "아. 그렇군요. 음, 안됐어요. 십 대 아이가 있기엔 젊어 보이지만, 내가 그런 말 할 처지는 아니죠."

"아뇨. 아뇨. 내 아이가 아니고요! 좀…… 복잡한 문제예요."

"내 조언이 필요하면 얼마든지 해드리죠. 하지만 무슨 일인지 모르니." 그는 앞으로 나오더니 제이크를 끌어안았다. 제이크는 부루퉁한 얼굴로 참고 있었다. "괜찮니?"

"뭐."

"뭐." 샘이 나를 쓱 쳐다보며 말했다.

"그거지. 십 대 아이들은 모든 질문에 그렇게 대답해요. 전쟁이든, 기아든, 복권 당첨이든, 세계적인 인기든. 모두 '뭐'라고 해요."

"데리러 올 필요 없어요. 줄스네 가요."

"태워다 줄까?"

"바로 저기 살아요. 저 건너." 제이크가 건너편을 가리켰다. "혼자서 갈 수 있어요."

샘의 표정은 바뀌지 않았다. "그럼, 다음에는 메시지 보내줄래? 와서 기다릴 필요 없도록?"

제이크는 어깨를 으쓱이더니 배낭을 어깨에 메고 걸어갔다. 우리는 말없이 그 아이가 걸어가는 것을 지켜봤다.

"나중에 보자, 제이크?"

제이크는 돌아보지도 않고 한 손을 들었다.

"그렇군요. 이제 기분이 좀 나아지네요." 내가 말했다.

샘은 고개를 살짝 저었다. 그는 지금도 아들과 헤어지는 것을 견딜 수 없다는 듯 보고 있었다. 그러더니 내게 물었다.

"제이크가 평소보다 힘들어하는 날이 있어요. 커피 한잔할래요, 루이자? 세상에서 가장 쓸모없는 인간이 된 것 같은 기분 좀 덜어주지 않을래요? 이름이 루이자 맞죠?"

제이크가 저녁 모임에서 한 말이 생각났다. "금요일에는 아빠가 멕스라는 금발 사이코를 데려왔는데, 멕스는 아빠한테 반했어요. 아빠가 샤워하러 들어갔을 때, 그 여자는 아빠가 자기 얘기를 했는지 자꾸 물어봤어요."

충동적인 섹스 마니아. 하지만 그 사람은 선량했고, 구급차에서 날 도와주기도 했으며, 거절해 봐야 또 하룻밤 동안 릴리 호턴밀러의 머릿속에 무슨 생각이 든 건지 고민하며 보낼 뿐이었다. "십 대 아이들 이야기만 안 하면 좋겠어요."

"당신 옷차림에 대해서는 이야기해도 되나요?"

나는 녹색 루렉스 스커트와 아일랜드 댄싱 슈즈를 내려다보았다.

"절대 안 돼요."

"혹시나 해서요." 그는 이렇게 말하더니 오토바이에 올라탔다.

우리는 내 아파트 근처에 있는 사람이 거의 없는 바에 앉았다. 그는 블랙커피를, 나는 과일주스를 시켰다. 주차장에서 자동차들을 피하거나 병원 들것에 묶여 있는 상태가 아니니 그를 슬쩍 살펴볼 여유가 생겼다. 코는 아주 뾰족했고, 눈가에는 별꼴을 다 보기는 했지만 여전히 그 모든 것에 흥미를 느낀다는 듯 잔주름이 잡혀 있었다. 키가 크고 어깨가 넓었다. 어쩐지 윌보다 좀 거친 느낌이었지만 자기 덩치로 주위 물건을 상하게 하지 않으려는 것처럼 부드럽게, 동작을 아끼면서 움직였다. 그는 말하기보다는 들을 때 더 편한 것 같았다. 아니, 내가 속사포처럼 지껄이는 이유는 오랜만에 남자와 단둘이 있는 게 불안해서일지도 몰랐다. 나는 바에서 하는 일을 이야기했고 리처드 퍼시벌과 끔찍한 유니폼 이야기로 그를 웃겼으며 잠시 고향에 돌아갔을 때 어색했던 분위기, 아버지의 유치한 농담, 할아버지와 도넛, 조카가 파란 마커 펜으로 어떤 일을 벌였는지에 대한 이야기를 늘어놓았다. 하지만 늘 그렇듯이 말하면서도 말하지 않은 내용을 의식했다. 윌에 대해서, 전날 저녁에 일어난 비현실적인 사건에 대해서, 그리고 나에 대해서 말하지 않은 것들. 윌과는 내가 한 말을 곱씹어 볼 필요가 없었다. 그와 대화하는 것은 숨을 쉬는 것처럼 특별한 노력이 필요 없었다. 이제는 나 자신에 대해서 아무 말도 안 하는 데 익숙해졌다.

그는 앉아서 고개를 끄덕이며 차들이 지나가는 것을 보고 커피를 마셨다. 녹색 루렉스 미니스커트를 입고 미친 듯이 떠드는 낯선 사람과 시간을 보내는 것이 너무나 정상적인 일이라는 듯.

"그런데, 골반은 어때요?" 내가 마침내 말을 멈추자 그가 물었다.

"그럭저럭요. 하지만 절뚝이는 건 좀 지겹네요."

"물리치료만 잘 받으면 곧 나아질 거예요." 순간, 구급차에서 들었던 목소리가 들렸다. 침착하고 명징하며 안도감을 주는 목소리. "다른 부상은요?"

옷 속이 보이기라도 하듯, 나는 몸을 내려다봤다. "음, 누군가 새빨간 펜으로 온몸에 그림을 그려놓은 것처럼 보이는 것 말곤 괜찮아요."

샘이 고개를 끄덕였다. "운이 좋았어요. 굉장히 높은 데서 추락했는데."

그 순간 또 배 속이 울렁거리고 발이 붕 뜨는 느낌이 들었다.

"높은 데서 떨어지면 어떻게 될지 아무도 몰라요. 전 떨어지려던 게……."

"말했잖아요."

"하지만 아무도 내 말을 안 믿는 것 같아서요."

우리는 어색하게 웃었다. 그도 믿지 않는지 궁금했다.

"그럼……, 건물 옥상에서 떨어진 사람을 많이 줍나요?"

그는 고개를 저으며 길 건너편을 봤다. "조각만 줍죠. 조각이 다시 맞아서 다행이에요."

우리는 조금 더 말없이 앉아 있었다. 무슨 이야기를 할까 계속 생각했지만, 남자와 단둘이 있는 것, 적어도 맑은 정신으로 단둘이 있는 것에 서툴러서 자꾸 용기가 사라졌다. 금붕어처럼 입만 뻐금거리고 있었다.

"그런데 십 대 아이 이야기는 하고 싶은 거예요?" 샘이 물었다.

그 일을 누구한테 털어놓으면 후련할 것 같았다. 지난밤 늦게 누가 찾아온 것, 기묘한 만남, 페이스북에서 알게 된 사실, 그리고 대체 어떻게 해야 할지 망설이는데 그 애가 도망가 버린 것을 이야기했다.

"와. 그것 참……." 이야기를 마치자 그가 고개를 살짝 저으며 말했다. "정말로 그 애가 그 사람 딸 같아요?"

"조금 닮기는 했어요. 하지만 솔직히 모르겠어요. 제가 무슨 징조를 찾는 걸까요? 보고 싶은 것만 보는 걸까요? 그럴 수도 있죠. 그가 뭔가 남긴 것이 있다면 얼마나 좋을까 생각이 들었다가, 내가 완전히 속고 있는 것은 아닐까 생각도 들어요. 그사이에 이런 생각도 들죠. 만약에 이 애가 그 사람 딸이라면, 그는 왜 이 아이를 만나지 않았을까? 그리고 그의 부모님은 이 일을 어떻게 받아들일까? 만약 그 애를 만나 그 사람 마음이 바뀌었다면? 그 애를 만나서 확신을 가질 수 있었다면……." 내 목소리가 잦아들었다.

샘은 의자에 기대앉으며 눈살을 찌푸렸다. "그 사람 때문에 이 모임에 참석하는 거죠."

"네."

그가 나를 뜯어보면서 윌이 내게 무슨 의미였는지 다시 한번 생각하는 것을 느낄 수 있었다.

"어떻게 해야 할지 모르겠어요. 그 애를 찾아야 할지, 그냥 묻어둬야 할지 모르겠어요." 내가 말했다.

그는 거리를 내다보며 생각에 잠겨 있었다. 나는 그 덩치 큰 남자의 단호한 시선, 이틀 동안 깎지 않은 수염, 그리고 상냥하고 능숙한 손을 바라보았다. 그러자 생각이 모두 흩어져 버렸다.

"괜찮아요?"

나는 주스를 한 모금 마시면서 얼굴에 드러나는 감정을 감추려고 했다. 문득, 알 수 없는 이유로 울고 싶어졌다. 너무 힘들었다. 이상하고 어지러운 밤. 윌이 다시 등장해 모든 대화에 끼어드는 듯했다. 갑자기 그의 얼굴이 나타나, 눈썹을 냉소적으로 치켜올리면서 '대체 뭐 하는 거요, 클라크'라고 말하는 것 같았다.

"그냥……, 좀 힘든 하루였어요. 사실, 내가……."

샘이 의자를 뒤로 밀더니 일어났다. "아뇨, 아니에요. 가세요. 미안해요. 내가 그만……."

"정말 고마웠어요. 그냥……."

"괜찮아요. 힘든 하루였죠. 게다가 슬프기도 하고. 이해해요. 아니, 아뇨…… 괜찮아요. 진짜예요." 내가 핸드백을 쥐자 그가 말했다. "오렌지주스 한 잔 정도는 살 수 있어요."

다리를 절면서도 차로 달려갔던 것 같다. 내내 그의 시선을 느낄 수 있었다.

주차장에 차를 세우고 바에서부터 숨을 참고 있었던 것처럼 길게 숨을 내쉬었다. 모퉁이 가게를, 그리고 내 아파트를 번갈아 보았다. 분별력을 포기하고 싶어졌다. 와인을 서너 잔 가득 따라 마시고 과거를 그만 돌아보자고 나 자신을 설득하고 싶었다. 아니, 아무것도 보지 말자고.

차에서 내릴 때 골반이 아팠다. 리처드가 온 이후로 골반이 계속 아팠다. 물리치료사는 너무 오래 서 있지 말라고 했다. 하지만 리처드에게 그런 말을 한다는 생각만 해도 두려워졌다.

'알겠어요. 그럼 바에서 일하면서 하루 종일 앉아 있겠다는 말이죠?'

승진을 준비하는 앳된 얼굴. 일부러 특징 없이 자른 머리. 나보다 두 살밖에 많지 않으면서 나이가 많아 지친 척하는 태도. 눈을 감고

배 속을 죄는 불안이 사라지기를 기다렸다.

"이것만 주세요." 카운터에 차가운 소비뇽 블랑 한 병을 내려놓았다.

"파티해요?"

"네?"

"드레스 입었네요. 먼저 말하지 말아요. 맞춰볼게요." 사미르가 턱을 문질렀다. "백설공주 의상인가요?"

"네." 내가 말했다.

"그거 조심해요. 영양가는 없고 열량만 높잖아요? 보드카를 마셔요. 깨끗한 술이에요. 레몬을 좀 섞어서. 길 건너 지니한테도 그렇게 말해요. 지니는 스트립 댄서거든요? 몸매 관리를 하죠."

"식이요법이라니. 고마워요."

"다 설탕 때문이에요. 설탕을 조심해야 해요. 설탕이 많이 든 건 저지방이라도 소용없어요. 알겠죠? 그게 바로 영양가는 없고 열량만 높은 음식이에요. 바로 그거요. 그놈의 인공감미료가 가장 나빠요. 내장에 들러붙어요."

그는 와인을 계산하고 거스름돈을 건넸다.

"지금 먹는 게 뭐예요, 사미르?"

"스모키 베이컨 컵라면이요. 맛있어요."

나는 생각에 잠겼다. 쓰라린 골반 사이의 어두운 틈, 직업과 연관된 실존적 절망, 그리고 스모키 베이컨 컵라면에 대한 이상한 욕구 사이에 빠져 있을 때, 그 애가 보였다. 그 애는 내 아파트 건물 현관문 앞 바닥에 앉아서 무릎을 양팔로 감싸고 있었다. 나는 사미르에게 잔돈을 받고 길을 뛰다시피 건너갔다.

"릴리?"

릴리가 서서히 고개를 들었다.

목소리는 잘 알아들을 수 없었고, 울다 나온 것처럼 눈이 빨갰다.

"아무도 안 받아줘요. 초인종을 다 눌렀는데, 아무도 안 열어줘요."

나는 문에 열쇠를 겨우 끼워 넣고 바닥에 가방을 깔고는 그 옆에 쪼그리고 앉았다.

"어떻게 된 거니?"

"잠 좀 자고 싶어요." 릴리가 눈을 부비며 말했다. "너무너무 피곤해요. 택시를 타고 집에 가고 싶었는데, 돈이 없어서."

시큼한 알코올 냄새가 났다. "술 마셨어?"

"글쎄요." 릴리는 고개를 갸우뚱하면서 나를 향해 눈을 깜빡였다. 그 순간 술만 마신 것이 아닐지도 모른다는 생각이 들었다.

"술에 취한 게 아니면 당신은 레프러콘◇으로 변했을 텐데. 아, 이거 봐요!" 릴리는 호주머니를 두드리더니 반쯤 태운 담배처럼 생긴 것을 내밀었다. 나도 그것이 담배가 아닌 것 정도는 알 수 있었다.

"한 대 피워요, 릴리. 아 참, 당신은 루이자죠. 내가 릴리고." 릴리는 키득거리더니 둔한 손놀림으로 주머니에서 라이터를 꺼내 반대쪽에 불을 붙이려고 했다.

"됐어. 집에 가야지. 택시 불러줄게." 나는 릴리의 손에서 그것을 빼앗은 뒤 불평을 무시하고 발로 자근자근 밟았다.

◇ 아일랜드 신화에 나오는 요정의 일종.

"하지만 돈이……."

"릴리!"

고개를 들었다. 길 건너편에 젊은 남자가 청바지 주머니에 손을 꽂고 우리를 가만히 보고 있었다. 릴리는 그를 쳐다보더니 고개를 돌렸다.

"저 사람은 누구니?" 내가 물었다.

릴리는 바닥만 쳐다보고 있었다.

"릴리. 이리 와." 그의 음성에서 확고한 자신감이 느껴졌다. 그는 그렇게 먼 곳에서도 릴리가 자기 말을 들을 거라는 듯, 다리를 살짝 벌리고 당당하게 서 있었다. 어쩐지 마음이 불편했다.

아무도 움직이지 않았다.

"남자친구니? 저 사람이랑 이야기할래?" 내가 조용히 물었다.

처음 릴리가 입을 열었을 때는 무슨 말인지 알아듣지 못했다. 더 가까이 다가가 다시 한번 말해달라고 부탁해야 했다.

"가라고 해주세요. 부탁이에요." 릴리는 눈을 감더니 고개를 문 쪽으로 돌렸다.

그는 길을 건너 우리 쪽으로 걸어오기 시작했다. 나는 일어나서 최대한 권위 있는 목소리로 말하려고 했다.

"이제 가봐도 돼요. 고마워요. 릴리는 나랑 들어갈 거예요."

그는 도중에 걸음을 멈췄다.

나는 그를 똑바로 쳐다봤다.

"다음에 이야기해요. 알겠죠?"

나는 초인종에 손을 대고 상상 속에 존재하는 근육질의 성격 나쁜 남자친구에게 중얼거렸다. "응. 내려와서 나 좀 도와줄래, 데이브? 고마워."

남자의 표정은 두고 보자는 것 같았다. 그는 돌아서서 주머니에서 휴대폰을 꺼내더니 걸어가면서 누군가와 낮은 소리로 빠르게 통화했다. 그는 경적을 울리며 자신을 피해가는 택시를 무시한 채, 우리를 아주 잠시 뒤돌아봤다.

생각보다 훨씬 긴장한 나는 한숨을 내쉰 뒤, 별로 우아하지 못한 동작으로 릴리의 겨드랑이에 손을 끼우고 욕설을 중얼거리며 그 아이를 현관으로 끌고 들어갔다.

그날 밤 릴리는 내 집에서 잤다. 달리 어떻게 해야 할지 알 수 없었다. 릴리는 두 번 토했고, 머리칼을 들어주려고 하니 나를 밀쳤다. 릴리는 집 전화번호를 알려주지 않았다. 어쩌면 기억하지 못하는 것 같기도 했다. 휴대폰에는 비밀번호가 설정되어 있었다.

릴리를 대충 닦아준 뒤 내 조깅 바지와 티셔츠를 입히고 거실로 데려갔다.

"청소했네!" 릴리는 내가 자기를 위해 청소를 했다는 듯 감탄했다. 물을 한 컵 마시게 한 뒤, 더 토할 것이 없다는 것을 알기는 했지만 소파에 모로 눕혔다.

고개를 들어 베개를 받쳐줄 때, 릴리는 눈을 뜨더니 처음으로 날 알아보는 듯한 표정을 지었다. "미안해요." 너무 작은 소리라 정말 그렇게 말한 것인지 헛갈렸는데, 릴리의 눈에 눈물이 고였다.

나는 담요를 덮어주고 아이가 잠들 때까지 지켜봤다. 창백한 얼굴, 눈 밑의 푸르스름한 그림자, 윌과 똑같은 곡선을 그리는 눈썹, 똑같이 옅은 주근깨를.

그제야 생각난 것처럼 현관문을 잠그고 열쇠를 침실로 가져가서 베개 밑에 감췄다. 릴리가 아무것도 훔치지 못하게 하려는 것인지, 가버리지 못하게 하려는 것인지 나도 알 수 없었다. 사이렌 소음과 공항에서 나는 소리, 교회에서 만난 슬픈 얼굴들, 길 건너 빤히 쳐다보던 남자의 시선, 내 집에 생판 남을 재우고 있다는 사실로 머릿속이 어지러워 잠들지 못한 채 누워 있었다. 내내 어떤 목소리가 이렇게 물었다.

'대체 무슨 짓이야?'

하지만 달리 어떻게 해야 한단 말인가? 새들이 지저귀기 시작하고, 빵집 트럭이 아래층에 아침 배달을 마친 뒤에야 생각이 차츰 멈추어 나는 잠들었다.

7.

커피 냄새가 났다. 어째서 집에 커피 냄새가 풍기는지 생각하는 데 몇 초가 걸렸고, 그 이유가 떠오르자 나는 벌떡 일어나 후드티를 머리 위로 뒤집어쓰면서 침대에서 튀어 나갔다.

릴리는 소파에 다리를 꼬고 앉아 담배를 피우면서 멀쩡한 머그잔 하나를 재떨이로 쓰고 있었다. 텔레비전이 켜져 있었다. 화려한 옷을 입은 사회자들이 뭔가 정신없는 아이들 프로그램을 진행하고 있었고, 벽난로 위에는 테이크아웃용 폴리스티렌 컵이 두 개 놓여 있었다.

"아, 잘 잤어요? 오른쪽이 당신 거예요. 뭘 좋아하는지 몰라서 아메리카노로 사왔어요." 릴리는 내 쪽을 잠깐 쳐다보며 말했다.

나는 눈을 깜빡이다 담배 연기에 콧잔등을 찡그렸다. 거실을 가로질러 가서 창문을 열고 시계를 봤다.

"저 시계가 맞아?"

"네. 커피가 좀 식었을지도 몰라요. 깨워야 할지 몰라서."

"쉬는 날이야." 나는 이렇게 말하고 커피를 들었다. 충분히 따뜻했다. 감사한 마음으로 한 모금 마셨다. 그리고 컵을 봤다. "잠깐, 이거 어떻게 사 왔지? 현관문을 잠갔는데."

"화재 비상구로 내려갔어요. 돈이 없어서 빵집 아저씨에게 누구네인지 말했더니 돈은 나중에 가져와도 된댔어요. 참, 훈제 연어랑 크림치즈 베이글 두 개 값도 줘야 해요." 릴리가 말했다.

"그래?" 화를 내고 싶었지만, 갑자기 배가 몹시 고팠다.

릴리는 내 시선의 방향을 따라가더니 말했다.

"아, 내가 먹었어요. 냉장고에 별게 없더라고요. 여기 정리 좀 해야겠어요." 릴리는 거실 한가운데로 연기를 뿜었다.

오늘 아침의 릴리는 지난밤 길에서 주운 아이와 너무 달라서 같은 사람이라고 믿기지 않았다. 나는 다시 방으로 돌아가 옷을 갈아입었다. 릴리가 텔레비전을 보다가 주방으로 가서 마실 것을 가져가는 소리를 들었다.

"저기 있잖아요……. 루이즈. 돈 좀 빌려줄 수 있어요?" 릴리가 물었다.

"미안하지만, 그건 안 돼."

릴리는 노크도 없이 내 방으로 들어왔다. 나는 티셔츠를 들어 가슴을 가렸다.

"그럼 오늘 밤도 여기서 자도 돼요?"

"릴리 어머니랑 이야기한 다음에."

"왜요?"

"무슨 일인지는 좀 알아야 하니까."

릴리는 문 앞에 서 있었다.

"그럼 내 말을 안 믿는 거군요."

나는 브래지어를 마저 입을 수 있도록 돌아서 달라고 손짓했다.

"믿어. 하지만 이게 조건이야. 나한테서 원하는 것이 있으면, 우선 내 말도 들어줘야지."

티셔츠를 막 입으려는데 릴리가 돌아섰다.

"마음대로 해요. 어쨌든 옷을 좀 가져와야 하니까."

"왜? 어디서 지내는데?"

릴리는 아무 말도 못 들은 것처럼 걸어 나가며 겨드랑이 냄새를 맡았다.

"샤워 좀 해도 돼요? 냄새가 너무 나는데."

한 시간 뒤, 우리는 세인트존스 우드로 갔다. 나는 전날 밤에 벌어진 일과 릴리 때문에 기운이 달렸다. 릴리는 몸을 가만두지 못했고, 줄담배를 피웠으며, 너무 진지한 표정으로 말없이 있어서 고민의 무게가 옆에서도 느껴질 정도였다.

"그럼 그 사람은 누구지? 어젯밤에 왔던 남자?" 나는 앞만 보며 아무렇지 않게 말했다.

"그냥 아는 사람이요."

"남자친구라면서."

"그럼 남자친구인가 보죠." 릴리의 목소리가 굳었고, 표정도 날카로워졌다. 부모님 집에 가까워지자 릴리는 팔짱을 끼고 무릎을 바짝 당겨 앉더니 이미 말없이 싸움을 시작한 것처럼 반항적인 눈빛을 했다. 릴리가 세인트존스 우드에 산다고 한 게 사실일까 싶었지만, 가로수가 늘어선 넓은 길을 가리키더니 세 번째에서 좌회전하라고 했다. 그러자 외교관이나 미국인 은행가들이 사는 곳, 멋대로 드나들 수 없을 것 같아 보이는 집이 나왔다. 차를 세우고 차창으로 하얀 건물들과 공들여 손질한 울타리, 흠잡을 데 없는 창문을 내다보았다.

"여기 살아?"

릴리가 조수석 문을 어찌나 세게 닫았는지 조그만 내 차가 휘청거렸다.

"난 안 살아요. 그 사람들이 살지."

릴리는 안으로 들어갔고 나는 침입자가 된 느낌으로 어색하게 뒤따랐다. 넓고 천장이 높은, 고급 바닥에 금박을 입힌 대형 거울이 걸린 복도였다. 거울에는 하얀 초대장 카드들이 잔뜩 꽂혀 있었다. 아름답게 꽃을 꽂은 화병이 자그마한 앤티크 테이블에 놓여 있었다. 실내에서 향수 냄새가 났다.

위층에서 소리가 들렸다. 아마 아이들 목소리 같았지만 잘 알 수 없었다.

"아빠가 다른 동생들이에요." 릴리가 무시하듯 말하고는 주방을 통해 걸어갔다. 내게 따라오라는 것 같았다. 광택이 나는 싱크대가 끝도 없이 이어지는 모던한 회색의 주방이었다. 토스터부터 밀라노의 카페에 있어도 어울릴 듯한 거대하고 복잡한 커피메이커까지, 모든 것이 고급 같았다. 릴리는 냉장고를 열고 훑어보더니 한참 만에 파인애플 잘라놓은 것을 꺼내 손으로 집어 먹기 시작했다.

"릴리?"

위층에서 여자의 다급한 목소리가 들렸다.

"릴리, 너니?" 달려 내려오는 소리가 들렸다.

릴리는 어이없다는 표정을 지었다.

금발 여자가 문 앞에 나타났다. 그녀는 나와 무심하게 파인애플을 먹고 있는 릴리를 번갈아 쳐다봤다. 그리고 걸어오더니 그릇을 릴리 손에서 빼앗았다.

"대체 어디 있었어? 학교에서 얼마나 놀랐는지 알아? 아빠가 주위를 온통 뒤졌잖아. 살해라도 당한 줄 알았다고! 어디 있었어?"

"내 아빠도 아니잖아."

"잘난 척하지 마, 얘. 아무 일도 없었던 것처럼 집에 들어올 순 없어. 네가 얼마나 말썽을 부린 건지 알기나 해? 동생 때문에도 못 자는데, 어젠 네 걱정을 하느라 못 잤어. 네가 어디 있는지 몰라서 할머니 댁 가는 것도 취소했어."

릴리가 냉정하게 여자를 쳐다봤다.

"뭐 하러 신경 쓰고 그래. 내가 어디 있는지 상관도 안 하면서."

여자는 화가 나서 몸이 굳었다. 미친 듯이 다이어트하거나 강박적으로 운동해야 얻을 수 있는 날씬한 몸매의 여자였다. 비싼 미용실에서 커트한 머리에 염색을 했고, 고급 청바지처럼 보이는 것을 입고 있었다. 하지만 태닝을 한 얼굴에는 지친 기색이 역력했다.

여자가 휙 돌아 나를 쳐다봤다.

"저 애랑 함께 있었어요?"

"음, 네. 하지만……."

그녀는 나를 위아래로 훑어보더니 별로 마음에 들지 않는다는 표정을 지었다.

"우리가 얼마나 걱정한지 알아요? 저 애가 몇 살인지 알기는 해요? 대체 저렇게 어린애한테 뭘 원하는 거예요? 당신은 서른은 되어 보이는데?"

"사실 전……."

"이런 거였니? 이 여자랑 사귀는 거야?" 여자가 딸에게 물었다.

"아, 엄마. 제발 좀 그만해." 릴리는 파인애플을 다시 검지로 집어 들고 있었다. "그런 거 아니야. 저 아줌마는 상관없어." 릴리는 마지막 파인애플을 입에 넣고, 아마도 극적인 효과를 노리는 듯 한참 씹더니 이렇게 말했다. "저 아줌마는 아빠를 돌봐준 사람이야. 친아빠 말이야."

타니아 호턴밀러는 크림색 소파 위에 수북이 쌓인 쿠션에 기대앉아 커피를 저었다. 나는 반대편 소파 끝에 앉아서 커다란 딥티크 향초와 우아하게 배치된 《인테리어》 잡지를 봤다. 나도 그 여자처럼 등을 기대면 커피가 무릎에 쏟아질까 봐 살짝 두려웠다.

"딸애는 어떻게 만났나요?" 여자가 지친 표정으로 말했다. 그 여자 넷째손가락에는 내가 본 것 중 가장 큰 다이아몬드 두 개가 장식되어 있었다.

"사실 제가 만나려고 한 건 아니에요. 릴리가 집으로 찾아왔어요. 누군지 몰랐어요."

여자가 내 말을 이해하는 데 시간이 걸렸다.

"그리고 전에는 윌 트레이너를 돌봐줬다고요."

"네. 죽기 전까지요."

우리 둘 다 천장을 바라봤고 잠시 침묵이 흘렀다. 뭔가가 머리 위로 떨어졌다.

"아들들 때문에 가만히 있질 못해요." 그녀가 한숨을 쉬었다.

"그럼 아이들은……?"

"윌 아이들은 아니에요."

우리는 침묵 속에 앉아 있었다. 아니, 위층에서 요란한 고함이 들려오긴 했다. 또 쿵 하는 소리에 이어 불길한 적막이 감돌았다.

"호턴밀러 씨. 그게 사실인가요? 릴리가 윌의 딸인가요?" 내가 말했다.

"네." 그녀는 턱을 살짝 들며 대답했다.

갑자기 몸이 떨려서 테이블에 커피 잔을 내려놓았다.

"잘 이해가. 어떻게……."

"복잡할 것 없죠. 윌과 대학 졸업 전에 사귀었어요. 물론 내가 그 사람을 몹시 사랑했죠. 다들 그를 사랑했어요. 일방적인 사이는 아니었어요." 그녀는 살짝 웃더니 내 반응을 기다렸다.

하지만 나는 아무 말도 할 수 없었다. 어떻게 윌은 딸이 있다는 이야기를 내게 안 했을까. 그런 일들을 함께 겪으면서?

타니아는 천천히 말했다.

"어쨌든요. 우리는 모임에서 가장 주목받는 커플이었죠. 파티, 보트 타기, 주말 여행, 그런 거 하는 모임이요. 윌이랑 난, 음, 우리는 늘 함께 다녔어요." 그것이 여전히 새롭다는 듯, 그 일을 머릿속으로 자꾸만 되풀이해 본 사람 같은 말투였다. "그러다 대학 창립 기념 파티에서 친구 리자를 도와주러 잠시 자리를 비웠는데, 돌아와 보니 윌이 없었어요. 어디 있는지도 알 수 없었고. 그래서 한참 기다렸는데, 모두 차를 타고 떠난 뒤에야 윌이 스테퍼니 루던이라는 여자와 가버렸다는 걸 알게 됐죠. 아마 몰랐겠지만, 그 여자는 오랫동안 윌을 노리고 있었어요. 처음에는 믿지 않았지만 그래도 그 여자 집으로 차를 몰고 가서 지키고 있었죠. 역시나 새벽 5시에 그 사람이 나왔고 문 앞에서 누가 보든 말든 둘이 키스를 하더군요. 내가 차에서 내려 막아섰는데 그 사람은 부끄러워하지도 않았어요. 어차피 졸업 후에는 헤어질 텐데 감정적으로 굴 필요가 없다고 말했죠.

대학 생활이 끝나고 솔직히 마음이 놓였어요. 윌 트레이너한테 버림받은 여자가 되고 싶은 사람이 어디 있겠어요? 하지만 너무 갑작스럽게 끝나버려서 극복하기 힘들었어요. 졸업한 뒤에 그 사람은 런던에서 일하기 시작했고, 대체 뭐가 문제였는지 한번 만나서 이야기하자고 했어요. 내가 알기로는 우린 정말 행복했으니까요. 그런데 그 사람은 비서를 시켜서 대단히 미안하지만 윌의 일정이 꽉 차서 당장은 시간이 없으며 행운을 빈다는 카드를 보냈어요. '행운'을 빈다고." 타니아는 눈살을 찌푸렸다.

나도 내심 흠칫했다. 그 이야기를 믿고 싶지 않았지만, 윌의 그런 면이 무섭게 실감 나기도 했다. 윌은 젊은 시절을 아주 또렷이 돌이켜 보며 여자들에게 몹시 잘못했다고 털어놓았다. (그의 말을 그대로 옮기자면 "난 아주 몹쓸 놈이었어요"라고 했다.)

타니아는 이야기를 계속했다.

“그러다 두 달쯤 지나서 임신한 것을 알게 되었어요. 월경이 늘 불규칙해서 두 달이나 건너뛴 걸 모르고 있었으니, 이미 한참 늦었죠. 그래서 릴리를 낳기로 했어요. 하지만…….” 타니아는 자신을 변호하기 위해 마음을 다잡는 것처럼 다시 턱을 치켜들었다. “그 사람한테 말할 이유는 없었어요. 그 사람이 그런 말과 행동을 했으니.”

내 커피는 식어버렸다. “말할 이유가 없었다고요?”

“나와는 엮이고 싶지 않다고 한 셈이니까요. 내가 고의로 자신을 옭아매려 한다고 생각했을 거예요.”

딱 벌어진 입을 다물었다. “하지만, 하지만…… 그에게도 알 권리가 있었다고 생각하지 않으세요, 호턴밀러 씨? 그 사람도 자기 아이를 만나고 싶어 했을지 모른다는 생각은 안 하세요? 두 분 사이에 있었던 일과는 별개로.”

타니아는 컵을 내려놓았다.

“릴리는 열여섯 살이에요. 그 사람이 죽었을 때, 열넷이나 열다섯이었을 거예요. 그러면 정말 오랫동안…….” 내가 말했다.

“그리고 그땐 이미 프랜시스가 있었죠. 프랜시스가 그 애 아빠예요. 그리고 그이는 릴리한테 아주 잘해줬어요. 우리가 가족이었어요. 지금도 그렇고.”

“이해가 잘…….”

“윌은 릴리를 알 자격이 없어요.”

그 말이 끝나자 어색한 침묵이 흘렀다.

“재수 없는 놈이었어요. 알겠어요? 윌 트레이너는 자기밖에 모르는 놈이었어요. 그 사람이 어떻게 됐는지도 몰랐어요. 굉장히 놀랐죠. 하지만 솔직히 알았다 해도 달라졌을 거라고는 못 하겠어요."
타니아는 머리카락을 뒤로 넘겼다. 잠시 말문이 막혔다.
"완전히 달라질 수도 있었어요. 그 사람한테는요."
타니아가 나를 노려보았다.
"윌은 자살했어요." 이렇게 말하는 내 목소리가 조금 갈라졌다. "윌은 계속 살아갈 이유를 찾지 못해서 삶을 끝냈어요. 딸이 있다는 걸 알았다면……."
타니아는 일어섰다.
"오, 아뇨. 그 일을 내 탓으로 돌릴 순 없어요. 난 그 남자의 자살에 책임감을 느끼지 않을 거예요. 지금도 내 인생은 충분히 복잡하거든요? 여기 찾아와서 내게 이러쿵저러쿵할 순 없어요. 내가 겪은 일의 절반만이라도 겪어봤다면……. 네. 윌 트레이너는 지독한 남자였어요."
"윌 트레이너는 내가 아는 남자 중에 최고였어요."
그녀는 나를 위아래로 훑어보았다. "그렇군요. 그럴 수도 있을 거예요."
누군가를 그렇게 순식간에 미워할 수 있을지 몰랐다. 일어나서 나오려는데 누가 침묵을 깼다. "그럼 아빠는 내가 있단 걸 몰랐던 거네."
릴리가 문 앞에 꼼짝 않고 서 있었다. 타니아 호턴밀러의 얼굴이 하얘졌지만 곧 정신을 차리고 말했다.
"네가 다치지 않도록 보호한 거야, 릴리. 윌은 내가 잘 아는데, 그 사람이 원치 않는 관계를 맺으려다가 나만 망신을 당할 수는 없었어." 타니아는 머리를 매만졌다. "그리고 이렇게 엿듣는 나쁜 습관은 버려야 한다. 오해하기 쉽잖니."

더 이상 듣고 있을 수 없었다. 위층에서 남자아이가 소리를 지르기 시작했고, 나는 문 쪽으로 걸어갔다. 플라스틱 트럭이 층계로 날아와 어딘가에 떨어져 박살 났다. 필리핀 사람처럼 보이는 여자가 불안한 표정으로 난간에서 나를 쳐다봤다. 나는 현관 계단을 걸어 내려왔다.

"어디 가요?"

"미안하다, 릴리. 음…… 나중에 이야기하자."

"하지만 아빠 이야기는 거의 안 해줬잖아요."

"그 사람은 네 아빠가 아니야. 윌이 뭘 해줬을지 몰라도, 네가 어릴 적부터 프랜시스가 훨씬 더 많은 걸 해줬다." 타니아 호턴밀러가 말했다.

"프랜시스는 내 아빠가 아니잖아." 릴리가 외쳤다.

위층에서 또 뭔가 날아왔고, 내가 알아듣지 못하는 언어로 고함치는 소리도 들렸다. 장난감 기관총이 발사되는 소리가 났다. 타니아는 손으로 머리를 짚었다.

"도저히 감당을 못 하겠어. 도저히."

릴리가 나가는 나를 붙잡았다. "같이 살면 안 돼요?"

"뭐?"

"그쪽 집에서요. 여기선 못 살아요."

"릴리, 난……."

"오늘 밤만. 부탁이에요."

"아, 그래요. 그 애랑 하루 이틀만 지내줘요. 아주 유쾌한 친구가 되어줄 거니까." 타니아가 손을 내저었다. "예의 바르고, 잘 도와주고, 사랑스럽죠. 꿈같은 딸이에요!" 타니아의 얼굴이 굳었다. "어떻게 되나 한번 두고 보자. 저 애가 술 마시는 건 알아요? 그리고 집에서 담배도 피우고? 학교에서 정학당한 건요? 그런 이야기는 다 들었어요?"

릴리는 백만 번쯤 들은 소리라는 듯, 지루하다는 표정을 지었다.

"시험 치러 학교에 가지도 않아요. 할 수 있는 일은 다 해줬어요. 상담사, 좋은 학교, 과외 선생. 프랜시스는 저 애를 자기 딸처럼 대했어요. 그런데 이런 식으로 보답하는군요. 남편은 직장 일도 지금 힘들고 아들들도 문제가 있는데, 저 애가 우릴 조금도 봐주지 않아요. 항상 똑같아요."

"엄마가 그걸 어떻게 알아? 나는 항상 유모랑 있었는데. 쟤들이 태어난 다음에는 기숙사 학교에 보내버리고."

"너희를 다 키울 순 없어! 난 최선을 다했다!"

"원하는 건 다 했겠지. 날 빼고 완벽한 가정을 꾸리려고." 릴리는 다시 내게 말했다. "부탁이에요. 잠깐만이라도 좋아요. 걸리적거리지 않을게요. 도움이 될게요."

안 된다고 대답해야 했다. 그래야 하는 걸 나도 알고 있었다. 하지만 그 여자한테 너무나 화가 났다. 게다가 순간적으로, 윌을 대신해서 윌이 못한 일을 내가 해야 한다는 생각이 들었다.

"좋아." 내가 이렇게 말하는 순간 커다란 레고 모형이 내 귀를 스치고 날아가더니 산산조각이 났다.

"짐 챙겨 와. 밖에서 기다릴게."

그다음 기억은 흐릿하다. 빈방에서 내 짐이 든 상자를 꺼내 내 침실로 옮기고, 그 방을 릴리의 방으로 만들었다. 아니, 최소한 창고 같은 느낌은 들지 않게 만들려고 했다. 건드리지도 않았던 블라인드를 설치하고, 남는 사이드 테이블에 스탠드를 놓았다. 캠핑용 침대를 하나 사서 릴리와 함께 들어서 옮겼다. 릴리가 쓸 옷걸이와 새 이불 커버, 베개 커버도 장만했다. 릴리는 목표가 생겨서 좋은 듯했고, 잘 모르는 사람과 함께 살게 된 것이 전혀 당황스럽지 않은 모양이었다. 나는 그날 저녁 릴리가 몇 안 되는 소지품을 빈방에 정리하는 것을 보면서 이상하게 슬퍼졌다. 아이가 얼마나 불행했으면 그렇게 호화로운 집을 버리고 캠핑 침대와 흔들거리는 옷걸이밖에 없는 방에 와서 살겠다는 걸까?

요리를 해줄 상대가 있다는 낯선 느낌을 의식하며 파스타를 요리했고, 함께 텔레비전을 봤다. 8시 30분, 릴리는 전화가 울리자 종이와 펜을 달라고 했다.

"여기요." 릴리가 그 위에 번호를 적었다. "이건 엄마 휴대폰 번호예요. 엄마가 루이자의 번호랑 주소를 알려달래요. 비상시에 쓰게."

릴리가 얼마나 자주 여기서 지낼 거라고 생각하는지, 잠시 궁금했다.

10시에 나는 피곤해서 그만 자겠다고 했다. 릴리는 소파에 다리를 꼬고 앉아서 텔레비전을 보며 작은 노트북으로 누군가와 메시지를 주고받고 있었다.

"너무 늦게 자지 마, 알겠지?" 어른처럼 구는 내 목소리가 거짓 같았다.

릴리는 계속해서 텔레비전만 보고 있었다.

"릴리?"

내가 거기 있는 것을 방금 알아차린 듯한 표정이었다.

"아, 참. 그 말 하려고 했는데. 나 거기 있었어요."

"어디?"

"옥상에. 떨어졌을 때요. 구급차를 부른 게 나였어요."

문득 어둠 속에서 본 그 애의 커다란 눈, 하얀 피부가 떠올랐다.

"그 위에서 뭐 하고 있었어?"

"주소를 알아냈어요. 집에 사는 사람들이 제정신이 아니라서, 루이자가 어떤 사람인지 먼저 알아보고 싶었어요. 거기 화재용 비상계단으로 올라갔는데, 루이자의 집에 불이 켜져 있었어요. 그냥 기다리고 있었죠. 그런데 루이자가 옥상으로 올라오더니 가장자리에서 있었어요. 내가 말을 걸었다간 깜짝 놀랄 것 같았어요."

"실제로도 그랬지."

"네. 그럴 생각은 아니었어요. 나 때문에 루이자가 죽은 줄 알았어요." 릴리는 긴장한 얼굴로 웃었다. 우리는 잠시 가만히 앉아 있었다.

"모두 내가 뛰어내렸다고 생각해."

"정말요?" 릴리가 고개를 내 쪽으로 홱 돌렸다.

"응."

릴리는 이 문제를 생각해 보는 것 같았다. "아빠 때문에요?"

"응."

"아빠가 보고 싶어요?"

"매일."

릴리는 말이 없었다. 한참 만에 이렇게 말했다.

"다음 쉬는 날은 언제예요?"

"일요일. 왜?" 나는 다시 현실로 돌아와 물었다.

"고향에 가줄 수 있어요?"

"스토트폴드에 가고 싶어?"

"아빠가 살던 곳을 보고 싶어요."

8.

아빠에게는 우리가 간다고 알리지 않았다. 어떻게 말을 꺼낼지 갈피를 잡을 수 없었다. 집 앞에 차를 세우고 릴리가 차창 밖을 내다보는 동안, 나는 그 애 집에 비해서 작고 낡아 보이는 부모님 집을 의식하며 앉아 있었다. 엄마가 점심을 먹고 가라며 붙잡을 거라 하니 릴리는 꽃을 사 가자고 했다. 주유소에서 카네이션을 사자고 했더니, 처음 보는 사람에게 주는 꽃인데도 릴리는 부루퉁해졌다.

스토트폴드를 가로질러 슈퍼마켓을 찾아갔다. 릴리가 프리지어, 작약, 라눙쿨루스로 만든 커다란 꽃다발을 골랐다. 돈은 내가 냈다.

"잠깐만 여기 있어. 들어가기 전에 먼저 설명부터 할게." 차에서 내리려는 릴리에게 내가 말했다.

"하지만……."

"날 믿어. 잠깐만 기다리면 돼."

나는 작은 정원 길을 걸어가 문을 두드렸다. 거실의 텔레비전 소리가 들리자 할아버지가 달리는 말의 움직임을 따라 입을 오물거리면서 경마를 보고 계시는 모습이 떠올랐다. 집이 보이고 소리가 들리니 나를 환영해 주지 않을 거라고, 이 길을 걸을 수도 없을 거라고, 섬유유연제 냄새가 나는 엄마 품을 느낄 수도, 아빠 배 안에서 울려 퍼지는 웃음소리도 들을 수 없을 거라고 생각하며 멀어져 있던 시간이 떠올랐다.

아빠가 문을 열더니 깜짝 놀란 표정을 지었다. "루! 오는지 몰랐는데! ……오기로 했던 거냐?" 아빠가 나를 안으려고 다가왔다.

가족을 되찾아 기뻤다.

"아빠, 잘 있었어요?"

아빠는 계단 위에서 팔을 벌린 채 기다리고 있었다. 로스트치킨 냄새가 복도에서 풍겨왔다.

"들어올 거니, 아니면 여기서 피크닉을 할 거냐?"

"먼저 할 얘기가 있어요."

"해고당했구나."

"아뇨. 해고는 아니고……."

"또 문신을 했구나."

"문신 알고 계셨어요?"

"난 네 아빠다. 너랑 네 동생이 세 살 때부터 무슨 짓을 했는지 다 알고 있다." 아빠가 다가왔다. "네 엄마가 나는 문신 절대 못 하게 했을 거야."

"아뇨, 아빠. 문신도 아니고." 나는 심호흡을 했다. "저……, 윌의 딸을 데려왔어요."

아빠는 꼼짝도 하지 않았다. 뒤에서 엄마가 앞치마를 두르고 나왔다.

"루!" 엄마는 아빠 표정을 보았다. "왜? 왜 그래?"

"윌의 딸을 데리고 왔대."

"윌의 뭐?" 엄마가 쉿소리로 외쳤다.

얼굴이 창백해진 아빠는 뒤에 있던 라디에이터를 붙잡았다.

"네? 왜 그래요?" 내가 불안한 마음으로 물었다.

"너, 네가 그 사람의…… 그러니까…… 그 사람의 애를 낳았다는 건 아니지?"

나는 어이없는 표정을 지었다.

"애는 차에 있어요. 열여섯 살이에요."

"아이고, 다행이다. 조시, 아이고. 요즘 너는…… 무슨……." 아빠는 평정을 되찾았다. "윌의 딸이라고? 그 사람한테 딸이 있다니……."

"나도 몰랐어요. 아무도 몰랐어요."

엄마가 내 차 쪽을 내다봤고, 릴리는 자신의 이야기가 오가는 것을 모르는 척하려고 노력 중이었다.

"음, 어서 데려와." 엄마가 목에 손을 대며 말했다. "닭이 꽤 크니까. 감자만 몇 개 더하면 모두 먹을 수 있을 거야." 엄마가 믿기지 않는다는 듯 고개를 저었다. "윌의 딸이라고. 아이고, 세상에, 루. 정말 놀랄 일도 많구나." 엄마가 릴리에게 손을 흔드니 릴리도 조심스레 손을 흔들었다.

"들어와요!"

아빠도 손을 들어 인사하고는 조그맣게 중얼거렸다. "트레이너 씨는 아니?"

"아직 몰라요."

아빠가 가슴을 문질렀다. "또 다른 거 있니?"

"뭐요?"

"나한테 할 이야기. 뭐, 빌딩 옥상에서 뛰어내렸다거나 잃어버린 애를 데리고 오는 것 말고. 서커스에 들어가거나 카자흐스탄에서 애를 입양하거나 그런 건 아니지?"

"그런 건 절대 안 한다고 약속해요. 아직은."

"음, 다행이다. 몇 시냐? 한잔해야 되겠는데."

"그래서 어느 학교에 다닌다고 했죠, 릴리?"

"슈롭셔에 있는 작은 기숙학교예요. 아무도 모르는 곳이에요. 런던에서 공부 못하는 애들이랑 몰도바 왕족의 먼 친척이나 다니죠."

일곱 명이 무릎을 맞대고 거실 식탁에 옹기종기 모여 앉았다. 그 중 여섯은 화장실에 갈 일이 없기를 기도하고 있었다. 그렇게 되면 모두 일어나서 식탁을 소파 쪽으로 6인치 움직여야 했으니까.

"기숙학교라? 학교 앞에 과자점도 있고, 한밤중에 파티도 하고 그런 곳? 그거 재미있겠네."

"사실은 그렇지 않아요. 과자점은 작년에 문을 닫았어요. 여자애들 절반이 섭식장애가 있어서 초코바를 먹고 토했거든요."

"릴리의 어머니는 세인트 존스 우드에 살아요." 내가 말했다. "릴리는…… 다른 쪽 가족에 대해 좀 알고 싶어서 이틀 정도 나랑 지낼 거예요."

"트레이너 집안은 여기 몇 대째 살고 있지." 엄마가 말했다.

"정말요? 그분들을 아세요?"

"아니, 뭐 그렇게는……." 엄마는 얼어붙었다.

"그분 집은 어때요?"

"그런 건 루한테 물어봐요. 루가…… 거기서 내내 지냈으니까." 엄마는 긴장한 표정을 지었다.

릴리가 대답을 기다렸다.

"영지 운영을 맡은 트레이너 씨랑 함께 일하고 있어요." 아빠가 말했다.

"할아버지!" 할아버지가 외치더니 웃었다. 릴리는 할아버지와 나를 번갈아 쳐다봤다. 트레이너 씨 이름만 들어도 이상하게 긴장되었지만, 나는 미소를 지었다.

"맞아요, 아빠." 엄마가 말했다. "그분은 릴리의 할아버지가 되는 거죠. 아빠처럼요. 자, 감자 더 드실 분?"

"할아버지." 릴리는 기분이 좋은 듯, 조그만 소리로 되풀이해 말했다.

"전화를 해서…… 알려드려야지. 그리고 원하면 가는 길에 그 집 앞을 지나갈 수 있어. 네가 한 번 볼 수 있게." 내가 말했다.

동생은 이 대화 내내 아무 말도 하지 않았다. 릴리는 톰 옆에 앉았는데, 톰이 예의 바르게 굴기로 약속했지만 그 애가 기생충 관련 대화를 시작할 위험은 여전히 높았다. 카트리나는 릴리를 유심히 봤다. 그 애는 내가 하는 말을 모두 받아들이는 부모님보다 훨씬 더 의심이 많았다. 아빠가 릴리에게 정원을 구경시키는 동안 카트리나는 나를 위층으로 끌고 가더니 마치 방에 가둔 비둘기처럼 질문을 마구 날렸다. "저 애가 그 사람 딸인지 어떻게 알아? 뭘 원한대?" 그러더니 마지막으로, "대체 재 엄마는 딸이 언니랑 산다는데 왜 그냥 두는 거야?"

"그래서 얼마나 같이 지내는 거야?" 아빠가 릴리에게 참나무 작업 이야기를 하는 동안, 식탁에서 카트리나가 물었다.

"사실 그 이야기는 아직 안 했어."

카트리나가 지은 표정은 내가 멍청이지만, 그것이 전혀 놀랍지 않은 사실임을 동시에 전달했다.

"이제 이틀 함께 지냈어, 카트리나. 그리고 아직 어리잖아."

"내 말이 그 말이야. 아이들 돌보는 법을 알기나 해?"

"아이는 아니지."

"애보다 더해. 십 대는 호르몬이 뻗치는 애기들이라고. 상식은 없으면서 무슨 짓이라도 할 수 있는 나이지. 저 애 때문에 온갖 문제를 다 겪을 수도 있어. 이런 짓을 하다니 믿을 수가 없다."

나는 카트리나에게 소스 그릇을 건넸다.

"'안녕, 언니. 경제도 어려운데 일자리를 지킨 거 잘했어. 끔찍한 사고도 무사히 이겨내서 축하해. 다시 만나서 정말 반가워.'"

카트리나는 내게 소금을 넘기며 작게 중얼거렸다.

"뭐, 이 일도 제대로 감당하지 못할 거야."

"이 일도라니, 또 뭐?"

"우울증이랑."

"우울증 같은 건 없어. 그거 아니라니까, 카트리나. 다시 한번 확실히 말하는데, 일부러 뛰어내린 것 아니야." 내가 쇳소리를 냈다.

"언니가 제정신이 아닌 지는 오래됐어. 윌의 사건 이후로."

"대체 어떻게 해야 내 말을 믿겠니? 일자리도 지키고 있지. 골반 때문에 물리치료도 받고, 정신 똑바로 차리려고 빌어먹을 상담 모임에도 가. 이 정도면 잘하고 있는 거 아니니?" 사람들이 모두 내 말을 듣고 있었다.

"사실…… 아, 그렇지. 릴리가 거기 있었어. 내가 떨어지는 걸 봤어. 구급차를 부른 게 릴리였대."

가족 모두가 나를 봤다.

"그러니까, 내 말이 사실이라니까요. 릴리가 내가 떨어지는 걸 봤어요. 내가 뛰어내린 게 아니라. 릴리, 동생한테 그 이야기를 하던 중이야. 내가 떨어질 때 거기 있었지? 그렇지? 내가 여자애 목소리를 들었다고 했잖아. 미친 게 아니라니까. 릴리가 전부 다 봤어. 발을 헛디딘 거 맞지?"

릴리가 음식을 씹으면서 고개를 들었다. 식탁에 앉은 후로 릴리는 내내 먹기만 했다.

"넵. 자살하려던 거 아니에요."

엄마와 아빠가 시선을 교환했다. 엄마는 한숨을 쉬더니 조심스레 성호를 긋고 미소를 지었다. 동생은 눈썹을 치켜떴는데, 사과에 가장 가까운 행동이었다. 잠시 동안 아주 기뻤다.

"맞아요. 루이자는 하늘을 향해 소리를 치고 있었어요." 릴리가 포크를 들었다. "그리고 아주, 아주 열받은 상태였고."

잠깐 침묵이 흘렀다.

"아. 음, 그건……." 아빠가 말했다.

"그건…… 잘했네." 엄마가 말했다.

"치킨 맛있어요. 더 먹어도 되나요?" 릴리가 말했다.

우리는 오후 늦게까지 집에 머물렀다. 출발하려고 일어설 때마다 엄마가 먹을 것을 안긴 탓도 있었다. 릴리가 다른 사람과 대화하면 어색하고 경직된 분위기가 덜해졌기 때문이다. 아빠와 나는 뒷마당으로 나가 어쩐 일인지 겨울 동안 녹슬지 않은 데크 의자에 앉았다. (혹시 모르니 일단 거기 앉으면 꼼짝도 안 하는 것이 현명했다.)

"네 동생이 『여성, 거세당하다』◇를 읽고 있는 거 아니? 그리고 『여자의 방』◇◇인가 뭔가 하는 옛날 책도 읽고. 네 엄마가 억압된 여성의 전형적인 예라고 하면서, 네 엄마가 아니라고 하면 그게 바로 억압당하는 증거란다. 요리랑 청소는 내가 맡고 그동안 원시인처럼 산 걸 보상해야 된다고 네 엄마한테 가르친다. 내가 대꾸를 하면 카트리나는 '특권을 점검하라'고 말한단다. 특권을 점검하라니! 네 엄마가 그걸 어디다 뒀는지 가르쳐주면 점검하겠다고 했다."

"내가 보기에 엄마는 괜찮은 것 같은데." 나는 차를 한 모금 마시며 이렇게 말했지만, 엄마가 설거지하는 소리를 들으며 죄책감을 느꼈다.

아빠는 나를 흘끔거렸다.

"네 엄마는 3주째 다리 왁싱을 안 했어. 3주라고, 루! 솔직히 네 엄마 다리가 살에 닿으면 흠칫한다. 엊그제부터 소파에서 자. 모르

◇ 1970년 저메인 그리어가 발표한 세계적 베스트셀러이자 여성주의 이론서.

◇◇ 미국의 페미니스트 작가 매릴린 프렌치의 데뷔 소설.

겠구나, 루. 왜 사람들은 예전대로 사는 것에 만족하지 못하는 거냐? 네 엄마는 행복했고, 나도 행복하다. 각자 맡은 일을 알고 있지. 다리가 털북숭이인 건 나야. 고무장갑을 끼는 건 엄마고. 간단하지 않니."

정원에서 릴리가 톰에게 두꺼운 풀로 새를 부르는 소리를 내는 법을 가르치고 있었다. 톰은 풀을 손에 쥐기는 했지만, 앞니 네 개가 없어서인지 헛바람 소리가 나면서 침이 튈 뿐이었다.

우리는 삑삑거리는 소리를 들으며 편안한 침묵 속에 앉아 있었다. 할아버지가 휘파람 부는 소리와 옆집 개가 낑낑거리는 소리가 들렸다. 집에 오니 좋았다.

"그런데 트레이너 씨는 어떻게 지내요?" 내가 물었다.

"아, 잘 지내신다. 그분이 또 아빠가 되는 건 알지?"

"정말요?" 나는 의자에서 조심스럽게 몸을 돌렸다.

"트레이너 부인과의 사이에서가 아니라. 그분은…… 알지, 그 이후에 바로 별거를 시작했어. 이름은 잊었는데, 빨간 머리 여자랑 사이에서 아이가 태어난다."

"델라." 불쑥 기억이 났다.

"그래, 맞다. 사귄 지 좀 된 것 같지만, 아이가 생긴다니 둘 다 좀 놀란 모양이야." 아빠는 맥주를 한 캔 더 땄다. "그래도 기분은 좋으시더라. 새로 아이가 태어난다니 잘된 것 같아. 집중할 곳이 생겼으니."

마음 한구석으로는 아빠를 비판하고 싶었다. 하지만 이미 일어난 일을 좋은 결과로 만들고 싶은 마음, 극복하고자 하는 욕구는 이해할 수 있었다.

'아직 함께 사시는 건 나 때문이죠.' 윌이 여러 번 내게 말했었다.

"릴리를 보면 뭐라고 하실 것 같아요?" 내가 물었다.

"모르겠구나." 아빠가 잠시 생각에 잠겼다. "좋아하실 것 같다. 아들이 남긴 것이 돌아온 셈이니까, 그렇지 않니?"

"트레이너 부인은 뭐라고 하실까요?"

"글쎄다. 요즘 어디서 사시는지도 모르는걸."

"릴리는 좀…… 손이 많이 가요."

아빠가 웃음을 터뜨렸다.

"말도 마라! 너랑 카트리나는 밤늦게 들어오고, 남자친구 사귀고, 헤어지고 하느라 몇 년 동안 네 엄마랑 내 정신을 빼놓았지. 너도 한번 당해볼 때가 됐어." 아빠는 맥주를 한 모금 마시더니 다시 웃었다. "반가운 소식이야. 네가 그 덩그런 아파트에서 혼자 지내지 않아 다행이야."

톰의 풀에서 삑 소리가 났다. 아이는 얼굴이 환해지더니 풀을 하늘 높이 들었다. 우리는 축하의 뜻으로 엄지손가락을 세워주었다.

"아빠."

아빠가 날 쳐다봤다.

"나 잘 지내는 거 알죠?"

"그럼." 아빠는 내 어깨를 살짝 쳤다. "하지만 걱정하는 게 내 일이지. 너무 늙어 의자에서 못 일어날 때까지 걱정할 거다." 아빠는 의자를 내려다봤다. "글쎄, 그때가 생각보다 일찍 올 수도 있지."

우리는 5시가 되기 조금 전에 출발했다. 백미러로 보니 가족 중에 카트리나만 손을 흔들지 않고 있었다. 카트리나는 팔짱을 끼고, 고개를 절레절레 저으며 우리를 보고 있었다.

집에 도착한 뒤, 릴리는 옥상으로 사라졌다. 사고 이후로 거기에 올라가지 않았다. 봄 날씨에 올라가 봐야 소용없다고, 비상계단이 비 때문에 미끄러울 것이라고, 죽은 화분들을 보면 죄책감이 들 거라고 생각했지만, 사실은 겁이 났다. 거기 올라가는 생각만 해도 가슴이 더 세게 뛰었다. 밟고 있던 깔개를 잡아 뺀 것처럼 세상이 발밑에서 사라지는 느낌이 들었다.

릴리가 나가면서 20분 후에 돌아오겠다고 외쳤다. 25분이 지나자 불안해지기 시작했다. 창밖으로 릴리를 불렀지만, 자동차 소리만 들려왔다. 35분이 되자 나는 숨죽여 욕설을 중얼거리면서 복도 창문 쪽으로 나가 비상계단을 오르고 있었다.

따뜻한 여름 저녁이었고 옥상 아스팔트에서는 열기가 느껴졌다. 아래에는 도시가 펼쳐졌다. 서서히 움직이는 자동차들, 창문을 닫는 소리, 음악 소리, 젊은이들이 거리 곳곳에서 어슬렁거리는 소리, 다른 옥상에서 바비큐를 하는 냄새 덕분에 느긋한 일요일의 느낌이 들었다.

릴리는 화분을 뒤집어 놓고 앉아서 런던을 내다보고 있었다. 나는 릴리가 가장자리 쪽으로 몸을 숙일 때마다 흠칫흠칫 놀라지 않으려고 애쓰며 물탱크를 등지고 섰다.

옥상에 올라간 것이 후회스러웠다. 발에 밟히는 아스팔트가 배의 갑판처럼 살짝 기울어지는 느낌이었다. 불안한 발걸음으로 녹슨 쇠

붙이가 있는 곳으로 갔다. 그 끝에 서면 기분이 어떤지 몸이 기억하고 있었다. 단단한 삶과 모든 것을 끝장내는 동작 사이 미세한 차이를 어떻게 그램이니 밀리미터니 도니 하는 작은 단위로 잴 수 있는지. 그걸 알고 나니 온몸에 소름이 끼쳤고 목덜미에 땀방울이 송송 맺혔다.

"내려갈래, 릴리?"

"화분이 다 죽었어요." 릴리가 말라붙어서 죽은 잎사귀를 뜯고 있었다.

"응. 저, 몇 달 동안 여기 안 올라와서 그래."

"식물을 죽이면 안 돼요. 잔인하잖아요."

농담인가 싶어 노려봤지만, 그런 것 같지는 않았다. 릴리는 허리를 굽히고 가지 하나를 잘라서 말라붙은 중심을 살폈다.

"아빠를 어떻게 만났어요?"

나는 떨리는 다리를 멈추려고 물탱크 모서리를 붙잡았다.

"아빠를 돌보는 일에 지원했어. 그리고 일자리를 얻었지."

"간호사가 아니었는데도 말이죠."

"응."

릴리는 곰곰이 생각하는 표정으로 죽은 줄기를 하늘을 향해 던지더니 일어났다. 테라스 끝으로 걸어가 허리에 손을 얹고 다리를 벌리고서 깡마른 아마존의 여전사 같은 자세로 섰다. "아빠 잘생겼죠?"

옥상이 흔들리는 것 같았다. 아래층으로 내려가야 했다.

"여긴 못 있겠어, 릴리."

"정말 무서워요?"

"내려가고 싶어. 부탁이야."

릴리는 내 부탁을 들어줄지 궁리하며 나를 봤다. 그러더니 벽 쪽으로 한 걸음을 옮겨 가장자리 너머로 뛰어내릴 것처럼 조심스레 발을 들었다. 내가 진땀을 흘릴 정도로 오랫동안. 그리고 내게 돌아선 릴리는 씩 웃으면서 이 사이에 담배를 끼우고 비상계단으로 걸어갔다.

"바보. 또 떨어지진 않을 거예요. 그렇게 재수 없는 사람이 어디 있어요."

"그래. 음, 그래도 지금 운을 시험하고 싶진 않아."

몇 분 뒤, 다리가 뇌의 지시에 따르게 되자 우리는 계단을 두 개 내려왔다. 내 집 창문 앞에 섰지만, 너무 떨려서 창문을 통해 들어갈 수 없다는 것을 깨닫고 계단에 앉았다.

릴리는 어이없다는 표정으로 기다렸다. 그러다 내가 움직이지 못하는 것을 알고 내 옆에 앉았다. 우리는 방금 전보다 3미터 정도 아래로 내려왔다. 창문을 통해 내 집 복도가 보이고 양쪽에 난간이 있으니 다시 정상적으로 숨 쉴 수 있었다.

"루이자한테 뭐가 필요한지 알아요." 릴리는 이렇게 말하더니 담배처럼 만 것을 내밀었다.

"정말로 나보고 약에 취하라고? 4층에서? 얼마 전에 옥상에서 떨어진 건 알고 있니?"

"긴장을 푸는 데 도움이 돼요."

내가 받지 않자 릴리가 말했다.

"그러지 말고 한번 해봐요. 정말 런던에서 바른 생활만 하는 거예요?"

"난 런던 출신이 아니야."

나중에 생각하니 열여섯 살짜리에게 넘어가다니 믿을 수 없었다. 하지만 릴리는 학창 시절의 친구로 치자면, 반에서 멋진 아이, 다들 잘 보이고 싶어 하는 그런 아이였다. 나는 그것을 받아서 조심스레 피우고는 연기가 목구멍에 닿았을 때 기침을 하지 않으려 참았다.

"어쨌든, 넌 열여섯 살이잖아." 내가 중얼거렸다. "이런 거 하면 안 돼. 게다가 너 같은 애가 이런 걸 어디서 구하니?"

릴리는 난간 너머를 살폈다.

"그 사람 좋아했어요?"

"누구? 네 아빠? 처음엔 아니었어."

"휠체어를 탔으니까."

'그 사람이 〈나의 왼발〉에 나오는 대니얼 데이루이스 흉내를 내고 있어서 겁이 났거든.' 이렇게 말하고 싶었지만, 너무 많은 설명이 필요했다.

"아니. 휠체어는 상관없었어. 그 사람을 좋아하지 않은 건……, 그 사람이 굉장히 화를 내고 있어서였지. 좀 무섭기도 했고. 그 두 가지 때문에 좋아하기가 어려웠지."

"내가 닮았어요? 구글에 검색해 봤는데, 모르겠어요."

"약간. 피부색도 같아. 눈도 닮았고."

"엄마는 아빠가 정말 잘생겼고 그래서 재수 없어졌대요. 내가 거슬릴 때마다 엄마는 내가 아빠를 닮았다고 해요. '세상에, 너 꼭 윌 트레이너 같다.' 아빠를 항상 윌 트레이너라고 불러요. 네 아빠가 아니고. 엄마는 아빠를 아주 재수 없는 놈으로 만들기로 했어요. 우리가 가족이라고 고집을 부리면 가족이 된다고 생각하나 봐요."

나는 마리화나를 한 모금 더 빨았다. 온몸이 노곤해졌다. 파리의 어느 파티 이후로 마리화나를 피운 지 참 오래됐다.

"있잖아, 이 계단에서 떨어질 가능성이 없다면 기분이 더 좋을 것 같아."

릴리는 그것을 내게서 빼앗았다.

"세상에, 루이즈. 좀 재미있게 살아봐요." 릴리는 마리화나를 깊이 빨더니 고개를 젖혔다. "아빠가 자기 감정은 말해줬어요? 진짜로?" 릴리는 다시 한번 깊게 흡입한 뒤 내게 그것을 건넸다. 아무렇지도 않은 모양이었다.

"응."

"싸운 적도 있어요?"

"아주 많아. 하지만 웃기도 많이 웃었지."

"아빠가 루이즈를 좋아했어요?"

"좋아했냐고? 좋아한다는 게 적당한 말인지 모르겠네."

뭐라고 말해야 좋을지, 단어가 입에서 맴돌았다. 윌과 내가 서로에게 어떤 존재였는지를, 이 세상 어떤 사람과도 다르게 그 사람이 나를 이해해 줬는지 그 느낌을 어떻게 설명할 수 있을까? 그 사람을 잃은 것이 온몸에 구멍이 난 것처럼 고통스럽고, 다시는 채울 수 없는 부재를 끊임없이 상기하는 일임을 이 애가 어떻게 이해할 수 있을까?

릴리가 나를 쳐다봤다.

"좋아했죠! 아빠가 루이즈를 좋아했군요!" 그러더니 키득거리기 시작했다. 윌과 내가 서로에게 어떤 사이였는지 설명하기에 그 말은 너무 우습기도 하고 하찮기도 해서 나도 웃기 시작했다.

"아빠가 루이즈한테 빠졌다니. 미쳤어!" 릴리가 놀랐다. "어머! 루이즈가 새엄마가 될 뻔 했네!"

우리는 황당하다는 표정으로 마주 봤다. 그 사실이 마치 비눗방울처럼 부풀어 오르더니 내 가슴에 즐거움을 선사했다. 나는 웃기 시작했다. 미친 듯이. 배가 아프도록. 상대와 눈만 마주쳐도 터져 나오는 그런 웃음이었다.

"섹스했어요?"

그 말에 들뜬 기분이 터져버렸다.

"아니. 대화가 이상한 방향으로 흐르잖아."

릴리가 어이없다는 표정을 지었다.

"두 사람 사이가 이상하거든요."

"그렇지 않았어. 그건……, 그건……."

갑자기 감당할 수 없었다. 옥상, 질문, 마리화나, 윌의 추억. 마치 우리 사이에 그의 영혼을 불러내는 것 같았다. 그의 미소와 피부, 내 얼굴에 닿는 그의 얼굴. 내가 정말 이러고 싶은 걸까. 머리를 무릎 사이에 떨궜다. 심호흡을 하자고 마음을 다잡았다.

"루이자?"

"왜?"

"아빠가 원래부터 거기 가려고 했어요? 디그니타스에?"

나는 끄덕였다. 당혹감을 누르기 위해 다시 한번 스스로에게 일렀다. 들이쉬고. 내쉬고. 숨을 쉬어.

"아빠 마음을 바꾸려고 했어요?"

"월이…… 완강했어."

"그 일로 싸웠어요?"

나는 침을 삼켰다.

"마지막 날까지."

마지막 날. 왜 그렇게 말했을까? 눈을 감았다.

한참 만에 눈을 뜨니 릴리가 나를 보고 있었다.

"아빠가 죽을 때 함께 있었어요?"

우리의 눈이 마주쳤다. 어린아이들이 무섭다고 생각했다. 그들에게는 지켜야 할 선이 없다. 아무것도 두려워하지 않는다. 아이의 입에서 다음 질문이 나올 때마다 슬쩍 탐색하는 시선이 느껴졌다. 릴리가 내 생각만큼 용감한 것은 아닐지도 모른다.

결국 릴리는 시선을 떨궜다.

"그럼 아빠 부모님한테 내 이야기는 언제 할 거예요?"

가슴이 철렁했다.

"이번 주에. 이번 주에 전화할게."

릴리가 고개를 끄덕이더니 얼굴을 돌리는 바람에 얼굴을 볼 수 없었다. 릴리는 다시 마리화나를 피웠다. 그리고 갑자기 층계 난간 사이로 마리화나를 던지더니, 일어나서 뒤도 돌아보지 않고 안으로 들어갔다. 나는 다리가 내 몸을 지탱할 수 있을 때까지 기다렸다가 뒤따라 들어갔다.

9.

화요일 점심시간, 프랑스와 독일 연합 운항통제실 일일 파업으로 공항이 거의 비어 있을 때 전화를 했다. 리처드가 도매업자를 만나러 갈 때까지 기다렸다가, 보안검색대 전 마지막 여자 화장실로 가서 지울 수 없었던 전화번호를 찾았다.

신호가 세 번, 네 번 울리는 동안 끊고 싶은 충동이 들었다. 그 순간, 익숙한 남자의 목소리가 들렸다. "여보세요?"

"트레이너 씨인가요? 저…… 저 루예요."

"루?"

"루이자 클라크요."

잠시 침묵이 흘렀다. 내 이름만 들어도 트레이너 씨는 기억에 짓눌리는 것 같았고, 이상하게 죄책감이 들었다. 마지막으로 트레이너 씨를 본 것은 윌의 묘지 앞이었다. 슬픔의 무게에 짓눌려 자꾸만 움츠러드는 어깨를 펴려 애쓰는, 나이보다 늙은 사람이었다.

"루이자. 음…… 이런. 이것 참, 잘 지냈소?"

나는 바이올렛이 트롤리를 밀고 지나가도록 비켜줬다. 바이올렛은 한 손으로 보라색 터번을 고쳐 쓰며 다 안다는 미소를 지었다. 손톱에 조그만 영국 국기를 그려 넣은 것이 보였다.

"잘 지내요. 감사합니다. 안녕하셨어요?"

"아…… 그렇소. 사실, 나도 아주 잘 지내요. 지난번에 만난 이후로 상황이 좀 바뀌었지만, 모두…… 그러니까……."

이전과는 다르게 친밀감이 사라지는 순간 나는 휘청거릴 것 같아서 심호흡을 했다.

"트레이너 씨, 드릴 말씀이 있어서 전화를 드렸어요."

"마이클 롤러가 재정 문제는 모두 처리한 걸로 아는데." 그의 어조가 살짝 바뀌었다.

"돈 문제가 아니에요." 나는 눈을 감았다. "트레이너 씨. 얼마 전에 절 찾아온 사람이 있는데, 만나보셔야 할 것 같아요."

어떤 여자가 바퀴 달린 여행 가방을 밀다가 내 다리에 부딪히고는 미안하다고 사과했다.

"네. 달리 방법이 없으니 그냥 말씀드릴게요. 윌에게 딸이 있었는데, 그 애가 저희 집에 찾아왔어요. 트레이너 씨를 꼭 뵙고 싶답니다."

한참 침묵이 흘렀다.

"트레이너 씨?"

"미안해요. 한 번만 다시 말해주겠소?"

"윌에게 딸이 있었어요. 딸이 있는 걸 몰랐을 거고요. 아이 엄마가 예전에, 대학 시절에 사귀던 사람인데 윌에게 밝히지 않았대요. 그 딸이 제 주소를 알아내 찾아왔는데 트레이너 씨를 꼭 만나고 싶답니다. 열여섯 살이에요. 이름은 릴리고요."

"릴리?"

"네. 아이 엄마와 이야기해 봤는데, 사실인 것 같아요. 이름은 밀러예요. 타니아 밀러."

"그…… 그런 이름은 기억이 안 나는데. 하지만 윌이 사귀던 사람들이 많았으니까."

또 긴 침묵이 이어졌다. 트레이너 씨가 다시 입을 열었을 때는 목소리가 갈라졌다.

"윌한테…… 딸이?"

"네. 손녀딸이에요."

"저…… 정말 그 녀석 딸이라고 생각해요?"

"아이 엄마를 만나서 이야기를 들어봤는데, 네. 정말인 것 같아요."

"오, 오, 이런."

뒤에서 목소리가 들렸다.

"스티븐? 스티븐? 무슨 일이에요?"

또 침묵.

"트레이너 씨?"

"정말 미안해요. 다만, 좀……."

나는 머리에 손을 얹었다.

"엄청난 충격이시죠. 저도 알아요. 죄송해요. 어떻게 말씀드리는 것이 가장 나을지 몰라서. 곧바로 찾아뵙고 싶지는 않아서요."

"아니, 아니오. 미안할 거 없어요. 좋은 소식인데. 반가운 소식이지. 손녀라니."

"무슨 일이에요? 왜 그러고 앉아 있어요?" 뒤에서 들리는 목소리에 염려하는 기색이 역력했다. 수화기를 손으로 가리는 소리가 들렸다.

"난 괜찮아, 여보. 진짜야. 나, 나중에 모두 설명하리다."

좀 더 대화가 이어졌다. 그러더니 내게 말하는 트레이너 씨의 목소리에서 의심이 느껴졌다. "루이자?"

"네?"

"정말 확실한 거예요? 그러니까 너무……."

"저로서는 확실하다고 생각해요, 트레이너 씨. 좀 더 설명드리고 싶지만, 아이가 열여섯 살이고 생기가 넘치고, 그리고…… 몰랐던 가족에 대해서 몹시 알고 싶어 합니다."

"오, 저런. 오…… 루이자?"

"네. 듣고 있어요."

트레이너 씨가 말을 이어가자 나는 뜻밖에도 눈물을 글썽거리게 되었다.

"어떻게 만나지요? 어떻게 하면 만날 수 있겠소? 우리 릴리를?"

그다음 주 토요일에 우리가 찾아갔다. 릴리는 혼자 가기 두려워했지만, 그렇게 말하지는 않았다. 내가 트레이너 씨에게 모두 설명해 주면 좋겠다고만 했다. "나이 든 사람들끼리 말하는 게 더 잘 통한다"는 것이다.

가는 내내 우리는 말이 없었다. 트레이너 씨 댁에 다시 들어가야 하다니 긴장되어서 토할 것 같았지만 그렇다고 옆에 있는 아이에게 일일이 설명할 수도 없었다. 릴리는 아무 말도 하지 않았다.

"그분이 루이즈 말을 믿었어요?"

그렇다고 했다. 그런 것 같았다. 모두에게 확신을 주기 위해 혈액 검사를 하는 것이 나을 수도 있기는 했다.

"나를 만나자고 먼저 말했어요, 아니면 루이즈가 만나자고 했어요?"

기억나지 않았다. 그와 다시 대화를 하는 것만으로도 머릿속이 빠직빠직거렸다.

"나를 보고 실망하면 어쩌죠?"

트레이너 씨가 무엇을 기대하는지 알 수 없었다. 손녀가 있다는 것을 알게 된 지도 얼마 안 됐으니.

릴리는 토요일 아침에 오기로 해놓고는 금요일 밤에 나타나서 엄마랑 크게 싸웠으며 똥멍청이 프랜시스가 철 좀 들라고 했다고 말했다. 릴리는 훌쩍였다.

"방 하나에 기차놀이 세트를 차려놓은 주제에 그런 말을 하다니."

나는 (a) 그 애 엄마가 딸이 어디 있는지 항상 알도록 하고, (b) 술을 마시지 않으며, (c) 실내에서 담배를 피우지 않는 한, 환영이라고 했다. 따라서 내가 목욕을 하는 동안 릴리는 길 건너 사미르의 가게에서 담배 두 개비를 피우며 사미르와 잡담을 했다. 타니아 호턴밀러는 모든 것이 구제불능이라고 20분 동안 외쳐댔고 48시간 안에 릴리를 돌려 보내게 될 거라고 내게 네 번이나 소리치더니, 한 아이가 뒤에서 비명을 지르기 시작하자 전화를 끊었다. 나는 릴리가 내 작은 주방에서 달그락거리는 소리와 나는 모르는 음악이 거실에 있는 몇 안 되는 가구를 흔드는 소리를 들었다.

'좋아요, 윌.' 소리 없이 그에게 말했다. '이런 식으로 날 새로운 삶으로 밀어 넣을 생각이었다면, 확실히 성공했네요.'

이튿날 아침, 릴리를 깨우러 옆방에 가보니 릴리는 이미 일어나 무릎을 끌어안고 앉아서 창문을 열어놓은 채 담배를 피우고 있었다. 열 몇 벌을 입어봐도 마음에 들지 않았는지, 옷가지가 침대에 잔뜩 흩어져 있었다.

릴리는 무슨 말이든지 해보라는 표정으로 나를 노려봤다. 문득 휠체어에 앉아 창밖을 내다보다가 분노와 고통으로 가득한 시선을 보내던 윌의 모습이 떠올라 숨이 멎는 것 같았다.

"30분 있다가 출발해." 내가 말했다.

11시 조금 못 되어서 시내 외곽에 도착했다. 여름 날씨에 여행객들은 울긋불긋하게 차려입은 제비 떼처럼 좁은 길거리에 몰려들었다. 그들은 저마다 안내 책자와 아이스크림을 들고서 카페와 성 사진이 인쇄된 컵 받침이니 달력 같은, 집에 돌아가 서랍에 넣어두면 다시는 꺼내볼 일 없는 물건을 파는 가게들 옆을 돌아다녔다. 해마다 똑같아 보이는 우비와 바람막이, 모자를 파는 모습을 보면서 길게 늘어선 내셔널트러스트 관광차들 뒤를 따라 천천히 성을 지나갔다. 올해는 성이 건립된 지 500주년이라서 사방에 관련 행사를 홍보하는 포스터가 붙어 있었다. 댄스, 돼지고기 로스트, 기념행사…….

윌과 많은 시간을 지낸 별채를 마주하지 않아도 된다는 사실에 감사하며, 집 앞에 차를 세웠다. 우리는 차에 앉아서 시동이 꺼지는 소리를 들었다. 릴리는 손톱을 죄다 물어뜯고 있었다. "괜찮니?"

릴리는 어깨를 으쓱였다.

"그럼 들어갈까?"

"날 좋아하지 않으면 어쩌죠?" 릴리는 고개를 푹 숙였다.

"왜 안 좋아하시겠어?"

"아무도 안 좋아하니까."

"그렇지 않아."

"학교에서 날 좋아하는 사람은 아무도 없어요. 부모님도 날 치워버리려고 하고." 릴리는 남아 있는 엄지손톱을 마구 물어뜯었다. "어떤 엄마가 딸한테 알지도 못하는 사람의 지저분한 아파트에 가서 살라고 하겠어요?"

나는 심호흡을 했다.

"트레이너 씨는 좋은 분이야. 잘 안 될 것 같았으면 널 여기 데려오지 않았을 거야."

"날 좋아하지 않으면 그냥 가도 돼요? 곧바로 말이에요."

"물론이지."

"알 수 있을 거예요. 날 보는 눈만 봐도."

"그래야 하면, 곧바로 나오자."

릴리는 내키지 않는 표정으로 웃었다.

"좋았어. 가자." 나도 긴장했다는 사실을 숨기며 말했다.

나는 계단에 서서 릴리를 보면서 여기가 어디인지 너무 깊이 생각하지 않으려고 했다. 문이 서서히 열리더니 두 해 전과 똑같은 새파란 셔츠를 입고서, 깊은 슬픔으로 인한 노화에 맞서보려는 듯 머리를 짧게 자른 트레이너 씨가 나왔다. 트레이너 씨는 내게 뭐라고 말하려다 잊은 사람처럼 입을 벌리다가 릴리를 보고는 눈을 조금 크게 떴다.

"릴리?"

릴리는 고개를 끄덕였다. 트레이너 씨는 릴리를 빤히 들여다봤다. 아무도 움직이지 않았다. 그러더니 트레이너 씨가 입을 꾹 다물고는 눈물을 글썽이며 앞으로 나와 릴리를 끌어안았다. "오, 이런. 오, 이런. 만나서 너무나 반갑구나. 오, 이런."

트레이너 씨의 잿빛 머리가 릴리의 머리에 닿았다. 릴리가 몸을 빼지 않을까 싶었다. 릴리는 신체 접촉을 좋아하지 않았으니까. 하지만 릴리는 손을 살그머니 내밀더니 트레이너 씨의 허리를 감싸 안았고 셔츠를 주먹으로 꽉 움켜쥐더니 눈을 감았다. 둘은, 노인과 손녀는, 계단에서 오랫동안 그렇게 서 있었다.

트레이너 씨가 물러섰을 때, 얼굴에는 눈물이 흐르고 있었다.

"어디 한번 보자. 어디."

릴리는 부끄럽기도 하고 기쁘기도 한 표정으로 나를 봤다.

"그래, 그래. 그렇구나. 정말! 정말이지! 녀석을 닮았군, 그렇지요?" 트레이너 씨는 나를 돌아봤다.

나는 고개를 끄덕였다.

릴리도 아빠의 흔적을 찾으려는 얼굴로 트레이너 씨를 봤다. 릴리가 고개를 숙였을 때까지도 둘은 손을 잡고 있었다.

그 순간까지 나는 내가 울고 있다는 사실을 몰랐다. 트레이너 씨의 지치고 늙은 얼굴에 드러난 안도감, 잃어버린 줄 알았던 것을 조금이나마 되찾은 기쁨, 두 사람이 서로를 알게 되어 느끼는 예상치 못한 행복감 때문이었다. 그리고 릴리가 트레이너 씨를 보며 천천히, 상냥하게 웃는 것을 보니 긴장감이 풀리고 릴리 호턴밀러에 대해 품었던 의구심이 모두 사라졌다.

2년도 안 되었지만 그란타 하우스는 내가 지내던 때와 많이 바뀌었다. 거대한 앤티크 옷장, 반짝반짝 광택이 나는 마호가니 탁자 위에 놓인 보석 상자들, 묵직한 커튼은 없어졌다. 델라 레이턴 때문이었을 것이다. 물론 화려한 골동품 가구가 여전히 놓여 있었지만, 다른 것은 모두 흰색이나 밝은색이었다. 새로 단 샛노란 샌더슨 커튼, 오래된 마룻바닥에 깐 연한 빛깔의 러그, 새로운 액자에 넣은 현대 회화들. 델라는 천천히 우리를 향해 다가왔다. 억지로 입은 옷처럼 어색한 미소를 짓고 있었다. 델라가 다가오자 나도 모르게 뒤로 물러났다. 임신한 여자에게는 이상하게 놀라운 면이 있었다. 그 몸매, 외설적으로 느껴지는 둥근 배가 그랬다.

"안녕하세요, 루이자군요. 정말 반가워요."

델라는 탐스러운 붉은 머리를 위로 올리고 하늘색 리넨 셔츠를 살짝 부은 팔목 위로 걷어 올리고 있었다. 넷째 손가락에 낀 커다란 다이아몬드 반지를 보고 트레이너 부인이 지난 몇 달 동안 어땠을까 생각하니 어렴풋이 마음이 아팠다.

"축하드려요." 나는 델라의 배를 가리키며 말했다. 다른 말도 하고 싶었지만 막달의 임산부에게 배가 크다고 해야 할지, 작다고 해야 할지, 단정하다고 해야 할지, 화사하다고 해야 할지, 사람들이 '아이구야'라는 말 대신 쓰는 미화된 표현 중 무엇이 적절한지 알 수 없었다.

"고마워요. 조금 놀라운 일이었지만, 반가웠죠." 델라의 시선이 자연스레 내게서 멀어졌다. 그녀는 트레이너 씨와 릴리를 바라봤다. 트레이너 씨는 여전히 릴리의 손을 잡고서 두드리고 있었고, 저택에 대해 여러 세대를 거치며 내려온 곳이라고 설명하고 있었다.

"차를 드실래요?" 델라가 물었다. 그러더니 또 말했다. "스티븐? 차 어때요?"

"고맙소, 여보. 릴리, 차를 마시니?"

"주스 마셔도 될까요? 아니면 물이나?" 릴리가 웃었다.

"도와드릴게요." 내가 델라에게 말했다. 트레이너 씨는 릴리의 팔꿈치를 잡은 채 벽에 걸린 조상들의 초상화를 가리키면서 릴리의 코와 닮았다거나 릴리의 머리카락 색과 비슷하다고 이야기했다.

델라는 두 사람을 잠시 쳐다봤다. 그 얼굴에 실망감 같은 것이 스친 듯했다. 델라는 내 시선을 알아차리고 감정을 그렇게 적나라하게 드러낸 것이 부끄러운 듯 열심히 웃어 보였다.

"그러면 좋겠네요. 고마워요."

우리는 주방에서 함께 우유와 설탕, 찻주전자를 챙기고, 비스킷에 대해 예의 바르게 질문을 주고받았다. 델라가 허리를 편하게 굽히지 못해서 내가 허리를 숙이고 찬장에서 찻잔을 꺼내 작업대에 올려놓았다. 새로운 찻잔이었다. 예전 주인이 좋아하던 약초와 꽃에 라틴 이름을 섬세하게 적어 넣은 꽃무늬 잔과는 다른, 모던한 분위기의 기하학적 문양이 그려진 잔이었다. 트레이너 부인이 38년 동안 이곳에서 지낸 흔적이 빠르게, 가차 없이 지워진 것 같았다.

"집이…… 좋아 보여요. 달라졌어요." 내가 말했다.

"네. 스티븐이 이혼하면서 가구를 많이 잃었어요. 그래서 인테리어를 좀 바꿔야 했죠." 델라는 홍차 통을 집었다. "몇 세대째 이 집안 물건이었던 것들도 잃었어요. 그 여자가 가져갈 수 있는 건 다 가져갔으니까요."

델라는 내가 자기편인지 가늠하는 눈초리로 나를 쳐다봤다.

"그때 이후로 트레……, 커밀라와 이야기를 한 적이 없어서." 나는 이상하게 배신하는 느낌이 들었다.

"네. 스티븐이 그러던데, 저 아이가 집에 들이닥쳤다고요." 델라의 미소는 작고 경직되어 있었다.

"네. 놀랐어요. 그런데 릴리의 엄마를 만나보니 그 사람은…… 음, 윌이랑 한동안 사귄 것이 분명했어요."

델라는 허리에 손을 짚더니 주전자를 살폈다. 엄마는 그 여자가 옆 도시에서 사무변호사 일을 한다고 했다. "서른이 되도록 결혼을 안 한 여자는 이상하잖니." 엄마가 코웃음을 치면서 말하더니, 내 쪽을 흘낏 보고는 이렇게 말했다. "아니, 마흔. 마흔이라고."

"원하는 게 뭘까요?"

"네?"

"뭘 원하는 것 같아요? 저 애가?"

릴리가 아이처럼 호기심 가득한 목소리로 복도에서 이런저런 질문을 하는 소리가 들렸다. 이상하게 릴리를 지켜주고 싶었다.

"뭘 원하는 것 같지는 않아요. 아버지가 누군지 알게 됐으니 그 가족을 알고 싶어 하는 것뿐이죠. 자기 가족이니까."

델라는 찻주전자를 데운 뒤 뜨거운 물을 비우고 (티백을 쓰는 트레이너 부인과 달리) 찻잎을 덜어냈다. 그리고 끓는 물을 조심스레, 튀지 않도록 부었다.

"스티븐을 아주 오랫동안 사랑했어요. 그이는, 최근에 아주 힘들었죠. 지금……." 델라는 나를 보지 않고 말했다. "이 시점에서 릴리가 복잡한 문제를 일으킨다면 굉장히 힘들 거예요."

"릴리가 두 분 인생을 복잡하게 만들 것 같지는 않아요." 나는 조심스럽게 말했다. "하지만 자기 할아버지를 알 권리는 있다고 생각해요."

"물론이죠." 델라는 반사적으로 미소를 지어 보이며 상냥하게 말했다. 그 순간 내가 시험에 탈락했다는 것을 알았지만, 상관없었다. 델라는 마지막으로 쟁반을 확인한 뒤 그것을 들었다. 내가 케이크와 찻주전자를 들겠다고 하니 델라가 허락했다. 우리 둘은 응접실로 갔다.

"그리고 루이자는 어떻게 지냈소?"

트레이너 씨는 안락의자에 기대앉아 지친 얼굴에 미소를 지으며 물었다. 그는 차를 마시는 내내 릴리에게 말을 걸면서 어머니는 어떤 사람인지, 사는 곳은 어디고 공부하는 건 어떤지(릴리는 학교에서 생긴 문제는 말하지 않았다), 과일 케이크와 초콜릿케이크 중에 어느 것을 좋아하는지("초콜릿? 나도 그렇단다!"), 생강 과자를 좋아하는지("아뇨."), 크리켓을 좋아하는지("별로요.", "음, 그건 함께 해결해야 되겠구나!") 물었다. 트레이너 씨는 릴리에게서, 아들과 닮은 모습을 보면서 확신을 느끼는 것 같았다. 릴리가 자기 엄마가 브라질의 스트립 댄서라고 해도 상관하지 않을 것 같았다.

트레이너 씨는 릴리가 말할 때 월이 보이는 것처럼 한 번씩 보고, 옆모습을 살폈다. 그의 얼굴에서 얼핏 우울한 기색이 스쳐 지나가기도 했다. 나와 같은 생각을 하는 듯했다. 아들이 딸의 존재를 알지 못한 채 죽었다는 사실이 새롭게 슬픈 것이다. 그럴 때면 트레이너 씨는 눈에 띄게 기운을 내고, 몸을 좀 더 꼿꼿이 세우고, 미소를 짓곤 했다.

트레이너 씨는 릴리와 정원을 30분 정도 산책하고 돌아와서 릴리가 "한 번에" 미로에서 길을 찾았다고 감탄했다. "유전 덕분일 것"이라고. 릴리는 상을 탄 것처럼 크게 웃었다.

"참, 루이자? 어떻게 지내고 있소?"

"잘 지내요. 감사합니다."

"아직도…… 간병인으로 일하고 있소?"

"아뇨. 전…… 여행을 좀 하다가 이제 공항에서 일해요."

"오, 잘됐군! 영국항공 말인가?"

뺨이 달아오르는 것이 느껴졌다.

"경영 팀에서?"

"바에서 일해요. 공항 안에 있는."

트레이너 씨는 아주 잠시 머뭇거리더니 고개를 크게 끄덕였다.

"바는 늘 필요하지. 특히 공항에서는. 나도 비행기를 탈 때면 항상 더블 위스키를 마시거든. 그렇지, 여보?"

"그렇죠." 델라가 대답했다.

"날마다 사람들이 비행기를 타고 떠나는 것을 지켜보는 일도 재미있겠군. 신나겠어."

"다른 일도 계획하고 있어요."

"물론 그렇겠지. 좋아요, 좋아……."

잠시 침묵이 흘렀다.

"예정일은 언제인가요?" 나는 모두의 관심에서 벗어나고 싶어 물었다.

"다음 달이에요." 델라가 부른 배에 손을 얹으면서 말했다. "딸이에요."

"어머나. 이름은 정하셨어요?"

태어날 아이 이름을 비밀로 해두고 싶은 듯, 두 사람은 눈짓을 교환했다.

"아……, 아직은 모르겠어요."

"참 이상해요. 내 나이에 다시 아빠가 된다는 게. 상상도 안 되는군요. 기저귀를 갈고, 그런 일이." 트레이너 씨는 델라를 보더니 안심시키려는 듯 덧붙였다. "하지만 굉장한 일이죠. 나는 운이 좋은 사람이오. 우리 모두 참 운이 좋지 않소, 델라?"

델라는 미소를 지었다.

"그럼요." 내가 말했다. "조지나는 어떻게 지내나요?"

트레이너 씨의 표정이 아주 살짝 변한 것은 나만 알아차렸을지도 모른다.

"오, 잘 있어요. 아직 호주에 있지."

"그렇군요."

"몇 달 전에 오긴 했는데……, 주로 엄마랑 지냈지. 바빴거든."

"그렇겠죠."

"아마 남자친구가 생긴 것 같아. 그렇다고 들었소. 그러니까 그것도…… 잘된 일이고."

델라가 그의 손을 잡았다.

"조지나가 누군가요?" 릴리는 비스킷을 먹고 있었다.

"윌의 동생이란다." 트레이너 씨가 말해주었다. "네 고모지! 그렇구나! 그러고 보니 그 애가 네 나이 때 너랑 좀 닮았었어."

"사진 볼 수 있나요?"

"하나 찾아보지." 트레이너 씨가 얼굴을 문질렀다. "졸업 사진을 어디에 뒀더라."

"서재에요." 델라가 말했다. "거기 있어요, 여보. 내가 가져올게요. 나는 계속 움직이는 게 좋으니까." 델라는 소파에서 일어나더니 무거운 걸음으로 나갔다. 릴리는 같이 가겠다고 했다. "다른 사진도 보고 싶어요. 누구랑 닮았는지 궁금해요."

트레이너 씨는 미소를 머금고 그들의 뒷모습을 봤다. 우리는 말없이 차를 마셨다. 트레이너 씨가 내게 말했다.

"아직 이야기는 안 해봤소? 커밀라하고는?"

"어디 사시는지도 모르는걸요. 여쭤보려고 했어요. 릴리가 커밀라도 만나고 싶다고 해요."

"커밀라는 좀 힘들어하고 있소. 조지나가 그렇다고 하더군. 우리는 사실 말도 안 하고 지내니까. 좀 복잡하게 되어서……." 트레이너 씨는 문 쪽을 향해 고갯짓을 하고는 거의 들리지 않는 한숨을 쉬었다.

"말씀해 주시겠어요? 릴리에 대해서?"

"아, 아니. 아……, 아니오. 그…… 그 사람이 나랑 이야기하고 싶어 할지……." 트레이너 씨는 이마를 손으로 훔쳤다.

"루이자가 하는 것이 나을 것 같소."

트레이너 씨는 종이에 주소와 전화번호를 적어 내게 건넸다.

"좀 먼 곳이에요." 트레이너 씨는 미안하다는 표정으로 미소를 지었다. "새출발을 하고 싶은 모양이오. 내 안부를 전해주시오. 이런 상황에 손녀를 갖게 되다니…… 기분이 이상하군." 그는 목소리를 낮췄다. "참 우스운 일이지만, 지금 내 기분을 정말로 이해할 사람은 커밀라뿐이라니."

다른 사람이었다면 그 순간 나는 트레이너 씨를 끌어안았을 것이다. 그러나 우리는 영국인이고 트레이너 씨는 내 고용주였던 셈이니 서로 어색한 표정으로 마주 보며 웃기만 했다. 어서 일어나고 싶었다.

트레이너 씨는 허리를 세웠다.

"그래도. 나는 운이 좋아요. 이 나이에 새로운 출발이라니. 내가 그럴 자격이 있는 사람인지 모르겠소."

"행복이 자격과 상관 있을까요."

"그럼 루이자는? 윌을 많이 좋아한 걸로 아는데……."

"그 사람은 이기기 어려운 상대죠." 목이 메는 것 같았다. 침을 꿀꺽 삼켰고 트레이너 씨는 나를 빤히 쳐다봤다.

"아들은 삶을 즐겼소, 루이자. 그건 잘 알지 않소."

"하지만 그게 바로 삶의 의미가 아닐까요?"

트레이너 씨는 가만히 기다렸다.

"그 사람은 우리보다 더 잘 살았어요."

"루이자도 그렇게 될 거요. 우리 모두 그렇게 될 거요. 각자의 방식으로." 트레이너 씨는 온화한 표정으로 내 팔꿈치를 두드려주었다.

델라가 돌아오더니 쟁반에 찻잔을 다시 담기 시작했다. 너무나 분명한 신호였다.

"이제 가봐야겠다." 릴리가 액자를 들고 들어오자 내가 일어나며 말했다.

"나랑 정말 닮았어요, 그렇죠? 눈이 좀 비슷하지 않아요? 나랑 이야기해 줄까요? 이메일 있어요?"

"그럼. 하지만 괜찮다면, 릴리. 내가 먼저 그 애하고 이야기를 하마. 우리 모두에게 굉장히 큰 뉴스니까. 며칠 적응할 시간을 줘야지." 트레이너 씨가 말했다.

"좋아요. 그럼 제가 언제 와서 지내도 돼요?"

오른쪽에서 델라가 찻잔을 떨어뜨리는 소리가 들렸다. 델라는 허리를 조금 굽혀 쓰러진 잔을 제대로 놓았다.

"지낸다고?" 트레이너 씨는 잘못 들었나 싶은 듯 몸을 앞으로 내밀었다.

"음. 할아버지시잖아요. 여름 방학 동안 여기 와서 지내면 안 될까요? 서로 친해지고. 할 이야기도 많잖아요?" 릴리의 얼굴이 기대감에 빛났다.

트레이너 씨는 델라를 쳐다봤고, 그녀의 표정은 트레이너 씨가 하려던 말을 하지 못하게 막는 듯했다.

"언젠가는 그러면 좋겠구나. 하지만 당장은 다른 일이 많아서." 델라가 쟁반을 들고 말했다.

"델라의 첫 아이잖니. 그러니……."

"당분간은 스티븐이랑 둘이서 지내야 할 것 같아. 아기를 돌보면서."

"제가 도와드릴 수 있어요. 아기 잘 보거든요. 동생들이 어릴 때는 봐줬어요. 엄청 힘들었어요. 아주 까다로운 애들이었거든요. 맨날 소리를 질러댔어요." 릴리가 말했다.

트레이너 씨가 델라를 봤다.

"아주 잘할 거라고 생각한다, 릴리. 그렇지만 지금 당장은 좋지 않구나."

"하지만 방도 많잖아요. 손님방에서 지내면 돼요. 제가 여기 있는지 알지도 못할 거예요. 기저귀 같은 것도 잘 갈고, 두 분이 외출하시게 아기를 봐드릴 수도 있어요. 전……." 말끝을 흐린 릴리가 두 사람을 번갈아 보면서 대답을 기다렸다.

"릴리……." 나는 불편한 마음으로 문 앞에 서 있었다.

"제가 오는 게 싫은 거죠."

트레이너 씨가 다가가 릴리의 어깨에 손을 얹으려고 했다.

"아가야, 그런 건……."

릴리는 몸을 피했다. "손녀가 생겼다고 생각하는 건 좋아도, 실제로 나와 함께하는 건 싫은 거죠. 그냥…… 손님만 원하는 거예요."

"시기가 좋지 않아, 릴리." 델라가 차분하게 말했다. "이건…… 음, 스티븐, 너의 할아버지를 내가 오랫동안 기다렸고, 아기가 태어나는 지금이 우리에겐 아주 소중하단다."

"난 소중하지 않다는 거죠."

"그런 건 아니야." 트레이너 씨가 다시 다가갔다.

릴리는 트레이너 씨를 밀어냈다.

"아, 다들 똑같아요. 모두들 완벽한 가족을 만들고 다른 건 밀어내죠. 아무도 나를 받아주지 않아."

"아, 그만. 드라마 같은 대사는……." 델라가 입을 열었다.

"당신은 빠져요." 릴리가 내뱉었다. 델라가 몸을 움츠리고 트레이너 씨의 눈이 휘둥그레지는 사이 릴리는 달려 나갔다. 나는 조용해진 응접실에 둘만 남겨놓고 뒤따라 달려갔다.

10.

네이선에게 메일을 보냈다. 답장이 왔다.

루, 약 먹었어요? 대체 뭔 소리예요?

나는 두 번째 이메일에 좀 더 자세한 내용을 적어 보냈고, 그는 평소처럼 침착해진 것 같았다.

아이고, 그 질긴 인간. 아직도 우릴 놀라게 하네요. 그렇죠?

이틀 동안 릴리에게 소식이 없었다. 걱정이 되기도 했지만, 잠시 조용히 지내니 마음이 편안했다. 윌의 가족에 대해 품고 있는 동화 속에나 나올 법한 상상을 버리고 나면, 릴리가 자기 가족과 좀 더 가까워질 수 있을지 궁금했다. 트레이너 씨가 직접 릴리에게 전화를 해서 화해할 것인지 궁금했다. 그리고 릴리가 어디 있는지, 내 집 앞에서 릴리를 쳐다보던 그 남자와 같이 있는지 궁금했다. 그 남자가 수상했다. 내가 물어봤을 때 릴리가 대답을 피한 것도 마음에 걸렸다.

샘에 대해서도 많이 생각했다. 급하게 그를 피해버린 것을 후회했다. 돌이켜 보면 그렇게 달아난 것이 너무 감정적이고 유별나지 않았나 싶었다. 그렇게 보이지 않으려고 버텼지만, 꼭 그렇게 보였을 것이다. 다음 모임이 끝나고 그를 보면 아주 침착하게, 우울하지 않은 사람들이 짓는 뜻 모를 미소와 함께 인사를 건네기로 결심했다.

일은 점점 지겹고 힘들어졌다. 새 직원이 들어왔다. 베라는 근엄한 리투아니아 사람이었고, 근처에 핵폭탄을 숨겨놓은 사실을 곱씹는 사람처럼 웃을 듯 말 듯한 표정을 지으며 모든 일을 처리했다. 베라는 리처드가 듣지 않는 곳에서는 남자는 전부 "더러운 짐승"이라고 했다.

베라는 아침마다 "동기부여를 위한" 잡담을 나누었다. 그 후에는 모두 손을 하늘로 뻗고 뛰어오르면서 "예!"라고 외쳐야 했는데, 그럴 때마다 나는 가발이 벗겨졌다. 그러면 머리에 제대로 붙지 않는 나일론 머리 장식이 아니라 내 인성에 문제가 있다는 듯, 베라는 눈살을 찌푸리곤 했다. 베라의 가발은 머리에서 꿈쩍도 하지 않았다. 떨어지기가 두려워 못 떨어지는 것일 수도 있었다.

어느 날 밤, 집에 돌아와 인터넷으로 십 대 청소년 문제를 검색해 보고 주말에 있었던 일을 해결하는 데 도움이 될지 알아보려고 했다. 호르몬 문제에 대해서는 많은 정보가 있었지만, 열여섯 살짜리 아이에게 죽은 전신마비 환자 아버지의 남은 가족을 소개하는 문제에 대해서는 별 내용이 없었다. 10시 30분, 나는 포기하고 옷가지 절반이 여전히 상자에 들어 있는 침실을 둘러보며 주말에는 정리하자고 다짐한 뒤 잠들었다.

새벽 2시 30분, 누군가 현관문을 미는 소리에 잠에서 깼다. 침대에서 겨우 일어나 빗자루를 꽉 쥐고 두근거리는 가슴을 부여잡으며 문구멍에 눈을 댔다. "경찰을 부를 거예요!" 내가 외쳤다.

"왜 이래요? 릴리라고요. 바보." 문을 여니 릴리는 쓰러질 듯 들어오며 웃어댔다. 담배 냄새가 지독했고, 눈가에 마스카라가 번져 있었다.

나는 가운을 여미고 릴리가 들어온 뒤 문을 잠갔다.

"세상에, 릴리. 한밤중에 웬일이야."

"춤추러 갈래요? 춤추러 가면 좋잖아. 춤추는 거 좋아하는데. 사실은 그건 아니에요. 춤추는 건 좋아하지만, 그래서 온 건 아니에요. 엄마가 문을 안 열어주니까. 열쇠를 바꿨어요. 말이 돼요?"

된다고 대답해 주고 싶었다. 알람을 6시에 맞춰놓은 나는 타니아에게 공감했다. 릴리가 벽에 쿵 부딪쳤다.

"그놈의 문을 열어주지도 않아요. 우편함 구멍으로 소리만 질러요. 내가 무슨…… 집 없는 거지인 것처럼. 그래서…… 여기서 지내기로 했어요. 아니면 춤을 추러 가든가……." 릴리는 내 옆을 지나쳐 들어가며 음악을 귀가 멍할 정도로 크게 틀었다. 내가 달려가서 소리를 낮추려고 했지만, 릴리가 내 손을 잡았다.

"춤춰요, 루이자! 몸 좀 흔들어요! 항상 우울하잖아. 흔들어요! 빨리!"

나는 손을 빼내 아래층 사람들이 화를 내며 문을 두드리기 전에 볼륨 버튼을 눌렀다. 돌아서니 빈방으로 들어간 릴리가 비틀거리더니 캠핑용 침대에 엎어졌다.

"아. 봐. 이 침대는 정말 쓰레기야."

"릴리? 이런 식으로 들이닥칠 수는 없어. 정말."

"잠깐만요. 그냥 쉬어가는 거예요. 그리고 춤추러 갈 거니까. 같이 가요." 릴리는 고개도 들지 않고 말했다.

"릴리. 난 내일 아침에 출근해."

"사랑해요, 루이자. 그거 내가 말했어요? 정말로 사랑해요. 날 걱정해 주는 사람은……."

"그런 식으로 여기 와서 쓰러지면은……."

"음……. 디스코……."

릴리는 움직이지 않았다.

"릴리. 릴리?" 릴리의 어깨를 만졌다.

조그맣게 코 고는 소리가 들렸다. 나는 한숨을 쉬고 잠시 기다리다가 그 애의 하이힐을 조심해서 벗기고, 주머니에 든 것들(담배, 휴대폰, 구겨진 5파운드 지폐)을 꺼내 내 방으로 가져왔다. 릴리를 모로 눕히고 나니 새벽 3시에 잠이 홀랑 깨버렸다. 그 애가 토하다 질식할까 봐 걱정이 돼서 잠들지 못하고 의자에 앉아 지켜보았다.

릴리의 얼굴은 평화로웠다. 경계하며 찡그리거나 조증 환자처럼 억지로 짓는 미소는 누그러졌다. 어깨에 머리카락을 늘어뜨린 그 애 모습은 이 세상 사람 같지 않게 아름다웠다. 행동거지가 미친 것 같기는 했지만, 화를 낼 수가 없었다. 지난 일요일에 그 애가 지었던 상처받은 표정이 자꾸 기억났다. 릴리는 나와는 극과 극으로 달랐다. 상처를 혼자 다스리거나 참지 않았다. 상처를 잊으려 달려 나가 술에 취했고 무슨 짓이라도 했다. 릴리는 내 생각보다 더 제 아빠와 닮았다.

'윌, 이 사태를 어떻게 생각해요?' 나는 소리 없이 그에게 물었다.

그를 도우려던 때와 마찬가지로, 릴리도 어떻게 해야 할지 알 수 없었다. 상황을 개선시킬 방법을 알 수 없었다.

동생 말이 떠올랐다. '감당 못 할 거야.' 동트기 전 아주 잠시, 옳은 말을 한 그 애가 미워졌다.

우리에게는 일과 비슷한 것이 생겼고, 릴리는 며칠에 한 번씩 나를 만나러 왔다. 문을 여는 순간까지 어떤 릴리가 기다리고 있는지 알 수 없었다. 미친 듯이 명랑한 릴리가 나가서 외식을 하자고 요구할지, 아래층 벽에 붙어 있는 예쁜 고양이를 보라고 할지, 아니면 방금 알게 된 밴드의 음악에 맞추어 거실에서 춤을 추자고 할지, 침울한 얼굴로 경계하는 릴리가 말도 없이 고개만 끄덕이고는 소파에 누워 텔레비전을 볼지. 가끔 릴리는 윌에 관해 이런저런 질문을 했다. 윌이 무슨 프로그램을 좋아했는지? (윌은 텔레비전을 거의 보지 않았다. 영화를 더 좋아했다.) 좋아하는 과일이 있었는지? (씨 없는 포도. 붉은색.) 윌이 마지막으로 웃는 것을 본 것이 언제인지? 웃는 것을 봤는지? (많이 웃지는 않았다. 하지만 미소는 지었다. 가지런한 흰 치아가 드러나고, 눈이 반짝이는 그 드문 순간이 아직도 떠오른다.) 내 대답이 만족스러운지는 알 수 없었다.

그러다 열흘에 한 번 정도는 술에, 또는 더한 것(정체는 알 수 없지만)에 취한 릴리가 밤늦게 문을 두드렸다. 수면 부족을 불평하는 나를 무시하고 마스카라가 번진 얼굴로, 신발 한 짝은 잃어버린 채 들어와 작은 침대에 쓰러진 뒤 아침에 내가 출근할 때까지 일어나지 않았다.

릴리에게는 취미도 없고 친구도 몇 안 되는 것 같았다. 길거리 아이들처럼 아무렇지도 않게 도움을 청하며 아무에게나 말을 걸 것 같았다. 하지만 집에서는 전화를 받지 않았고, 만나는 사람은 전부 자신을 싫어한다고 여기는 모양이었다.

대부분의 사립학교가 여름방학을 시작했으니, 내 집에 오거나 엄마 집에 가지 않을 때는 어디서 지내는지 물었다. 릴리는 잠시 머뭇거리더니 "마틴의 집"이라고 대답했다. 남자친구냐고 묻자 멍청하면서도 역겨운 질문을 한 어른에게 모든 십 대들이 지어 보이는 표정을 지었다.

릴리는 화를 내기도 했고, 무례하게 굴기도 했다. 그래도 그 애를 거부할 수 없었다. 행동이 엉망이기는 해도 내 집이 그 애에게 피난처임을 알 수 있었다. 나는 실마리를 찾았다. 그 애 전화에 메시지를 살피고(암호가 걸려 있었다), 주머니에 약이 있는지 뒤졌다(마리화나 한 대뿐이었다). 그 애가 얼굴에 눈물 자국으로 범벅이 되어 술에 취해 들어온 지 10분 뒤, 밑에서 45분 동안 경적을 울려대던 차를 내려다본 적도 있었다. 결국 이웃 한 사람이 내려가서 차창을 세게 때리자 그 차는 떠났다.

"있잖아. 뭐라고 하려는 건 아니지만 무슨 일을 하는지 모를 정도로 취하는 건 좋지 않아, 릴리." 어느 날 아침, 커피를 끓이면서 말했다. 릴리가 와서 지내는 시간이 너무 길어져 생활 방식을 바꿔야 했다. 두 사람 분의 장을 봐야 했고, 내 것이 아닌 물건을 치워야 했고, 커피도 두 번 끓여야 했으며, '어머, 으웩!'이라는 소리를 피하려면 욕실 문을 잠가야 했다.

"그건 뭐라고 하는 거죠. '좋지 않다'는 게 그런 뜻이지."

"진지하게 하는 말이야."

"내가 루이자에게 이래라저래라 하나요? 이 집이 너무 우울하다고, 그 포르노 배우 같은 옷 빼면 살 의지가 없는 사람처럼 옷을 입는다고 한 적 있어요? 그래요? 네? 없잖아요. 난 안 그러니까 나한테도 아무 말 하지 말아요."

그때 이야기하고 싶었다. 9년 전, 내가 너무 취했던 날, 동생이 신발도 없이 흐느끼는 나를 이른 새벽에 집에 데리고 왔던 날, 무슨 일이 있었는지 이야기해 주고 싶었다. 하지만 내가 하는 이야기에 늘 그러듯이 릴리는 유치한 소리로 비웃을 것이다. 그 대화는 단 한 사람과만 제대로 할 수 있었다. 그리고 그 사람은 없어졌다.

"한밤중에 날 깨우는 것도 좋지 않아. 아침 일찍 일하러 가야 한단 말이야."

"그럼 열쇠를 줘요. 안 깨울게요."

릴리는 의기양양한 미소를 지었다. 보기 드물게 환한 미소였고 윌과 너무 닮은 얼굴이라 나는 그만 열쇠를 넘기고 말았다. 열쇠를 건네주면서도 동생이 뭐라고 할지 떠올랐다.

그사이 트레이너 씨와 두 번 통화했다. 트레이너 씨는 릴리의 안부를 궁금해했고, 그 애의 인생 계획을 염려하기 시작했다.

"그러니까, 분명히 똑똑한 아이인데. 열여섯에 학교를 중퇴하는 것은 좋지 않소. 그 애 부모도 뭐라고 하지 않는 건가?"

"별로 대화를 안 하는 것 같아요."

"내가 그 사람들과 이야기를 해보면 좋겠소? 대학 학자금이 필요한 것 같은가? 이혼 후로 사정이 조금 어렵기는 하지만, 윌이 큰돈을 남겼으니까. 그 돈을 거기 쓰는 것이…… 적절할 것 같은데." 그는 목소리를 낮췄다. "하지만 당분간 델라에게는 아무 말도 하지 않는 것이 현명할 것 같소. 그 사람이 오해하는 건 바라지 않으니."

나는 정확히 무엇을 오해한다는 뜻인지 묻고 싶었지만 꾹 참았다.

"루이자, 릴리에게 돌아오라고 설득해 주겠소? 그 애가 자꾸 생각이 나서. 다시 한번 만나보고 싶소. 델라도 그 애를 더 알고 싶어 하니까."

주방에서 서로를 가늠할 때 짓던 델라의 표정이 기억났다. 트레이너 씨가 일부러 모른 척하는 것인지, 아니면 단순히 꿋꿋한 낙관론자인지 궁금했다.

"노력해 볼게요."

더운 여름 주말, 도시의 아파트에 혼자 있으면 독특한 적막감이 든다. 나는 아침 당번이어서 4시에 일을 마치고 녹초가 되어 5시에 집에 도착했다. 그리고 몇 시간 동안은 혼자만의 시간에 내심 감사했다. 샤워를 하고, 토스트를 먹고서 최저임금 이상을 주거나 최소

계약기간이 있는 일자리를 찾아 검색을 해보고, 바람이 들어오도록 창문을 연 채로 거실에 앉아서 도시에서 들려오는 소리를 들었다.

대체로 삶은 적당히 만족스러웠다. 작은 즐거움에 대해 감사하는 게 중요하다는 것도 모임에서 배웠다. 나는 건강했다. 가족도 되찾았다. 그리고 일하고 있었다. 윌의 죽음과 화해하지 않았다 해도, 적어도 그 그늘에서 조금씩 벗어나고 있는 것 같았다.

하지만, 이런 저녁때 커플들이 거리에서 산책을 하고 사람들이 펍에서 웃으면서 나와 저녁을 준비하러 가거나 외식을 하거나, 클럽에 가는 것을 보고 있으면 마음 한구석이 저려왔다. 뭔가 원초적인 것이 내 생각이 틀렸다고, 뭔가 부족하다고 말했다.

내가 가장 뒤처진 것처럼 느껴지는 순간이었다.

집을 조금 정돈하고 유니폼을 세탁한 뒤 고요하고 우울한 기분으로 빠져드는데 초인종이 울렸다. 택배 기사가 약도를 물어보거나 집을 잘못 찾은 하와이안 피자 배달이 아닐까 생각하며 일어나서 인터폰을 들었는데, 남자 목소리가 들렸다.

"루이자?"

"누구세요?" 그렇게 물었지만 누구인지 알 수 있었다.

"샘이요. 구급차 샘이에요. 퇴근하는 길이었는데, 그냥……. 지난번에 너무 급하게 헤어져서 잘 있는지 궁금해서요."

"보름이나 지난 뒤에? 지금쯤이면 고양이가 다 먹어치웠겠네."

"그러진 않았군요."

"고양이가 없어요." 잠시 침묵이 흘렀다. "하지만, 잘 있어요, 구급차 샘. 고마워요."

"다행……. 그렇다니 안심이에요."

화질 나쁜 흑백 비디오 스크린으로 그가 볼 수 있도록 자세를 바꿨다. 그는 응급 구조대원 유니폼 대신 바이커 재킷을 입고 있었다. 한 손을 벽에 대고 있다가 떼고는 도로 쪽을 봤다. 그리고 숨을 한 번 내쉬었다. 나는 그 작은 움직임을 보고 이렇게 물었다.

"그래서…… 무슨 일이에요?"

"별건 아니에요. 뭐, 인터폰으로 누군가와 대화하려는데 잘 안 되네요."

너무 빨리 웃음이 나와버렸다. 소리가 너무 컸다.

"그건 옛날에 포기했는데. 그걸로는 술 한잔 사기가 정말 어려워지거든요."

샘이 웃었다. 적막한 집 안을 둘러봤다. 그리고 생각할 겨를도 없이 말해버렸다.

"거기 있어요. 내려갈게요."

내 차를 가져갈 생각이었지만, 그가 오토바이 헬멧을 내미는데 내 차를 계속 고집하면 유난을 떠는 것 같았다. 주머니에 차 키를 넣고 그가 타라고 손짓할 때까지 서서 기다렸다.

"구조대원이잖아요. 그런데도 오토바이를 타네요."

"알아요. 하지만, 나쁜 걸 하나씩 그만두고 나니 남은 건 얘뿐이라서요." 그는 씩 웃었다. 뜻밖에 마음속 어딘가가 철렁했다. "나랑 있으면 안전한 것 같지 않아요?"

그 질문에는 적절한 대답이 없었다. 샘의 눈을 보며 뒤에 탔다.

그가 위험한 짓을 하더라도, 나중에 낫게 할 기술도 있으니까.

"이제 어떻게 해요?" 나는 헬멧을 머리에 쓰면서 물었다. "처음 타보는 거라서."

"의자에 붙은 손잡이를 꽉 잡고 오토바이랑 함께 움직여요. 나를 밀지 말고. 불편하면 어깨를 두드려요. 멈출게요."

"어디 가요?"

"인테리어 할 줄 알아요?"

"전혀요. 왜요?"

그가 시동을 걸었다. "새로 구한 집을 보여주려고요."

우리는 도로로 들어섰고, 자동차와 대형트럭 사이사이를 지나 고속도로 쪽으로 향했다. 나는 눈을 꽉 감고 샘의 등에 몸을 붙이고서 내 비명이 들리지 않기만을 바랐다.

시 외곽으로 나가자 공원이 점점 커지더니 들판으로 바뀌었다. 집에는 번지 대신 이름이 붙어 있었다. 샘이 한 마을 바로 옆에 붙어 있는 마을로 들어가더니, 들판의 문 앞에 바이크를 세우고 드디어 시동을 껐다. 그리고 내게 내리라고 손짓했다. 나는 여전히 쿵쿵거리는 심장을 안고 헬멧을 벗고는 손잡이를 너무 꽉 잡아 뻣뻣한 손가락으로 땀에 젖은 머리카락을 걷어내려고 했다.

샘이 문을 열고 나를 맞이한다. 들판의 절반은 풀밭이었고 나머지에는 콘크리트와 벽돌이 흩어져 있었다. 건물을 짓는 자리 뒤쪽 구석에는 객차 하나가 서 있었다. 그 옆에 있는 닭장에는 새 몇 마리가 앉아 기대하는 눈빛으로 우리를 봤다.

"우리 집이에요."

"멋지네요!" 나는 주위를 둘러봤다. "그런데……, 집은 어디 있어요?"

샘이 들판을 걸어가기 시작했다. "저거요. 저기가 기초예요. 저걸 세우는 데 석 달 걸렸어요."

"여기서 살아요?"

"넵."

나는 콘크리트 슬래브를 쳐다봤다. 그의 표정을 보니 하려던 말을 꾹 참게 되었다. 머리를 문질렀다. "그런데, 계속 거기 서 있을 거예요? 아니면 안내를 해줄 거예요?"

저녁 햇살을 가득 받으면서 풀과 라벤더 향기에 휩싸인 채, 우리는 윙윙거리는 꿀벌 소리를 들으며 천천히 슬래브를 하나씩 돌았다. 샘은 창문과 문을 만들 자리를 가리켰다. "여기가 욕실이에요."

"외풍이 있겠는데요."

"네. 그건 손을 좀 봐야죠. 조심해요. 거긴 사실 문이 아니에요. 방금 샤워실로 들어간 거예요."

그는 벽돌 더미 위로 올라가더니 또 한 무더기의 회색 슬래브 위에서 내게 손을 내밀었다. "그리고 여기가 거실이에요. 저기 창을 통해 보면, 탁 트인 전원 풍경이 보이죠." 샘은 손가락으로 네모를 그렸다.

그 아래 펼쳐진 흐릿한 풍경을 내다보았다. 도시에서 16킬로미터 정도가 아니라, 160만 킬로미터쯤 떠나온 것 같았다. 숨을 크게 들이쉬고 뜻밖의 느낌을 즐겼다.

"좋긴 하지만, 소파가 잘못 놓인 것 같아요." 내가 말했다. "두 개가 필요하겠어요. 하나는 여기, 그리고 하나는 저기요. 창문은 여기겠죠?"

"아, 네. 양면에 창이 있어야죠."

"흠. 그리고 창고는 다시 생각해야 될 거예요."

이상하게도, 걸어 다니며 이야기한 지 몇 분 안 되었는데 실제로 집이 보이기 시작했다. 샘이 보이지 않는 난로를 그리고, 상상 속의 계단을 불러내며 보이지 않는 천장에 선을 그릴 때 나는 눈으로 좇았다. 높다란 창문과 그의 친구가 오래된 참나무로 만들어줄 난간이 보였다.

"멋지겠어요." 그가 마지막으로 욕실 딸린 방을 설명하자 내가 말했다.

"10년쯤 걸리겠죠. 하지만, 멋지기를 바라요."

들판 주위를 둘러보며 채소밭과 닭장, 새들의 노랫소리를 감상했다.

"있잖아요. 이럴 줄은 몰랐어요. 공사할 사람을 쓰고 싶진 않아요?"

"결국에는 그렇게 되겠죠. 하지만 지금은 직접 하는 게 좋아요. 집을 짓는 건 영혼에 좋거든요." 그는 어깨를 으쓱였다. "하루 종일 칼에 찔린 상처를 치료하고, 자신감 넘치던 사이클 선수, 남편이 샌드백으로 쓴 부인들, 천식에 시달리는 아이들을 보다 보면……."

"그리고 옥상에서 떨어진 여자들이랑."

"그렇죠." 그는 콘크리트 믹서와 벽돌 더미를 가리켰다. "그런 것들을 견디기 위해 이 일을 해요. 맥주 마실래요?" 그는 기차로 올라가더니 내게 오라고 손짓했다.

안은 기차가 아니었다. 밀랍과 승객들의 냄새가 살짝 남아 있기는 했지만, 안에는 작지만 깔끔한 주방과 L자형 의자가 있었다.

"이동식 주택이 싫어요." 샘이 해명하듯 말했다. 그리고 의자를 가리키며 말했다. "앉아요." 그가 냉장고에서 차가운 맥주를 꺼내 딴 뒤 내게 건넸다. 자신을 위해서는 주전자를 스토브에 올렸다.

"안 마셔요?"

그는 고개를 저었다.

"2년 정도 이 일을 하고는 퇴근 후에 긴장을 풀기 위해 술을 마시기 시작했어요. 처음에는 한 병, 그리고 두 병이 되었어요. 그러다가 두 병, 세 병을 마시지 않으면 긴장이 풀리지 않았죠." 그는 홍차 통을 열더니 머그잔에 티백을 하나 넣었다.

"그러다가…… 가까운 사람을 잃었고, 지금 술을 끊지 않으면 평생 절대 그만두지 못할 거라는 생각이 들었어요." 그는 이렇게 말하고는 내게 눈길을 주지 않은 채 커다랗지만 이상하게도 우아한 몸으로 객차 안을 돌아다녔다.

"가끔 맥주는 마시지만, 오늘은 아니에요. 나중에 집에 데려다줘야 하니까."

그런 말을 들으니 잘 알지도 못하는 남자와 객차 안에 앉아 있다는 어색함이 사라졌다. 부러지고 옷도 제대로 입지 못한 몸을 살펴준 사람을 상대로, 어떻게 감출 것을 감출 수 있겠는가? 다시 집에 데려다주겠다는 남자를 상대로, 어떻게 불안할 수 있겠는가? 처음에 그렇게 만난 덕분에 상대를 알아가는 정상적이고 어색한 과정이 사라진 것 같았다. 그는 속옷만 입은 나를 봤다. 심지어 내 속살도 봤다. 다른 사람들과는 전혀 달리, 샘 옆에서는 편안해질 수 있었다.

객실은 어릴 때 읽은 책에 나오는 집시 천막 같았다. 좁지만 모든 것이 잘 정리되어 있는 곳. 아늑하지만 소박하고, 분명 남성적인 공간이었다. 햇볕에 마른 나무와 비누, 베이컨 냄새가 좋았다. 새출발 같았다. 그와 제이크가 살던 집은 어떻게 됐는지 궁금했다.

"그럼……, 음, 제이크는 뭐라고 하나요?"

그는 머그잔을 들고 벤치 반대쪽에 앉았다.

"처음엔 내가 미쳤다고 했어요. 이제는 꽤 좋아해요. 내가 일할 때는 제이크가 동물들을 돌봐요. 대신 열일곱이 되면 들판에서 운전 연습을 시켜준다고 했어요." 그는 머그잔을 들어 올렸다. "부디 잘되기를."

나도 맥주를 들어 올렸다.

따뜻한 금요일 저녁, 말할 때면 시선을 맞추고 손가락으로 만져 보고 싶은 머리카락을 가진 남자와 함께 있다는 예상치 못한 즐거움 때문인지, 아니면 두 캔 마신 맥주 때문인지 드디어 즐거워지기 시작했다. 객차 안이 답답해져서 접이식 의자를 들고 밖으로 나왔다. 닭들이 풀밭 주위를 쪼며 돌아다니는 광경을 보니 이상하게 평화로운 느낌이 들었다. 샘은 4개 팀이 출동해야 옮길 수 있는 고도비만 환자들, 구급차에서 봉합 시술을 받으면서도 서로 공격하려 들었던 젊은 폭력배들 이야기를 해주었다. 이야기를 하는 동안 나는 그를, 그가 머그를 들고 있는 모습을, 섬세한 펜으로 그린 것처럼 눈 양쪽에 완벽히 세 줄의 주름살을 그리며 문득 미소 짓는 모습을 슬쩍 훔쳐봤다.

샘은 부모님 이야기도 들려줬다. 그의 아버지는 소방관으로 은퇴했고 어머니는 나이트클럽 가수였는데 아이들을 키우느라 일을 그만뒀다. ("그래서 루이자의 유니폼이 좋았던 것 같아요. 반짝이를 보면 편하거든요.") 그는 죽은 아내 이름을 들먹이지는 않았지만, 어머니는 손자 제이크에게 엄마 역할을 해주는 사람이 없는 것을 염려한다고 했다.

"엄마는 한 달에 한 번씩 제이크를 데리고 카디프로 가요. 이모들이랑 아이를 오냐오냐해 주고, 잘 먹여주고, 양말을 챙겨주세요." 그는 무릎에 팔꿈치를 댔다. "제이크는 가기 싫다고 하지만, 속으로는 좋아하죠."

내가 릴리가 돌아온 이야기와 트레이너 씨 가족과 만난 이야기를 하자 그는 얼굴을 찡그렸다. 릴리의 기분이 오락가락하는 것과 이상한 행동을 이야기했더니 샘은 예상대로라는 듯 고개를 끄덕였고, 릴리의 엄마 이야기를 하니 고개를 저었다.

"부자라고 좋은 부모가 되는 건 아니죠." 그가 말했다. "그들이 보조금을 받아 산다면, 사회복지사가 몇 번 찾아왔을 거예요." 그는 나를 향해 머그잔을 들었다. "좋은 일을 하는군요, 루이자 클라크."

"잘하고 있는지 모르겠어요."

"십 대 아이들에게 잘하고 있다는 느낌이 들 수는 없어요." 그가 말했다. "그 아이들은 원래 그런 것 같아요."

집에서 편안히 앉아 닭을 돌보는 이 샘과 새출발 모임에서 들은 여자 꽁무니를 쫓아다니며 훌쩍이는 샘을 같은 사람으로 생각할 수 없었다. 하지만 세상에 보여주는 모습이 내면과 딴판일 수 있음을 나는 알았다. 슬픔이 도저히 이해받을 수 없는 방식으로 행동하게 만들 수 있다는 것도 알았다. "객차가 마음에 들어요. 아직 안 보이는 집도 좋고." 내가 말했다.

"그러면 또 와요." 샘이 말했다.

'충동적인 섹스 마니아.' 그가 이런 식으로 여자를 꾀는 것이라면 정말 솜씨가 좋다고 생각했고 그러자 살짝 아쉬웠다. 신사적이고 슬퍼하는 아버지, 드문 미소, 닭을 한 손으로 잡았을 때 오히려 닭이 좋아하는 모습. 이 모든 것이 합쳐지니 강력했다. 나도 제이크가 말한 사이코 여자친구가 되진 않겠다고, 여러 차례 다짐했다. 하지만 잘생긴 남자와 살짝 밀고 당기는 느낌은 어쩐지 즐거웠다. 내 일상을 가득 채우는 불안이나 소리 없는 분노 이외에 다른 감정을 느끼는 것이 좋았다. 지난 몇 달 동안 남자와 만난 것은 모두 알코올 때문이었고 택시를 타고 집에 돌아와 샤워하며 자괴감에 빠져 우는 것으로 끝났다.

'윌, 어떻게 생각해요? 이거 괜찮아요?'

날이 어두워졌고, 닭들은 못마땅한 소리를 내며 닭장으로 들어갔다.

샘은 닭들을 봤다. 그리고 의자에 등을 기댔다.

"당신이 이야기할 때면 어딘가 다른 곳에서 전혀 다른 대화가 진행되는 것 같아요, 루이자 클라크."

나도 재치 있는 대답을 해주고 싶었다. 하지만 그의 말이 옳았고,

할 말이 없었다.

"당신이랑 나. 우리 둘 다 뭔가 피하고 있어요."

"굉장히 직설적이네요."

"이제 나 때문에 불편해졌군요."

"아뇨." 그를 봤다. "음, 약간은 그럴지도 몰라요."

뒤에서 까마귀 한 마리가 날개를 파닥이며 요란하게 날아올랐다. 머리카락을 매만지고 싶은 충동과 싸우며 대신 마지막 남은 맥주를 마셨다. "좋아요. 네. 진짜 궁금한 게 있어요. 죽은 사람을 잊는 데 얼마나 걸리는 것 같아요? 정말 사랑한 사람 말이에요."

왜 그에게 물었는지 모르겠다. 그의 상황을 감안하면 잔인한 질문이었다. 어쩌면 그가 충동적으로 섹스를 할 기세라서 두려웠을지도 모른다.

샘의 눈이 조금 커졌다. "와. 음……." 그는 자기 머그잔을 내려다보더니 어두워진 들판으로 시선을 돌렸다. "……그렇게 되는 날이 올지 모르겠는데요."

"그거 기쁘네요."

"아뇨. 정말요. 나도 그런 생각 많이 해봤어요. 그것과, 그들과 함께 사는 법을 배우게 돼요. 살아 있지 않더라도, 더 이상 숨 쉬는 사람은 아닐지라도 계속 곁에 있으니까요. 처음에 느낀 것처럼 극심한 슬픔은 아니에요. 압도될 것 같고, 아무 데서나 울고 싶고, 사랑하는 사람은 죽었는데 아직 살아 있는 멍청이들을 보면 미친 듯이 화가 나고 그런 것도 아니죠. 그냥 함께 사는 법을 배우게 돼요. 구멍 주위에서 적응하는 것처럼 말이에요. 글쎄요. 마치……, 빵 내신 도넛이 되는 그런 거예요."

그의 얼굴이 너무나 슬퍼 보여서 불쑥 죄책감이 들었다. "도넛이요."

"멍청한 비유죠." 그가 어색하게 웃으면서 말했다.

"그런 건 아니고……."

샘은 고개를 저었다. 그리고 발 사이의 풀을 보더니 내게 곁눈질했다.

"자. 집에 갑시다."

우리는 들판을 지나 오토바이로 갔다. 날씨가 선선해져서 나는 팔짱을 꼈다. 샘이 보더니 재킷을 건넸다. 사양해도 굳이 입으라고 했다. 기분 좋을 정도로 묵직하고 남성적인 재킷이었다. 숨을 크게 쉬지 않으려고 애썼다.

"환자들한테 이런 식으로 작업을 걸어요?"

"살아 있는 경우에만."

나는 웃었다. 생각보다 크게, 웃음이 갑자기 터져 나왔다.

"사실은 환자들한테 만나자고 할 수 없어요. 하지만 당신은 이제 내 환자가 아니니까요." 그가 여분의 헬멧을 내밀었다.

나는 헬멧을 받았다. "그리고 이건 데이트도 아니고."

"그래요?" 내가 올라타는 동안 그가 마치 철학자처럼 조그맣게 고개를 끄덕였다. "좋아요."

11.

그 주, 새출발 모임에 갔더니 제이크가 오지 않았다. 대프니가 주방에 남자가 없으면 병을 열 수 없다는 이야기를 하고 서닐이 남은 형제들 간에 형의 유품을 나누는 문제에 대해서 이야기하는 동안 나는 예배당 끝의 묵직한 붉은 문이 열리기를 기다렸다. 제이크를 위해서, 그 애가 안전한 곳에서 아버지의 행동에 대한 불쾌감을 표현할 수 있기를 바라는 것이라고 생각했다. 내가 보고 싶은 것은 오토바이에 기대어 서 있는 샘이 아니라고 믿었다.

"루이자, 사소하지만 힘들어지는 순간이 어느 때인가요?"

어쩌면 제이크는 앞으로 모임에 오지 않을지도 모른다고 생각했다. 어쩌면 모임이 필요하지 않다고 판단했을지도. 사람들이 그만두기도 한다고 했다. 그럴 것이다. 이 사람들을 다시는 만나지 못할 것이다.

"루이자? 사소한 일들이 뭔가 있을 거예요."

나는 계속해서 그 들판을, 깔끔하게 정돈된 객차를, 샘이 소중한 꾸러미를 운반하듯이 한 팔에 암탉을 끼고 들판을 걸어가던 모습을 떠올렸다. 암탉의 가슴털은 속삭임처럼 부드러웠다.

대프니가 나를 쿡 찔렀다.

“상실을 생각하게 만드는, 작고 일상적인 일들에 대해 이야기하고 있었어요.” 마크가 말했다.

“섹스가 그리워요.”

“그건 작은 일이 아니지.” 윌리엄이 대답했다.

“내 남편을 몰라서 그래요.” 너태샤가 코웃음을 쳤다. “아니. 너무 저질 농담이었어요. 미안해요. 대체 왜 이러는지 모르겠어요.”

“농담하는 건 좋아요.” 마크가 격려하는 말투로 말했다.

“올라프의 크기는 완벽했어요. 사실, 아주 좋았어요.” 너태샤가 우리를 훑어보았다. 아무도 말을 하지 않자 너태샤는 양손을 0.3미터 간격을 두고 들어 올리더니 강조하듯 고개를 끄덕였다. “우린 아주 만족했어요.”

잠시 침묵이 흘렀다.

“네. 다행이네요.” 마크가 말했다.

“사람들이 내 남편을 생각하면서…… 그런 생각을 하는 건 싫어요. 그가 아주…….”

“아무도 그런 생각 안 할 거예요.”

“계속 그런 소릴 하면, 나는 그렇게 생각할 거요.” 윌리엄이 말했다.

“당신이 내 남편 페니스를 생각하는 것도 싫어요. 아니, 내 남편 페니스에 대해서 생각하는 걸 금지하겠어요.” 너태샤가 말했다.

“그럼 그 소리 좀 그만해요!” 윌리엄이 말했다.

“페니스 이야기는 그만하면 안 될까요?” 대프니가 말했다. “그런 소릴 들으면 기분이 나빠져요. 우린 '하체'란 말만 써도 수녀님이 자로 때렸단 말이에요."

마크의 목소리가 조금 다급해졌다. "우리 다시 상실을 의미하는 일에 관해서 이야기하면 어떨까요. 루이자, 어떤 작은 일에서 상실을 느끼는지 이야기하려고 하셨죠."

나는 너태샤가 다시 손을 들고 현실감 없는 길이를 소리 없이 재어 보이는 것을 무시한 채 앉아 있었다.

"이야기할 상대가 그리운 것 같아요." 조심스럽게 말했다.

맞장구치는 소리가 들렸다.

"그러니까, 전 친구가 많지 않거든요. 마지막으로 사귄 남자친구와 아주 오래 사귀었는데……, 데이트도 별로 안 했어요. 그러다…… 빌을 만났어요. 빌과는 계속 이야기를 했어요. 음악에 대해서, 사람들에 대해서, 그리고 해본 일과 하고 싶은 일에 대해서. 그 사람은 절 그냥 '이해'했기 때문에 제가 말실수를 하거나, 기분 상하게 할까 봐 걱정할 일이 없었어요. 그런데 이제 런던으로 와서 혼자 지내는 셈인데. 가족과 이야기하는 건 항상…… 까다로워요."

"동감이요." 서닐이 말했다.

"그런데 그 사람하고 꼭 하고 싶은 이야기가 생겼어요. 머릿속으로 그 사람이랑 이야기를 하지만, 진짜는 아니니까요. 그냥, '이봐요, 이거 어떻게 생각해요?'라고 물어볼 수 있던…… 때가 그리워요. 그가 말하는 것이 무엇이든지 정답이라고 생각할 수 있던 것도요."

모두 잠시 말이 없었다.

"우리하고 이야기해도 돼요, 루이자." 마크가 말했다.

"좀 복잡한 일이에요."

"늘 복잡하죠." 린이 말했다.

친절하게 기다리고 있지만 내가 무슨 말을 해도 전혀 이해할 것 같지 않은 사람들의 얼굴을 봤다. 전혀 이해하지 못할 터였다.

대프니는 실크 스카프를 고쳐 맸다. "루이자에게 필요한 것은 대화를 할 젊은 남자에요. 루이자는 젊고 예쁘잖아요. 누군가 만나게 될 거예요." 그리고 이렇게 말했다. "그리고 너태샤. 너태샤도 어서 나가봐요. 나는 너무 늙었지만, 두 사람은 이런 구린 예배당에 앉아 있으면 안 돼요. 미안, 마크. 하지만 내 말이 옳아요. 나가서 춤도 추고 놀아야 해요."

너태샤와 나는 시선을 교환했다. 분명, 너태샤도 나만큼 나가서 춤추고 싶은 모양이었다.

갑자기 구급차 샘이 떠올라서 그 생각을 밀어냈다.

"그리고 당신도 다른 페니스를 원하면, 내가……."

"네, 여러분. 이제 유언장으로 넘어갑시다. 유언장 내용에 놀란 분 계신가요?" 마크가 말했다.

9시 15분, 녹초가 되어 집에 오니 릴리가 파자마를 입고서 텔레비전 앞 소파에 누워 있었다. 나는 가방을 내려놓았다.

"여기 얼마나 있었어?"

"아침부터요."

"괜찮아?"

"음."

릴리의 창백한 얼굴색을 보니 아프거나 피곤한 것 같았다.

"기분이 안 좋아?"

릴리는 그릇 바닥을 손가락으로 훑으며 팝콘 부스러기를 느릿느릿 주워 먹었다.

"오늘은 아무것도 하기 싫어서."

릴리의 전화가 울렸다. 릴리는 메시지를 힘없이 보더니 소파 쿠션 밑으로 밀어 넣어버렸다.

"정말 괜찮아?" 잠시 후에 내가 물었다.

"네."

괜찮아 보이지 않았다.

"내가 도와줄 건 없어?"

"괜찮다고 했잖아요."

릴리는 나를 쳐다보지도 않았다.

릴리는 내 집에서 그날 밤을 보냈다. 이튿날, 출근하는데 트레이너 씨가 전화를 해 릴리를 바꿔달라고 했다. 소파에 늘어진 릴리는 내가 누구 전화인지 전하자 멍하니 보더니, 한참 만에 마지못해 손을 내밀었다. 릴리가 전화를 받는 동안 나도 거기 있었다. 트레이너 씨의 말은 들리지 않았지만 상냥하고 안심시켜 주는, 부드러운 어조는 들렸다. 그가 말을 마치자 릴리는 잠시 가만히 있다가 대답했다.

"알겠어요. 네."

릴리가 휴대폰을 돌려줄 때 물었다.

"할아버지를 다시 만날 거니?"

"런던에 날 보러 온대요."

"어, 잘됐네."

"하지만 부인이 진통을 시작할까 봐 오래 있을 수는 없대요."

"내가 다시 데려다줄까?"

"아뇨."

릴리는 무릎 위에 턱을 올려놓고는 리모컨으로 채널을 이리저리 돌렸다.

"그 일 이야기할래?" 잠시 후에 내가 물었다.

릴리는 대답하지 않았고, 나는 대화가 끝났음을 깨달았다.

목요일, 침실로 가서 문을 닫고 동생에게 전화를 걸었다. 일주일에 서너 번은 통화를 했다. 부모님과 사이가 다시 가까워져서 대화에 지뢰가 사라졌으니 이야기하기가 한결 편했다.

"그거 정상이라고 생각해?"

"내가 열여섯 살 때 아빠한테 2주 내내 한마디도 안 한 적도 있었대. 콧방귀만 뀌고. 그런데 나는 아주 만족스러웠어."

"릴리는 콧방귀도 뀌지 않아. 그냥 비참한 표정만 짓고 있어."

"십 대 애들은 다 그래. 그 상태가 기본 장착이야. 명랑한 애들을 걱정해야 해. 걔들은 엄청난 식이장애를 감추고 있거나, 화장품 매장에서 립스틱을 훔치지."

"릴리는 소파에 누워서 사흘을 보냈어."

"그런데 뭐?"

"문제가 있는 것 같아."

"걔는 열여섯이야. 걔 아빠는 걔가 있는 것도 몰랐고, 만나기도 전에 죽었어. 엄마는 걔가 똥멍청이라고 부르는 남자랑 결혼했고, 동생들은 꼭 크레이 형제◇가 될 것 같은 애들이야. 그리고 집 열쇠도 바꿨어. 내가 걔라면 1년은 소파에 누워 있을 거야." 카트리나는 요란하게 차를 마셨다. "게다가 초록색 반짝이 스판덱스 옷을 입고 바에 일하러 가면서 그게 직업이라는 여자랑 살잖아."

"루렉스야. 루렉스."

"어쨌든. 제대로 된 직장은 언제 구할 거야?"

"곧. 이 상황을 먼저 정리해야지."

"이 상황."

"릴리는 정말 우울해. 불쌍해."

"난 왜 우울한지 알아? 언니가 인생을 제대로 산다고 다짐만 하고는 무슨 떨거지랑 마주칠 때마다 언니 인생을 희생하니까."

"윌은 떨거지가 아니었어."

"하지만 릴리는 맞지. 언닌 걜 알지도 못하잖아. 앞으로 나아가는 데 집중해야 돼. 이력서를 보내고, 사람들하고 연락하고, 장점을 살리고, 그러면서 언니 인생을 찾아야 해."

창밖으로 보이는 도시 하늘을 내다봤다. 옆방에서는 텔레비전 소리가, 그리고 릴리가 일어나 냉장고로 갔다가 다시 앉는 소리가 들렸다. 목소리를 낮췄다.

"그래서 너라면 어떻게 하겠니, 카트리나? 사랑하던 남자의 아이

◇ 영국의 유명한 쌍둥이 형제 갱스터.

가 집에 찾아왔는데, 다른 사람들은 다 개를 책임지지 않으려고 해. 너도 모른 체할래?"

동생은 잠시 조용해졌다. 드문 경우라서 내가 계속 말해야 할 것 같았다.

"그래서 만약에 8년 후에 톰이, 무슨 일이 생겨 너랑 떨어져 혼자 있다가 나쁜 길로 빠졌다고 생각해 봐. 걔가 도움을 청한 사람이 귀찮다고 생각하면 좋겠어? 알아서 꺼지라고 하면?" 나는 벽에 머리를 기댔다. "난 옳은 일을 하려는 거야, 카트리나. 잔소리 좀 그만해, 응?"

침묵이 흘렀다.

"내가 좋아서 하는 일이야. 알겠니? 내가 도움이 된다고 생각하면 기분이 좋다고."

동생이 너무 오래 말이 없어서 전화를 끊었나 싶었다.

"카트리나?"

"알았어. 음, 십 대 아이들은 얼굴 보며 오래 대화하는 건 힘들어한다고 사회심리학에서 배웠던 게 기억나."

"문을 닫아놓고 대화하라고?" 동생이 머리 나쁜 사람을 상대하기 지친다는 듯 한숨 쉬며 통화하는 날은 언제쯤 끝이 날까.

"아니, 바보 같은 소리 좀 그만해. 개랑 대화를 하려면 함께 뭘 해야 한다는 뜻이야."

금요일 저녁 퇴근길에 DIY 대형마트에 들렀다. 쇼핑백을 들고 4층까지 계단을 올라 집에 들어오니, 릴리는 예상대로 그 자리에 있었다. 텔레비전 앞에 드러누워서.

"그게 뭐예요?" 릴리가 물었다.

"페인트."

릴리가 무슨 소리냐는 표정을 지었다.

"아파트가 좀 오래됐잖아. 분위기를 밝게 하라면서. 지루한 목련색을 지워야 되겠어."

릴리는 호기심을 이기지 못했다. 차를 끓이느라 바쁜 척하면서 곁눈질로 보니, 릴리가 기지개를 펴고 나서 페인트통을 살피고 있었다.

"그것도 지루하긴 마찬가지예요. 그래 봐야 연한 회색인데."

"회색이 유행이래. 네가 싫다면 반품할게."

릴리는 슬쩍 들여다봤다. "아니에요. 괜찮아요."

"손님방 벽 두 개는 크림색, 하나는 회색으로 하면 될 것 같은데. 어울릴까?" 나는 페인트브러시와 롤러의 포장을 풀었다. 낡은 셔츠랑 반바지로 갈아입고 릴리에게 음악 좀 틀어줄 수 있는지 물었다.

"어떤 거요?"

"네가 골라." 나는 한쪽으로 의자를 밀어놓고 벽을 따라 먼지막이 시트를 깔았다. "네 아빠가 나더러 음악 문외한이랬어."

릴리는 아무 말도 하지 않았지만, 그 애 관심을 얻었다. 페인트 깡통을 열고 섞기 시작했다. "그 사람 때문에 평생 처음 콘서트에 갔지. 팝 말고 클래식 말이야. 내가 가겠다고 한 건 그 사람이 집에서 나간다는 뜻이니까 함께 가겠다고 했어. 그 사람은 처음에는 외출을 별로 좋아하지 않았어. 그는 셔츠랑 좋은 재킷을 입었고, 그때 처음 그의 모습에…….” 노동자계급 출신인 내가, 사고를 당하기 전 그가 어떤 남자였는지 처음 깨닫고서 느꼈던 충격이 아직 기억났다. 침을 꿀꺽 삼켰다. “어쨌든, 지루할 줄 알았는데 완전 미친 여자처럼 후반부에는 엉엉 울었어. 내가 평생 들은 음악 중에 가장 놀라웠어.”

잠시 침묵이 흘렀다.

“뭐였어요? 뭘 들었어요?”

“기억이 안 나. 시벨리우스였나? 그거 맞니?”

릴리는 어깨를 으쓱였다. 페인트칠을 시작하니 릴리가 다가와서 브러시를 들었다. 처음에는 아무 말도 하지 않았지만, 반복 작업에 집중하는 것 같았다. 릴리는 페인트를 바닥에 떨어뜨리지 않도록 시트를 옮겨가며 조심스럽게 작업했고, 통 가장자리에 브러시를 닦기도 했다. 부탁하는 것 이외에는 아무 말도 하지 않았다.

“더 작은 브러시 좀 집어 줄래요?”, “두 번째 바를 때 이게 비칠까요?”

첫 번째 벽을 다 칠하는 데 30분밖에 걸리지 않았다.

“어때?” 내가 벽을 바라보며 물었다. “한쪽 더 칠할까?”

릴리는 먼지막이 시트를 옮기더니 다음 벽을 칠하기 시작했다. 내가 처음 들어보는 인디밴드 음악을 틀었는데, 가볍고 듣기 좋은 노래였다. 아픈 어깨를 무시하고, 하품하고 싶은 충동을 누르며, 다시 칠을 시작했다.

“그림 좀 걸어요.”

“맞아.”

"집에 칸딘스키라는 사람의 큰 그림이 있어요. 내 방에는 잘 안 어울려요. 필요하면 갖다줄게요."

"그거 좋겠다."

릴리는 더 빠르게, 벽을 가로질러 다니면서 커다란 창문 주위를 주의해 칠하고 있었다.

"그래서 생각해 봤는데." 내가 말했다. "윌의 어머니와도 만나봐야지. 할머니 말이야. 내가 그분께 편지를 써도 될까?"

릴리는 아무 말도 하지 않았다. 페인트칠하는 데 몰두한 나머지 쪼그리고 앉아 걸레받이까지 꼼꼼히 칠하고 있었다. 한참 만에 릴리가 일어났다. "그분도 그분 같아요?"

"누구?"

"트레이너 부인이요. 그분도 트레이너 씨 같아요?"

나는 올라서 있던 상자에서 내려와 브러시를 깡통 가장자리에 닦았다.

"그분은…… 달라."

"재수 없다는 뜻이죠."

"그렇지 않아. 그분은 좀, 친해지는 데 더 오래 걸린다는 것뿐이야."

"재수도 없고 날 좋아하지 않을 거라는 걸 그렇게 말하는 거죠."

"그런 말은 아니야, 릴리. 하지만 그분은 감정을 쉽게 내비치지 않아."

릴리는 한숨을 쉬더니 브러시를 내려놓았다.

"내게 있는 줄도 모르는 할아버지 할머니가 생겼는데, 그중 한 분도 날 좋아하지 않는다는 것을 알게 되는 사람은 세상에 나뿐일 거예요."

우리는 서로 마주 봤다. 그러다 느닷없이 웃기 시작했다.

나는 페인트통 뚜껑을 덮었다.

"자. 나가자."

"어디요?"

"나더러 즐기라면서. 네가 정해봐."

릴리가 그런대로 괜찮다고 할 때까지 짐 보관 상자에서 상의를 하나씩 꺼내 보여줬고, 릴리를 따라서 웨스트엔드 근처 뒷골목에 있는 작은 클럽에 갔다. 그곳 경비원은 릴리의 이름을 알고 있었고 그 애가 미성년자라는 사실을 개의치 않는 것 같았다.

"90년대 음악이에요. 옛날 음악!" 릴리가 신이 나서 말했다. 나는 그 애 눈에 내가 늙은이로 보인다는 사실에 집착하지 않으려고 노력했다.

나는 어색하지 않을 때까지, 옷이 땀에 젖고 머리가 들러붙고 골반이 아파 다음 주 내내 바에 서 있을 수 있을까 싶을 때까지 춤을 췄다. 우리는 춤추는 것 말고는 할 일이 없는 사람처럼 춤을 췄다. 와, 기분 좋았다. 그저 존재하는 것 자체의 기쁨을 느끼며 음악에, 사람들 무리에 빠져들어서 쿵쿵거리는 비트에 맞추어 움직이는, 커다란 유기체 덩어리가 된 느낌을 잊고 있었다. 어둡고 요란한 몇 시간 동안 나는 모든 것을 내려놓았고, 내 문제들은 헬륨 풍선처럼 날아가 버렸다. 끔찍한 직장, 까다로운 상사, 새출발을 못하는 상태

전부. 나는 살아서 신나게 즐기는 존재가 됐다. 사람들 무리 너머 릴리가 눈을 감고, 머리를 흐트러뜨린 채, 리듬에 온몸을 내맡기며 몰입하면서도 자유를 느끼는 표정으로 서 있었다. 그러다 릴리가 눈을 떴다. 나는 릴리가 콜라가 아닌 다른 음료를 든 것을 보고 화를 내고 싶었지만, 미소가 지어졌다. 아주 커다랗고 행복한 미소가. 자신에 대해서도 잘 모르는 방황하는 아이가 내게 사는 법을 알려 주다니 참 이상했다.

새벽 2시였지만 런던은 요란하게 들썩이고 있었다. 릴리가 극장 앞에서, 중국어 표지판 앞에서, 커다란 곰 분장을 한 남자 앞에서 함께 사진을 찍느라 멈췄고(모든 이벤트는 사진으로 남겨야 하는 모양이다), 야간 버스를 찾아 와글거리는 사람들 사이를 지나면서 케밥 가게와 고함을 질러대는 취객들, 포주들, 시끄러운 여자아이들을 지나쳤다. 골반이 심하게 아팠고, 땀에 젖었다가 식은 옷이 불쾌했지만 그래도 다시 살아난 듯 기운이 났다.

"집에 어떻게 갈지 모르겠네." 릴리가 신이 나서 말했다.

그때 고함이 들렸다.

"루!" 샘이 구급차 운전석 창문으로 몸을 내밀고 있었다. 내가 손을 들어 대답하자 그가 유턴을 하더니 구급차를 세웠다.

"어디 가요?"

"집이요. 버스를 찾는 중이에요."

"타요. 어서. 안 타면 말 안 할 거예요. 방금 당직 끝났어요." 샘은 옆에 앉은 여자를 봤다. "에이, 돈. 저 친구 환자예요. 골반이 나갔어요. 집까지 걸어가게 할 순 없어요."

릴리는 갑작스러운 일에 즐거워했다. 뒷문이 열리더니 구조대원 유니폼을 입은 여자가 어이없다는 표정을 지으며 우리를 태워줬다.

"샘, 이러다 잘릴 거야." 그녀는 이렇게 말하더니 들것에 앉으라고 손짓했다. "안녕하세요. 전 도나예요. 아이고, 기억나네요. 그 때……."

"옥상에서 떨어졌죠, 네."

릴리가 나를 잡아당겨 '구급차 셀카'를 찍었고 나는 또다시 어이없는 표정을 짓는 도나를 못 본 체했다.

"어디 다녀오는 길이에요?" 샘이 뒤쪽을 향해 외쳤다.

"춤췄어요. 루이자한테 지루한 할머니처럼 살지 말라고 했어요. 사이렌 켜면 안 돼요?" 릴리가 말했다.

"안 돼요. 어디로 갈래요? 참, 이런 말은 지루한 할아버지가 할 소리 같지만, 무슨 말인지 하나도 모르겠네."

"22번지요. 토트넘 코트 로드 뒤쪽이요." 릴리가 말했다.

"응급 기관절제술 했던 곳이야, 샘."

"기억난다. 재미있게 지낸 것 같네요." 샘이 거울을 통해 눈을 마주치자, 나는 얼굴이 조금 달아올랐다. 춤추러 나온 것이 기뻤다. 전혀 다른 사람이 된 것 같았다. 밤에 밖으로 나갔다가 옥상에서 떨어진, 공항 바에서 일하는 가련한 여자가 아니라.

"재미있었어요." 내가 환한 얼굴로 말했다.

샘이 대시보드의 컴퓨터 스크린을 내려다봤다. "아이고. 스펜서에서 녹색 신호가 오네."

"하지만 우리는 퇴근 중이었잖아." 도나가 말했다. "레니는 왜 항상 우리한테 이러지? 새디스트 같아."

"아무도 갈 사람이 없나 봐."

"왜 그래요?"

"일이 생겼어요. 중간에 내려줘야 할 것 같아요. 그래도 집에서 멀지 않아요. 괜찮죠?"

"스펜서." 도나가 한숨을 푹 쉬며 말했다. "아, 진짜. 꽉 잡아요, 여러분."

사이렌이 켜졌다. 우리는 녹색 사이렌을 요란하게 울리면서 런던의 자동차 사이를 내달렸고, 릴리는 신이 나서 비명을 질러댔다.

주중에는 언제나 스펜서에서 제대로 서지 못하는 사람들을 해결해 달라거나, 저녁에 마신 술 때문에 정신을 못 차리고 싸움질을 한 젊은이들의 얼굴을 꿰매달라고 신고하는 일이 있다고, 도나는 손잡이를 움켜쥐고 있는 우리에게 알려줬다.

"젊은 애들이 인생을 소중히 여겨야 하는데, 돈만 벌면 술에다 써버린다니까요. 한 주도 빠짐없이."

우리는 몇 분 만에 도착했고, 술에 취한 사람들이 거리로 쏟아져 나오자 구급차는 속도를 줄였다. 스펜서 나이트클럽의 유리창에 붙은 안내문에는 "10시 전 입장하는 여성에게는 음료 무료 제공"이라고 적혀 있었다. 총각 파티, 처녀 파티. 요란한 소리와 번쩍이는 옷에도 불구하고 술 마신 사람들로 가득한 거리에서는 터질 것같이 긴장된 분위기가 강했다. 밖을 조심스레 내다봤다.

"여기 있어요." 샘이 가방을 들더니 뒷문을 열고 내리면서 말했다.

경찰관이 샘에게 다가와 중얼거렸고, 그들은 관자놀이 상처에서 피를 흘리며 하수구에 앉아 있는 청년에게 다가갔다. 샘이 그 옆에 쪼그리고 앉았다. 경찰관은 구경꾼들과 '돕겠다는' 친구들, 울고 있는 여자친구를 밀어냈다. 샘은 마치 드라마 〈워킹 데드〉에 나오는, 아무 생각 없이 돌아다니며 신음을 내는 좀비 엑스트라들에게 에워싸인 것 같았다.

"이 일이 정말 싫어요." 도나는 비닐로 포장한 의료 도구를 재빨리 살피며 말했다. "진통이 시작된 산모나 심근경색이 온 착한 할머니 좀 달라고. 아이고, 젠장."

샘이 그 청년의 얼굴을 기울이면서 살피는데, 머리에 젤을 잔뜩 바르고 셔츠칼라에 피가 흠뻑 젖은 다른 남자가 어깨를 붙잡았다.

"어이! 나 구급차 타야 해!"

샘이 천천히 남자를 돌아보니 남자는 입에서 침과 피를 함께 뿜어내고 있었다.

"자, 물러나 주세요. 네? 일 좀 합시다."

술 때문에 얼간이가 된 남자였다. 남자는 친구들을 둘러보더니 샘의 얼굴에 대고 외쳤다.

"나더러 물러나라고 하지 마."

샘은 남자를 무시하고 다른 청년의 얼굴을 계속 살폈다.

"어이! 어이, 너! 내가 병원에 가야 한다고. 이봐!" 그가 샘의 어깨를 밀쳤다.

샘은 꼼짝도 안 한 채로 웅크리고 있었다. 그러더니 서서히 몸을 펴고는 돌아서서 술에 취한 남자와 코가 닿도록 얼굴을 들이댔다.

"알아듣도록 설명해 줄게. 구급차는 못 타, 알겠어? 그러니 기운 그만 빼고 친구들이랑 놀아. 거긴 얼음 좀 대고 내일 병원에 가봐."

"나한테 이래라저래라하지 마. 내가 네 봉급을 준다고. 코가 부러졌다니까."

샘이 찬찬히 바라보자 그 남자는 손을 휘둘러 샘의 가슴을 쳤다. 샘이 그 손을 내려다봤다.

"저런." 도나가 내 옆에서 말했다.

샘이 입을 열자 으르렁거리는 소리가 나왔다.

"그래. 이제 경고하는데……."

"경고하지 마!" 남자가 경멸하는 표정을 지었다. "경고하지 말라고! 네까짓 게 뭔데?"

도나는 구급차에서 내려 경찰에게 달려갔다. 도나가 경찰 귀에 대고 뭐라고 속삭이고는 함께 샘 쪽을 봤다. 도나는 애원하는 표정을 짓고 있었다. 그 남자는 아직도 소리를 지르고 욕을 하면서 샘의 가슴을 때리고 있었다.

"저 새끼 치료하기 전에 나부터 보라고."

샘이 옷매무새를 고쳤다. 얼굴은 위험할 정도로 차분했다.

내가 긴장을 느낀 순간, 경찰관이 그들 사이에 섰다. 도나는 샘의 소매를 붙잡고 주저앉아 있는 청년에게로 데려갔다. 경찰관은 무전기에 뭐라고 중얼거린 뒤 술에 취한 남자 어깨를 잡았다. 남자는 휙 돌면서 샘의 재킷에 침을 뱉었다.

"씨발."

잠깐 동안, 모두 놀라 조용해졌다. 샘이 굳었다.

"샘! 어서, 나 좀 도와줘, 응? 도움이 필요해." 도나가 그를 앞으로 밀었다. 샘의 얼굴을 보니 눈이 마치 다이아몬드처럼 차갑고 단단하게 빛나고 있었다.

"어서." 도나는 이렇게 말했고, 둘은 코마 상태처럼 보이는 청년을 구급차에 실었다. "어서 가자."

샘은 말없이 운전을 했고, 릴리와 나는 앞자리에 끼여 앉았다. 도나는 샘이 이를 악물고 앞만 보고 있는 동안 재킷 등을 닦아주었다.

"이 정도면 괜찮아요." 도나가 명랑하게 말했다. "지난달에는 제 머리에 토한 사람도 있었어요. 그 악마 같은 놈이 일부러 그랬어요. 목구멍에 손가락을 넣고는 내 뒤로 달려왔어요. 내가 무슨 택시인 줄 아는지, 집에 안 데려다준다고."

도나는 일어나더니 앞자리에 놓아둔 에너지 음료를 가리켰다.

"자원 낭비예요. 그따위 애들을 태워주는 대신에 더 중요한 일을 해야 되는데……." 도나는 한 모금 마시더니 의식이 거의 없는 청년을 내려다봤다. "글쎄요. 그 머릿속에 뭐가 들었는지 궁금해진다니까요."

"별로 든 게 없지." 샘이 말했다.

"응. 뭐, 이 친구를 꽉 잡아야 해요." 도나가 샘의 어깨를 두드렸다. "작년에 주의를 받았거든요."

샘은 멋쩍어하면서 나를 곁눈질로 봤다.

"커머셜 스트리트 끝으로 어떤 여자를 데리러 갔어요. 얼굴이 다 뭉개진 상태였죠. 데이트 폭력 때문이었어요. 여자를 들것에 태우는데, 남자친구가 펍에서 달려 나오더니 다시 덤비는 거예요. 어쩔 수 없었어요."

"한 대 쳤어요?"

"한 대가 아니죠." 도나가 코웃음을 쳤다.

"네. 음. 재수가 없었어요."

도나가 찡그린 얼굴로 나를 봤다. "어, 이 친구는 또 말썽을 부리면 안 돼요. 그러면 해직이거든요."

"고마워요." 나는 차에서 내리며 말했다. "태워줘서요."

"그런 미친놈들 틈에 두고 올 수가 없어서." 샘이 말했다.

샘과 잠시 눈이 마주쳤다. 도나가 문을 닫았고, 두 사람은 다친 사람을 싣고 병원으로 떠났다.

"저 사람 완전 좋아하죠." 멀어지는 구급차를 보고 있을 때, 릴리가 말했다.

릴리가 거기 있는 것도 잊고 있었다. 나는 한숨을 쉬면서 주머니에서 열쇠를 찾았다.

"바람둥이야."

"그래서요? 나라면 완전 같이 잘 텐데." 내가 문을 열어줄 때 릴리가 이렇게 말했다. "아니, 내가 나이가 되면요. 그리고 좀 절박하다면요. 지금 루이자처럼 말이에요."

"아직 누굴 사귈 준비가 안 된 것 같아, 릴리."

릴리는 내 뒤에서 걷고 있었으니 증명할 길은 없지만, 계단을 오르는 내내 그 애가 나를 향해 얼굴을 찌푸리고 있는 것이 느껴졌다.

12.

트레이너 부인에게 편지를 썼다. 릴리에 대해서는 말하지 않았다. 안부를 물으며 내가 여행에서 돌아왔으니 몇 주 후에 친구를 데리고 부인이 사는 곳에 찾아가 인사를 하고 싶다고 말했다. 편지를 빠른우편으로 우체통에 넣으면서 이상하게 들떴다.

아빠는 윌이 죽고 몇 주 안 되어 부인이 그란타 하우스를 떠났다고 알려줬다. 저택에서 일하는 사람들은 깜짝 놀랐다고 했다. 트레이너 씨가 아이를 임신한 델라와 함께 있는 것을 본 기억이 났고, 일하는 사람들 중에 진심으로 놀란 사람이 몇 명이나 될지 궁금했다. 소도시에는 비밀이 별로 없었다.

"부인이 굉장히 힘들어했다." 아빠가 말했다. "그리고 부인이 떠나자마자 빨간 머리 여자가 바로 들어왔지. 기회를 잡았어. 선한 노인네지, 머리숱도 많고, 집도 큰데 어차피 오래 혼자 살진 않았을 거 아니냐? 말이 나왔으니 말인데, 루. 네 엄마한테 겨드랑이 얘기 좀 해줘라, 응? 네 엄마 겨드랑이 털이 더 자랐다가는 땋아도 될 지경이야."

릴리 소식에 대해 트레이너 부인이 어떻게 반응할지 계속 생각했다. 첫 만남 때 트레이너 씨 얼굴에 떠오른 기쁨과 불신이 기억났다. 릴리가 부인의 상처를 조금은 낫게 해줄까? 가끔 릴리가 텔레비전을 보고 웃는 모습이나 생각에 잠겨 창밖을 내다보는 모습을 보면, 윌이 너무 또렷이 보였다. 그린 듯한 콧날, 슬라브계처럼 느껴지는 광대뼈를 보고 있으면 숨이 멎을 것 같았다. (그러면 릴리는 이렇게 중얼거리곤 했다. "변태처럼 그만 봐요, 루이자. 무서워.")

릴리는 2주간 함께 지내러 왔다. 타니아 호턴밀러가 전화로 토스카나로 가족 여행을 가는데 릴리가 함께 가기 싫어한다고 했다. "솔직히, 요즘 하는 짓을 보면 나는 그게 좋아요. 재 때문에 지쳐 죽겠어요."

릴리가 집에 있는 시간도 거의 없고, 타니아가 현관문 열쇠를 바꾸었다는 사실을 감안하면 그 애가 창문을 두드리며 슬픈 노래를 불러대지 않는 한, 누군가를 지치게 하기는 힘들 것이라고 지적했다. 잠시 침묵이 흘렀다.

"루이자, 당신도 아이가 생기면 알게 될 거예요." 아, 모든 부모의 트럼프 카드. 내가 대체 어떻게 이해하겠나?

타니아 호턴밀러는 릴리의 숙박비를 내겠다고 했다. 솔직히 예상보다 돈이 많이 들긴 하지만, 그 돈을 받을 생각은 전혀 없다고 말하면서 즐거웠다. 그런데 릴리는 내가 해주는 통조림 콩을 올린 토스트나 치즈 샌드위치 정도로 만족하지 못했다. 그 애는 돈을 달라고 하더니 수제 빵과 고급 과일, 그리크 요구르트, 유기농 닭고기 등 부유한 중산층 주방에 늘 있는 재료를 사 들고 왔다. 타니아의 집과 대형 냉장고 앞에 서서 아무 생각 없이 파인애플 덩어리를 집어 먹던 릴리가 떠올랐다.

"참. 마틴이 누구죠?" 내가 말했다.

잠시 침묵이 흘렀다.

"마틴은 내가 전에 만나던 사람이에요. 내가 싫어하는 걸 알면서도 릴리는 그 사람을 자꾸 만나려고 해요."

"그분 번호 좀 알 수 있을까요? 릴리가 어디 있는지 알아야 하니까요. 안 계신 동안에요."

"마틴의 번호요? 나한테 마틴의 번호가 왜 있겠어요?" 타니아가 소리를 지르더니 전화가 끊어졌다.

릴리를 만난 이후로 뭔가 바뀌었다. 텅 비었던 집에 십 대 아이와 관련된 물건들을 보관하게 된 것뿐 아니라, 릴리와 함께 사는 것이 즐거워지기 시작했다. 같이 식사를 하고, 소파에 나란히 앉아 텔레비전 이야기를 하고, 그 애가 괴상한 음식을 권할 때 포커페이스를 유지하고 말이다. "음, 감자샐러드에 들어가는 감자를 삶아야 하는 걸 내가 어떻게 알겠어요? 젠장, 그건 샐러드라고요."

일하러 가면 바에서 아버지들이 출장을 떠나며 아이들에게 작별 인사를 하는 것을 들었다. "엄마 말 잘 들어야 해, 루크……. 그랬어? 정말? 똑똑한 우리 아들!" 그리고 숨죽인 소리로 양육권을 놓고 싸우는 소리도 들렸다. "아니, 그날 애를 데리러 간다고 안 했어. 나는 항상 바르셀로나에 있었다고……. 그래, 그랬지……. 아니, 아냐. 내 말 좀 들어."

누군가를 낳고, 사랑하고, 키우다가 열여섯 살쯤 되니 너무 화가 나서 집의 열쇠를 바꿔버릴 수 있다니 믿을 수 없었다. 열여섯이면 아직 아이였다. 겉으로 어떤 모습이든지, 릴리 안의 아이가 보였다. 흥분할 때, 갑자기 즐거워할 때, 부루퉁해할 때, 욕실 거울 앞에서 이런저런 표정을 지어볼 때, 그리고 아기처럼 잠들 때 그랬다.

동생이 토머스를 단순하게 사랑하는 것이 떠올랐다. 이미 어른이 된 카트리나와 나를 격려하고, 염려하고, 지지해 주는 부모님도 생각났다. 그리고 그런 순간, 릴리의 삶에 윌이 없는 것이 마치 내 삶 속에 윌이 없는 것처럼 느껴졌다. '당신이 여기 있어야 하는데, 윌.' 속으로 말했다. '릴리에게 진짜 필요한 건 당신이에요.'

하루 휴가를 냈다. 말도 안 되는 짓이라고 리처드는 말했다. ("복귀한 지 5주밖에 안 됐잖아요. 또 사라져야 하는 이유를 모르겠군요.") 나는 미소를 짓고, 아일랜드 댄서처럼 고개를 숙여 인사했다. 집으로 돌아오니 릴리가 손님방의 한쪽 벽을 아주 쨍한 옥색으로 칠해놓았다. "분위기를 밝게 한다면서요." 내가 입을 딱 벌리고 서 있자 릴리가 말했다. "걱정 말아요. 페인트는 내가 샀으니까."

"음." 나는 가발을 벗고 신발 끈을 풀었다. "오늘 밤까지는 다 칠해야 해. 내일 휴가를 냈으니까." 청바지로 갈아입은 뒤 말했다. "그리고 네 아빠가 좋아하던 걸 네게 보여줄 생각이니까."

손을 멈춘 릴리가 옥색 페인트를 카펫에 뚝뚝 떨어뜨렸다.

"뭐요?"

"곧 알게 될 거야."

*

우리는 그날 차를 타고 가면서, 릴리의 아이팟에 있는 가슴을 쥐어짜는 사랑과 상실의 노래와 귀를 찢을 듯이 시끄럽게 인류를 증오한다고 외치는 노래를 번갈아 들었다. 나는 고속도로를 달리며 소음을 무시하고 길에 집중하는 기술을 마스터했고, 릴리는 내 옆에 앉아서 비트에 따라 머리를 끄덕이며 이따금 대시보드를 두드리는 드럼 연주를 시연했다. 릴리가 즐거워하니 다행이라고 생각했다. 뭐, 고막이 두 개나 있어야 할 이유가 뭔가?

우리는 스토트폴드에 차를 세우고 윌과 함께 피크닉을 하던 들판과 성 주위에 있는 그가 가장 좋아하던 벤치를 찾아갔다. 릴리는 지루한 표정을 짓지 않으려고 노력했다. 사실, 들판을 계속 보면서 열렬히 반응하기는 힘들었다. 그래서 윌을 처음 만났을 때 그가 집 밖에 거의 나가지 않았던 것, 내가 속임수와 심술을 적절히 활용해 그가 다시 밖으로 나가도록 만들었다는 것을 들려주었다.

"네 아빠는 누구한테든 의지하는 걸 싫어했어. 그런데 우리가 밖에 나간다는 건 남에게 의지해야 한다는 뜻이고, 남에게 의지하는 모습을 보여야 한다는 뜻이거든."

"그 상대가 루이자라도 싫었던 거군요."

"나라도 싫었던 거지."

릴리는 잠시 생각에 잠겼다. "나도 사람들이 그런 내 모습을 보는 게 싫었을 거예요. 젖은 머리를 보이는 것도 싫은걸요."

윌이 내게 '좋은' 현대 미술과 '나쁜' 현대 미술의 차이를 설명해주려던 갤러리에 갔고(나는 여전히 이해하지 못했다), 릴리는 벽에 걸려 있는 거의 모든 것에 얼굴을 찌푸렸다. 윌이 나를 데려가 여러 와인을 시음하게 했던 와인상에 들렀고("아니, 릴리. 와인 테이스팅은 안 해."), 그가 내게 문신을 하도록 설득했던 타투 숍에도 갔다. 릴리는 문신을 하고 싶으니 돈을 빌려줄 수 있는지 묻더니(주인이 미성년자는 할 수 없다고 했을 때 마음이 놓였다), 내 별 문신을 보여달라고 했다. 내가 릴리를 감탄하게 만든 몇 안 되는 순간이었다. 윌이 가슴에 유효기간 날짜를 새긴 것을 이야기해 주자 릴리는 웃음을 터뜨렸다.

"너의 괴상한 유머 감각이랑 똑같아." 내가 이렇게 말하니 릴리는 기쁜 표정을 짓지 않으려고 애썼다.

바로 그때, 우리의 대화를 들은 주인이 사진이 있다고 했다. "문신 사진을 전부 다 보관해 둬요." 콧수염에 왁스를 잔뜩 바른 그가 말했다. "기록으로 남겨두는 걸 좋아하거든요. 날짜만 좀 알려줄래요?"

그가 코팅한 바인더를 넘기는 동안 우리는 말없이 서 있었다. 그리고 그 사진이 나왔다. 거의 2년 전, 윌의 잘 그을린 피부에 깔끔하게 새긴 흑백의 디자인. 그 사진을 보니 익숙한 느낌에 숨이 막히는 것 같았다. 내가 부드러운 천으로 씻겨주고, 닦아주고, 선크림을 발라주고, 얼굴을 기댔던 그 흑백의 글자들. 내가 손을 뻗어 만지려는데, 릴리가 먼저 손톱이 물어뜯긴 손가락으로 아버지의 살갗이 찍힌 사진을 부드럽게 쓰다듬었다. "나도 하나 할래요. 아빠처럼. 나이가 되면요."

"그래서 이 손님은 잘 계세요?"

릴리와 나는 고개를 돌렸다. 타투이스트는 의자에 앉아서 짙은

색으로 뒤덮인 팔뚝을 문지르고 있었다. "이 손님 기억나요. 전신마비 환자는 별로 없으니까." 그는 씩 웃었다. "꽤 독특한 사람이죠?"

갑자기 목이 메었다.

"죽었어요." 릴리가 말해버렸다. "내 아빠예요. 죽었어요."

타투이스트가 얼굴을 찡그렸다. "미안해요, 아가씨. 몰랐어요."

"이거 제가 가져도 돼요?" 릴리가 윌의 문신 사진을 바인더에서 꺼내려 했다.

"그럼요." 그가 바로 말했다. "원하면 가져요. 자, 플라스틱 커버도 가져가요. 비가 올 수도 있으니까."

"고마워요." 릴리는 이렇게 말하고 사진을 챙겼다. 남자가 또 사과하는 소리를 들으며 우리는 가게에서 나왔다.

카페에서 올 데이 브렉퍼스트◇로 점심을 먹었다. 분위기가 가라앉는 것을 느끼고 나는 이야기를 시작했다. 릴리에게 내가 아는 윌의 연애사와 직업을 알려줬다. 일을 잘하거나 멍청한 농담을 해서라도 칭찬을 듣고 싶게 하는 사람이었다고 했다. 내가 만났을 때 그가 어땠는지, 어떻게 변했고, 어떻게 누그러졌는지, 비록 나를 놀리는 것이긴 했지만 어떻게 해서 사소한 일에서 즐거움을 찾기 시작했는지 그 과정을 들려줬다.

"예를 들면 나는 음식에 대해서는 별로 모험을 좋아하지 않아. 엄마는 지난 25년 동안 세트 메뉴를 정해놓고 돌아가며 해줬거든. 그

◇ 달걀, 베이컨, 토마토, 토스트 등으로 이루어진 잉글리시 브렉퍼스트를 하루 종일 제공하는 메뉴.

중에 퀴노아나 레몬그라스가 나온 적은 없었어. 과카몰레도 마찬가지고. 그런데 네 아빠는 뭐든지 먹었어."

"이젠 루이자도 그래요?"

"사실 아직도 두어 달에 한 번은 과카몰레를 먹어봐. 네 아빠 때문에."

"싫어해요?"

"맛은 괜찮은 것 같아. 하지만 코에서 나온 것처럼 생겼다는 점은 어쩔 수가 없어."

그의 전 여자친구 결혼식 피로연에 찾아가, 내가 윌의 무릎에 앉은 채로 전동 휠체어를 타고 돌아다닌 이야기를 했더니 릴리는 웃다가 음료를 코로 뿜었다. "정말요? 결혼식에?" 작고 더운 카페 안에서 나는 최선을 다해 그 애 아빠를 그려줬다. 어쩌면 우리가 복잡한 집에서 나와 있었으므로, 아니면 릴리의 부모님이 다른 나라에 있었으므로, 혹은 그저 누군가가 단순하고 재미있는 아빠 이야기를 처음으로 해줬으므로, 릴리는 웃으면서 이런저런 질문을 하고 내 대답이 자기 생각과 일치한다는 듯 고개를 끄덕였다. '그래, 맞아요. 아빠는 그랬을 거예요. 그래요, 어쩌면 나도 그럴지 몰라요.'

오후 늦게까지 이야기를 나누는 동안 차가 식어갔다. 우리가 두 시간 동안 먹고도 남긴 토스트를 종업원이 또 치우러 왔을 때, 나는 새로운 사실을 깨달았다. 처음으로 윌을 기억하며 슬퍼지지 않았던 것이다.

"루이자는 어때요?"

"뭐가?" 나는 마지막 남은 토스트를 입에 넣으면서 다시 다가오는 종업원과 눈을 맞췄다.

"아빠가 죽은 다음에 어땠어요? 그러니까, 아빠랑 함께 있을 때는 지금보다 훨씬 활발하게 지낸 것 같은데. 휠체어까지 같이 탔으니까요."

빵에 목이 메어 삼킬 수 없었다. 겨우 넘기고 나서 말했다.

"이런저런 일을 했지. 바쁘게 지냈어. 일도 하고. 당번제 근무를 하면 계획을 세우기가 힘들어."

릴리는 살짝 눈썹을 치켜올렸지만, 아무 말도 하지 않았다.

"그리고 골반도 아직 좀 아파. 산에 오를 상태는 아니야."

릴리는 무심히 차를 저었다.

"나도 여러 가지 일을 해. 아니, 옥상에서 떨어지는 게 보통 일은 아니잖아. 1년 치 사건 아니겠니!"

"하지만 뭔가 일을 하는 건 아니잖아요?"

잠시 침묵이 흘렀다. 나는 심호흡을 하면서 갑자기 귓전을 울리는 소리를 막아봤다. 다가온 종업원이 빈 접시를 치우더니 의기양양하게 주방으로 가져갔다.

"참, 네 아빠를 경마장에 데려간 이야기를 했던가?"

완벽한 타이밍이었다. 내 차가 고속도로에서, 런던을 65킬로미터 앞두고 멈춰버렸다. 릴리는 놀라울 만치 낙관적이었다. 호기심이 발동했다.

"고장 난 차에 타보긴 처음이에요. 차가 고장이 나는지도 몰랐네."

그 말에 나는 입을 딱 벌렸다. (아빠는 오래된 밴을 향해 집에 돌아와 주면 고급 휘발유를 넣어주고, 정기적으로 타이어 공기압을 체크하고, 영원히 사랑하겠다고 맹세하곤 했다.) 릴리는 자기 부모는 해마다 벤츠를 바꿔 탄다고 했다. 그 이유는 쌍둥이 동생들이 차 내부 가죽에 흠집을 너무 많이 내기 때문이었다.

고속도로 갓길에서 견인차가 오기를 기다리는데, 대형 트럭이 지나갈 때마다 작은 차가 휘청거렸다. 결국 차에서 나가는 편이 안전하다고 판단한 우리는 고속도로 가장자리 제방으로 올라갔다. 그러고는 풀밭에 앉아서 오후의 해가 고속도로 교량 건너편으로 저물어 가는 광경을 바라봤다.

"마틴은 누구니?" 자동차 관련 대화가 떨어졌을 때, 내가 물었다.

릴리는 옆에 있던 풀을 뜯었다. "마틴 스틸이요? 내가 어릴 때 같이 있어준 남자요."

"그건 프랜시스인 줄 알았는데."

"아뇨. 그 똥멍청이는 일곱 살 때 나타났어요."

"있잖아, 릴리. 그렇게 안 부르는 게 좋아."

릴리는 나를 흘겨봤다. "그래요. 그럴지도 몰라요." 릴리는 풀밭에 누워서 예쁘게 웃었다. "대신에 돌대가리라고 불러야지."

"그럼 그냥 똥멍청이로 하자. 그런데 그 사람이랑 어떻게 아직도 알고 지내니?"

"마틴요? 내가 기억하는 아빠는 마틴뿐이에요. 내가 어릴 때 엄마는 마틴이랑 사귀었어요. 마틴은 뮤지션이에요. 음악을 많이 만들어요. 예전에는 동화책도 읽어주고, 내가 나오는 노래도 만들어

줬어요. 그냥…….” 릴리는 말끝을 흐렸다.

“어떻게 됐는데? 엄마랑 그분 사이가?”

릴리는 가방에 손을 넣더니 담배를 꺼내 불을 붙이고 숨을 들이쉬곤 연기를 길게 내뿜었다.

“어느 날 학교에 갔다가 도우미 아주머니랑 집에 왔더니 엄마가 마틴이 떠났다고 했어요. 더 이상 안 맞아서 마틴이 나가기로 했다고.” 릴리는 다시 한번 숨을 들이쉬었다. “아마 마틴이 엄마의 개인적인 성장에 관심이 없거나 엄마의 미래 계획에 동참하지 않았겠죠. 헛소리. 그냥 엄마가 프랜시스를 만났고 마틴이 엄마가 원하는 것을 주지 않을 거라는 걸 깨달았을 거예요.”

“그게 뭔데?”

“돈이요. 큰 집이랑. 그리고 하루 종일 쇼핑하고 친구들한테 짜증 내고 차크라◊를 맞추는 뭐 그런 거요. 프랜시스는 자기 소유 자산관리사에서 다른 자산관리사 사장들이랑 자산관리 일을 해서 돈을 엄청 벌어요.” 릴리가 말했다. “그러니까 한마디로 정리하면, 마틴이 아빠였어요. 마틴이 떠나는 날까지도 난 아빠라고 불렀어요. 그런데 그게 아니게 되었어요. 마틴은 나를 유치원이랑 초등학교에 데려가 줬는데, 엄마가 마틴에게 질리는 바람에, 집에 와보니 마틴이…… 사라져 버린 거예요. 엄마 집이니까 떠난 거죠. 그냥 그렇게. 그런데 나는 마틴을 만나면 안 되고, 마틴 이야기를 해도 안 되는 거예요. 그러면 내가 옛날 일을 들춰서 힘들게 한다는 거예요.

◊ 몸의 일곱 군데 힘을 가리키는 인도 종교 용어이며 요가에서 쓰는 말.

엄마가 너무 힘들고, 감정적으로 괴로워진다는 거죠." 여기서 릴리는 타니아의 목소리를 섬뜩할 정도로 잘 흉내 냈다. "그래서 난 정말 화가 났는데, 엄마는 마틴이 친아빠도 아닌데 그렇게 열받을 것 없다고 했어요. 그런 식으로 마틴이 친아빠가 아닌 걸 알게 됐어요."

나는 릴리를 빤히 쳐다보았다.

"그다음, 프랜시스가 집에 찾아왔어요. 커다란 꽃다발을 들고서요. 소위 가족 여행이라는 걸 가면 나는 유모랑 놀아야 하고, 둘은 애들을 봐주는 호텔에서 들러붙어 난리였죠. 그리고 6개월이 지나니까 엄마가 날 데리고 피자 익스프레스에 갔어요. 맛있는 걸 사주는 걸 보니 마틴이 돌아오나 보다 했는데, 프랜시스랑 결혼을 할 건데 그 사람이 나한테 최고로 좋은 아빠가 되어줄 거고 제가 '그 사람을 많이 사랑해야 된다'고 했어요."

릴리가 하늘을 향해 고리 모양 연기를 내뿜고는 고리가 점점 커지다가 사라지는 것을 봤다.

"그런데 사랑하지 않았구나."

"미워했어요." 릴리가 곁눈질로 나를 보았다. "날 참아주기만 하는 건 다 알 수 있어요. 아무리 어려도. 그 사람은 엄마만 원했지, 날 원하지 않았어요. 나도 그건 알 수 있었어요. 다른 남자랑 낳은 애를 옆에 두고 싶은 사람이 어디 있어요? 그래서 엄마가 쌍둥이를 낳으니까 날 기숙학교로 보냈죠. 짠. 임무 완료."

릴리는 눈물을 글썽였다. 나는 토닥여 주고 싶었지만, 아이는 무릎을 꼭 끌어안고 앞만 보고 있었다. 우리는 몇 분 동안 말없이 앉아서 해가 좀 더 기우는 동안 차들이 밀리기 시작하는 것을 보고 있었다.

"있잖아요, 내가 찾아냈어요."

릴리를 쳐다보았다.

"마틴을요. 열한 살 때. 날 봐주던 아줌마가 다른 아줌마한테 마틴이 전화하는 걸 내게 말해주면 안 된다고 하는 걸 들었어요. 그래서 마틴이 어디 사는지 알려주지 않으면 도둑질하는 걸 엄마한테 이른다고 했죠. 주소를 검색해 보니까 우리가 사는 데서 걸어서 15분쯤 걸리는 곳이었어요. 파이크로프트 로드요. 거기 알아요?"

나는 고개를 저었다. "널 보고 반가워했어?"

릴리는 머뭇거렸다. "정말 좋아했어요. 마틴은 울 뻔했어요. 내가 너무 보고 싶었고, 나랑 떨어져 있는 것이 슬펐고, 언제든지 만나러 와도 좋다고 했어요. 하지만 마틴도 다른 사람을 만나서 애를 낳았어요. 그러니까 집에 찾아갔는데, 진짜 제대로 된 가족처럼 아기가 있으면, 나는 그 가족이 아니란 걸 알게 되잖아요. 남은 음식 같은 존재랄까."

"아무도 그렇게 생각하지……."

"뭐. 어쨌든. 마틴은 정말 착하지만, 자꾸 만날 수는 없다고 했어요. 너무 어색했어요. 그리고 마틴에게도 그렇게 말했지만, 난 진짜 딸도 아니니까요. 그래도 마틴은 자주 전화해요. 진짜 바보 같죠." 릴리는 고개를 세게 흔들었다. 우리는 거기 그렇게 앉아 있었다. 그러다 릴리가 하늘을 올려다봤다. "정말로 짜증 나는 게 뭔지 알아요?"

나는 잠자코 기다렸다.

"엄마는 결혼하면서 내 성을 바꿨어요. 내 성을 바꾸면서 물어보지도 않았다고요." 목소리가 조금 갈라졌다. "난 호턴밀러가 되고 싶지 않았는데."

"오, 릴리."

릴리는 우는 모습을 보인 것이 부끄러운 듯 재빨리 손바닥으로 얼굴을 문질렀다. 담배 연기를 들이쉬더니 꽁초를 풀밭에 던지고 크게 훌쩍였다.

"뭐, 요즘 돌대가리랑 엄마는 계속 싸워요. 헤어져도 놀랍지 않을 거예요. 그렇게 되면 또 이사를 하고 성을 바꿔야 하겠지만, 엄마는 아픔이 어쩌고 감정을 정리한다느니 그럴 테니 아무도 말리지 못하겠죠. 그리고 2년이 못 되어서 또 다른 멍청이가 나타날 거고, 동생들은 호턴밀러브랜슨이나 오지만디아스나 투들피프 같은 게 되겠죠." 릴리가 피식 웃었다. "다행히 나는 그때쯤 떠나고 없을 거예요. 엄마는 신경도 안 쓰겠지만."

"정말로 엄마가 너한테 그렇게 관심이 없다고 생각해?"

릴리는 고개를 홱 돌렸다. 나이에 비해 너무 철든 표정을 짓고 있어 마음이 아팠다.

"엄마가 날 사랑한다고 생각해요. 하지만 자기 자신을 더 사랑하죠. 안 그러면 어떻게 그런 짓을 하겠어요?"

13.

트레이너 씨의 아기가 다음 날 태어났다. 아침 6시 30분에 전화가 왔고, 나는 아주 잠시 나쁜 일이 벌어진 줄 알았다. 하지만 트레이너 씨가 헐떡이는 목소리로 울먹이면서, 살짝 믿기 어려운 듯이 이렇게 외쳤다. "딸이오! 3.6킬로그램이라고 해요! 아주 건강하고!" 그는 아기가 얼마나 예쁜지, 윌이 아기였을 때와 얼마나 닮았는지 이야기했고, 내게 아기를 보러 꼭 오라고 하더니 릴리를 깨워 달라고 했다. 그래서 나는 릴리를 깨웠고, 릴리가 잠이 덜 깬 채로 말없이…… (촌수를 파악하는 데 시간이 걸렸다) 고모가 생겼다는 소식을 듣는 모습을 지켜보았다.

"알겠어요." 릴리는 한참 만에 대답했다. 그리고 잠시 듣고 있더니 이렇게 말했다. "네……. 그럼요."

릴리는 통화를 마치고 휴대폰을 내게 돌려줬다. 나와 눈이 마주친 릴리는 구겨진 티셔츠 차림으로 돌아서서 방으로 들어가 문을 굳게 닫았다.

부유해 보이는 건강보험 설계사는 10시 45분 현재, 한 잔만 더 마시면 탑승을 거부당할 상태였다. 그 이야기를 해줄까 궁리하고 있는데 익숙한 형광 재킷이 나타났다.

"여긴 구급대원 필요 없어요. 아직은." 나는 천천히 그에게로 걸어갔다.

"그 유니폼은 아무리 봐도 질리지 않네. 왜 그런지 모르겠어요."

샘이 바에 앉더니 카운터에 팔꿈치를 올렸다.

"가발이…… 신선하군요."

나는 루렉스 스커트를 아래로 잡아당겼다.

"정전기 발생이 내 초능력이죠. 커피 마실래요?"

"고마워요. 하지만 오래 있지는 못해요." 그는 무전기를 확인하더니 재킷 주머니에 넣었다.

나는 그를 만나 얼마나 반가운지 내색하지 않으려고 애쓰며 아메리카노를 만들었다.

"내가 여기서 일하는 걸 어떻게 알았어요?"

"14번 게이트에서 호출이 있었어요. 심장발작 의심 환자. 제이크가 당신이 공항에서 일한다는 이야기를 해줬는데, 찾기가 어렵지 않았어요……."

손님들이 잠시 조용해졌다. 샘이 다른 사람들을 조금 조용하게 만들 수 있다는 사실은 전에도 느꼈다.

"도나는 면세점을 구경하고 있어요. 핸드백을."

"환자는 봤어요?"

그가 씩 웃었다. "아뇨, 커피 마신 다음에 14번 게이트가 어딘지 물어보려고 했어요."

"재미있네요. 그래서 그 사람을 구했어요?"

"아스피린을 주고 오전 10시 전에 더블 에스프레소를 네 잔 마시는 건 좋지 않다고 조언해 줬어요. 내 일을 그렇게 멋진 걸로 봐주다니, 기분이 좋네요."

웃지 않을 수 없었다. 커피를 건넸다. 샘은 감사한 표정으로 한 모금을 마셨다.

"그래서. 혹시…… 데이트는 아닌 걸로 한 번 더 만날래요?"

"구급차는 타나요, 안 타나요?"

"당연히 안 타죠."

"문제아인 십 대 청소년 이야기를 해도 되나요?" 정신을 차리고 보니 나일론 머리카락을 배배 꼬고 있었다. 세상에. 머리카락을 꼬고 있는데 그게 진짜 머리카락도 아니라니. 손을 얼른 놓았다.

"뭐든 이야기해도 좋아요."

"당신은 무슨 이야기를 하고 싶었어요?"

샘의 침묵이 너무 길어 내 얼굴이 붉어졌다. "저녁 식사? 우리 집에서? 오늘 밤 어때요? 비가 오면 식당에 앉히지 않을게요."

"좋아요."

"7시 30분에 데리러 갈게요."

그가 남은 커피를 마시는데 리처드가 나타났다. 그는 샘과 나를 번갈아 봤다. 나는 여전히 샘 바로 옆의 바에 기대고 있었다. "무슨 문제 있습니까?" 그가 말했다.

"전혀요." 샘이 말했다. 샘이 일어나자 리처드보다 머리 하나는 더 컸다.

리처드의 얼굴에 몇 가지 생각이 스쳐 지나갔는데, 그 전개가 너무나 빤히 보였다. '왜 이 구급대원이 여기 있지? 왜 루이자는 아무 일도 안 하지? 루이자에게 일을 하지 않는다며 뭐라 하고 싶지만, 이 남자가 너무 크고 뭔가 알 수 없는 관계가 있어 보이니 좀 조심스러워지는걸.' 웃음이 터질 것 같았다.

"그럼. 오늘 밤에." 샘이 내게 고개를 끄덕였다. "가발 꼭 써요, 네? 당신에게 불붙는 게 좋으니까."

비즈니스맨 손님이 만족한 얼굴로 의자에 기대앉자 셔츠 솔기가 팽팽하게 당겨졌다. "이제 음주량에 대한 설교를 할 겁니까?"

다른 손님들이 웃었다.

"아뇨, 계속 드세요." 샘이 이렇게 말하고 인사했다. "1~2년 안에 만나죠."

그는 출발 구역으로 걸어가다가 신문 판매대 앞에서 도나와 만났다. 바 쪽으로 돌아서니 리처드가 날 보고 있었다. "직장에서 사교생활을 하는 건, 찬성할 수 없다고 말해야겠군요, 루이자."

"네. 다음번에는 저 사람한테 14번 게이트의 심장마비 환자를 무시하라고 할게요."

리처드가 이를 악물었다.

"그리고 아까 한 말이요. 나중에 가발을 쓰라는 말. 그 가발은 샘록 앤드 클로버 아이리시 테마 바 주식회사의 소유입니다. 개인 시간에 쓰는 건 허락할 수 없어요."

나도 어쩔 수 없었다. 웃음이 터져 나왔다.

"진심이에요?"

그도 그때만큼은 얼굴을 조금 붉혔다.

"회사 정책입니다. 그건 유니폼으로 분류돼요."

"젠장." 내가 말했다. "나중에 아이리시 댄서 가발을 내 돈으로 사면 되겠네요. 이것 봐요, 리처드!" 리처드가 화를 내며 사무실로 들어가는데 내가 불렀다. "공평하게 하자면 매니저님도 그 폴로셔츠를 입고 부인이랑 춤추면 안 되는 거 아닌가요?"

집에 오자 싱크대에 시리얼 상자 하나와 복도 바닥에 영문을 알 수 없는 흙더미가 있었고 릴리의 흔적은 없었다. 전화를 해도 받지 않았다. 걱정이 지나치게 많은 부모와 정상 수준의 부모, 타니아 호턴밀러 사이에서 균형을 어떻게 잡아야 할지 알 수 없었다. 샤워를 하고 절대, 결코 데이트가 아닌 데이트를 준비했다.

샘의 들판에 도착하자마자 비가 퍼붓기 시작해서 그의 오토바이에서 객차까지 달려가는 잠시 동안 흠뻑 젖고 말았다. 샘이 문을 닫는 사이 나는 물을 뚝뚝 떨어뜨리며 선 채로 젖은 양말이 얼마나 불쾌한지 새삼 확인했다.

"거기 있어요." 샘이 이렇게 말하고는 한 손으로 머리에서 물을 털어냈다. "그렇게 젖은 옷으로 앉으면 안돼요."

"이거 정말 후진 포르노 영화 첫 장면 같네." 내가 말했다. 그가 우뚝 멈춰 서는 것을 보고 나는 그 말을 소리 내어 했다는 것을 깨달았다. 그에게 약간 어색하게 웃어 보였다.

"알았어요." 샘은 눈썹을 치켜뜨며 말했다.

샘은 객차 뒤로 사라지더니 잠시 후 티셔츠와 운동복 바지 비슷한 것을 들고 나왔다.

"제이크의 바지예요. 새로 빤 거. 포르노 스타에겐 잘 어울릴 거 같은데." 샘이 그 옷을 내밀었다. "옷 갈아입으려면 저기가 내 방이에요. 화장실이 더 좋으면 저 문이고."

나는 샘의 방으로 가서 문을 닫았다. 머리 위 객차 천장을 빗줄기가 때렸고, 물이 줄줄 흘러내려 창밖이 보이지 않았다. 커튼을 칠까 하다가 비를 피해 모여서 깃털에서 물방울을 털어내고 있는 암탉들 말고는 나를 볼 사람이 없다는 사실을 기억했다. 재미 삼아 창문을 통해 암탉들에게 옷 벗는 모습을 보였는데, 나중에 생각하니 릴리나 할 만한 짓이었다. 암탉들은 별로 감명받지 못한 표정이었다. 나는 얼굴에 타월을 갖다 대고 찔리는 마음으로 킁킁거렸다. 금지된 약을 흡입하는 사람처럼. 새로 빤 타월이었지만, 그래도 어쩐지 남자 냄새가 났다. 윌 이후로 처음 맡는 냄새였다. 잠시 어지러워져 타월을 내려놓았다.

공간 대부분을 더블베드가 채우고 있었다. 반대편의 좁은 장식장이 옷장 역할을 했고, 작업용 장화 두 켤레가 가지런히 구석에 놓여 있었다. 협탁에는 책이 한 권 있었고 그 옆에는 금발을 아무렇게나 하나로 묶고 웃고 있는 여자와 샘이 함께 찍은 사진이 있었다. 여자는 샘의 어깨에 팔을 두르고 카메라를 향해 미소를 짓고 있었다. 슈퍼모델처럼 아름다운 여자는 아니었지만, 그 미소에는 강력한 힘이 있었다. 많이 웃는 사람 같았다. 제이크의 여성판 같았다. 갑자기 샘이 너무나 가엾어졌다. 나 자신도 가엾다고 느끼기 전에 눈을 돌려야 했다. 가끔 우리는 다른 이들에게 우리가 얼마나 열심히 헤엄치고 있는지 아니면 가라앉고 있는지를 인정받기를 꺼려하면서 슬픔 속에서 헤엄치는 것 같기도 하다. 샘이 아내 이야기를 싫어하는 것이 나와 같은 이유 때문인지 잠시 궁금해졌다. 상자를 여는 순간, 아주 작게 속삭이기라도 하는 순간, 슬픔이 마치 버섯구름처럼 터져 나와 모든 대화를 뒤덮을까 봐.

내 모습을 확인하고 숨을 들이쉬었다. "그냥 즐겁게 지내자." 새 출발 모임에서 들은 말을 기억하며, 중얼거렸다. "행복한 순간을 허용하라."

작은 거울을 보면서 마스카라 얼룩을 지웠다. 머리는 손쓸 방도가 없다고 판단했다. 남자 옷을 입을 때 느끼는 기묘한 친밀감을 애써 무시하면서 샘의 커다란 티셔츠와 제이크의 바지를 입은 뒤 내 모습을 봤다.

'어때요, 윌? 그냥 재미있는 시간을 보내는 거예요. 이런다고 무슨 의미가 있는 건 아니겠죠?'

내가 티셔츠 소매를 걷어 올리며 나오자 샘이 씩 웃었다.

"열두 살짜리 같네."

나는 욕실로 가서 청바지, 셔츠, 양말을 세면대에서 짠 뒤 샤워 커튼에 널었다.

"무슨 요리 해요?"

"음, 샐러드를 하려고 했는데, 이젠 샐러드를 먹을 날씨가 아니네요. 그래서 급조 중이에요."

그는 스토브에 물을 한 냄비 끓이고 있었고, 그 덕분에 창문에 김이 서렸다.

"파스타 먹죠?"

"뭐든지 먹어요."

"좋아요."

샘은 와인을 따서 한 잔 따라주며 벤치에 앉으라고 손짓했다. 앞에는 두 사람을 위한 작은 식탁이 차려져 있었다. 그 모습에 살짝 전율이 느껴졌다. 순간을 즐기고, 작은 기쁨을 느껴도 괜찮았다. 춤도 추러 나갔다. 암탉들 앞에서 옷도 갈아입었다. 그리고 이제 내게 저녁 식사를 차려 주고 싶어 하는 남자와 시간을 보낼 것이다. 모두 나름의 발전이라고 할 수 있었다.

샘도 내 마음속에 스쳐 가는 복잡한 생각을 알아차렸는지, 내가 와인을 한 모금 마실 때까지 기다리더니 스토브에 올려둔 것을 저으면서 물었다.

"그 사람이 전에 말했던 상사예요? 오늘 본 그 남자?"

와인이 맛있었다. 한 모금 더 마셨다. 릴리가 함께 지낸 이후로는 감히 술을 마시지 못했다. 마음이 풀어질까 봐.

"네."

"어떤 사람인지 알겠어요. 혹시 위로가 된다면, 그 사람은 5년 안에 위궤양이 생기거나 긴장 때문에 발기부전에 걸릴 거예요."

웃음이 나왔다.

"둘 다 큰 위로가 되네요."

드디어 샘이 김이 모락모락 나는 파스타를 차리고 자리에 앉았다.

"건배." 샘은 물잔을 들고 말했다. "그럼 이제 잃어버렸던 딸 이야기 좀 해봐요."

이야기할 상대가 생기니 마음이 놓였다. 자기 목소리만 듣고 싶어 하는 바의 사람들과 반대로, 실제로 귀를 기울여 주는 사람이 너무나 드물기 때문에 샘에게 이야기하는 것은 마치 새로운 발견 같았다. 그는 내 말을 끊지도, 자기 생각을 말하지도, 조언을 하지도 않았다. 그저 듣고, 고개를 끄덕이고, 와인을 따라 주고, 밖이 어두워진 지 한참 후에야 이렇게 말했다. "큰 책임을 졌군요."

나는 등을 기대고 앉아 발을 의자에 올렸다. "달리 선택할 수 없는 것 같아요. 당신이 한 말을 계속 묻고 있어요. 윌이라면 내가 어떻게 하기를 바랐을까." 와인을 한 모금 더 마셨다. "하지만 생각보다 힘들어요. 할아버지 할머니를 만나게 해주면 모두 기뻐하고, 텔레비전에 나오는 재회 프로그램처럼 해피 엔딩이 될 줄 알았는데요."

샘은 자기 손을 살폈고 나는 샘을 살폈다.

"내가 껴들다니 미쳤다고 생각하죠."

"아뇨. 지나간 자리에 어떤 피해가 남는지 생각하지 않고 자기 행복만 찾는 사람들이 너무 많아요. 주말이면 내가 어떤 애들을 구조하러 가는지 알아요? 술에 취하고, 약에 취하고, 뭐 엉망이죠. 그 애들 부모는 자기 일이 바쁘거나, 완전히 사라져 버려서 아이들이 진공상태에 살다 보니 나쁜 선택을 하게 돼요."

"예전보다 더 나쁜가요?"

"그건 아무도 모르죠. 다만, 이렇게 망가진 애들이 너무 많이 보여요. 병원의 소아청소년 정신과 대기자 명단이 얼마나 긴지 몰라요." 샘은 씩 웃었다. "잠깐만 기다려요. 닭들을 안에 넣고 와야겠어요."

그때, 그렇게 현명한 사람이 자기 아들 감정에는 왜 그렇게 무신경한지 묻고 싶었다. 제이크가 얼마나 불행한지 알고 있는지 묻고 싶었다. 하지만 그의 상냥한 말투에 비하면 너무 싸우자는 것 같았다. 샘이 방금 멋진 저녁 식사를 준비했다는 사실 때문에……. 나는 암탉들이 하나씩 우리로 들어가는 광경에 정신이 팔렸고, 샘이 희미한 바깥 냄새와 상쾌한 공기를 담고 돌아왔다. 그렇게 그 순간은 지나갔다.

우리는 와인을 더 따랐고, 나는 마셨다. 조그만 객차가 주는 아늑함과 좋은 음식이 주는 포만감, 샘의 이야기가 주는 느낌을 마음껏 즐겼다. 샘은 밤에 소란을 피우고 싶어 하지 않는 노인들의 손을 잡아준 것, 경영 목표 때문에 모두 의기소침해진 것, 교육받을 때 꿈꾼 것과 다른 일을 하는 느낌이 드는 것을 이야기했다. 나와는 너무나 다른 세계에 빠져들어서 공중에 원을 그리는 샘의 손과 자기 이야기를 너무 진지하게 한다고 느끼고서 그가 짓는 울적한 미소를 바라보며 이야기를 들었다.

내 생각이 어디로 향하는지 깨닫자 얼굴이 살짝 붉어졌고, 그것을 감추기 위해 와인을 한 모금 더 마셨다.

"제이크는 오늘 밤에 어디 있어요?"

"못 봤어요. 여자친구 집에 간 것 같아요." 샘은 우울해 보였다. "〈월튼즈〉에 나오는 사람들처럼 형제자매가 수도 없이 많고 하루 종일 엄마가 집에 있는, 그런 가정이에요. 제이크는 거기서 노는 걸 좋아해요." 샘이 물을 한 모금 더 마셨다. "그럼 릴리는 어디 있어요?"

"모르겠어요. 메시지를 두 번 보냈는데, 대답이 없네요."

아, 그의 존재감이라니. 다른 남자들보다 두 배는 더 크고 두 배는 더 생생하게 느껴졌다. 내 생각은 자꾸만 엉뚱한 곳으로 흘러, 내 말을 경청할 때면 전적으로 이해한다는 듯이 살짝 가늘어지는 눈을 향해 끌려 들어갔다. 턱에 난 거뭇거뭇한 수염, 부드러운 울 스웨터 밑에 보이는 어깨 모양. 테이블에 얹어놓은 손, 멍하니 표면을 두드리는 손가락에 시선이 자꾸만 내려갔다. 너무나 유능한 손이었다. 샘이 내 머리를 부드럽게 잡아준 것과 나를 붙잡아 주는 건 그뿐이라는 듯 구급차에서 샘에게 매달렸던 것이 떠올랐다. 샘은 나를 보고 미소를 지었고, 그 미소에서 왜 그러냐고 상냥하게 묻는 것이 느껴지자 마음 한구석이 녹았다. 눈을 똑바로 뜨고 있기만 한다면 괜찮지 않을까?

"커피 줄까요, 루이자?"

그가 나를 보는 시선에는 독특한 면이 있었다. 나는 고개를 저었다.

"그럼……."

나는 아무 생각 없이 작은 식탁 쪽으로 몸을 기울이고 손으로 샘의 머리를 잡고서 키스했다. 샘은 잠시 머뭇거리더니 앞으로 다가와 키스를 받아주었다. 그러다 누가 와인 잔을 쓰러뜨렸지만, 멈출 수 없었다. 영원히 그와 키스하고 싶었다. 이것이 무엇이며, 무슨 의미일 수 있는지, 앞으로 얼마나 복잡해질지, 이런 생각은 모두 막아버렸다. '자, 어서. 네 인생을 살아.' 나 자신에게 말했다. 그리고 온몸에서 이성이 흘러 나가고 남은 것은 맥박, 샘을 향한 욕망뿐이었다.

그가 살짝 멍한 표정으로 먼저 몸을 떼었다.

"루이자……."

포크 하나가 바닥에 떨어졌다. 내가 일어나자 샘도 일어났고 나를 끌어당겼다. 그리고 갑자기 우리는 서로 더듬고 키스하면서 작은 객차 안 여기저기에 부딪쳤다. 오, 세상에. 그의 향기와 맛과 느낌이라니. 온몸에 작은 불꽃이 번지는 느낌이 들면서 죽은 줄 알았던 나의 부분들이 되살아나기 시작했다. 샘은 나를 안아 올렸고, 나는 크고 강하고 탄탄한 샘을 끌어안았다. 샘의 얼굴에, 귀에 키스하면서 부드러운 머리카락을 쓰다듬었다. 샘은 나를 다시 내려놓았고, 우리는 마주 섰다. 샘은 나를 바라보며, 소리 없이 표정으로 물었다.

나는 숨을 몰아쉬고 있었다. "그…… 사고 이후로 남 앞에서 옷을 벗어본 적 없어요." 내가 말했다.

"괜찮아요. 나는 의료 훈련을 받았어요."

"진심이에요. 난 좀 엉망이에요." 갑자기, 이상하게, 눈물이 날 것 같았다.

"기분 좋게 해줄까요?"

"그렇게 느끼한 대사는 처음……."

그가 셔츠를 들자 배에 난 2인치 길이 자줏빛 상처가 드러났다.

"자. 4년 전에 정신 건강 문제가 있었던 호주 사람한테 찔린 곳이에요. 여긴." 그가 몸을 돌리자 허리 쪽에 초록색과 노란색이 섞인 커다란 상처가 보였다. "지난주 토요일 술 취한 사람에게 걷어차였어요. 여자였죠." 그는 손을 내밀었다. "손가락 골절. 비만 환자를 들다가 들것에 끼였어요. 아, 참, 여기." 그는 골반에 있는, 봉합 자국이 살짝 보이는 짧고 삐죽삐죽한 상처를 보여주었다. "작년, 해크니 로드의 나이트클럽 싸움에서 찔린 상처요. 경찰이 누구 짓인지 알아내지 못했어요."

나는 그의 견고함을, 그리고 작은 상처들을 보았다. "저건 뭐예요?" 배 옆구리에 있는 작은 상처를 가만히 건드리며 물었다. 셔츠 아래 그의 피부가 뜨거웠다.

"그거요? 아. 맹장이요. 아홉 살 때."

그의 상체를, 그리고 얼굴을 보았다. 그의 시선을 마주한 채 티셔츠를 천천히 벗었다. 추워서인지 긴장해서인지, 나도 모르게 몸이 떨렸다. 그가 다가왔고, 바로 앞에 서더니 손끝으로 부드럽게 내 골반을 쓰다듬었다. "기억나요. 여기가 부러진 것을 느낄 수 있었어요." 그가 내 배를 조심스럽게 쓰다듬자 내 근육이 긴장했다. "그리고 여기도. 피부에 자주색 멍이 들었어요. 장기 손상이 아닐까 걱정했죠." 그가 그곳에 손바닥을 얹었다. 따뜻했고, 나는 숨을 쉴 수 없었다.

"장기 손상이란 말이 섹시할 수 있을지 몰랐어요."

"아, 아직 시작도 안 했는데."

샘은 나를 이끌어 천천히 침대로 갔다. 나는 샘에게서 시선을 떼지 않고 침대에 앉았고, 샘은 무릎을 꿇고 내 다리를 쓰다듬었다.

"그리고 여기 그게 있었죠." 샘은 발등에 새빨간 상처가 난 오른발을 들었고 그 상처를 엄지로 쓰다듬었다. "여기. 골절. 조직 손상. 아팠을 거예요."

"많이 기억하네요."

"대부분은 하루만 지나면 길에서 마주쳐도 알아보지 못해요. 하지만, 루이자, 당신은 어쩐지 기억에 남았죠." 샘은 머리를 숙이더니 내 발등에 키스하고, 천천히 두 손으로 다리를 쓰다듬으며 올라와 내 양쪽에 손으로 자기 체중을 받쳤다. "이제 아프지 않죠?"

나는 말없이 끄덕였다. 아무래도 상관없었다. 샘이 충동적인 섹스 마니아든, 장난을 치는 것이든 상관없었다. 샘을 향한 욕망이 너무나 압도적이라 그가 다른 쪽 골반을 부러뜨린다고 해도 상관없었다.

샘은 마치 밀물처럼 내게 조금씩 다가왔고, 나는 침대에 누웠다. 한 번 움직일 때마다 숨이 점점 가빠져 내 숨소리만 들릴 정도였다. 샘은 나를 내려보더니 눈을 감고 키스했다. 천천히, 그리고 부드럽게. 내게 키스하고는 나를 원하는 것이 느껴질 정도로, 내 몸에 닿는 단단한 몸이 느껴질 정도로만 체중을 내게 실었다. 우리는 키스했고 그의 입술이 내 목덜미에, 그의 살이 내 살에 닿았다. 어지러워 나도 모르게 등을 구부려 그에게 닿았고, 다리로 그를 감쌌다.

"아." 숨을 쉬느라 서로 떨어졌을 때, 내가 말했다. "당신 생각이 완전히 틀린 건 아니었으면 좋겠어요."

샘의 눈썹이 쓱 올라갔다. "그거 참 유혹적이군요."

"끝나고 울지 않을 거죠?"

그가 눈을 깜빡였다. "어…… 네."

"그리고 혹시나 해서 말해두는데, 나는 집착하는 사이코 아니에요. 나중에 당신을 따라다니지 않을 거예요. 당신이 샤워할 때 제이크한테 당신 이야기를 해달라고 조르지도 않고."

"그거 안심이 되는군요."

원칙을 정하고 난 후 몸을 일으켜 그 위에 올라탔고, 직전에 한 이야기는 모조리 잊어버릴 때까지 그에게 키스했다.

한 시간 반이 흐른 뒤 나는 누워서 멍하니 낮은 천장을 바라보고 있었다. 살갗은 얼얼하고 뼈마디는 쑤셨으며 잊고 있던 온몸 구석구석까지 아파왔지만, 내 정수가 녹아버린 뒤 새로운 모양을 갖춘 것처럼 이상하게 평화로웠다. 다시 일어날 수 있을지도 알 수 없었다.

'높은 데서 떨어지면 어떻게 될지 알 수 없거든요.'

그건 분명 내가 아니었다. 20분 전만 돌이켜 보아도 얼굴이 붉어졌다. 내가 정말……, 내가……. 기억이 빙글빙글 돌며 꼬리에 꼬리를 물었다. 그런 섹스는 처음이었다. 패트릭과 7년을 사귀는 동안에도. 그건 마치 치즈 샌드위치를…… 무엇과 비교하는 것 같다고 해야 할까? 최고의 파인 다이닝? 엄청 큰 스테이크? 나도 모르게 키득키득 웃음이 나와서 손으로 입을 틀어막았다. 내가 나 같지 않았다.

샘은 옆에서 졸고 있었고 나는 고개를 돌려 샘을 봤다. '오, 세상에.' 그의 옆모습, 입술을 보며 생각했다. 그를 보고 만지고 싶은 것을 참을 수 없었다. 얼굴을 좀 더 가까이 가져가고 손을 뻗어……

"이봐요." 그가 졸음에 눈을 가늘게 뜬 채로 부드럽게 말했다.

……그리고 문득 그런 생각이 들었다.

'아, 이런. 나도 그 여자들 중 하나가 되었네.'

우리는 별말 없이 옷을 입었다. 샘은 차를 끓여주겠다고 했지만 나는 릴리가 왔는지 확인하러 가봐야 한다고 했다. "그 애 가족은 휴가를 갔거든요." 나는 들러붙어 버린 머리를 잡아당겼다.

"그렇죠. 아, 지금 가고 싶어요?"

"네……. 부탁이에요."

나는 욕실에서 옷을 가져왔다. 갑자기 어색해지면서 술이 확 깼다. 내가 얼마나 불안한 사람인지 그에게 보일 수 없었다. 온 힘을 다해 다시 그와 거리를 두는 데 집중했고, 그러자 어색해졌다. 밖으로 나오니 그가 옷을 입고서 식탁을 마저 치우고 있었다. 그를 쳐다보지 않으려고 애썼다. 그러는 편이 쉬웠다.

"이 옷을 빌려가도 될까요? 내 옷은 아직 젖어서."

"그럼요. 뭐……, 마음대로." 샘은 서랍을 뒤지더니 비닐 백을 내밀었다.

나는 그것을 받아 들었고, 우리는 어둠 속에서 서 있었다.

"음……, 즐거웠어요."

"'즐거웠다.'" 그는 캐묻는 표정으로 나를 봤다. "그래요."

축축한 밤공기를 가르며 달리는 동안 나는 그의 등에 뺨을 대지 않으려고 애썼다. 괜찮다고 고집을 부렸지만, 그는 내게 가죽 재킷을 빌려주겠다고 했다. 몇 킬로 달리자 공기가 차가워졌고 다행이다 싶었다. 우리는 11시 15분쯤 집에 도착했지만, 시계를 보고 다시 확인했다. 그가 나를 태워 간 후로 몇 번의 인생이 지나간 것 같았다.

바이크에서 내려 재킷을 벗기 시작했다. 샘이 뒤꿈치로 시동을 껐다.

"늦었어요. 계단을 올라가는 거라도 볼게요."

망설여졌다. "그래요. 기다려주면 옷을 돌려줄게요."

무심한 척 말하려고 애썼다. 그는 어깨를 으쓱이더니 나를 따라 들어왔다.

복도에 들어서니 음악 소리가 쿵쿵 울려댔다. 어디서 나오는 소리인지 바로 알 수 있었다. 재빨리 복도를 걸어가 문 앞에서 걸음을 멈추고 천천히 문을 열었다. 릴리가 복도 가운데에서 한 손에는 담배, 한 손에는 와인 잔을 들고 서 있었다. 내가 옷에 신경 쓰던 시절, 빈티지 가게에서 산 노란 꽃무늬 드레스를 입고 있었다. 멍하니 보다 릴리가 또 무엇을 입고 있는지 알게 되었을 때 나는 휘청거렸다. 샘이 내 팔을 잡는 것이 느껴졌다.

"가죽 멋있어요, 루이자!"

릴리가 자기 발끝을 가리켰다. 내 녹색 반짝이 구두를 신고 있었다. "이거 왜 안 신어요? 이렇게 별난 게 다 있으면서 매일 청바지랑 티셔츠만 입다니. 정말 지루해!"

릴리가 내 방으로 들어가더니 잠시 후 내가 갈색 부츠랑 함께 입곤 했던 금색 70년대 점프슈트를 들고 나왔다. "아니, 이것 좀 봐요! 이 점프슈트 완전 부러워."

"벗어." 간신히 나오는 목소리로 말했다.

"왜요?"

"그 타이츠. 그거 벗어." 쥐어짜는 것 같은 목소리가 내 것 같지 않았다.

릴리는 검은색과 노란색 줄무늬 타이츠를 내려다봤다. "아니, 빈티지가 제대로 있던데. 비바. DVF. 보라색 샤넬 같은 거. 이런 게 얼마나 하는지 알아요?"

"벗으라고."

갑자기 내가 굳은 것을 알아차렸는지, 샘이 나를 살살 밀기 시작했다. "자, 거실로 가서……."

"저 타이츠 벗을 때까지 안 움직여요."

릴리가 얼굴을 찡그렸다.

"거 참. 그렇게 까다롭게 굴 거 없잖아요."

나는 분노에 떨면서 릴리가 나의 벌 타이츠를 벗다가 발이 빠지지 않자 걷어차는 모습을 보고 있었다.

"찢지 마!"

"타이츠 하나 갖고."

"그냥 타이츠가 아니야. 그건…… 선물이라고."

"그래 봐야 타이츠지." 릴리가 중얼거렸다.

릴리는 그것을 겨우 벗어서 바닥에 뭉쳐놓았다. 내 옷을 급하게 도로 거는 듯, 옆방에서는 옷걸이가 달그락거리는 소리가 들렸다.

잠시 후 릴리가 거실로 나왔다. 브래지어와 팬티만 입고서. 릴리는 우리의 주목을 받을 때까지 기다린 뒤, 짧은 드레스를 천천히 보란 듯이 머리 위로 입고는 가늘고 흰 골반 위로 잡아당겼다. 그리고 나를 보고 예쁘게 웃었다. "클럽에 가요. 기다리지 마요. 다시 만나서 반가워요, 이름이……."

"필딩이요." 샘이 말했다.

"필딩 씨." 릴리가 나를 보고 미소를 지었다. 미소 아닌 미소였다. 그리고 문을 쾅 닫더니 가버렸다.

나는 떨리는 한숨을 내쉬고 걸어가서 타이츠를 집었다. 소파에 앉아 타이츠를 펼친 뒤 올이 나가거나 담뱃불에 탄 곳이 없는지 매만졌다.

샘이 내 옆에 앉았다. "괜찮아요?"

"내가 미쳤다고 생각하죠." 나는 결국 이렇게 말했다. "하지만 이건……."

"설명할 거 없어요."

"나는 다른 사람이었어요. 이건, 나는, 그 사람이……." 목이 메었다.

우리는 아무 말 없이 앉아 있었다. 말을 해야 했지만, 말문이 막혔다. 목구멍을 커다란 덩어리가 막고 있었다.

샘의 재킷을 벗어 내밀었다. "괜찮아요. 여기 있어주지 않아도 돼요."

샘이 나를 쳐다보는 것이 느껴졌지만, 고개를 들지 않았다.

"그럼 혼자 있게 해줄게요."

그러더니 내가 무슨 말을 하기도 전에 그는 떠났다.

14.

그 주 새출발 모임에 지각했다. 사과의 뜻인지 릴리는 내게 커피를 남겨두고서 복도 바닥에 녹색 페인트를 흘리고, 주방 한쪽에 아이스크림 한 통을 버려두고, 자기 열쇠가 없어졌다고 내 차 키가 달린 집 열쇠를 들고서, 허락도 없이 내 가발을 빌려갔다. 가발을 그 애 방바닥에서 도로 찾았다. 그걸 쓰니 양치기 개가 내 머리에 뭔가 말로 옮길 수 없는 짓을 해놓은 꼴이나 다름없었다.

내가 교회 건물에 도착했을 때, 다른 사람들은 모두 자리에 앉아 있었다. 너태샤가 자리를 옮겨주어 나는 그 옆 플라스틱 의자에 앉을 수 있었다.

"오늘은 새출발을 하고 있다는 신호에 대해서 이야기해 봅시다." 마크가 찻잔을 들고서 말했다. "새로운 사람을 사귀거나, 옷가지를 갖다 버리는 대단한 일이 아니라도 괜찮습니다. 슬픔이 끝나간다는 것을 느끼게 해주는 작은 일들도 좋습니다. 이런 신호를 얼마나 많이 놓치는지. 혹은 새출발을 하는 것에 죄책감을 느끼기 때문에 인정하기를 거부하는 것일 수도 있고요. 알고 보면 놀랍습니다."

"데이트 웹사이트에 가입했어요." 프레드가 말했다. "'메이가 디셈버에게'라는 사이트예요."

모두 놀라며 잘했다고 웅성거렸다.

"참 잘됐네요, 프레드." 마크는 차를 한 모금 마셨다. "거기서 뭘 얻고 싶으세요? 친구? 일요일 오후에 함께 산책 갈 사람이 그립다고 하셨죠. 부인과 함께 가시던 오리 연못으로?"

"아, 아뇨. 거긴 인터넷 섹스를 위한 곳이에요."

마크는 놀라서 쿨럭거렸다. 그가 바지에 흘린 차를 닦도록 누군가 티슈를 건네는 동안 잠시 침묵이 흘렀다.

"인터넷 섹스요. 모두 다 그걸 하지 않아요? 사이트 세 곳에 가입했어요." 프레드가 손을 들고서 손가락으로 하나씩 세었다. "메이가 디셈버에게, 그건 나이 든 남자를 좋아하는 젊은 여자들 사이트이고. 슈거파파스. 이건 돈 많은 노인을 좋아하는 젊은 여자들 사이트고. 그리고…… 음…… 섹시 가이." 그는 말을 잠시 멈췄다. "따로 가입 규정은 없었어요."

잠시 침묵이 흘렀다.

"긍정적인 건 좋은 거죠, 프레드." 너태샤가 말했다.

"루이자는 어떤가요?"

"음……." 제이크가 내 앞에 앉아 있어서 잠시 망설였지만, 뭐 어때 싶었다. "사실 이번 주에 데이트를 했어요."

모임의 다른 회원들이 "우와!"라고 외쳤다. 나는 조금 수줍어 시선을 내리깔았다. 그날 밤을 생각하면 얼굴이 붉어지지 않을 수 없었다.

"그래서 어떻게 됐어요?"

"좀…… 놀라웠어요."

"잤네, 잤어. 완전 잤어." 너태샤가 말했다.

"안색이 달라." 윌리엄이 말했다.

"남자가 어떻게 했어요?" 프레드가 말했다. "비결 있어요?"

"그래서 빌 생각을 덜하게 됐어요?"

"그 생각을 그만둘 정도는 아니지만, 그저 뭔가……." 나는 어깨를 으쓱였다. "……살아 있다는 느낌을 받고 싶었어요."

맞장구치는 소리가 들려왔다. 우리 모두, 슬픔에서 벗어나 바라는 것은 결국 그것이었다. 이 죽은 사람들의 지하세계에서, 우리의 심장 절반을 거기에 잃은 채, 또는 작은 도자기 항아리에 갇힌 채 지내는 것에서 벗어나는 것. 처음으로 뭔가 긍정적인 이야기를 하니 기분이 좋았다. 마크도 격려하듯 고개를 끄덕였다. "참 건전하게 들리네요."

서닐은 음악을 다시 듣기 시작했다고 했고, 너태샤는 "누군가 찾아오면 그에 대해서 이야기하지 않으려고" 남편 사진들을 거실에서 침실로 옮겼다고 했다. 대프니는 옷장에 있는 남편 옷 냄새를 맡는 것을 그만뒀다. "솔직히 말하면, 이제 그 사람 냄새가 안 나거든요. 그냥 습관이 된 것 같아요."

"그러면 제이크는?"

제이크는 여전히 비참해 보였다. "밖에 더 자주 나가는 거 같아요."

"아버지께 어떤 기분인지 이야기해 봤어요?"

"아뇨."

나는 제이크를 보지 않으려고 했다. 그 애가 뭘 아는지 모르니, 묘하게 노출된 느낌이었다.

"하지만 아빠가 누굴 좋아하는 것 같아요."

"섹스를 더 하시나?" 프레드가 물었다.

"아뇨. 진짜로 누굴 좋아하는 것 같아요."

얼굴이 붉어지는 것이 느껴졌다. 얼굴을 가려보려고 보이지도 않는 구두 얼룩을 문질렀다.

"왜 그렇게 생각해요, 제이크?"

"며칠 전에 아침을 먹으면서 그 사람 이야기를 했어요. 아빠는 아무나 만나는 걸 그만둘 거라고 했어요. 누굴 만났는데 그 여자랑 사귀고 싶다고."

나는 신호등처럼 새빨개졌다. 모인 사람 중에 아무도 그것을 알아보지 못하다니, 믿을 수 없었다.

"그럼 아버지가 리바운드 관계◇로는 앞으로 나아갈 수 없다고 판단하신 것 같아요? 다시 누구랑 사랑하기 전에 파트너가 몇 명 필요하셨던 것 같네요."

"리바운드 참 많이 했지." 윌리엄이 말했다. "스페이스 호퍼◇◇ 수준의 리바운드였어."

"제이크? 기분이 어때요?" 마크가 물었다.

"좀 이상해요. 아니, 엄마가 보고 싶긴 하지만, 아빠가 새로 출발하는 건 좋을 것 같아요."

◇ 장기적인 깊은 관계가 끝난 후, 거기서 벗어나기 위해 갖는 대체로 짧은 관계.

◇◇ 큰 고무공 위에 손잡이가 달려 있어 아이들이 앉아서 점프하며 놀도록 설계된 장난감.

샘이 뭐라고 했는지 상상해 보려고 했다. 내 이름을 말했을까? 작은 객차의 부엌에서 둘이 토스트에 차를 곁들여 마시면서 이런 진지한 이야기를 하는 모습이 그려졌다. 뺨이 달아올랐다. 샘이 벌써 이런 생각을 하는 것을 바란 건지, 알 수 없었다. 우리가 꼭 사귀는 건 아니라는 사실을 좀 더 분명히 밝혔어야 했다. 그런데 벌써 제이크가 사람들 앞에서 그런 얘기를 하다니.

"그 여자를 만나봤니?" 너태샤가 물었다. "마음에 들어?"

제이크는 고개를 움츠렸다. "네. 그게 정말 짜증 나요."

나는 고개를 들었다.

"아빠가 그 여자한테 일요일에 브런치를 먹으러 오라고 했는데, 완전 악몽 같았어요. 꽉 끼는 톱을 입고 와서는 나랑 친한 사람처럼 자꾸 어깨동무를 하고, 시끄럽게 웃더라고요. 그러더니 아빠가 정원에 나가니까 눈을 동그랗게 뜨면서 '그래, 넌 어떠니?' 이러면서 고개를 갸우뚱하는데, 짜증 났어요."

"아, 그 고갯짓." 윌리엄이 이렇게 말하니 모두 웅성거리며 동의했다. 동정을 담은 고갯짓은 모두 알고 있었다.

"그리고 아빠가 오니까 그 여자가 계속 웃으면서 머리를 뒤로 휙휙 넘겼어요. 딱 봐도 서른 살은 됐는데, 자기가 십 대인 줄 아나 봐요." 제이크는 혐오스럽다는 표정을 지었다.

"서른!" 대프니가 곁눈질을 하며 말했다. "세상에!"

"예전에 아빠가 무슨 생각을 하고 있는 건지 나한테 퀴즈 내던 여자가 더 나았어요. 그 여자는 적어도 친한 척하진 않았거든요."

제이크가 하는 말이 귀에 제대로 들어오지 않았다. 귓속에서 댕

댕거리는 종소리가 울려서 다른 소리는 들리지 않았다. 어떻게 그렇게 멍청할 수가 있었을까? 처음 샘이 내게 말을 걸었을 때, 제이크가 어이없다는 표정을 지은 것이 떠올랐다. 그때 그것이 경고였는데 나는 어리석게도 그것을 무시했다.

온몸이 뜨겁고 떨렸다. 거기 있을 수가 없었다. 더 이상 들을 수 없었다. "음……. 방금 생각났어요. 약속이 있었는데." 나는 이렇게 중얼거리면서 가방을 들고 벌떡 일어났다. "죄송해요."

"무슨 일 있어요, 루이자?" 마크가 말했다.

"그럼요. 빨리 가봐야겠어요." 가짜 미소를 너무 꽉 짓느라 얼굴이 얼얼해진 나는 문으로 달려갔다.

샘이 거기 있었다. 당연히 있었다. 방금 주차장에 오토바이를 세운 모양이었다. 교회에서 달려 나간 나는 계단 맨 위에 서서 그를 지나치지 않고 내 차로 갈 수 있는 방법이 있을까 궁리했지만, 희망이 없었다. 뇌의 물리적인 부분이 그의 형태를 파악하고 나자 나머지 시냅시스가 쾌감을, 그의 손길을 떠오르게 했다. 그리고 뜨거운 분노와 용솟음치는 수치심이 느껴졌다.

"안녕." 샘이 나를 보더니 편안하게 웃으면서, 기쁨에 눈을 반짝이며 말했다. 망할 매력.

나는 걸음을 늦춰 샘에게 내 상처 입은 표정을 보였다. 상관없었다. 문득 릴리와 같은 기분이 들었다. 이 감정을 꾹꾹 누르지 않을 것이다. 한 사람이랑 같이 자고 곧바로 다른 사람이랑 잔 건 내가 아니었으니까.

"아주 잘했어요, 이 변태 자식." 나는 이렇게 내뱉고는, 목멘 소리가 진짜 흐느낌으로 바뀌기 전에 그를 지나쳐서 차로 달려갔다.

마치 소리 없는 신호라도 떨어진 것처럼, 그 주, 그 순간부터 정말 내리막길이었다. 리처드는 더욱 까다로워져서 우리가 잘 웃지 않는다고 했다. 손님들에게 "명랑한 말장난"을 하지 않기 때문에 여행자들이 에어 바 앤드 그릴 윙즈로 가게 된다고 불평했다. 날씨가 바뀌더니 하늘이 잿빛으로 물들고 열대성 폭우로 항공기 출발이 연기됐다. 그러자 공항에는 성질 나쁜 손님들이 가득 찼으며, 완벽한 타이밍으로 수화물 담당자들이 파업에 들어갔다. "어쩌겠어? 수성이 역행하고 있는데." 베라가 이렇게 잘라 말하더니 카푸치노에 거품을 적게 만들어달라는 손님에게 으르렁거렸다.

집에 오면 릴리도 먹구름이었다. 릴리는 거실에 앉아서 휴대폰만 보고 있었는데, 거기 뭐가 있는지는 모르겠지만 즐거운 내용은 아닌 것 같았다. 릴리는 자기 아빠처럼 굳은 표정으로, 마치 아빠처럼 꼼짝할 수 없는 상태인 듯 창밖을 내다보곤 했다. 그 검은색과 노랑색 줄무늬 타이츠는 윌이 내게 준 것이고, 그 의미는 색깔이나 품질에 있는 것이 아니라고 설명해 주려고 했지만…….

"알았어요, 알았어. 타이츠 말이죠. 됐어요." 릴리가 말했다.

사흘 동안 잠을 자지 못했다. 천장을 바라보며 가슴에 굳게 자리 잡고 떠나지 않는 차가운 분노에 시달렸다. 샘에게 너무나 화가 났다. 하지만 나 자신에게 더 화가 났다. 그는 두 번, 너무나 순진한 척 "??"라고 문자를 보냈고, 나는 답장하지 않았다. 남자들이 하는 말이나 행동을 모두 무시하고 '나는 다를 거야'라는 자신만의 생각에만 집착하는 여자들의 고전적인 실수를 저질렀다. 내가 그에게 키스했다. 나 때문에 모든 일이 일어났다. 그러니 비난할 상대는 나뿐이었다.

어쩌면 이제라도 벗어나서 다행이라고 생각하려고 애썼다. 6개월 후에 아는 것보다는 지금 아는 것이 낫다는 사실을, 마음속으로 느낌표를 찍으면서 강조하려고 했다! 마크의 시각으로 이 사건을 보려고 했다. 새출발을 한 건 좋은 일이라고! 이것은 경험으로 치면 된다고! 적어도 섹스는 좋았다고! 그러다 멍청한 눈물이 멍청한 눈에서 흘러나오면, 나는 눈물을 훔치며 누군가와 가까워지면 이런 일이 벌어지는 법이라고 생각하곤 했다.

우울증은 진공상태를 좋아한다고 모임에서 배웠다. 행동을 하거나, 적어도 계획을 하는 편이 훨씬 나았다. 행복하다고 상상하면 행복이 생겨나기도 했다. 릴리가 날마다 내 소파에 뻗어 있는 꼴이 지겹고, 그 꼴에 짜증 나지 않는 척하기도 지겨워서 금요일 밤에 다음 날 트레이너 부인을 만나러 가자고 했다.

"하지만 답장이 없었다면서요."

"어쩌면 편지를 못 받았을지도 모르지, 뭐. 어쨌든 트레이너 씨가 너에 대해서 가족에게 이야기할 테니, 그 전에 가서 만나도 상관없을 거야."

릴리는 아무 말도 하지 않았다. 소리 없는 동의로 받아들였다.

그날 밤 릴리가 포장 상자에서 꺼낸 옷들, 2년 전 파리로 떠나면서 무시하고 있었던 옷들을 뒤져봤다. 그 옷을 입는 것은 의미가 없었다. 윌이 죽은 후로는 그때의 나로 돌아갈 수 없는 것 같았다.

하지만 이제 청바지도, 녹색 아일랜드 댄서 복장도 아닌 옷을 입어야 할 것 같았다. 약간 예의를 갖춘 방문에 어울리는 차분한 남색 미니드레스를 찾아 다림질을 하고서 한쪽에 걸어두었다. 릴리에게 다음 날 아침 9시에 출발한다고 말하고, 콧소리 이외에는 아무 말도 하지 않는 사람과 한집에 사는 것이 얼마나 지치는 일인지 생각하면서 잠자리에 들었다.

문을 닫고 10분 뒤, 손으로 쓴 쪽지가 문 밑으로 들어왔다.

루이자에게.

옷을 빌려서 미안해요. 그리고 모든 것에 감사해요. 내가 가끔 힘들게 하는 것 알고 있어요.

미안해요.

릴리가 xxx

PS. 하지만 그 옷들은 꼭 입어야 해요. 지금 입는 옷보다 훨훨 나아요.

문을 열어보니 릴리가 웃지 않고 서 있었다. 릴리는 한 발자국 앞으로 나오더니 아주 잠깐, 강렬하게, 갈비뼈가 아프도록 나를 꼭 안았다. 그리고 돌아서더니 아무 말 없이 거실로 사라졌다.

날이 좀 더 밝아졌고, 우리 기분도 조금 더 가벼워졌다. 우리는 서너 시간 차를 몰아 옥스포드셔의 작은 마을, 담장을 쌓은 정원과 겨자 빛깔의 잘 마른 돌담이 있는 곳으로 갔다. 나는 가는 내내, 트레이너 부인을 다시 만나는 것에 대한 긴장을 감추기 위해 떠들어댔다. 십 대 아이들과의 대화에서 가장 어려운 부분은 무슨 말을 하든 결혼식에서 만난 누군가의 숙모 말투가 되는 것이었다.

"그래서 좋아하는 건 뭐니? 학교 밖에서는?"

릴리는 어깨를 으쓱였다.

"떠난 뒤에는 뭘 하고 싶어?"

릴리가 날 쳐다보았다.

"어릴 때 취미가 있었잖아?"

릴리는 이런저런 것들을 늘어놓았다. 장애물 뛰어넘기, 라크로스, 하키, 피아노(5학년 때), 크로스컨트리 경주, 카운티 수준의 테니스.

"그걸 다 했어? 그런데 지금은 아무것도 안 해?"

릴리는 코를 훌쩍이며 동시에 어깨를 으쓱였고, 그러고는 대화가 끝났다는 듯이 대시보드에 발을 얹었다.

"네 아빠는 여행을 좋아했어." 몇 킬로 더 가다가 내가 말했다.

"그랬다면서요."

"북한 말고는 모든 곳에 다 가봤다고 했어. 디즈니랜드도 빼고. 내가 들어보지도 못한 곳에 대해서 이야기해 주었지."

"내 나이 애들은 모험을 하지 않아요. 더 밝혀낼 곳이 없거든요. 그리고 고등학교 졸업하고 배낭여행 가는 애들은 정말 지루해요. 타이 꼬팡안에서 찾아낸 바라든지, 미얀마 우림에서 놀라운 약을 구했다든지 이런 얘기를 늘어놓죠."

"배낭여행은 안 해도 돼."

"네. 하지만 만다린 오리엔탈 호텔 내부를 한번 보고 나면 다 본 셈이에요." 릴리는 하품을 했다. "이 근처에서 학교에 다닌 적 있어요." 창밖을 내다보며 릴리가 말했다. "내가 진짜 좋아한 곳은 그 학교뿐이었어요." 릴리가 말을 멈췄다. "홀리라는 친구가 있었어요."

"어떻게 됐는데?"

"엄마가 거기가 제대로 된 학교가 아니라는 생각에 집착하게 됐어요. 무슨 리그 표에서 상위권이 아니라고 했죠. 그냥 작은 기숙학교라고. 공부도 못 가르치고. 그래서 전학시켰어요. 그다음부터는 친구를 사귀려고 애쓰지 않았어요. 또 옮겨버리면 그만인데 뭐 하러 그러겠어요?"

"홀리랑 연락은 했니?"

"아뇨. 만날 수도 없는데 그래 봤자 무슨 소용이에요."

나도 십 대 시절 여자아이들의 일반적인 우정보다 더 열렬했던 관계가 어렴풋이 기억났다.

"뭘 할 것 같으니? 그러니까, 학교로 돌아가지 않는다면."

"미리 생각하는 거 별로 안 좋아해요."

"하지만 뭐든 생각은 해야 할 거야, 릴리."

릴리는 잠시 눈을 감더니 다리를 내려놓고 엄지손톱에서 자주색 매니큐어를 벗겨냈다.

"글쎄요. 루이자의 본보기를 따라서 루이자가 했던 신나는 일들을 다 할까 봐요."

차를 고속도로에 세우지 않기 위해 심호흡을 세 번 했다. 긴장돼서 그래. 저 애는 그냥 긴장해서 저러는 거야. 나 자신에게 말했다. 그리고 릴리의 짜증을 돋우기 위해 라디오 2채널을 아주 크게, 내

내 틀고 갔다.

그 동네에서 개를 산책시키던 사람의 도움을 받아서 포 에이커스 레인을 찾고 이엉지붕을 얹은 소박한 흰색 건물, 폭스 코티지◊ 앞에 차를 세웠다. 바깥에는 정원 오솔길이 시작되는 곳의 철제 아치 주위에 붉은 장미가 피어 있었고, 깔끔하게 가꾼 화단에는 섬세한 빛깔의 꽃송이가 가득했다. 작은 해치백이 한 대 세워져 있었다.

"완전 망하셨네." 릴리가 밖을 내다보며 말했다.

"예쁘잖아."

"구두 상자만 한 집인걸."

나는 앉아서 시동이 꺼지는 소리를 들었다. "봐, 릴리. 들어가기 전에 우선 명심해. 너무 큰 기대는 하지 마." 내가 말했다. "트레이너 부인은 좀 딱딱한 분이야. 매너에서 편안함을 찾으셔. 어쩌면 선생님처럼 말씀하실지도 몰라. 아니, 트레이너 씨처럼 널 끌어안지 않을지도 몰라."

"할아버지는 위선자예요." 릴리가 코웃음을 쳤다. "내가 최고로 소중하다는 듯이 굴더니 여자한테 발렸어."

"그리고 부탁인데 '발렸다'는 말은 쓰지 말아줘."

"다른 사람인 척해봐야 뭐 해요." 릴리가 부루퉁하게 말했다.

우리는 거기서 한참 앉아 있었다. 둘 중 누구도 그 문을 향해 걸어가고 싶어 하지 않는다는 것을 깨달았다. "한 번 더 전화를 해볼

◊ 전원주택의 이름.

까?" 내가 휴대폰을 들며 말했다. 아침에 두 번 전화를 해봤지만, 바로 음성메시지로 연결됐다.

"곧바로 말하지 말아요." 릴리가 불쑥 말했다. "내가 누군지요, 그냥 어떤 사람인지 알고 싶어요. 말하기 전에."

"그럼." 나는 누그러진 마음으로 대답했다. 그리고 내가 미처 뭐라고 하기 전에 릴리가 차에서 내리더니 현관으로 걸어갔다. 링에 오르는 권투 선수처럼 주먹을 꼭 쥐고서.

트레이너 부인은 늙었다. 짙은 갈색이던 머리카락이 이제는 짧은 백발이 되어서 실제보다 훨씬 더 나이 들어 보였다. 마치 중병을 앓던 사람 같았다. 마지막으로 만난 때보다 체중이 6킬로그램은 준 것 같았고, 눈 밑이 쑥 들어가 있었다. 부인은 손님이 올 줄 몰랐다는 듯 어리둥절한 표정으로 릴리를 봤다. 그러더니 나를 보고서 눈이 휘둥그레졌다.

"루이자?"

"안녕하세요, 트레이너 부인." 나는 걸어 나가 손을 내밀었다. "근처에 올 일이 있었어요. 제 편지를 받으셨는지 모르겠네요. 그냥 들러서 인사를 드리려고……."

과장되게 명랑하던 내 목소리가 잦아들었다. 마지막으로 부인을 만난 것은 죽은 아들의 방 정리를 도왔던 때였다. 그가 숨을 거두기 전에. 부인도 그 두 가지 사실을 기억하고 있었다.

"정원을 구경하던 중이었어요."

"데이비드 오스틴 장미예요." 릴리가 말했다.

트레이너 부인은 릴리를 처음 알아차렸다는 듯 쳐다봤다. 살짝, 기운 없는 미소가 떠올랐다. "그래, 그래요. 참 똑똑하군요. 저, 정말 미안해요. 손님이 많이 없어서. 이름이 뭐라고 했죠?"

"릴리라고 해요." 나는 이렇게 말하며 릴리가 부인의 손을 잡고 악수를 하면서 열심히 살피는 모습을 보았다.

우리는 잠시 그렇게 현관에 서 있었고, 트레이너 부인은 달리 방법이 없다는 듯 마침내 돌아서서 문을 열었다.

"들어오는 게 좋겠어요."

집은 아주 작았고 천장이 너무 낮아서 복도에서 주방으로 들어갈 때는 나도 고개를 숙여야 했다. 트레이너 부인이 차를 준비하는 동안 릴리가 작은 거실, 그란타 하우스에서 본 기억이 나는 반짝거리는 앤티크 가구 몇 점 사이를 돌아다니면서 물건을 들었다 놓는 모습을 보았다.

"그래서…… 어떻게 지냈어요?"

부인의 목소리는 사실 대답을 기대하는 의문문이 아니라는 듯, 높낮이가 없었다.

"아, 잘 지냈어요. 감사합니다."

긴 침묵이 흘렀다.

"예쁜 마을이네요."

"그래요. 음. 스토트폴드에서는 지낼 수가 없어서……." 부인은 끓인 물을 찻주전자에 부었다. 트레이너 씨의 오래된 주방에서 무거운 몸으로 돌아다니던 델라가 떠오르지 않을 수 없었다.

"여기 아는 분이 많으세요?"

"아뇨." 여기 이사 온 유일한 이유가 그것이라는 말투였다. "우유 주전자를 들어주겠어요? 이 쟁반에 다 놓을 수가 없네요."

그리고 참 힘겨운 30분간의 대화가 이어졌다. 어떤 사교 모임도 장악하는 중상류층의 기술을 타고났던 부인이 의사소통 능력을 잃어버린 것 같았다. 내가 말할 때 부인은 잘 듣지 않았다. 질문을 하고 10분 뒤 답을 이해하지 못한 것처럼 다시 물었다. 우울증 약을 쓰는지 의아했다. 릴리는 무슨 생각을 하는지 다 드러나는 표정으로 부인을 봤고, 나는 그들 사이에 앉아서 점점 긴장하며 어떤 일이 벌어질까 기다리고 있었다.

나는 침묵 속에서 끔찍한 직장 이야기, 프랑스에서 한 일, 부모님이 잘 계시며 안부를 물어봐 줘 고맙다는 말을 떠들어댔다. 내가 말을 멈추는 순간 작은 거실에 밀려드는 무거운 적막을 끝내기 위해서라면 무슨 말이라도 했다. 하지만 트레이너 부인의 슬픔이 작은 집에 안개처럼 깔려 있었다. 트레이너 씨가 슬픔에 지친 것 같다면, 부인은 슬픔에 잡아먹힌 것 같았다. 내가 알던 재빠르고 당당하던 여자는 거의 남아 있지 않았다.

"여긴 무슨 일로 왔어요?" 부인이 마침내 물었다.

"음…… 친구들 만나려요." 내가 말했다.

"둘은 어떻게 알게 되었지요?"

"제가, 릴리의 아버지를 알아요."

"그렇군요." 트레이너 부인이 어색한 미소를 지었다. 릴리가 무슨 말을 하기를 기다렸지만, 부인의 고통이 어떤지 실감하자 릴리도 압도당해 얼어붙은 것 같았다.

우리는 차를 두 잔째 마셨고 정원이 아름답다고 세 번째, 어쩌면 네 번째로 말했다. 우리가 끈질기게 앉아 있는 것이 부인에게는 초인적인 노력을 요하는 것 같아도 꾹 참았다. 부인은 예의 바른 사람이라 그런 말을 하지 못했지만, 혼자 있고 싶은 기색이 역력했다. 모든 제스처, 모든 억지 미소, 모든 대화에서 그렇게 느껴졌다. 우리가 나가는 순간 부인은 다시 의자로 돌아가 계속 앉아 있거나 아니면 위층으로 올라가 침대에 누울 것 같았다.

그러다 그것을 알아차렸다. 사진이 하나도 없다는 사실. 그란타 하우스에서는 아이들, 가족, 조랑말, 스키 여행, 먼 조상님의 사진 액자가 가득했는데 이 집에는 아무것도 없었다. 말과 히아신스 사진이 끼워진 작은 액자는 있었지만 사람은 없었다. 의자에서 자세를 고쳐 앉으며, 어딘가 테이블이나 창가에 놓여 있는데 놓친 것인지 둘러봤다. 아니다. 이 집에는 개성이라고는 없었다. 내 아파트가 떠올랐다. 그곳을 내 공간으로 만들거나, 집처럼 꾸며볼 수 없었던 것이 떠올랐다. 그리고 문득 마음이 너무나 무겁고 처절하게 슬퍼졌다.

'우리 모두에게 무슨 짓을 한 거예요, 윌?'

"이제 가야 되겠어요, 루이자." 릴리가 시계를 빤히 보며 말했다. "차 밀리기 전에 간다고 했잖아요."

나는 릴리를 봤다. "하지만……."

"너무 오래 있으면 안 된다고 했잖아요." 릴리의 목소리는 높고 또렷했다.

"아, 그래요. 길이 막히면 지루할 수 있어요." 트레이너 부인도 자리에서 일어났다.

릴리를 노려보며 다시 뭐라고 하려는데 전화가 울렸다. 부인은 소리가 낯선 듯 흠칫 놀랐다. 전화를 받을지 갈등하는 듯, 부인은 우리를 보았다. 우리가 거기 있는데 전화를 무시할 수는 없다는 사실을 깨달았는지 실례한다고 하더니 옆방으로 갔다. 부인의 음성이 들려왔다.

"왜 그러니?" 내가 말했다.

"그냥 다 틀린 것 같아요." 릴리가 비참한 표정으로 말했다.

"오늘은 못 하겠어요. 모든 게……."

"두려운 거 알아. 하지만 부인을 봐, 릴리. 네가 말해주면 정말 큰 도움이 될 것 같아. 그렇지 않니?"

릴리의 눈이 커졌다.

"무슨 말을 해요?"

고개가 홱 돌아갔다. 부인이 작은 복도로 연결되는 문 앞에 꼼짝않고 서 있었다.

"내게 할 말이 뭐예요?"

릴리는 나와 부인을 번갈아 봤다. 시간이 더디게 흐르는 것 같았다. 릴리는 침을 삼키더니 턱을 살짝 들었다.

"제가 할머니의 손녀라는 거요."

잠시 침묵이 흘렀다.

"내…… 뭐?"

"제가 윌 트레이너의 딸이에요."

릴리의 말이 작은 거실에 울렸다. 부인이 무슨 미친 농담이냐는 듯 나를 쳐다보았다.

"하지만, 그럴 리가 없는데."

릴리가 움츠렸다.

"부인, 놀라실 일인 줄 알지만……." 내가 입을 열었다.

부인은 내 말을 듣지 않았다. 그저 릴리를 쏘아봤다.

"내 아들이 내가 모르는 딸을 어떻게 가질 수 있지?"

"엄마가 아무한테도 말하지 않았기 때문이에요." 릴리의 목소리는 속삭이는 것 같았다.

"그동안 내내? 어떻게 계속 비밀일 수 있었죠?" 트레이너 부인이 내게 물었다. "알고 있었어요?"

나는 침을 삼켰다. "그래서 편지를 드린 거예요. 릴리가 절 찾아왔어요. 가족에 대해서 알고 싶어 했어요. 트레이너 부인, 더 이상 마음 아프게 해드리고 싶지 않았어요. 그저 릴리가 할아버지 할머니에 대해서 알고 싶다고 했는데, 트레이너 씨와 잘 되지 않아서……."

"하지만 윌이 이야기를 했을 거예요." 부인은 고개를 저었다. "그랬을 거예요. 내 아들인데."

"정말 내 말을 못 믿겠으면 피검사를 할게요." 릴리가 팔짱을 끼며 말했다. "하지만 재산을 달라는 건 아니에요. 와서 여기서 지낼 필요도 없고요. 궁금하실까 봐 말씀드리는데, 저도 제 돈은 있어요."

"내가 어떻게……." 트레이너 부인이 입을 열었다.

"겁먹은 표정 하실 거 없어요. 제가 무슨 전염병은 아니거든요. 그냥, 손녀라고요. 젠장."

부인은 서서히 의자에 앉았다. 잠시 후 떨리는 손으로 머리를 짚었다.

"괜찮으세요, 부인?"

"난 그저……." 부인이 눈을 감았다. 마음속 어딘가 깊숙한 곳으로 숨어버린 것 같았다.

"릴리, 우리 가야겠다. 트레이너 부인, 제 전화번호를 적어둘게요. 이 일에 대해 생각 좀 해보세요. 그럼 그때 다시 찾아올게요."

"누구 맘대로? 난 다시는 안 와요. 내가 거짓말을 한다잖아요. 세상에. 도대체 이 집안은."

릴리는 믿을 수 없다는 표정으로 우리 둘을 노려보더니 거실에서 달려 나가며 작은 월넛 테이블을 쓰러뜨렸다. 나는 허리를 굽혀 테이블을 세운 뒤 그 위에 가지런히 놓여 있던 은제 상자를 도로 놓았다.

트레이너 부인은 충격으로 핼쑥했다.

"죄송해요, 부인. 오기 전에 말씀드렸어야 하는데." 내가 말했다.

차 문이 쾅 닫히는 소리가 들렸다.

부인은 숨을 크게 들이쉬었다.

"어디서 보낸 것인지 모르면 읽지 않아요. 편지가 많이 오니까. 악의적인 편지들이. 나를 욕하는……. 요즘은 어떤 것도 잘 받지 않아요……. 듣고 싶은 소식이 없으니까." 부인은 당황한 것 같았고, 늙고, 연약해 보였다.

"죄송해요. 정말 죄송해요." 나는 가방을 들고 달아났다.

"아무 말도 하지 말아요." 차에 타니 릴리가 말했다. "아무 말도. 알겠어요?"

"왜 그랬니?" 나는 차 키를 들고 운전석에 앉았다. "왜 모든 걸 망치려고 해?"

"나를 보는 순간부터 나를 어떻게 생각하는지 알 수 있었어요."

"부인은 아직도 아들이 죽은 걸 슬퍼하는 어머니야. 우리가 방금 엄청난 충격을 드렸다고. 그냥 조용히, 부인이 모든 것을 납득할 때까지 기다리면 안 되니? 왜 모두를 밀어내는 거야?"

"아, 날 얼마나 안다고 그래요?"

"넌 가까워질 수 있는 사람과의 관계를 전부 망치려고 작정한 것 같아."

"오, 세상에. 또 그놈의 타이츠 얘기예요? 날 얼마나 안다고? 평생 혼자 아무도 안 찾아오는 구린 아파트에서 살면서. 루이자는 부모님이 보기에도 불쌍할 거예요. 세상에서 제일 구린 직장에서 나올 배짱도 없으면서."

"일자리를 구하는 게 얼마나 어려운지 넌 몰라. 그래서 나한테……."

"참 불쌍해요. 그런 주제에 남한테 이래라저래라 해도 된다고 생각하죠. 무슨 권리로 그래요? 아빠 침대 옆에 앉아서 아빠가 죽는 걸 보면서도 아무것도 안 했잖아요. 아무것도! 그러니 나더러 뭐라고 할 자격이 없다고 봐요."

차 안을 감싸는 침묵은 유리처럼 단단하고 연약했다. 나는 운전대를 노려봤다. 정상적으로 숨 쉴 수 있을 때까지 기다렸다.

그리고 시동을 걸었고, 침묵 속에서 200킬로미터를 달려 집으로 돌아왔다.

15.

그 후 며칠 동안 릴리를 만나지 못했지만 오히려 좋았다. 퇴근해서 돌아오면 빵가루나 빈 머그잔을 보고 릴리가 있었던 것을 확인했다. 두어 번은 집에 들어가는 순간, 어쩐지 석연치 않은 느낌이 들었다. 하지만 없어진 것도, 바뀐 것도 없었다. 그런 느낌이 드는 이유는 사이 나쁜 사람과 아파트를 함께 쓰는 어색함 탓이었을 것이다. 처음으로 혼자 살던 시절이 그리워졌다.

동생에게 전화를 걸었더니 "내가 뭐랬냐"고 말하는 것은 참아줬다. 적어도 한 번은 그랬다.

"부모 노릇 중에 제일 힘든 게 그거야." 나도 부모라는 말이었다. "어떤 상황에도 대처할 수 있는, 침착하고 전능하며 고상한 사람이 되어야 한다는 거지. 그런데 토머스가 못되게 굴거나 내가 피곤하면 그냥 문을 쾅 닫아버리거나, 혀를 내밀거나, 나쁜 놈이라고 말하고 싶거든."

나도 그런 기분이었다.

직장 생활도 너무나 괴로워서 공항까지 가려면 차 안에서 노래를 불러야 할 정도였다.

거기 샘 문제도 있었다.

사실 그 생각은 할 겨를이 없었다.

아침에 욕실 거울에 비친 벗은 몸을 보아도, 그를 생각하지 않았다. 그의 손가락이 어떻게 내 몸을 매만졌는지, 새빨간 상처들을 어떻게 함께 나눈 경험으로 만들었는지, 아니, 어느 날 저녁 아주 잠시, 내가 생생하게 살아 있는 느낌을 어떻게 받았는지를 기억하지 않았다. 커플들이 함께 탑승권을 살피면서 먼 목적지를 향해 낭만적인 여행을 떠나거나, 뜨거운 섹스를 위해 떠나는 광경을 보면서도 그를 생각하지 않았다. 출퇴근할 때, 구급차가 요란하게 지나갈 때도 그를 떠올리지 않았다. 그런 일들은 지나치게 많았다. 그리고 저녁때, 혼자 소파에 앉아 줄거리도 모르는 드라마를 보면서 세상에서 가장 외로운 포르노 배우 꼴을 하고 있을 때도 결코 그를 생각하지 않았다.

전화를 해도 받지 않자 네이선이 전화해 달라는 메시지를 남겼다. 그가 뉴욕에서 얼마나 신나게 살고 있는지 새로운 소식을 들을 자신이 없어서 전화를 걸 생각은 없지만 머릿속 할 일 리스트에는 일단 저장해 놓았다. 타니아는 프랜시스의 일 때문에 호턴밀러 가족이 사흘 일찍 돌아왔다고 문자를 보냈다. 리처드는 전화를 해서 내가 월요일부터 금요일까지 오후 당번이라고 했다. "그리고 늦지 말아요, 루이자. 최후 경고라는 사실을 알려주고 싶군요."

머릿속에 떠오르는 일은 하나뿐이라 그렇게 했다. 음악을 크게 틀어 머릿속을 비운 채, 스토트폴드 집으로 갔다. 부모님께 감사한 마음이 들었다. 마치 탯줄이 잡아당기는 것처럼 집으로, 전통적인 가정이 주는 위로와 식탁에 차린 일요일의 점심 식사를 향해 끌려갔다.

"점심?" 화가 나서 이를 악물고, 팔을 배에 얹은 아빠가 말했다. "아니란다. 이제 우리는 일요일 점심 정찬을 하지 않아. 가부장제의 억압을 상징하니까."

할아버지가 한쪽 구석에서 우울한 표정으로 끄덕였다.

"그래, 우린 점심 정찬을 못해. 이제 일요일 점심엔 샌드위치를 먹는단다. 아니면 수프나. 수프는 페미니즘에 맞나 보더라."

식탁에 앉아서 공부를 하던 카트리나가 어이없다는 표정을 지었다.

"엄마가 평생교육원에서 일요일 오전에 여성 시 수업을 들어. 안드레아 드워킨◇으로 변한 건 아니야."

"봤지, 루? 이제 페미니즘에 대해 전부 알아야 한단다. 게다가 앤드루 도킨이라는 작자가 우리 집 일요일 점심을 빼앗아 갔어."

"과장하지 마세요, 아빠."

"이게 어떻게 과장이냐? 일요일은 가족의 시간이라고. 가족이 함께 일요일 점심시간을 가져야지."

"엄마는 평생 가족의 시간을 위해 살았어요. 혼자만의 시간을 좀 갖게 해주시면 안 돼요?"

◇ 미국의 여성주의 운동가 겸 작가.

아빠는 신문을 접어 카트리나를 향해 흔들었다. "이게 다 네 탓이다. 네 엄마와 나는 엄마가 불행하다고 네가 말하기 전까지 완벽하게 행복했어."

할아버지도 그렇다고 고개를 끄덕였다.

"모든 게 틀어졌다. 텔레비전만 켜도 요구르트 광고를 보고 '여성차별'이라고 중얼거리는 소리를 들어야 해. 이것도 성차별. 저것도 성차별. 에이드 파머의 《더 선》에서 스포츠면 좀 읽으려고 가져왔더니 3면에 문제가 많다며 난롯불에다 던져버리고. 네 엄마가 지금 어디 갔는지도 알 수가 없어."

"두 시간짜리 수업 하나예요." 카트리나가 책에서 눈을 들지 않고서 부드럽게 말했다. "일요일에."

"농담이 아니고, 아빠. 아빠 팔에 달린 그건 뭐예요?" 내가 말했다.

"뭐?" 아빠가 내려다보았다. "뭐?"

"손 말이에요." 내가 말했다. "그거 장식 아니죠?"

아빠가 인상을 썼다.

"그러니까 아빠가 점심을 준비하면 되겠네요. 엄마가 수업 듣고 돌아오면 놀라게?"

아빠의 눈이 휘둥그레졌다.

"내가 일요일 점심을 준비하라고? 내가? 네 엄마와 30년 가까이 살았다, 루이자. 나는 점심 준비 안 해. 내가 돈을 벌면 네 엄마가 식사를 준비하지. 그런 거다! 그게 우리 사이 계약이야! 내가 일요일에 앞치마를 두르고 감자를 깎고 있으면 세상이 어찌 되겠니? 그게 가당키나 한 소리냐?"

"그런 걸 현대인의 삶이라고 해요, 아빠."

"현대인의 삶. 도움이 안 되는구나." 아빠는 이렇게 말하고 헛기침을 했다. "망할 트레이너 씨는 일요일 점심을 먹을 거다. 그 여자는 페미니스트가 아닐 거야."

"아. 그러려면 성이 있어야죠, 아빠. 성은 페미니즘을 항상 이기거든요."

카트리나와 나는 웃기 시작했다.

"그거 아냐? 너희 둘이 애인이 안 생기는 데는 이유가 있다는 걸."

"우. 퇴장이에요!" 우리는 오른손을 들어 올렸다. 아빠는 신문을 위로 한 번 찌른 뒤 정원으로 나갔다.

카트리나가 씩 웃었다. "우리가 점심을 할까 했는데…… 어쩌지?"

"글쎄. 가부장제 억압을 계속 유지시킬 생각은 없고. 펍에 갈까?"

"좋아. 엄마한테 문자 보낼게."

엄마는 나이 쉰여섯에 껍질을 깨고 나오기 시작했다. 처음에는 은둔자 게처럼 조심스레, 그리고 지금은 좀 더 열심히. 엄마는 오랫동안 집을 비우지 못했고, 우리의 방 세 개 반짜리 집이라는 작은 영역에 만족했다. 하지만 내 사고 이후, 런던을 오가며 지내는 몇 주 사이에 엄마는 정해진 일과에서 어쩔 수 없이 벗어났다. 그러다 보니 스토트폴드 바깥에 존재하는 삶에 대해 오랫동안 잠들어 있던 호기심이 깨어났다. 엄마는 카트리나가 대학의 젠더 각성 모임에서 받은 페미니즘 교과서 몇 권을 뒤져보기 시작했고, 이 두 가지 사건이 화학반응을 일으켰다. 엄마는 『여성, 거세당하다』 다음으로 『제2의 성』과 『비행공포』◇를 읽었고, 『여자의 방』을 읽은 다음에는 엄마 자신의 삶과 비슷한 것에 너무나 충격을 받은 나머지 할아버지가 상한 도넛을 네 봉지나 모아둔 것을 발견할 때까지 사흘 내리 식사 준비를 거부했다.

"네 남자 윌이 한 말이 자꾸 생각난다." 펍 정원에서 토머스가 축 늘어진 에어바운스에서 다른 아이들과 주기적으로 부딪치는 것을 지켜보고 있을 때, 엄마가 말했다. "인생은 한 번뿐이다. 그렇게 말하지 않았니?" 엄마는 늘 입는 파란 반소매 셔츠를 입고 있었지만, 머리를 하나로 묶어 묘하게 젊어 보였다. "그래서 나도 모든 것에 최선을 다하기로 했다. 배우기도 하고. 가끔은 고무장갑을 벗으려고."

"아빠는 빡쳤던데." 내가 말했다.

"고운 말 써야지."

"고작 샌드위치 갖고 그래." 동생이 말했다. "고비 사막에서 40일 동안 먹을 것을 찾는 것도 아니고."

"그리고 10주 과정인걸. 그동안은 버틸 수 있어." 엄마가 단호한 목소리로 말하더니 의자에 기대앉아서 우리를 바라봤다. "참 멋지지 않니? 우리 셋이 마지막으로 밖에 나온 것이……, 음. 너희가 십대일 때는 토요일에 시내로 쇼핑도 가곤 했는데."

"카트리나는 가게가 다 지루하다고 했죠."

◇ 시몬 드 보부아르의 개론서와 에리카 종의 자전소설로, 대표적인 페미니즘 도서.

"그래. 하지만 그건 언니가 겨드랑이 냄새 나는 구제 가게를 좋아했기 때문이야."

"너희가 좋아하는 옷을 다시 입은 걸 보니까 좋구나." 엄마가 내게 고개를 끄덕였다. 나는 실제보다 행복해 보이려고 샛노란 티셔츠를 입고 있었다.

릴리의 안부를 묻기에 나는 그 애가 자기 엄마랑 더 많이 지내고 있으며 좀 힘든 일이 있었다고 말했다. 그랬더니 엄마와 동생은 그럴 줄 알았다는 표정을 주고받았다. 트레이너 부인 이야기는 하지 않았다.

"릴리 문제는 참 이상한 상황이다. 그 애 엄마가 딸을 네게 떠넘기려는 것 같구나."

"참, 엄마가 아주 좋게 말씀하신 거야." 카트리나가 말했다.

"하지만 네 직장은 말이다, 루. 네가 옷도 제대로 안 입고 바 뒤에서 뛰어다니는 게 영 못마땅하구나. 거긴 꼭…… 그걸 뭐라고 하지?"

"후터스◊요." 카트리나가 말했다.

"후터스 같은 거 아니에요. 공항이에요. 손님은 다 정장을 입고 있어요."

"그런 손님들은 아무도 못 말리지." 카트리나가 말했다.

"하지만 넌 술을 팔면서 성차별적인 의상을 입고 있잖니. 그런 걸 하고 싶으면, 글쎄다, 파리 디즈니랜드에서 할 수 있어. 미니마우스

◊ 선정적인 의상을 입은 여성 종업원들이 음식을 서빙하는 것으로 유명한 레스토랑 체인.

나 아기 곰 푸우라면 다리를 드러내지 않아도 되잖니."

"언니는 곧 서른이야." 동생이 말했다. "미니든, 위니든, 넬 귀니◇든. 마음대로 골라."

"음." 종업원이 닭고기와 감자칩을 가져왔다. "생각해 봤는데, 맞아. 지금부터는 새출발을 할 거야. 내 커리어에 집중할 거야."

"다시 한번 말해줄래?" 동생이 토머스의 접시에 감자칩을 좀 덜어 주었다. 펍 정원이 더 시끄러워졌다.

"내 커리어에 집중할 거라고." 내가 더 크게 말했다.

"아니. 내 말이 옳다고 한 부분. 1997년 이후로 처음 들어보는 말이네. 톰, 아직 에어바운스에 돌아가지 마. 다 토할 거야."

우리는 오후 내내, 뭐 하냐는 아빠의 짜증 섞인 메시지를 무시하고 거기 앉아 있었다. 나는 보통 사람들처럼, 어른들처럼, 엄마와 동생과 앉아서 무엇을 치우자거나, 누군가가 짜증 난다는 내용 이외의 대화를 해본 적이 없었다. 우리는 똑똑한 아이, 엉망인 아이, 집안일을 도맡는 엄마 말고도 저마다의 역할이 있다는 사실을 그제야 깨달은 사람들처럼 서로의 삶과 의견에 놀라운 관심을 보였다.

가족을 인간으로서 바라보는 것은 이상한 느낌이었다.

"엄마." 토머스가 닭고기를 다 먹고 놀려고 뛰어나간 직후, 에어바운스에 죄다 토해 아이들이 오후 내내 놀 수 없게 만들기 5분 전, 내가 말했다. "직업이 없는 것이 마음에 걸린 적 있어요?"

"아니. 엄마가 되는 게 좋았어. 정말로. 하지만 이상하지. 지난 2년

◇ 영국의 국왕 찰스 2세의 정부 넬 귄을 가리킴.

동안 있었던 일 때문에 생각을 하게 되더라."

나는 기다렸다.

"그 여자들에 관한 책을 읽었어. 사람들 생각과 행동을 바꾸고, 세상을 바꾸는 용감한 여자들 말이야. 그래서 내가 한 일을 들여다보고 음, 내가 없었다 해도 누가 신경이라도 썼을지 생각해 봤지."

엄마가 담담하게 말해서 실제로는 더 많이 속상한 것을 알아차리지 못했다. "우리가 신경을 썼을 거예요, 엄마." 내가 말했다.

"하지만 내가 별로 큰 영향을 준 건 아니잖니? 글쎄다. 나는 늘 만족하고 살았으니까. 하지만 30년 동안 한 가지 일을 하고 살았는데 이제 읽는 것마다, 텔레비전이고 신문이고 모두 아무 가치가 없는 일이라고 하니까."

동생과 나는 서로 빤히 봤다.

"우리한텐 가치 없는 게 아니었어요, 엄마."

"너희들은 착하니까."

"진심이에요. 엄마는……." 문득 타니아 호턴밀러가 떠올랐다. "엄마는 우리에게 안정감을 느끼게 해줬어요. 사랑을 줬고. 매일 집에 오면 엄마가 있는 게 좋았어요."

엄마는 내 손을 잡았다.

"괜찮아. 너희 둘이 세상에서 살아가는 게 참 자랑스러워. 정말이다. 하지만 나도 스스로 몇 가지는 해결해야겠구나. 그리고 참 재미있는 여정이야. 읽는 게 재미있어. 도서관의 딘즈 부인이 내가 좋아할 만한 책을 알려줘. 다음에는 미국의 뉴웨이브 페미니즘으로 넘어갈 거란다. 그들의 이론은 아주 흥미로워." 엄마는 종이 냅킨을 가지런히 접었다. "하지만 그 사람들이 안 싸웠으면 좋았을걸. 그들 머리를 서로 박치기시키고 싶어."

"참, 아직도 다리 왁싱 안 해요?"

지나친 질문이었다. 엄마는 얼굴을 굳히고 나를 흘겨봤다.

"진정한 억압의 징후를 깨닫는 데 시간이 걸리기도 하지. 네 아빠한테도 말했고, 너희들한테도 말해둔다. 아빠가 살롱에 가서 자기 다리에 뜨거운 왁스를 바르고 힘 좋은 스물한 살짜리가 그걸 뜯어내는 날이 오면 나도 다시 왁싱을 할 거라고."

해가 스토트폴드의 하늘 너머로, 녹은 버터처럼 지고 있었다. 원래 계획보다 훨씬 더 늦게까지 있다가 가족에게 작별인사를 하고 차에 탄 뒤 집으로 출발했다. 현실에 발을 확실히 디디고 선 느낌이었다. 그 전 한 주 동안 감정의 동요를 겪고 난 뒤, 정상적인 것 몇 가지에 에워싸이는 느낌이 좋았다. 그리고 약한 모습을 절대 보이지 않는 동생이 "근사한 여자"라는 엄마의 주장을 무시하며, 자신은 영영 싱글로 살 것 같다고 고백했다.

"하지만 난 미혼모잖아." 카트리나가 말했다. "게다가, 남자들한테 접근하지도 않고. 언니가 뒤에 서서 플래카드를 들고 하나씩 알려주지 않으면 누구한테 말 거는 법도 모를 거야. 그리고 2년 동안 내가 만난 남자들은 토머스를 보고 겁을 먹거나, 아니면 한 가지를 한 이후에 달아났어."

"오, 설마……." 엄마가 입을 열었다.

"무료 회계 상담."

문득, 집 밖에서 동생을 보니 안쓰러웠다. 카트리나 말이 옳았다. 나는 온갖 가능성을 다 가졌다. 집도 있고, 어떤 책임감에도 얽매이지 않아도 되는 미래도 있었다. 다만 그것들을 누리지 않는 것은 나 자신 때문이다. 동생이 우리 각자의 운명에 씁쓸해한다는 사실이 인상적이었다. 떠나기 전에 동생을 안아줬다. 카트리나는 조금 놀라더니 잠시 수상쩍어 하고는, 자기 등에 '날 걷어차 주세요'라는 종이를 붙이지 않았는지 확인한 뒤, 비로소 나를 마주 안았다.

"우리 집에 와." 내가 말했다. "정말이야. 와서 지내다 가. 내가 아는 클럽에 춤추러 가자. 엄마가 톰을 봐주실 수 있어."

동생이 웃더니 내가 시동을 걸 때 차문을 닫았다. "그렇겠지. 언니가 춤을 춘다고? 말도 안 되는 소리." 내가 차를 몰고 나올 때까지 그 애는 웃고 있었다.

엿새 뒤 오후 근무를 마치고 집에 오니 나이트클럽이 기다리고 있었다. 우리 블록의 계단을 오르는데, 평소처럼 조용하지 않고 멀리서 웃음소리, 불규칙적으로 쿵쾅거리는 소리가 들려왔다. 현관문 앞에서 잠시 머뭇거리다 너무 지쳐 뭔가 착각했다고 생각하면서 문을 열었다.

마리화나 냄새가 가장 먼저 느껴졌는데, 너무 강해서 반사적으로 입을 막았다. 천천히 거실로 들어가 문을 열었다. 처음에는 내가 마주한 광경을 믿을 수가 없어서 그대로 서 있었다. 어두운 실내에 릴리가 짧은 스커트를 엉덩이 아래 어딘가까지 걷어 올리고 소파에 누워서 대충 만 마리화나를 입으로 가져가고 있었다. 남자 둘이 소파에 기대 있었고 숱한 술병과 빈 감자칩 봉지, 폴레스틸렌 음식 포장지가 흩어져 있었다. 바닥에는 릴리 또래의 여자아이 둘이 앉아 있었다. 머리를 뒤로 싹 넘겨 하나로 묶은 여자아이가 나를 보고 여기서 뭐 하느냐는 듯 눈썹을 치켜떴다. 음악이 쿵쿵거렸다. 맥주 캔 숫자와 넘치는 재떨이를 보니 아주 긴 밤을 보낸 모양이었다.

"오." 릴리가 과장된 말투로 말했다. "아안녀엉."

"뭐 하니?"

"아. 놀러 나갔는데 어쩌다 야간 버스를 놓쳐서요. 여기서 놀아도 될 거 같은데, 괜찮죠?"

나는 너무 놀라 말이 나오지 않았다. "아니." 엄하게 말했다. "괜찮지 않아."

"어어." 릴리가 웃기 시작했다.

나는 바닥에 가방을 쿵 하고 내려놓았다. 거실이었던 곳에 생긴 쓰레기장을 둘러보았다. "파티는 끝났어. 5분 줄 테니까 치우고 가."

"어머나. 이럴 줄 알았어. 재미없게. 으. 이럴 줄 알았어." 릴리는 과장된 몸짓으로 소파에 몸을 던졌다. 발음은 불분명하고, 행동은 둔한 것이…… 무엇일까? 마약? 나는 기다렸다. 잠시, 긴장된 순간 남자 둘이 나를 노려봤다. 일어날 것인지, 계속 앉아 있을 것인지 머리를 굴리고 있다는 걸 알 수 있었다.

여자아이 하나가 소리를 내며 입맛을 다셨다.

"4분이야." 내가 천천히 말했다. "세고 있어."

나의 정당한 분노에서 권위가 느껴진 모양이었다. 그들은 겉모습만큼 무모하지 않았을지 모른다. 하나씩 어기적거리며 일어나더니 현관문으로 걸어갔다. 마지막 남자아이가 나가면서 보란 듯이 캔을 복도 바닥에 떨어뜨려 맥주가 벽과 카펫에 쏟아졌다. 나는 문을 걷어차서 닫고 난 뒤 캔을 주웠다. 릴리에게 다가갔을 때는 화가 나서 몸이 떨리고 있었다.

"대체 무슨 짓을 하는 거니?"

"젠장. 친구 몇 명 데려온 거 갖고 왜 그래요?"

"여긴 네 집이 아니야, 릴리. 네가 아무나 데려오는 곳이 아니라고……." 갑자기 플래시백이 일어났다. 일주일 전, 집에 왔을 때 문득 느껴졌던 낯선 느낌. "세상에. 전에도 이랬지, 그렇지? 지난주에. 사람들을 데려왔다가 내가 오기 전에 나간 거지."

릴리는 비틀거리며 일어났다. 스커트를 끌어 내리고는 머리를 쓰다듬고 엉킨 곳을 잡아당겼다. 아이라이너는 번져 있었고, 목에는 멍인지 키스 자국인지 알 수 없는 상처가 있었다.

"아니. 뭐든지 왜 그렇게 별나게 굴어요? 그냥 사람들 좀 불렀다고."

"내 집에."

"사실 집도 아니거든요? 가구도 없죠, 아무것도 없잖아요. 벽에 사진도 없어요. 여긴…… 차고 같아요. 차 없는 차고. 솔직히 여기보다 아늑한 주유소도 봤네요."

"내 집을 어떻게 꾸미든 내 마음이야."

릴리는 조그맣게 트림을 하더니 손으로 부채질을 했다. "으. 케밥 냄새." 릴리는 부엌으로 가더니 싱크대 문을 세 번 열고서야 컵을 찾았다. 컵에 물을 따르더니 벌컥벌컥 마셨다. "그리고 제대로 된 텔레비전도 없잖아요. 18인치 텔레비전을 아직도 보는지 몰랐네."

나는 캔을 주워 비닐봉지에 쑤셔 넣기 시작했다.

"그래서 누군데?"

"몰라요. 그냥 사람들."

"모른다고?"

"친구요." 짜증이 난 목소리였다. "클럽에서 만난 애들이요."

"클럽에서 만나?"

"네. 클럽 돌아다니다가. 일부러 멍청한 척하는 거 아니에요? 그래요. 클럽에서 만난 친구라고요. 보통 사람들이 하는 일이잖아요? 함께 노는 친구가 있는 거."

릴리는 컵을 설거지통에 던졌다. 깨지는 소리가 들렸다. 그리고 그 애는 화난 얼굴로 부엌에서 나왔다.

그 애를 노려보다가 문득 가슴이 철렁했다. 내 방의 옆방으로 달려가 맨 위 서랍장을 열었다. 양말 사이를 뒤지며 할머니가 주신 목걸이와 결혼반지가 든 작은 보석 상자를 찾았다. 움직임을 멈추고, 심호흡을 하고는 당황해서 안 보이는 것이라고 생각했다. 있을 것이다. 물론 여기 있을 것이다. 서랍에 든 물건들을 하나씩 들어 확인하고는 침대 위에 던졌다.

"그 애들이 여기 들어왔니?" 내가 외쳤다.

릴리가 문 앞에 나타났다. "뭐요?"

"네 친구들. 내 방에 들어왔어? 내 보석 어디 있니?"

릴리가 정신을 조금 차리는 것 같았다. "보석이요?"

"아, 안 돼. 아, 안 돼." 서랍을 꺼내 내용물을 바닥에 쏟기 시작했다. "어디 있어? 내 비상금 어디 있어?" 릴리에게 물었다. "그 애들 누구야? 이름이 뭐야?"

릴리는 조용해졌다.

"릴리!"

"모, 몰라요."

"모른다니 무슨 소리야? 친구라고 했잖아."

"그냥 클럽에서 만난 애들이라서. 미치랑. 그리고…… 리즈랑. 기억이 안 나요."

나는 문으로 달려가 복도를 내달린 뒤 4층 계단을 구르듯이 내려갔다. 하지만 현관문에 다다르자 복도와 거리는 텅 비어 있었고, 워털루행 야간 버스만 어두운 도로를 달리고 있었다.

나는 헉헉거리며 문 앞에 섰다. 그리고 눈을 감아 눈물을 참으며, 손으로 무릎을 잡고서 내가 잃어버린 것이 무엇인지 떠올렸다. 할머니의 결혼반지, 내가 어릴 때부터 할머니가 걸고 다니시던 순금 목걸이와 작은 펜던트. 나는 그것들을 다시는 볼 수 없으리라는 것을 이미 알고 있었다. 우리 집안에는 물려받은 물건도 별로 없는데, 그나마도 이제 사라졌다.

천천히 계단을 올라갔다.

문을 여니 릴리가 복도에 서 있었다. "정말 미안해요." 릴리가 조용히 말했다. "그 애들이 물건을 훔칠 줄은 몰랐어요."

"가, 릴리." 내가 말했다.

"정말 착해 보였어요. 새, 생각을 했어야 하는데……."

"열세 시간 일하고 왔어. 뭘 잃어버렸는지 확인하고 자야 해. 네 엄마가 여행에서 돌아오셨어. 그냥 집으로 가줘."

"하지만……."

"아니. 그만하자." 나는 몸을 천천히 세우며 숨을 가다듬었다.

"너랑 네 아빠가 어떤 점이 정말 다른지 아니? 아빠는 가장 불행한 때도 사람한테 이러지 않았을 거야."

릴리는 뺨을 맞은 표정을 지었다. 상관없었다.

"이제 더 못하겠다, 릴리." 나는 지갑에서 20파운드 지폐를 꺼내서 건넸다. "자. 택시 타고 가."

릴리는 지폐를, 그리고 나를 번갈아 보더니 침을 삼켰다. 그리고 머리를 한 번 손으로 넘기더니 거실로 천천히 걸어 들어갔다.

나는 재킷을 벗고 서랍장 위에 달린 작은 거울에 비친 내 모습을 보았다. 창백하고, 지치고, 패배한 모습이었다.

"열쇠는 놔두고 가."

잠시 침묵이 흘렀다. 열쇠가 싱크대 위에 놓이며 쟁그랑거리는 소리가 들렸다. 현관문이 닫히는 소리와 함께 릴리는 떠났다.

16.

'내가 다 망쳤어요, 윌.'

무릎을 끌어안고 앉았다. 그때 내 모습을 본다면 그가 무엇이라고 했을지 상상해 보려고 했지만, 더 이상 그의 목소리가 머릿속에 들리지 않았다. 그 사실에 더욱 슬퍼졌다.

'이제 어쩌죠?'

윌의 유산으로 산 그 집에서 더 살 수 없었다. 마치 그 집이 내 실패로 잠겨 있는 것 같았다. 내가 받을 자격조차 없는 보너스 상품처럼 느껴졌다. 잘못된 이유로 내게 온 집을 어떻게 내 집으로 만들 수 있단 말인가? 그곳을 팔아 다른 데 투자할 것이다. 하지만 그러면 어디로 가야 할까?

직장을 떠올리니 〈아일랜드 백파이프 곡〉을 텔레비전에서 듣기만 해도 반사적으로 배가 아픈 것이 생각났다. 리처드 때문에 내가 쓸모도, 가치도 없는 인간처럼 여겨지는 것도 떠올랐다.

릴리가 떠오르자 아무도 없는 집 특유의 적막감이 느껴졌다. 그 애가 어디 있는지 생각하다가 그 생각을 밀어냈다.

*

위로하듯 비가 차츰 그치더니 용서를 구하듯이 맑아졌다. 나는 옷을 대충 입고서 청소기를 돌리고 파티 뒤에 남은 쓰레기를 봉투에 채워 내놓았다. 할 일을 만들기 위해 꽃 시장에 걸어갔다. "밖에 나가 돌아다니는 것이 늘 더 좋습니다." 마크가 말했다. 울긋불긋 꽃들이 진열되어 있고 천천히 움직이는 인파가 가득한 컬럼비아 로드에 있는 편이 더 나을 것 같았다. 나는 얼굴에 미소를 장착하고, 사과를 사서 사미르를 놀라게 한 뒤("마약이라도 했어요?"), 꽃의 물결 속으로 걸어 들어갔다.

작은 커피숍에서 커피를 사서 김 서린 창문을 통해 시장을 구경하며 이곳에서 혼자인 사람은 나뿐이라는 사실을 애써 무시했다. 바닥이 젖은 시장을 죽 걸어가면서 촉촉하고 그윽한 백합 향기를 들이마시고, 겹겹의 꽃잎에 유리알 같은 빗방울이 떨어져 있는 작약과 장미를 구경하고, 달리아를 한 다발 사면서 광고 속 인물을 연기하는 느낌을 받았다. '런던의 꿈같은 삶을 사는 도시 여성.'

달리아를 한쪽 팔에 끼고 절뚝이지 않으려고 애쓰며 집으로 걸어오는 내내 머릿속에는 '아이고, 누굴 속이려는 거니?'라는 생각이 떠올랐다.

혼자 보내는 저녁 시간은 늘 길고 무기력했다. 청소를 마치고 변기에서 담배꽁초를 건져낸 뒤 텔레비전을 좀 보다가 유니폼을 빨았다. 욕조에 거품을 잔뜩 만들어놓고 누웠지만, 자꾸 생각만 하게 될 것 같아서 5분 만에 도로 나왔다. 엄마나 동생에게는 전화할 수 없었다. 그들 앞에서는 행복한 척 연기할 수 없으니까.

결국 협탁에 손을 뻗어 윌이 내게 보낸 편지를 꺼냈다. 내가 파리에 있을 때, 아직 희망이 가득할 때 받도록 그가 보내둔 것이다. 모서리가 닳은 그 편지를 조심스레 펼쳤다. 처음 1년 동안은 밤마다 그 편지를 읽으면서 그를 살려내려고 했다. 그러다가 내 자신에게 그걸 볼 필요 없다고 말했다. 그 편지가 가진 주술적인 힘을 잃어 그것이 무의미해질까 두려웠다. 하지만, 그때만큼은 그 편지가 필요했다.

컴퓨터로 타자한 편지는 손 글씨로 쓴 편지만큼 소중했다. 그의 에너지가 남긴 흔적이 아직도 레이저 프린터로 인쇄한 말에 남아 있었으니까.

> 새로운 세상에서 조금은 편치 않은 느낌이 들지도 몰라요. 사람이 안전지대에서 갑자기 튕겨져 나오면 늘 기분이 이상해지거든요. (…) 당신 안에는 굶주림이 있어요, 클라크. 두려움을 모르는 갈망이 있어요. 대다수 사람이 그렇듯, 당신도 그저 묻어두고 살았을 뿐이에요.
>
> 그냥 잘 살아요. 그냥 살아요.

내게 믿음을 가졌던 남자의 말을 읽고, 무릎에 머리를 묻은 채, 결국 흐느끼기 시작했다.

전화가 너무 크게, 머리 옆에서 울려 깜짝 놀라 벌떡 일어났다. 시간을 확인하며 휴대폰을 들었다. 새벽 2시. 반사적으로 두려움이 들었다.

"릴리?"

"네? 루?"

네이선의 저음이 들려왔다.

"새벽 2시예요, 네이선."

"아이고. 항상 시차가 헛갈린다니까. 미안해요. 끊을까요?"

나는 얼굴을 문지르며 몸을 일으켰다. "아뇨. 아뇨……. 전화 반가워요." 침대 옆의 스탠드를 켰다. "잘 있었어요?"

"그럼요! 뉴욕으로 돌아왔어요."

"잘됐네요."

"부모님 만나는 것도 좋았지만, 2주쯤 지나니 돌아오고 싶어서 근질거렸어요. 이 도시는 정말 대단해요."

혹시 그에게 들릴까 싶어 억지로 미소를 지었다. "참 다행이에요, 네이선. 좋은 소식이네요."

"펍에서 일하는 거 아직 좋아요?"

"괜찮아요."

"혹시, 다른 일은 하고 싶은 거 없어요?"

"음, 상황이 나쁠 때, '이것보다 나쁠 수도 있지. 개똥 쓰레기통에서 똥 치우는 일을 할 수도 있었잖아'라고 생각하는 거 알아요? 음. 지금은 차라리 개똥 쓰레기통에서 똥 치우는 사람이 되고 싶어요."

"그렇다면 제안할 게 하나 있어요."

"손님들한테서 그런 말 자주 들어요, 네이선. 늘 사양하죠."

"하아. 여기 일자리가 하나 있어요. 내가 입주한 집의 가족 일인데. 제일 먼저 루이자가 떠올랐어요."

고프니크 씨의 부인은 월스트리트에 어울리지 않는 사람이라고 했다. '쇼핑과 런치'를 즐기지 않았다. 폴란드에서 이주해 온 그녀는 가벼운 우울증이 있었다. 늘 외롭고, 과테말라 출신의 가사도우미는 그녀와 두 마디도 하지 않았다.

고프니크 씨는 아내의 친구가 되어주고 육아를 도와주며 여행할 때 도움이 될 사람을 원했다. "가족을 도와주되, 명랑하고 믿을 수 있는 사람. 그들의 사생활에 대해 떠들지 않을 사람을 원해요."

"그분이 저의……."

"윌에 대해서는 처음 만났을 때 이야기했지만, 이미 신원 조사를 했더라고요. 그 일은 개의치 않았어요. 우리가 윌의 희망에 따라주고 기사를 팔지 않은 것이 마음에 들었다고 했어요." 네이선이 말을 잠시 멈췄다. "내 생각엔 이래요. 이런 사람들은 신뢰와 신중을 무엇보다 중시해요, 루. 물론 멍청해서는 안 되고, 일도 잘해야 하지만, 중요한 건 바로 그런 거예요."

장터에서 미친 듯이 춤추는 사람처럼 마음속이 빙빙 돌았다. 전화기를 귀에서 잠시 떼었다가 다시 댔다.

"이건…… 혹시 내가 꿈을 꾸는 건가요?"

"쉬운 일은 아니에요. 근무시간도 길고 일도 많아요. 하지만, 난 진심 멋지게 살고 있어요."

나는 머리를 뒤로 넘겼다. 바에서 만나는 잘난 체하는 손님들과 리처드의 눈초리를 떠올렸다. 이 아파트, 매일 저녁 숨통을 조이는 벽들을 떠올렸다.

"글쎄요. 이건…… 아니, 이건 너무……."

"영주권이라고요, 루." 네이선의 목소리가 낮아졌다. "숙식 제공에. 뉴욕이라고요. 잘 들어요. 이 사람은 일처리가 확실해요. 열심히 일하면 당신을 챙겨줄 거예요. 영리하고 공평한 사람이에요. 여기로 와서 가치를 보여주면 상상도 못 할 기회를 얻게 될 거예요. 정말이에요. 보모 일자리라고 생각하지 말아요. 출구라고 생각해요."

"글쎄요……."

"두고 올 수 없는 남자라도 생겼어요?"

나는 머뭇거렸다. "아뇨. 하지만 복잡한 일이 있었고…… 제대로……." 새벽 2시에 설명하기에는 너무 긴 이야기였다.

"그 일로 제정신이 아니었던 건 알아요. 우리 모두 마찬가지였어요. 하지만 새출발을 해야죠."

"그 사람이 원할 거라고는 말하지 말아요."

"알겠어요." 네이선이 말했다. 하지만 말하지 않아도 들렸다.

생각을 정리해 봤다. "면접 보러 뉴욕에 가야 하나요?"

"여름에 햄프턴에 갈 거니까, 9월에 일을 시작할 사람을 구하고 있어요. 6주 후에요. 루이자가 마음이 있다고 하면 스카이프로 면접을 보고, 루이자를 데려올 서류를 만들기 시작할 거예요. 다른 후보들도 있을 거예요. 너무 좋은 일자리니까요. 하지만 G 씨는 나를 믿어요, 루. 내가 추천한 사람이 될 가능성이 높아요. 그러니까 추천할까요? 네? 답은 예스죠?"

미처 생각도 하기 전에 대답했다. "음, 네. 좋아요."

"됐다! 궁금한 게 있으면 이메일 보내요. 사진을 보내줄게요."

"네이선?"

"끊어요, 루. 호출이 왔어요."

"고마워요. 생각해 줘서 고마워요."

짧은 침묵이 흐른 뒤 그가 대답했다.

"누구보다 루이자랑 함께 일하고 싶어요."

그가 전화를 끊은 뒤, 이 모든 대화가 현실이 맞나 싶어 잠들지 못했다. 상상이 아니라면 얼마나 엄청난 일이 벌어지는 것인가, 머릿속이 어지러웠다. 4시에 일어나 앉아서 네이선에게 몇 가지 질문을 보냈다. 그러자 곧바로 답장이 왔다.

가족은 괜찮아요. 부자들이 정상이긴 어렵지만(!) 이 사람들은 선량해요. 갈등이나 문제도 거의 없고.

루이자의 방과 욕실은 따로 있을 거예요. 주방은 가사도우미랑 같이 써요. 가사도우미도 괜찮아요. 나이도 좀 있고 사람들과 잘 어울리지 않아요.

근무시간은 규칙적이에요. 하루 여덟 시간. 심하면 열 시간. 대신에 휴무가 있어요. 폴란드어를 좀 배워두면 좋을 거예요!

동이 틀 때가 되어서야 맨해튼의 복층 아파트와 복잡한 거리를 생각하며 겨우 잠들었다. 깨어나 보니 이메일 한 통이 나를 기다리고 있었다.

클라크 씨께.

저희 집에 와서 일해주실 수 있다고 네이선에게 들었습니다. 화요일 저녁 그리니치 표준시 오후 5시(동부 표준시 정오)에 스카이프 인터뷰가 가능할까요?

레너드 M. 고프니크

전부 꿈이 아니라는 증거인 그 이메일을 꼬박 20분 동안 들여다봤다. 일어나서 샤워를 하고 진한 커피 한 잔을 만든 뒤 답장을 썼다. 면접을 본다고 나쁠 건 없었다. 뉴욕에 사는 전문적인 지원자가 많다면 자리를 얻지 못할 것이다. 하지만 안 되더라도 좋은 연습이 될 터였다. 내가 드디어 새출발을 위해 뭔가 하고 있다는 실감이 날 것 같았다.

출근하기 전, 윌의 편지를 협탁에서 조심스레 꺼냈다. 거기 입술을 댄 뒤 다시 접어서 서랍에 넣었다.

'고마워요.' 그에게 소리 없이 말했다.

그 주 새출발 모임 참석자가 살짝 줄었다. 너태샤와 제이크는 휴가를 갔다. 나는 마음이 놓이면서도 아주 조금, 스스로도 알 수 없는 실망을 느꼈다. 그날의 주제는 '시간을 되돌릴 수 있다면'이었고, 윌리엄과 서닐은 한 시간 반 동안 무의식적으로 같은 제목인 셰어의 노래를 흥얼거리거나 휘파람을 불곤 했다.

프레드는 직장에서 시간을 너무 많이 보낸 것을 후회했고, 서닐은 형과 더 친해지지 못한 것을 후회했다("늘 곁에 있을 줄 알았는데, 어느 날 사라졌어요."), 그리고 나는 이곳에 정말로 참석할 가치가 있나 싶었다.

두어 차례 이 모임이 도움이 된다는 생각이 들기도 했다. 하지만 대부분은 나와 공통점이라고는 없는, 들어주는 사람이 있으니 주절주절 이야기를 늘어놓는 사람들 틈에 앉아 있을 뿐이었다. 불만과 피로가 느껴졌고, 딱딱한 플라스틱 의자 때문에 골반이 아팠으며, 드라마 〈이스트엔더스〉를 봤어도 그 정도의 자각은 생겼을 것 같았다. 게다가 비스킷은 정말 후졌다.

싱글 맘인 린은 언니가 죽기 이틀 전, 운동복 바지 때문에 다툰 이야기를 했다.

“언니가 늘 내 물건을 가져갔기 때문에 그걸 훔쳤다고 욕했어요. 아니라고 했지만, 늘 아니라고 했으니까요.”

마크는 기다렸다. 나는 가방에 두통약이 있는지 생각하고 있었다.

“그런데 언니가 버스에 치였고, 그다음 언니를 만난 곳은 영안실이었어요. 그리고 언니 장례식에 입고 갈 검은 옷을 찾다 보니, 옷장에 뭐가 있었는지 아세요?”

“운동복 바지구먼.” 프레드가 말했다.

“화해하지 못한 일이 있으면 참 힘들죠.” 마크가 말했다. “정신건강을 위해서 좀 더 큰 그림을 봐야 할 때가 있습니다.”

“사랑하는 사람도 운동복 바지 훔쳐갔다고 욕할 수 있어요.” 윌리엄이 말했다.

그날 나는 말하고 싶지 않았다. 거기 간 이유는 오로지 내 집의 정적을 마주할 수 없었기 때문이다. 사람들과의 접촉이 너무 간절해 지하철에서 만난 승객에게 부적절하게 말을 걸거나 상점에서 점원과 이야기를 하기 위해 물건을 10분씩 고르는 사람이 되어버릴 것 같았다. 미니 마트에서 사미르와 새로운 압박붕대 이야기를 한 것이 그런 징후는 아닌지 생각하느라, 대프니가 바로 그날 직장에서 한 시간 일찍 퇴근하지 못한 것을 후회한다고 말하고는 소리 없이 눈물을 흘리는 것을 알아차리지 못했다.

"대프니?"

"미안해요, 여러분. 하지만 '만약에'라는 생각을 너무 오래 했어요. 꽃가게 아주머니랑 잡담만 안 했더라면. 그놈의 장부는 그냥 두고 일찍 퇴근했더라면. 제시간에 왔더라면……. 그이를 말릴 수도 있었을 텐데. 그에게 살 가치가 있다고 설득할 수 있었을 텐데."

마크는 티슈 상자를 건넸고, 나는 그것을 대프니의 무릎에 살그머니 놓아주었다. "앨런이 전에도 자살 시도를 했나요, 대프니?"

대프니는 고개를 끄덕이며 코를 풀었다. "아, 네. 서너 번이요. 그이는 어릴 때부터 우울했대요. 우울증이 시작되면 그건……. 그이가 내 말을 못 듣는 것 같아서 혼자 두고 싶지 않았어요. 무슨 말을 해도 소용없었어요. 그래서 그이와 함께 있으면서 즐겁게 해주려고 자주 병가를 냈어요. 좋아하는 샌드위치도 해주고. 소파에 함께 앉아 있어주고. 내가 곁에 있다는 걸 알리기 위해 뭐든지 했어요. 그래서 다른 직원들은 다 승진했는데 저만 못 했다고 생각해요. 자꾸 휴가를 내야 했으니까요."

"우울증은 참 힘들어요. 환자만 그런 것이 아니죠."

"약을 먹었나요?"

"아, 아뇨. 하지만 그건, 화학적인 문제가 아니었어요."

"확실한가요? 아니, 우울증의 진단에……."

대프니는 고개를 저었다. "그 사람은 동성애자였어요." 대프니가 그 말을 분명하게 발음했고, 붉어진 얼굴로 우리를 똑바로 쳐다보면서, 무슨 반응을 보여도 좋다는 듯 말했다. "이 이야기는 아무한테도 한 적이 없어요. 하지만 그이는 동성애자였고 동성애자라서 우울했다고 생각해요. 그런데 너무 착한 사람이라 내게 상처를 주고 싶지 않았고, 그래서, 나가서 아무 짓도 하지 않았어요. 내가 망신을 당할 거라고 생각한 거죠."

"무엇 때문에 그가 게이였다고 생각하나요, 대프니?"

"그이 넥타이를 찾다가 발견한 게 있어요. 잡지요. 남자들이 남자들이랑 나오는 잡지. 그이 서랍에서요. 게이가 아닌데 그런 잡지를 갖고 있겠어요."

프레드가 살짝 굳었다. "그렇지."

"그 이야기는 한 번도 꺼내지 않았어요." 대프니가 말했다. "그냥 원래 있던 자리에 도로 넣어뒀죠. 하지만 모든 게 들어맞기 시작했어요. 그이는 그런 쪽을 별로 내켜 하지 않았거든요. 하지만 나도 그랬으니 운이 좋았다고 생각해요. 수녀들 때문에. 수녀들 때문에 온갖 것이 다 더럽다고 생각하게 됐어요. 그래서 5분마다 나한테 달려들지 않는 착한 남자랑 결혼했으니 행운이라고 여겼죠. 아니, 아이들을 갖고 싶기는 했어요. 그랬다면 좋았겠죠. 하지만……." 대프니는 한숨을 쉬었다. "그런 이야기는 별로 안 했어요. 그 시절엔 다들 그랬어요. 지금 와서 생각하니 후회가 돼요. 돌이켜 보면, 아쉽다는 생각이 자꾸만 들어요."

"솔직하게 이야기했으면 달라졌을 것 같아요?"

"음, 요즘은 시대가 다르잖아요? 동성애자라도 괜찮으니까. 내가 다니는 세탁소 주인도 그래요. 손님한테 자기 남자 애인 이야기를 다 해요. 남편을 잃게 되어서 슬펐겠지만, 그이가 결혼에 묶여서 불행하다면 놓아줬을 거예요. 그랬을 거예요. 아무도 억지로 붙잡고 싶지 않았어요. 그이가 조금 더 행복하기만을 바랐어요."

대프니의 얼굴이 일그러졌고, 나는 대프니를 끌어안았다. 머리카락에서 헤어스프레이와 양고기 스튜 냄새가 났다.

"울지 말아요, 울지 마." 프레드가 이렇게 말하더니 일어나서 어색하게 대프니의 어깨를 토닥였다. "그 친구도 대프니가 자기를 위한다는 걸 알았을 거야."

"그럴까요, 프레드?" 대프니가 떨리는 목소리로 물었다.

프레드는 단호하게 고개를 끄덕였다. "그럼. 대프니 말이 맞아. 그때는 시대가 달랐지. 대프니 잘못이 아니야."

"이런 이야기를 해주다니 용감하네요, 대프니. 고마워요." 마크는 동정심 어린 얼굴로 말했다. "그리고 힘내서 새출발을 한 것을 존경해요. 가끔은 하루하루를 살아가는 것만 해도 초인적인 힘이 필요하니까요."

고개를 숙이고 보니 대프니가 내 손을 잡고 있었다. 통통한 손가락이 내 손가락과 깍지를 끼고 있었다. 나도 손을 꼭 잡아줬다. 그리고 미처 깨닫기도 전에 이렇게 말했다.

"돌이키고 싶은 일을 했어요."

대여섯 명이 나를 봤다.

"윌의 딸을 만났어요. 그 애가 갑자기 제 인생에 나타났는데, 그래서 그 사람 죽음에 대한 감정이 좀 나아질 줄 알았는데, 오히려 반대로…….”

모두 빤히 쳐다보고 있었다. 프레드가 인상을 찡그렸다.

“왜요?”

“윌이 누구요?” 프레드가 물었다.

“이름이 빌이라고 했잖아요.”

나는 앉은 채 몸을 조금 움츠렸다. “윌이 빌이에요. 실명을 쓰는 게 어색했어요.” 모두가 동시에 한숨을 내쉬었다.

대프니가 내 손을 두드렸다. “걱정 말아요. 그래 봤자 이름인걸. 지난번 모임에는 모조리 꾸며낸 이야기만 한 여자도 있었어요. 백혈병으로 죽은 아이가 있다고 했어요. 알고 보니 금붕어 한 마리 없었어.”

“괜찮아요, 루이자. 이야기해 주세요.” 마크가 특별히 공감하는 시선을 보냈다. 나는 그 시선을 마주 보고 알겠다는 뜻으로 미소를 살짝 지어 보였다. 그리고 윌은 금붕어가 아니라는 뜻으로. 까짓거, 뭐 어때? 내 인생이나 그들 인생이나 엉망이긴 마찬가지였다.

그래서 릴리가 나타났기에, 릴리를 바로잡아 주고, 가족과 만나게 해주면 모두가 행복해질 줄 알았는데, 그렇게 순진했던 것이 어리석게 느껴진다고 했다.

“윌을, 모두를 실망시킨 것 같아요.” 내가 말했다. “그리고 이제 릴리는 가버렸고, 달리 어떻게 했으면 좋았을까 생각해 봤지만, 제가 제대로 감당하지 못했다는 게 사실이에요. 그 모든 일을 감당해서 좋은 방향으로 이끌어나갈 힘이 없었던 거죠.”

"하지만 물건은 어쩌고! 소중한 물건을 도둑맞았잖아요!" 대프니의 다른 쪽, 통통하고 축축한 손이 내 손을 꽉 쥐었다. "화를 낼 만한 일이에요!"

"아버지가 없다고 못된 짓을 해도 되는 건 아니지." 서닐이 말했다.

"애초에 집에서 지내게 해준 것만도 착하다고 생각해요. 나라면 그랬을지 모르겠어요." 대프니가 말했다.

"그 애 아빠라면 어떻게 했을까요, 루이자?" 마크는 자기 잔에 커피를 더 따랐다.

문득, 커피보다 센 것이 있었으면 싶었다. "글쎄요. 하지만 그 사람은 일을 처리하는 나름의 방법이 있었어요. 팔다리를 움직이지 못할 때도, 유능한 사람이라고 느꼈죠. 그라면 그 애가 어리석은 짓을 못 하게 막았을 거예요. 그 애를 어떻게든 바로잡았을 거예요."

"그 사람을 너무 이상적으로 생각하는 거 아닌가? 8주 차에 이상화에 대해서 이야기했었지." 프레드가 말했다. "나도 자꾸 질리를 성녀로 만들잖소, 마크? 질리가 속옷을 자꾸 욕실에 걸어둬서 화가 났던 일을 잊어버리거든."

"그 애 아빠도 도움이 안 됐을 수도 있어요. 아무도 모르는 일이니까. 서로 미워했을지도 몰라요."

"릴리는 복잡한 청소년 같군요." 마크가 말했다. "그리고 루이자가 릴리에게 최대한 기회를 줬을 수도 있어요. 하지만 새출발이란 자신을 보호해야 한다는 의미일 때도 있어요. 그리고 루이자도 마음속으로는 그걸 알고 있었을지 몰라요. 릴리 때문에 삶이 혼란스러워지고 힘들어질 뿐이라면, 당분간은 만나지 않고 지낼 수밖에 없죠."

"그래요, 맞아요." 모여 앉은 사람들이 고개를 끄덕였다. "자신에게 친절하게 행동하라. 네 자신도 인간일 뿐이다." 내게 미소를 지어주며 위로하는 사람들은 참 상냥했다.

그들의 말을 믿을 뻔했다.

화요일, 베라에게 10분만 줄 수 있는지 물었다(여성 문제라고 얼버무렸더니 베라는 역시 여자 인생은 문제투성이라는 듯 고개를 끄덕이더니 나중에 자궁근종에 대해 이야기해 주겠다고 중얼거렸다). 나는 가방에 노트북을 넣어 들고, 리처드가 나를 볼 수 없는 유일한 곳인 여자 화장실로 달려갔다. 유니폼 위에 셔츠를 걸치고 노트북 컴퓨터를 세면대 옆에 놓은 뒤 30분 동안 무료인 공항 와이파이에 접속하고서 화면 앞에 자리를 잡았다. 고프니크 씨의 스카이프 전화는 5시 정각, 내가 아일랜드 댄서 가발을 벗는 순간에 걸려왔다.

레너드 고프니크의 얼굴 이외에는 아무것도 보이지 않았지만, 그가 부자인 것은 알 수 있었다. 그는 아름답게 커트한 반백의 머리를 하고, 타고난 권위를 드러내며 작은 화면을 응시하면서 한마디도 낭비 없이 말했다. 음, 그의 등 뒤에 금색 액자 사진도 있었다.

그는 나의 학업이나 자격증, 경력이나 핸드 드라이어 옆에서 면접을 보는 이유에 대해서는 아무 말도 안 했다. 몇 가지 서류를 보더니 트레이너 가족과의 사이가 어떤지 물었다.

"좋습니다! 그분들이 추천서를 써주실 겁니다. 최근 이런저런 이유로 두 분을 만났습니다. 사이는 좋습니다. 다만 그때의 상황…….”

“고용이 종결된 상황 말이군요.” 낮고 확고한 목소리였다. “네, 네이선이 그 상황에 대해서는 충분히 설명했습니다. 중대한 일이더군요.”

“네, 그랬습니다.” 잠시 어색한 침묵이 흐른 뒤에 내가 말했다. “하지만 그것도 특권이라고 생각했습니다. 윌의 인생의 일부가 되는 것이었으니까요.”

그는 이 말을 이해했다. “그 후로 무슨 일을 하고 있습니까?”

“음, 저, 유럽에서 여행을 좀 했는데, 재미있었습니다. 여행은 좋은 것이니까요. 그리고 시야를 넓히고. 당연한 말이지만요.” 나는 웃으려고 애썼다. “지금은 공항에서 일하고 있지만 사실은…….” 이렇게 말하고 있는데 문이 뒤에서 열리더니 어떤 여자가 바퀴 달린 가방을 끌고 들어왔다. 그 여자가 화장실에 들어가는 소리가 들리지 않기를 바라며 컴퓨터 방향을 바꿨다. “장기적으로 하고 싶은 일은 아닙니다.” 속으로 빌었다. ‘제발 큰 소리로 오줌 누지 마세요.’

그는 현재 하는 일과 급료 수준에 대해서 몇 가지 더 물었다. 나는 변기 물 내리는 소리를 무시하며 앞만 봤다.

“그리고 원하는 일은…….” 고프니크 씨가 말하려는데, 그 여자가 내 뒤에서 손을 뻗더니 핸드 드라이어를 가동시켜 굉음이 터져 나왔다. 그가 인상을 찡그렸다.

“잠시만 기다려 주세요, 고프니크 씨.” 나는 마이크라고 생각되는 곳을 엄지로 가렸다. “죄송해요.” 그 여자에게 외쳤다. “그거 쓰시면 안 돼요……. 고장 났어요.”

여자는 완벽히 손질된 손가락을 문지르며 내게 말했다. “아뇨, 고장 아니에요. 고장 표시가 어디 있나요?”

“불이 붙었어요. 갑자기. 아주 위험해요.”

그 여자는 나를, 그리고 핸드 드라이어를 수상하다는 듯 노려보더니 손을 빼고 가방을 들고 나갔다. 나는 아무도 들어오지 못하게 문에 의자를 기대놓고 고프니크 씨가 나를 볼 수 있도록 노트북의 위치를 바꿨다. “정말 죄송합니다. 직장에서 하다 보니 좀…….”

그는 서류를 보고 있었다. “최근 사고를 당하셨다더군요.”

나는 침을 삼켰다. “네. 하지만 많이 나아졌습니다. 몸 상태는 완벽합니다. 음, 다리를 약간 저는 것 말고는 좋습니다.”

“아무리 건강해도 그럴 수는 있죠.” 그가 살짝 웃으면서 말했다. 나도 미소를 지었다. 누군가 문을 열려고 했다. 나는 몸을 움직여 체중으로 문을 막았다.

“그럼 가장 힘든 점은 뭡니까?” 고프니크 씨가 말했다.

“네?”

“윌리엄 트레이너와 일했을 때. 상당히 힘든 일 같은데.”

나는 망설였다. 갑자기 실내가 고요해졌다. “놓아준 거요.” 이렇게 말했다. 그리고 입술을 깨물며 울음을 참고 있었다.

수천 킬로 너머에서 레너드 고프니크 씨가 나를 보고 있었다. 눈가를 훔치고 싶은 충동을 억눌렀다.

“비서가 연락드릴 겁니다, 클라크 씨. 시간 내주셔서 감사합니다.” 그는 고개를 까닥이더니 멈췄고, 나는 꺼진 화면을 멍하니 쳐다보며 또 망쳤다고 생각했다.

그날 밤, 집으로 돌아가면서 면접을 생각하지 않기로 했다. 대신 머릿속으로 마크의 말을 주문처럼 반복했다. 릴리가 한 짓들, 모르는 손님들, 도둑맞은 것, 마약, 끊임없이 늦은 귀가, 물건을 멋대로 빌려간 것을 되뇌며 모임 사람들이 제안한 시각으로 그 일들을 봤다. 릴리는 혼돈이자 무질서였고 받기만 하고 갚지 않는 아이였다. 어리고 윌과 생물학적으로 연결되어 있었지만, 그렇다고 내가 그 애를 전적으로 책임지거나 그 애가 일으키는 혼란을 참아야 한다는 의미는 아니었다.

기분이 조금 나아졌다. 그랬다. 마크가 한 다른 말도 떠올렸다. 슬픔을 벗어나는 여정은 결코 직선이 아니라는 것. 좋은 날도, 나쁜 날도 있었다. 오늘은 그저 나쁜 하루이고, 구부러진 길이니 가로질러 살아남으면 되었다.

나는 아파트로 들어가 가방을 내려놓았다. 출근할 때와 똑같이 나를 기다리고 있는 집이 주는 작은 기쁨에 문득 감사했다. 시간이 좀 지난 뒤 릴리에게 문자를 보내고, 앞으로는 약속한 뒤 규칙에 따라 만나자고 다짐했다. 새 직장을 얻는 데 에너지를 집중할 생각이었다. 앞으로는 나 자신을 생각하기로 했다. 나 자신이 치유되도록 노력할 것이다. 그렇게 생각하다가 문득, 이 모든 다짐과 결심이 타니아 호턴밀러가 할 것처럼 느껴져서 그만뒀다.

화재 비상구를 쳐다봤다. 제1단계는 저놈의 옥상에 다시 올라가는 것이다. 공황장애를 일으키지 않고 그 위로 혼자 올라가 30분 정도 앉아서 바람을 쐬고 내 공간에서 터무니없는 상상에 사로잡히는 짓을 그만둘 것이다.

유니폼을 벗고 반바지를 입은 뒤, 자신감을 얻기 위해 윌이 죽은 후 그의 집에서 가져온 가벼운 캐시미어 스웨터를 입었다. 부드러운 감촉에 위로받았다. 복도를 걸어가 창문을 활짝 열었다. 작은 계단 2층만 오르면 되었다. 그러면 옥상이다.

"아무 일도 없을 거야." 소리 내어 이렇게 말한 뒤 심호흡을 했다. 비상구로 나가는데 이상하게도 다리에 힘이 들어가지 않았지만, 그저 느낌일 뿐이라고, 불안의 잔재일 뿐이라고 생각했다. 다른 모든 것이 그렇듯 그것도 극복할 수 있었다. 윌의 목소리가 귓가에 들려왔다.

'어서요, 클라크. 한 번에 한 걸음씩.'

양손으로 난간을 꽉 잡고 오르기 시작했다. 아래는 내려다보지 않았다. 얼마나 높이 올라갔는지 확인하지도 않고, 살짝 불어오는 바람에 지난번 사건이, 사라지지 않는 골반의 통증이 떠오르는 것도 무시했다. 샘을 떠올리자 치미는 분노가 원동력이 되어주었다. 나는 피해자가, 그저 당하는 사람이 될 필요가 없었다.

이런 생각을 하면서 2층까지 올라갔는데 다리가 후들거리기 시작했다. 야트막한 담이 무너질까 봐 우아하지 못한 꼴로 기어오른 뒤, 네 발로 옥상에 내려섰다. 기운이 없고 진땀이 났다. 엎드린 채, 눈을 꼭 감고서 옥상에 올라왔다는 사실을 받아들이려고 했다. 해냈다. 나의 운명을 내가 통제했다. 정상이라는 느낌이 들 때까지 거기 있을 생각이었다.

다리를 뻗고 앉아서 주위의 단단한 벽을 붙잡고는 뒤로 기대어 길게 심호흡을 했다. 괜찮은 것 같았다. 아무것도 움직이지 않았다. 해냈다. 그리고 눈을 뜨자 숨이 턱 멎었다.

옥상에는 울긋불긋 꽃이 만발해 있었다. 내가 몇 달 동안 방치해서 죽은 화분에 붉은색과 보라색 꽃이 가득 자라 폭포처럼 흘러넘치고 있었다. 두 개의 새로운 화분에서는 작은 파란 꽃잎이 구름처럼 가득 피어 있었고, 벤치 옆에는 단풍나무 분재 화분이 놓여 있었다. 바람에 그 잎이 섬세하게 떨리고 있었다.

남쪽의 볕이 드는 구석에는 흙이 가득 담긴 큰 봉지 두 개가 물탱크 옆에 놓여 있었는데, 그 줄기에는 붉은 방울토마토가 매달려 있었고, 또 하나에서는 가녀린 푸른 잎이 가운데에 자라나고 있었다. 그쪽으로 천천히 걸어가며 재스민 향기를 맡았다. 그리고 철제 벤치를 꽉 쥐고서 내 거실에서 있던 쿠션에 주저앉았다.

내 삭막한 옥상에 만들어진 차분하고 아름다운 오아시스를 믿을 수 없는 심정으로 바라봤다. 릴리가 화분에서 죽은 가지를 꺾으며 식물을 죽게 하는 것은 범죄라며 진지하게 말하던 것이 떠올랐다. 트레이너 부인의 정원에서 "데이비드 오스틴 장미"라고 무심하게 말한 것도 떠올랐다. 복도에 떨어져 있던 작은 흙더미도 기억났다.

나는 양손에 머리를 묻었다.

17.

릴리에게 두 번 메시지를 보냈다. 처음에는 옥상을 꾸며줘서 고맙다고 인사하기 위해서였다.

너무 아름다워. 말해줬음 좋았을걸.

하루 뒤 우리 사이가 이렇게 틀어져서 유감이라고, 뭘 이야기를 더 하고 싶으면 최선을 다해 대답해 주겠다고 했다. 가족과 연락을 취하는 것이 중요하니 트레이너 씨와 새로 태어난 아기를 만나보기를 바란다고 덧붙였다.

릴리는 대답하지 않았다. 놀랍지 않았다.

그 후 이틀 동안, 흔들리는 이를 자꾸 만져보는 사람처럼 옥상으로 자꾸 되돌아가는 나 자신을 발견했다. 화분에 물을 주면서 슬금슬금 되살아나는 죄책감을 느꼈다. 환한 꽃들 사이를 걸어 다니며, 내가 일하는 동안 릴리가 비료와 화분을 갖고 올라와 시간을 보내는 광경을 상상했다. 하지만 우리가 어떻게 지냈는지 돌이켜 생각할 때마다 자꾸만 같은 생각이 머릿속을 맴돌았다. 내가 어떻게 해야 했을까? 트레이너 씨 부부가 릴리를 제대로 받아들이게 할 수도, 릴리를 더 행복하게 만들어줄 수도 없었다. 그렇게 해줄 수 있었던 단 한 사람은 떠나고 없었다.

내가 사는 건물 앞에 오토바이 한 대가 서 있었다. 근무가 끝난 뒤, 녹초가 되어서 차 문을 잠그고 다리를 절며 우유를 사러 길을 건너갔다. 비가 내리고 있어서 고개를 숙이고 걸었다. 고개를 들어보니 건물 입구에 낯익은 유니폼이 보였고, 심장이 쿵 내려앉았다.

돌아가면서 그를 지나쳐 가방 안에 손을 넣고 열쇠를 찾았다. 왜 긴장하면 손가락이 뻣뻣해질까?

"루이자."

열쇠는 잡히지 않았다. 가방을 다시 뒤지면서 빗과 티슈 조각, 잔돈을 떨어뜨렸고, 욕설을 내뱉었다. 주머니를 뒤져보았다.

"루이자."

그 순간, 토할 것 같은 느낌과 함께 열쇠가 어디 있는지 떠올랐다. 출근하기 전에 벗어놓은 청바지 주머니에 있었다. 아, 정말이지.

"이럴 겁니까? 날 모른 척해 버릴 거예요? 이런 식으로 끝내는 거예요?"

나는 심호흡을 하고 어깨를 조금 펴면서 그를 마주 봤다. "샘."

그도 지쳐 보였다. 턱에는 까칠한 수염 자국이 있었다. 방금 근무를 마치고 온 것일지도 모른다. 이런 걸 알아보는 것은 현명하지 못했다. 그의 어깨에서 약간 왼쪽 지점에 시선을 맞췄다.

"이야기 좀 해도 돼요?"

"무슨 의미가 있는지 모르겠네요."

"의미가 없다고요?"

"무슨 말을 하려는 건지 알아요. 왜 여기 찾아왔는지 모르겠어요."

"열여섯 시간 근무를 마치고 도나를 저 위에 내려줬어요. 당신을 만나서 우리가 왜 이렇게 됐는지 알아봐야겠다 싶어서 왔어요. 난 전혀 모르겠으니까."

"정말요?"

"정말요."

우리는 서로 노려봤다. 그가 이렇게 까칠한 걸 왜 몰랐을까? 이렇게 불쾌한 인간이라는 걸. 지금은 이렇게 온몸이 그를 거부하는데, 어떻게 그때는 욕망에 사로잡혀 아무것도 보지 못했을까. 마지막으로 열쇠를 한 번 더 찾아보고는 문을 걷어차고 싶은 충동을 억눌렀다.

"그러니까, 힌트라도 주지 않을래요? 피곤해요, 루이자. 장난치는 거 좋아하지 않아요."

"당신이 장난을 싫어한다고요." 쓴웃음과 함께 말이 튀어나왔다.

그는 숨을 들이쉬었다. "좋아요. 한 가지. 한 가지만 말하고 갈게요. 왜 전화를 안 받는지 알고 싶을 뿐이에요."

믿을 수 없는 심정으로 그를 봤다. "왜냐면 내가 아무리 어리석긴 해도 그렇게 멍청이는 아니니까요. 아니, 경고 신호를 보긴 했지만, 무시했어요. 하지만 어쨌든 전화를 받지 않은 것은 당신이 아주, 몹쓸 인간이기 때문이에요. 알겠어요?"

나는 허리를 숙여 땅에 떨어진 물건을 주우면서 몸속의 온도조절 장치가 터진 것처럼 열이 확 오르는 것을 느꼈다. "아, 연기 진짜 좋았어요. 아주 좋았다고요. 그렇게 구역질 나는 상황이 아니었으면, 솔직히 감탄했을 거예요." 나는 허리를 펴고 가방의 지퍼를 닫았다. "착한 아버지 샘. 상냥하고, 직관적이고. 그런데 사실은 어때요? 런던 여자 절반이랑 자고 돌아다니느라 아들이 불행한 것도 모르지."

"아들이요?"

"그래요! 우리는 그 애 말을 듣는다고요. 아니, 모임에서 나눈 이야기를 밖에서 하면 안 돼요. 그리고 제이크는 십 대니까 당신한테 말하지 않겠죠. 하지만 엄마가 없어서, 게다가 당신이 여자들을 끝도 없이 침대에 끌어들이면서 슬픔을 견디고 있어서, 그 애는 아주 비참하다고요."

나는 손을 휘저으며, 닥치는 대로 외치고 있었다. 사미르와 그의 사촌이 가게 창문을 통해 나를 보고 있었다. 상관없었다. 내 생각을 말할 기회는 지금뿐일 수도 있었다.

"그래요, 알아요. 맞아요. 나도 멍청하게 그런 여자가 됐죠. 그러니까 제이크한테, 그리고 나한테, 당신은 몹쓸 인간이에요. 그래서 지금은 당신과 이야기하고 싶지 않아요. 아니, 사실은 앞으로도 마찬가지예요."

그는 머리를 문질렀다. "제이크 이야기가 맞아요?"

"물론이죠. 또 다른 아들이 있어요?"

"제이크는 내 아들이 아니에요."

나는 그를 노려봤다.

"제이크는 누나 아들이에요. 아들이었어요." 그가 고쳐 말했다. "조카예요."

그 말을 이해하는 데 몇 초가 걸렸다. 샘도 역시 무슨 상황인지 이해하려는 듯 이맛살을 찡그리며 나를 가만히 쳐다봤다.

"하지만…… 그 앨 데리러 오잖아요. 당신이랑 같이 살고."

"그 애 아빠가 일하는 시간이라 월요일에 데리러 가는 거예요. 가끔 나랑 지내기도 해요. 하지만 같이 살지는 않아요."

"제이크가, 당신 아들이 아니라고요?"

"애는 없어요. 내가 아는 바로는. 하지만 릴리 이야기를 들으니 혹시나 싶기는 해요."

나는 그가 제이크를 끌어안는 모습을 떠올리고 머릿속으로 대여섯 차례의 대화를 되돌려 봤다. "하지만 우리가 처음 만났을 때 그 애를 봤어요. 그리고 당신이 나랑 이야기할 때 그 애가 어이없다는 표정을 짓기에……."

샘이 고개를 숙였다.

"어머." 나는 손으로 입을 가렸다. "그 여자들은 그럼……."

"내가 만나는 게 아니에요."

우리는 거리 한복판에 서 있었다. 사미르는 아예 문 앞으로 나와 구경하고 있었다. 다른 사촌들도 모여 있었다. 왼쪽 버스 정류장에서는 우리가 알아차렸다는 것을 깨닫고는 모두 고개를 돌렸다. 샘은 내 뒤의 문을 향해 고갯짓을 했다.

"안에 들어가서 이야기할 수 있을까요?"

"네. 네. 아. 아뇨, 안 돼요." 내가 말했다. "열쇠를 두고 나온 모양이에요."

"여분의 열쇠는?"

"집에 있어요."

그는 얼굴을 한 번 쓰다듬더니 시계를 확인했다. 뼛속까지 지친 모습이 역력했다. 나는 문 쪽으로 한 걸음 물러났다.

"저…… 가서 좀 쉬어요. 내일 이야기해요. 미안해요."

빗줄기가 갑자기 세졌고, 하수구에서 물이 콸콸 흐르며 거리에 물이 넘쳤다. 길 건너 사미르와 사촌들이 안으로 들어갔다.

샘은 한숨을 쉬었다. 하늘을 올려다보더니 다시 나를 쳐다보았다.

"기다려요."

샘은 사미르에게서 빌려온 큰 스크루드라이버를 들고 나를 따라 화재 비상구로 올라왔다. 젖은 바닥에 두 번이나 미끄러진 나를 그의 나를 잡아줬다. 그럴 때마다 예상치 못한 뜨거운 것이 내 몸을 관통하는 느낌이었다. 내가 사는 층에 도착하자 그는 스크루드라이버를 창틀에 밀어 넣더니 지렛대처럼 위로 밀어 올리기 시작했다. 고마울 정도로 빨리 열렸다.

"자요." 샘은 창문을 위로 올려 한 손으로 잡고서 살짝 못마땅한 표정을 지으며 내게 들어가라고 손짓했다. "이 지역에 사는 독신 여성의 집 창문이 이렇게 쉽게 열리다니."

"당신은 이 지역에 사는 독신 여성처럼 생기지 않았어요."

"농담 아니에요."

"괜찮아요, 샘."

"당신이 몰라서 그래요. 안전하게 지내기를 바라요."

웃으려고 했지만 무릎이 떨리고 손바닥은 젖은 난간에서 자꾸 미끄러졌다. 그를 지나치면서 살짝 비틀거렸다.

"괜찮아요?"

나는 고개를 끄덕였다. 그는 내 팔을 잡더니 내가 안으로 들어가도록 부축했다. 나는 창가 카펫에 주저앉아서 정상 상태로 돌아오기를 기다렸다. 며칠째 제대로 자지 못했다. 나를 지탱하던 분노와 아드레날린이 모두 빠져나가 버린 듯, 반쯤은 죽은 느낌이었다.

샘이 들어오더니 창문을 닫고 새시 위의 부서진 자물쇠를 봤다. 복도는 어두웠고 옥상에서 비 떨어지는 소리가 작게 들려왔다. 그는 주머니를 뒤지더니 이런저런 잡동사니와 함께 작은 못을 꺼냈다. 그는 스크루드라이버 손잡이를 이용해 밖에서는 아무도 창문을 열지 못하도록 못을 박았다. 그리고 무거운 발걸음으로 내 옆으로 걸어와 손을 내밀었다.

"파트타임 주택 공사의 장점이죠. 항상 못이 있거든요. 자." 그가 말했다. "거기 앉아 있으면 다시는 못 일어나요."

그의 손을 잡고 일어나는 동안 살펴보니, 머리는 비에 젖어 납작해졌고, 피부는 복도 불빛에 반짝였다. 내가 인상을 쓰는 것을 그가 봤다.

"골반이?"

고개를 끄덕였다.

그는 한숨을 쉬었다. "말을 하지 그랬어요." 그의 눈 밑이 피로 때문에 자줏빛으로 물들어 있었다. 왼손 손등에는 길게 긁힌 상처가 두 개 있었다. 전날 밤에 무슨 일이 있었는지 궁금했다. 그가 주방으로 들어갔고, 물 트는 소리가 들렸다. 돌아온 그의 손에 알약 두 개와 컵이 있었다. "사실 이거 주면 안 되지만. 통증 없이 하룻밤을 보낼 수 있을 거예요."

감사한 마음으로 받아 들었다. 그는 내가 약 먹는 것을 봤다.

"규칙을 따르기는 해요?"

"일리가 있다고 생각되면 따르죠." 그는 내게서 컵을 받았다. "그럼 이제 화해한 거죠, 루이자 클라크?"

나는 고개를 끄덕였다.

샘은 긴 한숨을 내쉬었다. "내일 전화할게요."

나중에 생각해 보면 무슨 생각으로 그랬는지 알 수 없었다. 내 손이 그의 손을 잡았다. 그의 손가락이 천천히 내 손가락을 쥐는 것이 느껴졌다. "가지 마요. 늦었어요. 그리고 오토바이는 위험해요."

그의 다른 손에서 스크루드라이버를 받아서 카펫 위로 떨어뜨렸다. 그는 나를 한참 보더니 한 손으로 자기 얼굴을 쓰다듬었다. "지금은 내가 별로 쓸모가 없을 것 같은데."

"그럼 성적인 만족을 위해서 당신을 이용하지 않겠다고 약속할게요." 나는 그의 눈을 계속 응시했다. "이번에는."

그의 미소는 느릿느릿 떠올랐지만, 일단 미소가 떠오르자 나도 모르게 지고 있던 짐을 내려놓은 듯했다. 마치 모든 것이 떨어져 나간 것처럼 홀가분해졌다.

'높은 데서 떨어지면 어떻게 될지 아무도 몰라요.'

그는 스크루드라이버 위로 한 발을 뗐고, 나는 말없이 그를 내 방으로 이끌었다.

나는 어두운 방에 누워서, 기분 좋게 팔로 나를 누르고 잠든 남자의 몸에 한쪽 다리를 얹고 그 얼굴을 봤다.

'심장마비 사망, 오토바이 사고, 자살하려는 십 대와 피보디 주택단지◇에서 갱스터 칼싸움. 가끔 하루에도 좀…….'

'쉬잇. 괜찮아요. 자요.'

샘은 유니폼도 겨우 벗었다. 티셔츠와 팬티만 남기고 옷을 벗더니 내게 키스하고 눈을 감고는 죽은 듯이 잠들었다. 먹을 것을 만들어야 할지, 아니면 그가 깼을 때 내가 제대로 사는 사람이라는 느낌을 주기 위해 조금이라도 집 정리를 해야 할지 궁리했다. 결국 옷을 벗고 그 옆에 누웠다. 잠시만이라도 그저 그 옆에서, 맨다리를 그의 티셔츠에 대고, 그와 숨결을 섞고 싶었다. 그의 숨소리를 들으며 누워서 사람이 그렇게 꼼짝도 안 할 수 있다는 사실에 놀랐다. 그의 콧날에 살짝 튀어나온 부분, 턱에 난 수염의 명암 차이, 새카만 속눈썹 끝이 아주 조금 구부러진 것을 관찰했다. 그를 독신이자 정 많은 삼촌으로 만드는 새로운 필터를 통해서 우리가 나눈 대화를 처음부터 다시 떠올렸다. 나의 멍청함에 웃음을 터뜨리고, 오해에 움츠리고 싶었다.

그의 얼굴을 두 번 살짝 만져보았고, 소독약과 남자의 땀에서 나는 원초적인 향이 섞인 살냄새를 맡았다. 두 번째로 얼굴을 만지니

◇ 피보디는 런던 각지의 주택단지 건설과 재개발을 주도해 온 단체이다.

그의 손이 반사적으로 내 허리를 꽉 잡았다. 나는 바로 누워서 가로등 불빛을 바라보았고, 그때만큼은 내가 이 도시의 이방인이 아니라는 느낌이 들었다. 그리고 마침내 졸음이 오고…….

샘의 눈이 내 눈앞에서 떠졌다. 잠시 후 그는 여기가 어딘지 깨달았다.

"안녕."

화들짝 놀라며 샘이 깨어났다. 이 짧은 시간 동안 유지되는 꿈처럼 멍한 상태. '그가 내 침대에 있다. 그의 다리가 내 다리에 닿아 있다.' 내 얼굴에 슬며시 떠오르는 미소. "당신도 안녕."

"몇 시죠?"

나는 돌아누워 알람 시계를 확인했다. "5시 15분이요." 시간이 질서를 불러오고, 마지못해 세상이 이해되기 시작했다. 아직 어두운 밖에는 나트륨 불빛이 비추고 있었다. 택시와 야간 버스가 지나다녔다. 이곳에는 캄캄한 방에 그와 나, 따뜻한 침대와 그의 숨소리뿐이었다.

"여기 어떻게 왔는지도 기억이 안 나네." 그가 얼굴을 돌리자 가로등 불빛에 찡그린 얼굴이 살짝 보였다. 전날의 기억이 천천히, 소리 없이 내려앉으면서 '아, 그렇지'라는 생각이 드는 과정을 지켜봤다.

그가 고개를 돌렸다. 내 입술 바로 앞에 그의 입술이 다가왔다. 따뜻하고 달콤한 숨결. "보고 싶었어요, 루이자 클라크."

그에게 말하고 싶었다. 나는 어떤 감정인지 모르겠다고. 그를 원하지만 그를 원한다는 사실이 두려웠다. 내 행복을 전적으로 남에게 의존하는 것, 내가 통제할 수 없는 운에 사로잡히는 것이 싫었다.

내 표정을 읽고 그가 말했다. "생각 그만해요."

그가 나를 끌어안자 나는 긴장이 풀렸다. 이 남자는 날마다 생과 사의 다리 위에서 하루를 보낸다. 그는 나를 이해했다. "당신은 생각이 너무 많아요."

그의 손이 내 얼굴을 쓰다듬었다. 나는 반사적으로 그를 보고, 그의 손바닥에 내 입술을 댔다. "그냥 살기만 해요?" 내가 속삭였다.

그는 고개를 끄덕이고 내게 천천히, 오랫동안, 달콤하게 키스했다. 내 몸이 휘며, 온통 바라고, 원하고, 열망할 때까지.

그의 목소리가 내 귓전에 낮게 울렸다. 내 이름을 부르며 나를 끌어당겼다. 그가 부르는 내 이름이 소중하게 느껴졌다.

그 후 사흘 동안은 한밤의 밀회와 짧은 만남으로 점철되어 시간이 어떻게 지나가는지 알 수 없었다. 내가 막 나가려는데 그가 갑자기 찾아오는 바람에 새출발 모임의 '이상화 토론 주간'을 놓쳤고, 우리는 어쩌다 보니 서로 뒤엉켜 쓰러졌고, 달걀 타이머가 울릴 때 그는 옷을 입고 제시간에 제이크를 데리러 달려 나갔다. 퇴근해 돌아오니 두 번이나 그가 나를 기다리고 있었다. 그의 입술이 내 목덜미에 닿고 큼직한 손이 허리에 닿으면 샘록 앤드 클로버에서 겪은 수모는 잊을 수는 없어도 잠시 치워놓을 수 있었다.

그에게 저항하고 싶었지만 그럴 수 없었다. 어지럽고, 집중할 수 없었으며, 잠도 오지 않았다. 방광염에 걸렸지만 상관하지 않았다. 일하는 내내 콧노래를 흥얼거렸고, 손님들과 시시덕거렸으며, 리처드의 불평에 명랑하게 웃어줬다. 내가 행복해하자 매니저는 기분이 상했다. 그의 표정에서, 나를 꾸짖을 사소한 잘못을 찾는 눈길에서 알 수 있었다.

그래도 아무렇지 않았다. 나는 샤워하며 노래를 불렀고, 하루가 꿈처럼 흘러갔다. 예전에 입던 드레스와 밝은색 카디건, 새틴 하이힐을 신었다. 비눗방울은 조만간 터지기 마련임을 알고 있기에 비눗방울 같은 행복 속에서 마음껏 즐겼다.

"제이크한테 말했어요." 샘이 말했다. 내가 오후 근무를 나가기 위해 집에서 출발하기 전, 그와 도나가 30분 휴식 시간을 이용해 점심을 먹고 내 아파트 앞으로 왔다. 나는 구급차 앞자리 보조석에 앉았다.

"뭐라고 했어요?" 그는 모차렐라와 방울토마토, 바질 샌드위치를 만들어서 싸 왔다. 샘의 정원에서 자란 토마토가 입안에서 톡톡 터졌다. 내가 혼자 해 먹는 음식에 그는 경악했다.

"당신이 내가 그 애 아빠인 줄 알았던 거요. 제이크가 그렇게 웃는 건 몇 달 만에 처음 봤어요."

"설마 제이크 아빠가 섹스하고 운다는 말을 했다고는 안 했죠?"

"나도 그러는 사람을 봤는데." 도나가 말했다. "아주 흐느껴 울던데요. 당황스러웠어요. 처음에는 내가 그 사람 페니스를 부러뜨린 줄 알았죠."

나는 입을 딱 벌리고 도나를 쳐다봤다.

"그런 일도 있거든요. 정말로. 출동한 적도 두어 번 있지 않아?"

"그렇지. 섹스 부상이 얼마나 많은지 알면 놀랄걸요." 샘은 내 무블 위에 놓인 샌드위치를 가리켰다. "다 먹고 나면 이야기해 줄게요."

"섹스 부상. 아이고. 세상에 걱정할 일이 모자랄까 봐."

그가 샌드위치를 먹으면서 나를 곁눈질로 봤고, 나는 얼굴이 붉어졌다. "염려 말아요. 내가 알려줄 테니까."

"미리 말해두는데, 친구." 도나가 언제나 옆에 있는 에너지 드링크를 건네면서 말했다. "자기가 그런 경우에 난 절대 출동하지 않을 거야."

그 안에 있으면 즐거웠다. 샘과 도나는 인간의 온갖 상태를 보고 처치해 온 사람들 특유의 진지하면서도 가벼운 태도를 갖고 있었다. 그들은 우습기도 하고, 어둡기도 했으며 그들 사이에 껴 있으면 내 삶이 아무리 이상해도 사실 굉장히 정상이라는 느낌에 묘하게 마음이 편해졌다.

서너 차례 함께 점심을 먹고 알게 된 사실은 다음과 같다.

- 70세 이상의 남녀는 팔다리 하나가 빠져서 흔들거려도 아프다고 하거나, 치료에 불평하는 일이 거의 없다.
- 그런 노인들은 거의 항상 '소동을 일으켜' 미안하다고 사과한다.
- '환자 PFO'라는 용어는 과학 용어가 아니라 '열받아서 뛰어내린 환자Pissed and Fell Over'의 약자다.
- 구급차에서 아이를 낳는 경우는 드물다. (그건 실망스러웠다.)
- '구급차 운전사'라는 말은 아무도 쓰지 않는다. 특히 구급차 운전사들은 쓰지 않는다.

- 통증을 1부터 10까지 숫자로 나타내라고 하면 '11'이라고 대답하는 남자들이 항상 있다.

하지만 샘이 긴 하루를 보내고 귀가할 때 가장 뚜렷하게 느껴지는 것은 절망이었다. 혼자 연금으로 사는 사람들, 자기 집 계단을 오르내릴 수 없을 정도로 몸집이 커져 텔레비전 앞에서 꼼짝도 못하는 비만 환자들, 영어를 못해 필요할 때 신고도 못 하고 숱한 아이들과 집에 갇혀 지내는 어린 엄마들, 그리고 우울증과 고질병과 애정결핍에 시달리는 이들.

샘은 가끔은 전염되는 것 같다고 말했다. 소독약 냄새와 함께 우울한 기분도 살갗에서 벗겨내야 했다. 그리고 지하철역에서, 소리 없는 욕실에서 자기 목숨을 끊고, 누군가 냄새를 알아차리거나 누구네 우편물이 넘치고 있는지 의아해할 때까지 몇 주, 몇 달 동안 방치된 자살자들.

"두려울 때도 있어요?"

커다란 몸의 샘이 내 작은 욕조에 누워 있었다. 몸에 묻은 총상 환자의 피 때문에 물이 살짝 핑크색으로 변했다. 주위에 벌거벗은 남자가 있는 것에 얼마나 쉽게 익숙해지는지 조금 놀라웠다. 특히 혼자서 움직일 수 있는 벌거벗은 남자에게.

"겁이 많으면 이 일 못 해요." 그가 짧게 대답했다.

샘은 구급대원이 되기 전에 군인이었다. 이런 경력이 드문 것은 아니었다. "우리가 겁을 내지 않고 이런저런 꼴을 다 봤으니 구조대에서 좋아하죠. 하지만 취한 애들이 탈레반보다 훨씬 더 무서울 때가 있어요."

나는 변기에 앉아서 물에 잠긴 그의 몸을 보았다. 그의 몸이 지닌 크기와 힘을 보기만 해도 몸이 떨렸다.

"이봐요." 그가 내게 스쳐 가는 표정을 보더니 한 손을 내밀었다. "괜찮아요. 나는 위험을 잘 감지하니까." 내 손을 잡았다. "하지만 사람 사귀기에 좋은 직업은 아니에요. 지난번 여자친구는 감당하지 못했어요. 근무시간도 그렇고. 야간 근무도. 엉망이니까."

"핑크색 목욕물도."

"그래요. 미안해요. 소방서 샤워기가 고장 났거든요. 집에 먼저 들렀어야 하는데." 그는 집에 먼저 갈 수는 없었다는 표정으로 나를 쳐다봤다. 그리고 마개를 뽑아 물을 좀 흘려보낸 뒤 다시 물을 틀었다.

"그런데 어떤 사람이었어요? 예전 여자친구는?" 나는 무심한 척 물었다. 샘이 여자를 쉽게 만나는 남자가 아니라는 사실이 밝혀졌으므로 나도 집착하는 여자친구가 되지는 않을 작정이었다.

"이오나요. 여행사 직원이었어요. 상냥한 사람이었죠."

"하지만 사랑하진 않았군요."

"왜 그렇게 말해요?"

"사랑한 사람한테 '상냥한 사람'이라고 하진 않거든요. 그건 '우린 아직 친구 사이'라고 말하는 거나 똑같아요. 감정이 없었다는 뜻이죠."

그는 잠시 흥미를 느꼈다. "사랑했으면 뭐라고 말했을까요?"

"아주 진지한 표정으로 '캐런. 완전 악몽이었죠'라고 하거나 눈을 꾹 감고 '그 이야기는 하고 싶지 않아요'라고 말했을 거예요."

"그런 것 같기도." 그는 잠시 생각했다. "솔직히 말하면 누나가 죽은 후로 감정을 깊이 느끼고 싶지 않았어요. 엘런 누나랑 몇 달 지내면서 간병을 도와주고 나니 쓰러질 것 같았어요." 그가 나를 흘낏 쳐다보았다. "암은 참 잔인해요. 매형도 망가졌어요. 그런 사람들이 있어요. 그래서 내가 필요할 것 같았어요. 솔직히 말하면 우리 모두 무너질 수 없으니까 제정신을 차리고 있었죠." 우리는 잠시 말없이 앉아 있었다. 그의 눈이 조금 붉어진 것이 슬픔 때문인지 비누 때문인지 알 수 없었다.

"어쨌든. 그래요. 어쩌면 그때 좋은 남자친구가 아니었을지도 몰라요. 그럼 당신은요?" 그가 한참 만에 내게 물었다.

"윌이요."

"당연히 그렇겠죠. 그 후론 아무도 안 만났어요?"

"이야기하고 싶은 사람이 없어요." 나는 몸을 떨었다.

"모두 자신만의 길이 있는 거예요, 루이자. 자책하지 말아요."

그의 살갗은 뜨겁고 젖어 있어서 손가락을 꼭 잡기 어려웠다. 손을 놓자 그는 머리를 감기 시작했다. 나는 앉아서 그를 바라보면서 기분이 좋아졌다. 그의 어깨 근육과 젖은 피부를 감상했다. 그가 머리 감는 모습이 좋았다. 열심히, 당연하다는 듯이, 강아지처럼 물을 털어내는 모습이.

"참. 나 면접 봤어요." 그가 목욕을 마친 후 내가 말했다. "뉴욕에서 일하는 거예요."

"뉴욕." 그가 눈썹을 치켜떴다.

"떨어질 거예요."

"아깝네. 뉴욕에 갈 핑계가 있으면 했는데." 그는 입만 수면 위에 뜨도록 온몸을 천천히 물에 담갔다. 입이 천천히 미소를 지었다. "하지만 저 의상은 하나 남겨둘 거죠?"

분위기가 바뀌는 것이 느껴졌다. 그리고 그를 놀라게 하려는 것 말고는 아무 이유도 없이, 옷을 입은 채로 욕조에 들어가 그에게 키스했고, 그는 웃으며 물을 튀겼다. 쓰러지기 너무나 쉬운 세상 속에서 그가 믿음직한 존재라는 사실이 문득 기뻤다.

드디어 집을 정리하기 시작했다. 쉬는 날 안락의자 하나, 커피 테이블 하나를 샀고, 작은 액자도 사서 텔레비전 옆에 걸었다. 누군가 여기 산다는 느낌이 겨우 들었다. 새 침구와 쿠션 두 개를 샀고 내 빈티지 옷을 모두 옷장에 걸었다. 옷장 문을 열면 싸구려 청바지와 너무 짧은 루렉스 스커트 대신 온갖 패턴과 색상이 보였다. 개성 없는 아파트가 집처럼 느껴지지는 않아도 나를 맞아주는 느낌이 나는 공간으로 바뀌었다.

근무시간을 결정하는 신께서 보우하사, 샘과 내가 같이 쉬는 날이 생겼다. 열여덟 시간 계속해서 그는 사이렌을, 나는 팬파이프 소리나 볶은 땅콩에 대한 불평을 듣지 않아도 되었다. 샘과 보내는 시간은 혼자 보내는 시간보다 두 배는 빨리 흘러갔다. 우리가 함께 할 수 있는 일을 백만 가지쯤 생각해 보고 절반은 너무 '커플 같다'는 이유로 머릿속에서 삭제했다. 그렇게 긴 시간을 함께 보내는 것이 현명한 짓인지도 의문스러웠다.

릴리에게 한 번 더 문자를 보냈다. "릴리, 부탁이니 연락해. 네가 내게 화난 건 알지만, 그래도 전화해 줘. 네가 만들어준 정원이 정말 아름다워! 네가 정원을 어떻게 가꿀지, 키가 너무 자란(이게 정상이니?) 토마토는 어떻게 해줘야 하는지 알려줘야 해. 우선 춤추러 갈까? x." 전송 버튼을 누른 뒤 휴대폰을 보고 있는데 초인종이 울렸다.

"안녕." 샘이 한 손에는 연장통을, 한 손에는 식료품 봉투를 들고서 있었다.

"어머. 여자들의 판타지 결정판이네요."

"선반. 선반이 필요해요." 그가 무표정한 얼굴로 말했다.

"어머, 자기. 계속 이야기해요."

"그리고 가정식 요리도."

"바로 그거예요. 방금 오르가슴이 왔다니까요."

샘은 웃으며 복도에 연장통을 내려놓고 내게 키스했고, 한참 만에 내게서 떨어진 후 주방으로 들어갔다. "극장에 갈까 했는데. 당번제 근무의 최고 장점이 낮에 텅 빈 극장에 갈 수 있다는 거잖아요?"

나는 휴대폰을 확인했다.

"하지만 피 안 나오는 영화로. 피가 좀 지겨워요."

고개를 드니 그가 나를 보고 있었다.

"뭐? 마음에 안 들어요? 혹시 〈살 파먹는 좀비 15편〉을 보러 갈 생각이었나? 왜 그래요?"

나는 눈살을 찡그리며 한 손을 옆으로 내렸다. "릴리와 통화가 안 돼요."

"집에 갔다면서요?"

"그랬어요. 그런데 내 전화를 안 받아요. 내게 정말 화가 났나 봐요."

"그 애 친구들이 당신 물건을 훔쳤어요. 당신은 화를 낼 자격이 있어요."

샘은 봉투에서 양상추, 토마토, 아보카도, 달걀, 허브를 꺼내 텅 빈 내 냉장고에 가지런히 넣었다. 내가 다시 메시지를 보내는 동안 그가 나를 올려다봤다. "관둬요. 전화기를 어디다 떨어뜨렸는지, 클럽에 두고 왔는지, 아니면 사용량을 다 썼을지도 모르잖아요. 십 대 애들이 어떤지 알면서. 아니면 많이 삐쳤든가. 스스로 돌아올 때까지 놔둬야 할 때도 있어요."

나는 샘의 손을 잡고 냉장고 문을 닫았다. "보여줄 게 있어요." 그의 눈이 순간 반짝였다. "아니, 그거 말고요, 나쁜 사람. 그건 나중까지 기다려야 해요."

샘이 옥상에 서서 꽃들을 둘러보았다. "이걸 몰랐어요?"

"전혀요."

그는 벤치에 털썩 앉았다. 나도 그 옆에 앉았고, 우리는 함께 작은 정원을 뚫어져라 봤다.

"정말 후회돼요." 내가 말했다. "릴리더러 주위에 있는 걸 다 망가뜨린다고 했거든요. 그런데 그 애가 그동안 이걸 가꿨다니."

샘은 허리를 숙여 토마토의 잎을 만져보더니 일어나서 고개를 저었다. "좋아요. 가서 이야기를 합시다."

"정말요?"

"네. 점심부터 먹고. 그리고 영화를 보고. 그리고 릴리 집에 가요. 그러면 당신을 피할 수 없을 테니까." 그는 내 손을 잡더니 입술에 댔다. "이봐요. 그렇게 걱정스러운 표정 짓지 말아요. 정원은 좋은 소식이에요. 릴리의 머릿속에 나쁜 것만 가득한 건 아니라는 뜻이니까요."

그는 내 손을 놓았고 나는 그를 노려보았다. "어떻게 당신이 입만 열면 기분이 좋아지죠?"

"당신이 슬퍼하는 걸 보고 싶지 않으니까."

그와 함께 있으면 슬프지 않다고 말할 수 없었다. 그가 나를 너무 행복하게 해줘서 겁이 난다고 말할 수 없었다. 내 냉장고에 그가 사 온 식재료가 채워지는 것, 그의 메시지를 기다리며 휴대폰을 하루에 스무 번은 흘끔거리는 것, 바에서 일이 한가할 때면 머릿속으로 그의 맨몸을 떠올리는 것, 그리고 얼굴이 빨개지지 않으려고 바닥 광택제나 영수증 따위를 열심히 생각하는 것을 말할 수 없었다.

'속도를 늦춰.' 경고하는 목소리가 들렸다. '너무 가까워지지 마.'

그의 눈빛이 부드러워졌다. "당신 미소는 참 달콤해요, 루이자 클라크. 당신이 좋은 수백 가지 이유 중에 하나야."

나는 잠시 그를 마주 보았다. 이 남자는 정말. 그러다 그의 무릎을 세게 쳤다. "가요." 재빨리 말했다. "영화 보러 가요."

영화관은 거의 비어 있었다. 우리는 누가 팔걸이를 치워버린 뒷자리에 나란히 앉았다. 샘은 내게 쓰레기통 크기의 통에 든 팝콘을 먹여줬고 나는 내 맨다리에 닿는 그의 손을 생각하지 않으려고 노력했다. 그 생각이 들면 줄거리를 자꾸 놓치기 때문이었다.

영화는 범인으로 오해를 받은 경찰 두 명이 주인공인 미국 코미디였다. 별로 재미는 없었지만 나는 웃었다. 짭짤한 팝콘을 든 샘의 손가락이 내 앞에 나타나면, 나는 그것을 하나씩 받아먹었다. 그러다 문득 생각이 나 그의 손가락을 물었다. 그는 나를 보더니 천천히 고개를 저었다.

팝콘을 꿀꺽 삼켰다. "아무도 안 볼 거예요." 내가 속삭였다.

그가 한쪽 눈썹을 치켜떴다. "이런 짓 하긴 너무 늙었는데." 그가 중얼거렸다. 하지만 어두운 극장 속에서 그의 얼굴을 내게 돌리고 키스하기 시작하니 그는 팝콘을 떨어뜨리고 내 등을 천천히 더듬기 시작했다.

그때 내 휴대폰이 울렸다. 앞에 앉은 두 사람이 불평을 했다. "미안, 미안해요, 거기 두 분!" (극장 안에 우리 넷만 있었으니까.) 나는 샘의 무릎에서 떨어져 나와 전화를 받았다. 모르는 번호였다.

"루이자?"

목소리를 알아듣는 데 잠시 시간이 걸렸다.

"잠시만요." 나는 샘에게 찡그려 보이고 밖으로 나갔다.

"죄송해요, 트레이너 부인. 제가 좀…… 여보세요? 여보세요?"

로비는 비어 있었고, 줄 서는 곳에도 아무도 없었으며, 슬러시 기계는 카운터 뒤에서 혼자 돌아가고 있었다.

"오, 이런. 루이자? 릴리랑 통화를 할 수 있을까요?"

나는 전화기를 귀에 대고 서 있었다.

"전에 있었던 일을 생각해 봤는데, 너무 미안해요. 내가 좀……."

부인이 머뭇거렸다. "저기, 릴리가 나를 만나겠다고 할지 알아봐 주겠어요?"

"트레이너 부인……."

"설명을 하고 싶어요. 지난 한 해 동안 나는…… 음, 내 정신이 아니었어요. 약을 먹고 있는데, 그걸 먹으면 좀 멍청해져요. 그리고 루이자가 찾아온 것을 보고 너무 당황해서 두 사람이 한 말을 도저히 믿지 못했어요. 그럴 가능성이 너무 없어서. 하지만 음……, 스티븐과 이야기를 해봤는데, 전부 사실이라고 해서 며칠 동안 앉아서 생각해 보니 그만……. 윌에게 딸이 있었다니. 내게 손녀가 있다니. 이 말이 자꾸만 나오네요. 꿈을 꾼 것 같아요."

나는 부인답지 않게 더듬는 목소리를 들었다. "알아요." 내가 말했다. "정말 그런 느낌이었어요."

"그 애 생각이 자꾸 나네요. 진심으로 그 애를 제대로 만나고 싶어요. 그 애가 다시 만나줄 것 같아요?"

"트레이너 부인, 릴리는 이제 저랑 함께 지내지 않아요. 하지만, 그럴 것 같아요." 나는 머리를 뒤로 넘겼다. "네, 물론 물어볼게요."

그다음부터는 영화에 집중할 수 없었다. 결국 내가 스크린을 멍하니 보기만 하는 것을 깨달은 샘은 나가자고 했다. 우리는 주차장에 세워둔 그의 오토바이 옆에 서서 통화 내용을 이야기했다.

"그것 봐요." 내가 자랑할 만한 일을 했다는 듯 그가 말했다. "갑시다."

내가 문을 두드리는 동안 샘은 길 건너편에서 오토바이에 앉아 기다렸다. 나는 턱을 들고, 이번에는 타니아 호턴밀러에게 밀리지 않겠다고 결심했다. 뒤를 돌아보니 샘이 고개를 끄덕이며 격려해 주었다.

문이 열렸다. 타니아는 초콜릿색 리넨 드레스에 그리스식 샌들을 신고 있었다. 처음 만났을 때처럼, 내 옷이 실격이라는 듯이 나를 아래위로 훑어봤다. (내가 제일 좋아하는 체크무늬 면 원피스를 입고 있었으므로 살짝 짜증이 났다.) 아주 짧은 순간 떠올랐던 미소가 사라졌다.

"루이자."

"갑자기 찾아와서 죄송해요, 호턴밀러 씨."

"무슨 일 있어요?"

나는 눈을 깜빡였다. "음, 네. 실은." 나는 머리를 뒤로 넘겼다. "트레이너 부인, 윌의 어머니에게서 전화를 받았어요. 이런 일로 성가시게 해드려 죄송하지만, 그분이 릴리랑 연락을 하고 싶어 해요. 그런데 릴리가 전화를 받지 않아서. 제게 전화하라고 전해주시겠어요?"

타니아는 완벽하게 정돈한 눈썹 아래로 나를 쳐다봤다.

나는 계속 아무렇지 않은 표정을 지었다. "아니면 릴리랑 잠시 이야기해도 될까요?"

잠시 침묵이 흘렀다. "물어봐도 될까요?"

나는 숨을 크게 들이쉬고 어휘를 신중하게 골랐다. "트레이너 가족에게 안 좋은 감정이 있다는 건 알지만, 릴리를 위해서라고 생각해요. 릴리가 말씀드렸는지 모르겠지만, 몇 주 전에 처음 만났을 때 좀 좋지 않았는데, 부인이 다시 한번 기회를 갖고 싶어 하세요."

"루이자, 릴리는 마음대로 해도 돼요. 하지만 왜 내게 이 일에 개입하라는지 모르겠군요."

나는 정중한 목소리로 말하려고 노력했다. "음, 엄마니까요?"

"일주일도 넘게 연락도 안 하는 엄마 말이죠."

나는 얼어붙었다. 배 속에 차갑고 단단한 것이 자리 잡았다. "방금 뭐라고 하셨어요?"

"릴리 말이에요. 연락도 안 해요. 여행 다녀왔을 때 적어도 그 애가 들러서 인사는 할 줄 알았는데, 아뇨. 그럴 애가 아니죠. 언제나 제멋대로니까." 타니아는 손을 내밀더니 손톱을 살폈다.

"호턴밀러 씨. 함께 있는 줄 알았는데요."

"네?"

"릴리요. 집으로 돌아갔어요. 여행에서 돌아오셨을 때. 제 집에서 나갔어요. 열흘 전에."

18.

우리는 타니아 호턴밀러의 무결점 주방에 서 있었다. 나는 버튼이 108개 달린, 아마 내 차보다 더 비쌀 것 같은 커피머신을 노려보며 지난주에 있었던 일들을 곱씹었다.

"12시 반쯤이었어요. 택시비로 20파운드를 주고 열쇠는 두고 가라고 했어요. 릴리가 집으로 갈 줄 알았어요." 토할 것 같았다. 머릿속에 별의별 생각을 다 떠올리면서 카운터 옆을 따라서 왔다 갔다 했다. "확인했어야 하는데. 하지만 릴리는 자기 마음대로 왔다가 가니까요. 그리고 우린…… 좀 싸웠거든요."

샘이 문 옆에 서서 이마를 문지르고 있었다.

"그런데 그 후로 릴리한테서 아무 소식도 없었군요."

"네댓 번 문자를 보냈어요. 아직 화가 난 줄 알았죠." 내가 말했다.

타니아는 커피도 권하지 않았다. 그녀는 계단으로 걸어가더니 위층을 올려다봤다. 그러더니 우리가 가기를 기다리는 사람처럼 시계를 봤다. 방금 아이가 실종된 사실을 알게 된 부모처럼 보이지 않았다. 주기적으로 진공청소기가 돌아가는 소리가 들려왔다.

"호턴밀러 씨, 아무도 릴리의 소식을 못 들은 건가요? 릴리가 문자를 읽었는지 알 수 있나요?"

"말했잖아요." 그녀가 말했다. 목소리가 이상하게 침착했다. "원래 이런 애라고. 내 말을 듣질 않는군요."

"내 생각엔 우리가……."

그녀는 손을 들어 샘의 말을 막았다. "이러는 게 처음도 아니에요. 그럼요, 아니죠. 전에도 기숙사에 있어야 할 때 며칠씩 사라졌어요. 물론 그 사람들 잘못이에요. 학교에서 애가 어디 있는지 항상 알고 있어야죠. 아이가 48시간 동안 안 보여야만 우리에게 전화를 하고 경찰에 신고해야 했어요. 아마 기숙사 친구가 릴리를 위해서 거짓말을 해준 것 같아요. 학교에서 애가 있는지 없는지 모르는 건 내 알 바 아니죠. 특히나 그렇게 말도 안 되는 돈을 내는데. 프랜시스가 고소를 하려고 했어요. 그 일 때문에 연례 이사회 도중에 나와야 했다니까요. 정말 망신이었어요."

위층에서 뭔가 부서지는 소리가 나더니 누가 울기 시작했다. 타니아는 주방 문으로 걸어갔다. "리나! 애들 좀 공원에 데리고 가!" 그녀는 다시 돌아왔다. "걔가 술 마시는 거 알죠. 약도 해요. 다이아몬드 귀고리도 훔쳐갔어요. 아니라고 하지만, 그랬어요. 수천 파운드짜리를. 그 돈으로 뭘 했는지 모르겠어요. 디지털 카메라도 훔쳤어요."

나는 잃어버린 보석이 생각나 속이 불편해졌다.

"그러니까, 네. 이런 일은 새삼스럽지 않아요. 말했잖아요. 그러니 이제, 실례하겠어요. 가서 애들 좀 봐줘야 해요. 오늘 힘들게 하네요.”

“하지만 경찰에 신고하실 거죠? 릴리는 열여섯 살이고 사라진 지 열흘이 다 되어가요.”

“관심도 없을 거예요. 일단 누군지 알고 나면.” 타니아는 가느다란 손가락을 들어 보였다. “무단결석으로 학교 두 곳에서 퇴학. A급 마약 소지. 음주 및 난동. 절도. 뭐라더라? 내 딸은 ‘알 만한’ 아이예요. 정말 솔직히 말하면, 경찰이 그 앨 찾아온다고 해도 마음만 먹으면 언제든지 다시 나갈 거예요.”

가슴이 죄어 숨을 쉴 수가 없었다. 릴리는 어디로 갔을까? 내 아파트 앞에서 서성거리던 그 애랑 같이 있는 걸까? 그날 밤에 릴리랑 어울렸던 클럽 애들? 어떻게 이 정도로 아무 생각 없이 지냈을까?

“어쨌든 신고해요. 아직 어린아이잖아요.”

“아뇨. 경찰에 알리고 싶지 않아요. 프랜시스는 지금 직장에서 힘든 시기예요. 이사회에서 자리를 지키려고 싸우고 있어요. 그이가 경찰에 드나드는 걸 알면 끝장이에요.”

샘이 이를 악물었다. 그는 숨을 한 번 쉬더니 말했다. “호턴밀러 씨. 따님은 지금 위험합니다. 누군가의 도움을 받아야 한다고 생각합니다.”

“당신들이 신고하면 방금 말한 대로 이야기할 거예요.”

“호턴밀러 씨…….”

“그 애를 몇 번이나 만났다고 이러세요, 필딩 씨?” 그녀는 조리대에 기대섰다. “나보다 그 애를 더 잘 알아요? 그 애가 돌아오기를 기다리면서 밤을 새워봤어요? 불면증에 걸려봤어요? 그 애가 왜 그러는지 선생들과 경찰들에게 설명해 봤어요? 그 애가 훔친 물건 때문에 점원들에게 대신 사과해 봤어요? 신용카드를 정지시키고?"

"혼란스러운 행동을 하는 아이들이 가장 위험하기도 합니다."

"내 딸은 남을 조종하는 솜씨가 좋아요. 친구들과 있을 거예요. 전에도 그랬으니까. 하루나 이틀 안에 그 애는 한밤중에 술에 취해서 고함을 질러대거나, 루이자의 집 문을 두드리거나, 돈을 달라고 할 거예요. 누군가 그 애를 받아주면 미안하다고 하고, 뉘우친다고 하고, 너무나 슬프다고 하고는 며칠 있다가 애들을 데려오거나 물건을 훔치겠죠. 그러면 또다시 지긋지긋한 일이 반복되는 거예요."

금발을 뒤로 넘긴 타니아와 샘이 서로 노려보았다. "내 딸이 내 인생에 일으킨 혼돈 때문에 상담도 받아야 했어요, 필딩 씨. 그 애 동생들의…… 행동 문제를 감당하기도 충분히 힘들어요. 하지만 상담을 하면서 배우는 것 한 가지는 자신을 돌봐야 하는 시점이 온다는 거예요. 릴리는 자기결정을 내릴 나이……."

"그 애는 아이예요." 내가 말했다.

"아, 그렇죠…… 맞아요. 자정이 지났는데 당신이 집에서 쫓아낸 아이죠." 타니아 호턴밀러는 옳다는 것을 증명받은 듯 기분 좋은 표정으로 나를 봤다. "모든 게 흑백논리로 해결되지는 않아요. 아무리 바란다고 해도요."

"걱정도 안 하는군요?" 내가 말했다.

그녀는 나를 쳐다보았다. "솔직히, 안 해요. 이런 일이 너무 많았으니까." 다시 말하려고 했지만, 타니아가 선수를 쳤다. "대단한 구세주 콤플렉스 아닌가요, 루이자? 음, 내 딸은 구원이 필요 없어요.

필요하다 해도, 당신의 지금까지 성과는 그저 그렇군요."

내가 숨을 쉬기도 전에 샘이 나를 끌어안았다. 독기 어린 말로 받아쳐 주려고 했지만, 그녀는 이미 돌아섰다. "가요." 샘이 나를 복도로 밀고 나갔다. "갑시다."

우리는 몇 시간 동안 웨스트엔드를 돌면서 소리를 지르고 비틀거리는 여자아이들, 아무 데서나 자는 아이들이 보일 때마다 속도를 늦추고 살폈다. 그러다 차를 세우고 다리 아래 어두운 곳을 따라 나란히 걸었다. 나이트클럽마다 들여다보며 내 휴대폰에 저장된 사진 속의 여자아이를 본 적이 있는지 물었다. 릴리가 나를 데려갔던 클럽에 갔고, 샘이 미성년 음주자들이 많이 모인다고 한 곳도 가봤다. 버스 정류장 여러 곳과 패스트푸드 식당을 지났고, 더 가면 갈수록 런던 중심지 떠들썩한 거리에서 릴리를 찾으려는 것이 얼마나 말도 안 되는 짓인지 실감했다. 릴리는 어디나 갈 수 있었고, 어디에나 있는 것 같았다. 우리가 다급하게 찾고 있다고 다시 문자를 두 번 보냈다. 집으로 돌아온 다음에는 샘이 병원 여러 곳에 전화를 걸어 릴리가 입원 중인 건 아닌지 확인했다.

우리는 작은 소파에 앉아 토스트를 먹었고, 샘이 차를 한 잔 끓여다 준 뒤에는 둘 다 말없이 앉아 있었다.

"세상에서 가장 나쁜 부모가 된 것 같아요. 부모도 아닌데."

그는 몸을 앞으로 숙여 팔꿈치를 무릎에 올렸다. "자책하면 안 돼요."

"아뇨, 자책해야 해요. 열여섯 살짜리 아이를 어디로 가는지 확인도 안 하고 한밤중에 내쫓는 사람이 어디 있어요?" 나는 눈을 감았다. "아니, 그 애가 전에도 사라진 적이 있다고 이번에도 무사하다는 뜻은 아니잖아요? 사라진 뒤 아무도 찾지 않다가 개가 산책 중인 숲에서 뼈를 발견하게 되는 그런 가출 청소년이 될 거예요."

"루이자."

"내가 더 참아줬어야 하는데. 그 애를 더 이해했어야 하는데. 그 애가 얼마나 어린지 생각했어야 하는데. 아, 무슨 일이라도 생기면 내 자신을 절대 용서할 수 없을 거예요. 지금 아무 죄도 없는 개 주인은 자기 인생이 곧 망가지는 줄도 모르고……."

"루이자." 샘이 내 다리를 잡았다. "그만. 자꾸 같은 생각만 하잖아요. 짜증 나는 사람이긴 하지만, 타니아 호턴밀러의 말이 맞을 수도 있어요. 세 시간 뒤에 릴리가 돌아와서 초인종을 누르면 우리 모두 바보가 된 기분으로 다시 똑같은 일이 생길 때까지 다 잊어버릴 수도 있어요."

"하지만 전화를 왜 안 받는 걸까요? 내가 걱정하는 걸 알 텐데."

"그래서 당신 전화를 무시하는 걸지도 모르죠." 샘이 재미있다는 표정을 지었다. "당신이 쩔쩔매는 걸 즐기고 있을지도 모르잖아요. 자, 오늘 밤에는 더 이상 할 수 있는 일이 없어요. 그리고 이제 가봐야 해요. 아침 근무예요." 그는 접시를 치운 뒤 싱크대에 기대섰다.

"미안해요." 내가 말했다. "사귀기 시작하는 데 이런 재미없는 일이 생겨서."

그가 고개를 살짝 숙였다. "그럼 사귀는 건가요?"

얼굴이 붉어졌다. "음, 그런 뜻은……."

"농담이에요." 그가 손을 내밀어 나를 끌어당겼다. "나를 섹스에만 이용한다고 믿게 하려는 노력을 보고 있으면 꽤 재미있거든요."

샘에게서 좋은 냄새가 났다. 소독약 냄새가 살짝 날 때도 좋았다. 그가 내 정수리에 키스했다. "곧 찾을 거예요." 그는 떠나며 이렇게 말했다.

그가 간 뒤 옥상에 올라갔다. 어둠 속에 앉아 릴리가 물탱크 가장자리에 심어둔 재스민 냄새를 맡으면서 화분에 가득 핀 작은 자주색 오브리에타 꽃송이를 쓰다듬었다. 난간 너머 불이 깜빡이는 도시 거리를 훑어보았지만, 다리가 떨리지도 않았다. 릴리에게 다시 문자를 보내고 잘 준비를 하면서 집 안에 감도는 적막이 나를 에워싸는 것을 느꼈다.

백만 번째로 전화를 확인한 뒤, 혹시나 하고 이메일을 열어봤다. 아무것도 없었다. 하지만 네이선이 보낸 메일이 있었다.

축하해요! 고프니크 씨가 오늘 아침 루이자를 채용한다고 했어요! 뉴욕에서 봐요, 친구!

19.

릴리

피터가 또 기다리고 있었다. 릴리가 창밖을 내다보니 그가 차에 기대 서 있었다. 피터도 릴리를 보고는 손짓을 하면서 입 모양으로 말했다.

"갚을 거 있잖아."

릴리는 창문을 열고 길 건너편을 바라봤다. 사미르가 새로 들여온 오렌지를 내놓고 있었다.

"나 좀 놔둬, 피터."

"이제 어떻게 할지 너도 알잖아……."

"그만하면 됐잖아. 이제 그만해, 응?"

"너 지금 실수하는 거야, 릴리." 그는 한쪽 눈썹을 치켜떴다. 그는 릴리가 불편해질 만큼 오랫동안 기다렸다. 루가 30분 뒤면 집에 올 것이다. 그는 자주 근처에서 얼쩡거렸으니 그 사실을 알 것이다. 한참 뒤, 그는 다시 차에 타더니 확인 한번 안 하고 큰길로 나갔다.

운전을 하면서 차창 밖으로 휴대폰을 내밀었다. 메시지였다.

너 후회할 거야, 릴리.

병 돌리기. 참 평범한 게임이다. 릴리와 같은 학교 여학생 넷이 외박 허가를 받고 런던에 왔다. 그들은 화장품 매장에서 립스틱을 훔치고 톱숍◇에서 짧은 스커트를 사서 나이트클럽에 공짜로 들어갔다. 젊고 귀여웠으니까. 젊고 귀여운 여자 다섯이 함께 들어가면 도어맨도 이것저것 캐묻지 않았다. 클럽에서 럼콕을 마신 그들은 피터와 그의 친구들을 만났다.

그들은 결국 새벽 2시, 메릴본에 있는 누군가의 집에 갔다. 릴리는 어떻게 가게 되었는지 잘 기억하지 못했다. 모두 동그랗게 앉아 담배를 피우고 술을 마시고 있었다. 릴리는 자신에게 건네는 모든 것을 받았다. 리애나 음악이 나왔다. 페브리즈 냄새가 나는 파란 의자. 니콜이 화장실에서 토하고 있었다. 바보 같으니. 시간이 흘렀다. 2시 30분, 3시 17분, 4시……. 그러다 잊어버렸다. 그때 누가 '진실 혹은 대담' 게임을 하자고 했다.

재떨이 위에 올린 병이 돌아가고 꽁초와 재가 카펫에 떨어졌다. 누군가의 진실. 릴리가 모르는 여자아이였다. 지난해 휴가 중, 그 애는 할머니가 더블베드 옆에서 자는 동안 전 남자친구와 폰 섹스를 했다. 다른 아이들은 끔찍하다고 소리를 질렀다. 릴리는 웃었다.

◇ 의류와 액세서리를 판매하는 영국의 대표적인 패션 소매점.

"적절하네." 누군가 말했다.

피터는 릴리를 지켜봤다. 처음에는 기분이 좋았다. 피터는 그중에서 단연 가장 잘생긴 남자였다. 게다가 어른이었다. 그가 릴리를 쳐다볼 때, 릴리는 시선을 떨구지 않았다. 릴리는 다른 여자애들처럼 굴지 않을 생각이었다.

"돌려!"

릴리는 병이 자신을 가리키자 어깨를 으쓱였다. "벌칙." 릴리가 말했다. "항상 벌칙이지."

"릴리는 절대로 빼지 않아." 제미마가 말했다. 지금 와서 생각하면 제미마가 그렇게 말하면서 피터를 봤을 때 무슨 꿍꿍이가 있었는지 궁금하다.

"좋아. 그게 무슨 뜻인지 알지?"

"정말?"

"그건 안 돼!" 피파가 손으로 얼굴을 가리고 호들갑을 떨었다.

"그럼 진실."

"아니. 진실은 싫어." 그럼 어쩌지? 릴리는 아이들이 겁쟁이라는 것을 알고 있었다. 아무렇지도 않은 척 일어섰다. "어디서. 여기서 해?"

"어머나, 릴리."

"병을 돌려." 남자애 하나가 말했다.

릴리는 긴장하지 않았다. 약간 어지러웠고, 어쨌든 거기서 아무것도 신경 쓰지 않고서, 다른 여자애들이 손뼉을 치고 비명을 지르며 바보처럼 구는 가운데 서 있는 것이 기분 좋았다. 그들은 정말

가식적이었다. 하키장에서는 누구하고든 치고받고, 법학이나 해양생물학을 공부할 거라고 말하던 애들이 남자애들만 있으면 멍청하게 키득거렸고, 동시에 흥미로운 구석은 모두 사라진 것처럼 머리나 매만지며 립스틱을 발라댔다.

"피터……."

"오, 이런. 피터. 너야."

남자애들은 모두 소리를 지르며 자신이 아니라는 사실에 실망감을, 혹은 안도감을 감추었다. 피터는 일어나면서 고양이 같은 눈으로 릴리를 노려보았다. 다른 아이들과 달랐다. 그의 억양은 어딘가 더 거칠었다.

"여기서?"

릴리는 어깨를 으쓱였다. "상관없어."

"옆방에서." 그가 침실을 가리켰다.

릴리는 다른 여자아이들의 다리 위로 사뿐히 걸어 옆방으로 들어갔다. 여자아이 하나가 릴리의 발목을 잡고 가지 말라고 했지만, 릴리는 그 애를 뿌리쳤다. 그리고 살짝 거들먹거리면서, 아이들의 눈길을 느끼면서 걸었다. 벌칙. 언제나 벌칙.

피터는 문을 닫았고 릴리는 주위를 둘러봤다. 침대는 엉망이었고, 4.5미터 정도 떨어진 곳에서 봐도 빤 지 한참 되어 보이는 끔찍한 무늬의 이불이 구겨져 있었으며 퀴퀴한 냄새가 났다. 구석에는 더러운 빨래가 쌓여 있었고, 침대 옆에는 꽁초가 가득한 재떨이가 있었다. 실내는 조용해졌고 바깥에서 들리는 목소리도 잠시 잦아들었다.

릴리는 턱을 들고 얼굴에서 머리카락을 떼어 넘겼다.

"정말 이러고 싶어?"

피터는 천천히, 비웃는 미소를 지었다. "네가 뺄 줄 알았지."

"누가?"

하지만 릴리는 하고 싶지 않았다. 그의 잘생긴 얼굴은 더 이상 보이지 않았고, 차갑게 반짝이는 눈빛, 불쾌하게 비틀어진 입매만 보였다. 그는 지퍼에 손을 얹었다.

그들은 한동안 그렇게 서 있었다.

"원하지 않으면 괜찮아. 밖에 나가서 네가 뺐다고 하자."

"안 한다고 말한 적 없어."

"그럼 뭐라는 건데?"

릴리는 생각할 수 없었다. 뒤통수에서 낮게 윙윙거리는 소리가 들리기 시작됐다. 방에 들어온 것이 후회됐다.

피터는 하품을 참는 시늉을 했다. "지루해진다, 릴리."

문을 마구 두드리는 소리가 들렸다. 제미마의 목소리였다. "릴리…… 그럴 거 없어. 나와. 이제 집에 가자."

"그럴 거 없어, 릴리." 피터의 목소리가 흉내 내며 놀렸다.

계산. 기껏해야 2분인데, 최악의 경우에 어떻게 될까? 인생에서 겨우 2분에. 릴리는 물러서지 않을 셈이었다. 피터에게 보란 듯이. 그들 모두에게 보란 듯이.

피터는 잭 대니얼스 위스키 병을 한 손에 대충 쥐고 있었다. 릴리는 그 병을 받아서 뚜껑을 열고, 그의 눈을 똑바로 보며 두 모금 마셨다. 그리고 병을 돌려준 뒤 그의 벨트를 잡았다.

*

'사진 안 찍으면 무효야.'

귓속을 울리는 소리, 그가 머리카락을 당기자 두피에 느껴지는 아픔과 함께 남자애들이 외치는 소리가 들렸다. 이미 너무 늦었다. 너무 늦어버렸다.

릴리가 고개를 들자마자 휴대폰 카메라가 찰칵이는 소리가 들렸다.

귀고리 한 쌍. 현금 50파운드. 100파운드. 몇 주 뒤에도 자꾸 요구가 들어왔다. 그는 메시지를 보냈다. "이걸 페이스북에 올리면 어떻게 될까?"

릴리는 그 사진을 보고 울고 싶었다. 그는 그 사진을 보내고, 또 보냈다. 릴리의 얼굴, 마스카라가 번지고 빨갛게 충혈된 눈. 입에 든 그것. 루이자가 집에 오면 릴리는 소파 쿠션 아래 휴대폰을 파묻어야 했다. 휴대폰은 곁에 두어야 하는 방사능 독성 물질이 되어버렸다.

"네 친구들이 뭐라고 하겠어."

다른 여자애들은 그 후로 릴리에게 말을 걸지 않았다. 피터가 보란 듯이 지퍼를 올리면서 릴리와 함께 나온 뒤 그 사진을 모두에게 보여주었기 때문에 그 애들은 릴리가 무엇을 했는지 알고 있었다. 릴리는 상관없는 척 굴었다. 여자애들은 릴리를 보더니 시선을 피했고 릴리는 그들과 눈이 마주치자 오럴섹스나 섹스를 해봤다는 말이 모두 지어낸 말이었음을 알 수 있었다. 전부 가짜였다. 모두 거짓말이었다.

아무도 릴리가 용감하다고 생각하지 않았다. 아무도 릴리가 빼지 않았다고 우러러보지 않았다. 릴리는 그저 릴리, 페니스를 입에 넣은 여자애일 뿐이었다. 생각만 해도 속이 메슥거렸다. 릴리는 잭 대니얼스를 더 마시고 모두 꺼지라고 했다.

"토트넘 코트 로드에 있는 맥도널드에서 만나."

엄마가 열쇠를 바꾼 뒤였다. 릴리는 더 이상 엄마 지갑에서 돈을 훔칠 수 없었다. 예금 계좌도 막아버렸다.

"이제 더 없어."

"내가 바보인 줄 아냐, 부잣집 아가씨?"

엄마는 다이아몬드 귀고리를 좋아하지 않았다. 릴리는 엄마가 귀고리가 사라진 걸 알아차리지 못하기를 바랐다. 멍청이 프랜시스가 그것을 줬을 때 엄마는 기뻐하는 표정을 지었지만 나중에 하트 모양 다이아몬드가 흔하다는 것은 모두 다 안다고, 자기 얼굴형에는 펜던트 형태가 훨씬 더 나은데 왜 샀는지 모르겠다고 중얼거렸다.

피터는 릴리가 건넨 귀고리를 잔돈처럼 보더니 주머니에 쑤셔 넣었다. 그는 빅맥을 먹고 있었고, 입가에 마요네즈가 묻어 있었다. 그를 볼 때마다 릴리는 속이 메스꺼웠다.

"와서 내 친구들이나 만나볼래?"

"아니."

"한잔할래?"

릴리는 고개를 저었다. "이제 끝이야. 그게 마지막이야. 그 귀고리 몇 천 파운드짜리야."

그는 인상을 썼다. "다음에는 현금으로 줘. 제대로 된 현금. 네가 어디 사는지 알아, 릴리. 너한테 있는 것도 다 알아."

릴리는 그에게서 벗어날 수 없을 것 같았다. 그는 아무 때나 메시지를 보내 릴리를 깨웠고, 잠들지 못하게 했다. 그 사진을 자꾸만, 자꾸만 보냈다. 릴리에게는 그 사진이 마치 망막에 새겨진 네거티브 필름처럼 어딜 가나 보였다. 학교를 그만두었다. 모르는 사람들과 술을 마시고, 가고 싶지 않은데도 클럽을 전전했다. 혼자 고민하다가 가차 없이 울리는 메시지 알림음을 듣는 것만 아니라면 뭐든지 좋았다. 릴리는 그가 찾을 수 없는 곳으로 갔지만, 그는 릴리를 기어코 찾아내서 루이자의 아파트 주차장에 몇 시간씩 차를 세우고 아무 말 없이 메시지를 보냈다. 릴리는 루이자에게 말해볼까 생각하기도 했다. 하지만 루이자가 무엇을 해줄 수 있을까? 루이자의 삶도 재난 속에 있다고 느껴지는데. 그래서 릴리는 입을 열었다가 아무 말도 못 했다. 루이자가 할머니를 만나자고 하든가, 뭘 먹었는지 묻든가 떠들기 시작하면 그녀의 도움받을 수 없다는 사실을 깨달았다.

자려고 누웠다가 아빠가 있었다면 어땠을까 생각하기도 했다. 머릿속으로 아빠를 그릴 수 있었다. 아빠는 밖으로 나가 피터의 멱살을 잡고 딸 근처에는 얼씬도 하지 말라고 말했을 것이다. 아빠는 릴리를 감싸 안으며 모두 괜찮다고, 이제 안전하다고 말했을 것이다.

하지만 그럴 수 없었다. 아빠는 살기조차 싫어한 사지마비 환자였으니까. 그리고 아빠는 그 사진을 보고 혐오감을 느꼈을 것이다.

아빠를 탓할 수 없었다.

지난번, 아무것도 가져가지 못하자 그는 카너비 스트리트 뒤의 보도에서 릴리에게 쓸모없는 창녀라고, 멍청한 년이라고 소리를 질렀다. 그는 차를 타고 있었고, 릴리는 그를 만나기가 두려워 더블 위스키를 두 잔 마신 상태였다. 그는 릴리가 거짓말을 한다며 소리를 질렀고 릴리는 울기 시작했다.

"루이자도 날 쫓아냈어. 엄마도 쫓아냈어. 이제 아무것도 없다고."

사람들은 눈길을 피하며 걸음을 재촉했다. 아무도 걸음을 멈추지 않았다. 아무 말도 하지 않았다. 금요일 밤 소호에서 술 취한 여자한테 소리 지르는 남자는 이상한 광경이 아니었기 때문이다. 피터는 욕을 하고 홱 돌아서서 가버릴 것 같았지만, 그렇지 않을 거라는 것을 릴리는 알았다. 그때 커다란 검은 차가 길 가운데 멈춰 서더니 하얀 라이트를 빛내며 돌아왔다. 차창이 아래로 내려갔다. "릴리 아니니?"

그를 알아보는 데 시간이 조금 걸렸다. 양아버지 회사의 가사이드 씨였다. 사장? 양아버지의 파트너? 그가 릴리를, 그리고 피터를 봤다. "괜찮나?"

릴리는 피터를 보고 고개를 끄덕였다.

그는 릴리의 말을 믿지 않았다. 릴리도 알 수 있었다. 그는 차를 피터의 차 앞에 세운 뒤 검은 정장 차림으로 천천히 걸어왔다. 어떤 것에도 기죽지 않는 사람이라는 듯, 권위가 느껴졌다. 그에게 헬리콥터도 있다는 엄마 말이 문득 떠올랐다. "집까지 데려다줄까, 릴리?"

피터는 휴대폰을 든 손을 아주 조금 들었다. 릴리가 알아차릴 정도만. 그리고 릴리가 입을 열자 그 말이 나와버렸다. "이 사람 휴대폰에 안 좋은 제 사진이 있어서 사람들한테 보여준다고 협박하고 있어요. 돈을 달라는데, 이제 돈이 없어요. 줄 수 있는 돈은 다 줬고, 이제 아무것도 없어요. 도와주세요."

피터의 눈이 휘둥그레졌다. 그럴 줄 몰랐던 것이다. 하지만 릴리는 상관하지 않았다. 그저 죽을 만큼 지친 상태였고, 더 이상 모든 일을 혼자 감당할 수 없었다.

가사이드 씨는 잠시 피터를 살폈다. 피터는 차를 향해 달려갈까 궁리하는 것처럼 어깨를 움츠리더니 몸을 폈다.

"사실인가?" 가사이드 씨가 말했다.

"전화에 여자 사진 갖고 있는 게 범죄는 아니죠." 피터는 허세를 부리며 빈정거렸다.

"나도 그건 아네. 하지만 그걸 이용해서 돈을 요구하면 범죄지." 가사이드 씨의 목소리는 길 한복판에서 알몸 사진 이야기를 하는 것이 아주 당연하다는 듯 낮고 침착했다. 그는 주머니에 손을 넣었다. "얼마면 그만두겠나?"

"네?"

"자네 휴대폰. 그거 얼마면 되지?"

릴리는 숨이 막혔다. 두 남자를 번갈아 봤다. 피터는 믿을 수 없다는 표정으로 그를 봤다.

"휴대폰 값으로 현금을 제시하는 거네. 그 사진은 여기에만 있다는 전제로."

"안 팔아요."

"그렇다면 경찰에 연락해 자네의 차량 등록번호로 신원을 조사하겠네, 젊은이. 경찰에는 친구가 많아. 꽤 높은 자리에." 그는 전혀 미소처럼 보이지 않는 미소를 지었다.

길 건너 레스토랑에서 사람들이 웃으며 나왔다. 피터는 릴리와 가사이드 씨를 번갈아 보더니 턱을 치켜들었다. "오 천이요."

가사이드 씨는 주머니에 손을 넣더니 고개를 저었다. "글쎄." 그는 지갑에서 지폐 한 뭉치를 꺼냈다. "이거면 되겠군. 이미 돈은 충분히 번 것 같은데. 전화기, 내놓겠나?"

피터가 최면에 걸린 것 같았다. 아주 잠시 망설이더니 가사이드 씨에게 휴대폰을 내놓았다. 그렇게 쉽게. 가사이드 씨는 유심카드가 있는지 확인하더니 자기 안주머니에 넣고 릴리에게 차 문을 열어줬다. "이제 가면 되겠구나, 릴리."

릴리는 말 잘 듣는 아이처럼 차에 탔다. 차 문이 탁 닫히는 소리를 들었다. 그리고 두 사람은 매끄럽게 좁은 길을 달리기 시작했고, 피터는 폭격을 맞은 표정으로 방금 일어난 일을 믿을 수 없다는 듯 서 있었다. 릴리는 그의 모습을 사이드미러로 봤다.

"괜찮니?" 가사이드 씨는 릴리를 보지 않고 물었다.

"이…… 이제 끝난 건가요?"

그가 곁눈질을 하더니 다시 도로를 보았다. "그런 것 같구나."

릴리는 믿을 수 없었다. 몇 주째 자신을 괴롭히던 일이 그렇게 간단히 해결된 것을 믿을 수 없었다. 릴리는 갑자기 불안해져서 그에게 말했다. "엄마랑 프랜시스에게 말하지 말아주세요."

그는 살짝 얼굴을 찡그렸다. "네가 원한다면 그러지."

릴리는 길게 소리 없이 한숨을 내쉬었다. "고맙습니다."

그는 릴리의 무릎을 토닥였다. "나쁜 녀석이군. 친구들을 사귈 때는 조심해야지, 릴리." 그는 릴리가 손의 존재를 알아차리기도 전에 다시 오토매틱 기어를 잡았다.

릴리가 갈 곳이 없다고 했을 때 그는 눈 하나 깜빡이지 않았다. 그는 베이스워터에 있는 호텔로 릴리를 데려간 뒤 직원에게 나직이 말했고, 직원은 릴리에게 방 열쇠를 줬다. 릴리는 그가 자기 집에 데려간다고 하지 않아서 마음이 놓였다. 다른 누구에게도 자신의 처지를 설명하고 싶지 않았으니까.

"내일 술이 깨면 데리러 오지." 그가 지갑을 재킷 주머니에 넣으면서 말했다.

릴리는 무거운 발걸음으로 311호실로 올라가 옷을 입은 채 침대에 누워 열네 시간 동안 잤다.

그는 아침을 함께 먹자고 전화했다. 릴리는 샤워를 하고, 배낭에서 옷가지를 꺼내 좀 더 보기 좋은 모습으로 나갈 생각으로 다림질까지 했다. 릴리는 다림질에 서툴렀다. 그런 일은 리나가 해줬으니까.

아래층 레스토랑에서 그는 이미 반쯤 마신 커피를 앞에 놓고서 신문을 읽고 있었다. 그는 릴리의 생각보다 나이가 많았고, 정수리의 머리가 빠져 있었으며, 목덜미가 살짝 쭈글거렸다. 마지막으로 그를 본 것은 경마장에서 열린 회사 행사 때였는데, 프랜시스가 술에 너무 취해 아무도 없을 때마다 엄마가 그를 나무랐고 그것을 알아차린 가사이드 씨는 릴리에게 '부모들이란 참, 그렇지?'라고 말하는 것처럼 눈썹을 치켜올렸다.

릴리는 맞은편 의자에 앉았고 그는 신문을 내려놓았다. "아하. 오늘은 어떠니?"

릴리는 어젯밤 지나치게 극단적인 행동을 한 것처럼 부끄러웠다. 모두 헛소동이었던 것처럼. "훨씬 나아요. 감사합니다."

"잘 잤니?"

"아주 잘 잤어요. 감사합니다."

그는 잔 너머로 릴리를 잠시 살폈다. "아주 딱딱한 말투로구나."

릴리는 미소를 지었다. 달리 어떻게 해야 할지 알 수 없었다. 양아버지의 직장에 관계된 사람과 거기 함께 있는 것이 너무나 어색했다. 릴리는 웨이트리스가 따라 준 커피를 마셨다. 자신이 돈을 내야 되는지 생각하며 조식 뷔페를 보았다. 그는 릴리의 어색함을 느낀 것 같았다. "뭐 좀 먹으렴. 걱정 마라. 돈은 냈으니." 그는 다시 신문을 봤다.

릴리는 그가 부모님에게 말할지 궁금했다. 피터의 휴대폰을 어떻게 했는지도 궁금했다. 그가 템스 강가에 검은 차를 세우고 창문을 내린 뒤 그 휴대폰을 강물에 던졌기를 바랐다. 그 사진을 다시는 보고 싶지 않았다. 릴리는 일어나서 뷔페에서 크루아상과 과일을 가져왔다. 배가 고팠다.

릴리가 음식을 먹는 동안 그는 신문을 읽고 있었다. 밖에서 보면 자신들이 어떻게 보일지 릴리는 알고 싶었다. 아마 부녀지간으로 보일 것이다. 릴리는 그에게 아이가 있는지 궁금했다.

"회사 안 가세요?"

그는 웃으며 종업원에게 커피를 더 받았다. "중요한 회의가 있다고 했다." 그는 신문을 가지런히 접더니 내려놓았다.

릴리는 의자에서 불편한 표정으로 자세를 바꿨다. "전 일자리가 필요해요."

"일자리라." 그가 뒤로 등을 기댔다. "음. 어떤 일자리?"

"글쎄요. 시험을 망쳐서요."

"그럼 네 부모님은 어떻게 생각하시지?"

"그분들은, 아마도……지금 저를 좀 못마땅해하세요. 친구들과 지내고 있었어요."

"집에는 못 가는 거니?"

"지금은 못 가요. 친구와도 사이가 좋지 않아요."

"저런, 릴리." 그가 한숨을 쉬었다. 창밖을 내다보면서 뭔가 잠시 생각하더니 비싼 시계를 확인했다. 그리고 또 좀 더 생각하더니 사무실에 전화를 걸어 누군가에게 회의에서 늦을 거라고 했다.

릴리는 그가 무슨 말을 할지 기다렸다.

"다 먹었니?" 그는 신문을 서류 가방에 넣더니 일어났다. "올라가서 계획을 세우자꾸나."

릴리는 그가 방에 올라올지 몰랐기 때문에 부끄러웠다. 젖은 타월은 바닥에 떨어져 있었고, 텔레비전에서는 시시한 프로그램이 방송 중이었다. 릴리는 제일 부끄러운 것들을 욕실로 던지고 나머지 물건은 배낭에 넣었다. 그는 모른 척 창밖만 내다보더니 릴리가 의자에 앉으니 방금 방 안을 봤다는 듯 돌아섰다.

"이 호텔 괜찮지." 그가 말했다. "윈체스터로 들어가는 길을 보기 싫을 때면 여기서 묵곤 했거든."

"거기 사세요?"

"내 아내가 사는 곳이란다. 아이들은 다 컸어." 그는 바닥에 서류가방을 내려놓고 침대 가장자리에 앉았다. 릴리는 적어야 할 것이 있을까 봐 협탁에서 메모지를 들고 오다 휴대폰에서 소리가 나서 내려다봤다.

릴리 전화 좀 해. **루이자** x

릴리는 휴대폰을 뒷주머니에 쑤셔 넣은 뒤 메모지를 무릎에 얹고 앉았다.

"어떻게 생각하세요?"

"네가 참 어려운 입장이라고 생각한다, 릴리. 솔직히 일자리를 구하기에는 조금 어리지. 누가 널 고용할지 잘 모르겠다."

"하지만 잘하는 일도 있어요. 열심히 일하고. 정원 손질도 할 수 있어요."

"정원이라! 흠, 정원 손질 일을 얻을 수도 있겠군. 그 돈으로 네가 혼자 살 수 있을지는 또 다른 문제이지만 말이다. 추천장은 있니? 아르바이트해 본 적 있어?"

"아뇨. 부모님이 항상 용돈을 줬어요."

"음." 그는 무릎을 손으로 톡톡 두드렸다. "아버지랑 사이가 좀 힘들었지, 그렇지?"

"프랜시스는 친아빠가 아니에요."

"그래, 그건 알고 있다. 네가 몇 주 전에 집을 나간 것도 알고 있어. 참 슬픈 상황이지. 아주 슬픈 일이야. 의지할 데가 없겠구나."

릴리는 순간 목이 메는 것 같았다. 손수건을 꺼내줄 것이라고 생각했는데, 그는 재킷 주머니에 손을 넣더니 휴대폰을 꺼냈다. 피터의 휴대폰. 그는 한 번, 두 번, 그것을 두드렸고 릴리의 사진이 나왔다. 릴리는 숨이 멎을 것 같았다.

가사이드 씨는 그 사진을 클릭해서 더 크게 만들었다. 릴리의 뺨이 붉어졌다. 그는 그 사진을 몇 년쯤 보는 것 같았다. "너 정말 나쁜 아이였구나."

릴리는 주먹을 꽉 움켜쥐었다. 그리고 뺨을 붉히며 가사이드 씨를 올려다보았다. 그의 눈이 사진에서 떨어지지 않았다.

"아주 나쁜 아이야." 결국 그는 침착한 시선으로 릴리를 보더니 부드럽게 말했다. "우리가 먼저 의논할 일은 네가 휴대폰 값과 호텔방 값을 어떻게 갚을지 하는 문제라고 생각한다."

"하지만," 릴리가 입을 열었다. "이런 말은……."

"아, 그만둬라, 릴리. 너같이 똑똑한 아이가 그걸 몰라? 세상에 공짜는 없다는 걸 알 텐데." 그는 사진을 내려다봤다. "한참 전에 그 사실을 터득했을 텐데……. 이거 잘하는 모양이구나."

릴리는 아침 먹은 것이 솟구치는 것을 느꼈다.

"있잖니, 내가 큰 도움이 될 수 있다. 네가 자립할 때까지, 커리어를 쌓을 때까지 지낼 곳을 마련해 주마. 퀴드 프로 쿠오.◇ 이런 말 알고 있니? 학교에서 라틴어 배웠지?"

릴리는 벌떡 일어나서 배낭을 들었다. 그가 손을 내밀어 릴리의 팔을 잡았고 다른 손으로 휴대폰을 천천히 주머니에 넣었다.

"너무 서두르지 말자꾸나, 릴리. 내가 이 사진을 네 부모에게 보여주는 걸 원하지는 않지? 그들이 네 행동을 어떻게 생각할지 누가 알겠니."

그의 말에 릴리는 목이 멨다.

그는 자기 옆의 침대보를 가볍게 두드렸다. "다음에 네가 어떻게 할지 잘 생각해 보겠다. 지금은, 자……"

릴리는 팔로 재빠르게 그를 떨쳐냈다. 그리고 호텔 방문을 열고 복도를 내달려, 가방을 휘날리며 사라졌다.

런던은 밤늦도록 사람들로 가득했다. 자동차들이 큰 도로에서 야간 버스들을 피해가고 택시가 차들 사이로 요리조리 달릴 때, 정장을 입은 남자들이 퇴근하거나 고층 건물의 빛나는 사무실에 앉아 주위에서 소리 없이 일하는 청소부들을 무시한 채 앉아 있을 때, 릴리는 걸었다. 고개를 숙이고, 어깨에 배낭을 메고 걸었다. 밤늦게 영업하는 햄버거 가게에서 저녁을 먹었을 때는 모자를 푹 눌러쓰고 공짜 신문을 읽는 척했다. 항상 테이블에 앉아 말을 시키는 사람이

◇ '가는 게 있으면 오는 게 있어야 한다'는 뜻으로 자주 쓰이는 라틴어구.

있었기 때문이다. "이봐, 아가씨. 그냥 친하게 지내자는 거야."

릴리는 내내 그날 아침 일을 머릿속으로 돌려봤다. 자신이 뭘 했기에? 무슨 신호를 보냈기에? 자신에게 무슨 문제가 있기에 모두 그런 취급을 하는 걸까? 그가 한 말을 생각하면 릴리는 울고 싶어졌다. 후드 속으로 몸을 움츠리고 그를 증오했다. 자신을 증오했다.

릴리는 학생증을 써서 술주정뱅이들이 모여 싸우기 시작하는 분위기가 될 때까지 지하철을 타고 또 탔다. 그러면 지상에 있는 편이 안전하게 느껴졌다. 나머지 시간 동안에는 걸었다. 피커딜리의 빛나는 네온등을 지나, 메릴본 거리의 먼지 쌓인 길을 따라서, 캠던의 쿵쾅거리는 바들을 돌아서. 어디 갈 곳이 있다는 듯 성큼성큼 걸었고 딱딱한 바닥에 발이 아프기 시작할 때에야 속도를 늦췄다.

너무 지치면 도움을 청했다. 친구 니나의 집에서 하루를 보냈는데, 니나는 질문이 너무 많았다. 욕조에 누워 머리에서 묵은때를 불리면서 그 애가 아래층에서 부모님과 나누는 대화를 듣고 있으면 릴리는 세상에서 가장 외로운 사람이 된 것 같았다. 니나의 엄마가 근심 어린 눈으로 하루 더 있어도 된다고 했지만 릴리는 다음 날 아침에 떠났다. 그리고 클럽에서 만난 여자의 소파에서 이틀 밤을 보냈는데, 그 집에 함께 사는 남자가 셋이나 되어서 마음 놓고 잠을 잘 수가 없었다. 릴리는 옷을 다 입고 무릎을 끌어안고 앉아서 새벽이 될 때까지 소리를 죽인 채 텔레비전을 보았다. 릴리는 구세군 호스텔에서 하룻밤을 보내며 옆방에서 여자 둘이 싸우는 소리를 들었다. 릴리는 침대 밑에서 배낭을 꼭 끌어안고 있었다. 샤워기를 써도 된다고 했지만, 릴리는 가방을 로커에 두고 씻으러 가고 싶지 않았다. 공짜 수프를 먹고 나왔다. 하지만 대부분 릴리는 걸었고 마지막 남은 돈을 싸구려 커피와 에그 맥머핀에 썼다. 점점 더 지치고 배가 고파져 제대로 생각할 수도 없었다. 문 앞에 선 남자들이 더러운 소리를 할 때도, 카페 직원이 차 한 잔을 너무 오래 마신다고 그만 나가라고 할 때도 빠르게 반응할 수 없었다.

그러는 동안에도 릴리는 부모님이 그 순간 뭐라고 할지, 가사이드 씨가 그 사진을 보여주며 자신에 대해서 뭐라고 할지 생각했다. 엄마의 충격받은 얼굴, 전혀 놀라운 일이 아니라는 듯 프랜시스가 천천히 고개를 젓는 모습이 눈에 선했다.

너무나 어리석었다.

그 전화기를 훔치지 못하다니.

밟아서 부수지 못하다니.

그를 밟아주지 못하다니.

그 남자의 집에 가서 바보처럼 굴고 인생을 망치다니. 그리고 여기까지 생각이 미치면 릴리는 다시 울면서 모자를 더 깊이 눌러썼다.

20.

"그 애가 뭐라고요?"

트레이너 부인의 침묵은 믿을 수 없다는 뜻이었고 (어쩌면 내가 지나치게 민감한 것일지도 모르지만) 지난번에도 자기 것을 내가 안전하게 지키지 못하지 않았냐는 질책이 살짝 묻어나는 것 같았다.

"그래서 전화해 봤어요?"

"받지 않아요."

"부모와도 연락을 안 한다고요?"

나는 눈을 감았다. 이 대화가 두려웠다. "전에도 이랬던 모양이에요. 호턴밀러 씨는 릴리가 곧 나타날 거라고 믿고 있어요."

트레이너 부인이 상황을 파악했다. "하지만 루이자 생각은 그렇지 않고요."

"마음에 걸려요, 트레이너 부인. 제가 부모는 아니지만, 그래도……." 말끝을 흐렸다. "아무튼 아무것도 안 하느니 뭐라도 해야 할 것 같아서 다시 돌아다니면서 릴리를 찾으려고 해요. 지금 상황을 사실대로 알려드리고 싶었어요."

트레이너 부인은 잠시 입을 다물고 있었다. 그리고 침착하지만 결연한 목소리로 이렇게 말했다. "루이자, 가기 전에 호턴밀러 씨 전화번호를 알려주겠어요?"

나는 병가를 냈고, 리처드 퍼시벌이 차갑게 "그렇군요"라고 간단히 말하는 것이 이전의 긴 불평보다 더 불길한 느낌이 들었다. 릴리의 페이스북 프로필 사진 한 장, 나와 함께 찍은 셀카 한 장을 프린트했다. 오전 내내 런던 시내를 차로 돌아다녔다. 모퉁이마다 차를 세우고 비상등을 켜놓은 뒤 펍과 패스트푸드 가게, 나이트클럽에 들렀다. 퀴퀴하고 침침한 곳에서 일하는 청소부들이 나를 수상쩍은 눈초리로 쳐다봤다.

"이 아이 본 적 있어요?"

"누가 찾는데요?"

"이 아이 본 적 있어요?"

"경찰이오? 성가신 일에 말려들기 싫어요."

어떤 사람들은 거짓말을 하는 것이 재미있는 모양이었다. "오, 그 여자! 갈색 머리죠? 아, 이름이 뭐였더라? ……아. 못 봤네." 릴리를 본 사람이 아무도 없었다. 그리고 돌아다닐수록 희망은 사라졌다. 런던보다 실종되기 좋은 곳이 또 어디 있을까? 백만 개도 넘는 문으로 들어가 끝없이 넘쳐나는 사람들 틈에 섞이면 그만이니. 고층 건물들을 올려다보며 지금도 릴리가 누군가의 소파에 파자마를 입고 누워 있을까 생각해 보았다. 릴리는 사람들을 쉽게 사귀었고 도움을 청하는 데 두려움이 없었다. 릴리가 누구랑 있을지 알 수 없었다.

하지만…….

무엇 때문에 내가 이렇게 계속 움직이는 건지 알 수 없었다. 어쩌면 타니아 호턴밀러의 무심한 엄마 노릇에 화가 나서 이러는 것 같기도 했다. 어쩌면 타니아가 하지 않아서 비난한 일을 나도 하지 못한 것에 대한 죄책감 때문일 수도 있었다. 어쩌면 그저 어린 소녀가 얼마나 취약한지 너무나 잘 알기 때문일 수도 있었다.

하지만, 가장 큰 이유는 윌이었다. 나는 걷고 운전하고 묻고 걸으면서, 골반이 아프기 시작할 때까지 마음속으로 끝없이 대화를 했다. 차를 세우고 맛없는 샌드위치와 주유소에서 파는 초콜릿을 씹고 진통제를 삼키면서 계속 움직였다.

'그 애가 어디로 갔을까요, 윌?'

'어떻게 할까요?'

'그리고 다시 한번 미안해요. 실망시켜서.'

무슨 소식 있어요?

샘에게 문자를 보냈다. 머릿속으로는 윌과 대화하면서 샘과 이야기를 하려니 이상하게도 바람 피우는 것처럼 어색했다. 누구한테 잘못하는 것인지는 알 수 없었다.

- 아뇨. 런던의 응급실에는 다 전화해 봤어요. 루이자는 어때요?

- 약간 피곤해요.

- 골반은?

- 진통제를 먹었더니 나았어요.

- 일 끝나면 갈까요?

- 계속 찾아봐야 할 것 같아요.

- 내가 안 갈 것 같은 곳에는 가지 말아요. x

- 재미있네요. xxx

"병원은 알아봤어?" 동생이 학교에서 'HMRC: 세입 징수의 새로운 면모'와 'VAT: 유럽의 시각' 강의를 듣는 사이 15분 쉬는 시간에 전화를 걸었다.

"대학병원 중에는 그 애 이름으로 입원한 환자가 없대. 여기저기 사람들한테 릴리를 찾아달라고 부탁해 놓았어." 나는 그 순간에도 릴리가 내 등 뒤로 지나갈 것 같아서 돌아봤다.

"얼마나 찾고 있어?"

"며칠째." 잠도 못 잤다는 말은 하지 않았다. "음…… 휴가를 냈어."

"그럴 줄 알았어! 그 애가 말썽일 줄 알았다니까. 사장이 언니가 휴가 내는 거 싫어했지? 참, 다른 직장은 어떻게 됐어? 뉴욕에서 한다는 거? 면접은 봤어? 잊어버렸단 말은 하지 마."

카트리나가 무슨 말을 하는지 알아차리는 데 잠시 시간이 걸렸다. "아, 그거. 응. 붙었어."

"뭐?"

"네이선이 합격했대."

웨스트민스터에는 유니언잭을 걸어놓고 파는 요란한 기념품 가게들 앞을 거닐며 웅장한 국회의사당 사진을 찍으려고 휴대폰과 비싼 카메라를 들고 있는 사람들로 가득했다. 교통경찰이 내 쪽으로 걸어왔다. 테러방지법 때문에 이 자리에 주차를 하면 안 된다는 뜻인 것 같았다. 나는 곧 간다는 뜻으로 손을 들었다.

전화에서는 짧은 침묵이 흘렀다.

"잠깐, 설마……."

"지금은 그 생각을 할 겨를도 없어, 카트리나. 릴리가 없어졌어. 그 애를 찾아야 해."

"언니? 잠깐만. 그 자리 꼭 잡아야 해."

"뭐?"

"이건 일생일대의 기회야. 내가 뉴욕으로 건너갈 기회를 얼마나 바라는지 언니가 조금이라도 안다면……. 게다가 일자리가 보장되는데? 살 곳도 주고? 그런데 '지금은 그 생각을 할 겨를이 없어'라고?"

"그렇게 단순한 문제가 아니야."

교통경찰이 분명 나를 향해 걸어오고 있었다.

"아이고, 맙소사. 이게 바로 그거야. 내가 하려는 이야기가 이거라고. 언니는 새출발할 기회가 올 때마다 자기 장래를 그냥 내팽개쳐. 이건 마치…… 언니가 원하지 않는 것 같아."

"릴리가 없어졌어, 카트리나."

"잘 알지도 못하고, 부모가 다 있고, 적어도 조부모도 둘은 있는 열여섯 살짜리 애가 집 나간 게 처음도 아니야. 십 대 애들이 다 그렇지. 그런데 언니는 그걸 핑계로 일생일대의 기회를 버린다는 말이야? 세상에. 가고 싶지 않은 거지, 그렇지?"

"대체 무슨 소리를 하려는 거야?"

"그 우울한 일자리에 들러붙어서 불평이나 하는 게 훨씬 편하니까. 모험을 하지 않고 가만히 앉아서 일어나는 모든 일이 어쩔 수 없는 일이라고 해버리는 편이 훨씬 쉬우니까."

"이 일을 버려두고 그냥 가버릴 순 없어."

"언니 인생은 언니 몫이야. 하지만 언니는 자기가 어쩔 수도 없는 일에 계속 휘둘리고 있어. 왜 그래? 죄책감 때문이야? 윌한테 뭐 빚진 거 있어? 이거 무슨 참회야? 그 사람 인생을 구하지 못해서 언니 인생을 포기하는 거냐고!"

"넌 몰라."

"아니. 아주 잘 알아. 언니보다 내가 언니를 더 잘 알아. 그 사람 딸은 언니 책임이 아니야. 내 말 알겠어? 이런 건 언니 책임이 아니라고. 언니가 뉴욕에 가지 않는다면, 그런 엄청난 기회를 날려버린다면, 언니랑 다시는 말 안 할 거야."

교통경찰이 차창 앞에 섰다. 나는 창문을 내리고, 동생이 옆에서 잔소리를 할 때 짓는 그 표정을 짓고 있었다. 정말 미안했지만 전화를 끊을 수가 없었다. 경찰은 손목시계를 두드렸고, 나는 알겠다는 얼굴로 고개를 끄덕였다.

"됐어, 언니. 생각해 봐. 릴리는 언니 딸이 아니라고."

카트리나가 전화를 끊었고, 나는 전화기를 멍하니 쳐다봤다. 교통경찰에게 고맙다고 인사를 하고 창문을 올렸다. 그러자 머릿속에

릴리가 한 말이 떠올랐다. '그 사람은 내 친아빠도 아니었어요.'

나는 모퉁이를 돌아 주유소 옆에 차를 세우고 차 바닥에 버려져 있던 낡은 도로 지도를 들어서 릴리가 말했던 이름을 떠올려보려 했다. 파이모어, 파이크러스트, '파이로크로프트'. 세인트존스 우드까지 거리를 손으로 훑었다. 걸어서 15분쯤 걸릴까? 같은 곳이어야 했다.

휴대폰으로 거리 이름과 그의 성을 함께 검색해 보니, 나왔다. 56번지. 배 속에 긴장감이 느껴졌다. 시동을 걸고 기어를 넣고, 다시 도로로 나섰다.

릴리 엄마의 집과 전 양아버지의 집은 거리로는 1킬로미터도 떨어져 있지 않았지만, 차이는 너무나 확실했다. 호턴밀러 가족이 사는 곳은 모조리 하얀 회벽이나 붉은 벽돌로 꾸민 저택이었고 주목 울타리와 절대 더러워지지 않는 대형 자동차들이 늘어서 있었다면, 마틴 스틸이 사는 곳은 집값이 오르기는 했지만 외관은 전혀 그 사실을 반영하지 않는 지역의 수수한 3층 건물이었다.

나는 천천히 캔버스 천으로 덮인 채 주차되어 있는 자동차들과 뒤집힌 쓰레기통들을 지나 차를 몰았고, 마침내 런던 전역에서 볼 수 있는 빅토리아식 테라스가 달린 소형 주택 근처에 차를 세울 곳을 찾았다. 현관문의 칠이 벗겨지고, 계단에 아이들이 갖고 노는 물뿌리개가 놓인 그 집이 보였다. 제발 릴리가 여기 있기를 나는 기도했다. 저 안에 안전하게 있기를.

차에서 내려 문을 잠그고 현관으로 걸어 올라갔다.

안에서 피아노 소리가 들렸다. 자꾸만 아무렇게나 치는 소리가 들려왔고, 나지막한 목소리도 들렸다. 잠시 망설이다 초인종을 누르자 음악이 뚝 끊어졌다.

복도에 발걸음 소리가 나더니 문이 열렸다. 40대 남자가 남방셔츠에 청바지 차림으로, 하루 정도 면도를 안 한 모습으로 서 있었다.

"네?"

"혹시…… 여기 릴리가 있나요?"

"릴리요?"

나는 미소를 지으며 손을 내밀었다. "마틴 스틸 씨죠?"

그는 나를 잠시 살피더니 대답했다. "그럴지도 모르죠. 누구십니까?"

"전 릴리 친구예요. 저…… 릴리한테 연락을 하고 있는데, 혹시 여기 있나 해서요. 아니면 어디 있는지 아시나 해서요."

마틴은 인상을 썼다. "릴리? 릴리 밀러요?"

"음, 네."

그는 턱을 손으로 문지르더니 복도 쪽을 돌아보았다. "여기서 잠깐만 기다려주시겠어요?" 복도로 다시 들어간 그가 피아노 앞에 앉아 있는 사람에게 지시를 하는 소리가 들렸다. 그가 다시 나오는 동안 머뭇거리며 한 음계를 치더니, 다시 좀 더 확실하게 치는 소리가 들려왔다.

마틴 스틸은 밖으로 나오더니 문을 반쯤 닫았다. 그리고 나의 질문을 이해하려는 듯 고개를 갸우뚱거렸다. "미안합니다. 조금 당황스러워서요. 릴리 밀러의 친구라고 하셨죠? 그런데 여기 왜 오셨죠?"

"릴리가 여기 스틸 씨를 만나러 온다고 해서요. 당신이 그 애 양아버지셨죠?"

"정확히 그건 아니었지만, 네. 오래전에요."

"그리고 음악을 하시죠? 릴리가 어릴 때 유치원에 데려가셨고요? 하지만 지금도 연락은 하시죠. 릴리가 마틴 씨와 친했다고 하던데. 그래서 엄마가 짜증을 냈다고."

마틴이 나를 봤다. "성함이……."

"클라크예요. 루이자 클라크."

"클라크 씨. 루이자. 릴리는 다섯 살 때 이후로 본 적이 없어요. 타니아는 우리가 헤어지면서 연락을 끊는 것이 모두에게 좋겠다고 생각했어요."

나는 그를 멍하니 봤다. "그럼 여기 안 왔다는 말씀이세요?"

그는 잠시 생각해 보았다. "한 번, 몇 년 전에 왔었어요. 하지만 시기가 좋지 않았어요. 애를 낳은 지 얼마 안 되었고, 교습을 하던 중이었죠. 솔직히 말해서 릴리가 뭘 원하는지 알 수가 없었어요."

"그래서 그 후로 릴리랑 통화도 안 하셨고, 만나지도 않으셨어요?"

"그때 잠깐 만난 거 말고는요. 네. 릴리한테 무슨 일이 있나요?"

안에서 피아노 연주가 계속되었다. 도레미파솔라시도. 도시라솔파미레도. 위로, 아래로.

나는 손을 흔들며 계단을 내려왔다. "아뇨, 괜찮아요. 제가 실수했네요. 성가시게 해드려 죄송합니다."

하룻밤 더 런던을 돌아다니며 동생의 전화와 '긴급'과 '비밀'이라고 적힌 리처드 퍼시벌의 이메일을 무시했다. 불빛에 눈이 빨갛게 충혈될 때까지 차를 몰고 다니다가 더 갈 데도 없고, 주유를 할 돈도 없다는 것을 깨달았다.

자정이 지나 집으로 돌아와서 현금카드를 챙기고 차를 한 잔 마신 뒤 한 시간 쉬고 다시 나가기로 했다. 신발을 벗고 토스트를 만들었지만 먹을 수는 없었다. 대신 진통제를 두 알 더 삼키고 소파에 누웠다. 머릿속이 어지러웠다. 내가 놓친 것이 무엇일까? 뭔가 실마리가 있을 텐데. 피로로 머리가 띵했고 배 속의 긴장감은 영 사라지지 않았다. 어느 거리를 안 갔던 것일까? 릴리가 런던 이외에 다른 곳에 있을 가능성이 있을까?

선택의 여지가 없었다. 경찰에 신고해야 했다. 무슨 일이 벌어지고 있는지 모르는데, 차라리 어리석고 지나치게 걱정이 많다는 소리를 듣는 편이 나았다. 드러누워 5분만 눈을 감았다.

세 시간 뒤 전화벨 소리에 잠에서 깨어났다. 화들짝 놀라 일어났지만 순간 여기가 어딘지 알 수가 없었다. 그러다 옆에서 반짝이는 화면을 보고 허둥지둥 귀에 댔다.

"여보세요?"

"찾았어요."

"네?"

"샘이에요. 릴리 찾았어요. 올 수 있어요?"

잉글랜드가 축구 경기에 지고 난 떠들썩한 저녁, 화가 난 사람들은 음주 상태로 부상을 입었다. 그 와중에 구석에서 의자를 두 개 깔고 얼굴까지 모자를 덮어쓴 채로 자는 조그만 사람을 아무도 알아차리지 못했다. 부상자를 분류하는 간호사가 환자들이 보호자를 제대로 만나는지 하나씩 확인했을 때야 누군가 그 여자아이를 흔들어 깨웠고 그 아이는 그곳이 따뜻하고 깨끗하고 안전하기 때문에 왔다고 털어놓았다.

간호사가 그 애에게 질문을 하고 있을 때, 호흡 문제가 있는 노파를 데려온 샘이 책상 앞에서 그 애를 봤다. 샘은 근무 중인 간호사들에게 그 애를 보내지 말라고 조용히 지시한 뒤, 릴리가 그를 보기 전에 달려 나와 내게 전화를 했다. 우리가 응급실로 달려가는 사이 샘이 이 이야기를 모두 해주었다. 마침내 대기실에 사람들이 줄기 시작했다. 열이 나는 아이들은 부모와 함께 병상에 누워 있었고, 술 취한 사람들은 귀가 조치되었다. 한밤중 이 시각에는 교통사고 환자들과 자상 피해자뿐이었다.

"마실 차를 좀 줬어요. 피곤한 모습이이에요. 가만히 앉아 있는 걸로 만족하는 것 같아요."

내가 불안해 보였던지, 샘이 이렇게 덧붙였다. "괜찮아요. 릴리를 내보내지 않을 거예요."

나는 복도를 반쯤은 걷고 반쯤은 달리다시피 했고 샘이 내 옆에서 성큼성큼 따라 걷고 있었다. 그리고 릴리가 있었다. 어쩐지 전보다 더 작아진 모습으로, 머리를 엉망으로 땋고서, 플라스틱 컵을 가는 손가락 사이에 들고서. 간호사가 옆에 앉아 파일을 정리하다가 나를 보고 샘이 누군지 알아보더니 따뜻하게 웃으며 일어났다. 릴리의 손톱에 때가 새카맸다.

"릴리?" 내가 불렀다. 릴리의 검은 눈이 내 눈과 마주쳤다. "어…… 어떻게 된 거니?"

릴리는 나를, 그리고 샘을 보더니 약간 두려운 듯 눈을 크게 떴다.

"계속 찾아다녔어. 우린…… 세상에, 릴리. 어디 있었던 거야?"

"미안해요." 릴리가 속삭였다.

나는 고개를 저으면서 괜찮다고 말하려고 했다. 아무것도 상관없다고, 중요한 것은 네가 무사히 여기 있다는 사실뿐이라고.

나는 두 팔을 벌렸다. 릴리는 내 눈을 보면서 한 걸음 앞으로 나오더니 내게 가만히 기댔다. 그리고 나는 두 팔로 릴리를 꽉 끌어안고서 그 애의 소리 없는 흐느낌이 나의 흐느낌으로 변하는 것을 느꼈다. 내가 할 수 있는 일이라고는 어딘가에 있는 신에게 감사하며 소리 없이 이렇게 말하는 것뿐이었다. '윌. 윌…… 릴리를 찾았어요.'

21.

돌아온 첫날 밤 나는 릴리를 내 침대에서 재웠다. 릴리는 열여덟 시간을 내리 자더니 저녁때 일어나 수프를 좀 먹고 목욕을 하고는 다시 쓰러져 여덟 시간을 더 잤다. 나는 소파에서 잤고, 그 애가 또 사라질까 봐 현관문을 잠그고 밖에 나가거나 움직이지도 못했다. 샘이 근무 전후에 한 번씩, 두 번 들러 우유를 가져다주고 릴리 상태를 확인했다. 우리는 환자에 대해서 이야기하듯이 복도에서 낮은 소리로 속닥였다.

나는 타니아 호턴밀러에게 전화를 해 딸이 무사히 돌아왔다고 알렸다. "내가 그랬잖아요. 내 말을 안 듣더라니." 그녀는 의기양양하게 말했고 나는 무슨 소리를 더 듣기 전에, 혹은 내가 하기 전에 전화를 끊었다.

트레이너 부인에게 전화를 했더니 부인은 길게 떨리는 안도의 한숨을 내쉬었고 한동안 아무 말도 하지 않았다. "고마워요." 부인은 한참 만에 이렇게 말했는데, 가슴 깊은 곳에서 나오는 소리 같았다. "언제 아이를 만나러 가도 될까요?"

마침내 리처드 퍼시벌의 이메일을 열었더니 내용은 다음과 같았다.

세 차례 경고했으며, 출근 기록이 불량하고 계약 요건을 이행하지 못한 점에 따라 샘록 앤드 클로버(공항점)와의 계약이 만료되었음을 알려드립니다.

그는 빠른 시일 내에 유니폼을 돌려줄 것(가발을 포함해서)을 요청했고, 그러지 않을 경우 소비자가격으로 전액 청구할 것이라고 했다.

네이선의 이메일을 열어보니 "대체 어디 있어요? 내가 보낸 이메일은 봤어요?"라고 묻고 있었다.

고프니크 씨의 제안을 떠올리고, 한숨과 함께 컴퓨터를 덮었다.

셋째 날 소파에서 일어나니 릴리가 없었다. 반사적으로 가슴이 철렁했지만, 복도 창문이 열린 것이 보였다. 나는 비상계단으로 나갔다. 릴리는 옥상에 앉아 도시를 내다보고 있었다. 릴리는 내가 빨아놓은 파자마 바지와 윌의 큰 스웨터를 입고 있었다.

"안녕." 나는 이렇게 말하고 릴리에게로 걸어갔다.

"냉장고에 먹을 게 있네요." 릴리가 말했다.

"구급차 샘이."

"그리고 물도 다 줬고요."

"그것도 주로 샘이."

릴리는 그럴 줄 알았다는 듯 고개를 끄덕였다. 나는 벤치에 자리를 잡고 앉았다. 우리는 편안한 침묵 속에서 초록 봉오리에서 보라색 머리를 내민 라벤더 향을 맡고 있었다. 작은 옥상 정원에서는 모든 것이 울긋불긋 꽃망울을 터뜨리고 있었다. 꽃잎과 바람에 속삭이는 소리를 내는 작은 잎들이 잿빛 아스팔트 공간에 색채와 움직임, 향기를 더해주었다.

"침대를 빼앗아서 미안해요."

"너한테 더 필요했잖아."

"옷을 다 꺼내서 걸어놨네요." 릴리는 머리를 귀 뒤로 넘기고, 다리를 모았다. 여전히 창백했다. "좋은 옷을."

"음, 네 덕분에 상자에 감춰두면 안 되겠다는 생각이 들었어."

릴리는 나를 곁눈질로 보더니 작게, 서글프게 미소를 지었고 나는 그 모습에 어쩐지 더 슬퍼졌다. 아주 뜨거운 날이 될 것 같았다. 태양의 온기에 짓눌린 것처럼 길거리의 소리도 작게 들렸다. 더위가 창문을 통해 스며들어 공기를 바꾸는 것이 벌써 느껴졌다. 길에서는 쓰레기차가 덜컹거리면서 천천히 커브를 돌았고, 삐삐거리는 소리와 남자들의 목소리도 함께 들렸다.

"릴리." 그 소리가 마침내 멀리 사라졌을 때 내가 조용히 말했다. "무슨 일이니?" 너무 캐묻지 않으려고 애썼다. "네게 물어볼 자격도 없고, 내가 진짜 가족도 아니라는 걸 알지만 뭔가 잘못된 것 같아서 어쩐지…… 기분이…… 우리가 친척 같아서, 네가 날 믿어주길 바랄 뿐이야. 나한테는 말할 수 있으면 좋겠어."

릴리는 계속해서 자기 손만 봤다.

"비난하지 않을게. 네가 하는 말을 아무한테도 안 할게. 그냥…… 음, 누군가에게 사실대로 말하면 도움이 된다는 걸 알아야 해. 그러면 나아지거든."

"그런 말을 누가 해요?"

"내가. 나한테 못 할 말은 없어, 릴리. 진짜야."

릴리는 나를 쳐다보더니 시선을 피했다. "이해 못 할 거예요." 릴리가 나지막이 말했다.

그때 알 수 있었다. 확실히 알 수 있었다.

거리가 이상하게 조용해졌다. 아니, 우리 사이의 몇 인치 너머에서 들리는 소리는 들을 수 없게 된 것 같았다. "이야기를 하나 해줄게." 내가 말했다. "이 이야기는 이 세상에 단 한 사람만 아는데, 내가 아주, 아주 오랫동안 아무에게도 못 했기 때문이야. 그런데 이 이야기를 그 사람한테 했더니 그 일에 대한 내 감정이, 그리고 내 자신에 대한 감정이 바뀌었어. 그러니까 이런 거야. 너는 아무 이야기도 안 해줘도 되지만, 나는 어쨌든 혹시 도움이 될지 모르니까 너한테 내 이야기를 해줄게."

잠시 기다렸지만 릴리는 싫다고 하지도, 어이없다는 표정을 짓지도, 지루할 거라고 말하지도 않았다. 릴리는 무릎을 감싸 안고 귀를 기울였다. 나는 어느 화창한 여름 저녁, 안전한 곳에서 조금 지나치게 즐겼던 이야기를 들려주었고, 릴리는 경청했다. 친구인 여자아이들과 좋은 집안 출신이라 규칙을 아는 것처럼 보이는 착한 남자아이들 사이에서 정말 재미있게, 즐겁고 신나게 정신없이 놀다가 술을 몇 잔 마신 뒤에는 다른 여자아이들이 없어진 것을, 웃음소리와 농담이 나에게 향한 것임을 깨닫지 못했던 일을 이야기했다. 너무 자세한 내용은 생략하고서 그날 저녁 어떻게 되었는지 말해주었다. 나는 그날 동생의 부축을 받으며 말없이 돌아왔다. 신발을 잃어버리고 남모르는 곳에 멍이 든 채로. 그 시간을 기억하면 커다란 검은 구멍이 떠오른다. 스스로가 어리석고 무책임했으며 이 모든 일을 자초했다는 사실을 날마다 잊지 않게 해주는 기억이 언뜻언뜻 떠오른다. 그리고 그 생각 때문에 내가 하는 행동과 가는 곳, 내 능력에 대한 생각이 바뀐 것도 이야기해 주었다. 가끔은 '아니, 그건 네 잘못이 아니야. 사실 네 잘못이 아니었어'라고 말해줄 사람만 있으면 되기도 한다고.

이야기를 마쳤을 때 릴리는 여전히 나를 쳐다보고 있었다. 어떤 반응인지 표정으로는 알 수가 없었다.

"네게 무슨 일이 있었는지, 또는 무슨 일이 있는지 모르겠지만, 릴리." 나는 조심스레 말했다. "내가 방금 한 이야기랑 아무런 상관이 없을 수도 있겠지. 그저 네게 이야기하지 못할 만큼 나쁜 일은 없다는 걸 알려주고 싶어서. 그리고 어떤 일이 있어도 다시는 너를 내보내고 문을 닫지 않을 거야."

그래도 릴리는 말이 없었다. 나는 일부러 릴리를 보지 않고서 옥상 테라스 너머를 바라보았다.

"있잖아, 네 아빠가 잊지 못할 말을 해줬어. '그거 한 가지로 당신을 규정할 필요는 없다'고."

"내 아빠가." 릴리는 턱을 살짝 들었다.

나는 고개를 끄덕였다. "무슨 일이 있었는지 모르겠지만, 나한테 말하고 싶지 않더라도 네 아빠 말이 옳다는 건 알아야 해. 지난 몇 주, 몇 달 동안 있었던 일로 너를 규정할 필요는 없어. 내가 너에 대해 아는 건 별로 없지만, 너는 밝고 재미있고 상냥하고 똑똑해. 이 일을 넘기고 나면 멋진 미래가 기다리고 있을 거야."

"그걸 어떻게 알아요?"

"너는 그 사람을 닮았으니까. 심지어 그 사람 스웨터를 입고 있잖니." 내가 부드럽게 덧붙였다.

릴리는 팔을 천천히 얼굴에 가져가 부드러운 모직을 뺨에 대고 생각했다.

나는 벤치에 기대앉았다. 윌에 대해서 이야기하다니 내가 너무 밀어붙인 게 아닌가 싶었다.

하지만 그때 릴리가 숨을 한 번 들이쉬더니 나직하고 그 애답지 않은 담담한 목소리로 어디에 있었는지 털어놓았다. 그 남자아이, 그 남자, 그리고 자신을 괴롭히는 사진, 그리고 런던의 네온 불빛 거리에서 그림자로 지낸 나날들에 대해서 이야기했다. 릴리는 이야기하다가 몸을 움츠리고 울기 시작했다. 다섯 살짜리 아이처럼 얼굴을 일그러뜨리고서. 그래서 나는 릴리를 내게 가까이 앉히고 머리를 쓰다듬어 주면서 그 애가 흐느끼고 딸꾹질을 하면서 빠르고 두서없이 들려주는 그 이야기를 들었다. 마지막 날 이야기에 다다르자 릴리는 커다란 스웨터에 감싸인 채 두려움과 죄책감, 슬픔에 에워싸여 내게 매달렸다.

"미안해요. 정말 미안해요." 릴리가 흐느꼈다.

"미안하다니." 나는 릴리를 끌어안고서 힘주어 말했다. "미안할 거 하나도 없어."

그날 저녁에는 샘이 왔다. 샘은 릴리를 명랑하고 상냥하며 편안하게 대했다. 릴리가 밖에 나가고 싶지 않다고 하자 베이컨, 버섯을 넣은 크림파스타를 해주었으며, 함께 정글에서 길을 잃은 가족에 관한 코미디 영화를 봤다. 우리를 이상하게 닮은 가족이었다. 나는 웃으면서 차를 끓여 왔지만, 마음속에는 분노가 들끓고 있었다.

릴리가 자러 들어가자마자 나는 샘에게 비상계단 쪽으로 가자고 손짓을 했다. 아무도 듣지 못하도록 옥상으로 올라간 뒤 나는 샘이 벤치에 앉자 릴리가 바로 그 자리에서 몇 시간 전에 해준 이야기를 했다. "그 일에서 영영 벗어나지 못할 거라고 생각해요. 그놈이 아직도 휴대폰을 가지고 있대요, 샘."

그렇게 화가 난 적이 있었나 싶었다. 저녁 내내, 텔레비전이 앞에서 웅얼거리는 동안 나는 지난 몇 주 동안의 일을 새로운 관점에서 돌이켜 보았다. 그 남자가 아래층에서 서성거렸던 일, 릴리가 내가 볼 수도 있다 싶을 때는 소파 쿠션 밑에 휴대폰을 감췄던 일, 새로운 메시지가 올 때마다 릴리가 흠칫 놀랐던 일이 떠올랐다. 릴리가 더듬으며 한 말들, 구출되었다고 생각했을 때 받았던 안도감과 그 다음에 벌어진 일에서 느꼈던 두려움에 대해 이야기한 것들이 떠올랐다. 곤경에 빠진 어린 여자아이를 이용할 기회로 삼은 남자의 오만함이 떠올랐다.

샘은 내게 앉으라고 손짓했지만 가만히 있을 수 없었다. 나는 주먹을 꽉 쥐고, 목이 뻣뻣해지는 것을 느끼며 옥상 테라스를 왔다 갔다 했다. 저 너머로 물건을 던지고 싶었다. 가사이드를 찾아내고 싶었다. 샘이 다가오더니 내 뒤에 서서 어깨 뭉친 곳을 주물러주었다. 그런 식으로 내가 가만히 서 있도록 만드는 것 같았다.

"정말 그 인간을 죽이고 싶어요."

"그건 손을 쓸 수 있어요."

나는 샘이 농담을 하는 것인지 보려고 돌아섰고, 농담이라는 것을 알고 아주 조금 실망했다.

밤바람이 세지자 옥상 위는 쌀쌀했다. 나는 재킷을 가져오지 않은 것을 후회했다. "그냥 경찰에 갈까요? 그거 협박 아니에요?"

"부인할 거예요. 전화기를 숨길 곳이야 많으니까요. 그리고 릴리 엄마가 사실대로 말한 거라면, 소위 거물의 말 대신 릴리 말을 믿을 사람은 없을 거예요. 그런 사람들은 나쁜 짓을 하고도 벗어나죠."

"하지만 전화기를 어떻게 빼앗죠? 그 인간이 돌아다니고 있으면, 그 사진이 아직 밖에 있으면 릴리는 새출발을 할 수 없을 거예요."

나는 떨고 있었다. 샘이 재킷을 벗어 내 어깨에 걸쳐주었다. 재킷에 그의 체온이 담겨 있어서 너무 고마웠지만 티 내지 않으려고 애썼다.

"우리가 그 인간 사무실에 나타나면 릴리 부모가 알게 되겠죠. 이메일을 보낼 수 있을까요? 전화기를 도로 보내라고 하든가?"

"그걸 그냥 내놓을 리는 없어요. 이메일에 답장을 안 할 수도 있고. 이메일은 증거로 이용될 수 있거든요."

"아, 희망이 없네요." 나는 아주 길게 신음하는 소리를 냈다. "릴리는 그냥 잊고 사는 법을 배워야 되겠어요. 그날 일을 잊어버리는 것이 릴리뿐만 아니라 그 인간에게도 이익이라고 설득할 수 있을지도 모르겠네요. 사실이 그러니까요, 그렇죠? 그 인간이 전화기를 직접 없앨 수도 있죠."

"그러면 릴리가 믿을까요?"

"아뇨." 나는 눈을 문질렀다. "견딜 수가 없어요. 그 인간이 그런 짓을 하고도 빠져나가다니. 그 징그럽고 더럽고 사람을 멋대로 조종하는, 돈만 많은 쓰레기 같은 인간이……." 나는 일어나서 발아래 펼쳐진 도시를 내려다보며 잠시 절망감을 느꼈다. 미래가 보였다. 과거의 그림자에서 벗어나려고, 방어적으로, 멋대로 사는 릴리. 그 전화기는 릴리의 행동, 릴리의 미래에 대한 열쇠였다.

'생각해.' 나는 스스로에게 말했다. '윌이라면 어떻게 했을지 생각해 봐.' 윌라면 이런 인간이 이기도록 두지 않을 것이다. 윌처럼 전략을 짜야 했다. 내가 사는 아파트의 현관문 앞 길거리를 느릿느릿 기어가는 자동차들을 보았다. 가사이드 씨의 커다란 검은 차가 소호의 거리를 돌아다니는 광경을 떠올렸다. 자신의 뜻대로 항상 돌아간다고 확신하며, 소리 없이, 손쉽게 삶을 살아가는 남자가 떠올랐다.

"샘?" 내가 말했다. "사람 심장을 멎게 하는 약 있어요?"

그는 잠시 아무 말도 하지 않았다. "농담이라고 말해줘요."

"아뇨. 들어봐요. 나한테 좋은 아이디어가 있어요."

처음에 릴리는 아무 말도 하지 않았다.

"아무 일도 없을 거야." 내가 말했다. "그리고 이렇게 하면 아무도 모르고 지나갈 수 있어." 나를 가장 감동시킨 것은 내가 이 계획을 샘에게 처음 설명했을 때부터 내가 스스로에게 던졌던 질문을 릴리는 하지 않는다는 것이었다. '이게 정말 성공할지 어떻게 알아요?'

"전부 준비해 놨어요." 샘이 말했다.

"하지만 다른 사람은 아무도 모르게……."

"몰라. 그가 너를 성가시게 한다는 것만 알지."

"루이자가 곤란해지지 않겠어요?"

"내 걱정은 마."

릴리는 소매 끝자락을 만지작거리더니 중얼거렸다. "그리고 날 그 사람이랑 두지 않을 거죠? 잠시도."

"1분도."

릴리는 입술을 잘근거렸다. 그러더니 샘을, 그리고 나를 쳐다보았고 마음을 굳힌 표정을 지었다. "좋아요. 그렇게 해요."

나는 싸구려 충전식 휴대폰을 사서 릴리의 양아버지 직장에 전화를 걸었다. 그리고 한잔하기로 약속하는 척하면서 비서로부터 가사이드의 휴대폰 번호를 알아냈다. 그날 저녁 샘이 도착하기를 기다리며 가사이드의 번호로 문자메시지를 한 통 보냈다.

가사이드 씨. 때려서 미안해요. 놀라서 그랬어요. 다시 의논하고 싶어요. L

아마 애태우려는 듯, 그는 30분 후에 답장을 보냈다.

왜 내가 너와 이야기를 해야 하지, 릴리? 내가 그렇게 도와줬는데 아주 무례하게 굴더구나.

"재수 없는 놈." 샘이 중얼거렸다.

- 알아요. 죄송해요. 하지만 도움이 꼭 필요해요.

- 여긴 일방통행로가 아니야, 릴리.

- 알아요. 그냥 놀라서 그랬어요. 생각할 시간이 필요했어요. 만나요. 원하는 걸 드릴 테니 먼저 전화기를 주세요.

- 네가 조건을 정할 입장은 아닌 것 같구나, 릴리.

샘이 나를 봤다. 나도 샘을 보고는 입력을 시작했다.

제가…… 정말 나쁜 아이라면요?

잠시 침묵.

이제 흥미가 돋는데.

샘과 나는 시선을 교환했다. "방금 내 입안에다 토했어요." 내가 말했다.

그럼 내일 밤이요. 친구가 언제 나갈지 확인하고 주소를 보낼게요.

그가 답장을 보내지 않을 것이라고 확신하자 샘은 전화기를 릴리가 볼 수 없도록 주머니에 넣고 나를 오랫동안 안아줬다.

*

이튿날 나는 신경이 곤두서서 몸살이 날 지경이었고, 릴리는 더 심했다. 우리는 아침 식사를 깨작거렸다. 릴리가 실내에서 담배를 피우는 것을 그냥 두었다. 아니, 나도 한 대 달라고 부탁할 뻔했다. 우리는 영화를 한 편 보고 집안일 몇 가지를 대충 했다. 그날 저녁 7시 30분, 샘이 도착했을 때는 머리가 너무 울려서 말도 제대로 할 수 없었다.

"주소를 보냈어요?" 샘에게 물었다.

"넵."

"보여주세요."

전화 메시지에는 내 아파트 주소와 L이라는 서명뿐이었다.

그가 답장을 보냈다.

시내에서 회의가 있으니까 8시 조금 넘어 도착할 거다.

"괜찮아요?" 샘이 물었다.

속이 죄어왔다. 숨도 못 쉴 것 같았다. "당신까지 끌어들이고 싶지 않아요. 아니, 만약에 당신이 누군지 알면 어떡해요? 직장을 잃게 될 거예요."

샘은 고개를 저었다. "그럴 일은 없어요."

"당신을 이런 일에 끌어들이는 게 아니었는데. 당신이 그렇게 잘해줬는데, 이런 위험을 무릅쓰게 하는 걸로 보답하다니."

"모두 별일 없을 거예요. 숨을 크게 쉬어요." 그는 내게 안심하라는 듯 웃어 보였지만, 그의 눈가에 살짝 긴장감이 느껴졌다.

그가 내 어깨 너머를 보았고, 나는 돌아섰다. 릴리는 까만 티셔츠와 데님 반바지에 검은 타이츠를 신고 있었다. 아주 아름다우면서도 동시에 어려 보이게 화장을 했다. "괜찮니?"

릴리는 고개를 끄덕였다. 윌처럼 평소에는 밝은 올리브색인 릴리의 피부가 유난히 창백했다. 눈이 커 보였다.

"아무 일도 없을 거야. 5분 이상 걸릴 리도 없어. 루가 계속 함께 있을 거야, 알겠지?" 샘의 침착한 음성이 확신을 줬다.

우리는 열 번도 넘게 연습했다. 나는 릴리가 얼어붙지 않고, 자기 대사를 생각하지 않고도 말할 수 있을 때까지 연습시켰다.

"잘할 수 있어요."

"좋았어." 샘이 이렇게 말하고 손뼉을 쳤다. "8시 15분 전. 준비를 합시다."

그는 시간을 잘 지켰다. 그것만은 인정해 줘야 했다. 8시 1분, 초인종이 울렸다. 릴리는 숨을 크게 들이쉬었고, 내가 손을 꼭 잡아주니 인터폰을 받았다. "네. 네, 없어요. 올라오세요." 릴리를 전혀 의심하지 않는 모양이었다.

릴리가 문을 열어줬다. 침실 문틈으로 지켜보니 문을 여는 릴리의 손이 떨리고 있었다. 가사이드가 머리를 쓰다듬더니 복도를 잠시 둘러봤다. 고급 회색 정장 차림을 한 그는 가슴 주머니에 차 키를 넣었다. 값비싼 셔츠와 염탐하듯 실내를 살피는 동그란 눈을 노려봤다. 이를 악물었다. 대체 어떤 남자기에 마흔 살이나 어린 여자

아이에게 들이댈 수 있는 걸까? 동료의 아이를 협박하고?

그는 어딘가 불편해 보였다. "뒤에 차를 세웠는데. 그래도 괜찮은가?"

"그럴 거 같아요." 릴리는 침을 삼켰다.

"그럴 거 같다고?" 그는 문 쪽으로 돌아갔다. 차를 자기 일부로 생각하는 남자였다. "네 친구는? 이 집 주인이 누군지 모르지만. 돌아오지 않나?"

숨이 멎을 것 같았다. 뒤에서 샘이 진정하라고 등허리에 손을 얹었다.

"아, 아뇨. 괜찮을 거예요." 릴리가 걱정하지 말라며 미소를 지었다. "돌아오려면 아직 멀었어요. 들어오세요. 마실 거 드릴까요, 가사이드 씨?"

그는 처음 보는 사람처럼 릴리를 봤다. "굉장히 딱딱하게 구는군." 그리고 한 걸음 들어오더니 드디어 문을 닫았다. "스카치 있나?"

"한번 볼게요. 들어오세요."

릴리는 재킷을 벗는 그를 이끌고 주방으로 향했다. 둘이 거실로 들어가자 샘이 묵직한 부츠를 신고 침실에서 나갔다. 복도를 지나서 현관문을 안에서 잠근 뒤 주머니에 열쇠를 넣었다.

가사이드는 놀라서 그를 봤고, 이어서 도나가 나왔다. 그들은 유니폼을 입고 문을 등지고 서 있었다. 가사이드는 그들을, 그리고 릴리를 번갈아 보고 무슨 영문인가 싶어 허둥거렸다.

"안녕하세요, 가사이드 씨." 나는 문 뒤에서 걸어 나가며 말했다. "여기 내 친구에게 돌려주실 것이 있죠."

그는 순식간에 진땀을 흘리기 시작했다. 그 순간까지는 그런 일이 가능한지 몰랐다. 그가 릴리를 찾았지만 내가 나서서 릴리를 내 뒤에 감췄다.

샘이 나섰다. 가사이드의 머리는 샘의 어깨쯤에 닿았다. "전화기 주시죠."

"내게 협박할 수 없소."

"협박하는 게 아니에요." 가슴이 두근거렸다. "전화기만 달라는 겁니다."

"출구를 막고 협박하고 있잖소."

"아, 아뇨, 선생님." 샘이 말했다. "협박을 하려면, 제 동료와 제가 마음만 먹으면 선생님을 제압하고 디히프라놀을 주사해서 심장 박동을 서서히 정지시킬 수 있다고 말해야 합니다. 그러면 협박이 되겠죠. 선생님을 구하러 온 구급대원의 말을 의심할 사람은 아무도 없을 테니까요. 그리고 디히프라놀은 혈액 속에 안 남는 드문 약물이니까요."

팔짱을 끼고 있던 도나는 안됐다는 표정으로 고개를 저었다. "안타까운 일이죠. 중년의 사업가들이 파리처럼 쓰러진다니까요."

"온갖 건강 문제가 있거든요. 술을 너무 많이 마시고, 먹기는 너무 잘 먹고, 운동은 안 하니."

"여기 계신 분은 그렇지 않겠죠."

"그러면 좋겠지만, 사람 일을 누가 알겠어요?"

가사이드는 몇 인치쯤 쪼그라진 것 같았다.

"그리고 릴리를 협박할 생각은 하지도 마세요. 당신이 어디 사는

지 아니까요, 가사이드 씨. 구조대원은 그 정보를 언제든지 얻을 수 있어요. 구조대원을 열받게 하면 엄청난 일이 일어날 수 있답니다."

"말도 안 되는 일이군." 그는 하얗게 질린 얼굴로 고함쳤다.

"넵. 정말 그렇죠." 내가 손을 내밀었다. "전화기 주세요."

가사이드는 주위를 한 번 더 돌아보더니 결국 주머니에 있던 전화기를 내게 내밀었다.

나는 그것을 릴리에게 던져줬다. "확인해 봐, 릴리."

릴리의 감정을 존중해 눈길을 돌렸다. "삭제해." 내가 말했다. "지워버려." 돌아보니 릴리가 화면에 아무것도 보이지 않는 전화기를 들고 있었다. 릴리는 살짝 고개를 끄덕였다. 샘이 자기에게 던지라고 손짓했다. 샘은 휴대폰을 바닥에 떨어뜨리더니 플라스틱이 부서지도록 오른발로 밟았다. 그가 어찌나 세게 전화기를 박살 냈는지, 바닥이 울렸다. 샘의 무거운 부츠가 바닥에 닿을 때마다 나는 가사이드와 함께 흠칫 놀랐다.

한참 뒤 샘이 라디에이터 밑으로 튀어 나간 작은 유심카드를 조심스레 집어 들었다. 그것을 살핀 뒤 가사이드에게 들어 보였다. "다른 복사본은 없습니까?"

가사이드는 고개를 끄덕였다. 그의 옷깃이 땀에 젖어 있었다.

"물론 하나뿐이겠지." 도나가 말했다. "사회 지도층이 그런 걸 뒀다가 망신을 당하길 바라겠어? 저질 비밀이 밝혀지면, 가족이 뭐라고 하겠어?"

가사이드는 입을 일자로 꾹 다물었다. "원하는 것 받았으니 이제 나가겠소."

"아뇨. 한마디만 하겠어요." 분노를 억누르느라 목소리가 살짝 떨렸다. "당신은 더럽고 가련한 인간이에요. 내가 만약……."

가사이드의 입꼬리가 비웃는 듯 위로 올라갔다. 여자한테 한 번도 위협을 느껴본 적 없는 남자였다. "시끄러워, 이 웃기는……."

샘의 눈에 뭔가가 번쩍하더니 앞으로 달려 나갔다. 내가 팔을 뻗어 샘을 막았다. 다른 쪽 주먹을 뒤로 뺀 것은 기억나지 않는다. 그것이 가사이드의 얼굴에 닿는 순간 손등이 아팠던 기억은 확실히 난다. 가사이드가 뒤로 휘청거리며 상체를 문에 부딪혔고 나는 그 충격을 예상하지 못해 흔들거렸다. 그가 일어섰을 때 코에서 피가 흘렀다. 나는 깜짝 놀랐다.

"나가겠소." 그가 손으로 코를 막고 말했다. "당장."

샘은 눈을 껌뻑이며 나를 보더니 문을 열었다. 도나는 그가 지나가도록 살짝 비켜주고는 그에게 몸을 기울이며 말했다. "가기 전에 치료 안 해도 되겠어요?"

가사이드는 걷는 속도를 유지했지만, 문이 닫히고 나니 그의 비싼 구두가 속도를 올려 달리는 소리가 들려왔다. 우리는 그의 발소리가 안 들릴 때까지 말없이 서 있었다. 그리고 동시에 한숨을 내쉬었다.

"펀치 멋진데요, 캐시어스."◇ 샘이 잠시 후 말했다. "손 한번 보여줄래요?"

나는 말할 수가 없었다. 고개를 숙이고, 소리 없이 내 가슴에 대

◇ 전설적인 권투 선수 무하마드 알리의 본명.

고 욕을 했다.

"생각보다 더 아프죠?" 도나가 내 등을 두드리며 말했다. "스트레스받지 마." 도나가 릴리에게 말했다. "그 작자가 무슨 소리를 했든. 아무것도 아니야. 이제 사라졌어."

"다시는 안 나타날 거야." 샘이 말했다.

도나가 웃었다. "아주 혼쭐이 났지. 이제부터는 근처에 얼씬도 안 할 거다. 다 잊어버리렴." 도나는 자전거에서 넘어진 사람을 위로하듯이 릴리를 한번 안아주더니 내게 부서진 전화기 조각을 건넸다. "자요. 출근 전에 아빠네에 들르겠다고 했어요. 나중에 봐요." 그리고 도나는 손을 흔들고 쿵쾅거리며 떠났다.

샘은 내 손을 치료해 주려고 구급상자를 뒤지기 시작했다. 릴리는 소파에 털썩 앉았다. "아주 잘했어." 내가 말했다.

"루이자도 꽤 세던데요."

나는 피 묻은 손등을 살펴봤다. 고개를 들고 보니 릴리의 입가에 살짝 미소가 떠오르고 있었다. "그럴 줄은 전혀 몰랐을 거예요."

"나도 마찬가지였어. 사람을 때려본 적은 없는데." 나는 진지한 표정을 지었다. "그렇다고 나를 도덕적 본보기로 삼으면 안 돼."

"루이자를 어떤 종류로든 본보기로 생각한 적 없어요." 릴리가 내키지 않는 표정으로 웃고 있는데 샘이 소독 붕대와 가위를 들고 들어왔다.

"괜찮니, 릴리?" 샘이 눈썹을 치켜떴다.

릴리는 고개를 끄덕였다.

"됐다. 이제 더 재미있는 이야기를 할까. 카르보나라 먹을 사람?"

릴리가 나가자 샘은 크게 한숨을 내쉬고 마음을 가라앉히려는 듯 천장을 봤다.

"왜요?" 내가 말했다.

"당신이 먼저 때려서 얼마나 다행인지. 그자를 죽일 뻔했는데."

시간이 좀 지난 뒤 릴리가 잠들고 나서 나는 주방에 있는 샘에게 갔다. 몇 주 만에 처음으로 내 집에 평화가 찾아왔다. "애가 벌써 밝아졌어요. 새 치약이 어떻다고 불평을 하고 타월을 바닥에 버려두긴 했지만, 릴리 기준으로는 훨씬 나아진 거예요."

샘은 그 말에 고개를 끄덕이더니 싱크대 물을 비웠다. 그가 주방에 있으니 기분이 좋았다. 그를 잠시 바라보며, 다가가서 허리를 끌어안으면 기분이 어떨까 생각했다. 끌어안는 대신 말했다. "고마워요. 모두 다."

그는 행주에 손을 닦으면서 돌아섰다. "당신도 주먹도 아주 멋있었어요." 그가 손을 내밀어 나를 끌어당겼다. 우리는 키스했다. 그의 키스에는 상냥함이 있었다. 거칠고 세게 키스하는 다른 남자들과 달리, 부드러웠다. 잠시 나 자신을 잊고 그에게 몰입했다. 하지만…….

"왜요? 왜 그래요?" 그가 물러나며 물었다.

"이상하다고 생각할 거예요."

"음, 오늘 저녁에 있었던 일보다 더 이상해요?"

"디히프라놀이 자꾸 생각나요. 사람을 죽게 하려면 얼마나 필요해요? 늘 갖고 다니는 약이에요? 좀…… 위험한 것 같아서."

"걱정할 것 없어요." 그가 말했다.

"그렇긴 하지만. 누가 당신을 정말로 미워하면 어떡해요? 그걸 음식에다 넣을 수 있어요? 테러리스트 손에 들어가면요? 아니, 정말로 양이 얼마나 필요한 거예요?"

"루. 그런 약은 없어요."

"네?"

"내가 지어낸 거예요. 디히프라놀 같은 약은 없어요. 완전 사기라고요." 그는 놀란 내 얼굴을 보고 씩 웃었다. "우습지만 효과가 좋은 약이네요."

22.

새출발 모임에 내가 마지막으로 도착했다. 차의 시동이 또 걸리지 않아서 버스를 기다려야 했다. 도착하니 깡통에 든 비스킷이 바닥나고 있었고, 그날 저녁 모임을 정식으로 시작할 차례였다.

"오늘은 미래에 대한 믿음 이야기를 해보려고 합니다." 마크가 말했다. 나는 늦어서 미안하다고 중얼거리며 앉았다. "참, 그리고 오늘은 한 시간 안에 마칠 겁니다. 긴급 스카우트 모임이 있어서요. 죄송합니다."

마크는 특별히 공감하는 시선으로 우리를 봤다. 그는 그런 표정을 참 잘 지었다. 가끔은 나를 하도 오랫동안 쳐다봐서 내 콧구멍에서 뭐가 나왔는지 궁금하기도 했다. 그는 생각을 정리하듯 시선을 떨궜다. 준비한 대본에서 첫 대사를 읽는 것 같기도 했다.

"사랑하는 사람을 잃고 나면 계획을 세우기가 매우 어려워지기도 합니다. 가끔은 장래에 대한 믿음을 잃은 것 같기도 하고, 미신에 의존하기도 합니다."

"나도 죽을 것 같았어요." 너태샤가 말했다.

"죽을 거예요." 윌리엄이 말했다.

"그런 말은 도움이 안 됩니다, 윌리엄." 마크가 말했다.

"아뇨, 진짜예요. 올라프가 죽고 18개월 동안은 암에 걸린 줄 알았어요. 병원에 열두 번은 찾아가 암에 걸렸다고 말했어요. 뇌종양, 췌장암, 자궁암, 심지어 새끼손가락 암까지."

"새끼손가락 암 같은 건 없어요." 윌리엄이 말했다.

"그걸 어떻게 알아요?" 너태샤가 쏘아붙였다. "윌리엄, 항상 잘난 체하면서 대답하는데, 입을 다물 줄도 알아야 해요. 알겠어요? 이 모임에서 누가 말만 하면 당신이 잘난 체 토를 다는 것도 아주 지겹다고요. 나는 새끼손가락 암이 걸린 줄 알았어요. 의사가 검사를 받게 했는데, 결과는 아니라고 나왔어요. 비이성적인 두려움일 수도 있지만 내가 말할 때마다 무시할 건 없어요. 당신 생각이 어떻든지, 다 아는 건 아니니까요, 알겠어요?"

잠시 침묵이 흘렀다.

"사실은." 윌리엄이 말했다. "암 병동에서 일해요."

"그래도 마찬가지예요." 너태샤는 아주 잠깐 멈춘 뒤 말했다. "참기 어려워요. 일부러 다른 사람을 건드리고. 성가시다고요."

"사실이에요." 윌리엄이 말했다.

너태샤는 바닥을 내려다봤다. 우리 모두 그랬을지도 모른다. 나도 바닥을 보고 있었으니, 정확히 알 수 없었다. 너태샤는 얼굴을 손으로 잠시 감쌌다가 그를 봤다. "성가신 건 아니에요, 윌리엄. 미안해요. 오늘 기분이 안 좋은 것 같아요. 그렇게 쏘아붙일 생각은 아니었어요."

"그래도 새끼손가락 암에 걸릴 수는 없어요." 윌리엄이 말했다.

"그럼……." 너태샤가 중얼거리는 욕설을 모두 무시하고 있을 때, 마크가 말했다. "……5년 뒤의 삶이 어떨지 생각해 볼 수 있는 분이 계신가요? 자신의 모습이 어떤가요? 무슨 일을 하고 있나요? 이제 미래를 상상해도 괜찮은가요?"

"내 늙은 녀석이 그때까지 살아 있으면 기쁘겠소." 프레드가 말했다.

"인터넷 섹스로 그렇게 부담을 줘도 말이에요?" 서닐이 말했다.

"그거 말이지!" 프레드가 외쳤다. "완전 돈 낭비였어. 처음 간 사이트에서는 어떤 리스본 여자한테 2주 동안 이메일을 보냈지. 그러고는 겨우 한 번 만나서 안부나 살피자고 했더니, 그 여자가 나한테 플로리다에 있는 콘도를 팔려고 했소. 그리고 버피드 아도니스라는 남자가 나한테 메시지를 보내더니 그 여자가 사실은 라미레스라는 푸에르토리코 남자인 데다, 다리가 한쪽밖에 없다고 알려주지 뭐요."

"다른 사이트는 어땠어요, 프레드?"

"나를 만나겠다고 한 여자는 딱 하나였는데, 열쇠를 팬티 안에 넣고 다니는 우리 왕고모 엘시처럼 생겼더군. 아니, 상냥하기는 했지만, 늙어서 살아는 있는지 한 번 확인하고 싶더라니까."

"포기하지 마세요, 프레드." 마크가 말했다. "엉뚱한 곳을 찾고 있는 걸지도 모르니까요."

"열쇠 말이오? 아니, 아냐. 나는 문 옆에다 열쇠를 보관하거든."

대프니는 몇 년 후에 은퇴하고 외국에서 지내기로 했다. "여긴 춥잖아요. 관절에 나빠요."

린은 철학 석사학위를 마치고 싶다고 했다. 우리는 모두 린이 슈퍼마켓 아니면 도살장에서 일하는 줄 알았다. 이런 생각을 감추려고 무표정을 유지했다.

윌리엄이 말했다. "저런, 칸트 같으니."

아무도 웃지 않았고, 윌리엄은 의자에 등을 기댔다. 너태샤가 〈심슨 가족〉의 넬슨처럼 "하하"라고 중얼거리는 것을 들은 사람은 나뿐이었다.

처음에 서닐은 말하고 싶어 하지 않았다. 그러더니 생각을 해봤는데 5년 후에 결혼하고 싶다고 했다.

"지난 2년 동안은 내 자신의 스위치를 끄고 산 것 같아요. 그 일 때문에 아무도 다가오지 못하게 하면서요. 아니, 결국엔 잃게 될 건데 누구와 가까워지는 게 무슨 의미가 있겠어요? 하지만 며칠 전에 제가 인생에서 정말 원하는 건 사랑할 상대라는 걸 깨달았어요. 새출발을 해야 하니까요, 그렇죠? 어떤 것이든 미래를 봐야죠."

내가 참석한 이후로 서닐이 가장 많은 이야기를 했다.

"참 긍정적인 태도입니다." 마크가 말했다. "나눠줘서 고마워요."

제이크는 대학에 갈 것이며, 애니메이션 공부를 할 계획이고, 아버지가 어떨지 궁금하다고 했다. 그때까지도 죽은 아내를 슬퍼하고 있을까? 아니면 새로운 아내와 행복하게 살까? 후자일 것 같았다. 그러다 샘이 떠올랐고, 우리가 사귄다고 말한 것이 잘한 것일까 생각했다. 사귀는 것이 아니라면 우린 무슨 관계일까. 사귀는 사이도 다양하니까. 이런 생각을 하는 도중, 우리가 어떤 범주에 속하는지 알 수 없다는 것을 깨달았다. 릴리를 열심히 찾으러 다닌 것이 싸구려 풀처럼 우리를 너무 급하게 붙여놓은 것은 아닌가 의구심이 들었다. 건물에서 떨어진 것을 빼면 우리가 함께한 일이 무엇일까?

이틀 전, 샘을 기다리러 구조대에 갔었는데, 그가 짐을 챙기는 사이 도나가 차 옆에 서서 나와 잠시 이야기를 나눴다. “그 친구 데리고 장난치지 말아요.”

나는 귀를 의심하며 도나를 봤다.

구급차 한 대가 내려오는 것을 보며 도나는 콧등을 문질렀다. “좋은 친구예요. 멍청이치고는요. 그리고 루이자를 정말 좋아해요.”

뭐라고 해야 할지 알 수 없었다.

“정말이에요. 늘 루이자 이야기를 해요. 그러는 거 처음 봐요. 내가 이런 말 했다고 하지 말아요. 난 그저……. 좋은 사람이에요. 그걸 알아주면 해서요.” 도나는 내게 눈썹을 치켜뜬 뒤 스스로에게 확인하듯 고개를 끄덕였다.

“방금 깨달았어요. 댄서 옷을 안 입고 있네요.” 대프니가 말했다.

모두 그제야 알아보고 웅성거렸다.

“승진했어요?”

생각에 빠져 있던 나는 정신을 차렸다. “아, 아뇨. 잘렸어요.”

“이제 어디서 일해요?”

“놀아요. 아직은.”

“하지만 옷이…….”

나는 흰 칼라가 달린 길이가 짧고 심플한 검정색 드레스를 입고 있었다. “아, 이거요. 이건 그냥 드레스에요.”

"비서를 테마로 한 바에서 일하는 줄 알았네. 아니면 프랑스 하녀나."

"그만 좀 할래요, 프레드?"

"몰라서 그래요. 내 나이가 되면 '안 쓰면 녹슨다'는 말이 아주 실감 나거든. 이제 스무 번만 더 서고 나면 끝날 수도 있으니까."

"이 중에 애초에 스무 번도 못 선 사람도 있다구요."

우리는 프레드와 대프니가 웃음을 멈출 때까지 기다렸다.

"미래는요? 상황이 완전히 바뀐 것 같은데요." 마크가 말했다.

"음……, 사실 새 일자리가 생기긴 했어요."

"그래요?" 모두 박수를 쳐주니 얼굴이 달아올랐다.

"참, 그 일을 하지는 않을 거지만, 괜찮아요. 취업 제안을 받은 것만으로도 새출발을 한 것 같아요."

윌리엄이 말했다. "직장이 어딘데요?"

"뉴욕에서 하는 일이에요."

모두 나를 빤히 쳐다보았다.

"뉴욕에 취직했다고요?"

"네."

"돈을 받는 일자리예요?"

"숙식 제공이에요." 나지막이 말했다.

"그리고 번쩍이는 초록색 드레스를 안 입어도 되고?"

"복장 때문에 해외 취업을 할 필요가 있을까요." 나는 웃었다. 하지만 나 말고는 아무도 웃지 않았다. "아이참, 왜 그래요?" 내가 물었다.

모두 나를 노려봤다. 린은 입을 약간 벌리고 있는 것 같기도 했다.

"진짜 뉴욕인데?"

"사정을 모르셔서 그래요. 지금은 갈 수 없어요. 릴리를 돌봐야 하거든요."

"예전 고용주의 딸 말이죠." 제이크가 찡그리며 말했다.

"음, 단순한 고용주만은 아니었지만, 맞아."

"그 애한테 가족이 없나요, 루이자?" 대프니가 다가와서 물었다.

"복잡한 사연이 있어요."

모두 시선을 교환했다.

마크가 노트를 무릎에 올려놓았다. "이 수업에서 얼마나 배웠다고 느끼세요, 루이자?"

뉴욕에서 소포가 왔다. 서류 한 뭉치와 이주 신청서, 건강보험 신청서 그리고 레너드 M. 고프니크 씨가 가족을 위해 일해달라고 정식 제안한 내용이 담긴 고급 종이가 들어 있었다. 화장실에 들어가 문을 잠그고 내용을 두 번 확인하고 급료를 파운드로 환산해 본 뒤 잠시 한숨을 내쉬었다. 주소를 구글로 검색해 보지 않기로 다짐했다.

하지만 나는 결국 주소를 구글 검색했고, 잠깐 그 자리에 태아처럼 몸을 웅크리고 있고 싶어졌다. 하지만 정신을 차리고 일어나서 (릴리가 내가 뭘 하는지 궁금해하는 경우에 대비해) 변기 물을 내리고 (습관적으로) 손을 씻은 뒤 서류를 방으로 가져가 침대 밑 서랍에 쑤셔 넣고 다시는 안 보기로 했다.

그날 밤 자정이 지난 직후 릴리가 방문을 두드렸다.

“여기 있어도 돼요? 엄마 집으로는 돌아가기 싫어요.”

“얼마든지 있어도 돼.”

릴리는 내 침대 반대편에 눕더니 몸을 동그랗게 말았다. 나는 릴리가 잠든 것을 보고 이불을 덮어주었다.

윌의 딸이 나를 필요로 했다. 그거면 됐다. 그리고 동생이 뭐라고 하든, 나는 그에게 빚을 졌다. 내가 전혀 쓸모없는 존재가 아니라고 느낄 수 있는 길이 여기 있었다. 그를 위해 할 수 있는 일이 아직 있었다.

그 서류 봉투는 나도 괜찮은 일자리를 구할 수 있다는 증거였다. 그건 발전이었다. 친구도 있고, 심지어 남자친구 비슷한 사람도 생겼다. 역시 발전이었다.

네이선의 전화는 무시했고 그의 음성메시지도 지웠다. 하루나 이틀 후에 모두 설명할 작정이었다. 지금으로서는 그것이 계획에 가장 가까운 것이었다.

화요일에 내가 돌아온 뒤에 샘이 오기로 되어 있었다. 7시에 그가 늦을 거라고 메시지를 보냈다. 8시 15분에 언제 올지 잘 모르겠다는 메시지를 다시 보냈다. 하루 종일 우울했다. 출근할 직장이 없는 정체된 상태, 생활비 걱정, 그리고 갈 곳 없고 혼자 둘 수도 없는 사람과 한집에 갇혀 있는 처지 때문에 힘들었다. 9시 30분 초인종이 울렸고 샘은 유니폼을 입은 채 문 앞에 서 있었다. 나는 건물 현관문을 열어준 뒤 복도로 나가서 내 아파트 문을 닫았다. 그가 계단을 올라와 고개를 숙이고 내게 걸어왔다. 피로로 얼굴색은 잿빛이었다. 이상하게 불안한 기운을 풍겼다.

"안 올 줄 알았어요. 무슨 일이 있었어요? 괜찮아요?"

"징계위원회에 호출을 받았어요."

"네?"

"가사이드를 만난 날 다른 대원이 내 차를 봤고 통제소에 연락을 했나 봐요. 신고가 안 들어온 곳에 왜 와 있었는지 대답할 수 없었어요."

"그래서 어떻게 됐어요?"

"어떤 사람이 달려 나와서 도와달라고 했다고 얼버무렸어요. 알고 보니 장난이었다고. 도나가 다행히 도와줬어요. 하지만 분위기는 별로 안 좋았어요."

"나쁜 상황은 아니죠?"

"응급실 간호사들이 릴리에게 나를 어떻게 아는지 물었어요. 그런데 릴리가 내가 나이트클럽에서 집까지 태워다 줬다고 했어요."

나는 손으로 입을 가렸다. "그럼 어떻게 돼요?"

"노조에서 항의하고 있어요. 하지만 내 잘못이 드러나면 정직을 당할 거예요. 그보다 더 나쁜 처분을 받을 수도 있고." 그의 이마에 깊은 주름살이 패였다.

"우리 때문에. 샘, 정말 미안해요."

그는 고개를 저었다. "릴리가 몰라서 그런걸요."

그때, 그에게 다가가 그를 안고 내 얼굴을 그의 얼굴에 대고 싶었다. 하지만 뭔가 나를 붙잡았다. 갑자기 윌의 생생한 모습이, 불행한 표정이 떠올랐다. 나는 머뭇거리다가 조금 늦게 손을 내밀어 샘의 팔을 잡았다. 샘이 내 손을 살짝 찡그리며 내려다보았고, 나는 머릿속을 스쳐 지나간 생각을 그가 아는 것 같아서 불편했다.

"언제든지 그만두고 닭을 키울 수 있잖아요. 집을 짓고." 나는 애써 밝게 말했다. "다른 방법도 있어요! 당신 같은 남자라면, 뭐든지 할 수 있으니까!"

그의 눈은 웃지 않았다. 그리고 계속 내 손을 봤다.

우리는 어색하게 서 있었다. "가야겠어요. 참," 그는 내게 꾸러미를 하나 내밀었다. "누가 이걸 문 앞에 두고 갔어요. 없어질 것 같아서."

"들어와요." 나는 꾸러미를 받으며 그의 실망을 느꼈다. "뭔가 맛없는 걸 해줄게요. 들어와요."

"집에 가야겠어요."

내가 무슨 말을 하기도 전에 그는 복도를 걸어 나갔다.

창문을 통해 그가 뻣뻣한 걸음으로 오토바이로 걸어가는 것을 지켜보았다. 잠시 머리 위로 구름이 지나가는 느낌이 들었다. '너무 가까이 가지 마.' 그때 지난번 모임에서 마크가 해준 조언이 떠올랐다. '슬프고 불안한 뇌는 코르티솔 급등에 반응한다는 것을 알아야 합니다. 누구에게든 너무 가까워지는 것이 두려운 건 자연스러운 일입니다.' 가끔은 머릿속에서 두 개의 만화 캐릭터가 계속해서 다투며 내게 조언하는 것 같았다.

거실에서 릴리가 텔레비전을 보다가 내게 물었다. "구급차 샘이었어요?"

"응."

릴리는 다시 텔레비전을 보았다. 그러다가 꾸러미에 관심을 가졌다. "그건 뭐예요?"

"아. 로비에 있었대. 네 앞으로 온 거야."

릴리는 불쾌한 깜짝 선물일 수도 있다는 것을 잘 아는 듯 수상쩍은 표정을 지었다. 포장을 뜯어보니 "릴리(트레이너)에게"라고 적힌 가죽 앨범이 나왔다.

릴리는 그것을 천천히 열었다. 티슈페이퍼로 덮인 첫 장에는 아기의 흑백사진이 있었고, 그 밑에는 손으로 쓴 글이 있었다.

네 아버지는 약 4.65킬로그램이었단다. 작은 아이가 나올 거라고 했는데, 그렇게 커서 아주 화가 났었지! 짜증을 잘 내는 아이였고 나는 몇 달 동안 몹시 힘들었단다. 하지만 그 애가 웃으면……. 참! 할머니들이 길을 건너와 그 애 뺨을 만져보곤 했단다. (그 애는 물론 싫어했고.)

나는 릴리 옆에 앉았다. 릴리가 두 페이지를 넘겨보니 파란 교복과 모자를 쓰고서 카메라를 향해 얼굴을 찌푸린 윌이 있었다. 그 아래는 이렇게 적혀 있었다.

윌은 이 학교 모자를 너무 싫어해서 강아지 바구니에 감추기도 했단다. 두 번째 사준 것은 연못에서 잃어버렸다고 했지. 세 번째에는 그 애 아버지가 용돈을 주지 않겠다고 했지만, 윌은 축구 카드를 팔아서 해결했단다. 학교도 그 애가 모자를 쓰게 하지는 못했어. 열세 살이 될 때까지 윌은 매주 벌을 받은 것 같다.

릴리는 윌의 얼굴에 손을 댔다. "나 어릴 때랑 닮았어요."

"그렇구나." 내가 말했다. "네 아빠니까."

릴리는 살짝 웃은 뒤 다음 페이지로 넘어갔다. "이거. 이거 봐요."

다음 사진에서 윌은 카메라를 정면으로 보고서 웃고 있었다. 우리가 처음 만났을 때 그의 방에 있던 스키 여행 사진이었다. 그 아름다운 얼굴을 보니 익숙한 슬픔이 스쳐 지나갔다. 그때, 갑자기 릴리가 웃기 시작했다. "이거! 이거 봐요!" 럭비 게임이 끝나고 얼굴이 흙투성이가 된 윌, 그리고 악마 옷을 입고 건초 더미에서 뛰어내리는 윌. 장난을 치고, 웃고, 인간적인 윌. 고인의 이상화에 관해 토론하는 주에 결석한 나에게 마크가 건넨 쪽지가 떠올랐다. "고인을 성자로 바꾸지 말아야 한다. 누구도 성자의 그림자는 밟을 수 없다."

사고당하기 전의 네 아버지를 보여주고 싶구나. 그 애는 야심만만한 전문가였단다. 그래. 나도 그 애가 웃으면서 의자에서 미끄러지거나, 개랑 춤을 추거나, 터무니없는 용기 때문에 온몸에 멍이 들어서 집에 들어오던 때가 기억난다. 그 애가 동생이 안 된다고 했다는 이유로 동생 얼굴을 셰리 트라이플◇ 그릇에 쑤셔 넣었을 때가 기억나는구나. 그걸 만드는 데 들인 시간 때문에 화를 내고

◇ 영국 디저트의 일종.

싶었지만, 윌에게는 화를 오래 낼 수가 없었단다.

정말로 그에게는 오래 화를 낼 수 없었다. 릴리는 하나하나 작은 메모가 딸린 사진들을 빠르게 넘겨보았다. 그다음 페이지에 나온 윌은 신문에 두 줄짜리 부고와 함께 실린, 기나긴 법정 공방의 슬픈 사연 속 주인공이 아니었다. 그는 살아 있는, 삼차원의 존재였다. 사진을 하나하나 보면서 목이 메어오다 차츰 가라앉는 것을 어렴풋이 느꼈다.

바닥에 카드가 한 장 떨어졌다. 내가 주워서 두 줄짜리 메시지를 읽었다. "오셔서 널 만나고 싶으시대."

릴리는 앨범에서 눈을 떼지도 못했다.

"어떻게 생각하니, 릴리? 괜찮겠어?"

릴리는 잠시 후에야 내 말을 들었다. "아뇨. 아니, 고맙기는 하지만……."

분위기가 바뀌었다. 릴리는 가죽 표지를 덮었지만 소파 옆에 가만히 두고서 텔레비전을 보기 시작했다. 몇 분 뒤 릴리는 아무 말도 없이 내 옆으로 와서 내 어깨에 머리를 기댔다.

그날 밤, 릴리가 잠자리에 든 후 나는 네이선에게 메일을 보냈다.

미안해요. 갈 수 없어요. 이야기가 길지만, 윌의 딸이 함께 살고 있고, 일이 많아서 이 애를 두고 갈 수가 없어요. 옳은 일을 해야 해요. 간단히 설명하면…….

다음과 같은 말로 메일을 끝맺었다.

나를 생각해 줘서 고마워요.

고프니크 씨에게도 메일을 보내 제안은 고맙지만 상황이 바뀌어서 대단히 죄송하게도 제안을 받아들일 수 없다고 전했다. 좀 더 쓰고 싶었지만 배 속이 뭉쳐 손끝에 기운이 하나도 없었다.

한 시간 동안 기다렸지만 답장은 아무에게서도 오지 않았다. 빈 거실로 돌아가 불을 끌 때, 앨범은 보이지 않았다.

23.

"이런, 이런, 올해의 직원이 나타나셨군."

나는 유니폼과 가발이 든 가방을 카운터에 올려놓았다. 샘록 앤드 클로버의 테이블은 아침 식사 시간인데도 벌써 꽉 차 있었다. 공항에 일찍 도착한 통통한 사십 대 사업가들이 고개를 숙이고 있다가 두툼한 손에 잔을 들고서 나를 멍하니 쳐다봤다. 베라는 저쪽 끝에서 화난 표정으로 테이블과 사람들의 발 사이를 오가며 마치 생쥐를 쫓는 것처럼 바삐 움직이고 있었다.

나는 파란 셔츠를 입고 있었다. 남자 옷을 입고 있으면 자신감을 느끼기가 더 쉽다고 판단한 것이다. 그리고 이 셔츠 색이 리처드의 셔츠 색과 거의 비슷하다는 것을 어렴풋이 알았다. "리처드⋯⋯ 지난주에 있었던 일에 대해서 할 이야기가 있어요."

공항은 연휴 여행객들로 반쯤 차 있었다. 평소보다 정장 차림이 적었고, 울어대는 어린 아이들도 많았다. 계산대 뒤에는 새로운 배너에 "여행을 즐겁게 시작하세요! 커피, 크루아상, 그리고 위스키 한 잔!"이라는 홍보 문구가 적혀 있었다. 리처드는 새로 채운 커피

잔과 비닐로 싼 시리얼바를 쟁반에 바삐 얹어내면서 집중하느라 이맛살을 찡그리고 있었다.

"됐어요. 유니폼은 깨끗한가요?"

그는 나를 지나쳐가면서 비닐 봉투를 받더니 내 초록 드레스를 꺼냈다. 그는 보기 싫은 얼룩을 찾아낼 태세로 전등 아래서 옷을 세심하게 살폈다. 냄새도 맡아볼 것 같았다.

"당연히 깨끗하죠."

"새 직원이 입으려면 상태가 좋아야 해요."

"어제 빨았거든요." 내가 쏘아붙였다.

문득 새로운 〈아일랜드 백파이프 곡〉이 연주 중이라는 사실을 깨달았다. 하프 연주가 줄었고 플루트 연주가 많았다.

"좋아요. 사인할 서류가 안에 있어요. 가서 가져올 테니 여기서 하면 돼요. 그러면 끝이에요."

"어디 좀 더…… 조용한 곳에서 하면 안 될까요?"

리처드 퍼시벌은 나를 쳐다보지 않았다. "손님이 너무 많군요. 백 가지 일을 해야 되는데, 오늘 직원이 한 명 모자라요." 그는 거들먹거리며 나를 지나가면서 옵틱에 걸려 있는 새우튀김 봉투를 소리 내어 셌다. "여섯…… 일곱. 베라, 저기 남자 손님에게 가볼래요?"

"네, 그 이야기를 하려고 왔어요. 혹시 제가……."

"여덟…… 아홉……. 가발."

"네?"

"가발은 어디 있죠?"

"아, 여기요." 나는 가방에 손을 넣어 가발을 꺼냈다. 가발을 주며

니에 넣기 전에 빗질을 했다. 다른 사람의 머리를 근질거리게 할 준비를 갖춘 가발은 길에서 죽은 금색 털의 짐승처럼 엎어져 있었다.

"빨았어요?"

"가발을 빨아요?"

"그렇죠. 빨지 않고 다른 사람이 쓰면 비위생적이니까."

"그건 바비 인형 머리카락보다 더 싸구려 합성 섬유로 만든 거예요. 세탁기에 넣으면 녹아버릴걸요."

"다음번 직원이 쓸 수 없는 상태라면 새로 구입할 비용을 지불해야 해요."

나는 그를 노려보았다. "가발 값을 내라고요?"

그가 가발을 들어보더니 주머니에 도로 넣었다. "28파운드 40실링. 물론 영수증은 주겠어요."

"세상에. 그 가발 값을 정말 내라고요?"

나는 웃었다. 비행기들이 이륙하는 사람들이 가득한 공항 한가운데 서서, 이 남자 밑에서 일하면서 내 인생이 어떻게 되었는지 생각해 보았다. 주머니에서 지갑을 꺼냈다.

"좋아요. 28파운드 40실링이라고 했죠? 30파운드 드리죠. 행정 비용을 포함해서."

"그럴 필요는……."

나는 지폐를 세어 그 앞에 쾅 내려놓았다.

"그거 알아요, 리처드? 나는 일하는 걸 좋아해요. 당신이 그놈의 목표 말고 다른 것을 5분만 살폈다면, 내가 정말 열심히 일했다는 걸 알았을 거예요. 열심히 일했어요. 그 끔찍한 유니폼 때문에 머리에서 정전기가 나고, 어린아이들이 길거리에서 놀려대도 꾹 참고 입었어요. 당신이 하라는 건 다 했어요. 남자 화장실도 청소했어요. 그건 계약서에도 없고, 실제로 노동법을 보면 최소한 소송감일 거예요. 당신이 이 문을 열고 들어오는 직원을 하나같이 따돌렸기 때문에 새로운 바텐더를 찾는 동안 추가 근무를 했고, 방귀 냄새가 나는 볶은 땅콩을 비싸게 팔았어요.

하지만 난 로봇이 아니에요. 인간이고, 생활이 있다고요. 그래서 내가 맡은 일을 하느라 잠시 당신이 원하는 직원이 되지 못했어요. 오늘 다시 일하게 해달라고 부탁하러 왔어요. 사실, 아직도 내게 책임이 있고 일자리가 필요해서 애걸이라도 하려고 왔어요. 일자리가 필요하니까요. 하지만 이 일은 아니라는 걸 깨달았어요. 차라리 공짜로 일하면 일했지, 팬파이프 음악이나 틀어대는 이 끔찍한, 영혼을 파먹는 바에서는 하루도 일할 수 없어요. 당신 밑에서 하루를 더 일하느니 화장실을 공짜로 청소하겠어요.

그러니까 고마워요, 리처드. 당신은 정말 오랜만에 내가 긍정적인 결정을 내리게 해줬어요." 나는 지갑을 가방에 쑤셔 넣고 가발을 그에게 쥐어준 뒤 일어났다.

"당신의 땅콩이랑 직장이 모두 엿 먹길 바랄게요." 나는 이렇게 말하고 돌아섰다. "참, 그 머리 모양 말인데요. 젤 좀 그만 바르지 그래요? 끔찍해요. 액션배우 같아요."

바에 앉아 있던 회사원들이 박수를 쳤다. 리처드의 손이 자기도 모르게 머리로 올라갔다.

나는 손님들을 쳐다본 뒤 리처드를 다시 봤다.

"마지막에 한 말은 잊어요. 그건 너무 치사한 말이었어요."

그리고 그곳을 나왔다.

쿵쾅거리는 가슴을 안고 성큼성큼 걸어서 나오는데 리처드의 목소리가 들렸다.

"루이자! 루이자!"

리처드가 뛰다시피 하며 나를 쫓아오고 있었다. 나는 무시할까 하다가 결국 향수 매장 근처에서 멈췄다.

"왜요? 땅콩 조각을 흘리기라도 했나요?"

그는 숨을 약간 헐떡이며 걸음을 멈췄다. 생각을 하듯이 가게 진열대를 잠시 쳐다보더니 나를 보고 말했다. "당신 말이 옳아요. 알겠어요? 옳다고요."

나는 그를 빤히 쳐다보았다.

"섐록 앤드 클로버. 저긴 끔찍한 곳이에요. 그리고 나도 훌륭한 상사는 아니라는 걸 알아요. 하지만 내가 말도 안 되는 지시를 내릴 때마다, 본사에서 나를 열 배는 더 미치게 한다는 것만 알아줘요. 집에 들어가지 못하니 집사람은 날 미워해요. 주주들이 압박해서 공급사 이윤을 매주 깎으니 거기서도 날 미워해요. 지역 담당 매니저는 우리 매장 매출이 뒤떨어진다고, 제대로 못 하면 노스 웨일스 여객선 지점으로 보내겠다고 하죠. 그렇게 되면 집사람은 나와 헤어질 거예요. 그런다고 해도 그 사람을 탓할 수 없어요.

나는 사람들 관리하는 게 싫습니다. 사교 기술이 바닥이라 아무하고도 어울리지 못해요. 베라는 살갗이 코뿔소처럼 두껍고, 내심 내 자리를 노리고 있어서 그만두지 않는 거 같아요. 그러니까…… 미안합니다. 아까는 그런 소릴 했지만, 루이자는 일을 잘했으니까 일자리를 다시 주고 싶습니다. 손님들이 루이자를 좋아했으니까요."

그는 한숨을 쉬고 주위에 밀려드는 사람들을 봤다. "하지만 그거 압니까, 루이자? 할 수 있을 때 나가야 합니다. 당신은 예쁘고 똑똑하고 열심히 일하죠. 이보다는 훨씬 더 좋은 자리를 구할 수 있을 겁니다. 집세와 태어날 아기, 타고 있으면 120살 노인이 된 것 같은 혼다 시빅만 아니라면, 나도 저 비행기보다 더 빨리 여기서 뛰쳐나갈 겁니다." 그가 급여 명세서를 쥔 손을 내밀었다. "휴가 급여예요. 이제 가요. 진심입니다, 루이자. 어서 가요."

나는 손에 쥔 작은 갈색 봉투를 내려다봤다. 주위 사람들은 무슨 일이 일어나고 있는지 모르는 채 상점 진열장 앞에 섰다가, 반짝이는 여권을 확인하며 천천히 움직였다.

"리처드? 고마워요. 하지만……. 그래도 일자리를 얻을 수 있을까요? 잠깐만이라도? 정말 일자리가 필요해서 그래요."

리처드는 내가 한 말을 믿을 수 없다는 표정을 지었다. 그는 한숨을 내쉬었다.

"두어 달만 일해줄 수 있으면 엄청 도움이 될 겁니다. 지금 정말 난처한 상황이라서. 실은, 지금 일을 시작해 주면 내가 도매상에 가서 새로운 맥주 매트를 받아올 수 있겠군요."

우리는 입장을 바꿨다. 서로에 대한 실망 속에서.

"집에 전화를 할게요." 내가 말했다.

"아, 이거." 그가 말했다. 우리는 서로 잠시 마주 보았고, 그가 내게 유니폼이 든 비닐 봉투를 내밀었다. "이게 필요할 겁니다."

*

리처드와 나는 적당히 적응했다. 그는 나를 조금 더 배려했고, 새로 온 청소부 노아가 결근하는 날만 남자 화장실 청소를 시켰으며 내가 손님들과 이야기를 너무 많이 나눈다고 생각할 때도 (어딘가 아픈 표정을 짓긴 했지만) 입을 다물었다. 반대로 나는 명랑하게 굴고 시간을 잘 지켰으며 가능한 한 많이 팔려고 노력했다. 그의 정신건강에 기묘한 책임감을 느꼈다.

어느 날 그가 나를 한쪽으로 데려가더니 조금 이른 감이 있기는 하지만 본사에서 정규직 직원 한 명을 부매니저로 승진시키려고 하는데, 내 이름을 올리고 싶다고 했다. ("베라를 승진시킬 수는 없어요. 베라는 내 자리를 차지하려고 내가 마실 차에다 바닥 세척제를 넣을 겁니다.") 나는 고맙다고 인사하고 실제보다 더 기쁜 척했다.

한편 릴리는 사미르에게 일자리가 있으면 달라고 부탁했고, 사미르는 릴리가 공짜로 일해준다면 반나절 동안 테스트해 보겠다고 했다. 나는 7시 30분에 릴리에게 커피를 끓여주고, 8시 근무 시작을 위해 옷을 제대로 입고 나가도록 도와줬다. 그날 저녁 돌아와 보니 릴리는 시급 2.73파운드이긴 하지만 일자리를 얻은 모양이었다. 알고 보니 법정 최저 시급이었다. 릴리는 뒤쪽 창고에서 상자를 옮기고 낡아빠진 라벨기로 캔에 가격표를 붙였고, 그사이 사미르와 사촌은 아이패드로 축구를 봤다. 릴리는 먼지투성이 녹초가 됐지만 이상하게 즐거워했다. "한 달 일하면 계산대에 앉게 해준대요."

당번이 바뀐 나는 목요일 오후에 세인트 존스 우드에 있는 릴리 부모의 집에 갔다. 릴리가 우리 집에 잘 어울릴 거라고 했던 칸딘스키 그림 프린트와 옷가지를 가지러 들어간 사이 차에 앉아서 기다렸다. 20분 뒤 릴리는 굳은 표정으로 화를 내며 나왔다. 타니아가 현관으로 나와 팔짱을 끼고서, 릴리가 트렁크를 열고 꽉 채운 가방을 내던진 뒤 조금 조심스럽게 인쇄물을 넣는 모습을 지켜봤다. 릴리는 옆자리에 타더니 텅 빈 도로만 봤다. 타니아가 집으로 들어가 문을 닫자 릴리는 눈가를 닦은 것 같기도 했다.

나는 시동을 걸었다.

"어른이 되면." 릴리가 이렇게 말할 때, 목소리가 살짝 떨리는 것은 나만 느꼈을지도 모르겠다. "엄마랑은 정말 다른 사람이 될 거예요."

나는 좀 더 기다리다가 차를 출발시켰고 우리는 집까지 말없이 돌아왔다.

- 오늘 밤에 영화 볼래요? 도피할 곳이 필요해요.

- 릴리를 혼자 둘 수 없어요.

- 데려오면?

- 안 그러는 게 좋겠어요. 미안해요, 샘. x

그날 저녁 릴리는 비상계단에 나가 있었다. 창문이 열리는 소리에 고개를 들더니 담배 한 개피를 흔들었다. "루이자는 안 피우는데 나만 안에서 담배 피우는 게 좀 미안해서요."

나는 창문을 열어놓고 조심스럽게 밖으로 나가 릴리 옆에 앉았다. 아래 주차장에는 8월의 열기가 가득했고 고요한 공기 속으로 뜨거운 타르 냄새가 풍겼다. 보닛을 올린 차 한 대에서 쿵쿵거리는 음악 소리가 흘러나왔다. 계단의 금속에는 볕 잘 드는 오후의 온기가 남아 있었고, 나는 등을 기대고 눈을 감았다.

"다 해결될 줄 알았어요." 릴리가 말했다.

나는 눈을 떴다.

"피터를 쫓아내면 모든 문제가 해결될 줄 알았어요. 아빠를 찾으면 나도 어딘가 소속될 줄 알았어요. 피터는 없어졌고 가사이드도 없어졌고 아빠에 대해서 알게 됐고 루이자가 옆에 있어요. 그런데 예전에 기대했던 느낌은 하나도 없어요."

어리석은 소리라고 말하려고 했다. 아주 짧은 시간에 많은 것을 해냈다고, 첫 일자리도 얻고, 계획도 생기고, 밝은 미래도 보이지 않느냐고 말하려고 했다. 전형적인 어른의 반응을 보이려고 했다. 하지만 너무 시시하고 잘난 체하는 소리 같았다.

도로 끝에서 회사원들이 펍의 뒷문 옆 금속 테이블에 모여 앉아 있었다. 오늘 밤 늦은 시간, 그 펍은 힙스터들과 런던 사람들이 가득할 것이다. 술을 든 사람들이 보도까지 흘러나올 것이며, 그들의 요란한 고함이 열어둔 우리 집 창문을 통해 들어올 것이다.

"무슨 말인지 알아." 내가 말했다. "나도 네 아빠가 돌아가신 이후로 정상적이라는 느낌이 들 때를 기다리고 있으니까. 이건 꼭 쳇바퀴를 도는 것 같아. 아직도 쓰레기 같은 일을 하고 있어. 아직도 이 아파트에 살고 있고. 여기가 집처럼 느껴질 것 같지는 않은데.

죽을 뻔한 경험도 했지만 지혜도, 삶에 대한 감사도 생긴 것 같지는 않아. 나처럼 꼼짝 못 하고 있는 사람들이 가득한 카운슬링 모임에 나가고 있어. 그래도 아무런 진전은 없어."

릴리가 이 말을 듣고 생각했다. "나를 도와줬잖아요."

"그거 하나 보고 사는 셈이지."

"그리고 남자친구도 있고."

"남자친구는 아니거든."

"그러시겠죠, 루이자."

우리는 자동차들이 도심으로 느릿느릿 들어가는 광경을 지켜보았다. 릴리는 마지막으로 담배를 한 모금 빨아들인 후 금속 계단에 눌러 껐다.

"다음 목표는 그거야." 내가 말했다.

릴리는 살짝 찔리는 표정을 지었다. "알아요. 끊을게요. 약속해요."

옥상 너머로 해가 지기 시작했고, 런던 도심의 납과 같은 회색 공기 속으로 주황빛이 스며들었다.

"있잖아, 릴리. 원래 시간이 더 걸리는 일이 있나 봐. 하지만 언젠가는 그렇게 될 것 같아."

릴리는 나에게 팔짱을 끼고 내 어깨에 머리를 기댔다. 우리는 해가 서서히 떨어지고 길어지는 그림자가 우리를 향해 다가오는 광경을 바라봤고, 나는 뉴욕의 스카이라인을 떠올리며 그 누구도 진정 자유롭지는 못하다고 생각했다. 어쩌면 신체적인 것이든, 개인적인 것이든 모든 자유는 누군가 혹은 다른 무엇을 희생해서 얻는 것일지도 모른다.

해가 사라졌고 주황색 하늘은 진한 청색으로 변하기 시작했다. 우리가 일어났을 때 릴리는 스커트를 매만지더니 손에 든 담뱃갑을 봤다. 남은 담배를 불쑥 갑에서 꺼내더니 반으로 잘라 하늘로 던졌다. 담배와 흰 종이가 색종이처럼 떨어졌다. 릴리는 자랑스레 나를 보며 손을 들었다. "자요. 이제부터 나는 금연구역이에요."

"그렇게 쉽게?"

"왜요? 생각보다 더 오래 걸릴지도 모른다면서요. 음, 이게 나의 첫걸음이에요. 루이자는요?"

"아, 글쎄. 리처드에게 그 끔찍한 나일론 가발을 그만 쓰게 해달라고 해볼까."

"그렇다면 멋진 첫걸음이 될 거예요. 문손잡이를 잡을 때마다 정전기가 나지 않을 테니까."

릴리의 미소에는 전염성이 있었다. 릴리가 주차장에 빈 담뱃갑까지 버리기 전에 그걸 받았다. 릴리가 창문으로 들어가기를 기다리고 있는데 릴리는 문득 무언가 생각난 것처럼, 걸음을 멈추고 나를 돌아봤다. "있잖아요, 그 사람이랑 연결되고 싶어서 계속 슬퍼할 필요는 없어요."

나는 릴리를 멍하니 쳐다보았다.

"아빠 말이에요. 그냥 그런 생각이 들어서." 릴리는 어깨를 으쓱이더니 창문을 통해 안으로 들어갔다.

이튿날 아침 일어나 보니 릴리는 이미 일하러 가고 없었다. 릴리는 빵이 떨어졌으니 빵을 가져오겠다고 쪽지를 남겨뒀다. 나는 커피를 좀 마시고 아침을 먹은 뒤 산책을 나가려고 운동복을 입는데(마크: "운동은 건강에도 좋지만 정신에도 활력을 줍니다!") 전화벨이 울렸다. 모르는 번호였다.

"여보세요!"

목소리를 알아듣기까지 잠시 시간이 걸렸다. "엄마?"

"창밖을 한번 보렴!"

거실을 지나 밖을 내다봤다. 엄마가 보도에 서서 손을 열심히 흔들고 있었다.

"여…… 여기서 뭐 해요? 아빠는요?"

"집에 있지."

"할아버지는요?"

"잘 계셔."

"하지만 엄마는 런던에 혼자 오시는 법이 없잖아요. 아빠가 안 계시면 주유소도 지나가지 않으면서."

"음, 이제 변할 때도 되지 않았니? 올라갈까? 통화 시간을 다 쓰고 싶지는 않구나."

나는 엄마를 위해 현관문을 열고서 거실을 돌아다니며 어젯밤에 쌓아둔 접시를 치웠고, 엄마가 도착했을 때는 문에 서서 팔을 벌리고 맞이했다.

엄마는 바람막이 점퍼를 입고 가방을 어깨에 메고 있었으며("소매치기가 빼앗아가기 더 어렵지.") 머리는 목에 닿는 부드러운 웨이브로 스타일링되어 있었다. 코럴 핑크색 립스틱을 공들여 바르고 환하게 웃으며 1983년 무렵에 나온 도로 지도를 들고 있었다.

"혼자 오시다니 믿을 수가 없어요."

"놀랍지 않니? 사실은 좀 어지럽구나. 지하철에서 어떤 청년한테 30년 만에 누구 손을 붙잡지 않고서 지하철을 타는 게 처음이라고 했더니 그 청년이 멀찌감치 떨어져 앉더구나. 미친 듯이 웃었단다. 차 좀 끓여줄래?" 엄마는 앉아서 외투를 벗더니 벽을 둘러보았다. "글쎄다. 회색이…… 흥미롭구나."

"릴리가 고른 거예요." 나는 아주 잠시 엄마가 도착한 것이 장난은 아닌지, 조시가 혼자서 움직일 거라고 믿다니 얼간이라고 웃어대며 아빠가 현관에 곧 나타나는 것은 아닌지 궁금했다. 엄마 앞에 머그잔을 놓았다.

"이해가 안 돼요. 왜 아빠 없이 오셨어요?"

엄마는 차를 한 모금 마셨다.

"오, 차가 맛있구나. 너는 차를 참 잘 끓이지." 엄마는 테이블에 조심스레 문고본 책 한 권을 깔고는 그 위에 잔을 놓았다. "뭐, 오늘 아침에 눈을 떴는데, 빨래를 하고, 뒤쪽 창문을 닦고, 할아버지 침구를 갈아드리고, 치약을 살 계획을 하다가 갑자기 이런 생각이 들더라. 이럴 수 없어. 30년 동안 해온 일을 똑같이 하면서 멋진 토요일을 낭비할 수는 없어. 모험을 떠나야지."

"모험이요."

"그래서 극장에 가면 좋겠다고 생각했어."

"극장이요."

"그래, 루이자. 갑자기 앵무새가 된 거니? 보험사에서 일하는 커즌즈 부인이 레스터 스퀘어에 가면 그날 남은 표를 싸게 살 수 있다고 하더라. 너도 같이 갈 건지 궁금해서."

"카트리나는요?"

엄마는 손을 내저었다. "아, 걔는 바쁘잖니. 넌 어떠니? 티켓 좀 구해볼까?"

"릴리한테 말해야 해요."

"그럼 가서 말하려무나. 나는 차를 마저 마실 테니까, 그 머리 좀 어떻게 하고 출발하자. 1일 교통카드가 있어! 하루 종일 지하철을 마음대로 탈 수 있단다!"

우리는 〈빌리 엘리엇〉의 티켓을 절반 가격에 샀다. 이 공연이 아니었다면 러시아의 비극을 봤을 것이다. 엄마는 누군가 차가운 비트 수프를 주면서 러시아 사람들은 그렇게 먹는다고 한 뒤부터, 러시아 사람들을 보면 기분이 이상하다고 했다.

엄마는 공연 내내 내 옆에서 나를 쿡쿡 찌르고, 사이사이 "저 광부 파업이 기억난다, 루이자. 불쌍한 가족들한테는 참 힘든 일이었지. 마거릿 대처! 그 사람 기억나니? 정말 끔찍한 여자였어. 그래도 들고 다니는 핸드백들은 항상 멋있었어"라고 속삭였다. 어린 빌리가 하늘로 날아오르자, 그 애의 꿈에 감동받은 엄마는 깨끗한 흰 손수건으로 코를 누르며 소리 없이 울었다.

나는 그 마을에서 벗어나지 못한 소년의 댄스 선생님, 윌킨슨 씨가 마치 나 같다는 생각을 지우려고 애썼다. 일자리와 남자친구 비슷한 사람을 둔 여성인 나는 토요일 오후에 웨스트엔드 극장에 앉아 있다는 사실이 정체 모를 적과의 싸움에서 거둔 작은 승리라는 듯 하나하나 꼽고 있었다.

우리는 감정 소모가 심한 시간을 보내고 멍하니 밖으로 나왔다. "좋았어." 엄마는 핸드백을 팔에 꼭 끼고서(습관은 잘 없어지지 않는다) 말했다. "호텔에서 차를 마시자. 가자. 오늘 하루를 멋지게 보내는 거야."

일류 호텔에는 갈 수 없었지만 엄마도 높이 평가하는 차를 내오는 좋은 호텔을 헤이마켓 근처에서 발견했다. 엄마는 카페 한가운데 있는 테이블을 청했고 거기 앉아서 사람들이 들어올 때마다 그들의 옷차림에 대해 '해외'에서 온 것 같다고, 어린아이들이나 들쥐처럼 생긴 강아지들을 데려오다니 지혜롭지 못하다고, 한마디씩 했다.

"어머, 우리 좀 봐라!" 주위가 조용해지면 엄마가 이따금 외치곤 했다. "참 좋지 않니?"

우리는 잉글리시 브렉퍼스트 티(엄마: "그거 보통 차를 멋지게 부르는 이름이지? 이상한 향 안 넣은 거?")와 '애프터눈 티 팬시 플레이트'를 주문했고, 가장자리를 잘라낸 조그만 샌드위치와 엄마가 만드는 것만큼 맛있지는 않은 스콘과 금박으로 장식한 케이크를 먹었다. 엄마는 30분 정도 〈빌리 엘리엇〉에 대해 이야기했고, 한 달에 한 번쯤은 이렇게 뮤지컬을 보자고 하면서 아빠도 함께 오면 좋아할 거라고 했다.

"아빠는 잘 계세요?"

"아이구, 잘 있지. 너희 아빠 알잖니."

나는 묻고 싶은 게 있었지만 조금 겁이 났다. 고개를 들고 보니 엄마가 나를 빤히 바라보고 있었다. "아니, 루이자. 다리 왁싱 안 한다. 그래, 네 아빠는 안 좋아하지. 하지만 인생에는 그보다 더 중요한 일이 있단다."

"오늘 여기 오신다니까 아빠가 뭐라고 하셨어요?"

엄마는 코웃음을 치더니 기침하는 척 얼버무렸다. "내가 간다는 걸 안 믿더라. 아침에 차를 끓여주면서 런던에 갈 거라고 했더니 네 아빠가 웃기 시작하는 거야. 솔직히 말하면 짜증이 나서 그길로 옷을 입고 나와버렸다."

눈이 휘둥그레졌다. "그럼 말씀을 안 하셨어요?"

"이미 말했다니까. 네 아빠가 이 전화에 하루 종일 메시지를 보내고 있구나. 얼간이 같으니." 엄마는 휴대폰 화면을 흘깃 보더니 주머니에 넣어버렸다.

섬세한 손놀림으로 작은 스콘을 하나 더 옮겨 담은 엄마는 한 입 베어 물더니 눈을 감고 즐거워했다. "참 좋구나."

나는 침을 삼켰다. "엄마, 이혼은 안 하실 거죠?"

엄마가 눈을 번쩍 떴다. "이혼? 난 선한 가톨릭 신자란다, 루이자. 우린 이혼 안 해. 남편을 영원히 괴롭힐 뿐이지!"

내가 계산을 했고 우리는 월넛 색깔의 대리석과 비싼 꽃으로 장식한 화장실에 들렀다. 관리인이 세면대 옆에서 말없이 화장실 상태를 점검하고 있었다. 엄마는 손을 두 번 철저히 씻고 줄줄이 늘어선 핸드 로션의 향을 맡아본 뒤 거울 앞에서 마음에 안 드는 표정을 지었다. “가부장제에 반대하고 있으니 이런 말을 하면 안 되겠지만, 너희 중 하나는 좋은 남자 만났으면 좋겠구나.”

“만나는 사람이 있어요.” 나는 불쑥 이렇게 말했다.

엄마가 로션 병을 손에 든 채 나를 돌아보았다. “정말?”

“응급 구조대원이에요.”

“어머, 그거 멋지구나! 구조대원! 그건 배관공만큼이나 쓸모 있는 직업이야. 그럼 우리는 언제 보여줄래?”

나는 휘청했다. “만나요? 그건 잘…….”

“잘 뭐?”

“음, 그러니까, 아직 얼마 안 됐어요. 아직 그렇게 진지한…….”

엄마가 립스틱 뚜껑을 열더니 거울을 봤다. “그냥 섹스 상대다, 그런 뜻이니?”

“엄마!” 나는 관리인을 흘끔거렸다.

“음, 무슨 말이야?”

“아직은 정식으로 사귀는 건지 잘 모르겠어요.”

“왜? 또 뭐가 문제인데? 자궁을 냉장고에 넣어둘 순 없어.”

“그런데 카트리나는 왜 안 왔어요?” 나는 서둘러 화제를 바꿨다.

“톰을 봐줄 사람을 못 구했어.”

“바쁘다고 하셨잖아요.”

엄마가 거울에 비친 내 모습을 봤다. 입술을 문지른 뒤 립스틱을 가방에 넣었다. “네게 좀 화가 난 것 같더구나, 루이자.” 엄마가 특유의 엑스레이 시력을 가동시켰다. “둘이 다퉜니?”

“걔는 왜 내가 하는 모든 일에 간섭하는지 모르겠어요.” 내 목소리가 마치 열두 살짜리 삐친 아이 같았다.

엄마는 나를 가만히 보기만 했다.

그래서 털어놨다. 나는 대리석 세면대에, 엄마는 안락의자에 앉았고 나는 취업 제안에 대해서, 그리고 그것을 수락하지 못한 이유, 릴리를 잃어버렸다가 다시 찾은 과정, 릴리의 결심에 대해서 이야기했다.

"릴리가 트레이너 부인을 다시 만나기로 했어요. 이제 새출발을 하고 있어요. 하지만 카트리나는 듣지 않아요. 톰이 비슷한 일을 당한다면, 나더러 꼼짝 말고 톰을 지키라고 할 거면서."

엄마에게 말을 하니 마음이 놓였다. 엄마라면 그 누구보다도 책임감을 이해할 것이다. "그래서 카트리나가 나랑 말 안 하는 거예요."

엄마는 나를 빤히 보고 있었다.

"세상에나, 세상에나. 너 제정신이니?"

"네?"

"온갖 문제를 다 해결해 주고 뉴욕에서 일하라는데, 공항 그 끔찍한 데서 일한답시고 여기 있겠다고? 이 이야기 들었어요?" 엄마는 관리인에게 물었다. "쟤가 내 딸이라는 게 믿어지지 않네요. 솔직히 저 애 머리가 어떻게 된 건지 모르겠어요."

관리인도 고개를 천천히 저었다. "좋지 않아요." 그녀가 말했다.

"엄마! 난 옳은 일을 하고 있다고요!"

"누굴 위해서?"

"릴리를 위해서죠!"

"그 애 자립을 도울 사람이 너밖에 없니? 음, 뉴욕에 있는 그 친구한테 취직을 몇 주만 연기하면 안 되냐고 물어봤니?"

"그런 일자리가 아니에요."

"어떻게 알아? 청하지 않으면 얻을 수 없어. 그렇지 않아요?"

관리인이 고개를 천천히 끄덕였다.

"오, 세상에. 생각만 해도……."

관리인이 엄마에게 핸드타월을 건넸고, 엄마는 그걸로 목덜미에 부채질을 했다.

"내 말 잘 들으렴, 루이자. 내 딸 하나는 일찍이 잘못된 선택을 해서 그 책임 때문에 집에서 꼼짝 못 해. 그렇다고 톰을 사랑하지 않는 건 절대 아니야. 하지만, 카트리나가 그 애를 조금만 늦게 가졌다면 어땠을까 생각하면 엉엉 울고 싶단다. 난 네 아빠와 할아버지를 돌보느라 꼼짝 못 하지만, 그건 괜찮아. 내 길을 찾고 있으니까. 하지만 너는 그렇게 살아서는 안 된다. 알겠니? 가끔 할인 티켓으로 공연도 보고 예쁜 티 세트나 먹는 걸로 만족해선 안 돼. 저 밖으로 나가야 한다! 우리 가족 중에서 제대로 기회가 있는 건 너뿐이야! 그런데 잘 알지도 못하는 애 때문에 그런 기회를 날렸다니!"

"옳은 일을 한 거예요, 엄마."

"그럴지도 모르지. 아니, 둘 중 하나만 고르는 상황이 아닐지도 모른다."

"청하지 않으면 얻지 못하죠." 관리인이 말했다.

"그거예요! 이분이 잘 아시네. 돌아가서 그 미국 신사분에게 조금 있다가 가면 안 될지 물어봐. 그렇게 보지 마, 루이자. 내가 너를 너무 무르게 대했다. 좀 더 다그쳤어야 하는 건데. 그 가망 없는 직장은 그만두고 인생을 다시 시작해야 해."

"취업 얘기는 끝났어요, 엄마."

"끝나긴 뭐가 끝나. 물어는 봤어?"

나는 고개를 저었다.

엄마는 한숨을 쉬더니 스카프를 고쳐 맸다. 그리고 지갑에서 2파운드짜리 동전을 꺼내 관리인 손에 쥐여주었다. "참, 일 정말 잘하시네요! 이 바닥에 앉아서 저녁을 먹어도 되겠어요. 향기도 정말 좋고."

관리인은 따뜻한 미소를 짓더니 그제야 생각났다는 듯 검지를 들어 보였다. 그녀는 문밖을 한 번 살피더니 자기 창고로 가서 열쇠 꾸러미를 꺼내 재빨리 문을 열었다. 그리고 꽃향기가 나는 비누 한 장을 엄마 손에 쥐여 주었다.

엄마는 냄새를 맡아보더니 한숨을 쉬었다. "어머나, 정말 천국 같은 향이네. 정말 천국이 따로 없어."

"선물이에요."

"선물이요?"

관리인은 비누를 엄마 손에 꼭 쥐여주었다.

"정말 친절하시네요. 성함을 여쭤봐도 될까요?"

"마리아에요."

"마리아, 전 조시라고 해요. 다음번에 런던으로 오게 되면 마리아의 화장실에 다시 올게요. 알겠니, 루이자? 마음을 조금만 터놓으면 어떤 일이 생길지 누가 알아? 그게 바로 모험 아니겠니? 여기 상냥한 새 친구 마리아한테서 세상에서 가장 좋은 비누를 받았잖니!"

두 사람은 작별하는 오랜 친구처럼 손을 맞잡았다. 우리는 호텔을 나왔다.

엄마한테 말할 수 없었다. 눈뜨는 순간부터 잠드는 순간까지 그 일자리가 자꾸 떠오른다고 말할 수 없었다. 내색은 못 해도, 뉴욕에서 살면서 일할 기회를 놓친 것을 뼛속까지 후회할 것이 분명했다. 다른 기회가, 다른 일자리가 있을 것이라고 아무리 다짐해도 이 기회를 놓친 일은 어딜 가든 나를 괴롭힐 것이다. 구입한 뒤에 후회한 싸구려 핸드백처럼.

그리고 아니나 다를까. 고함치는 아빠에게 돌아가는 엄마를 기차역에서 배웅하고, 샘이 냉장고에 남겨놓은 자투리 음식으로 릴리에게 샐러드를 만들어주고 난 그날 밤, 이메일을 확인하니 네이선이 보낸 메시지가 있었다.

나도 동의한다고는 말할 수 없지만, 무슨 일을 하고 있는지는 이해할 수 있어요. 윌이 알면 자랑스러워할 것 같군요. 당신은 좋은 사람이에요, 클라크 x

24.

진짜 부모는 아니지만 부모 노릇을 하면서 배우게 된 것이 있다. 뭘 해도 틀리게 되어 있다는 것. 잔인하거나 무시하거나 불성실하면 아이에게 상처를 남긴다는 것. 지지해 주고 사랑해 주고 격려해 주고 아무리 작은 성과라도, 가령 제시간에 일어나거나 하루 종일 담배를 피우지 않은 것도 칭찬을 해주면 또 다른 방식으로 아이를 망치게 된다는 것. 내가 친부모가 아닌 보호자에 불과한 사람이라도 이 원칙이 적용된다. 타인을 먹여주고 돌봐주면 적어도 권위를 얻게 되지만, 이 경우에는 그조차도 없다는 것도.

이 점을 염두에 두고, 쉬는 날 릴리를 차에 태우고 점심을 먹으러 가자고 했다. 계획이 완전히 틀어질 수도 있지만 적어도 우리 둘이 함께니 괜찮다고 생각했다.

릴리는 이어폰을 끼고 전화기를 보느라 바빠서 40분이 지나서야 창밖을 내다봤다. 표지판을 보더니 릴리는 인상을 썼다. "루이자의 부모님이 계신 곳이 아니잖아요."

"나도 알아."

"그럼 어디로 가는 거예요?"

"말했잖아. 점심 먹으러."

내가 설명해 줄 생각이 없다는 것을 깨달을 때까지 나를 노려본 뒤, 릴리는 잠시 창밖을 유심히 봤다. "으, 정말 짜증나."

30분 뒤 우리는 옥스퍼드에서 남쪽으로 20분 거리에 있는 2500평 넓이의 공원에 자리 잡고 있는 붉은 벽돌 호텔, 크라운 앤드 가터에 차를 세웠다. 중간쯤에서 만나는 것이 좋겠다는 생각에 정한 곳이었다. 릴리는 차에서 내리더니 차가 흔들릴 정도로 문을 세게 닫아 이 상황이 여전히 짜증 난다는 뜻을 확실히 전했다.

나는 릴리를 무시하고 립스틱을 한 번 바른 뒤, 앞장서서 레스토랑으로 들어갔다.

트레이너 부인은 이미 테이블에 앉아 있었다. 릴리는 부인을 보더니 조그맣게 신음 소리를 냈다.

"왜 또 이러는 거예요?"

"상황이 바뀌고 있으니까." 나는 이렇게 말하고 릴리를 앞으로 떠밀었다.

"릴리." 트레이너 부인이 일어섰다. 미용실에 다녀온 듯, 부인은 다시 머리를 아름답게 커트하고 드라이도 한 모습이었다. 그리고 화장도 살짝 해서 예전의 트레이너 부인 같았다. 침착하고, 외모가 전부는 아니라 해도 중요한 기초가 된다는 사실을 아는 사람 같았다.

"안녕하세요, 트레이너 부인."

"안녕하세요." 릴리가 중얼거렸다. 릴리는 손을 내밀지는 않고 내 옆에 자리를 잡았다.

부인은 그 의미를 이해했지만 잠시 미소를 짓고는 자리에 앉아 종업원을 불렀다.

"이 레스토랑은 네 아버지가 가장 좋아하던 곳 중 하나란다." 부인은 냅킨을 무릎에 펼치면서 말했다. "드물지만 런던 밖으로 나올 수 있을 때는 여기서 만나곤 했지. 요리가 괜찮아. 미쉐린에서 별을 받았어."

나는 메뉴를 보았다. '홍합과 바닷가재가 들어간 아몬드 필링을 곁들인 넙치 완자, 블랙 케일과 이스라엘 쿠스쿠스를 곁들인 훈제 오리 가슴살.' 그리고 트레이너 부인이 이곳을 추천했으니 계산도 하기를 간절히 바랐다.

"좀 유난스러워 보이네요." 릴리는 메뉴에서 눈도 떼지 않고 말했다.

나는 트레이너 부인의 눈치를 살폈다.

"윌도 꼭 그렇게 말했단다. 하지만 맛있어. 나는 메추라기로 하고 싶구나."

"전 농어로 할게요." 릴리가 이렇게 말하더니 가죽으로 된 메뉴판을 덮었다.

앞에 놓인 음식 이름들을 봤다. 무슨 뜻인지 알 수도 없었다. '루타바가'◇라니 그게 뭘까? '골수와 샘파이어◇◇의 라비올리'라니? 샌드위치를 시키면 안 될까 싶었다.

"주문하시겠습니까?" 종업원이 다가왔다. 나는 다른 사람들이 고

◇ 순무의 일종.

◇◇ 유럽 바닷가에서 자라는 미나리의 일종.

른 것을 말할 때까지 기다렸다. 그러다가 파리에서 지내던 시절 보던 단어가 눈에 띄었다. "주 드 뵈프 콩피로 주세요."

"감자 뇨키와 아스파라거스를 곁들인 요리 말씀이십니까? 알겠습니다, 손님."

소고기. 소고기라면 먹을 수 있다고 생각했다.

전채 요리를 기다리는 동안 이런저런 이야기를 나눴다. 나는 부인에게 공항에서 계속 일하고 있지만 승진 대상이 되었다고 했고, 도와달라고 애걸해서 구한 것이 아니라 긍정적인 커리어라는 인상을 주려고 애썼다. 릴리도 일자리를 구했다고 했고, 릴리가 무슨 일을 하는지 이야기하자 트레이너 부인은 내 염려와는 달리 고개를 끄덕였다.

"합리적인 선택이구나. 시작할 때는 힘 드는 일을 해도 나쁘지 않지."

"별로 발전할 전망은 없어요." 릴리가 딱 잘라 말했다. "계산대에 앉는 것을 발전으로 친다면 모를까."

"음, 신문 배달도 마찬가지지. 하지만 네 아버지는 졸업하기 전에 그 일을 2년 동안 했단다. 근로 윤리를 배울 수 있거든."

"그리고 소시지 캔은 언제든지 필요하니까요." 내가 말했다.

"정말 그런가요?" 트레이너 부인이 놀란 표정으로 물었다.

또 다른 테이블에 앉는 사람들을 보았다. 나이 지긋한 여자가 친척으로 보이는 두 남자와 요란하게 자리를 잡았다.

"앨범 받았어요." 내가 말했다.

"오, 그랬군요! 안 그래도 궁금했어요. 그거, 마음에 들었니?"

릴리가 부인 쪽을 흘낏 쳐다봤다. "친절하세요. 고맙습니다."

부인은 물을 한 모금 마셨다. "윌의 다른 모습을 보여주고 싶었어. 그 애가 죽을 때 있었던 일 때문에 삶은 가려져 버리는 것 같거든. 윌이 휠체어만 타고 다닌 것은 아니라는 걸 보여주고 싶었단다. 사람들은 그 애 죽음만 기억하는 것 같아서."

잠시 침묵이 흘렀다.

"친절하세요. 고맙습니다." 릴리가 똑같이 말했다.

음식이 나왔고 릴리는 다시 입을 다물었다. 웨이터들이 열심히 돌아다니며 잔의 물이 1센티미터라도 줄면 채워주었다. 레스토랑 안에는 트레이너 부인 같은 사람들이 가득했다. 잘 차려입고 말 잘하는, 넙치 완자가 흔한 점심 식사일 뿐 대화의 방해 요소가 아닌 사람들. 트레이너 부인은 내 가족의 안부를 물었고 아버지에 대해서는 따뜻하게 말했다. "성에서 일을 참 잘해주셨지."

"그곳에 안 계시니 기분이 이상하시겠어요." 나는 이렇게 말해놓고 보이지 않는 선을 넘은 것이 아닌가 싶어서 눈살을 찌푸렸다.

트레이너 부인은 앞에 놓인 식탁보만 봤다. "그렇죠." 부인은 이렇게 맞장구를 치고 고개를 끄덕이면서 긴장한 듯 미소를 짓고는 물을 좀 더 마셨다.

대화는 이런 식으로 전채(릴리는 훈제 연어, 트레이너 부인과 나는 샐러드)를 먹는 내내 띄엄띄엄, 운전을 방금 배운 사람이 모는 자동차처럼 덜컹거리며 이어졌다. 웨이터가 메인 요리를 가지고 오는 것을 보자 마음이 놓였다. 하지만 그가 내 접시를 테이블에 놓는 순간 얼굴에서 미소가 사라졌다. 소고기처럼 보이지 않았다. 걸쭉한 갈색 소스에 푹 젖은 갈색 원반이 들어 있는 것 같았다.

"죄송하지만," 내가 웨이터에게 물었다. "소고기를 시켰는데요?"

그는 나를 잠시 쳐다봤다. "소고기입니다, 손님."

그와 내가 함께 내 접시를 내려다봤다.

"주 드 뵈프 주문하셨죠?" 그가 말했다. "소 볼살입니다만?"

"소의 볼살?"

다시 내 접시를 내려다보았다. 속이 살짝 울렁거렸다.

"아, 그렇군요." 내가 말했다. "아…… 네. 소 볼살이요. 감사합니다."

소의 볼이라니. 뺨을 말하는 것인지, 볼기를 말하는 것인지 더 묻기도 두려웠다. 어느 쪽이 더 나쁜지도 알 수 없었다. 나는 부인에게 웃어 보이고 뇨키를 깨작거렸다.

식사 중에는 대화를 거의 하지 않았다. 트레이너 부인과 나는 할 이야기가 떨어졌다. 릴리는 말이 없었고, 입을 열면 할머니를 시험하듯 가시 돋친 소리만 했다. 어른들 손에 이끌려 너무 화려한 식당에 온 십 대 아이처럼, 릴리는 음식을 이리저리 뒤적이기만 했다. 나는 '볼살을 먹고 있어! 진짜 볼살을!'이라고 귓속에 울리는 소리를 무시하면서 몇 포크 집어 먹었다.

드디어 커피를 주문했다. 웨이터가 사라지자 부인이 냅킨을 치워 테이블 위에 올려두었다. "이렇게 더는 못 하겠구나."

릴리가 고개를 들고 나와 부인을 번갈아 봤다.

"음식도 아주 맛있고 일자리 이야기를 듣는 것도 반갑지만, 이런다고 아무런 진전은 없겠지?"

릴리가 지나치게 굴어서 부인이 일어나 가버리는 것인가 싶었다. 릴리의 놀란 얼굴을 보니 같은 생각을 하는 듯했다. 하지만 부인은 잔과 받침을 밀어놓고 몸을 앞으로 숙이더니 이렇게 말했다.

"릴리, 멋진 식사로 너한테 잘 보이려고 온 건 아니란다. 미안하다고 말하러 왔어. 네가 그날 왔을 때 내 상태를 설명하기가 힘들지만, 그때 그런 만남이 되어버린 건 네 잘못이 아니란다. 그래서 우리 가족의 첫인사가 이렇게…… 부적절했던 것에 대해 사과하고 싶어."

웨이터가 커피를 들고 왔지만 부인은 돌아보지 않고 손을 들었다. "2분만 기다려주겠어요?"

그는 쟁반을 들고 재빨리 후퇴했다. 나는 꼼짝도 안 하고 앉아 있었다. 부인은 긴장한 얼굴로, 다급한 목소리로 심호흡을 했다.

"릴리, 나는 아들을 잃었단다. 네 아버지를. 사실은 그 애가 죽기 전에 그 애를 잃었어. 그 애가 죽고 내 삶의 기반을 잃었단다. 어머니로서 역할, 내 가족, 커리어, 신앙까지도. 솔직히, 아주 어두운 구덩이에 빠진 기분이었어. 하지만 그 애한테 딸이 있었다니, 내게 손녀가 있었다니, 모든 것을 잃은 게 아니라는 생각이 드는구나."

부인은 침을 삼켰다.

"네가 윌의 일부라고 생각 하진 않을 거야. 그러면 네게 공평하지 못하니까. 너는 독립적인 한 사람인 걸 알겠구나. 너는 내게 보살필 새로운 사람이 되어 줬단다. 한 번만 기회를 더 주었으면 좋겠다, 릴리. 너와 함께하고 싶으니까. 루이자가 그러는데 네 성격이 아주 강하다더구나. 음, 그것이 집안 내력이라는 걸 알아주면 좋겠어. 그러니 우리가 몇 차례 부딪칠 수도 있단다. 내가 네 아버지와 그랬던 것처럼 말이야. 오늘은 아무런 변화가 없더라도, 결국에는 너도 알게 될 거란다."

부인이 릴리의 손을 꼭 잡았다. "널 알게 되어서 정말 기쁘다. 너는 존재 자체로 모든 것을 바꾸어놓았어. 내 딸, 네 고모 조지나는 다음 달에 널 만나러 올 거야. 우리 둘이 시드니로 가서 함께 지낼 수 있는지도 물어보더구나. 그 애가 너한테 보낸 편지가 내 핸드백에 있단다."

부인의 목소리가 작아졌다. "네 아버지를 대신할 수는 없겠지만, 나도…… 실은 나도 아직 기운을 차리고 있는 중이지만, 하지만…… 혹시…… 이 까다로운 할머니에게 자리를 좀 내줄 수 있겠니?"

릴리가 부인을 봤다.

"적어도…… 한 번 시도라도 해보지 않겠니?"

트레이너 부인의 목소리가 마지막에 살짝 갈라졌다.

긴 침묵이 흘렀다. 가슴이 쿵쿵 울려댔다. 릴리는 나를 봤고, 영원처럼 긴 시간이 흐른 뒤 트레이너 부인에게 시선을 돌렸다. "제가…… 제가 함께 지내는 걸 원하세요?"

"네가 원한다면. 그럼. 꼭 그랬으면 좋겠구나."

"언제요?"

"언제 올 수 있니?"

커밀라 트레이너가 평정심을 잃는 것을 본 적이 없었지만, 그 순간 부인의 얼굴이 일그러졌다. 부인의 다른 쪽 손이 테이블 위로 올라왔다. 잠시 머뭇거리던 릴리는 그 손을 잡았고, 두 사람은 마치 난파선의 생존자처럼 하얀 식탁보 위에서 손을 꼭 움켜잡았다. 종업원은 언제 다시 와도 될지 기다리며 쟁반을 들고 서 있었다.

"내일 오후에 데리러 올게요."

릴리가 트레이너 부인의 차 옆에서 늑장을 부리는 사이, 나는 주차장에 서 있었다. 릴리는 디저트를 두 개나 먹었다. 자기가 시킨 퐁당 오 쇼콜라와 내가 시킨 것(그 무렵 나는 식욕을 완전히 잃었다)을 먹은 뒤 아무렇지도 않게 청바지 허리를 살피고 있었다. "괜찮을까요?" 어느 쪽에게 하는 말인지 정확히 알 수 없었다. 이 새로운 관계가 얼마나 나약한지, 화르르 타올라 틀어져 버리기가 얼마나 쉬운지 나는 알고 있었다.

"괜찮을 거예요."

"내일은 일이 없어요, 루이자." 릴리가 외쳤다. "사미르의 사촌이 일요일에 일해요."

릴리가 환하게 웃고 있긴 했지만 두 사람을 거기 두고 오자니 기분이 이상했다. '담배 금지'와 '욕설 금지'라고 말하고 싶었고, '다음에 하는 게 어떨까?'라고도 말하고 싶었지만, 릴리는 손을 흔들며 뒤도 돌아보지 않고 트레이너 부인 차에 올라탔다.

그렇게 끝이었다. 내 손을 떠났다.

트레이너 부인도 차에 함께 탔다.

"트레이너 부인? 한 가지만 여쭤봐도 될까요?"

부인이 멈춰 섰다. "커밀라라고 불러요. 루이자와는 이제 그렇게 부를 사이가 됐으니까. 그렇지 않아요?"

"커밀라. 릴리의 어머니와 이야기해 보셨어요?"

"아. 네." 부인은 허리를 숙이더니 작은 풀잎을 집어 들었다. "앞으로 릴리와 많은 시간을 보내고 싶다고 했어요. 그리고 그 사람이 보기에 내가 좋은 엄마가 아니라는 것은 알고 있지만, 솔직히 우리 둘 다 이상적인 어머니상은 아니라고 했어요. 이제부터라도 자기 행복보다는 아이의 행복을 우선해 볼 의향이 있느냐고 물었죠."

나는 입을 딱 벌렸을지도 모른다. "'의향'이라니 멋진 말이에요." 한참 만에 말문이 떨어져서 이렇게 말했다.

"그렇죠?" 부인이 몸을 폈다. 장난기가 눈빛에서 아주 살짝 느껴졌다. "그래요. 음. 하지만 타니아 호턴밀러 가족은 나를 전혀 두려워하지 않더군요. 릴리와 나는 꽤 잘 지낼 것 같아요."

내가 차 쪽으로 걸어가려는데, 이번에는 부인이 나를 불렀다. "고마워요, 루이자."

부인의 손이 내 팔을 잡았다. "제게 그러실 것……."

"아니에요. 루이자에게 감사할 일이 정말 많다는 거 알고 있어요. 언젠가는 내가 뭔가 해주고 싶어요."

"아, 그러실 것 없습니다. 저는 잘 지내니까요."

부인이 나와 눈을 마주치더니 살짝 웃었다. 립스틱이 완벽하게 발렸다는 생각이 들었다.

"음, 내일 아침에 전화 드리고 릴리를 데리러 갈게요."

트레이너 부인은 핸드백을 한쪽 팔에 끼더니 릴리가 기다리는 차로 돌아갔다.

나는 부인의 차가 사라지는 것을 보고 샘에게 전화를 걸었다.

들판 위 파란 하늘에 말똥가리 한 마리가 느릿느릿 날아가면서 빛나는 하늘을 향해 커다란 날개를 펼쳤다. 나는 샘의 벽돌 작업을 돕겠다고 했지만, 우리는 한 줄밖에 쌓지 못했다. (내가 벽돌을 날랐다.) 습하고 더운 날씨라, 샘이 쉬면서 시원한 맥주를 마시자고 했고 어쩌다 보니 풀밭에 드러누워 다시 일어날 수가 없었다. 나는 소 볼살 이야기를 했고 샘은 1분 동안 웃어댔다. 이름만 다르게 부르면 낫지 않겠냐고, 그건 마치 치킨 엉덩이를 먹고 있다고 하는 셈이라고 화를 냈더니 샘은 웃음을 참으려고 애썼다. 나는 샘 옆에서 몸을 쭉 뻗고 누워서 새들이 지저귀는 소리, 풀들이 스치는 소리를 들으며 복숭아 빛깔의 태양이 지평선을 향해 조금씩 미끄러지는 광경을 바라봤다. 릴리가 고운 말만 쓰면서 지내는지 걱정하고 있자니 사는 것이 아주 나쁘지만은 않다는 생각이 들었다.

"가끔 이럴 때는 집을 안 지어도 괜찮다는 생각이 들어요. 늙을 때까지 그냥 들판에 누워 지내도 되니까." 샘이 말했다.

"좋은 계획이네요." 나는 풀을 씹고 있었다. "하지만 1월에는 빗물 샤워가 그렇게 반갑지 않을걸요."

그가 낮은 소리로 웃는 것이 느껴졌다.

릴리가 갑자기 없어지자 이상하게 갈피를 잡을 수 없어서 레스토랑에서 곧장 샘에게 갔다. 집에 혼자 있고 싶지 않았다. 샘의 들판 앞에 차를 세우고 시동이 완전히 꺼질 때까지 앉아서 그가 즐거운 표정으로 벽돌을 회반죽에 누르고 낡은 티셔츠로 이마에 맺힌 땀을 닦으며 일하는 것을 지켜봤다. 그러자 마음속 응어리가 풀어졌다. 샘은 지난번 몇 차례 어색한 대화에 대해서는 아무 말도 하지 않았고 그래서 고마웠다.

구름이 파란 하늘을 가로질러 흘러갔다. 샘은 다리를 내 쪽으로 더 가까이 붙였다. 그의 발은 내 발보다 두 배는 컸다.

"부인이 사진을 다시 꺼내놨는지 모르겠네요. 릴리를 위해서요."

"사진이요?"

"액자요. 전에 이야기했잖아요. 릴리랑 찾아갔을 때, 윌 사진이 하나도 없었거든요. 그래서 부인이 앨범을 보냈을 때 놀랐어요. 혹시 사진을 다 없애버린 건 아닐까 싶었거든요."

샘은 말없이 생각에 잠겼다.

"이상해요. 하지만 나도 윌 사진을 하나도 꺼내놓지 않았거든요. 시간이 좀 걸릴지도 모르죠. 그 눈을 마주 볼 수 있을 때까지. 누나 사진을 침대맡에 두는 데 얼마나 걸렸어요?"

"사진을 치우지 않았어요. 누나가 거기 있는 게 좋아요. 특히나 누나가…… 예전의 모습 그대로라면." 샘은 머리 위로 팔을 올렸다. "누나는 나를 야단치곤 했어요. 전형적인 누나였죠. 뭘 잘못했다 싶으면 그 사진을 보고 누나 목소리를 떠올려요. 샘, 이 멍청아. 제대로 좀 해라." 샘이 내게 고개를 돌렸다. "그리고 제이크가 누나 얼굴을 보는 것도 좋죠. 누나 이야기를 해도 괜찮다고 느껴야 하니까."

"나도 사진을 하나 꺼내 놔야겠어요. 집에 아빠 사진이 있으면 릴리한테도 좋을 거예요."

닭들이 밖으로 나왔고, 몇 미터 떨어진 곳에서 두 마리가 흙에 앉더니 깃털을 푸드덕거리면서 흙먼지를 일으켰다. 닭에게도 성격이 있었다. 대장 노릇 하는 갈색, 애정이 많은 얼룩무늬, 매일 저녁 나무에서 끌어 내려서 재워야 하는 작은 닭.

"메시지를 보내야 할까요? 어떻게 지내냐고?"

"누구한테요?"

"릴리요."

"놔둬요. 잘 지낼 거예요."

"그렇죠. 이상하네요. 그 레스토랑에서 릴리를 보니까 생각보다 그 사람과 훨씬 더 닮았어요. 트레이너 부인, 아니, 커밀라도 그렇게 느꼈을 거예요. 윌이 문득문득 기억나는 것처럼 릴리의 행동거지를 보고 놀란 표정을 지었어요. 릴리가 한쪽 눈썹을 치켜뜬 때가 있었는데, 커밀라도 나도 눈을 뗄 수가 없었어요. 그 사람이랑 너무 똑같았거든요."

"그래서 오늘은 뭐 하고 싶어요?"

"아, 아무거나 상관없어요. 당신이 골라요." 기지개를 펴니 풀이 닿아 목덜미가 간질거렸다. "그냥 여기 누워 있을까 봐요. 언제 내 위로 당신이 가만히 덮친다고 해도 괜찮을 거 같아요."

그가 웃기를 기다렸지만 웃지 않았다.

"그럼, 우리 사이에 대해서…… 이야기 좀 할까요?"

"우리 사이요?"

샘은 풀을 한 가닥 뜯어서 잘근거렸다. "넵. 생각해 봤는데……. 음. 우리 사이를 어떻게 생각하는지 궁금했어요."

"무슨 수학 문제처럼 이야기하네요."

"더 이상 오해가 없기를 바라는 거예요, 루."

그는 풀을 버리고 새로 뜯었다. "우리 사이는 좋은 거 같아요." 내가 말했다. "음, 이번에는 당신이 아이를 방치한다고 비난하지 않을 거예요. 그리고 여자를 줄줄이 만난다고 비난하지도 않고."

"하지만 당신은 아직도 망설이고 있죠."

부드럽게 한 말이지만 걷어차이는 느낌이었다.

나는 그를 내려다볼 수 있게 팔꿈치를 땅에 대고 몸을 일으켰다. "지금 여기 왔잖아요? 하루가 끝나면 당신한테 먼저 전화를 해요. 만날 수 있을 때는 만나고. 그걸 망설인다고 하진 않겠어요."

"옙. 만나고, 섹스하고, 가끔 맛있는 것도 먹죠."

"모든 남자들이 모두 꿈꾸는 관계인 줄 알았는데."

"나는 모든 남자가 아니에요, 루."

우리는 말없이 한동안 서로를 쳐다보았다. 더 이상 편하지 않았다. 곤경에 빠진 것 같았고, 변명을 해야 할 것 같았다.

샘이 한숨을 쉬었다. "그런 표정 짓지 말아요. 결혼 같은 걸 하고 싶은 건 아니에요. 그저…… 당신처럼 우리가 어떤 사이인지 이야기하지 않는 사람은 처음 봤어요." 샘은 손으로 햇볕을 가렸다. "오래 사귀고 싶지 않다면 그것도 괜찮아요. 아니, 괜찮지 않아요. 하지만 당신이 무슨 생각을 하는지 알고 싶을 뿐이에요. 누나가 죽고 인생이 짧다는 걸 알게 됐거든요. 다만……."

"다만 뭐요?"

"이러다 말 거면 시간 낭비하고 싶지 않아요."

“시간 낭비라고요?”

“말을 잘못 골랐어요. 말재주가 없어서.” 그가 일어나 앉았다.

“왜 꼭 뭐가 돼야 하죠? 만나면 즐겁잖아요. 그냥 이렇게 지내면서, 어떻게 되는지 두고 보면 안 될까요?”

“나는 인간이니까요. 알겠어요? 유령이랑 사랑에 빠진 사람 곁에 있는 것도 힘들어요. 그 사람이 날 섹스에 이용하는 것처럼 행동하는 건 말할 것도 없고요.” 그는 손을 들어 눈을 가렸다. “젠장, 이 말을 정말로 하다니.”

입을 열자 목소리가 조금 갈라졌다. “나는 유령을 사랑하지 않아요.”

이번에는 그가 나를 보지 않았다. 그는 얼굴을 문질렀다. “그럼 그 사람을 보내요, 루.”

샘이 느릿느릿 일어나 객차로 가버렸고 나는 그를 바라보며 앉아 있었다.

릴리는 이튿날 저녁, 살짝 그을린 얼굴로 돌아왔다. 그 애가 들어와 주방을 지나갔고, 나는 세탁기에서 빨래를 꺼내며 샘에게 전화를 걸어볼까 열다섯 번째 망설이고 있었다. 릴리가 소파에 털썩 앉았다. 싱크대에 서서 보고 있자 릴리는 커피 테이블에 발을 올리고 리모컨을 들어 텔레비전을 켰다.

“어땠어?” 잠시 후에 내가 물었다.

“괜찮았어요.”

나는 그 애가 리모컨을 내던지며 ‘그 가족은 도저히 안 되겠어.’

라고 중얼거릴 줄 알았다. 하지만 릴리는 채널만 바꿨다.

"뭐 했어?"

"별로요. 이야기 좀 하고. 사실은, 정원을 가꿨어요." 릴리는 돌아서서 소파 등에 손을 얹고 거기 턱을 괴었다. "있잖아요, 루. 견과 시리얼 남은 거 있어요? 배가 너무 고파서."

25.

'우리 이야기하고 있어요?'

'물론이죠. 무슨 이야기를 하고 싶어요?'

주위 사람들이 살아가는 모습을 보면, 삶은 피해를 남기게 되어 있다는 생각이 든다. 라킨 씨, 당신의 부모만 망쳐놓은 게 아니랍니다. 문득 명징한 시야를 가지고 둘러보면 거의 모두가 잃어버린 것이든, 빼앗긴 것이든, 그저 무덤으로 사라진 것이든, 사랑의 무자비한 상처를 안고 있었다.

윌이 우리 모두에게 그런 상처를 남겼다. 의도한 것은 아니었지만, 단순히 살기를 거부함으로써 상처를 남겼다.

나는 내게 새로운 세상을 열어줬지만, 그 세상에 남아줄 만큼 나를 사랑하지는 않았던 남자를 사랑했다. 그리고 이제는 나를 사랑할지도 모르는 남자를 두려워서 사랑하지 못하고 있었다. 혹시……. 혹시 무슨 일이 있을까 봐? 릴리가 자기 방으로 들어가 번쩍이는 디지털 기기 속으로 빠져들고 주위가 조용해지면 그 생각을을 곱씹었다.

샘은 전화하지 않았다. 그를 탓할 수는 없었다. 전화를 한들 내가 뭐라고 했을까? 사실, 나도 모르기 때문에 우리 사이에 대해서 이야기하고 싶지 않았던 것이다.

그와 함께 있는 것을 좋아하지 않은 것은 아니다. 샘 옆에 있으면 나는 좀 우스꽝스러워지는 것 같았다. 요란하게 웃고, 바보 같은 농담을 하고, 나 자신이 보기에도 놀라울 정도로 열정적이고. 샘과 함께 있으면 나는 더 좋은 사람, 내가 원하는 모습에 더 가까운 사람이 되는 것 같았다. 모든 면에서. 하지만.

하지만.

샘에게 마음을 주는 것은 더 많은 상실의 가능성에 마음을 내맡기는 일이었다. 통계학적으로 대부분의 관계는 좋지 않게 끝났고, 지난 2년간의 내 정신상태에 비추어 내가 그 확률을 이길 가능성은 매우 낮았다. 우리는 이런저런 이야기를 하고, 잠시 즐거운 순간에 빠져들 수는 있었지만, 사랑이란 궁극적으로 더 큰 아픔과 피해를 의미했다. 내게도, 그에게도.

그런 것을 견딜 만큼 강한 사람이 어디 있을까?

다시 잠을 설쳤다. 그래서 알람이 울려도 늦잠을 잤다. 고속도로를 달려갔지만 할아버지 생신에 늦고 말았다. 팔순을 위해 아빠는 토머스의 세례식 때 쓴 접이식 정자를 꺼내 정원 끝에 펼쳐놓았고, 열어둔 문으로 이웃들이 잇따라 찾아와 케이크를 건네거나 축하 인사를 전했다. 할아버지는 플라스틱 정원 의자에 앉아서 알아보지도 못하는 사람들에게 고개를 끄덕였고 가끔 《레이싱 포스트》 잡지를 아쉬운 눈으로 바라보곤 했다.

"승진 말이야." 카트리나는 커다란 찻주전자에서 차를 따라 내는 일을 맡았다. "그게 정확히 무슨 뜻인데?"

"뭐, 직함이 붙어. 근무가 끝나면 계산대 정리를 하고 열쇠를 맡아."

'이건 아주 큰 책임입니다, 루이자.' 리처드 퍼시벌은 마치 성배를 건네는 것처럼 진지하고 거창한 몸짓으로 열쇠 꾸러미를 건넸다. '현명하게 사용하세요.' 그는 정말로 그렇게 말했다. 현명하게 사용하라니. 바 열쇠로 뭘 할 수 있냐고 묻고 싶었다. 밭이라도 갈아야 하나?

"돈은?" 카트리나가 내게 잔을 내밀었고 나는 차를 마셨다.

"시급이 1파운드 올랐어."

"음." 시큰둥한 표정이었다.

"그리고 유니폼을 안 입어도 돼."

동생은 내가 그날을 위해 차려입은 〈미녀 삼총사〉 점프슈트를 뜯어봤다. "흠, 그건 괜찮군." 동생은 라슬로 부인에게 샌드위치가 차려진 곳을 안내했다.

달리 뭐라고 할 수 있을까? 그것도 직장이었다. 일종의 발전이었다. 비행기가 활주로를 달려 거대한 새처럼 힘을 모아서 하늘로 날아오르는 것을 봐야 하는 곳에서 일하는 게 고문 같았던 시절이 있었다는 말은 하지 않았다. 매일 그 녹색 폴로셔츠를 입을 때마다 중요한 것을 상실한 느낌이 든다는 말도 하지 않았다.

"엄마가 그러는데, 언니한테 남자친구가 생겼다던데."

"진짜 남자친구는 아니야."

"그렇다면서. 그럼 뭔데? 가끔씩 못생긴 놈들이랑 자는 거야?"

"아니. 우린 좋은 친구……."

"그럼 돼지구나."

"아냐, 돼지 아니야. 아주 근사해."

"하지만 인간성이 나쁘군."

"훌륭한 사람이야. 그렇다고 네가 상관할 문제는 아니지만. 그리고 미리 말하자면 똑똑하고……"

"그런데 유부남이군."

"유부남 아니야. 젠장, 카트리나. 내 말 좀 들어줄래? 그 사람을 좋아하지만, 아직은 사귀고 싶은 건지 잘 모르겠어."

"왜? 잘생기고 직업 있고 섹시한 독신 남자들이 줄을 서서 언니를 채 가려 기다리고 있어서?"

나는 동생을 노려보았다.

"그냥 하는 말이야. 흠이나 잡아보려고."

"시험 성적은 언제 나오니?"

"말 돌리지 마." 동생은 한숨을 쉬더니 우유 팩을 새로 땄다. "2주 후에 나와."

"왜 그래? 1등 할 거면서. 너도 알잖아."

"하지만 그래 봤자 뭐가 달라져? 꼼짝도 못 하는 처지인걸."

나는 이맛살을 찡그렸다.

"스토트폴드에는 일자리가 없어. 런던에서는 집세를 감당할 수 없고. 톰의 교육비도 드니까. 그리고 처음 시작할 때는 아무도 좋은 급료를 받지 못해. 아무리 1등이라도."

카트리나는 차를 한 잔 더 따랐다. 아니라고, 그렇지 않다고 말하고 싶었지만 직장 구하기가 얼마나 어려운지는 너무 잘 알고 있었다. "그럼 어떻게 할 건데?"

"여기서 당분간은 지내야지. 통근하면서. 엄마가 페미니스트로 변해도 톰을 돌보는 일은 해주시길 바라고." 카트리나는 미소 아닌 미소를 지어 보였다.

기운 없는 동생의 모습은 처음이었다. 동생은 기운이 빠져도 마치 로봇처럼 떨치고 일어났고, 우울증도 "산책만 좀 하면 다 낫는다"는 믿음의 소유자였다. 뭐라고 말해주면 좋을까 생각하는데 음식 테이블에서 시끄러운 소리가 들렸다. 고개를 들어 보니 엄마와 아빠가 초콜릿케이크 쪽에 서서 이야기를 하고 있었다. 두 분은 다른 사람들이 모르게, 목소리를 낮춰 쉬쉬하며 이야기를 했지만, 말다툼을 멈추지는 않았다.

"엄마? 아빠? 왜 그래요?" 내가 다가갔다.

아빠가 테이블을 가리켰다. "집에서 구운 케이크가 아니구나."

"네?"

"케이크 말이야. 집에서 만든 게 아니야. 저걸 좀 봐라."

자세히 보니 커다랗고 초콜릿을 듬뿍 바른, 양초 사이사이를 초콜릿 버튼으로 장식한 케이크였다.

엄마는 화난 얼굴로 고개를 저었다. "과제를 하느라."

"과제라니. 학교를 다니는 것도 아니잖아! 장인어른께는 항상 집에서 케이크를 만들어드렸으면서."

"고급 케이크야. 웨이트로즈에서 샀다니까. 아버지는 집에서 만든 게 아니라도 상관 안 하셔."

"아니, 상관하셔. 그리고 당신 아버지잖아. 신경 쓰이시죠, 그렇죠?"

할아버지는 두 사람을 번갈아 보더니 고개를 살짝 저었다. 사람들의 대화가 멈췄다. 이웃들은 불안한 눈초리로 서로 흘끔거렸다. 결코 다투지 않는 버나드와 조시 클라크 부부였는데.

"당신 감정이 상할까 봐 아니라고 하시는 거야." 아빠가 화난 목소리로 말했다.

"아버지가 괜찮다고 하시는데, 대체 당신이 왜 그래? 초콜릿케이크 하나 산 것 가지고. 생일 파티를 전부 대충 차린 건 아니잖아."

"당신이 가족을 가장 우선했으면 좋겠어! 그게 그렇게 힘든 일인가, 조시? 집에서 케이크 하나 굽는 게?"

"내가 여기 있잖아! 케이크도 있고, 초도 꽂았고! 샌드위치도 있고! 내가 어디 바하마에라도 가서 놀고 있어?" 엄마가 테이블에 접시를 쿵 하고 내려놓은 뒤 팔짱을 꼈다.

아빠가 다시 말하려고 했지만 엄마가 손을 들어 막았다. "그래서, 버나드. 당신이 그렇게 가족에게 헌신한다면, 이 중에서 당신이 한 건 얼마나 된다고 그래, 응?"

"어어……." 카트리나가 내게 한 걸음 다가왔다.

"아버지 새 파자마 당신이 샀어? 포장은 당신이 했어? 아니지. 아버지 옷 사이즈도 모르잖아. 당신 바지 사이즈조차 모르잖아. 내가 항상 사다주니까. 오늘 아침 7시에 일어나서 샌드위치 사러 나갔어? 어느 멍청이가 어젯밤에 펍에서 돌아와 토스트를 두 번이나 구워 먹고는 나머지 빵을 그 자리에 그냥 두어서? 아니지. 당신은 앉아서 스포츠 신문이나 읽었잖아. 내가 인생의 20퍼센트를 내 마음대로 쓰기로 했다고. 이 육신의 테두리에서 벗어나기 전에 뭘 할 수 있을지 생각해 보기로 했다고. 당신은 몇 주째 불평인데 나는 그 와중에도 당신 빨래를 하고, 아버지를 돌보고, 설거지를 하고 있잖아. 그런데도 당신은 가게에서 망할 케이크를 샀다고 잔소리나 하고. 버나드, 저 케이크가 그렇게 불만이라면 가져가서 당신…….” 엄마는 소리를 질렀다. “당신…… 부엌이 저기 있고, 믹싱 볼이 거기 있으니까, 당신이 망할 케이크를 직접 만들라고!”

엄마는 그렇게 말하고 케이크를 뒤집어 아빠 앞에 엎었다. 그리고 손을 앞치마에 쓱쓱 닦더니 안으로 걸어갔다.

엄마는 베란다에서 걸음을 멈추고 앞치마를 벗더니 바닥에 내동댕이쳤다. “아, 그렇지! 카트리나? 네 아빠한테 요리책이 어디 있는지 알려드려라. 여기서 28년밖에 안 사셨으니까. 어디 있는지 아마 모를 거야.”

할아버지의 파티는 곧 끝났다. 이웃들은 목소리를 죽여 이야기하다가 ‘멋진’ 파티였다고 감사 인사를 건네며 부엌 쪽을 흘끔거리다 사라졌다. 이웃들도 나만큼 놀란 것 같았다.

“몇 주 동안 참았지.” 테이블을 치우는 동안 카트리나가 중얼거렸다. “아빠는 방치당하는 기분이셨어. 엄마는 아빠가 왜 아내의 성장을 방해하는지 이해하지 못하셨고."

아빠는 부루퉁한 얼굴로 냅킨과 빈 맥주 캔을 치웠다. 비참하기 짝이 없는 표정이었다. 런던 호텔에서 새로운 삶에 얼굴을 빛내던 엄마가 떠올랐다.

"하지만 두 분은 나이도 드셨잖아! 곧 해결될 거야!"

동생이 눈썹을 치켜떴다.

"그렇게 생각하지 않는 거야……?"

"당연히 그렇게 생각하지." 카트리나가 말했다. 하지만 확신이 느껴지는 표정은 아니었다.

카트리나를 도와 부엌을 청소하고 토머스와 10분 동안 슈퍼 마리오 게임을 했다. 엄마는 방에서 과제를 하는 모양이었고 할아버지는 〈채널 4 레이싱〉이 선사하는 좀 더 믿음직한 위로를 받으러 들어갔다. 아빠는 다시 펍에 간 줄 알았는데, 돌아가려고 현관문을 나서니 아빠가 밴 앞자리에 앉아 있었다.

내가 창문을 두드리자 아빠가 깜짝 놀랐다. 문을 열고 옆에 앉았다. 아빠가 스포츠 뉴스를 듣고 있는 줄 알았는데 라디오는 꺼져 있었다.

아빠는 긴 한숨을 내쉬었다. "내가 어리석은 늙은이라고 생각하겠지."

"아빠는 어리석은 늙은이가 아니에요." 내가 아빠를 쿡 찔렀다. "음, 늙지는 않으셨죠."

우리는 말없이 앉아 엘리스 가족의 아들들이 자전거를 타고 놀다가 작은 아이가 브레이크를 너무 빨리 잡아 큰길로 미끄러지는 것을 보고 동시에 인상을 썼다.

"모든 것이 그대로 있었으면 좋겠구나. 그게 그렇게 어려운 일이냐?"

"그대로 있는 건 아무것도 없어요, 아빠."

"난 그저…… 아내가 그립다." 아빠의 목소리가 너무나 쓸쓸했다.

"있잖아요, 아직도 삶의 의욕이 남아 있는 사람이랑 결혼했다는 걸 기뻐하실 수도 있잖아요. 엄마는 지금 신이 났어요. 새로운 눈으로 세상을 본다고 생각하세요. 엄마한테 조금만 여유를 주시면 돼요."

아빠가 입을 일자로 꾹 다물었다.

"엄마는 아직도 아빠 부인이에요. 아빠를 사랑하세요."

아빠는 한참 만에 나를 쳐다보았다. "나한테는 삶의 의욕이 없다고 생각하면 어쩌지? 새로운 걸 보고 듣다가 저 사람 머리가 돌아가서……." 아빠는 침을 꿀꺽 삼켰다. "나를 떠나면 어쩌지?"

나는 아빠 손을 꼭 잡았다. 그리고 아빠에게 다가가 꼭 끌어안았다. "아빠가 그런 일을 두고 보진 않을 거예요."

집에 오는 내내 아빠의 힘없는 미소가 머릿속에서 떠나지 않았다.

새출발 모임에 가려고 집을 나서는데 릴리가 들어왔다. 릴리는 다시 커밀라와 지냈고 종종 정원 일 때문에 손톱 끝이 까매져서 돌아왔다. 이웃을 위해 새로운 담장을 만들었다고 릴리가 즐겁게 이야기했고, 옆집 여자가 너무 좋아하며 릴리에게 30파운드를 줬다고 했다. "사실은 와인도 한 병 줬지만, 할머니께 드렸어요." '할머니'라는 말이 자연스럽게 나왔다.

"참, 그리고 어젯밤에 조지나랑 스카이프로 통화했어요. 아니다, 거긴 호주니까 아침이었죠. 어쨌든 정말 좋았어요. 아빠 어릴 때 사진을 이메일로 잔뜩 보내줬어요. 내가 아빠랑 정말 닮았대요. 조지나는 꽤 예뻐요. 제이컵이라는 개도 키운대요. 피아노를 치면 개가 짖는대요."

나는 재잘거리는 릴리를 위해 샐러드와 빵, 치즈를 차려주었다. 스티븐 트레이너 씨가 또 전화를 했다. 4주 동안 네 번째였다. 릴리에게 그가 아기를 보러 오도록 설득해 달라고 부탁했다고 이야기할까 고민했다. "우린 모두 한 가족이잖소. 델라도 아기가 무사히 태어나고 나니 훨씬 더 편안해졌고." 다음에 말하는 편이 나을 것 같았다. 나는 열쇠를 집었다.

"참, 가기 전에 말해야지. 나 학교에 다시 가요."

"응?"

"할머니 댁 근처 학교로 가요. 기억나요? 내가 이야기했던 곳? 내가 좋아했던 그 학교 말이에요. 주중에만 기숙사에서 지내요. 대학 입시 준비 과정만. 그리고 주말에는 할머니랑 지낼 거예요."

샐러드드레싱을 뿌리다가 멈췄다. "아."

"미안해요. 이야기하려고 했는데. 갑자기 결정됐어요. 그 이야기를 했더니 할머니가 바로 학교에 전화를 했고, 그쪽에서 내가 와도 된다고 했어요. 그런데 그거 알아요? 내 친구 홀리가 아직도 거기다니고 있어요! 페이스북으로 이야기를 했더니 홀리가 빨리 오래요. 아니, 그사이에 있었던 일을 다 이야기한 건 아니고, 아마 앞으로도 이야기하지 않을 것도 있겠지만, 정말 좋았어요. 걔는 내가 잘못되기 전에 알았던 친구니까요. 걔는 그냥…… 괜찮아요."

신이 나서 이야기하는 릴리를 보면서 나는 마치 허물처럼 버려진 것 같은 느낌과 싸워야 했다. "언제부터 가는 거니?"

"음, 9월에 학기 시작할 때 가야 해요. 할머니는 빨리 이사를 하는 것이 좋을 것 같대요. 아마 다음 주쯤?"

"다음 주?" 어이가 없었다. "엄마는 뭐라고 하시니?"

"엄마는 학교에 돌아가니까 좋대요. 특히 학비를 할머니가 내니까. 지난번 학교에서 있었던 일이랑 시험 안 친 건 엄마가 학교에 이야기했고. 할머니를 별로 좋아하지 않는다는 것도 티가 나지만, 괜찮다고 했어요. '그래서 네가 행복해진다면야, 릴리. 네 할머니한테도 다른 사람들한테 하듯이 행동하지 않기를 바란다.'"

릴리는 타니아 흉내를 내고는 키득거렸다. "그 말을 할 때 할머니 눈을 봤는데, 눈썹을 살짝 치켜뜨기만 했어도 무슨 생각을 하시는지 다 알 수 있었어요. 참, 할머니가 머리 염색하신 거 이야기했나요? 갈색으로 했어요. 이제 아주 좋아 보여요. 암 환자 분위기도 훨씬 덜하고."

"릴리!"

"괜찮아요. 그렇게 말했더니 할머니는 웃었다고요." 릴리는 혼자 웃었다. "아빠도 그렇게 말했을 거라고 하셨어요."

"음." 나는 진정하고 말했다. "둘이 잘 지내는 것 같구나."

릴리가 나를 쳐다보았다. "그렇게 말하지 말아요."

"미안. 그냥……. 네가 그리울 거야."

릴리가 문득 환하게 웃었다. "바보. 날 그리워할 일은 없을 거예요. 휴일이랑 그런 때는 여기 계속 올 거니까. 옥스퍼드셔에서 늙은이들하고만 지낼 수는 없어요. 그러면 미쳐버릴 거예요. 하지만 좋아요. 할머니는…… 내 가족 같아요. 어색하지 않아요. 어색할 줄 알았는데, 그렇지 않아요. 저기, 루……." 릴리는 나를 힘껏 안았다. "루는 앞으로도 내 친구예요. 루는 나한테 없었던 언니예요."

나도 함께 끌어안으면서 미소를 잃지 않으려고 애썼다.

"어쨌든. 루도 사생활이 있어야죠." 릴리는 내게서 떨어져 입에서 껌을 꺼내더니 찢어진 종이로 조심해서 말았다. "루랑 구급차 아저씨가 옆방에서 섹스하는 소리를 듣고 있으면 으웩이었어요."

- 릴리가 가요.

- 어딜 가요?

- 할머니랑 살러 가요. 기분이 이상해요. 애가 너무 즐거워해요. 미안해요. 윌과 관련된 이야기만 해서는 안 되는데, 하지만 이야기할 사람이 없어요.

릴리는 가방을 싸고 손님방에 있는 칸딘스키 그림과 캠핑용 침대, 잡지 한 더미와 빈 데오드란트 깡통 한 개만 남기고 거기 살았던 흔적을 하나하나 치웠다. 나는 릴리의 끊임없는 수다를 들으며 그 애를 역에 데려갔고 내 기분처럼 불안한 표정을 짓지 않으려고 애썼다. 커밀라 트레이너가 내리는 역에서 기다리고 있기로 했다.

"루도 놀러 와요. 내 방 정말 좋아요. 옆집에 말이 있는데, 그 집 아저씨가 타도 된다고 했어요. 참, 꽤 좋은 펍도 있어요."

릴리는 출발 안내판을 보고 시간을 확인하더니 팔짝 뛰었다. "젠장. 기차 놓치겠네. 11번 플랫폼이 어디죠?" 릴리는 큰 가방을 어깨에 메고, 검정 타이츠를 신어서 길어 보이는 다리로 사람들 사이를 빠르게 달리기 시작했다. 나는 얼어붙은 채 릴리가 떠나는 것을 지켜봤다. 릴리의 보폭은 더 커졌다.

릴리가 문득 돌아서더니 입구에 서 있는 나를 보고서 활짝 웃고는, 머리카락이 얼굴에 흐트러진 채로 손을 흔들었다. "루!" 릴리가 외쳤다. "이 말 하려고 했어요. 새출발을 한다고 아빠를 덜 사랑하는 건 아니에요. 알고 있죠? 아빠도 그렇게 말했을 거예요."

그러더니 릴리는 사람들 사이로 사라졌다.

릴리의 미소는 그 사람 미소와 닮았다.

- 그 애는 당신 애가 아니었어요, 루.

- 알아요. 다만, 그 애가 내게 목적의식을 준 것 같아요.

- 목적의식을 줄 수 있는 사람은 한 명뿐이에요.

나는 이 말을 잠시 생각했다.

- 만날 수 있어요? 부탁이에요.

- 오늘 밤에 일해요.

- 끝나고 우리 집에 올래요?

- 주말에 보든가 해요. 전화할게요.

"보든가"라는 말 때문이었다. 거기에는 뭔가 마지막이라는 느낌이 있었다. 천천히 문이 닫히는 느낌. 역에 모여든 사람들 사이에서 전화기를 가만히 들여다보며 뭔가 변하는 느낌을 받았다. 집으로 가서 또 하나 더 잃어버린 것을 슬퍼하든가, 뜻밖의 자유를 만끽하든가. 마치 전기가 들어온 것 같았다. 혼자 남겨졌다는 사실을 피할 방법은 움직이는 것뿐이었다.

집으로 가서 커피를 끓이고 회색 벽을 빤히 쳐다보았다. 그리고 노트북을 꺼냈다.

고프니크 씨께.

저는 루이자 클라크입니다. 지난달에 저를 채용해 주셨으나 제가 거절했습니다. 지금쯤 일할 사람을 구하셨겠지만, 이 말씀을 드리지 않으면 영영 후회할 것 같아서 메일을 드립니다.

그곳에서 꼭 일하고 싶습니다. 전 고용주의 아이가 어려운 상태로 나타나지 않았더라면 저는 곧바로 일하겠다고 말씀드렸을 겁니다. 그 애를 도와준 것이 제게는 큰 기쁨이었으니 그 애를 탓하지는 않겠습니다. 하지만 혹시 다시 사람이 필요하시면 연락을 주시면 좋겠습니다.

바쁘신 분인 줄 알고 있으니 긴 말씀 드리지 않겠지만, 꼭 알아주셨으면 좋겠습니다.

루이자 클라크 올림

무슨 짓을 하고 있는지 모르겠지만, 지푸라기라도 잡는 심정이었다. 나는 보내기 버튼을 눌렀다. 그렇게 작은 행동만으로도 갑자기 목적의식이 생긴 것 같았다. 욕실로 달려가 물을 틀고 옷을 급하게 벗다가 바짓가랑이에 발이 걸려 비틀거리면서 뜨거운 물속으로 들어갔다. 머리를 감으면서 이미 계획을 세우고 있었다. 응급구조대로 가서 샘을 찾아…….

초인종이 울렸다. 욕설을 중얼거리며 타월을 집었다.

"질렸다." 엄마가 말했다.

엄마가 가방을 들고 거기 서 있다는 걸 파악하는 데 시간이 좀 걸렸다. 나는 타월로 몸을 감쌌고, 머리에서는 물이 뚝뚝 떨어지고 있었다. "뭐가 질렸어요?"

엄마는 들어오더니 현관문을 닫았다. "네 아빠 말이야. 내가 하는 일마다 불평을 늘어놓는 거. 내가 혼자 시간 좀 갖겠다니 미친 사람 보듯이 하는 거. 그래서 여기 좀 쉬러 온다고 했다."

"쉬러?"

"루이자, 넌 모를 거야. 어찌나 구시렁거리고 투덜거리는지. 나만 꼼짝달싹 못 하게 묶어놓을 수는 없잖니? 모든 게 다 변하고 있는데. 왜 나만 변하면 안 된다는 말이야?"

마치 한 시간쯤 진행되던 대화에 갑자기 끼어든 느낌이었다. 아마도 바에서. 퇴근 후에.

"그 페미니즘 각성 코스를 시작했을 때, 그런 건 좀 지나친 과장이라고 생각했었어. 남자가 여자를 가부장적으로 통제한다고? 무의식적으로도? 그런데 알고 보니 그건 현실의 절반도 안 돼. 네 아빠는 내가 식탁이랑 침대에서 내놓는 것 말곤 관심이 없어. 인간으로 취급도 안 해."

"어……."

"좀 심했냐?"

"그런 것 같아요."

"차 한잔하면서 이야기하자." 엄마는 내 앞을 지나 주방으로 들어갔다. "음, 이건 좀 낫구나. 하지만 저 회색은 아직 잘 모르겠다. 저 색깔 때문에 안색이 영 안 좋아 보여. 자, 티백은 어디 있니?"

엄마는 소파에 앉아 차가 식어가는 동안 불평을 늘어놓았다. 나는 그 이야기를 들으며 시간을 생각하지 않으려고 노력했다. 30분 뒤면 샘이 구조대에 도착할 것이다. 구조대까지 가는 데는 20분이 걸릴 것이다. 하지만 엄마의 목소리가 높아졌고, 엄마가 진지한 이야기를 하고 싶을 때 하는 버릇처럼 귀 언저리를 만지는 것을 보고 나는 아무 데도 갈 수 없다는 것을 깨달았다.

"절대 변하지 못한다는 말을 들으면 얼마나 숨이 막히는지 아니? 평생 말이야. 아무도 내가 변하는 것을 원하지 않는다는 이유로? 꼼짝달싹 못 하고 앉아 있어야 하는 게 얼마나 끔찍한지 알아?"

나는 고개를 힘껏 끄덕였다. 알 수 있었다. 정말이었다. "아빠는 엄마가 그렇게 생각하길 바라는 건 아닐 거예요. 그런데, 저기, 나……."

"네 아빠한테도 야간학교 수업을 들어보라고 했다니까. 자기가 좋아할 만한 걸로. 골동품 수리나 인체 드로잉이나 그런 거. 네 아빠가 누드 좀 봐도 상관없어! 우리가 함께 성장하면 된다고 생각했으니까! 나는 그런 아내가 되고 싶었어. 남편이 문화를 구실로 누드를 봐도 상관하지 않는 그런 아내. 하지만 네 아빠는 '내가 거길 뭐 하러 가?'라는 식이야. 갱년기라도 왔는지. 게다가 내가 다리 왁싱을 안 한다고 어찌나 잔소리를 하는지! 아이고, 내 인생이 왜 이 모양인지. 그 인간은 위선자란다. 자기 코털은 얼마나 긴지 아니, 루이자?"

"아…… 아뇨."

"그걸로 자기 접시를 닦아도 될 거다. 지난 15년 동안 이발사에게 그 코털 좀 정리해 달라고 한 건 나야. 자기가 무슨 애도 아니고. 내가 그런다고 뭐라고 하니? 아니잖아! 그이는 그런 사람이니까. 인간이니까! 코털도 나고 그러는 거지! 하지만 내가 갓난애 엉덩이처럼 매끈하지 않으니까 곧장 추바카 취급이잖니!"

6시 10분 전이었다. 샘은 30분에 출발할 것이다. 나는 한숨을 쉬고 몸에 타월을 감았다.

"그런데…… 음……. 여기 얼마나 계실 거예요?"

"음, 글쎄다." 엄마는 차를 한 모금 마셨다. "사회복지사가 할아버지한테 점심 식사를 갖다 드리니까, 거기 내가 늘 있지 않아도 돼. 며칠만 지내면 되겠다. 지난번에 왔을 때 즐겁지 않았니? 내일 화장실에 마리아를 만나러 가자꾸나. 그러면 좋겠지!"

"좋겠네요."

"그래. 음, 손님 침대를 정리할게. 침대는 어디 있지?"

우리가 막 일어서는데 초인종이 다시 울렸다. 집을 잘못 찾아온 피자 배달인 줄 알고 문을 열었더니 카트리나와 토머스가 서 있었고, 그 뒤에는 반항하는 십 대처럼 바지 주머니에 손을 찔러 넣은 아빠가 있었다.

카트리나는 나를 보지도 않고 그대로 지나쳐 들어왔다. "엄마. 왜 이러세요. 아빠한테서 달아나 버리면 어떻게 해요. 나이가 몇이에요? 열네 살?"

"달아난 게 아니야, 카트리나. 숨 좀 돌리려고 그런다."

"음, 두 분이 말도 안 되는 문제를 해결할 때까지 우리는 여기 있을게요. 언니, 아빠가 차에서 주무시는 거 알아?"

"뭐? 그런 말씀은 안 하셨잖아요." 내가 엄마한테 말했다.

엄마는 턱을 들었다. "네가 말이 많아서 그런 말 할 새가 없었잖니."

엄마와 아빠는 서로 보지 않고 거기 서 있었다.

"네 아빠한테 지금은 할 말 없다." 엄마가 말했다.

"앉으세요." 카트리나가 말했다. "두 분 다요." 두 분은 말없이 증오가 섞인 시선을 주고받으며 소파로 엉거주춤 걸어갔다. 카트리나가 내게 말했다. "좋아. 이제 차를 끓이자. 그리고 가족 모두가 이 문제를 해결하자."

"좋은 생각이야." 나는 기회를 노리며 말했다. "냉장고에 우유 있어. 차는 옆에 있고. 원하는 대로 드세요. 30분만 나갔다 올 테니." 그리고 누가 막기 전에 재빨리 청바지를 입고 차 키를 챙긴 뒤 집에서 달려 나왔다.

*

구조대의 주차장으로 들어서는 순간, 샘이 보였다. 그는 가방을 어깨에 메고 구급차 쪽으로 걸어가고 있었다. 나는 가슴 한구석이 두근거렸다. 그 몸이 주는 달콤한 탄탄함을, 그 얼굴이 갖고 있는 부드러운 각도를 나는 알고 있었다. 그가 돌아서다가 나를 보고 정말 놀랐던지 휘청거렸다. 그러더니 구급차로 다가가 뒷문을 열었다.

나는 샘에게로 다가갔다. "얘기 좀 해도 돼요?"

샘은 산소 탱크를 헤어스프레이 들 듯이 번쩍 들어 제자리에 넣었다. "그럼요. 하지만 다음에요. 지금 나가는 중이에요."

"지금 하고 싶어요."

그의 표정은 흔들림이 없었다. 그는 허리를 굽혀 거즈 팩을 들었다.

"저기. 설명하고 싶어서 그래요……. 전에 이야기했던 거. 당신이 좋아요. 정말 좋아요. 그저…… 두려워서 그래요."

"우리는 모두 두려워요, 루."

"당신은 아무것도 두려워하지 않잖아요."

"아뇨, 나도 두려워요. 그저 당신이 알아보지 못하는 거죠."

그는 부츠를 내려다보았다. 그러더니 도나가 달려오는 것을 보았다. "아, 젠장. 출발해야 해요."

나는 구급차 뒤에 올라탔다. "나도 따라갈게요. 어디로 가든지 거기서 내려서 택시를 타고 갈게요."

"안 돼요."

"아, 제발 부탁해요."

"그래서 또 징계를 받으라고요?"

"레드 투, 자상 보고, 젊은 남자." 도나가 가방을 구급차 뒤에 던졌다.

"가야 해요, 루이자."

나는 샘을 잃고 있었다. 그의 음성에서, 나를 똑바로 보지 않는 시선에서, 그것을 느낄 수 있었다. 나는 늦은 것을 저주하며 뒤에서 내렸다. 하지만 도나가 내 팔꿈치를 잡더니 앞으로 당겼다. "제발 좀." 샘이 안 된다고 하려는데 도나가 말했다. "일주일 내내 꼭 머리 다친 곰처럼 굴었잖아. 이 문제부터 해결해. 거기 도착하기 전에 내려주면 되잖아."

샘이 조수석으로 재빨리 걸어오며 통제실을 흘끔거렸다. "저 친구는 훌륭한 연애 상담사가 될 거예요." 그의 목소리는 딱딱했다. "물론, 우리가 연애를 한다면 말이지만."

두 번 말할 필요가 없었다. 샘은 운전석에 올라타더니 무슨 말을 하려는 듯 나를 보다가 마음을 바꿨다. 도나는 장비를 정리하기 시작했다. 샘은 시동을 걸었고 초록색 경광등을 켰다.

"어디로 가요?"

"시외로 가요. 블루와 투에서 7분쯤 떨어진 곳이에요. 당신은 킹스버리에서 2분 거리, 하이 스트리트로 가요."

"그럼 5분이 있는 거네요?"

"그리고 한참 걸어서 돌아와야 하죠."

"좋아요." 내가 말했다. 하지만 달리는 차 안에서, 그다음에는 뭐라고 해야 할지 모른다는 사실을 깨달았다.

26.

"그러니까, 이거예요." 내가 말했다. 샘은 손짓을 하더니 차를 휙 돌려 도로로 나갔다. 사이렌 소리가 너무 커서 고함을 질러야 했다.

그는 앞의 도로와 대시보드의 컴퓨터만 번갈아 주시했다. "어떤 환자야, 도나?"

"칼에 찔린 모양이야. 두 곳. 계단에 젊은 남자가 쓰러져 있대."

"지금 이야기해도 괜찮은 게 맞아요?" 내가 말했다.

"무슨 말을 하고 싶은지에 따라 다르죠."

"사귀는 게 싫은 건 아니에요." 내가 말했다. "그저 좀 마음이 복잡해서 그래요."

"누구나 마음은 복잡하죠." 도나가 말했다. "내가 데이트하는 인간들은 전부 다 첫날부터 자긴 사람을 못 믿는다는 이야기를 하거든요." 도나가 샘을 보았다. "아, 미안. 난 빠질게."

샘은 계속 앞만 보았다. "처음에는 내가 다른 여자들이랑 잔다고 나쁜 놈이라고 했죠. 그러더니 자기는 다른 사람한테서 정을 못 떼고 내가 다가가지 못하게 하고. 이건 너무……."

"윌은 죽었어요. 나도 알아요. 하지만 당신처럼 바로 뛰어들 수가 없어요, 샘. 오랫동안 이러고 있다가…… 이제 겨우 내 발로 일어서고 있어요. 뭐랄까…… 나는 엉망이었어요."

"당신이 엉망이었던 건 알아요. 나는 그 엉망진창을 주웠죠."

"어쨌든, 당신이 정말 좋아요. 당신이 너무 좋아서 잘못되면 그때 일을 전부 다시 겪게 될 거예요. 그리고 그걸 겪어낼 만큼 내가 강한 사람인지 모르겠어요."

"어떻게 그런 일이 또 생겨요?"

"당신이 날 버릴 수도 있잖아요. 마음이 바뀔 수도 있고. 당신은 잘생겼어요. 다른 여자가 또 건물에서 떨어져 당신을 만나면, 당신 마음에 들 수도 있죠. 당신이 아플 수도 있고. 그 오토바이를 타다가 사고가 날 수도 있고."

"도착 예정 2분 전." 도나가 내비게이션을 보며 말했다. "나는 안 듣고 있어요. 정말이에요."

"누구나 그럴 수는 있죠. 그래서 어떻다는 거예요? 그래서 거기 앉아서 사고가 날지 모르니 아무것도 하지 말자고요? 그렇게 살자는 건가요?" 샘이 좌회전을 해서 나는 의자를 꽉 잡아야 했다.

"난 아직 도넛이에요." 내가 말했다. "빵이 되고 싶어요. 정말이에요. 하지만 아직도 도넛이에요."

"젠장, 루! 누군 도넛이 아닌 줄 알아요? 누나가 암에 걸려 죽어가는 걸 보면서 가슴이 찢어지는 것 같았어요. 누나뿐 아니라 조카를 보면서도 아무렇지 않은 줄 알아요? 어떤 마음인지 모르는 줄 알아요? 대답은 하나뿐이에요. 그걸 날마다 보며 사니까 이렇게 말할 수 있어요. 사람은 어떻게든 살아요. 그러니 뭐든지 닥치는 대로 몸을 던지고, 멍드는 건 걱정하지 말도록 해요."

"와아, 말 잘했다." 도나가 고개를 끄덕였다.

"노력하고 있어요, 샘. 내가 얼마나 나아졌는지 당신은 모를 거예요."

그때 우리는 도착했다. 킹스버리 사유지의 간판이 앞에 나타났다. 우리는 커다란 아치를 지나, 주차장을 지나, 어두운 마당으로 들어섰다. 거기서 샘은 차를 세우더니 조용히 욕을 했다. "제길. 당신을 내려줬어야 하는데."

"방해할 수가 없었어." 도나가 말했다.

"여기서 돌아올 때까지 기다릴게요." 나는 팔짱을 꼈다.

"그래 봐야 소용없어요." 샘은 운전석 문으로 뛰어내리더니 가방을 들었다. "당신을 붙잡으려고 별짓 다 하진 않을 거예요. 아, 젠장. 표시가 없네. 어디 있는지 알 수가 없군."

으스스한 벽돌 건물이 있었다. 건물 전체에 계단이 스무 개는 있을 것 같았고, 덩치 큰 보디가드 없이는 들어가고 싶지 않은 분위기였다.

도나는 재킷을 입었다. "지난번에 왔을 때는 심장마비 환자였는데. 어딘지 찾느라 네 번을 드나들었고, 저 문은 잠겨 있었어요. 관리인을 찾아서 문을 열어달라고 하고 나서야 이동 장비를 가져갈 수 있었죠. 오른쪽 건물로 들어가니 환자는 사망한 뒤였어요."

"지난달에는 갱단 총격이 두 건 있었지."

"경찰을 부를까?" 도나가 말했다.

“아니. 시간이 없어.”

8시도 안 되었는데 오싹할 정도로 조용했다. 몇 년 전만 해도 이곳은 아이들이 자전거를 타고 다니고, 담배를 숨기고, 저녁때가 되도록 소리를 질러대던 런던 지역이었다. 이제 여기에 사는 사람들은 해가 지기도 전에 문을 겹겹이 잠갔고 창문에는 철제 창살을 설치했다. 전등 절반은 총에 맞아 깨졌고 남아 있는 것들은 빛을 내도 안전한지 두려워하는 것처럼 간헐적으로 깜빡였다.

차에서 내린 샘과 도나는 목소리를 낮추고 이야기했다. 도나는 뒷문을 열고 손을 넣더니 내게 형광 재킷을 건넸다. “자. 그거 입고 우리랑 함께 가요. 여기 있으면 위험할 것 같대요.”

“왜 직접…….”

“아이고, 두 사람 다! 제발요! 자, 여기로 갈 테니까 루이자는 저 친구를 따라가요. 알겠죠?”

나는 도나를 봤다.

“나중에 해결해요.” 도나는 무전기를 들고 걸어갔다.

나는 샘을 따라 기다란 콘크리트 통로를 걸었다.

“세이버네이크 하우스.” 샘이 중얼거렸다. “세이버네이크 하우스가 어딘지 어떻게 알라는 거지?” 무전기가 지직거렸다. “통제실. 안내 좀 해줄 수 있어? 건물에 표시가 없고, 환자가 어디 있는지 알 수 없다.”

“미안.” 무전기에서 음성이 들려왔다. “우리 지도에는 건물 이름이 안 보인다.”

“저쪽으로 갈까요?” 내가 우리 앞을 가리키며 말했다. “그러면 통로를 세 개 지나가는 거예요. 휴대폰은 갖고 있어요." 우리는 지린내와 테이크아웃 포장지 냄새가 나는 계단 앞에서 멈췄다. 통로는 어두웠고 창문 안에서 작게 들리는 텔레비전 소리만이 작은 집 깊숙한 곳에 사람이 살고 있음을 알려주었다. 멀리서 사람들이 웅성거리는 소리와 공기의 움직임을 감지하면 부상자를 찾을 수 있을 줄 알았다. 하지만 이곳은 으스스할 정도로 고요했다.

"아뇨. 딱 붙어 있어요."

내가 거기 있자 샘이 긴장했다. 그냥 가는 게 나을까 싶었지만, 혼자서 길을 찾아가고 싶지 않았다.

샘은 통로 끝에서 걸음을 멈췄다. 그는 고개를 저으며, 입을 꾹 다물고 돌아섰다. 도나의 목소리가 무전기에서 지직거렸다. "이쪽엔 아무것도 없어." 그때 고함이 들렸다.

"저기요." 내가 그 소리를 따라 가리키며 말했다. 광장 반대편, 어스름한 곳에 가로등 아래 웅크린 사람이 보였다.

"저기다." 샘의 말에 우리는 달리기 시작했다.

그가 하는 일은 속도가 최우선이라고 했다. 응급 구조대원이 가장 먼저 배우는 것 중 하나가 그것이라고 했다. 몇 초의 차이가 생존확률을 바꾼다는 것. 환자가 피를 흘리고 있거나, 뇌졸중 혹은 심장마비를 일으켰다면, 그 몇 초가 그들을 살릴 수 있었다. 우리는 콘크리트 통로를 따라 달려 악취가 나는 계단을 내려갔다. 닳은 풀밭을 가로질러 가니 쓰러진 사람이 보였다.

도나는 벌써 그 옆에 와 있었다.

"여자아이네." 샘이 가방을 내려놓으며 말했다. "남자라고 했는데."

도나가 부상을 확인하는 동안 샘이 통제실에 연락했다.

"네, 젊은 남자. 십 대 후반. 아프리카계 카리브인 외모." 통제실에서 응답했다.

샘은 무전기를 껐다. "잘못 들은 것 같아. 가끔은 전달 내용이 바뀌니까."

열여섯 살쯤 된 여자아이가 머리를 가지런히 땋은 채 방금 쓰러진 듯 팔다리를 뻗고 있었다. 이상하게 평화로운 모습이었다. 잠시, 나도 샘이 발견했을 때 저랬을까 싶었다.

"들리니?"

아이는 움직이지 않았다. 샘은 동공과 맥박, 기도를 확인했다. 아이는 숨을 쉬고 있었고, 부상 흔적은 없었다. 하지만 전혀 반응이 없었다. 샘이 두 번째로 주위를 확인하고는 장비를 보았다.

"살아 있어요?"

샘의 눈이 도나의 눈과 마주쳤다. 샘은 일어나더니 생각하는 표정으로 주위를 살폈다. 그는 건물 창문을 올려다보았다. 사람들이 뚱한 표정으로 우리를 쳐다보고 있었다. 그때 샘이 우리에게 손짓을 하더니 작게 말했다. "뭔가 이상해. 자, 손 떨어뜨리기 테스트를 해볼 거야. 그러면 둘은 구급차로 달려가서 시동을 걸어줘. 내 짐작이 옳다면 여기서 나가야 해."

"마약 매복인가?" 도나는 내 뒤를 살피며 중얼거렸다.

"그럴지도 몰라. 아니면 영역 싸움이거나. 위치 확인을 했어야 하는데. 여기가 앤디 깁슨이 총에 맞은 곳일 거야."

나는 침착하게 말하려고 애썼다. “손 떨어뜨리기 테스트가 뭐예요?”

“저 애 손을 들어서 얼굴 위로 떨어뜨릴 거예요. 연기라면 얼굴에 맞지 않도록 손을 치우겠죠. 늘 그래요. 반사적으로. 하지만 누가 지켜보고 있다면 우리가 알아차린 것을 눈치채지 않게 해야 해요. 루이자, 장비를 더 가져오는 척해요. 구급차에 도착했다고 연락하면 테스트를 할게요. 누가 그 옆에 있으면 차에 타지 말아요. 그냥 돌아서서 내게 곧장 와요. 도나, 가방을 가져가서 준비해. 루를 따라가고. 우리 둘이 함께 움직이는 걸 보면 눈치챌 거야.”

그는 내게 열쇠를 건넸다. 나는 내 것인 척 가방을 들고 구급차로 빠르게 걸어가기 시작했다. 갑자기 보이지 않던 사람들이 어두운 곳에 숨어 있는 것을 알아차렸다. 심장이 쿵쿵거렸지만 무표정한 얼굴로 확실하게 움직이려고 노력했다.

소리가 울리는 통로를 따라 걷는 시간이 너무 길게 느껴졌다. 구급차에 도착하자 안도의 한숨이 나왔다. 열쇠를 꺼내 문을 열었고, 차에 올라타려는데 어둠 속에서 목소리가 들렸다. “저기요.” 돌아봤다. 아무도 없었다. “저기요.”

어린 남자아이가 콘크리트 기둥 뒤에서 나타났고, 모자로 얼굴을 가린 아이가 하나 더 나타났다. 나는 가슴을 두근거리며 구급차 쪽으로 뒷걸음질 쳤다. “따라오는 사람이 있어.” 침착하게 말하려고 애썼다. “여기 마약은 없어. 뒤로 물러나, 알겠지?”

“그 사람은 쓰레기통 옆에 있어요. 거기 못 가게 막고 있어요. 피를 정말 많이 흘리고 있어요. 그래서 에미카의 사촌이 저기서 연기를 하는 거예요. 주의를 끌려고. 그래서 돌아가게 하려고."

"뭐? 무슨 말이니?"

"그 사람은 쓰레기통 옆에 있어요. 도와주세요."

"응? 쓰레기통은 어디 있는데?"

하지만 소년은 내가 다시 물어보려고 하자 경계하는 눈빛으로 뒤를 돌아보더니 어둠 속으로 사라졌다.

어디인지 알아보려고 주위를 둘러봤다. 차고 옆, 초록색 쓰레기통 끄트머리가 튀어나와 있는 것이 보였다. 중앙 광장에서 보이지 않는 어두운 1층 통로를 따라 걸어가 쓰레기장으로 나가는 열린 문이 보였다. 달려가 보니 거기 재활용품 통 뒤에 다리 두 개가 뻗어 있었다. 운동복 바지가 피에 젖어 있었다. 상체는 쓰레기통 아래에 들어가 있어서 나는 쪼그리고 앉았다. 아이는 고개를 돌리더니 조용히 신음했다.

"얘? 내 말 들리니?"

"날 잡았어요."

다리에 상처가 두 곳 난 것 같았고, 끈적끈적한 피가 흘러나왔다. "날 잡았……."

샘에게 전화를 걸어 낮고 다급한 목소리로 말했다. "오른쪽, 쓰레기장에 있어요. 어서 와요."

그가 나를 찾을 때까지 천천히 둘러보는 것이 보였다. 선량해 보이는 노인 둘이 샘 옆에 나타났다. 그들이 염려스러운 얼굴로 쓰러진 아이에 대해 묻는 것이 보였다. 샘은 연기하는 사촌에게 담요를 부드럽게 덮어줬고, 그 아이를 봐달라고 한 뒤, 장비를 더 가지러

가려는 듯 가방을 들고 빠르게 구급차 쪽으로 걸어갔다. 도나는 보이지 않았다.

나는 그가 준 가방을 열고 거즈 포장을 찢은 뒤 아이 다리에 올려놓았지만 피가 너무 많이 흘렀다. "자. 사람들이 도와주러 오고 있어. 곧 구급차에 탈 거야." 나는 유치한 영화 속 주인공처럼 말했다. 뭐라고 해야 할지 알 수 없었다. '어서 와요, 샘.'

"꺼내줘요." 아이가 신음했다. 그 애 팔을 잡아 진정시키려고 했다. 어서 와요, 샘. 대체 어디 있어요? 그런데 문득 구급차 시동이 걸리는 소리가 들리더니 차가 후진하여 나를 향해 다가오고 있었다. 차가 우뚝 서더니 도나가 뛰어내렸다. 나를 향해 달려오면서 뒷문을 활짝 열었다. "태우는 거 도와줘요." 도나가 말했다. "여기서 나가야 해요."

들것을 내릴 시간이 없었다. 위쪽 어딘가에서 고함과 여러 사람의 발소리가 들렸다. 우리는 아이를 부축해 구급차로 다가가 뒷자리에 밀어 넣었다. 도나가 문을 닫았고 나는 두근거리는 가슴으로 앞자리로 달려가서 몸을 던진 뒤 조수석 문을 잠갔다. 남자들이 위층에서 손을 들고 달려 내려오는 것이 보였다. '뭘 들고 있지? 총인가? 칼인가?' 가슴이 덜컹 내려앉았다. 창밖을 내다보았다. 샘이 하늘을 바라보며 걷고 있었다. 그도 그들을 보았다.

도나가 샘보다 먼저 봤다. 남자가 든 건 총이었다. 도나는 욕설을 내뱉으며 구급차를 후진시켰고, 차고를 돌아서 샘이 아직 걸어오고 있는 풀밭 쪽으로 달렸다. 녹색 유니폼이 사이드미러 안에서 점점 커지는 것이 겨우 보였다.

"샘!" 창문을 통해 외쳤다.

샘은 나를, 그리고 그들을 봤다. "구급차는 놔둬!" 후진하는 구급차의 요란한 굉음 속에서 샘이 그들에게 외쳤다. "물러나! 우린 일을 하는 거니까!"

"그럴 때가 아냐, 샘. 아니라고." 도나가 숨을 죽이고 중얼거렸다.

남자들은 계속해서 달려오면서 물결처럼 무자비하게 가장 빠른 길을 계산했다. 한 명이 민첩하게 담을 타 넘더니 계단을 쉽게 내려왔다. 빠져나가고 싶은 마음이 너무나 간절해 꼼짝도 할 수 없었다.

하지만 샘은 여전히 손바닥을 위로 들어 보이고서 그들에게 다가가고 있었다. "자, 구급차는 놔둬, 알겠지? 도우러 온 것뿐이야." 그의 목소리는 침착하고 당당했으며 내가 느끼는 두려움을 전혀 드러내지 않았다. 그때 뒤쪽 창문을 통해 남자들의 발걸음이 느려지는 것이 보였다. 그들은 뛰지 않고 걷고 있었다. 마음 한구석에서 이렇게 생각했다. '아, 다행이다.' 남자아이는 뒤에서 여전히 신음하고 있었다.

"됐다." 도나가 돌아보며 말했다. "어서 와, 샘. 들어와. 이제 타라고. 그러면……."

탕.

그 소리가 하늘을 갈랐다. 빈 공간에서 울리는 순간 온몸이 그 소리와 함께 팽창했다가 수축하는 것 같았다. 그리고 너무나 빠르게…….

탕.

깜짝 놀랐다.

"대체 무슨……." 도나가 고함을 쳤다.

"여기서 나가야 해요!" 소년이 외쳤다.

샘이 타기를 바라며 뒤를 돌아봤다. '어서 타요.' 하지만 샘은 없었다. 아니, 없어진 것이 아니었다. 바닥에 뭔가 있었다. 야광 재킷. 회색 콘크리트에 녹색 얼룩.

모든 것이 멈췄다.

아니. 머릿속에 떠오른 생각이었다. '아니야.'

구급차가 끼익 하며 멈췄다. 그리고 도나가 내렸고, 나는 뒤따라 달렸다. 샘은 꼼짝도 하지 않았다. 피가, 너무나 많은 피가 주위에 웅덩이처럼 고여 있었다. 두 노인은 안전한 실내로 어기적거리며 들어갔고, 꼼짝도 안 하던 여자아이는 육상선수의 속도로 풀밭을 달려가고 있었다. 그리고 남자들은 여전히 우리를 향해 달려오고 있었다. 입에서 시큼한 맛이 났다.

"루! 잡아요!" 우리는 샘을 구급차 뒤에 실었다. 일부러 버티는 것처럼, 납덩이같이 무거웠다. 나는 그의 목덜미를, 겨드랑이를 잡고 숨을 헉헉거렸다. 그의 얼굴은 백묵처럼 하얬고 반쯤 감긴 눈 밑에는 백 년 동안 잠을 못 잔 사람처럼 시커먼 그림자가 있었다. 그의 피가 내 살갗에 닿았다. 피가 이렇게 따뜻한 걸 왜 몰랐을까? 도나는 구급차에 올라가서 그를 당겼다. 우리는 숨을 몰아쉬며 그를 밀었다. 그의 팔다리를 당겼다. 흐느낌이 차올랐다. "도와줘요!" 도와줄 수 있는 사람이 있기라도 하다는 듯 외치고 있었다. "도와줘요!"

그러면서 엉망으로 구겨진 샘을 차에 태웠고, 문을 쾅 닫았다.

딱! 뭔가가 구급차 위에 맞았다. 나는 소리를 지르며 고개를 숙였다. 마음 한구석으로는 이런 생각이 들었다. '이건가? 이렇게 죽는 건가? 낡은 청바지를 입은 채. 부모님은 동생이랑 생일 케이크를 놓고 싸우고 있는 와중에?' 들것에 누운 아이는 두려움에 비명을 지르고 있었다. 그리고 앞으로 달려 나가던 구급차는 왼쪽에서 다가오는 남자들을 피해 오른쪽으로 방향을 틀었다. 손 하나가 올라오더니 총성이 들렸다. 본능적으로 고개를 숙였다.

"젠장!" 도나가 욕을 하며 다시 차를 돌렸다.

고개를 들었다. 출구가 보였다. 도나는 왼쪽, 오른쪽으로 차를 마구 돌렸다. 코너를 돌 때 구급차는 거의 두 바퀴로 서 있었다. 사이드미러가 어떤 차에 부딪혔다. 누군가 우리를 향해 달려들었지만 도나가 한 번 더 방향을 꺾더니 계속 달렸다. 옆에서 쿵 하고 주먹으로 때리는 소리가 들렸다. 우리는 길로 나섰고, 남자들은 뒤에서 성난 걸음을 멈추고 우리를 지켜보았다.

"세상에."

녹색 경광등을 켠 도나는 병원에 무전을 보냈다. 심장이 쿵쿵거리는 소리에, 아무것도 알아들을 수 없었다. 나는 잿빛으로 질려 진땀을 흘리고 있는 샘의 얼굴을 안았다. 눈이 멍했다. 샘은 아무런 소리도 내지 않았다.

"어떻게 해요?" 도나에게 외쳤다. "어떻게 해요?" 도나는 로터리를 끼익 소리를 내며 돌면서 나를 재빨리 돌아보았다. "상처를 찾아요. 뭐가 보여요?"

"배에 있어요. 구멍이 있어요. 두 개예요. 피가 너무 많아요. 아, 피가 너무 많이 나요." 손이 붉게 물들었다. 나는 헉헉거렸다. 기절할 것 같았다.

"진정해요, 루이자. 알겠어요? 숨은 쉬고 있어요? 맥 짚을 수 있어요?"

확인해 보고 마음이 놓였다. "네."

"차를 세울 수 없어요. 거의 다 왔어요. 다리를 올려줘요. 무릎을 올려요. 피가 가슴에 있도록 해요. 셔츠를 열어요. 찢어요. 상처를 봐요. 어떤지 말해줄 수 있어요?"

내게 따뜻하게, 매끄럽고 탄탄하게 닿던 그 배가 이제 피투성이로 엉망이 되어 있었다. 흐느낌이 목에 치밀어 올랐다. "오, 세상에……."

"놀라지 말아요, 루이자. 내 말 들려요? 다 왔어요. 압박을 해야 해요. 자, 할 수 있어요. 가방에서 거즈를 꺼내요. 큰 걸로. 아무거나. 피를 막아요. 알겠어요?"

도나는 차를 잘못 돌려 일방통행 도로를 거꾸로 달리고 있었다. 들것에 누운 아이도 통증 때문에 작은 소리로 욕설을 내뱉었다. 앞에 있던 차들이 가로등이 비추는 옆길로 순순히 비켜주어서 파도가 갈라지듯 길이 생겼다. 사이렌. 항상 사이렌. "구조대원 부상. 반복한다. 구조대원 부상. 복부 총상!" 도나가 무전기에 대고 외쳤다. "3분 후 도착. 크래시 카트◇가 필요하다."

나는 떨리는 손으로 붕대를 풀고 샘의 셔츠를 찢어 연 다음 구급차가 모퉁이를 돌 때 쓰러지지 않게 붙잡았다. 15분 전에 나와 말다툼을 하던 사람이 어떻게 이럴 수 있을까? 어떻게 그렇게 단단하던

◇ 심정지 때 필요한 응급조치 약품과 기기가 든 장비.

사람이 내 앞에서 사라질 수 있을까?

"샘? 내 말 들려요?" 나는 무릎을 꿇고서 그에게 몸을 숙였다. 청바지가 붉게 물들었다. 샘은 눈을 감고 있었다. 눈이 떠지면 뭔가 멀리 있는 것을 응시하는 것 같았다. 샘이 볼 수 있도록 얼굴을 댔다. 잠시 그의 눈이 내 눈과 마주쳤을 때, 알아보는 것 같은 눈빛을 느꼈다.

나는 그의 손을 잡았다. 백만 년 전, 그가 내 손을 구급차 안에서 잡아주었던 것처럼. "무사할 거예요, 내 말 들려요? 무사할 거예요."

아무 반응도 없었다. 내 목소리를 듣는 것 같지도 않았다.

"샘? 날 봐요. 샘."

반응이 없었다.

스위스의 병실에서 윌이 내게서 고개를 돌리던 마지막 순간으로 되돌아간 느낌이었다. 그를 잃었던 그때로.

"안 돼. 절대 안 돼." 나는 그의 얼굴에 내 얼굴을 대고서 귀에다 말했다. "샘. 가지 마요. 내 말 들려요?" 거즈 드레싱을 손으로 누르고, 내 몸으로 그의 몸을 누르며, 구급차와 함께 흔들리고 있었다. 귀에 들리는 흐느끼는 소리가 내가 내는 소리인 것을 깨달았다. "가지 마요! 내 말 들려요? 샘? 샘! 샘!" 그런 두려움은 처음이었다. 그의 굳은 시선과, 따뜻하고 축축한 피와 함께 두려움은 점점 커졌다.

문이 닫히는 느낌.

"샘!"

구급차가 섰다.

도나가 뒤로 넘어왔다. 도나는 투명 비닐 파우치를 열더니 약과 하얀 충전재, 주사기를 꺼내더니 뭔가를 샘의 팔에 주사했다. 그녀는 떨리는 손으로 샘에게 링거를 꽂더니 얼굴에 산소마스크를 씌웠다. 밖에서 삑삑 소리가 들렸다. 나는 덜덜 떨고 있었다. "거기 있어요!" 내가 내려가려고 하니 도나가 외쳤다. "압력을 유지해요. 그래요. 잘했어요. 잘하고 있어요." 도나가 샘에게 얼굴을 댔다. "힘내, 친구. 힘내라고, 샘. 다 왔어." 도나가 계속해서 빠르게 장비를 다루고, 계속 바삐 움직이며 일하는 동안 사이렌 소리가 들렸다. "괜찮을 거야, 이 자식. 꽉 붙잡고 있어, 알았지?" 모니터에 녹색과 검은색 불이 들어왔다. 삑삑 소리가 들렸다.

그리고 다시 문이 열리더니 구급차 안에 네온 불빛이 가득 찼다. 녹색 유니폼을 입은 구급대원, 하얀 가운을 입은 의사들이 여전히 불평을 하며 욕을 하는 아이를 내리고, 샘을 내게서 가만히 옮겨갔다. 구급차 바닥에 피가 고여 있어서 일어나려다가 미끄러지는 바람에 손으로 바닥을 짚었다. 손이 붉게 물들었다.

사람들의 목소리가 잦아들었다. 불안으로 하얗게 질린 도나의 얼굴이 보였다. 지시하는 소리도 들렸다. "수술실로 곧장." 나는 구급차 옆에 남아 그들이 부츠를 신은 발을 쿵쾅거리며 그를 데리고 달려가는 것을 지켜보았다. 병원 문이 열리고 샘이 들어가더니 다시 닫혔다. 나는 고요한 주차장에 혼자 남았다.

27.

병원 의자에서 보내는 시간에는 기묘한 탄성이 있다. 월의 검사를 기다릴 때는 시간이 금방 갔다. 잡지를 읽고, 전화로 메시지를 확인하고, 비싼 매점에서 너무 진한 병원 커피를 사 마시고, 주차비를 걱정했다. 이런 일에 시간이 너무 오래 걸린다고 불평했지만 진심은 아니었다.

지금은 멍하니 벽을 바라보며 플라스틱 의자에 앉아 있자니 얼마나 있었는지 알 수 없었다. 생각할 수가 없었다. 느낄 수도 없었다. 그저 존재할 뿐이었다. 나와 플라스틱 의자, 피 묻은 테니스화가 닿을 때마다 삐걱거리는 리놀륨 바닥.

머리 위의 전등은 눈에 거슬리면서 일정한 빛으로, 바쁘게 지나다니면서 내게 눈길 한 번 안 주는 간호사들을 비췄다. 들어오고 얼마쯤 지나자 간호사 한 명이 친절하게 화장실을 알려줘서 손을 씻을 수 있었지만, 손톱 주위에는 샘의 피가 여전히 묻어 있었다. 잔혹한 짓이라도 한 것처럼 큐티클이 붉게 물들어 있었다. 나의 일부에 그의 일부가 있었다. 그의 일부가 엉뚱한 곳에 있었다.

눈을 감으니 그들의 목소리가, 구급차 천장을 때리는 딱 딱 소리가, 총성이 울리는 소리가, 그리고 사이렌, 사이렌, 사이렌이 들렸다. 그의 얼굴이, 그가 잠시 나를 보았을 때가 보였다. 하지만 아무것도 없었다. 놀라는 기색도 없었고, 꼼짝 못 하고 바닥에 쓰러진 자신을 보고 희미하게 재미있어 하는 기색 이외에는 아무것도 없었다.

그리고 그 상처가, 영화 속에서 본 것처럼, 하지만 살아서 고동치는, 그에게서 악의적으로 피를 말리려는 듯, 피를 계속 밀어내는 동그란 상처 두 개가 자꾸만 눈에 어른거렸다.

무슨 일을 해야 할지 알 수 없어서 그 플라스틱 의자에 가만히 앉아 있었다. 복도 끝 어딘가가 수술실이었다. 그는 지금 거기 있었다. 그는 살았든가, 죽었다. 그는 안도하며 하이파이브를 하는 동료들에게 에워싸여 멀리 병실로 옮겨지든가, 아니면 녹색 천이…….

머리를 손에 묻고 숨을 들이쉬고 내쉬는 소리를 들었다. 들이쉬고 내쉬고. 몸에서 낯선 냄새가 났다. 피와 소독약과 본능적인 공포가 남긴 시큼한 냄새. 주기적으로 내 손이 떨리는 것을 보았지만, 저혈당 때문인지 피로 때문인지 알 수 없었다. 먹을 것을 찾기란 내 능력 밖의 일이었다. 움직이는 것도 능력 밖이었다.

동생이 한참 전에 메시지를 보냈다.

"어디 있어? 우리 피자 먹으러 가. 엄마와 아빠는 이야기를 하고 있지만, 언니가 여기 와서 유엔 역할을 해줘."

답장하지 않았다. 뭐라고 해야 할지 알 수 없었다.

"아빠는 또 다리털 이야기를 하고 있어. 제발 와줘. 상황이 심각해지겠어. 엄마는 절대 물러서지 않으셔."

나는 눈을 감고 일주일 전, 풀밭에서 샘 옆에 누워 있던 때를 기억하려고 했다. 그가 나보다 더 긴 다리를 쭉 뻗고 있었고, 그의 따뜻한 셔츠에서 마음이 놓이는 냄새가 났던 것. 그의 낮게 울리는 목소리와 얼굴에 닿는 햇볕이 주었던 느낌. 그의 얼굴이 내게 다가와 키스했던 것. 그가 키스할 때마다 내심 기뻐하던 표정. 내가 아는 사람 중에 가장 든든한 그가 몸을 앞으로 살짝 굽히면서도 체중으로 중심을 확실히 잡으며 걸을 때면 그 무엇도 쓰러뜨릴 수 없을 것 같았다.

진동이 느껴져 주머니에서 휴대폰을 꺼내 동생의 메시지를 읽었다. "어디 있어? 엄마가 걱정하고 있어." 시간을 확인했다. 오후 10시 48분. 그날 아침에 일어나 릴리를 역에 내려줬던 것을 믿을 수 없었다. 의자에 등을 기대고 잠시 생각한 뒤 메시지를 썼다.

"시티 병원에 있어. 사고가 있었어. 나는 괜찮아. 있다가 갈게. 있다가."

손가락이 멈췄다. 눈을 깜빡이고는 전송 버튼을 눌렀다. 그리고 눈을 감고 기도했다.

문이 열리는 소리에 화들짝 놀랐다. 엄마가 외투를 걸치고 팔을 벌린 채 복도를 빠르게 걸어왔다.

"어떻게 된 거야?" 카트리나가 바로 뒤에서 파자마와 점퍼를 입은 토머스를 끌고 따라왔다. "엄마가 아빠 없이는 오지 않겠다고 했고, 나는 혼자 남기 싫어서." 토머스는 졸린 눈으로 나를 보더니 축축한 손을 흔들었다.

"무슨 일인지 알 수가 있어야지!" 엄마가 내 옆에 앉아 얼굴을 살폈다. "왜 말을 안 한 거니?"

"무슨 일이야?"

"샘이 총에 맞았어요."

"맞아? 구조대원 말이니?"

"총에?" 카트리나가 물었다.

그때 엄마는 내 청바지를 봤다. 엄마는 믿을 수 없는 표정으로 붉은 얼룩을 보더니 아무 말 없이 아빠를 봤다.

"함께 있었어요."

엄마가 손을 입으로 가렸다. "넌 괜찮아?" 그리고 적어도 몸은 괜찮다는 것을 안 엄마는 이렇게 물었다. "그…… 사람은 괜찮니?"

네 사람은 충격과 염려로 얼굴이 굳은 채 내 앞에 서 있었다. 모두 와줘서 마음이 놓였다. "모르겠어요." 이렇게 대답했다. 아빠가 다가와 안아주자, 나는 결국 울기 시작했다.

가족과 나는 플라스틱 의자에 몇 년 동안 앉아 있었다. 아니, 몇 년처럼 느껴지는 시간이었다. 토머스는 카트리나의 무릎에서 잠들었다. 전등 불빛 아래 창백하게 보이는 아이는 목과 뺨 사이에 낡은 고양이 인형을 끼우고 있었다. 내 양옆에 앉은 아빠와 엄마는 번갈아가며 내 손을 잡거나, 얼굴을 쓰다듬거나, 괜찮을 거라고 말해주었다. 나는 아빠에게 몸을 기대고 소리 없이 눈물을 흘렸고 엄마는 늘 갖고 다니는 깨끗한 손수건으로 얼굴을 닦아줬다. 엄마는 주기적으로 일어나 병원을 돌아다니며 뜨거운 음료를 가져왔다.

"1년 전에는 절대 혼자 저러지 않았는데." 엄마가 처음 사라졌을 때 아빠가 말했다. 감탄인지 아쉬움인지 알 수 없었다.

말은 거의 하지 않았다. 할 말이 없었다. 머릿속에 주문처럼 똑같은 말이 반복되었다. '무사하게만 해주세요. 무사하게만 해주세요. 무사하게만 해주세요.'

재앙이 일어나면 이렇다. 상냥한 말이나 잡음, 의문과 가정은 모두 사라진다. 나는 샘을 원했다. 그 사실을 분명하게 알 수 있었다. 그의 팔이 나를 감싸는 것을 느끼고, 그가 이야기하는 것을 듣고, 그의 구급차에 타고 싶었다. 그가 정원에서 키운 재료로 샐러드를 만들어 주기를 원했고, 그가 잠든 사이 내 팔 아래서 규칙적으로 오르내리는 따스한 맨가슴을 느끼고 싶었다. 왜 그걸 말하지 못했을까? 왜 그렇게 많은 시간을 사소한 것을 걱정하며 낭비했을까?

그때, 엄마가 저쪽 문을 지나 종이 캐리어에 차 네 잔을 담아서 들고 걸어오는데 수술실 문이 열렸다. 도나가 피 묻은 유니폼을 입은 채 머리를 뒤로 넘기며 나왔다. 나는 일어섰다. 도나는 엄숙한 표정으로, 빨개진 눈과 지친 얼굴로 다가왔다. 나는 한순간 기절할 것 같았다. 도나의 눈이 나와 마주쳤다. "낡은 부츠처럼 질긴 녀석이에요."

내가 미처 알아차리지 못하고 흐느끼자, 도나가 내 팔을 잡았다. "잘했어요, 루." 도나도 길게 한숨을 내쉬었다. "오늘 아주 잘했어요."

샘은 그날 밤을 집중치료실에서 보냈고 아침에는 중환자실로 옮겨졌다. 도나가 그의 부모님에게 연락했고, 좀 자고 나서 샘이 키우는 가축들에게 먹이를 주러 집에 들르겠다고 했다. 우리는 자정이 조금 지난 뒤 함께 그를 보러 갔다. 그는 여전히 마스크로 가린 잿빛 얼굴로 잠들어 있었다. 더 가까이 다가가고 싶었지만 온갖 전선과 튜브와 모니터에 묶인 그를 만지기가 두려웠다.

"정말 괜찮을까요?"

도나는 고개를 끄덕였다. 간호사가 조용히 다가와 수치와 맥박을 확인했다.

"오래된 권총이라 운이 좋았어요. 요즘 애들은 기관총을 갖고 있거든요. 그랬다면 끝이었을 거예요." 도나가 눈을 문질렀다. "아마 뉴스에도 나올 거예요. 참, 그런데 어젯밤에 다른 대원이 아테나 로드에서 모자 살인 사건을 맡았으니까 어쩌면 뉴스에 나오지 않을지도 몰라요."

나는 그에게서 시선을 거두고 도나에게 물었다. "계속할 거예요?"

"계속하다뇨?"

"구조대원이요."

도나는 무슨 말인지 모르겠다는 듯 얼굴을 찡그렸다. "당연하죠. 내 일인걸요." 도나는 내 어깨를 두드리더니 문으로 향했다. "좀 자요, 루. 아무튼 내일까지는 깨지 않을 거예요. 성분 중 87퍼센트가 펜타닐인 수액을 지금 맞고 있으니."

다시 복도로 나오니 부모님이 기다리고 있었다. 두 분은 아무 말도 하지 않았다. 나는 고개를 살짝 끄덕였다. 아빠는 내 팔을 잡아주었고 엄마는 어깨를 두드려주었다. "집에 가자, 아가." 엄마가 말했다. "깨끗한 옷으로 갈아입고."

몇 달 전, 5층 건물에서 떨어져 출근할 수 없다고 하더니 이번에는 남자친구인지 아닌지도 모르는 사람이 배에 총을 두 번이나 맞아서 출근 일정을 바꾸고 싶다는 말을 듣는 고용주의 목소리에서 느껴지는 독특한 분위기가 있다.

"당…… 그 사람이…… 뭐라고요?"

"총을 두 번 맞았어요. 집중치료실에서는 나왔지만, 오늘 아침에 깨어나면 옆에 있어주고 싶어요. 그래서 혹시 근무를 교대할 수 있을까 하고요."

잠시 침묵이 흘렀다.

"좋아요……. 음. 알겠어요." 그는 머뭇거렸다. "정말로 총에 맞았어요? 진짜 총으로?"

"원하시면 와서 구멍을 확인해도 좋아요." 내 목소리가 너무 침착해서 웃음이 나올 것 같았다.

우리는 두어 가지 재고 문제를 이야기했다. 전화를 해야 하는 곳과 본사 직원의 방문에 대해서도 이야기했다. 전화를 끊기 전, 리처드가 잠시 조용해졌다. 그러더니 이렇게 말했다. "루이자, 당신은 늘 이렇게 살아요?"

2년 반 전, 부모님 집에서 카페까지 걸어 다니는 것만으로 하루하루를 보냈던 시절의 나 자신을 떠올렸다. 화요일 밤이면 패트릭이 뛰는 것을 보거나 부모님과 저녁 식사를 하는 규칙적인 일과. 구석에 놓인, 내 테니스화가 들어 있는 쓰레기봉투가 보였다. "그럴지도 몰라요. 이런 상태가 곧 지나가길 바라고는 있어요."

*

아침 식사 후 부모님은 집으로 출발했다. 엄마는 가기 싫다고 했지만 나는 괜찮다고, 며칠 동안 어디서 지낼지 알 수 없으니 어차피 엄마가 함께 있어도 별 의미가 없다고 설득했다. 또 할아버지가 24시간 이상 혼자 있었을 때 라즈베리 잼 두 병과 연유 한 통을 식사 대신 드신 것도 이야기했다.

"정말 괜찮겠니." 엄마가 내 얼굴을 쓰다듬었다. 엄마는 그 말이 분명히 질문인데도 질문이 아닌 것처럼 말했다.

"엄마, 난 괜찮아요."

엄마는 고개를 젓더니 가방을 가지러 갔다. "모르겠구나, 루이자. 그런 사람들을 고르다니."

내가 웃자 엄마는 깜짝 놀랐다. 어쩌면 충격 탓일지도 몰랐다. 하지만 그 순간, 더 이상 두려울 게 없다는 것을 깨달았다고 생각하고 싶다.

내 다리에서 흘러내리는 핑크색 물을 보지 않으려고 애쓰며 샤워를 했고, 머리를 감았다. 사미르 가게에서 가장 덜 시든 꽃을 사서 10시에 다시 병원으로 갔다. 샘의 부모님이 몇 시간 전에 도착했다고 간호사가 내게 알려줬다. 그분들은 제이크와 제이크 아버지와 함께 샘의 물건을 챙기러 객차로 가고 없었다.

"그분들이 오셨을 때는 정신이 없었지만, 이제 좀 정신을 차리고 있어요." 간호사가 말했다. "수술실에서 나온 지 얼마 안 되었을 때는 보통 그래요. 빨리 깨어나는 사람들도 있죠."

문에 다가가며 걸음을 늦췄다. 유리창으로 어젯밤처럼 눈을 감고 이런저런 모니터가 매달린 팔을 몸 옆에 가만히 늘어뜨린 샘이 보였다. 턱에는 수염이 좀 자랐고, 그는 아직 유령처럼 창백했지만 원래의 모습과 조금 더 비슷해 보였다.

"들어가도 괜찮을까요?"

"루이즈 맞죠? 샘이 찾고 있어요." 간호사가 콧잔등을 찡그리며 웃었다. "저분이 지겨워지면 알려주세요. 정말 귀여워요."

문을 가만히 밀고 들어가니 샘이 눈을 뜨고 고개를 살짝 돌렸다. 나를 알아보는 눈빛에 마음이 놓였다.

"나랑 흉터로 경쟁해서 이기려고 별짓 다 하는 사람들이 있어요." 문을 닫으며 말했다.

"네. 음." 샘이 겨우 목소리를 냈다. "내가 이겼어요." 조금 지친 미소를 지었다.

나는 어색하게 서 있었다. 병원이 싫었다. 병원에 다시 오는 건 어떻게든 피하고 싶었다.

"이리 와요."

나는 테이블에 꽃을 올려두고 샘에게 다가갔다. 그는 팔을 움직여 내게 침대에 앉으라고 했다. 나는 앉았고, 그를 내려다보는 것이 좋지 않아서 조심스럽게, 아무것도 건드리지 않으려고 주의하며 몸을 기댔다. 머리를 그의 어깨에 댔다. 그가 머리를 내게 기대자 반가웠다. 그의 손이 나를 부드럽게 안았다. 우리는 잠시 말없이 그렇게 누워서 밖에서 들려오는 간호사들의 발소리, 멀리서 들려오는 대화 소리를 들었다.

"죽은 줄 알았어요." 내가 속삭였다.

"구급차에 타면 안 되는 여자가 있었는데, 그 여자가 출혈을 늦췄대요."

"대단한 여자네요."

"그럴 줄 알았죠."

나는 눈을 감고 내 뺨에 그의 따뜻한 살결을, 그의 몸에서 풍기는 낯선 소독약 냄새를 느꼈다. 아무것도 생각하지 않았다. 그 순간 그의 곁에 있으며, 내 곁에 있는 그의 무게를, 그가 공기 속에 차지하는 공간을 느끼는 기쁨을 누릴 따름이었다. 고개를 돌려 팔 안쪽의 부드러운 살에 키스했고, 그의 손끝이 내 머리칼을 쓰다듬는 것을 느꼈다.

"무서웠어요, 구급차 샘."

긴 침묵이 이어졌다. 그가 수백만 가지 생각을 하면서 말하지 않는 것을 알 수 있었다.

"와줘서 기뻐요." 그가 한참 만에 말했다.

우리는 좀 더 말없이 누워 있었다. 그리고 한참 뒤 간호사가 들어오더니 내가 여러 가지 중요한 튜브와 전선 옆에 누워 있는 것을 보고 못마땅한 표정을 지었다. 나는 마지못해 침대에서 내려와 아침 식사를 하고 오라는 지시를 따랐다. 조금 부끄러운 심정으로 그에게 키스했다. 머리칼을 쓰다듬을 때 그의 눈이 살짝 올라가는 것을 보자, 내가 그에게 어떤 존재인지 알 것 같아서 고마웠다.

"일 마치고 다시 올게요."

"부모님이랑 만날 수도 있어요." 그가 경고했다.

“괜찮아요.” 내가 말했다. “‘경찰 꺼져’ 티셔츠는 입지 않도록 할게요.”

그는 웃더니 아픈지 얼굴을 찡그렸다.

간호사가 그를 보는 사이에 괜히 곁에 있고 싶어 환자 가족이 하는 일을 하며 어정거렸다. 과일을 좀 내놓고, 티슈를 버리고, 그가 읽지 않을 잡지를 정리했다. 그리고 갈 시간이 됐다. 문 앞까지 갔을 때 그가 말했다. “들었어요.”

문을 열려고 손을 뻗었다가 돌아섰다.

“어젯밤에. 피 흘리고 있었을 때. 당신이 한 말 들었어요.”

우리는 눈이 마주쳤다. 그리고 그 순간, 모든 것이 바뀌었다. 내가 무슨 일을 한 것인지 알 수 있었다. 내가 누군가의 중심이 될 수 있다는 걸, 그들이 이 세상에 남을 이유가 될 수 있다는 걸 알았다. 나 자신으로 충분할 수 있었다. 나는 다시 걸어가 샘의 얼굴을 잡고 열렬히 키스했고 뜨거운 눈물이 하염없이 그의 얼굴에 흐르는 것을, 그가 내게 키스하면서 끌어당기는 것을 느꼈다. 그의 뺨에 얼굴을 대고 웃기도 하고 울기도 하면서 간호사들이나 그 무엇에도 개의치 않고, 내 앞에 있는 그 남자만 바라보았다. 한참 만에 돌아서서 얼굴을 닦으며, 내 눈물을 비웃으며, 사람들의 호기심 어린 표정을 무시하며, 아래층으로 내려왔다.

아름다운 날이었다. 형광등 아래서도 아름다웠다. 밖에는 새들이 지저귀고 있었고, 새로운 아침이 밝았으며, 사람들은 살아갔고, 점점 더 나아졌으며, 늙어가기를 기대했다. 커피를 사고 지나치게 단 머핀을 먹었다. 태어나서 먹어본 가장 맛있는 음식 같았다. 부모님께, 카트리나에게 메시지를 보냈고, 리처드에게 곧 간다고 알렸다. 릴리에게도 메시지를 보냈다.

샘이 병원에 있어. 총에 맞았지만 무사해. 네가 카드를 보내면 좋아할 것 같아. 아니, 바쁘면 메시지도 괜찮아.

몇 초 만에 답장이 날아왔다. 미소가 떠올랐다. 그 또래 아이들은 다른 일은 그렇게 느리게 하면서도 메시지는 어떻게 그렇게 빨리 보낼까?

오 마이 갓. 방금 다른 애들한테 말했더니 멋지대요. 하지만 안부 전해줘요. 주소 알려주면 학교 끝나고 카드 보낼게요. 참, 그때 샘에게 속옷 보인 거 미안해요. 그럴 생각은 아니었어요. 그렇게 막 나갈 생각은 아니었어요. 둘 다 행복하길 바랄게요. xxx

뭐라고 대답할지 고민하지 않았다. 병원 카페와 돌아다니는 환자들, 파랗고 화창한 하늘을 보니 손가락이 저절로 움직였다.

나 행복해.

28.

새출발 모임에 도착했더니 제이크가 현관에서 기다리고 있었다. 자줏빛의 먹구름이 짙게 몰려오더니 폭우가 쏟아져 하수도가 넘쳤다. 주차장에서 달려오는 10초 사이에 옷이 흠뻑 젖었다.

"안 들어가니? 밖에 날씨가……."

제이크가 한 걸음 다가오더니 기다란 팔로 나를 재빨리 어색하게 안았다.

"어머." 나는 제이크가 물에 젖지 않게 양손을 들었다.

제이크는 팔을 풀더니 물러섰다. "도나한테 들었어요. 그냥, 감사하다고 인사하고 싶었어요."

제이크는 긴장한 표정으로 나를 봤고, 나는 그 애가 며칠 동안 엄마를 잃었을 때와 비슷한 경험을 하느라 얼마나 힘들어 했는지를 깨달았다.

"강한 사람이잖아." 내가 말했다.

"테플론◇ 같은 인간이에요." 제이크가 말했고, 우리는 강렬한 감정을 경험하는 영국인답게 어색하게 웃었다.

모임에서 제이크는 평소와 달리 말이 많았고, 여자친구가 슬픔이 어떤 것인지 이해하지 못한다고 이야기했다. "가끔 아침이면 이불을 뒤집어쓰고 누워 있고 싶은 마음을 걔는 이해하지 못해요. 사랑하는 사람들한테 일어나는 일에 내가 좀 예민한 것도요. 걔한테는 진짜 나쁜 일이 한 번도 없었거든요. 한 번도요. 키우는 토끼도 아직 살아 있어요. 아홉 살이나 됐는데도."

"사람들이 슬픔을 지겨워하는 것 같아요." 너태샤가 말했다. "정해진 시간만, 6개월 정도만 슬퍼할 수 있고 그다음에도 계속 슬퍼하면 진전이 없다고 살짝 짜증을 내죠. 불행에 매달려 있으면 자제력이 없다고 해요."

"맞아!" 주위에서 모두 동의하며 웅성거렸다.

"요즘도 상복을 입으면 더 편할 것 같기도 해요." 대프니가 말했다. "그러면 내가 아직도 슬퍼하고 있다는 걸 알 수 있으니까."

"운전 연수생의 표지판처럼 한 해가 지날 때마다 상복 색깔을 바꾸는 것도 좋겠네요. 검정에서 다음에는 진한 자주색으로." 린이 말했다.

"그러다 다시 행복해지면 노란색으로." 너태샤가 씩 웃었다.

"아, 안 돼요. 내 얼굴에 노란색은 정말 안 어울려요." 대프니가 조심스레 웃었다. "좀 비참한 상태로 살아야 할 거예요."

나는 축축한 교회에서 그들의 이야기를 들었다. 작은 감정의 방해물을 넘기 위해 조심스레 한 걸음씩 옮기는 이야기였다. 프레드

◇ 잘 붙지 않는 코팅 소재로 프라이팬 등 조리도구에 사용되며, 여기서는 비난이나 외부 영향에 휩쓸리지 않고 잘 견디는 사람을 말함.

는 볼링 모임에 들어갔고, 화요일마다 죽은 아내 이야기를 하지 않고도 밖에 나갈 구실이 생겨서 즐거워했다. 서닐은 어머니에게 엘섬에 사는 먼 친척을 소개받기로 했다. "중매결혼은 별로 내키지 않지만, 솔직히 다른 방법으로는 가망이 없어요. 엄마 말을 들으려고요. 엄마가 끔찍한 여자를 소개할 리는 없으니까."

"좋은 생각 같아요." 대프니가 말했다. "우리 엄마라면 나보다 훨씬 전에 앨런이 어떤 사람을 좋아하는지 알았을 거예요. 엄마는 항상 보는 눈이 있었으니까."

나는 외부인의 시선으로 관찰했다. 그들의 농담에 함께 웃었고 부적절한 눈물이나 판단 착오에서 나온 말에는 눈살을 찌푸렸다. 하지만 플라스틱 의자에 앉아서 인스턴트커피를 마시는 동안 분명하게 느껴진 것은, 어쩐지 내가 그들과 달라졌다는 사실이었다. 나는 다리를 건넜다. 그들의 고통은 더 이상 내 고통이 아니었다. 그렇다고 윌의 죽음을 슬퍼하거나 윌을 사랑하거나 그리워하기를 멈춘다는 뜻은 아니었지만, 내 삶이 다시 현재로 돌아온 것 같았다. 그것이 너무 만족스러운 나머지, 친해지고 신뢰하는 사람들과 함께 있는 동안에도 다른 곳에 가고 싶었다. 너무나 감사하게도, 지금쯤 구석에 있는 시계를 보며 얼마나 있어야 내가 올지 기다리는 덩치 큰 남자에게로.

"오늘은 아무 말씀이 없군요, 루이자."

마크가 한쪽 눈썹을 치켜뜨며 나를 봤다.

나는 고개를 저었다. "전 괜찮아요."

그는 내 목소리에서 뭔가 느꼈는지 미소를 지었다. "다행입니다."

"네. 실은, 이제 여기 안 나와도 될 것 같아요. 전 이제, 괜찮아요."

"뭔가 달라진 것이 있다고 생각했어요." 너태샤가 다가와 수상쩍은 눈으로 살피며 말했다.

"섹스 때문이야." 프레드가 말했다. "그게 바로 치료약이라고. 섹스만 했으면 질리를 벌써 잊었을 건데."

너태샤와 윌리엄이 묘한 눈빛을 교환했다.

"괜찮다면 이번 학기가 끝날 때까지는 오고 싶어요." 내가 마크에게 말했다. "모두 친구라고 생각하게 됐으니까요. 내겐 필요 없을지 몰라도, 좀 더 오고 싶어요. 확인하려고요. 모두 만나고 싶기도 하고."

제이크가 살짝 웃었다.

"춤이나 추러 가요." 너태샤가 말했다.

"원하는 만큼 와도 됩니다." 마크가 말했다. "이곳의 목적이 그것이니까요."

내 친구들. 잡다한 사람들이 모였지만, 친구들이란 대부분 그렇다.

오레키에테◇를 적당히 삶고 잣과 바질, 집에서 키운 토마토, 올리브, 참치, 파르메산 치즈를 넣는다. 릴리가 할머니에게 배운 레시피를 전화로 알려줘서 그대로 샐러드 파스타를 만들었다.

"환자식으로 좋아요." 커밀라가 멀리 주방에서 외쳤다. "누워서

◇ 귀 모양의 작은 파스타.

오래 지낼 때 소화도 잘되고."

"난 그냥 테이크아웃 음식을 사 줄래요." 릴리가 중얼거렸다. "그 아저씨는 고생도 많이 했는데." 그리고 조용히 키득거렸다. "어쨌든, 루이자는 아저씨가 누워 있는 걸 더 좋아하는 줄 알았어요."

나는 밀폐용기에 담은 가정식을 내심 자랑스러워하며 그날 저녁 병원 복도를 걸어갔다. 전날 밤에 만든 도시락을 훈장처럼 들고서, 누군가 나를 불러 그게 뭔지 물어보기를 바라는 마음이었다. '아, 제 남자친구가 회복 중이거든요. 날마다 음식을 싸 와요. 그 사람이 좋아할 만한 것으로. 이 토마토를 제가 키운 거 아세요?'

샘의 상처도 낫기 시작했고 장기 손상도 나아졌다. 그는 너무 자주 일어나려고 했고 침대에서 꼼짝 못 하는 것에 화를 내며 가축들을 걱정했다. 도나와 제이크와 내가 가축 돌보기 계획표를 짜놓았는데도 말이다.

시키는 대로 한다면 회복에 2주나 3주가 걸릴 거라고 상담사가 말했다. 부상 범위를 보면 샘은 운이 좋았다. 의료 전문가들이 "1센티만 이쪽이었으면……" 하는 대화를 나누는 것을 여러 차례 들었다. 나는 그런 대화가 오가면 머릿속으로 라-라-라-라-라-라 하고 노래를 불렀다.

그의 병실 앞에 도착해 항균 비누로 손을 씻은 다음 엉덩이로 문을 밀었다.

"안녕하세요." 안경 쓴 간호사가 인사했다. "늦었네요!"

"모임에 다녀왔어요."

"샘 어머니가 방금 가셨어요. 정말 맛있는 스테이크 앤드 에일 파이◊를 가져오셨어요. 병동 전체에 맛있는 냄새가 나더라고요. 우리 모두 아직도 군침을 흘리고 있답니다."

"아." 나는 상자를 아래로 내렸다. "고맙네요."

"샘이 잘 먹는 걸 보니 좋았어요. 상담사는 30분 뒤에 올 거예요."

밀폐용기를 가방에 도로 넣으려는데 휴대폰이 울렸다. 지퍼를 올리면서 전화를 받았다.

"루이자?"

"네?"

"레너드 고프니크입니다."

그 이름을 기억하는 데 2초쯤 걸렸다. 나는 입을 열려다가 멈추고 그가 근처에 있는 것처럼 주위를 둘러봤다.

"고프니크 씨."

"메일 받았습니다."

"네." 나는 밀폐용기를 의자 위에 올려놓았다.

"흥미로운 글이었습니다. 내 제안을 거절했을 때 상당히 놀랐습니다. 네이선도 놀랐고. 적임자 같았으니까요."

"메일에 말씀드린 대로입니다. 진심으로 그 일을 원했지만, 일이 있었습니다, 고프니크 씨."

"그래서 그 애가 이제 잘 지내나요?"

"릴리요. 네. 학교로 돌아갔습니다. 잘 지내요. 가족과 함께 있어

◊ 영국 펍에서 흔히 볼 수 있는 메뉴로 부드러운 소고기와 에일 맥주로 만든 스튜를 바삭한 파이에 넣고 구워 만듦.

요. 새로운 가족이요. 그동안은, 적응 기간이었어요."

"그 일을 아주 진지하게 받아들였군요."

"누굴 버리고 갈 수 없는 성격이라서요."

긴 침묵이 이어졌다. 샘의 병실에서 돌아서서 주차장이 보이는 창문을 통해 사륜구동 차량 한 대가 너무 좁은 주차 공간에 비집고 들어가는 모습을 봤다. 전진과 후진을 반복하며. 공간이 너무 좁았다.

"그래서 말입니다, 루이자. 새로 온 사람이 잘 안 맞습니다. 잘 지내지 못하고 있어요. 무슨 영문인지 그 사람과 아내가 서로 편하지가 않아요. 쌍방 합의하에 그 사람은 월말까지만 일하기로 했습니다. 그래서 용건이 생겼어요."

나는 잠자코 들었다.

"루이자를 채용하고 싶습니다. 하지만 내게 가까운 사람들에게 자꾸 변화가 생기는 건 달갑지 않아요. 그래서 루이자가 원하는 것이 정확히 뭔지 알아보려고 전화했습니다."

"아, 그 일을 꼭 하고 싶었습니다. 하지만 전……."

어깨에 손이 닿는 것이 느껴졌다. 돌아보니 샘이 벽에 기대서 있었다. "전…… 어……."

"다른 일자리가 생겼습니까?"

"진급을 했습니다."

"거기 있고 싶습니까?"

샘이 내 얼굴을 보고 있었다.

"아, 아뇨. 하지만……."

"하지만 모든 문제를 미리 따져봐야 하죠. 알겠습니다. 음, 아마 내 전화가 너무 갑작스러운 모양이군요. 루이자의 메일을 보고 정말로 관심이 있다면 채용하고 싶어졌습니다. 같은 조건으로, 최대한 빨리 시작하는 걸로. 루이자가 정말 원하는 일이라면 말입니다. 48시간 내에 답을 줄 수 있겠습니까?"

"네. 네, 고프니크 씨. 감사합니다. 전화 감사합니다."

전화가 끊어졌다. 샘을 봤다. 샘은 너무 짧은 병원복 위에 병원 가운을 걸치고 있었다. 우리 둘 다 아무 말도 없었다.

"일어났어요? 누워 있어야죠."

"창문으로 당신이 보였어요."

"바람이 잘못 들이쳐서 그 옷이 날렸다가는 저 간호사들이 크리스마스 때까지 당신 몸 이야기를 할걸요."

"그 뉴욕 사람이에요?"

이상하게 당황스러웠다. 휴대폰을 주머니에 넣고 밀폐용기를 들었다. "일자리가 다시 생겼어요." 그가 잠시 내게서 눈길을 뗐다. "그래도, 당신을 이제야 되찾은걸요. 그래서 거절할 거예요. 자, 그 맛있는 파이를 먹고도 파스타를 먹을 수 있겠어요? 배부른 거 알지만, 내가 먹을 수 있는 음식을 요리하는 것이 드문 일이라."

"아뇨."

"그렇게 나쁘진 않아요. 적어도 맛이라도……."

"파스타 말고. 직장이요."

우리는 마주 봤다. 그가 머리칼을 뒤로 넘기며 복도를 봤다.

"이 일 해야 해요, 루. 당신도 알고 나도 알아요. 취직해야 해요."

"전에도 영국을 떠나려고 했지만, 더 엉망이 됐어요."

"그때는 너무 일렀으니까. 달아난 거잖아요. 이번에는 달라요."

나는 그를 올려다봤다. 하고 싶은 일을 깨달아버린 내 자신이 미웠다. 그리고 그것을 아는 그가 미웠다. 우리는 말없이 병원 복도에서 있었다. 그러다 샘의 얼굴에서 빠르게 혈색이 사라지는 것을 봤다. "누워야 해요."

그는 버티지 않았다. 나는 샘의 팔을 잡고 침대로 돌아갔다. 그는 조심스레 베개를 베면서 눈살을 찌푸렸다. 그의 얼굴에 혈색이 돌아올 때까지 기다렸다가 옆에 누워서 그의 손을 잡았다.

"모든 문제를 해결한 것 같아요. 당신이랑 나랑." 나는 그의 어깨에 머리를 대고 목이 메는 것을 느꼈다.

"그랬죠."

"다른 사람과 함께 있고 싶지 않아요, 샘."

"풋. 언제는 안 그랬나."

"하지만 장거리 연애는 오래 못 가요."

"그럼 연애를 하는 건가요?"

나는 화를 냈고 그는 웃었다. "농담이에요. 다 그런 건 아니에요. 오래 못 가는 경우도 있죠. 하지만 오래가는 사이도 있을 거예요. 양쪽이 얼마나 원하느냐에 달렸다고 생각해요."

샘의 커다란 팔이 내 목을 감싸더니 끌어당겼다. 나는 울고 있다는 것을 깨달았다. 그가 내 눈물을 엄지로 부드럽게 닦았다. "루, 어떻게 될지 나도 몰라요. 아무도 몰라요. 어느 날 아침에 멀쩡히 나갔다가 오토바이에 치일 수도 있고, 인생이 모조리 바뀔 수도 있어요. 여느 때처럼 직장에 나갔다가, 총을 쏴야 어른이 되는 줄 아는 아이에게 총을 맞을 수도 있어요."

"고층 건물에서 떨어질 수도 있고."

"그렇죠. 아니면 병원 침대에 잠옷 입고 누워 있는 남자를 만나러 왔다가 최고의 취업 제안을 받을 수도 있고. 인생은 그런 거예요. 어떻게 될지 아무도 몰라요. 그래서 우리는 기회를 잡아야 해요. 그리고 이건 당신의 기회 같아요."

그의 말을 듣고 싶지 않아서, 그가 하는 말이 진실임을 인정하고 싶지 않아서 눈을 꾹 감았다. 손등으로 눈을 닦았다. 그가 내게 티슈를 건네고 내가 얼굴에서 검은 얼룩을 닦는 동안 기다렸다.

"판다 눈이 잘 어울려요."

"당신이랑 약간 사랑에 빠진 것 같아요."

"루는 집중치료실에 있는 모든 남자들한테 그렇게 말할걸요."

나는 돌아누워서 그에게 키스했다. 눈을 다시 뜨자 그가 나를 보고 있었다.

"당신이 한다면 나도 한번 해볼게요." 그가 말했다.

목이 멘 것이 가라앉고 목소리가 나올 때까지 한참 걸렸다. "모르겠어요, 샘."

"뭘 몰라요?"

"인생은 짧잖아요. 그렇죠? 우리는 모두 그걸 알아요. 음, 당신이 내 기회라면 어떡해요? 당신이 나를 가장 행복하게 해주는 존재라면 어떡해요?"

29.

가을을 가장 좋아한다는 말을 들으면 이런 날을 가리키는 뜻이라고 생각한다. 새벽안개가 걷히면서 상쾌하고 맑은 빛이 드러나고, 낙엽 더미가 이리저리 날아가고, 살짝 썩은 풀에서 기분 좋은 냄새가 풍기고. 도시에서는 이 계절을 알아차릴 수 없다는 사람들도 있다. 끝없이 펼쳐지는 회색 건물과 매연이 일으키는 도시기후로 인해서 큰 차이가 없다는 것이다. 조금 더웠다 추웠다, 비가 왔다가 개는 정도뿐이다. 하지만 옥상에 올라가면 분명히 알 수 있었다. 그저 넓은 하늘뿐만 아니라 릴리가 심은 토마토가 몇 주째 통통하고 붉은 열매를 맺은 것이나, 매달아 놓은 딸기 화분에서 이따금 달콤한 열매가 열리는 것에서도 느낄 수 있었다. 꽃들이 봉오리가 되어 피었다가 지고, 초여름의 싱그러운 녹음은 나뭇가지로 변하거나 잎이 떨어지고 남은 자리로 변했다. 옥상에 올라가면 바람에서 이미 겨울이 다가오고 있다는 느낌이 살짝 들기도 했다. 비행기 한 대가 하늘에 비행운을 남겼고, 나는 전날 저녁에 켜진 가로등이 아직 꺼지지 않았음을 알아차렸다.

엄마는 바지를 입고 옥상에 올라와 주위를 둘러봤고, 비상계단에서 옷에 묻은 물방울을 털어냈다. "네 집은 참 대단하구나, 루이자. 여기 백 명은 올 수 있겠어." 엄마는 샴페인 서너 병을 담은 가방을 들고 와서 조심스럽게 내려놓았다. "내가 말했니? 여기 다시 올라오다니 참 용감하다고."

"어떻게 여기서 떨어졌는지 아직도 믿을 수가 없다." 잔을 채우고 있던 동생이 말했다. "이렇게 넓은 데서 떨어질 수 있는 건 언니뿐일 거야."

"음, 재가 엄청 취했잖니, 기억나니?" 엄마가 비상계단으로 다시 갔다. "샴페인을 어디서 다 구했니, 루이자? 대단한걸."

"상사가 줬어요."

며칠 전 우리는 수다를 떨며(아기가 태어난 이후로 이야기를 상당히 많이 했다. 나는 퍼시벌 부인이 알면 불편할 정도로 부인의 부종에 대해 잘 알았다) 매상을 계산했다. 내 계획을 이야기했더니 리처드가 어디론가 사라졌다. 리처드는 역시 이상한 인간이라고 판단하려던 참이었는데, 몇 분 뒤 창고에서 나온 그는 샴페인 여섯 병을 담은 상자를 들고 있었다. "자. 60퍼센트 할인가입니다. 마지막 오더." 그는 내게 상자를 건네며 어깨를 으쓱였다. "아니, 됐어요. 그냥 가져가요. 자요. 루이자가 번 겁니다."

나는 고맙다고 인사했다. 그는 고급도 아닌 싸구려 샴페인이라고 중얼거렸지만, 얼굴이 새빨개졌다.

"내가 정말 죽지 않은 것에 기뻐하는 시늉이라도 좀 해라." 나는 카트리나에게 잔을 올린 쟁반을 건넸다.

"아, 내가 외동딸이기를 바라는 건 오래전에 관뒀어. 아마 2년쯤 전에."

엄마가 냅킨을 들고 왔다. 엄마는 과장된 목소리로 속삭였다.

"자, 이걸로 되겠니?"

"안 될 것도 없죠."

"트레이너 씨잖니. 그분들은 종이 냅킨을 안 써요. 리넨 냅킨을 쓸 거야. 어쩌면 거기 문장을 수놓았을지도 모르지."

"엄마, 그분들은 런던 동부 사무실로 쓰던 건물 옥상까지 가봤어요. 은제 식기가 나올 거라고 기대하진 않을 거예요."

"참." 카트리나가 말했다. "톰의 이불이랑 베개도 샀어. 여기 올 때마다 몇 가지씩 옮기는 게 좋을 것 같아. 내일은 방과 후 클럽을 알아보기로 약속했어."

"너희들이 잘돼서 정말 좋구나, 애들아. 카트리나, 너만 좋다면 내가 톰을 봐줄게. 알려만 다오."

우리는 잔과 종이 접시를 차렸고, 엄마는 종이 냅킨을 좀 더 가지러 갔다. 나는 엄마가 듣지 못하도록 목소리를 낮췄다. "카트리나? 아빠는 정말 안 오셔?"

동생은 인상을 썼고 나는 당황스러운 표정을 짓지 않으려고 애썼다.

"사이가 나아지지 않았어?"

"내가 없을 때 두 분이 이야기를 하길 바라는 중이야. 두 분은 서로 슬슬 피하면서 나나 톰한테만 이야기해. 미칠 것 같아. 엄마는 아빠가 우리랑 안 와도 상관없는 척하시지만, 아닌 걸 알거든."

"아빠가 올 줄 알았는데."

총격 사건 이후로 엄마를 두 번 만났다. 엄마는 평생교육원에서 현대 영시 강의를 새로 등록했고 사방에서 상징을 찾고 있었다. 낙엽은 모두 곧 다가올 노쇠의 상징이며 하늘의 새는 모두 희망과 꿈의 상징이었다. 우리는 사우스뱅크의 시 낭송회에도 갔는데, 엄마는 황홀해하며 조용한 와중에 두 번이나 박수를 쳤다. 영화관에도 갔고, 호텔 화장실에 찾아가서 마리아와 안락의자에 앉아 샌드위치를 나눠 먹기도 했다. 우리 둘만 있을 때 엄마는 이상하게 불안해했다. "음, 멋진 시간 아니니?" 엄마는 내가 아니라고 하기를 바라는 것처럼 이렇게 묻곤 했다. 그러다가 조용해지거나 런던의 터무니없는 샌드위치 가격에 놀라곤 했다.

카트리나는 벤치를 당겨놓고 아래층에서 가져온 쿠션을 얹었다. "할아버지가 걱정돼. 할아버지는 이런 긴장 상태를 좋아하지 않으셔. 하루에 양말을 네 번씩 갈아 신으시고, 리모컨 버튼을 세게 눌러서 두 개나 망가뜨리셨어."

"세상에. 생각 좀 해보자. 할아버지를 누가 맡지?"

동생이 공포에 질린 얼굴로 나를 봤다.

"나 보지 마." 우리는 동시에 말했다.

새출발 모임의 첫 손님, 서닐과 린이 비상계단으로 올라오며 옥상 테라스가 넓다고, 런던 동부 전망이 의외로 멋지다고 했다.

릴리가 12시 정각에 도착해 나를 끌어안으면서 행복한 표정으로 중얼거렸다. "그 드레스 너무 마음에 들어요! 정말 근사해요." 릴리는 가무잡잡하게 그을렸고 얼굴에 주근깨가 났으며, 팔에 난 솜털이 하얗게 빛났다. 릴리는 하늘색 드레스에 샌들을 신고 있었다. 그리고 다시 와서 기쁜 얼굴로 옥상 테라스를 둘러봤다. 커밀라는 천천히 올라와 재킷 매무새를 고친 뒤 얼굴에 살짝 훈계하는 표정을 띠며 다가왔다. "릴리, 기다려줘야지."

"왜요? 할머니는 노인도 아니면서."

커밀라와 나는 짜증 난다는 표정으로 마주 봤고, 나는 충동적으로 다가가 부인의 뺨에 키스했다. 부인에게서 고급 백화점 향이 났다. 머리는 완벽했다. "와주셔서 고맙습니다."

"내 화분도 잘 키웠네요." 릴리가 모든 것을 살피고 있었다. "전부 죽일 줄 알았는데. 참, 이거요! 이거 예쁘네요. 새로 샀어요?" 릴리는 내가 그전 주에 오늘을 위해 꽃 시장에서 산 화분 두 개를 가리켰다. 자른 꽃이나 죽을 것은 사고 싶지 않았다.

"제라늄이군요." 커밀라가 말했다. "겨울 동안 여기 두면 안 돼요."

"담요를 덮어주면 돼요. 저 화분은 갖고 내려가기 무거우니까."

"그래도 살지 못할 거야." 커밀라가 말했다. "밖에서는."

"사실은," 내가 말했다. "토머스가 여기서 살 건데, 제가 겪은 일을 생각하면 아이에게 옥상이 안전하지 않을 것 같아서 통로를 막아버릴 거예요. 혹시 나중에 가져가고 싶으면……."

"아뇨." 릴리가 잠시 생각하더니 말했다. "여기 둘래요. 이런 모습을 생각만 해도 좋을 거예요. 예전처럼."

릴리는 식탁을 차리는 걸 도와줬고, 학교 이야기를 조금 들려줬다. 학교는 재미있지만 공부가 조금 힘들다고 했다. 세인트존스 우드 옆집을 산 스페인 건축가 펠리페를 눈여겨보고 있는 엄마 이야기도 했다. "똥멍청이가 좀 불쌍할 정도예요. 자기한테 무슨 일이 생길지 전혀 모르고 있으니까."

"넌 괜찮아?"

"난 좋아요. 사는 게 이 정도면 좋죠." 릴리는 입에 감자칩을 하나 넣었다. "할머니가 가서 아기를 보고 오랬어요. 그 얘기 했나요?"

내가 놀란 표정을 지었나 보다. "알아요. 하지만 어른답게 행동하는 사람도 있어야 한다고 하셨어요. 실은 할머니도 함께 가셨어요. 대박 멋있었어요. 일부러 재킷도 사셨어요. 자신감이 필요하셨나 봐요." 릴리가 음식 테이블 옆에서 샘과 이야기를 나누는 커밀라를 봤다. "사실, 할아버지는 좀 안되셨어요. 아무도 안 보는 줄 알고 할아버지는 할머니를 계속 바라봤어요. 일이 이렇게 된 것이 슬픈 표정으로."

"그래서 어땠니?"

"아기를 봤어요. 아니, 아기는 다 똑같이 생겼잖아요? 하지만 모두 적절하게 행동한 것 같아요. '릴리, 학교는 어떠니? 날짜를 정해 놓고 와서 지낼래? 네 고모 좀 안아보겠니?' 이런 식이긴 했지만요. 고모를 안아보라니, 정상은 아니지만."

"그분들을 다시 만나러 갈 거야?"

"아마 그럴 것 같아요. 괜찮은 분들이니까."

조지나는 자기 아버지와 예의 바르게 대화했다. 트레이너 씨는 조금 큰 소리로 웃었다. 그는 조지나가 도착한 이후로 그 곁을 떠나지 않았다. "일주일에 두 번 전화를 하셔서 이런저런 이야기를 하시고,

델라는 자꾸 아기랑 제가 '관계를 쌓았으면' 좋겠대요. 아기가 먹고 울고 똥 싸는 것 말고 뭘 할 수 있다고." 릴리가 얼굴을 찡그렸다.

나는 웃었다.

"왜요?" 릴리가 말했다.

"아냐. 그냥 널 보니 좋아서."

"참. 사온 게 있어요."

릴리가 가방에서 작은 상자를 꺼내 내게 내밀었다. "할머니가 데려가신 완전 지루한 골동품 시장에서 본 건데, 루이자가 생각났어요."

상자를 조심스레 열었다. 짙은 청색 벨벳을 댄 상자 안에 아르데코 팔찌가 있었다. 흑옥과 호박이 번갈아 장식되어 있었다. 나는 그것을 들어 손바닥에 놓았다.

"좀 특이하죠? 하지만 이걸 보니……."

"타이츠 말이지."

"타이츠요. 감사 선물이에요. 그냥, 저, 모든 게 다 고마워요. 내가 아는 사람들 중에 이걸 좋아할 사람은 루이자밖에 없어요. 내 마음에도 들고. 그때는 그랬어요. 그러고 보니 루이자 드레스랑 완전 잘 어울리네요."

나는 한쪽 팔을 내밀었다. 릴리가 팔찌를 채워줬다. 천천히 돌려봤다. "마음에 들어."

릴리는 잠시 진지한 얼굴로 바닥에 있던 뭔가를 걷어찼다. "음, 루이자한테 보석을 갚아야 할 것 같아서."

"나한테 갚아야 할 건 아무것도 없어."

자신감이 생기고 자기 아빠 눈을 꼭 닮은 릴리를 보며 그 애가 내게 안겨준 모든 것을 떠올렸다. 릴리가 꽤 세게 내 팔을 때렸다. "알겠어요. 어색하게 굴지 말아요. 슬퍼하지도 말고. 안 그러면 마스카라가 다 번질 거예요. 아래 내려가서 음식을 마저 가지고 올라와요. 참, 내 방에 트랜스포머 포스터가 붙은 거 알았어요? 케이티 페리도? 대체 누가 같이 사는 거예요?"

새출발 모임 사람들이 모두 도착해 비상계단을 조심조심, 또는 웃으며 올라왔다. 대프니는 안도감에 환호하며 옥상에 올라왔고, 프레드는 대프니의 팔을 잡았고, 윌리엄은 마지막 계단을 멋지게 뛰어넘었으며, 너태샤는 그 뒤에서 어이없다는 표정을 지었다. 다른 사람들은 어두워지는 하늘에 둥둥 떠 있는 하얀 헬륨 풍선들을 보고 탄성을 질렀다. 마크는 내 손에 키스하면서 모임을 운영하던 중 이런 일은 처음이라고 했다. 너태샤와 윌리엄이 둘이서만 대화를 많이 나누는 것이 흥미로웠다.

우리는 테이블에 음식을 차렸고 제이크는 바를 맡아서 샴페인을 따라 주었다. 굉장히 즐거운 표정이었다. 십 대 아이들이 작은 모임에서 처음 만나면 서로에게 말을 걸기를 기다리는 것처럼, 제이크와 릴리는 서로 슬슬 피하며 못 본 척했다. 결국 릴리가 제이크에게 먼저 다가가 과장된 몸짓으로 손을 쑥 내밀자 제이크는 잠시 보다가 씩 웃었다.

"둘이 친구가 되면 좋을 것 같기도 해요. 또 한편으로는 그보다 더 무서운 일이 없을 것 같고요." 샘이 내 귀에 대고 속삭였다.

나는 그의 뒷주머니에 손을 밀어 넣었다. "릴리는 행복해요."

"릴리는 멋있잖아요. 그리고 제이크는 여자친구랑 얼마 전에 헤어졌고."

"인생을 충실하게 살자는 생각은 어떻게 된 거죠?"

샘이 낮게 신음했다.

"제이크는 걱정 말아요. 릴리는 1년 내내 옥스퍼드셔에서 지내니까."

"두 사람과 함께 있으면 마음을 놓을 수 없으니까요." 그는 고개를 숙이고 내게 키스했고, 황홀한 그 순간 나는 모든 것을 잊었다. "그 드레스 마음에 들어요."

"너무 경망스럽지 않아요?" 나는 줄무늬 스커트의 주름을 만졌다. 주변에 구제 옷가게가 아주 많았다. 지난주 토요일도 오래된 실크와 깃털이 가득한 매장에서 시간 가는 줄 몰랐다.

"경망스러운 거 좋아해요. 당신이 섹시한 유니폼을 안 입어서 좀 아쉽기는 하지만." 엄마가 종이 냅킨을 한 묶음 더 들고 다가오자 샘이 한 걸음 물러났다.

"몸은 어때요, 샘? 계속 좋아지고 있어요?" 엄마는 샘의 문병을 두 번 갔다. 엄마는 병원 식사에 의존해야 하는 이들의 고통을 염려하면서 그에게 집에서 만든 소시지빵과 달걀샌드위치를 싸다 줬다.

"거의 다 나았어요. 감사합니다."

"오늘 아무 일도 하지 말아요. 무거운 것도 들지 말고. 애들이랑 내가 잘하고 있으니까."

"이제 시작해야겠어요." 내가 말했다.

엄마는 다시 시계를 보더니 옥상 테라스를 훑어봤다. "5분만 더 기다릴까? 모두 마실 것을 받았는지 확인하고?"

지나치게 밝게, 어색한 미소를 짓는 엄마 모습에 마음이 아팠다. 샘도 알아차렸다. 샘이 앞으로 나가더니 엄마 팔을 잡았다. "조시, 샐러드가 어디 있는지 알려주실래요? 아래층에서 드레싱을 가져오지 않은 것이 기억났어요."

"어디 있어요?"

테이블 옆에 모인 사람들 사이에서 웅성거리는 소리가 났다. 우리는 큰 목소리가 나는 쪽으로 돌아봤다. "세상에. 정말로 이 위에서 하는 건가, 아니면 톰이 또 엉뚱한 곳을 알려준 건가?"

"버나드!" 엄마가 냅킨을 내려놓았다.

아빠 얼굴이 난간 위로 올라오더니 옥상을 살폈다. 비상계단을 마저 올라온 아빠가 전망을 보고 감탄했다. 이마에 살짝 땀이 나 있었다. "그놈의 걸 왜 이 위에서 하냐, 루이자. 정말 모르겠구나. 이런."

"버나드!"

"조시, 여긴 교회가 아니야. 그리고 중요한 메시지가 있어."

엄마는 주위를 둘러보았다. "버나드. 지금은……."

"내 메시지는…… 이거야."

아빠는 허리를 숙이더니 과장된 몸짓으로 바지 자락을 올렸다. 우선 왼쪽, 그리고 오른쪽. 물탱크 반대쪽에 있던 내게 하얗고 살짝 얼룩덜룩한 아빠 정강이가 보였다. 옥상 위가 조용해졌다. 모두의 시선이 집중됐다. 아빠는 한쪽 다리를 쭉 뻗었다. "아기 엉덩이처럼 매끄럽지. 자, 조시. 만져봐."

엄마는 긴장한 걸음걸이로 다가가 허리를 숙이고 아빠 정강이를 쓰다듬었다. 엄마는 아빠 다리를 톡톡 두드렸다.

"내가 다리에 왁싱을 하면 내 말을 진지하게 받아들인다고 했지. 자. 했어."

엄마는 믿을 수 없다는 표정으로 아빠를 보았다. "다리에 왁싱을 했다고?"

"했다니까. 그리고 당신이 그렇게 아픈 걸 한 줄 알았으면, 멍청한 주둥이를 다물고 있었을 거야. 여보, 대체 그게 무슨 고문이야? 누가 그딴 짓을 생각해 낸 거야?"

"버나드……."

"상관없어. 아주 힘들었어, 조시. 하지만 우리 사이가 예전으로 돌아갈 수 있으면 다시 할 거야. 당신이 그리워. 너무나. 당신이 대학 강의를 아무리 더 들어도 상관없어. 페미니즘 정치니 중동 연구니 강아지 매듭공예니. 뭐든 좋아. 우리가 함께하기만 하면 상관없어. 그래서 당신한테 증명하기 위해서 나도 다음 주에 다시 예약을 했어. 등이랑, 사타구니랑…… 또 뭐지?"

"엉덩이 골이요." 동생이 불만스러운 표정으로 말했다.

"오, 저런." 엄마가 손으로 목을 감쌌다.

내 옆에 있던 샘이 몸을 떨기 시작했다. "저분들 좀 말려요. 봉합한 자리가 터질 것 같아."

"그렇게 할게. 당신이 얼마나 소중한지 알려줄 수만 있다면, 털 뽑은 닭처럼 되겠어."

"오, 세상에, 버나드."

"진심이야, 조시. 난 지금 간절하다고."

"이래서 우리 집안사람들이 로맨스가 안 되는 거야." 카트리나가 중얼거렸다.

"엉덩이 골이랑 등이랑 왁스가 뭐예요?" 토머스가 물었다.

"오, 여보. 나도 당신이 뼛속까지 그리웠어." 엄마가 아빠 목덜미를 끌어안고 키스했다. 아빠 얼굴에 안도감이 떠오르는 것이 보였다. 아빠는 엄마 어깨에 얼굴을 묻었고, 다시 엄마의 귀에, 머리에 키스를 하며 아이처럼 손을 잡았다.

"우웩." 토머스가 말했다.

"그럼 왁싱은……."

엄마는 아빠 뺨을 문질렀다. "예약을 취소하자."

아빠는 안도하는 표정이었다.

"음." 소동이 가라앉았고, 커밀라 트레이너의 창백해진 얼굴을 보니, 아빠가 사랑의 이름으로 어떤 일을 겪으려고 했는지 릴리가 설명한 모양이었다. "모두 잔을 채웠는지 한 번 더 확인하고……, 시작할까요?"

아빠가 거창한 제스처를 하고, 트레이너 아기의 기저귀를 요란하게 갈고, 토머스가 앤터니 가디너 씨의 발코니(그리고 콘란 숍에서 산 일광욕 의자 대신 새로 산 의자)에 달걀샌드위치를 던지고 있었다는 사실 덕분에 20분이 더 지나고 나서야 옥상이 조용해졌다. 마크는 슬쩍슬쩍 쪽지를 확인하고 목청을 가다듬으며 가운데로 나섰다. 그는 내 생각보다 키가 컸다. 앉아 있는 모습만 봤으니까.

"여러분, 환영합니다. 우선, 이 아름다운 장소를 수료식을 위해 내준 루이자에게 감사드리고 싶습니다. 하늘에 이렇게 가까이 있으니 우리 모임의 취지와 잘 어울린다는 느낌이 드네요……." 그는 사람들이 웃는 사이 잠시 말을 멈췄다. "이런 수료식은 드문 일입니다. 모임에 나오지 않는 분들도 오셨고요. 하지만 마음을 열고 함께 축하하는 건 멋진 일이라고 생각합니다. 여기 계신 모든 분은 사랑하는 사람을 잃는 것이 어떤지 잘 알고 계십니다. 그러니 오늘 여기 계신 분들은 모두 명예 회원입니다."

제이크가 모래 빛깔 머리카락에 주근깨가 있는 아버지 옆에 서 있었다. 안 된 일이지만, 섹스 후에 우는 모습을 떠올리지 않고는 그를 볼 수 없었다. 그가 손을 뻗어 자기 아들을 가만히 옆으로 당겼다. 제이크는 나와 눈이 마주치니 어이없다는 표정을 지었지만 웃고 있었다.

"우리 모임 이름이 새출발 모임이지만, 뒤를 돌아보지 않고는 앞으로 나아갈 수 없다고 말씀드리고 싶습니다. 우리는 항상 잃어버린 이들을 짊어지고 앞으로 나아갑니다. 우리가 이 작은 모임에서 목표로 삼는 것은 그들이 견딜 수 없는 짐이 아니라는 것, 우리를 꼼짝 못 하게 하는 얽어매는 존재가 아님을 깨닫는 것입니다. 그들의 존재를 선물처럼 느끼고 싶습니다.

추억과 그리움, 작은 승리를 서로 나누면서 배운 점은 슬퍼해도 된다는 것입니다. 길을 잃은 것 같아도 되고, 화를 내도 됩니다. 다른 사람들이 이해하지 못하는 여러 감정을, 오랫동안 느껴도 괜찮습니다. 모두 자신만의 여정을 갖고 있습니다. 우리는 비판하지 않습니다."

"비스킷만 빼고." 프레드가 중얼거렸다. "리치 티 비스킷은 비판해. 너무한다고."

"그리고 처음에는 불가능하게 느껴지지만, 우리는 저마다 이야기를 나누고, 슬퍼하고, 애도한 모든 사람이 함께 있었다는 사실을 기뻐하게 될 겁니다. 그 시점이 6개월 후에 오든, 60년 후에 오든, 함께해서 행운이었다고 생각하게 될 겁니다." 마크는 고개를 끄덕였다. "그들과 함께여서 행운이었습니다."

나는 좋아하게 된 사람들에게 애정을 느끼며 그들의 얼굴을 둘러봤고, 윌을 떠올렸다. 눈을 감고 그의 얼굴을, 그의 미소와 웃음을 기억했고, 그를 사랑해서 잃은 것과 그가 내게 준 많은 것을 생각했다.

마크는 우리 모임을 바라봤다. 대프니는 살그머니 눈가를 훔쳤다. "그래서……, 이제는 현재 상태에 대해서 이야기를 나누는 겁니다. 대단한 이야기가 아니어도 괜찮습니다. 그저 이 짧은 여정의 문을 닫는 것입니다. 반드시 하지 않아도 되지만, 이야기를 나누면 좋을 겁니다."

모임 사람들이 어색한 미소를 지었다. 아무도 말할 것 같지 않았다. 그때 프레드가 나섰다. 프레드는 재킷 주머니에 손수건을 고쳐 넣더니 허리를 조금 폈다. "질리에게 고맙다고 말하고 싶군요. 당신은 멋진 아내였고, 나는 38년 동안 운 좋은 남편이었어. 여보, 날마다 당신이 보고 싶어."

그는 조금 어색하게 뒤로 물러났고, 대프니가 "정말 잘하셨어요, 프레드"라고 입 모양으로 말했다. 대프니는 실크 스카프를 매만지더니 앞으로 나왔다. "전 그저, 미안하다고 말하고 싶어요. 앨런에게. 참 친절한 사람이었고, 우리가 모든 일에 대해 솔직할 수 있었으면 좋았을 거예요. 당신을 도와줄 수 있었으면 좋았을걸. 당신이 잘 지내고, 어디 있든지 좋은 친구를 사귀었으면 해요."

프레드가 대프니의 팔을 두드려주었다.

제이크는 목덜미를 쓰다듬더니 얼굴을 붉히며 앞으로 나와 자기 아버지를 마주 봤다. "우리 둘 다 엄마가 보고 싶어요. 하지만 나아지고 있어요. 엄마가 걱정 안 했으면 좋겠어요." 제이크가 말을 마치자 그 애 아빠는 아이를 안아주고 정수리에 입을 맞추더니 눈을 깜빡였다. 그와 샘은 작은 미소를 교환했다.

린과 서닐이 이어서 몇 마디를 했고, 어색한 눈물을 감추기 위해 하늘을 바라보며 서로 소리 없이 고개를 끄덕이며 격려했다.

윌리엄이 앞으로 나와 말없이 흰 장미를 바닥에 놓았다. 보통 말이 없는 그는 꽃을 잠시 내려다본 다음 무표정한 얼굴로 뒤로 물러났다. 너태샤가 그를 살짝 안아주었고, 그는 큰 소리로 침을 꿀꺽 삼키더니 팔짱을 꼈다.

마크가 나를 봤고, 샘이 내 손을 꼭 잡았다. 나는 웃으면서 고개를 저었다. "저는 안 할래요. 하지만 괜찮다면 릴리가 한마디 하고 싶답니다."

릴리는 입술을 잘근거리며 가운데로 나왔다. 릴리는 미리 적어둔 종이를 내려다보더니 마음을 바꾼 듯 그것을 구겨버렸다. "음. 모임

회원은 아니지만, 한마디 해도 되는지 루이자에게 물어봤어요. 아빠를 직접 만나지는 못했지만, 장례식에서 인사를 못 했고 지금 아빠를 조금 더 알게 되었으니 몇 마디 하면 좋을 것 같았어요." 릴리는 긴장한 듯 미소를 짓더니 얼굴에 붙은 머리카락을 뒤로 넘겼다.

"그럼. 윌……. 아빠. 아빠가 내 친아빠라는 것을 처음 알았을 때, 솔직히 좀 당황스러웠어요. 진짜 아빠는 현명하고, 잘생기고, 나한테 여러 가지를 가르쳐주고, 지켜주고, 멋진 곳에 데려가 주고 싶어하는 사람일 줄 알았거든요. 그런데 알고 보니 휠체어를 타고 화를 내면서 그냥, 자살해 버린 사람이었어요. 하지만 루랑 아빠 가족 덕분에 몇 달 동안 아빠를 조금 더 이해하게 됐어요.

아빠를 만나지 못한 것이 항상 슬프고, 좀 화나기도 할 거예요. 하지만 이제 고맙다는 인사도 하고 싶어요. 아빠는 아빠도 모르게 내게 많은 것을 줬어요. 좋은 점에서, 그리고 별로 안 좋은 점에서 나는 아빠를 닮은 것 같아요. 파란 눈과 머리 색, 마마이트◇가 구역질 난다고 생각하는 것, 그리고 최상급 코스에서 스키 타는 능력을 물려줬고……. 음, 우울한 성격도 물려준 것 같아요. 참, 그건 다른 사람들 생각이에요. 내 생각은 아니에요."

사람들이 웃었다.

"하지만 가장 중요한 건 아빠가 나도 모르던 가족을 준 거예요. 그게 참 좋아요. 왜냐하면, 솔직히, 그분들이 나타나기 전에는 좀 안 좋았으니까요." 릴리의 미소가 흔들렸다.

◇ 이스트에서 추출해 빵 등에 발라 먹는, 영국인들이 즐기는 스프레드.

"우리도 네가 나타나서 참 행복해!" 조지나가 외쳤다.

샘이 내 손을 꼭 잡았다. 그렇게 오래 서 있으면 안 되는데도, 샘은 샘답게 앉지 않았다. '난 환자가 아니거든요.' 나는 그에게 머리를 기댔다. 목이 메는 것을 꾹 참고 있었다.

"고마워요, 고모. 그래서. 음. 윌……. 아빠. 연설은 지루하니까 길게 말하지 않을게요. 아기가 울 수도 있으니까요. 그러면 분위기 망할 테니까. 하지만 딸로서 감사하다고 말하고 싶어요. 그리고, 사랑한다고, 언제나 보고 싶을 거라고. 아빠가 내려다보고 있다면, 나를 보고 기뻐하길 바랄게요. 내가 존재하는 것에. 내가 여기 있다는 건 아빠도 여기 있다는 뜻이니까요, 그렇죠?" 릴리의 목소리가 갈라졌고 눈에 눈물이 글썽거렸다. 릴리가 바라보자 커밀라는 고개를 끄덕였다. 릴리는 코를 훌쩍이더니 고개를 들었다.

"이제 모두 풍선을 날려 보내도 될까요?"

살짝 한숨을 내쉬는 소리, 그리고 발걸음 소리가 들렸다. 등 뒤에서 새출발 모임 회원 몇 명이 중얼거리며 둥둥 떠 있는 풍선의 끈에 손을 내밀었다.

릴리가 맨 처음 앞으로 나와 하얀 풍선을 잡았다. 릴리는 팔을 들더니, 그제야 생각난 듯 화분에서 파란 수레국화를 한 송이 따서 끈에 조심스레 묶었다. 그리고 손을 들고, 잠시 머뭇거리더니 풍선을 놓았다.

스티븐 트레이너 씨도 풍선을 날려 보냈고, 델라가 그의 팔을 부드럽게 쓰다듬었다. 커밀라도 풍선을 날려 보냈고, 프레드, 서닐, 그리고 조지나가 자기 엄마와 팔짱을 끼고서 풍선을 날려 보냈다.

엄마, 카트리나, 요란하게 코를 푸는 아빠 그리고 샘. 우리는 옥상에 말없이 서서 풍선이 하나씩 위로, 새파란 하늘로 날아오르며 점점 작아지다가 어딘가 무한한 곳, 보이지 않는 곳으로 사라지는 광경을 지켜봤다.

나도 내 풍선을 날려 보냈다.

30.

핑크색 셔츠를 입은 남자는 설탕 묻힌 대니시 페이스트리를 네 개째 시켜 통통한 손가락으로 집어 먹고, 차가운 맥주를 간간이 함께 마셨다. "챔피언의 아침 식사네." 베라가 잔을 얹은 쟁반을 들고 지나가면서 구역질하는 소리를 냈다. 남자 화장실을 청소하지 않아도 된다는 사실에 반사적으로 고마움을 느꼈다.

"자, 루! 여기서 손님 대접을 받으려면 뭘 해야 하나?" 조금 떨어진 의자에 아빠가 걸터앉아 바에 몸을 기대고 맥주를 살폈다. "술 사려면 탑승권이 있어야 하나?"

"아빠……."

"알리칸테◊나 잠시 다녀올까? 어때, 조시? 마음에 들어?"

엄마가 아빠를 쿡 찔렀다. "올해는 돈을 아껴야 해. 정말로."

"있잖아, 그렇게 나쁜 곳은 아니구나. 일단 애들이 진짜 펍에 들어와도 된다는 것만 받아들이고 나면 말이다." 아빠는 몸을 떨었고,

◊ 스페인 동남부에 위치한 항구 도시로 아름다운 해변과 온화한 기후로 유명한 관광지.

비행기가 지연되었는지 테이블에 레고와 건포도를 잔뜩 올려놓고 커피를 시킨 젊은 부부와 아이를 돌아봤다.

"추천하는 게 뭐니? 뭐가 맛있어?"

리처드가 클립보드를 들고 다가왔다. "다 좋아요, 아빠."

"그 옷만 빼고." 엄마는 베라의 너무 짧은 초록 루렉스 스커트를 보았다.

"본사에서 시킨 겁니다." 직장 내 성차별에 대해서 엄마와 두 차례의 대화를 견뎌낸 리처드가 말했다. "저와는 무관합니다."

"스타우트 맥주 있어요, 리처드?"

"머피스가 있습니다, 클라크 씨. 기네스랑 많이 비슷하지만, 순수주의자라면 마음에 안 들 겁니다."

"나는 순수주의자는 아니에요. 겉에 맥주라고 적혀 있는 액체면 다 좋지."

아빠는 마음에 드는 표정으로 입술을 닦고 잔을 내려놓았다. 엄마는 '사교적인' 목소리로 커피를 받았다. 엄마는 런던에 오면 생산 라인을 순시하는 고급 관리처럼 늘 그 목소리를 썼다. "그럼 그게 '라테'라는 커피겠네요? 음, 정말 예쁘네요. 참 똑똑한 기계로군요."

아빠는 엄마 옆의 바 의자를 두드렸다. "와서 앉아라, 루. 어서. 딸한테 한잔 사마."

나는 리처드를 봤다. "커피를 마실게요, 아빠. 고마워요."

우리는 말없이 바에 앉았고 리처드가 서빙을 했다. 아빠는 어느 바에 들어가도 그러듯이 편안한 얼굴로 주위 사람들에게 인사를 하고 가장 좋아하는 안락의자에 앉듯이 등받이 없는 의자에 자리를 잡았다. 옵틱이 줄지어 늘어서 있고 팔꿈치를 댈 단단한 바가 있는 곳이라면 아빠에겐 어디든지 영혼의 안식처였다. 아빠는 늘 엄마 바로 옆에 붙어서 엄마의 다리를 소중하게 쓰다듬거나 손을 잡았다. 요즘 두 분은 거의 떨어지지 않았고, 십 대 아이들처럼 머리를 맞붙이고 웃어댔다. 동생은 역겹다고 했다. 두 분이 서로 말하지 않던 때가 차라리 나았다고 했다. "지난 토요일에는 귀마개를 하고 잤어. 얼마나 무서운 일인지 알아? 아침 식사 때 할아버지는 얼굴이 하얗게 질렸더라고."

밖에서는 작은 여객기 한 대가 터미널로 다가왔고, 야광 작업복을 입은 남자가 신호 장치를 흔들며 안내하고 있었다. 엄마는 무릎에 핸드백을 놓고 앉아서 비행기를 봤다. "톰이 좋아하겠네. 톰이 보면 좋아하겠지, 버나드? 그 애는 저 창가에 하루 종일 서 있겠어."

"음, 이제 가까운 데 사니까 톰도 와도 되겠군. 카트리나가 주말에 데려오면 되잖아. 맥주가 괜찮으면 나도 와야지."

"그 애들이 와서 살게 해주다니, 참 고맙다." 엄마가 시야에서 사라지는 비행기를 보며 말했다. "카트리나 첫 봉급이 적으니 정말 큰 도움이 될 거야."

"뭐, 적절한 일이니까요."

"그 애들이 보고 싶을 테지만, 우리랑 영영 함께 살 수는 없으니까. 카트리나도 고마워한다, 얘야. 겉으로 드러내진 않아도 말이야."

카트리나가 내색을 안 해도 사실 상관없었다. 카트리나와 토머스가 가방과 포스터를 들고, 아빠가 토머스가 가장 좋아하는 장난감 상자를 들고 뒤따라서 현관문으로 들어온 순간, 나는 깨달았다. 바로 그 순간에 윌의 돈으로 산 집이 마음 편하게 느껴졌다.

"루이자가 동생이 여기 와서 산다는 이야기를 했나요, 리처드?" 엄마는 런던에서 만나는 대부분의 사람들을 친구로 여겼고, 클라크 집안의 일을 전부 이야기했다. 엄마는 그날 아침 리처드에게 부인의 젖몸살 치료법을 알려줬다. 그의 집에 가서 아기를 볼 기세였다. 그런데 호텔 화장실의 마리아가 2주 뒤에 딸과 함께 스토트폴드에 차를 마시러 온다니, 엄마 생각이 완전히 틀린 것은 아니었다. "우리 카트리나는 대단한 아이예요. 참 똑똑하죠. 회계에 도움이 필요하면, 그 애를 불러요."

"명심하겠습니다." 리처드는 나와 눈이 마주치자 피했다.

시계를 봤다. 12시 15분 전. 가슴이 두근거렸다.

"괜찮니, 루?"

엄마를 속일 수는 없었다. 엄마는 작은 것 하나 놓치는 법이 없었다.

"괜찮아요, 엄마."

엄마는 내 손을 꼭 잡았다. "네가 정말 자랑스럽구나. 그거 알지? 몇 달 동안 얼마나 큰일을 했는지. 쉽지 않은 일인데." 엄마가 가리켰다. "어머, 봐라! 올 줄 알았지. 자, 아가. 어서 가봐!"

샘이 와 있었다. 다른 사람들보다 머리 하나는 더 큰 키로, 누군가와 부딪칠까 봐 걱정스러운지, 팔로 배를 살짝 가리고 조심스럽게 인파 사이를 걷고 있었다. 그가 나를 보기 전에 내가 먼저 발견했다. 순간 얼굴에 미소가 떠올랐다. 손을 열심히 흔드니 그가 보고 고개를 끄덕였다.

엄마는 입가에 작은 미소를 머금고 있었다. "좋은 사람이야."

"알아요."

나를 보는 엄마 얼굴에 뿌듯함과 함께 조금 더 복잡한 감정이 떠올랐다. 엄마는 내 손을 두드려줬다. "그래." 그리고 엄마는 의자에서 일어났다. "모험을 떠날 시간이다."

부모님과는 바에서 헤어졌다. 그러는 편이 나았다. 매니저 노릇을 한답시고 나를 괴롭히는 리처드 앞에서는 감정에 복받치기 힘들었으니까. 샘은 부모님과 잠시 이야기를 나눴다. 아빠는 이따금 사이렌 흉내를 내며 방해했다. 리처드는 샘이 잘 회복하고 있는지 물었고, 아빠가 적어도 내 전 애인보다는 잘 낫고 있다고 하니 어색한 표정으로 웃었다. 리처드에게 아니라고, 디그니타스는 농담거리가 아니고, 몹시 슬픈 일이었다고, 아빠는 세 번이나 같은 말을 반복했다. 리처드는 내가 떠나서 정말 다행이라고 생각했을 것이다.

나는 엄마의 품에서 떨어져 샘의 팔짱을 꼈다. 두근거리는 가슴으로 부모님이 보고 있을 것이라는 사실을 애써 무시하며 말없이 걸어가다 살짝 당황하며 샘을 봤다. 시간이 좀 더 있을 줄 알았다.

샘이 시계를 보고 출발 안내판을 확인했다. "당신을 부르는데." 그가 내 가방을 건넸다. 나는 미소를 지으려고 했다.

"여행 패션 멋진데요."

나는 표범 무늬 셔츠와 주머니에 꽂아둔 재클린 오나시스 스타일의 선글라스를 내려다봤다. "1970년대 제트족◇ 스타일을 해봤어요."

"멋있어요. 제트족치고."

"그럼." 내가 말했다. "4주 후에 만나요……. 뉴욕의 가을이 좋을 거예요."

"좋긴 뭐가." 그는 고개를 저었다. "젠장. '좋다니.' 나는 좋다는 말이 싫어요."

맞잡은 우리 손을 봤다. 그의 손길을 기억하려고, 곧 치르는 중요한 시험에 그 느낌에 관한 문제가 나올 것처럼, 뚫어지게 봤다. 문득 당황스러웠다. 그도 내 손을 꼭 잡은 것을 보면 그걸 느꼈던 것 같다.

"다 챙겼어요?" 샘이 나의 다른 쪽 손을 가리켰다. "여권? 탑승권? 가는 곳 주소?"

"네이선이 공항에 나올 거예요."

그의 손을 놓고 싶지 않았다. 나는 고장 난 자석처럼 양극에 다 끌어당겨지는 기분이었다. 함께 출발 장소로 모험을 향해 나아가거나 울면서 서로의 품에서 벗어나는 커플들 사이에서 나는 옆으로 비켜섰다.

샘도 그들을 봤다. 그는 내게서 가만히 떨어지더니 내 손을 놓기

◇ 전용기나 퍼스트 클래스를 이용하며 전 세계를 여행하는 부유한 사회 계층.

전에 손끝에 키스했다. "갈 시간이에요." 그가 말했다.

하고 싶은 말이 백만 가지는 있었지만, 어떻게 말해야 할지 알 수 없었다. 나는 한 발자국 다가가 사람들이 공항에서 키스하듯이, 사랑과 간절한 그리움을 가득 담아서, 몇 주 몇 달 동안 새겨지는 키스를 했다. 그 키스와 함께 그가 내게 얼마나 커다란 존재인지 알리고 싶었다. 그가 내가 묻는지도 몰랐던 질문에 대한 대답이었음을 알리고 싶었다. 함께 있는 것보다 내 자아 찾기를 응원해 준 것에 감사하려고 했다. 그래 봐야 이도 안 닦고 커피를 두 잔이나 마신 것만 알려준 걸지도 모르지만.

"조심해요." 내가 말했다. "너무 서둘러서 복귀하지 말아요. 집 공사도 하지 말고."

"내일 동생이 벽돌 일을 해준대요."

"복귀하면 다치지 말아요. 총 피하는 데는 소질이 없으니까."

"루. 괜찮을 거예요."

"진심이었어요. 뉴욕에 도착하면 도나에게 메일을 보내서 당신에게 일어나는 일은 전부 책임지라고 할 거예요. 아니, 당신 상관에게 서류 업무를 맡기라고 할까 봐요. 아니면 노퍽 북쪽 정말 지루한 구조대로 보내라고 하든가. 아니면 방탄조끼를 입히든가. 방탄조끼 지급할 생각은 없대요? 뉴욕에서 좋은 걸로 살 수 있을 것 같은데……."

"루이자." 샘이 내 눈을 가리는 머리카락을 뒤로 넘겼다. 내 얼굴이 일그러지는 것이 느껴졌다. 나는 그의 얼굴에 내 뺨을 대고 입을 꽉 다물고서 그의 냄새를 맡았다. 그 단단함을 내 몸에 새겼다. 그리고 마음이 바뀌기 전에 겨우 "잘 있어요"라고 말했다. 아니면 흐느끼거나, 기침을 했거나, 멍청하게 웃었거나. 내가 어떻게 했는지 알 수 없었다. 돌아서서 가방을 끌고, 딴마음이 들기 전에 빠른 걸음으로 보안검색대로 향했다.

새로 발급한 여권과 내 미래의 열쇠인 미국 비자를 제복 입은 직원에게 내밀었다. 눈물 때문에 그의 얼굴은 보이지도 않았다. 그리고 그곳을 지나가면서 뒤를 돌아봤다. 샘은 그곳, 장벽에 기대서서 나를 지켜보고 있었다. 우리는 눈이 마주쳤다. 그는 손바닥을 펼쳐 들었고, 나도 천천히 손을 들었다. 그 모습, 앞으로 숙인 그의 자세, 머리카락을 비추는 불빛, 늘 나를 차분하게 바라보는 눈빛을 머릿속에 새겼다. 외로운 날이면 꺼내볼 수 있도록. 외로운 날이 있을 테니까. 힘든 날도 있을 테니까. 그리고 대체 왜 이러고 살까 싶은 날도 있을 테니까. 그것 모두가 이 모험의 일부니까.

"사랑해요." 샘이 내 입 모양을 볼 수 있을지 몰랐지만, 그렇게 말했다.

그리고 여권을 꽉 쥐고 돌아섰다.

그는 거기 서서 내가 탄 비행기가 속력을 내 드넓은 파란 하늘로 날아오를 때까지 지켜볼 것이다. 그리고 운이 허락한다면, 내가 다시 돌아올 때도 거기서 기다리고 있을 것이다.

감사의 글

언제나 끊임없이 믿고 지지해 주는 나의 에이전트 실라 크롤리, 편집자 루이즈 무어에게 감사한다. 펭귄 출판사의 여러 재능 있는 분들, 초고를 수많은 서가에 어울리는 근사한 책으로 만들어준 마이클 조셉에게 감사한다. 맥신 히치콕, 프란체스카 러셀, 헤이즐 옴, 해티 애덤스미스, 소피 엘릿슨, 톰 웰던, 그리고 우리 작가들을 도와주는 모든 이름 없는 분들에게 감사를 전한다. 여러분의 팀의 일원이 된 것이 몹시 기쁘다.

커티스 브라운에서 실라와 함께 일하는 모든 분께, 특히 레베카 리치, 케이티 맥가윈, 소피 해리스, 닉 마스턴, 캣 버클, 래닛 어후자, 제스 쿠퍼, 앨리스 루티언스, 세라 개드, 그리고 물론 조니 겔러에게 큰 감사를 전한다. 미국에서 최고인 밥 부크먼에게 고마움을 전한다. 드디어 해냈어요, 밥!

우정과 조언, 지혜로 가득한 점심 식사를 함께 해주신 캐이시 런

시먼, 매디 위컴, 세라 밀리컨, 올 파커, 폴리 샘슨, 데이미언 바, 앨릭스 헤민즐리, 제스 러스턴, 그리고 라이터스블록의 모든 분들께 감사드린다. 모두 멋져요.

재키 턴(언젠가는 메일을 업데이트할게요, 약속해요!), 클레어 로어스, 크리스 러클리, 드루 헤이즐, 그리고 내가 하는 일을 도와주는 모든 분들께 감사한다.

영화 〈미 비포 유〉의 출연진과 제작진 모두에게 감사드린다. 내가 만든 인물이 살아 움직이는 과정에 함께한 것은 대단한 영광이었으며, 절대 잊지 못할 경험이었다. 여러분은 모두, 하나도 빠짐없이 (그리고 특히 에밀리아와 샘이) 훌륭하셨어요.

나의 부모님, 짐 모예스와 리지 샌더스, 그리고 찰스, 사스키아, 해리, 로키에게 감사드린다. 나의 세상을 만들어주는 이들께.

그리고 마지막으로 트위터와 페이스북, 나의 웹사이트를 통해 글을 써주고, 루가 어떻게 되었는지 관심을 가져주신 모든 분께 감사드린다. 루가 여러분의 상상 속에 그렇게 생생하게 살아 있지 않았다면, 이 책을 쓸 생각을 못 했을 것이다. 진심으로 기쁜 일이다.

조조 모예스

옮긴이 이나경

이화여자대학교 물리학과를 졸업하고 서울대학교 영문학과에서 르네상스 로맨스를 연구해 박사 학위를 받았다. 역서로 『메리, 마리아, 마틸다』, 『어떤 강아지의 시간』, 스티븐 킹의 『샤이닝』, 『피버 피치』, 조조 모예스의 『애프터 유』, 제프리 디버의 『XO』, 제시 버튼의 『뮤즈』, 『살아요』, 『배반』, 『좋았던 7년』, 『내가 혼자 달리는 이유』, 『세이디』, N. K. 제미신의 『검은 미래의 달까지 얼마나 걸릴까?』, 『햇살을 향해 헤엄치기』 등이 있다.

애프터 유

초판 1쇄 인쇄 2025년 4월 15일
초판 1쇄 발행 2025년 5월 12일

지은이 조조 모예스
옮긴이 이나경
펴낸이 김선식

부사장 김은영
콘텐츠사업본부장 임보윤
책임편집 김영훈 **디자인** 박영롱 **책임마케터** 양지환
콘텐츠사업2팀장 김보람 **콘텐츠사업2팀** 박하빈, 채윤지, 김영훈, 박영롱
마케팅2팀 이고은, 양지환, 지석배
미디어홍보본부장 정명찬 **브랜드홍보팀** 오수미, 서가을, 김은지, 이소영, 박장미, 박주현
채널홍보팀 김민정, 정세림, 고나연, 변승주, 홍수경
영상홍보팀 이수인, 염아라, 김혜원, 이지연
편집관리팀 조세현, 김호주, 백설희 **저작권팀** 성민경, 이슬, 윤제희
재무관리팀 하미선, 임혜정, 이슬기, 김주영, 오지수
인사총무팀 강미숙, 이정환, 김혜진, 황종원
제작관리팀 이소현, 김소영, 김진경, 이지우, 황인우
물류관리팀 김형기, 김선진, 주정훈, 양문현, 채원석, 박재연, 이준희, 이민운

펴낸곳 다산북스 **출판등록** 2005년 12월 23일 제313-2005-00277호
주소 경기도 파주시 회동길 490
대표전화 02-704-1724 **팩스** 02-703-2219 **이메일** dasanbooks@dasanbooks.com
홈페이지 www.dasanbooks.com **블로그** blog.naver.com/dasan_books
종이 스마일몬스터 **인쇄 및 제본** 상지사 **코팅 및 후가공** 제이오엘앤피
ISBN 979-11-306-6603-7 (03840)

• 책값은 뒤표지에 있습니다.
• 파본은 구입하신 서점에서 교환해 드립니다.
• 이 책은 저작권법에 의하여 보호를 받는 저작물이므로 무단 전재와 복제를 금합니다.